In Roger Willemsens Essays stehen Beobachtungen zur Veränderung des Erotischen neben Gedanken zum Recht auf den eigenen Tod, stehen Satiren zum europäischen Patriotismus oder zum neuen Voyeurismus neben Reisebildern und Polemiken. Willemsen schreibt über Zeitgeschichte und Literatur, über Medien und Fußball, er widmet sich der Staatstrauer, dem deutschen Mittelstand und den Tieren. Selbst wenn er nur über Schokolade oder ein Paar Schuhe schreibt, sind seine Texte Essays im reinen Sinn – literarisch, analytisch, komisch, zeitkritisch, hintergründig und geschrieben aus einer Position größtmöglicher Unabhängigkeit.

Roger Willemsen studierte Germanistik, Philosophie und Kunstgeschichte in Bonn, Florenz, München, Wien und arbeitete zunächst als Nachtwächter, Reiseleiter, Museumswärter, Übersetzer, Autor, Kritiker, Universitätsdozent und Korrespondent aus London. 1991 kam er zum Fernsehen, wo er viele Jahre lang vor allem Interview- und Kultursendungen moderierte sowie Dokumentarfilme produzierte. Er führte über zweitausend Interviews, drehte zahlreiche Künstler-Porträts und publizierte Bücher wie »Deutschlandreise«, die zu Bestsellern wurden. Im S. Fischer Verlag und im Fischer Taschenbuch Verlag erschienen zuletzt »Afghanische Reise« und »Der Selbstmord«, der Liebesmonolog »Kleine Lichter«, der Porträtband »Gute Tage«, die Karl-May-Nachdichtungen »Ein Schuss, ein Schrei«, die gesammelten Kolumnen »Unverkäufliche Muster« sowie eine von Roger Willemsen zusammengestellte Fassung von »Brehms Tierleben«. Zudem führte er Interviews mit ehemaligen Häftlingen aus Guantánamo, die unter dem Titel »Hier spricht Guantánamo« als Buch vorliegen.

Unsere Adresse im Internet: www.fischerverlage.de

ROGER WILLEMSEN

Nur zur Ansicht
Gesammelte Essays

FISCHER TASCHENBUCH VERLAG

Originalausgabe
Veröffentlicht im Fischer Taschenbuch Verlag,
einem Unternehmen der S. Fischer Verlag GmbH,
Frankfurt am Main, Oktober 2007

© 2007 Fischer Taschenbuch Verlag in der S. Fischer Verlag GmbH,
Frankfurt am Main
Satz: Pinkuin Satz und Datentechnik, Berlin
Druck und Bindung: Clausen & Bosse, Leck
Printed in Germany
ISBN 978-3-596-17523-9

PRIVATMYTHEN

Die Vertreibung aus dem Schloss

Manchmal, wenn ich gerade nichts anderes zu tun habe oder irgendwo warten muss, stelle ich mir die Situation meiner Zeugung vor. Nicht, weil sie so ergiebig wäre, eher als Zeitvertreib frage ich mich, ob meine Eltern gut gelaunt waren, als sie mich zeugten, oder vielleicht eher gelangweilt, ob sie es mit Vorsatz taten oder weil ihnen gerade nichts anderes einfiel. Vielleicht gab es nichts im Kino. Deshalb konnte ich entstehen. Es könnte auch zufällig passiert sein und doch liebevoll oder aus Verlegenheit und aggressiv.

Wahrscheinlich wird man schon bald in Zeitungen lesen können: Amerikanische Forscher haben herausgefunden, dass Menschen, die in rektaler Position gezeugt wurden, anfälliger sind für Fußpilz oder Embolien, während die klassische Missionarsstellung mehr Kinder mit Silberblick und Helfersyndrom hervorbringt. Auch wer nicht so deterministisch denkt, wird vielleicht in Zukunft sicherheitshalber sagen: Liebling, nähere dich bitte nicht so komisch von der Seite, du willst doch nicht, dass unser Kind die Fallsucht kriegt!

Als ich gezeugt wurde, machte man sich über dergleichen noch keine großen Gedanken. Meine Eltern waren in Ferien, überquerten die Grenze zu Italien, zeugten mich – zumindest ist meiner Mutter diese Vermutung mal rausgerutscht – und kehrten in ihr Urlaubsdomizil am Bodensee zurück. Als ich später in Florenz studierte, bezeichneten mich meine italienischen Freunde – ohne einen Schimmer von diesen Hintergründen – als »tedesco mediterraneo«, also als einen »Mittelmeerdeutschen«, und das ist ja wohl Beweis genug.

Monate nach der ominösen Situation meiner Zeugung hielt man mich noch für einen Spulwurm. Das heißt, die Ärzte und die Ultraschalliner, die Mutterbauch-Paparazzi, waren nicht sicher, welche Lebensform genau sich da in meiner Erzeugerin eingenistet hatte. Man las ja so viel in der Zeitung, sah so viel im Kino. Nur ich war, glaube ich, schon ziemlich sicher, nur Ich zu sein.

Doch vielleicht sollte ich das nicht sagen. Man hat ja gleich eine folgenschwere ethische Debatte zu schultern, wenn man behauptet, dass man als Mehrzeller schon Leben gewesen sei. Ich kann mich aber nicht erinnern, Mozart oder Oscar Peterson gehört zu haben, auch habe ich Monate später niemanden »Pressen! Pressen!« schreien hören. Auch das soll ja angeblich nicht gesund sein, weil einem später jede Drehtür mit dem Aufdruck »Press«, wenn nicht die »Presse« insgesamt, wieder jenen Schmerz aus Geburtskanalszeiten wecken könnte. So amerikanische Wissenschaftler.

Zumindest aber kann ich sagen, dass es mir in meiner Mutter nach Monaten des Wartens nicht mehr recht geheuer war. Ich wartete also ihren Geburtstag ab und kam am Folgetag ein paar Stunden nach Mitternacht zur Welt, auf dem Venusberg zu Bonn. Über Oblomow heißt es bei Gontscharow: »Sein Erscheinen auf der Welt wurde von niemandem, außer von seiner Mutter bemerkt.« Bei mir war es anders, fühlte sich aber so an.

Übrigens besaß die Welt, in die ich da im Jahre 1955 in der Voreifel hineingeboren wurde, noch direkte Verbindung zum 19. Jahrhundert des Iwan Gontscharow. Doch davon gleich.

Mein Vater war Maler gewesen, hatte in Düsseldorf einer Künstlervereinigung angehört und dort auch ausgestellt.

Als er meine Mutter kennenlernte, war sie Schneiderin. Der Krieg hatte ihre schulische Weiterbildung verhindert, ihre Eltern waren tot – »gefallen«, wie man damals noch von den Toten und den Sündern sagte –, und so zog der neunzehn Jahre ältere Mann mit der jungen, lebenslustigen Schönheit nach Bonn, wo er im Denkmalpflegeamt als Restaurator arbeitete. Eine ganze Schule hat sich hier um ihn gebildet, Schüler aus aller Welt kamen, um das Restaurieren mittelalterlicher Holzskulpturen zu erlernen, und wir Kinder gingen später durch die Flure zwischen den Werkstätten, wo Menschen in allen Sprachen redeten, über Kruzifixe gebeugt, die mit Skalpellen und Wattebäuschen bearbeitet wurden.

»Dein Vater«, hat mir einmal einer von diesen Schülern verraten, »konnte an einem Farbpartikel von der Größe des kleinen Fingernagels das Jahrzehnt eines Jahrhunderts bestimmen, aus dem diese Farbe stammt.«

Ja, der Kunstverstand meines Vaters war staunenswert, und nach seinem Tode verzichteten die Nachrufe selten darauf zu sagen, die mittelalterliche Kunstgeschichte hätte ohne ihn anders geschrieben werden müssen. Das klingt ein bisschen dicke, aber über hundert Skulpturen hat er aus Dorfkirchen des Rheinlands geborgen, hat sie von ihren zahllosen Übermalungen Farbschicht für Farbschicht befreit und ihnen ihre mittelalterliche Fassung zurückgegeben. Überhaupt hatte man von polychromen Fassungen in der mittelalterlichen Holzskulptur des Rheinlands wenig gewusst.

Zugleich aber war sein Verständnis der Gegenwartsmalerei nicht minder profund, und der Verkauf einiger Bilder von Paul Klee, die er für sehr wenig Geld erworben hatte, ermöglichte uns später den Bau eines ganzen Hauses.

Seine eigenen Bilder zeigen Tiefe und Charakter, eines von ihnen habe ich später in die Dekoration des Bühnenbildes von »Willemsens Woche« gehängt, froh, so unter dem ästhetischen Protektorat meines Vaters zu stehen. Andere Motive gegenständlicher Art hat er im Krieg in Norwegen gemalt, wo man ihn als Funker auf einer Insel zurückließ, wo er malte, Knut Hamsun übersetzte und illustrierte. Ein erstaunlicher Mann, wirklich.

Auf der Suche nach einer Bleibe vor Antritt seiner Stelle in Bonn entschied er sich für das unwahrscheinlichste Anwesen. In Alfter bei Bonn hatte der Fürst Salm Reifferscheidt seinen Sitz in einem veritablen Schloss – das nach seinem Tod Sitz der Konrad-Adenauer-Stiftung, heute der Anthroposophischen Hochschule sein sollte, die es bald seinem völligen Verfall übereignen wird.

Der Fürst lebte zwischen Stallungen, einem Küchentrakt, der Unterbringung des Haushofmeisters in einem geschlossenen Hof, dessen halbrundes Holztor man passieren musste, um in den kiesbestreuten Innenhof zu gelangen, auf dessen Stirnseite sich das hohe gelbe Schloss erhob. Auf der rückwärtigen Seite dahinter lag der Park mit einem eigenen Rosen-, einem Skulpturengarten, Lauben, Wandelgängen, Blumenbeeten, gestutzten Hecken und einem Schwimmbassin.

Das einzige Häuschen innerhalb des umfriedeten Anwesens, das leer stand – wohl, weil der Haushofmeister lieber außerhalb wohnte –, mietete mein Vater, vielleicht auch, weil es ihm die Beobachterperspektive auf die Herrschaft erlaubte. Und manches war hier wirklich noch wie im Märchen. Der Fürst zeugte sieben Töchter, doch keinen Stammhalter, er hatte seine eigene Bank in der Dorfkirche, besaß Ländereien, empfing Thomas Mann, beherbergte die sogenannte »Donnerstagsgesellschaft«, an der auch Konrad Adenauer teilnahm, er veranstaltete Jagden im Herbst, und manchmal lagen dann die blutenden Strecken Wild, auch Rehe und Wildschweine im Kies, und in den weiträumigen Küchen wurde die Butter zwischen geriffelten Brettern zu Kügelchen gerollt, was uns »Rama«-Essern als Inbegriff der Dekadenz erschien. Auch besaß der Fürst den ersten Fernseher im Ort, ein missvergnügt schwarzweiß ausstrahlendes Gerät, das ich nur einmal durch die Gardine sah, halb verdeckt von den Köpfen der im Dunkel Starrenden, Staunenden.

Die ersten fünf Jahre meines Lebens also brachte ich in der geschlossenen höfischen Welt des Schlosses zu, buddelte Tulpenzwiebeln aus den Beeten, träumte im Rosengarten, sah den Gärtnern zu und bewunderte die fernen Töchter in ihren schönen, unpraktischen Kleidern und mit ihrem merkwürdig künstlichen Idiom.

»Warum sind Sie so traurig?«, fragte mein Vater einmal eine von ihnen.

»Im Salon werden die Tapeten entfernt«, erwiderte sie, fast schluchzend.

»Aber es sind doch nur Tapeten«, erwiderte mein Vater.

»Aber die Tapeten waren doch Mamas Herzblut«, greinte die Tochter.

Rückblickend kommt es mir so vor, als hätten wir drei Kinder – meine Eltern zeugten nach zwei Söhnen noch eine Tochter – ein Element der Unordnung in die Schloss-Welt getragen, die auch mit unserer doppelten Perspektive zusammenhing. Sozial blickten wir aus der Froschperspektive: Unser Häuschen war klein, Wasser- und Stromversorgung hingen vom Schloss ab, und wenn die Fürstenfamilie verreiste, hatten wir kein warmes Wasser mehr. Außerdem lebten Mäuse unter dem Klo, und meine Mutter nähte unsere Kleider selbst. Der Wiederaufbau des Landes ging in das beginnende Wirtschaftswunder über. Wir aber lebten noch im Charme des Nachkriegs. Wahrscheinlich wird man die in diesem Jahrzehnt geborene Generation einmal als eine der glücklichsten betrachten.

Abgesehen von der anfänglichen sozialen Verankerung unserer Familie im unteren Mittelstand gehörten meine Eltern weitläufig zur Boheme, verkehrten mit Künstlern, besaßen eine ernstzunehmende Bibliothek und sahen aus dieser Höhe eher herab auf die Luftblüte der Schloss-Kultur, die von den Tapeten bis zu Thomas Mann eher repräsentativ wirken sollte.

Übrigens sah ich in jenen Jahren aus wie eine Kreuzung aus Charles Laughton und Winston Churchill, und die Neigung, mich wenig zu bewegen und vor allem Breichen zu mir zu nehmen, brachte mir den Namen »Lauf-Kau-Faul« ein. Mein Bruder und ich trugen lange, strohblonde Locken, die an ihm hinreißend, an mir lästig aussahen, wie ich überhaupt sagen muss, dass mein Bruder von großer, zarter Kinderschönheit war, während ich in einem Film auch als Darsteller der ersten Lebensjahre Martin Luthers durchgegangen wäre. Die frühen Fotos zeigen mich deshalb auch meistens brütend, eine Stimmung, die ich lange kultivieren sollte. Erst mit vier wurde ich verschmitzt, Klämmerchen bändigten meine Haare, aber nichts bändigte meine Redseligkeit.

In den inneren Bildern aus dieser Zeit spielen die Gartenanlagen, die Schmiede, der nahe Friedhof, die Roben der Frauen, auch Kutschen, Wagen, Jagden, der nahe Wald die Hauptrolle. Es gibt keine andere Jugend in diesen Bildern als die von uns dreien. Die Dorfkinder sind weit weg, und eingetreten in die wirkliche Welt bin ich eigentlich erst, als meine Eltern – ich war damals fünf – im Nachbardorf ein Haus bauten. Wir Geschwister ersetzten uns gegenseitig die Welt.

Fragte man meinen fünfjährigen Bruder, wenn er aus den Feldern nach Hause kam, wo er gewesen sei, antwortete er:

»Bei meinen Söhnen.«

»Wie alt sind deine Söhne?«, wollten meine Eltern wissen.

»Sechsundzwanzig und dreiundvierzig«, erwiderte mein Bruder.

»Und? Machen sie dir Freude?«

»Nein, großen Kummer«, sagte er traurig. »Und heute habe ich sehr mit ihnen schimpfen müssen.«

Vermutlich vereinsamten wir voreinander hin. Vermutlich waren diese ersten Jahre dennoch glücklich.

Der glücklichste Moment aber, an den ich mich erinnere, war ein Moment, der mich in der Tür unseres Hauses ereilte. Wir stehen zu dritt, mein Bruder, mein Vater und ich, im Eingang und schauen gemeinsam in den strömenden Mai-Regen.

»Wer traut sich, durch den Regen auf die andere Seite des Hofs zu laufen?«, fragt mein Vater.

Er fragt es nicht zu Ende, schon bin ich losgelaufen, konkurrenzlos, denn mein Bruder hat aus Reife oder Faulheit nicht einmal zu einer Bewegung angesetzt. Ich aber rase, in meinem Triumph innerlich schon fassungslos, auf die andere Seite, wo sich, eben als ich unter den fürstlichen Gemächern ankomme, der Fensterladen öffnet und die Fürstin erscheint, die alles hinter der Gardine beobachtet hat und mir jetzt als Trophäe an ihrem langen dicken Waschfrauenarm eine Orange herausreicht, die ich fasse und jubelnd dem Vater apportiere. Alles war in diesem Augenblick Epiphanie: die gewonnene Konkurrenz gegen den Bruder, der Sieg unter den Augen des Vaters, die Belobigung durch die Fürstin, der warme Regen, das euphorische Orange der Frucht ... Ich erinnere mich an kein früheres, kein strahlenderes Glück.

Wenn ich zu dieser Zeit einen Berufswunsch angeben sollte, sagte ich »Diener meines Vaters«, denn das, schien mir, wäre ein schönes, sorgloses, wertvolles Leben gewesen. Und wenn ich meinen privaten Mythos hätte nennen sollen, so hätte ich gesagt: das Schloss. Es ragte aus einer anderen Zeit in meine Gegenwart. Es war Zwingburg, umfriedetes Areal, Schutzwall gegen die Welt. Es erlaubte ein Sehnen nach innen, in die Gemächer, die Rituale, die Zeremonien und Privilegien hinein, und es inspirierte ein Sehnen nach außen, ins Rauschen der Welt, aus den Umfriedungen und den Ordnungen heraus in die Ferne, die Überschreitung des Horizonts.

Wenn wir in jenen Jahren verreisten, waren es Inseln, immer Inseln oder Halbinseln, die uns anzogen. Niemand ist eine, ich weiß, aber meine ganze Kindheit ist voll von ihnen. Wann immer meine Eltern Ende der fünfziger Jahre ihren weißen »Neckar« bepackten und Auslauf suchten, wussten wir Kinder: meerumschlungen musste es sein und dem Freigang eine natürliche Grenze setzen. Meinem vor allem, denn gerne habe ich als Kind das Weite gesucht, bin aber nie weit gekommen. Das heißt, bis ans Meer bin ich immer gekommen, deshalb rührte mich später jene Zeile aus einem alten Seemannslied, in der es heißt: »Und des Matrosen allerliebster Schatz muss weinend stehn am Strand.«

In meiner Kindheit war ich Seemannsbraut, jedenfalls stand ich weinend am Strand, und die Inseln waren gewissermaßen eine geographische Spiegelung der Schloss-Situation, die auch eine geschlossene war.

Auf Reichenau im Bodensee fing alles an. Mit einem Eimerchen und vollen Windeln über eine steinige Uferstrecke watscheln, das geht als Erholung durch in einer Zeit, in der man sich noch nicht erholen muss. Wenn man das Fruchtwasser noch nicht lange hinter sich hat, ist das Meerwasser eigentlich nur geschmacklich sensationell.

Außerdem ist man als Kind der Kindheit der Menschheit wahrscheinlich näher. Man bewegt sich den ganzen Tag lang in vorgeschichtlichen Epochen, wird zu einem Teil der hackenden und sammelnden Kulturen, buddelt Krater, Gräben, ganze Stollen, um die Erde zu gestalten, ihr etwas abzutrotzen, ihre Kraft zu brechen oder in ihr fündig zu werden. Kinder finden die romantische Idee der Schätze im Erdinnern äußerst plausibel. Deshalb habe ich Jahre meiner Kindheit in der enttäuschten Hoffnung zugebracht, das Meer werde mir einen Goldklumpen oder Bernstein, den ich mir schwarz vorstellte, vor die Füße spülen.

Reichenau, Norderney, Borkum, Vrouwenpolder: In meinem Gedächtnis sind alle diese Eiländer eins. Sand, Kies, Schlick: Geblieben ist nichts als Materie. Ich schmecke kein Wassereis, sehe keine Bikinis, rieche kein Piz Buin mehr, denn diese Insel-Ferien waren wie Leben vor dem ersten Schöpfungstag.

Doch dann die Rückreise: Komm heim, sagt die Landschaft, blickt zu unserem »Neckar« hin und breitet die Arme aus. Geziegelte Kirchen, geriffelte Felder, Flecken Mischwalds, sogar Landstraßen und an Landstraßen Straßendörfer, Haufendörfer, Sprengel, Weiler, die Ausläufer eines Vorgebirges namens »rheinische Toskana«, ein Spargel-Dorado mit Brombeerwein-Plantagen, Baumschulen, Weiß- und Spitzkohlfeldern.

Kann man aus einem Auto, aus einem Zug ins Land sehen, ohne die Vorstellung: Wenn man in diesem Hof lebte, wie würde sich das Leben ändern? Vor dem Feld, das im Sommer braun wird, im Geruch des Tauwetters, mit den Geräuschen der Tiere, die in der Frühe auf die nahe Weide getrieben werden, mit Blick auf die entfernte Bahn, die man von hier vorbeirattern sähe, und man dächte: Wie würde sich mein Leben ändern, wenn ich in der Bahn säße und diesen Hof vorbeifliegen sähe …? So etwas dachte ich dauernd. Immer war alles fern, immer sprach das Rauschen des Verkehrs, das Tuten der Züge von der unbetretenen, im Medium der Sehnsucht aufgehobenen, wenn nicht eingeschlossenen Landschaft.

Zurück in die Kindheit geht nicht, zurück zur Natur geht auch nicht. Aus den Gemüsefeldern von ehemals sind die Bildtapeten des vorindustriellen Zeitalters geworden, und der Bauer fährt nur noch aus folkloristischen Gründen Traktor. Als wir das erste Mal aus den Ferien ins Schloss zurückkehrten, war es nicht mehr dasselbe. Wir wussten jetzt, wo die Welt lag und was sie wirklich machte, wussten, dass wir das Schloss verlassen würden, um selbst wirklich zu werden, und genossen widerwillig die Irritation, den Eingang zur Kindheit nicht wiederfinden zu können.

Ich liege da, zähle Schäfchen und sehe Sternchen. »Mein Schlafzimmer geht niemanden was an«, sagen sie, die Stars und die Sternchen, und zeigen diesen Gesichtsausdruck einer zu allem entschlossenen, hoch gerüsteten Privatheit. Das ist beruhigend in der paparazzischen Welt: Es gibt ihn noch, den allen Blicken entzogenen, den mythischen Ort, an dem kein Öffentlichkeitsarbeiter seine Fußspur hinterließ, und wir erfahren: Für die Unabbildbarkeit ihrer Schlafzimmer wären Stars und Starlets bereit, durch die Hölle zu gehen, ja, selbst durch die Anonymität.

Man kann das nicht hoch genug schätzen, denn was für das Schlafzimmer zutrifft, gilt für das Innere des Darms nicht unbedingt. Für den guten Zweck lässt man auch mal ein Objektiv ins Rektum. Aufklärung halt. Für die Latrinen aus »Alm«, »Burg« und »Dschungel« gilt das auch nicht. Unterhaltung halt. Mit oder ohne guten Zweck lassen gute Menschen, öffentliche vor allem, Kameras zu, wenn sie pinkeln, in Gülle baden oder in Maden, Muttermilch verspritzen, gebären, debil werden, sterben. Aber ins Schlafzimmer, sagen sie, da lassen wir niemanden rein, das geht keinen was an. Etwas Privates muss man sich schließlich auch bewahren. So redet sonst nur noch der Iran von seinem Atomprogramm.

Was für ein sagenhafter Ort ist das, die Schatzkammer, in der die Geheimnisse des Trieblebens vergraben wurden? Unter allen architektonischen Komplexen eines Hauses ist dies der Intimbereich. Gäbe es diesen Ort nicht, woher nähme der Star sein Geheimnis? Ausgeleuchtet bis in die tiefsten Faltenwürfe des Profanen hinein, empfängt er manchmal nur noch aus dem dunklen Licht des Schlafzimmers seinen irisierenden Glanz. Rätselhaft, mysteriös und gefährlich muss sein, was er in diesem Zimmer treibt, es muss jeder Abbildung spotten, es muss in seiner Intimität so entlarvend sein, dass es dem Kameraauge noch weniger zumutbar wäre als der dem guten Zweck entgegengereckte Darm.

Und es geht ja gar nicht darum, was der Überlebensgroße in seinem Privatissimum treibt, es geht um die Frage, wo er es treibt, um die Wohnlandschaft seines Pfuhls, um die Matratzengruft der Begierde, um die Geschwätzigkeit der Inneneinrichtung. Oh, wenn diese Wände talken könnten! Wenn geblümte Gardinen, Nachtkästen, verspiegelte Einbauschränke, erkaltete Duftkerzen unheimlich emotional werden, wenn sie alle durcheinanderpilawern könnten, alle vom gleichen, diesem riesigen Wasserballett, diesem massenhaften Synchronturnen, dieser Kollektivhochzeit, diesem Herunterschlingen des Fleischlichen, der sexuellen Gefräßigkeit, diesem Schrecken, »das Ehebett« genannt, diesem Dante'schen Höllenwinkel, in dem die Wonnen der Hochzeitsnacht ihre ewige Kirche haben sollten, in Wirklichkeit aber die abgeschnittenen Fußnägel in der Krypta liegen und sich die Freitagslust im phallischen Drohen erschöpft!

Nicht?

Ich habe mal Marianne Hoppe, ein Star zu ihrer Zeit, gefragt: »Wie aß Hitler?« Er aß nicht, meinte sie, zumindest sah man ihn nicht essen, oder besser, man bemerkte sein Essen nicht, denn er war ja kein Genussmensch und redete außerdem dauernd von seinen Autobahnen. Diese Antwort war so intim, dass ich ins Blaue hinein konstatierte: »Sie waren in Hitlers Schlafzimmer!« Und die alte

Dame reagierte nicht empört, prustete nur: »Wie sich das anhört! Er hat mich halt durch das Haus geführt. Dann hat er mich gefragt, ob ich sein Schlafzimmer sehen will. Ich sagte Ja. Da hat er's halt aufgemacht. Hab ich gesagt, ich fände das sehr ungemütlich.«

Atem anhalten: Adolf Hitler und die junge Marianne Hoppe, eine ihm persönlich kaum bekannte Schauspielerin, stehen in der Tür seines Schlafzimmers, blicken auf »diese Bettstelle da«, die ihr »ungut asketisch« vorkam, »gewollt ärmlich« und wenden sich ab. Im Eindruck, dass er nicht animieren, sondern das Spartanische und Unsinnliche des Ensembles vorzeigen wollte, ist sie abgestoßen, doch zugleich erleichtert, es so uneinladend zu finden. Ein Raum mit negativem Sog, ein zentripetales Kraftfeld, mit der Energie, alles rauszuwerfen. Die Anti-Bettstatt.

Schlafzimmer kann man also durchaus vorzeigen. Manchmal sprechen sie noch Jahrzehnte später, und vielleicht lauter, als je zuvor, und sei es durch das, was sie nicht sind.

Mein Schlafzimmer ist ein Aufbewahrungsort für meinen schlafenden Körper. Ich weiß nicht, wer da schläft. Gargantua, der aus einem kolorierten Stich von der Wand bettwärts blickt, und ich, wir wollen es beide nicht wissen.

Eine Agave. Genau. Eine aus dem Strandsand aufstrebende, einzelne Agave mit fleischigen grau-grünen Blättern, das war's, mein erstes Reiseziel. Aber das wusste ich nicht, als ich aufbrach, in ihren Schatten zu reisen.

Hinterher wusste ich es, stand auf, strich mir den Sand vom Körper und sah ihn hinter mir liegen: den Körper und den unvergesslichen Ort samt den staubgetuschten Blättern der Agave und dem Schatten darunter, dem zerwühlten Schatten.

Aber das ist nicht der Anfang. Der Anfang ist: Ich war siebzehn, verliebt und Internatsschüler an der Nordsee. Meine Geliebte war achtzehn, erfahren und Gymnasiastin im Rheinland. Telefonate waren zu teuer, Briefe schrieben wir fast täglich, und in ihnen trug uns das Schmachten dauernd über alle Horizontlinien davon, weit weg.

Mein Internatszimmer teilte ich mit einem deutschen Pykniker, dessen Eltern sich ohne ihn in Marokko niedergelassen hatten. Ihn quälte Fernweh, mich Heimweh. Er sprach von Basaren in Marrakesch, ich von Parkbänken in Bonn. Alles war gut, solange es fern war, und schmerzlich war es auch. Einmal saß er nachts an meinem Bett und weinte, während ich schlief. Ich schlief aber nicht und weinte selbst, sobald er wieder im Bett war. Das alles wäre ganz schön gewesen, ohne die Liebe.

Meine Freundin hieß nicht Yvonne, ich nenne sie hier nur so, weil ich damals Namen am schönsten fand, wenn sie mit Y begannen. Sie nahm meine Träume in Empfang und träumte sie weiter, über die Landesgrenzen hinaus. Weiter. Weg. In eine fiktive Fremde träumten wir, und diese

Fremde korrespondierte mit dem, was uns aneinander vermutlich noch fremd war, so unerlöst, wie wir waren. Jede Reise zu dieser Zeit musste eine Entdeckungsreise sein, mit uns als unausweichlichem Ziel.

Also suchten wir das Weite, aber das erschwingliche. Über die Weltkarte gebeugt, entschieden wir, dass das erschwinglichste Weite »Sardinien« hieß. In den Reiseführern raunte man von Banditen, von Wegelagerern und Straßenräubern, die von Eseln aus arbeiteten und in unwegsamen Gebieten hausten. Ein sehr literarisches Ganoventum, fanden wir.

Die Sarden, ein wildes Hirtenvolk, so lasen wir auch, seien Afrika zugewandter als Europa, liebten ihre Unabhängigkeit und zögen sich bei Bedarf in ihre hochgelegenen Dörfer zurück, wo der Arm des Gesetzes sie kaum fassen könne. Im Grunde war nur ein kleiner Streifen Costa Smeralda »kultiviert«, so hätte man denken können. Von einem Besuch der zentralen Provinz »Nuoro« aber wurde sogar pauschal abgeraten. Denn hier, wo Entführungen, Überfälle, auch Morde an der Tagesordnung seien, könne man verschwinden, ohne je wiedergefunden zu werden. Also raunte Polyglott.

Verschwinden. Es war Sommer, und wir hatten sechs Wochen Zeit dazu. Yvonne war blond und das Trampen leicht. Schon auf der Höhe von Koblenz hielten zwei Autos, die »Kolonne fuhren« Richtung Avignon. Die Fahrer legten Jethro Tull auf, und so rasten wir zu »Thick as a Brick« durch Zentral-Frankreich, »and you let your animals free«, war die glücklichste Zeile, die sangen wir mit. Wir reisten, und groß waren die Versprechen.

Außerdem waren die Fahrer komisch und überboten sich in Wortspielen. Der eine sagte »Tel Aviv« für »c'est la vie« und statt »nervös« immer »porös«. Das war damals noch neu.

Manchmal hielten wir mit unserem Wagen auf einem Autobahnparkplatz, warteten auf den zweiten Wagen, vertraten uns die Beine, umarmten uns, aßen Kekse und fuhren wieder in das schmutzige Frühlicht hinein nach Süden. Ich weiß noch, wie ich in Avignon erwachte, als ein monströs hässlicher Halbwüchsiger die Straße überquerte. Eine Hitchcock-Szene: halbheller Frühmorgen, und in dem Zwielicht geht ein flammend rothaariger Junge, sommersprossig, nein: -fleckig, gebeugt und mit schwer hängender Unterlippe über den Zebrastreifen, und mein Fahrer sagt lakonisch: »Tja, Mäusepaul, du alter Eierdieb, da musste ganz allein mit fertig werden!« Wörtlich.

Wieder ausgesetzt an der Straße, kostete uns die Strecke bis Marseille einen ganzen Tag. Aber am dortigen Hafen brausten in der Abenddämmerung Europa und Maghreb ineinander. Wir stellten uns in die duftenden Marihuana-Wolken, tranken frisch gepresste Säfte, aßen Bratfischchen und liefen in das interessanteste Viertel hinein.

Bald wurden hier die Gassen so eng, dass die Wäscheleinen sie ganz überspannten und sich die Nachbarn von Fenster zu Fenster die Hände reichen konnten. Wir bewegten uns mit unseren Rucksäcken durch den Slum, tranken schwarzen Kaffee auf dem Bürgersteig und schafften es wieder unversehrt ins Freie. Da war die Nacht schon runtergekommen, einen Schlafplatz gab es nicht, doch da die Luft lau und der Morgen nicht weit war, schlichen wir uns durch einen Torbogen in einen begrünten Innenhof zwischen martialische Fassaden.

Auf der kleinen, von Rabatten gesäumten Rasenfläche schlugen wir sogar unser Zelt auf, küssten uns zur Nacht und schliefen, bis in der Morgendämmerung zwei Stiefel durch die Zeltwand traten, einfach nach uns traten. Dieselben Stiefel traten auch unsere Zeltstangen ein, überhaupt hörten sie nicht auf zu treten, und als wir alles entwirrt, uns notdürftig bekleidet und den äußeren Reißverschluss geöffnet hatten, standen wir inmitten einer Kohorte hoch gerüsteter französischer Soldaten.

Offenbar waren wir nachts unbemerkt in ein Kasernengelände eingedrungen, und das mickrige Zelt, die blonde Yvonne mit ihren nackten Beinen, meine langen Haare, all das blamierte den Gedanken der militärischen Abschreckung. Mit Schlägen und Tritten wurden wir vom Hof gejagt, und unsere Sachen schmiss man uns draußen auf dem Bürgersteig nach.

Auf der Fähre nach Olbia, Sardinien, haben wir uns geküsst, Rußflocken flogen aus dem Schornstein in Yvonnes Haar, nach Salz und Asche schmeckte, was wir atmeten, und unsere albernen Segeltuch-Sonnenhüte hatten uns, als der Abend kam, vor dem Sonnenbrand nicht geschützt. »Viva, la Sardegna!«, riefen wir, als wir die Fäuste in den Sand der Insel ballten. Immerhin waren wir am Ort unserer Sehnsucht angekommen, nach immerwährender Reise: allein, verliebt und uns selbst überlassen an einem wilden Ort.

In der ersten Nacht schafften wir es gerade noch zum Strand, wo wir unsere Schlafsäcke ausrollten, hergestellt und mit entsprechenden Etiketten versehen von »Tittel Lengenfeld«. Ich weiß nicht, warum ich das noch weiß. Am nächsten Morgen waren wir selig wie nie und von Sandflöhen gebissen. Die Landschaft bestand aus aufgetürmtem Schmirgelpapier. Auch an Ginster und die schmalen Rispen der Pinien kann ich mich erinnern. Bauern mit holzgeschnitzten Gesichtern standen in den Feldern, saßen auf den Plätzen in Palaver-Runden, und aus Wurzelholz waren die Hirten-Gnomen auf den Eselsrücken, die hinter ihrer Herde herritten, während die schwankende Gerte nur über den Hintern dahinstrich.

Die Sardinnen waren starkknochige, massive Räuberhauptmannsfrauen mit Damenbärten, schwarzen Kopftüchern und Reibeisen-Stimmen. Ihre Hände waren raue Pratzen, rissig von der Feldarbeit und zupackend. Manchmal baten uns die Frauen ins Haus, wärmten Wasser über dem Feuer, um unsere Hände vor Tisch damit zu übergießen; man trank den gold-öligen, hochprozentigen Wein Sardiniens aus kleinen Pressgläsern. Die Männer versuchten währenddessen, weltläufig zu erscheinen, Konversation zu machen und die Kultur ihres Landes zu verherrlichen.

Die Kultur bestand vor allem aus runden Steinhaufen, so genannten Nuraghen, die wie Brustwarzen auf den Hügeln saßen, steinerne Turmbauten, die hier in größter Dichte, aber mit ungewisser Funktion errichtet wurden. Kultstätten? Gräber? Wohnbauten? Die beigeordneten Bronzeskulpturen wirkten jedenfalls leptosomisch und nervös, und alles Deuten und Arme-Ausbreiten schien unerklärlich.

Einmal, wir waren inzwischen tief in die Provinz Nuoro eingedrungen, nahm uns eine Bauernfamilie bei sich auf. Wir saßen schon am langen Tisch, als die Kinder von der Feldarbeit heimkehrten. Niemand staunte über die Fremden, und nachdem ich Yvonne sicherheitshalber als meine Frau ausgegeben hatte, waren die letzten Bedenken zerstreut. Wir aßen Spaghetti aglio e olio, aber mit Oliven, Kapern und geräuchertem Käse, und nach Mitternacht, das Dessert war eben vorüber, nahm der Familienvater meine Hand, sagte, die Frauen müsse man jetzt sich selbst überlassen, und fuhr mich mit dem Moped auf die Piazza, wo mindestens fünfzig Männer beim Wein saßen. Die finstere männliche Gesellschaft, die sich hier versammelt hatte, entsprach ikonographisch exakt meiner Vorstellung von der Mafia. In der Nacht durfte ich mit meiner Frau im größten schmiedeeisernen Bett schlafen, wo wir uns nur im Arm hielten, aus Angst, auffällig zu werden in unserem Verlangen.

Das Trampen war nun so leicht, dass wir mehrmals von Wagen zu Wagen gereicht wurden, und wir trauten uns manchmal sogar, einen Wagen in einer Bucht am Meer einfach anhalten zu lassen, zuversichtlich, dass immer irgendjemand kommen und uns holen würde. Einmal bauten wir abends unser Zelt vor einen Hang und standen nur Meter entfernt, als eine Rotte Wildschweine mitten durch unser Areal stürmte, das Zelt ein Stück mitreißend.

Ein andermal sprangen wir ganz allein an ein paar warnenden, aber für uns unverständlichen Schildern vorbei in die Brandung, bis uns aufgebrachte Einheimische buchstäblich aus dem Wasser zogen. Den ganzen Tag über hatte der Rundfunk für diesen Küstenabschnitt Hai-Warnungen durchgegeben. Auf den Fotos steht Yvonne einmal vor einem Kaktus, einmal rudert sie mich, und einmal hebt sich die Silhouette einer Pinie vom Sonnenuntergang ab. Ich kann diese Bilder bis heute nicht ohne Liebe sehen.

In der Hai-Bucht sind wir dann für eine Nacht geblieben, und sie war jetzt auch dabei, die Agave, die aus der trostlos kargen Erde einen geilen Schlund und aus diesem immer neue fette Blätter hervorgetrieben hatte und jetzt so riesig am Hang stand, dass wir in ihrem Schatten lagern konnten. Und wir lagerten. Und in diesem Schatten verlor ich endlich an einem Sommerspätnachmittag, was man damals zu Recht als »meine Unschuld« bezeichnete.

Tage später hat uns ein Nachtclub-Besitzer aus Cagliari mitgenommen, hat nachts seine verlassen liegende Diskothek aufgesperrt, Pink Floyd aufgelegt, dann ist ihm aus der Küche seine Katze, die er dort eingeschlossen hatte, ins Gesicht gesprungen. Er lachte, während er blutete, aber wir wussten, nicht das Temperament der Katze, sondern die Bosheit ihres Besitzers hatte diesen Angriff verschuldet. Der Mann ließ uns auf der kühlen Tanzfläche unsere psychedelischen Kreise ziehen, brachte uns dann in eine seiner Stadtwohnungen, gab uns den Schlüssel und wollte gehen. Warum er uns traue, wollten wir wissen. »Ihr kommt auf dieser Insel nicht weit, wenn ihr mich betrügt«, antwortete er. Später hat er hinzugefügt, »wenn euch jemand überfällt, sagt, ihr seid Freunde von Piero Pirlo, dann passiert euch nichts«. Wir haben ihn nicht wieder gesehen. Passiert ist uns auch nichts. Wir reisten im Schatten der Agave. Es war der schönste Sommer.

Ich bin auf dem Dorf aufgewachsen. Wo der Bäcker die Brötchen in der Früh vor die Tür warf und die Mütter zur Kirmes mit dem Fahnenschwenker des Spielmannszuges auf der Straße tanzen mussten. Zum Haareschneiden besuchte man den Dorffriseur, einen schweigsamen Trinker, der nur am Fußballfeld manchmal die Fassung verlor und dann entfernt werden musste. Wie beschreibt man einem Friseur den gewünschten Haarschnitt? »Du sagst: Der übliche Fasson-Schnitt«, assistierte meine Mutter. Weder ich noch der Friseur wussten, was ein »Fasson-Schnitt« ist, aber das änderte nichts am Ergebnis: Er schor mir auf die immergleiche Weise den Schopf, und weil ich mich genierte, ließ ich den Kopf gesenkt und beobachtete, wie seine Schuhe durch meine Locken wateten.

Schöne Schuhe, erwachsene Schuhe, »Alden«-Schuhe, wie ich heute weiß, voller edler Lochlitzen, Ösen und kleiner Punzierungen. Es war die Zeit, in der das Wort »Halbschuhe« noch am Leben war und so klang wie »Halbblut« oder »halbstark«. Deshalb blickte ich auf diese Schuhe zwar hinab, doch eigentlich blickte ich zu ihnen auf, gewissermaßen aus der Froschperspektive. Denn damals kamen meine Schuhe von Salamander, weil es dort »Lurchis Abenteuer« gab, das Heft zum Halbschuh, mit Piping, Olm und Unkerich, dem froschgewordenen Hoss Cartwright, und Versen wie: »Dass gesund ein jeder wander', braucht ihr Schuh von Salamander. Lange schallt's am Brunnen noch: Unser Lurchi lebe hoch!«

Na ja, jedenfalls blieben die Schuhe des Friseurs jahrzehntelang meine Blaue Blume der Fußbekleidung. In meiner Erinnerung saßen sie fremd und edel an seinen Füßen, und im Schaufenster des dörflichen Schusters suchte man sie vergeblich. Was hätten sie dort auch zu suchen gehabt, diese Meisterstücke angelsächsischer Noblesse?

Schon damals existierte eine Kultur der Schuhe. Bata Illic sang »Schuhe so schwer wie Stein« und »Ich hab noch Sand in den Schuhen von Hawaii«, und als er später mit »Meine Schuhe, deine Schuhe« herauskam, glaubte ich kurzfristig an die innige Verbindung zwischen Showgeschäft und Schuhgeschäft. Vermutlich war er der Begründer der Kette »Bata«. Denn dort waren die Schuhe wie er: Zwischen »transsilvanisch schaurig« und »von zeitlosem Design«. Jedenfalls waren damals die Ladenketten noch wichtiger als die Marken.

Es sollten viele Jahre bis zur Alden-Reife vergehen, Jahre, die ich mit gesichtslosen Slippern von »Schuh Spath«, dem Bonner Fachgeschäft für Übergrößen, überbrückte: »Sie leben auf großem Fuße«, pflegte der zwei Meter hohe Verkäufer jedes Mal zu sagen, zu jedem. Damals hatte ich Schuhgröße 46. Nach Tschernobyl sind meine Füße dann auf 45 geschrumpft. Trotzdem kann mein lieber Freund Hans heute immer noch mit seinen Schuhen komplett in meinen verschwinden wie in einem Futeral.

Ein paar Jahre brachte ich mich dann noch durch mit leichtem, schnell zerschlissenem Schuhzeug aus Italien oder mit Wildledertretern, deren Brandsohle rutschfest und schweißfördernd wirkte. Sie erinnerte mich daran, dass in den galanten Romanen des Restif de la Bretonne aus dem 18. Jahrhundert immer wieder am Schuhzeug geschnüffelt wird, weshalb man in der Sexualwissenschaft diese Vorliebe »Restifismus« nennt. Alden-Schuhe sind nichts für Restifisten.

Anfang der 90er Jahre war es dann endlich so weit. Vor meiner ersten Sendung auf »Premiere« kamen dem Sender Zweifel an meinem »Stil«. Dieser manifestiere sich zunächst in den Schuhen, hieß es, und auch wenn diese Schuhe in den kommenden Jahren unter dem Tisch blieben und nie das Licht der Fernsehkamera erblicken sollten, wurde mir eine Stylistin zur Seite gestellt mit dem Auftrag, das Dilemma an meinen Füßen zu lösen. Jacqueline wusste sofort, was sie wollte, strebte in ein Fachgeschäft für den englischen Landedelmann und öffnete einen grünen Hartpappekarton, in dem zwischen moosfarbenen Seidenblättern ein eierschalbeiger Flanellsack lag, das Futteral des Klassikers, »Alden's Masterworks«, lieferbar als »Wing Tip Bal Oxford«, »Long Wing Blucher Oxford« oder »Plain Toe Blucher Oxford«, in den Farben Braun, Schwarz und Aubergine.

Aubergine ist die Farbe für die Blaue Stunde, die Farbe, mit der man sich auch um 20 Uhr noch erwischen lassen darf. Diese Schuhe hatten die Füße meines Friseurs geziert, jetzt sollten sie meinen ersten Schritt ins Fernsehen begleiten. Fasson-Schnitt. Long Wing Blucher. Allwetter-Walker. Und unter dem golden eingeprägten Wappen auf jedem Schuh die Inschrift: »Alden. New England«. Auch im fernen Massachusetts weiß man, dass ein Schuh nobler wird, wenn man ein »Oxford« hinzusetzt. »Rule Britania«, sagt man sich dort, regiere unsere Herren-Schuhmode. Das tat sie viele Jahrzehnte lang.

Als Oscar Wilde nach Amerika kam, nannte er sich »Professor für Ästhetik« und »Kleidungsreformer«, bedauerte, dass Luther immer so schlecht gekleidet gewesen war, und fand nur bei den Bergarbeitern der Rocky Mountains in ihren schwarz-roten Monturen echten Stil. Sie umarmte er, nachdem er ihnen das Versprechen abgenommen hatte, niemals ihre Arbeitskleidung zu wechseln.

Und was für Schuhzeug werden diese Arbeiter getragen haben? Genau. »Custom Bootmakers since 1884« sind Alden, kein »Appointment by Her Majesty the Queen«, sondern gute, reale Stiefel-Hersteller, die die Solidität ihrer Fabrikate mit der konservativen Eleganz britischer Snobs versöhnten und in der Fertigung doppelt genähte Ledersohlen, Kalbslederfutter, feinstes Wildleder oder Lederabsätze mit Gummi-Intarsien verarbeiteten. Zusammengehalten wird das Ganze von einem flexiblen Stahlrahmen, der jeden Detektor am Flughafen zum Ausschlag bringt, sich dem Fuß aber nach einiger Zeit so geschmeidig anpasst, dass er Individuum sein darf. Jeder Alden-Schuh ist ein Solitär, doch in jahrelanger Kohabitation formt er sich mit, sodass er schließlich nur noch an diesem einen Fuß seine volle Wirkung entfaltet.

Und er hält und hält.

Erst trug ich mein Paar Alden-Schuhe nur im Studio. Aber das bekam ihnen nicht. Sie blieben steif und feierlich und ihre Oberfläche opak. Dann nahm ich sie mit in die Stadt, zerkratzte die Sohle auf dem Asphalt, ließ die Regenwolken über das Deckleder ziehen, schlurfte im Wald durch die Pfützen und Laubhaufen und feierte diese ganze Rückreise in die Kindertage mit dem Sinnesorgan der Schuhe, die mir, vielleicht zehnjährig, auf dem Boden des Friseurs zuerst begegnet waren.

Allmählich bekamen meine Aldens Falten, dann wurde eine Physiognomie daraus, am Ende hatten sie Charakter, und heute, sechzehn Jahre nach ihrer Anschaffung, müssten sie eigentlich ihr Gnadenbrot bekommen und an Materialermüdung leiden. Stattdessen sahen sie nie besser aus. Im Alter sind sie wie von innen errötet, ihr Aubergineton ist noch tiefer, ihre Patina in mehreren Schichten so durchsichtig, als hätte Tizian eine Komposition in Rot mit hundert Lasuren überzogen, und man könnte durch die obersten Schichten hindurch irgendwo bis auf den Grund des Leders sehen.

Und nicht genug von solcher archäologischen Sentimentalität. Im Innern des Schuhs hat der Hersteller – ein Arbeiter mit Kittelschürze? Eine schweigsam arbeitende Directrice? – mit schwarzer Tinte eigenhändig ein paar Runen und Zahlen auf dem weichen Leder der Fütterung hinterlassen, eigentlich eine Höhlenmalerei, die an die Kreidenotate der Sternsinger auf dem Balken über der Tür erinnert. Jedenfalls eine Signatur, eine persönliche Hinterlassenschaft der Handarbeiter, eine Geheimschrift, vermutlich geeignet, den Schuh auf der einen Seite bis zu mir, auf der anderen bis zum Kalb zurückzuverfolgen.

Heute sind diese Schuhe keine Schuhe mehr, sondern die Manifestation der Jahre, die über sie dahingegangen sind. In Heideggers Aufsatz über das Wesen des Kunstwerks gibt es eine Passage über das Bild der Bauernschuhe von van Gogh. Diese Schuhe, sagt Heidegger, sind nicht einfach die malerische Repräsentation eines »Zeugs« oder Arbeitsgeräts, sie sind ein Residuum der Geschichte. In ihnen malt van Gogh nicht das Leder, das Schnürbändel, die Ösen, die Falten des Spanns, er malt den blinden Griff des Bauern in der Früh, wenn er noch schlaftrunken nach seinen Stiefeln greift, malt die stumme Wiederholung dieses Griffs, die Ewigkeit der Strapaze, die der Schuh für den Bauern und mit ihm erleidet.

Jeder in Würde alt gewordene Gegenstand trägt diese Zeichnung und gibt so seine Geschichte preis. Aber heute werden die Gegenstände nicht mehr in Würde alt. Sie welken kaum und zerfallen abrupt. Wenn man aber einen Alden-Schuh besitzt, dann hat man etwas, das man täglich belasten kann, und das einem doch beim Altwerden Gesellschaft leistet, weil es selbst nicht spurlos älter wird. Alden-Schuhe kann man einschicken, dann werden sie in den Nähten erneuert und erhalten ein frisches Innenleben, aber der Schuh, der mit dem Fuß alternde Schuh, er bleibt, bis sein Besitzer mit den bloßen Füßen zuerst an ihm vorbeigetragen wird. So bleibt er zurück. Nicht umsonst findet sich auf alten Gemälden ein Paar Schuhe oft als Symbol für Treue: Aldens Ahnen, I suppose.

POSTKARTEN

Jetzt sehe ich sie wieder, die Straßen von Kabul, die offenen Plätze, die Staubstraßen: erst in meinen Träumen, da sind sie sepiabraun, mit einer Patina überzogen, wie die Standfotos alter Filme, dann in den Nachrichten, da sind sie aufgewühlt, von Detonationen, von zentripetalen Bewegungen erschüttert. Nachrichtenbilder setzen immer zu einem Zeitpunkt nach der Katastrophe ein. Deshalb zeigen sie Menschen, die fliehen, vom Schauplatz wegeilen, in Sicherheit gebracht und geborgen werden müssen. Die Menschen, die ich vor ein paar Monaten noch getroffen hatte, als sie sich Gedanken über ihre Zukunft machten, Alphabetisierungskurse besuchen, ein Geschäft eröffnen, eine Fremdsprache erlernen wollten, sie sind jetzt wieder auf den Straßen, fliehend, geduckt, Steine schmeißend, zu den Waffen greifend, hasserfüllt in die Kameras schreiend, dass es ein Verbrechen ist, was Amerika, was die westliche Welt ihnen antut.

Es ist wahr, auch in Deutschland gestand die Mehrheit der Bevölkerung nach dem 11. 9. den USA das Recht zu, Afghanistan zu bombardieren, auf der Suche nach vermeintlichen Terroristen, zur Beseitigung des Taliban-Regimes oder einfach im Dienst der nationalen Katharsis, zur Reinigung der Affekte.

Als ich im Februar 2005 zum ersten Mal nach Kabul kam, habe ich gesehen, wie ein amerikanischer Panzer – mit zwei aufgepflanzten Star Spangled Banners dekoriert – auf die friedliche Straßenkreuzung fuhr, das Geschützrohr über die Menge kreisen ließ, bis einige Menschen sich zu Boden warfen, andere davonliefen, ehe der Tank in eine Seitenstraße abbog. Sinnlose, absichtsvolle Provokation.

Ich habe mit Dorfältesten gesprochen, die berichteten, wie US-Soldaten die Außentore ihrer Siedlungen sprengten und Stoßtrupps, bis an die Zähne bewaffnet, das Dorf durchkämmten, Frauen und Kinder nicht minder verängstigend als ehemals die sowjetischen Soldaten. Der Älteste hat auch gesagt: »Wenn ihr Deutschen kommt, dann seid ihr unbewaffnet, ihr erklärt am Eingang, was ihr wollt. Ihr seid vertraut mit unserer Kultur, wir trauen euch.«

Ein kleiner afghanischer Soldat auf Heimaturlaub hat mir berichtet, wie er und seine zwanzigjährigen Freunde im Süden für die Amerikaner die Dörfer nach Talibankämpfern durchsuchen müssen. Erst »räumen« die jungen afghanischen Soldaten ein Dorf, dann, wenn die Kämpfe beendet sind, stürmen die Amerikaner, aus den Hügeln kommend, die Siedlung. Seiner Mutter darf der junge Soldat auf Heimaturlaub nicht sagen, worin sein Dienst besteht, er arbeite für eine Hilfsorganisation, sagt er ihr, sonst würde sie ihn nicht mehr gehen lassen.

Ein deutsch-afghanischer Zuckerrüben-Fabrikbesitzer hat mir erzählt, wie die Amerikaner ihn warnten, seine Fabrik sei nicht sicher, es könne zu Anschlägen kommen. Als er nicht das Weite suchte, kam es wirklich zu Anschlägen, Sachbeschädigungen. Er fand heraus, dass diese Übergriffe auf die Amerikaner selbst zurückgingen, die die Zuckerversorgung Afghanistans in die eigenen Hände nehmen wollten.

Viele solcher Geschichten habe ich gehört, manches, das sie bestätigte, selbst gesehen, und doch hat niemand, den ich sprach, Hass gegen Amerika gezeigt – Missbilligung ja, auch Verachtung, aber der jüngst aufgeflammte Hass ist erst jetzt in den Gesichtern, da amerikanische Soldaten einen Unfall mit Todesopfern nicht nur verursacht, sondern die Verletzten danach im Stich gelassen haben: Ein Verstoß gegen einen Grundwert afghanischer Kultur.

Was heißt das? Glauben sie wirklich, in einer Situation, die Bush und Blair als »Krieg« bezeichneten, könne das Immaterielle der Kultur, die Verbindlichkeit von Sorge, Gastfreundschaft und Hilfsbereitschaft auch von amerikanischen Soldaten im Umgang mit der Zivilbevölkerung als verpflichtend empfunden werden?

So eigenartig es ist, und so neuartig mir die Erfahrung war: In dieser Situation erscheinen die Deutschen, die nicht mit den US-Truppen in den Irak-Krieg zogen und sich jetzt auch in Afghanistan so viel behutsamer verhalten, manchem Afghanen als Anti-Amerikaner, als positive Variante westlicher Mentalität und Muster dafür, wie man sich einer fremden Kultur nähern sollte, auch wenn man kommt, um zu helfen, und wirklich handelte es sich bei den deutschen Soldaten, die ich sprach, um gut vorbereitete, wohl informierte, die Situation sensibel abwägende Männer.

Ihre Unterstützung gilt als selbstlos, und jedes Kind nennt die Deutschen »uneigennützig«: Auch die Chinesen bauen Straßen, aber die sind teuer und haben nicht mal einen Mittelstreifen, auch die Türken bauen Straßen, die haben zwar einen Mittelstreifen, aber sie kosten auch. Nur die deutschen Straßen sind gut und kosten doch nichts. »Denn euch geht es wirklich um uns«, sagt ein alter Richter.

Und so haben mir ehemalige Mudschaheddin empfohlen: »Willst du sicher reisen, mach eine deutsche Flagge hinten an den Wagen, dann passiert dir nichts.« Inzwischen kleben auch amerikanische Soldaten deutsche Flaggen an ihre Wagen. Das trägt zur Sicherheit der Angehörigen beider Nationen nicht bei.

Dass sie gemocht wird, ist für keine Nation hier mehr selbstverständlich, denn die Nicht-Regierungsorganisationen genießen einen zweifelhaften Ruf, nicht nur, weil sie die Mietpreise in Kabul in die Höhe treiben. Als kürzlich in einer Umfrage ermittelt werden sollte, worin die Afghanen die wichtigste Bedingung für den Frieden sähen, antworteten über dreißig Prozent: Entwaffnung, und nur zwei Prozent sagten: Hilfe von außen.

Die Deutschen sind sich ihrer Sonderrolle bewusst, und sie wissen auch, dass diese verloren wäre, beteiligten sie sich an der Drogenfahndung. Noch aber wird ihre Aufbauarbeit mit eigener Zustimmung begleitet, und wirklich: Der deutsche Botschafter in Kabul ist ein wenig konventioneller, zupackender Mann. Das Goethe-Institut wird von Sprachschülern geradezu überlaufen, in einem Seminar erarbeiten junge Journalismus-Studenten Kurzfilmbeiträge über ihr tägliches Leben. Die deutschen Hilfsprojekte auf dem Land kündigen sich wenigstens schon aus der Ferne durch ein Verkehrsschild an, das da steht wie ein Kunstwerk, so einsam und unverständlich: »Vorsicht! Fußgänger überqueren die Fahrbahn!« Aber das tun sie doch dauernd, unangekündigt, überall, und so staunen Afghanen diese L'art-pour-l'art-Objekte des deutschen Verkehrswesens an und ahnen, dass sich auch in ihnen etwas von der Kultur, wenn nicht vom Nationalcharakter der Deutschen verraten muss.

Komm heim, sagt die Landschaft, blickt auf zum Flugzeug und breitet die Arme aus. Geziegelte Kirchen, geriffelte Felder, Flecken Mischwalds, sogar Landstraßen und an Landstraßen Straßendörfer, Haufendörfer, Sprengel, Weiler. Vom Laufband angenommen, rolle ich nach Jahren in Abwesenheit der Wiederbegegnung mit Bonn entgegen. Heim ins Vaterland der Verbraucher, sagt Laetitia Casta, die mit nackten, von innen erglühten Beinen aus der Flughafendecke steigt. Willkommen, sagt der organisierte Konsum, willkommen, aber entscheide dich: Willst du eine Heimat bewohnen oder einen Standort?

Flughäfen bleiben vom Pathos des Heimatgefühls verschont. Was Köln-Wahn hieß, heißt Köln/Bonn, könnte aber auch Detroit, Texas, Singapur heißen.

Hier und da Fachwerkhäuser, auf ihren Türbalken die Kreide-Runen der letzten Dreikönigssänger. Idyllisch soll das wirken, beschaulich, mit dem Kreuz im Giebel, so, als wäre es die Aufgabe jedes Hofes, jedes Baumes, jedes Ackers und jeder Wolke, das Wort »Heimat« zu buchstabieren oder »Unser Dorf soll schöner werden«. Wenn es jemals leicht war, von hier zu verschwinden, wie könnte es je schwer sein zurückzukehren? Und worauf kann ich also eher verzichten – auf das Weggehen oder auf das Wiederkommen? Und was macht jemand, der in seine Heimat zurückkehrt und ein Autobahnkreuz findet, wo sein Elternhaus war? Steht er da und sagt: Meine Kreuzung, meine Heimat? Sucht er sich ein Surrogat, eine zweite Heimat? Steht er mit Tränen in den Augen da? Den Wald dort, dann den Acker, den Schwung der Hügellinie, die einsame Bahnstrecke: Wie viel kann man ihm wegnehmen, und er nennt es immer noch »meine Heimat«?

Eine ungefährdete Heimat müsste jenseits der Zivilisation liegen, als ferner, der Zeit entzogener Winkel. Also ist sie immer fiktiv, und fatal wird es nur, wo man aus dem Sentimentalen etwas Politisches macht. Vermutlich würde es den Menschen das Sprechen über ihr Land erleichtern, wenn sie sich alle als Heimatvertriebene erkennen wollten, davongejagt aus künstlichen Paradiesen. Dann lohnte es sich also nur von der Heimat zu sprechen als von einem Mangel, dem Inbegriff des Verlorenen.

Ich nehme ein Taxi. Es passiert den Hofgarten hinter dem prachtvollen kurfürstlichen Bau der Universität. Der Fahrer fragt nach der Hoteladresse. Ich nenne einen Namen, weil ich mich an eine Aussicht erinnere, an einen Teppich mit Sternen darauf und gemalte Zirrhuswolken an der Zimmerdecke.

»Da wollen Sie hin?«, fragt der Taxifahrer skeptisch. »In dem Hotel fliegen doch die Heiratsschwindler aus den Fenstern!«

Woher er das weiß? Zehn Jahre lang kam ein Herr hierher, umgarnte Frauen, flanierte mit ihnen in den Rheinauen, kehrte zurück ins Hotel, aß gepflegt, liebte sie anschließend stürmisch …

»Woher wissen Sie das?«

»… und die ließen sich alles abschwatzen. Eines Tages ist dann vorn die Polizei vorgefahren, und hinten ist er aus dem Fenster gesprungen, hat sich das Bein gebrochen, das war's.«

»Und woher wissen Sie das?«

»Ich hab eines seiner Opfer geheiratet.«

Ein Märchen mit glücklichem Ausgang, genannt Wohnsitz im Siebengebirge, das entstand, als die Sieben Riesen, die das Rheintal aushoben, ihre Spaten abklopften. Noch ein Märchen. Auf der anderen Seite das Vorgebirge mit seinem Kottenforst, dessen Wälder bis in die Eifel reichen, bis fast vor Heinos Café in Münstereifel. Ende der Märchen.

Weder die Verkehrsführung noch die Stadtarchitektur, noch strohfeuerartige Versuche, ihr Urbanität zu verleihen, konnten Bonn je ruinieren, nicht den Alten Friedhof, die Universität, das Bonner Münster, den Markt mit dem Rathaus, den Bahnhof, auf dessen Stufen Heinrich Bölls Clown zuletzt sitzen bleibt, nicht den Alten Zoll, von wo das romantische Sehnen über den Rhein zieht und die Gewissheit, dass Johannes Brahms hier der Liebe lebte und Robert Schumann in Wahnsinn verfiel.

Passé, wie die Demonstrationen, die diese Stadt überzogen, aber weder Notstandsgesetze noch Pershings wegdemonstrierten, und die doch der hartleibigen Beharrlichkeit der Bonner Bürger nichts anhaben konnten. Mit dem Abzug des politischen Personals sind sie in eine stabile Seitenlage zurückgekehrt, die ihnen guttut, endlich frei vom Repräsentationsgedanken!

Die richtige Antwort auf die Frage »wie jehdet?« lautet in Bonn immer noch »Muss«. Es muss gehen, und Spaß muss sein, das sind ur-rheinische Imperative. Immer »musste« es gehen: Damals, als noch Politiker ihre Futterplätze am Rhein hatten, und heute, da sie weggezogen sind, um Berlin Flamboyanz zu geben und von dort die »Provinzialität« Bonns zu beklagen. Ach was: Bonn vereitelte die Selbstentfaltung deutscher Weltpolitiker, deren Biographien sich in einem Radius von 200 Kilometern erschöpften.

Indem man abfällig von der spießigen »Bonner Republik« sprach, suchte man doch nur wieder einmal seinen Nationalcharakter loszuwerden. Bonn sollte keine geographische Größe mehr sein, sondern eine anthropologische, Inbegriff dessen, was der Deutsche an sich nicht mag. Deshalb suggeriert der Ex-Bonner Politiker gern: Du brauchst nur umzuziehen, schon wirst du mediterran.

Zurück zur Natur geht auch nicht. Aus den Gemüsefeldern von ehemals sind die Bildtapeten des vorindustriellen Zeitalters geworden. Der Bauer fährt nur noch aus folkloristischen Gründen Traktor, und Gelb ist die Hoffnung. Der Gelben Post wird hier das höchste Gebäude Nordrhein-Westfalens gebaut, und »Hauptstadt des Eierlikörs« ist Bonn auch geblieben, doch in die alten Regierungsgebäude hat man so lange Ausländerheime, ausländische Vertretungen und internationale Organisationen stecken wollen, bis die Einheimischen fürchteten, Bonn werde die deutsche Bronx.

Da bleibt sich der Bonner gleich. Anfang der siebziger Jahre, als Straßenumfragen noch kein Genre waren, machten wir Schülerzeitungsredakteure eine Recherche zur Frage: »Wie gefällt Ihnen Bonn?« Die Antworten damals: »Heimat is Heimat, da kann nix passieren« (ein Angestellter), »Bonn klaaaaasse, ganz klaaaaase, Köln scheiße« (ein Penner), »Ja, Mensch, ich bin ein Beethoven« (ein Aussteiger), »Zu viele Fremde hier« (ein Marktverkäufer), »Lieber nix sagen« (ein Afroamerikaner).

Ein paar Jahre später war ich Nachtwächter an dreißig Wachstellen in der Stadt und lernte sie von unten kennen. Im Stollen der U-Bahn-Baustelle sammelten sich nachts die nettesten Penner um ein Feuer. Im Bundespresseamt kam mir auf dem nächtlichen Flur eine barbusige Angestellte entgegen, gefolgt von hoch bezechten Herren, und rief,

»Ich kann doch nicht mehr, ich kann doch nicht mehr«. Im Bundeskriminalamt bewachte ich zwei Schlüssel mit dem Anhänger »Carlos Akte«, und im amerikanischen Konsulat, wo wir den Botschafter beschützten, legten sich die Patrouillengänger nach Mitternacht unter die Rhododendronbüsche und machten ihr Nickerchen.

Das nächtliche Bonn war besser als sein Ruf. In der Südstadt lebten noch Kommunen, die mit kollektiver Vaterschaft Kinder zeugten, hinter dem Bahnhof gab es eine Bar mit der rätselhaften Aufschrift »Weltsexreport mehrerer Liebestollen«, nicht weit davon das »Maddox«, den Club, dessen Besitzer eines Tages von einem Geschichtsstudenten mit einer Machete gefällt wurde, weil er doch die »Verkörperung des Bösen« sei.

In der Immenburgstraße hinter dem Busbahnhof schließlich lag das mythische Bonner Bordell mit seinem gekachelten Fachwerk-Entree und einem Labyrinth aus Fluren, Zimmern und Betten mit Blick auf den Fernseher, eine Verlängerung der Fußgängerzone eigentlich, die auch nichts anderes ist als ein System von Fluren und Salons.

Es ist Samstagnacht. Ich biege in die Immenburgstraße ein. Auf einem Container ein kotzender Türke. Sonst niemand weit und breit. An den unbeleuchteten Fassaden von Speditionen und Schlachthofverwaltungen entlang, an der Telefonzelle mit dem rosa Hörer vorbei. Von hier aus werden offenbar nur betrogene Ehefrauen oder Huren angerufen. Alles in diesem Umfeld hat plötzlich mit dem Freudenhaus zu tun. Selbst die Schreie des Viehs, die der Wind aus dem nahen Schlachthof herbeiträgt, klingen nach dem kleinen Tod, nicht nach dem großen. Noch die lieblose Sauberkeit der Straße wirkt wie unter einem großen Sagrotan-Tuch entstanden, und im einzigen Schaufenster hier steht vor der Gardisette-Gardine ein Trockenblumenstrauß samt Schild »Nur Dekoration«.

Am Samstag fahren die Wagen um diese Zeit dicht an dicht. Der Bauzaun gegenüber steht auch noch, hinter dem sich schon vor fünfzehn Jahren die Männer im Dunkeln erleichterten. Der Boden hier müsste geödelt sein von den Körpersäften unglücklicher Männer. Die einen stehen nebeneinander als Freunde und bringen sich in Form. Die anderen haben sich nicht getraut, stehen allein und tun nur so, als müssten sie pissen.

Und die Tages-Mythen?

Aus dem Hofgarten steigen immer noch Marihuanawolken auf, zwei Frauen beschriften auf dem Bauch liegend weißes Papier, die eine sommersprossig, die andere eine blauhäutige Perserin, abseits drei Türken, die die Frauen schon unter sich verteilt haben. Dazwischen missmutige Klassenkämpfer mit Rucksack, Fußball spielende Mädchen, Hundeführer, Sonnenanbeter, Satanisten um eine imaginäre Mitte gedrängt, auch Irokesen-Schnitt-Träger, eine Marktfrau mit Kurzhaarfrisur und Solariumsbräune und langhaarige Universitätslehrer schlurfen in Jeansjacken vorüber, abgeklärten Schrittes, wie Bonn, das auch nie hetzt. Ja, die Stadt ist lässig, und sei es auch nur, weil sie ihre Zukunft endlich hinter sich gebracht hat.

Alle haben die Heimat mitgenommen, die einen ins Grab, die anderen in die Ferne, die dritten ins Vergessen, die vierten in den Stumpfsinn. Doch ist Heimat noch Heimat ohne Eltern, ohne Lehrer, ohne Mädchen, ohne Kaufmannsladen? Und wenn ein Karpfen im Waschbecken aufwächst, nennt er es später »Heimat«?

In der Nacht sitze ich hinter dem Bahnhof in einem Imbiss und esse mit einem Fremden aus Mali.

»Wann haben Sie Ihre Heimat zuletzt gesehen?«

»Neulich, im Fernsehen. Da sah ich meine Heimat, die Leute saßen alle auf dem Boden vor der Tür und aßen mit den Händen.« »Und?« Er schlägt mit der flachen Hand auf den Resopal-Tisch und greint: »Nicht mal das hier ist mein Lebensstil. Mein Gott, ich hab Heimweh selbst nach den Fliegen!« Ich auch.

Die schönste deutsche Vereinigung gelingt jeden Tag zwei Flüssen, und selbst der Volksmund bedichtet ihr Zusammenfinden: »Wo Fulda sich und Werra küssen, / sie ihren Namen büßen müssen, / und hier entsteht durch diesen Kuss, / deutsch, bis zum Meer, der Weserfluss.« Aha. Die Flüsse vereinigen sich im Kuss, danach sind sie stärker und tragen einen neuen Namen.

Die beiden deutschen Staaten haben sich ohne Kuss vereinigt, waren anschließend schwächer und gaben sich den alten Namen. Wo ist das Glück geblieben? Bei den Halbwüchsigen, denen jetzt keiner mehr sagen kann: Wenn es euch nicht passt, geht »nach drüben«? Bei den Geschäftsleuten, die sich mit jedem Fall jeder Grenze die Erde ein bisschen mehr untertan machen? Bei den Reisenden, die plötzlich bemerken, dass man mit dem Fall der Mauer dem Westen eigentlich gar nicht mehr entkommen kann?

Ich weiß nicht. Jedenfalls war es der Zusammenfluss von Fulda und Werra, wo ich vor zehn Jahren an der Seite meiner Tante auf Deutschlands Vereinigung zufuhr. Die Landschaft in dieser Gegend ist reine Idylle – weil man sie in Ruhe gelassen hat. Die freie Markwirtschaft hielt einen Sicherheitsabstand von der Planwirtschaft, Industrie wollte sich hier nicht niederlassen. Man fährt also plötzlich in die deutsche Vergangenheit hinein, zwischen Weilern und Flecken, gepflasterten Marktplätzen, Fachwerk und feuervergoldeten Wirtshausschildern. Makaber, dass für die Romantik dieser Gegend ein Todesstreifen verantwortlich sein soll.

Die Grenze verlief in dieser Gegend durch ein grünes

Tal. Als wir sie hätten sehen können, lag sie im Nebel. Auf den Hängen zu ihren Seiten aber standen die Anwohner, die sich so lange aus der Ferne zugewinkt hatten, und die exotischen Sozialisten dort drüben bereiteten sich eben vor, den Nebel zu teilen wie das Rote Meer und das Gelobte Land zu erreichen. Der nächste Nebel, den wir sahen, das waren die Trabant-Wolken, aus dem das Jauchzen der Arbeiter und Bauern klang, und in die hinein sich jetzt auch kusswütige westliche Angestellte und Beamte warfen. Meine weißhaarige Tante sagte immer nur: »Ist das schön!«, und ich schlug ihr vor, Pilze zu suchen.

An diesem Tag flossen die Träume ineinander, aber die Desillusionen auch. Die Grenze war einfach größer als die Menschen, und da, als die Mauer fiel, auch die Utopien fielen, fand man sich für kurze Zeit in einem wunschlosen Zustand. Wer denkt, wenn man ihm die »Freiheit« schenkt, an all die Kleinigkeiten, die man ihm nicht schenkt! »An einer vollendeten Tatsache«, hat Joseph Conrad mal gesagt, »ist nichts so vergänglich wie ihr Wunderbares.«

Am selben Tag hatte eine Ostberliner Freundin ihr ostdeutsches Wiedervereinigungserlebnis. Für eine Fachzeitschrift der DDR-Germanistik hatte sie sich an einem Text über die Vorbilder zu Ibsens »Peer Gynt« festgebissen. Ihr fehlte eine japanische Untersuchung sämtlicher Quellen. In den DDR-Bibliotheken aber war diese nicht aufzutreiben. Am Abend erfuhr die junge Forscherin dann, die Mauer sei wohl gefallen. »Propaganda«, dachte sie und ging schlafen. Am nächsten Morgen saß sie wieder ratlos an Ibsens »Peer Gynt«, als ihr die Nachrichten vom Vortag einfielen: »Mal sehen, ob die Mauer noch offen ist«, dachte sie und schaltete den Fernseher ein. In der Tat.

Also spazierte sie durch das Brandenburger Tor, in die

Nationalbibliothek, fand sofort den gesuchten Aufsatz, fotokopierte ihn und dachte, als sie das Brandenburger Tor in umgekehrter Richtung durchschritt: »Wenn sie die Mauer jetzt wieder schließen, habe ich wenigstens meinen Aufsatz.« Die Mauer blieb offen, ihr Aufsatz wurde fertig, aber es war niemand mehr da, der ihn drucken wollte.

Jeder hat seine Vereinigungsgeschichte, jeder seine Enttäuschung. Wer sich im Westen auf die verbotenen Bücher, Bilder und Platten aus den Giftschränken der DDR gefreut hatte, der erfuhr, es gab sie kaum. Wer sich hier auf Sozialisten gefreut hatte, bekam CDU-Wähler, wer dort auf Demokraten gehofft hatte, sah sich plötzlich im Klammergriff der Mitbewerber und Kalter-Krieg-Gewinnler. Auf der berühmten Jubelfeier in Dresden, wo Kohl die »blühenden Landschaften« zum geflügelten Wort machte, gab es im Schwarz-Rot-Blonden Fahnenmeer noch ein einziges »kritisches« Transparent: »Wir begrüßen auch die Herren vom BND.« Es wurde schnell niedergerungen, aber ich stellte mir vor, wie mit dem Fall der Mauer hier wirklich die Geheimdienstler wie zwei Schafherden ineinanderliefen und das Unmögliche nicht denken konnten: dass sie eins waren, von keiner Grenze getrennt.

Erst indem sie ihren Staat verloren, bemerkten die Menschen, was nur durch die Mauer aufrechtzuerhalten gewesen war. Nichts blieb, das Land war niederkonkurriert und zur Instandsanierung freigegeben, und mir fiel ein, dass der symbolistische Maler Odilon Redon hundert Jahre zuvor geträumt hatte: »Mein herzlichster Wunsch allerdings wäre eine Menschheit (...), die nur noch aus Bewunderung oder Mitgefühl in ein anderes Land eindringen würde ...« Die DDR war ein anderes Land, Bewunderung hatte sie nicht verdient, und von dem Mitgefühl blieb bald nicht mehr als der Gestus der Herablassung. Wo eben noch eine unerbittlich scharf gezogene Grenze gewesen war, marodierten Wegelagerer und Drücker-Kolonnen. Was eben noch Grenze gewesen war, erweiterte sich plötzlich zum rechtsfreien Raum.

Das Jahr der friedlichen deutschen war zugleich das Jubeljahr der Französischen Revolution, von den Amerikanern durch eine Briefmarke gefeiert, auf der Delacroixs »Freiheit« das Volk anführt. Nur ihre Brustwarzen hat man auf der Briefmarke wegretuschiert – als Ausdruck für zu viel Freiheit. Schamgrenzen verschoben sich, Geschmacksgrenzen. Die Menschen im Osten wurden hinter die Demarkationslinie ihrer erreichten Liberalität zurückgeworfen, Leistungen wurden revidiert, Errungenschaften rückgängig gemacht, und die im Westen wandten alte Tugenden an: Der Klopapierverbrauch, sagte mir ein Hotelier auf Usedom, sei seit der Vereinigung um »das Vierhundertfache« gestiegen. Die West-Touristen ließen einfach zu viele Rollen mitgehen.

War der Osten ökonomisch zurückgeblieben, war es der Westen oft moralisch. Die alte Grenze verwandelte sich nicht sogleich in die neue »Mauer in den Herzen«, wie des Festredners Lieblingsfloskel lautet. Es entstand vielmehr eine wüste Gemengelage aus Einfühlung und Interesse, Wohlmeinen und bösen Absichten, Hochmut, strohfeuerartiger Neugier und anhaltender Indifferenz allem gegenüber, was sich nicht in einen Markt verwandeln ließ. Am liebsten hätte man die Einheit bekommen, ohne sie auch zu vollziehen. Doch da das nicht ging, hat man die DDR-Kultur überrollt und eingeebnet und vor allem das Trennende überlebensgroß herauspräpariert: Doping, Stasi, PDS, das war für viele im Westen ein Jahr nach der Wende die ganze DDR. Der Kapitalismus tat einfach, was er am besten konnte: plattmachen.

Was Wunder, wenn ich später einmal im Jahr in Dresden moderierte und mich immer noch legitimieren musste, als Westdeutscher eine ostdeutsche Bühne zu betreten. Im Grunde hat uns erst der Fortfall der Grenze die wahre Grenze richtig deutlich gemacht: unfähig, die seismische Aktivität im Inneren der Menschen, unwillig, die tektonische Verschiebung im Prozess ihrer Selbstentwicklung aufzufangen, überließen wir es Justiz und Marktwirtschaft, die Trümmer der Mauer zu entsorgen.

Erst als sich aber die Qualmwolke der Trabis gesenkt hatte, wurde absehbar, dass es sich hier um eine Grenzüberschreitung größerer Art handelte, »Globalisierung« mit Namen. Die DDR war als Land ohne Wettbewerb auch ein Land ohne Design. Über den Läden stand »Lebensmittel« oder »Brot«. Im Westen heißt das gleiche »Shopping Center« und »Backwaren Treff« und sieht auch so aus. Design war das Erste, das die Grenze passierte. Marken, Logos, Embleme, Tags und Labels zogen über die grüne Grenze. Durch die globalen Arterien des Waren- und Informationsverkehrs strömten plötzlich die nämlichen Impulse. Die Grenzen fielen, aber dadurch wurde die Welt nicht größer, sondern enger, »global village« eben.

Ich habe mal im Dschungel von Borneo, wo wenige Menschen Englisch sprechen und es fast nur Wasserwege gibt, einen Mann von »Rambo« sprechen hören. Niemand ringsum hatte »Rambo«, den Film, gesehen, die Metapher aber war allgemeinverständlich. Die Zirkulation unseres Zivilisationsschrotts wird also schon dafür sorgen, dass Massenwaren zu Fundamenten einer grenzenlosen Kultur werden können. Während augenblicklich nur noch die ärmsten Länder der Welt Grenzkonflikte austragen – Süd- und Nordkorea, Äthiopien und Eritrea – und während eines der geschlossensten Länder der Erde, nämlich Burma, einen Mann jüngst zu siebzehn Jahren Gefängnis verurteilte, weil er über die grüne Grenze eingereist war, existieren Grenzen sonst nur noch abstrakt oder im Naturzusammenhang, als Schamgrenze und Grenze des guten Geschmacks, als Schneegrenze, Schallgrenze, Baumgrenze oder Schmerzgrenze.

Ähnlich intakt wie diese sind sonst wohl nur noch die sozialen Grenzen. »Die deutsche Armutsgrenze«, höhnte einmal Hilmar Kopper, der Chef der Deutschen Bank, »liegt irgendwo zwischen Mallorca und den Seychellen.« Zwar gibt es außerhalb der geschlossenen Abteilungen von Führungsetagen kaum mehr Lebensbereiche, in denen man nicht von den Auswirkungen der Armut ereilt wird, sie anzuerkennen hieße aber auch zuzugeben, dass diese Gesellschaft in ihrem Inneren weit mehr Grenzen kennt als nach außen.

In einer Zeit, in der ein Drittel der Gesellschaft den Armutszustand periodisch oder langfristig kennenlernt und in der Städte beginnen, ihre Innenstadt-Kosmetik auf ein Bettlerverbot auszudehnen, bleibt der Begriff der Grenze dort am klarsten, wo es sich um Ausgrenzung handelt. Ohne Grenze wüsste man ja auch nicht, wohin man Menschen abschieben sollte, denn wir brauchen ja Grenzen inzwischen vor allem, um deutlich zu machen, wer hinter ihnen zu bleiben hat. Da aber ein Volk Identität offenbar nur innerhalb fest umrissener Grenzen gewinnt, werden eben plötzlich nicht mehr geographische, sondern soziale Grenzen zu Hilfe genommen, damit dieses Land sich selbst erkennen kann.

Gerade in dieser Hinsicht aber ist die Grenze zwischen beiden deutschen Staaten nicht wirklich gefallen, und dieser Zustand bringt dauernd Symbole hervor. In der DDR lebte ein Mann, dessen sehnlichster Wunsch nicht die Vereinigung, sondern eine Geschlechtsumwandlung war. Als die Vereinigung kam, nahm er einen Kredit auf und unterzog sich den ersten Operationen. Nach einiger Zeit erwies sich der Kredit als unbezahlbar, die vollständige Geschlechtsumwandlung als nicht realisierbar. Der Mann existiert also jetzt als ein Zwitter, stehen geblieben zwischen Mann und Frau, zwischen Ost und West, kein Ossi, kein Wessi, eher ein Transwessit. So wurde er zur makabren Personifikation einer verwischten Grenze, zur Allegorie der unvollendeten deutschen Vereinigung.

Da ist sie also wieder, London, die unermessliche Stadt, die Welthauptstadt der Exzentriker, in der ich drei Jahre wohnte und die mich nie kalt lässt.

Und wieder: Man sitzt eine Viertelstunde im Taxi, der Fahrer, ein 65-jähriger Cab-Veteran, spricht begeistert über die soziale Wahrhaftigkeit der Filme von Mike Leigh, draußen fliegen die Typen vorbei: arabische Clubbesitzer, englische Herrenreiter im Hyde Park, kleine Verlierer bei Hundewetten, arme Schlucker, die den Tauben die Brotrinden wegessen, Obdachlose in den Rhododendren vor der National Gallery, Witwen mit Blauspülung im Haar, friedlich zornige Hippies, dumpf zornige Rocker, schrill zornige Punks und schließlich der Bodensatz von allem: Survivor. Londons ›Melting Pot‹ ist ein Organismus mit der Artenvielfalt eines tropischen Regenwaldes.

Zum Feierabend vor dem Pub »Ye Grapes« am Shepherd Market vermischen sich zwei Kasten, die einander ehemals entgegengesetzt waren: Der ›Gentleman‹, eine Ikone des britischen Gesellschaftslebens, und sein Widerpart, der Selfmademan nach amerikanischem Muster, ein traditionsloser Emporkömmling, barbarisch, ehrgeizig und skrupellos. Ich stelle mich mit meinem »Pint of Lager« zwischen die Lager. Alle reden mit allen. Selbst Barbara Cartland würde hier nicht auffallen.

Und sie wäre auch eine gute Begleitung für einen Bummel durch die Arkaden, nach Cecil Court etwa, der kleinen Antiquariatsstraße, in der Tracey Alena Brett, die skurrile Inhaberin des Ladens mit der Nummer 24, gern ins Schwadronieren kommt. In diesen Mauern befand sich ehemals ein Friseurgeschäft, in dem sich Mozart und Marx die Haare schneiden ließen. Heute hängt das Fenster voller alter »Vanity Fair«-Karikaturen, ein Panoptikum britischer Typen, darunter Oscar Wilde im Nero-Gewand. Ein paar Häuser weiter liegt an der Ecke eines seiner liebsten Pubs, kein Schild, keine Plakette protzt mit dem großen Erbe. Zwei Punks kommen gerade heraus, danach ein Schieber mit Kunstlederhütchen.

Die Nacht sinkt schön herunter über Soho. Jetzt flammt in den chinesischen Schnellküchen das Licht auf, die Werber für die Nachtclubs schwärmen aus, und vor den Premieren-Kinos am Leicester Square formieren sich Schlangen.

Doch heute erreicht man den Siedepunkt anderswo: Im »Sports«, einem zweistöckigen Volkstempel, in dem es hier und da nach Bier und Kotze riecht, wird auf hundert Monitoren das Champions-League-Spiel Bayern gegen Chelsea übertragen. Das Publikum wogt und grölt. Die »girls« sind mitten darunter, milieuschlaue, drastische Bräute auf Freigang, zwischen eingeschüchterten Intellektuellen und schaulustigen Touristen der reinen Betrachtung hingegeben. Trotzdem ist nur das Spiel unausweichlich: Noch auf dem Klo ist jedes Urinal mit einer Sequenz von Monitoren ausgestattet. Man verpasst keine Sekunde.

Der Abpfiff spült die grölende Menge auf die Straße, und ich taumele mit. Es ist Zeit für den Club, der jahrelang mein Londoner Lieblingsort war: »Ronny Scott's« Jazzclub in der Frith Street ist mit 45 Jahren einer der ältesten der Welt. Früher habe ich hier Art Blakey, Anita O'Day, Arturo Sandoval, McCoy Tyner erlebt, und nicht selten standen hinten im Saal ein paar von Englands großen Jazzmusikern und lauschten den Kollegen. Ronny Scott selbst war hauptberuflich Clubbesitzer, Saxophonist und Liebhaber altehrwürdiger Witze. Am Montag machte er meist die Ansagen für die Woche und ermunterte die Gäste: »Essen Sie ruhig. Die Krätze des Kochs ist inzwischen abgeklungen.« Danach hustete er minutenlang, bis ihn sein Rauchen eines Tages das Leben kostete.

Nach zwei Uhr schleppe ich mich, damit erst gar keine Tristesse aufkommt, noch die paar Straßenzüge aufwärts zur Oxford Street, wo sich mit dem »100 Club« ein echter alter Swing- und Tanzclub erhalten hat. Und ja: Hier stürmen fünf kanariengelbe Hilliebillies die Bühne und spielen Ballroom-Klassiker, und alles im Saal, von der Fußballbraut bis zum Droschkenkutscher, wogt und steppt und swingt, als hätten sie gerade fünfzig Jahre Fortschritt weggetanzt.

Die Nacht endet in den frühen Morgenstunden bei einem Chinesen, der gerade mit fettigen Händen eine rot lackierte Ente aus dem Fenster hält und zerreißt. Am Nebentisch erörtern drei Paare Varianten des Partnertauschs. Es wird drastisch. Besser, ich folge jetzt dem Rat Queen Victorias: Schließ die Augen und denk an England.

Ach ja. Wenige Nationen haben sich der Welt in so vielen und unterschiedlichen Typen vorgestellt wie England. Die Literatur kennt den bierseligen, pedantischen Deutschen, den sinnlich-eleganten Franzosen, den Italiener als marktschreierischen Verführer, aber der Engländer?

Das ist eine Vielzahl von Typen. Da ist der Snob, ein blasierter Ignorant von oberflächlicher Verfeinerung, da ist der tumbe Bildungsreisende, den Hölderlins Freund Wilhelm Waiblinger in seiner Satire »Briten in Rom« der Lächerlichkeit preisgibt, da ist die Gouvernante, der gutmütige Bobby, der cockney-sprechende Anhänger von Hundewetten. Kein Typ, den die englische Literatur nicht genüsslich verspottet hätte, kein Typ aber auch, in dem sie sich so oft und so ungern erkannt hat wie im Puritaner, dieser ewigen Spezies des urenglischen sittlichen Sektierertums.

Sein Stammbaum ist alt. Nachdem Heinrich VIII. die Staatskirche gegründet hatte, traten die Puritaner zunächst mit einigen Prinzipien auf, die heute eher marottenhaft anmuten. Sie rebellierten gegen das Gebetbuch, denn sie wollten individuell beten, und sie verlangten, das Abendmahl sitzend empfangen zu dürfen, um dabei vom Pfarrer bedient werden zu können.

Man wird jetzt vielleicht an die kauzigen Eigenschaften des englischen Nationalcharakters denken, so wie die Künste ihn darstellen, trotzdem war die puritanische Bewegung einflussreich. Sie opponierte gegen den Katholizismus, hielt sich streng an das Alte Testament und nahm in kulturfeindlicher Weise strikten Einfluss auf Künste und Lehrpläne. Aus manchen Kirchen wurden die Orgeln entfernt, weil die Klangfülle dem Gottesdienst nicht angemessen sei, Nacktdarstellungen in Kirchenbildern wurden ebenso wie die papismus-verdächtigen Darstellungen von Madonna und Kind übermalt, Glücks- und Gesellschaftsspiele sowie das Theater verurteilt. Aus den Lehrplänen wollte man den Lateinunterricht verbannt sehen, weil er zur Beschäftigung mit dem Heidnischen verführe, und schließlich verlangte man sogar die Umbenennung der Wochentage Tuesday und Wednesday, weil sie auf die heidnischen Götter Ziu und Wotan verwiesen.

Widersinnig, dass aus dem Umkreis dieser intolerant und chauvinistisch agierenden Frömmler die Pilgrim Fathers stammten, während den wesentlich aufgeschlosseneren und toleranteren Quäkern und Methodisten – die sich auf das Neue Testament stützten – bedeutender Einfluss versagt blieb. Rühmte man das England der Vorzeit noch als heiteren Staat, so geht jedenfalls mit der Enthauptung Karls I. durch die Puritaner jenes Zeitalter zu Ende, in dem man freundlich von »merry old England« sprach.

Aufschlussreich, dass das Pendel der öffentlichen Sittlichkeit damit so drastisch in die entgegengesetzte Richtung ausschlägt wie etwa im Florenz unter Savonarola. Mit dem Regierungsantritt Karls I., den die Geschichte als einen Wüstling erinnert, hatte die Amoral Feste gefeiert und sich gegen die Puritaner zunächst durchgesetzt. In seiner Geschichte Englands schreibt Macaulay: »Der Krieg zwischen Witz und Puritanismus wurde zu einem Krieg zwischen Witz und Sittlichkeit. Die Puritaner hatten ein Zerrbild der Tugend aufgestellt, jetzt schonte der Hass die Tugend selbst nicht. Alles, was der winselnde Rundkopf mit Ehrfurcht betrachtet hatte, ward verspottet, was er geächtet hatte, begünstigt. Weil er seine Fehler mit der Maske der Frömmigkeit überdeckt hatte, so wurden jetzt die Menschen ermutigt, alle ihre anstößigsten Laster den Augen der Welt mit zynischer Unverschämtheit aufzudrängen, weil er unerlaubte Liebe mit roher Strenge bestraft hatte, so wurden jetzt jungfräuliche Reinheit und eheliche Treue verlacht und verachtet, weil er seinen Mund nicht anders als zu biblischer Redeweise öffnete, so öffnete das neue Geschlecht von Witzlingen und Weltmenschen den Mund fast niemals ohne die abscheulichsten Zoten.«

Auf solchen geistigen Voraussetzungen entstanden schließlich die Werke Drydens, Wycherleys und Congreves. Für das moralische Leben Englands aber hatte der Puritanismus in mancher Hinsicht eine nicht zu revidierende Bedeutung. So war er wesentlich für die Grundlegung der anglikanischen Kirche, die sich im Anschluss an die Reformation von der katholischen zu differenzieren begann und noch heute weitgehend im Rahmen der damals festgelegten Prinzipien besteht. Dabei wirken die Gedanken der Reformation deutlich in der Verfassung dieser Kirche fort. Zwar wurde die Vorherrschaft des Papstes anerkannt und durch die Bischöfe garantiert, das Unfehlbarkeitsdogma aber lehnte man ab, und außerdem setzte man im Land die Abschaffung der Ablässe durch.

Das puritanische Erbe ist im England der Gegenwart häufig, vor allem im Bereich des Moralischen, spürbar. Vom Puritanismus ist die Geschichte der englischen Kunstzensur geprägt, seine Prinzipien wirken in der heutigen Spiel- und Werbefilm-Klassifikation nach. Puritanisch waren die Werte, die in dem unmenschlichen Prozess gegen Oscar Wilde verteidigt werden sollten, puritanisch war die Methode, die den menschenfreundlichen, tief sozialen Ästheten zu zwei Jahren Kerkerhaft verurteilte, und das aufgrund eines Gesetzes, das zu diesem Zeitpunkt in keinem europäischen Land mehr bestand.

Die sogenannte Anstiftung zur Homosexualität ist in England immer noch strafbar, und gerade sorgt ein Gesetz für Aufsehen, nach dem man staatlich subventionierten Kinos die Bezuschussung entziehen will, sofern sie Filme über Homosexuelle zeigen. Brave Unterhaltungsfilme wie »Maurice« oder »Desert Hearts« verschwinden damit ebenso von der Leinwand wie Stephen Frears' »Prick up your ears« oder Fassbinders »Querelle«. Es sieht grundsätzlich so aus, als sei man in England von Fragen der Sexualmoral leichter erregbar als in Deutschland.

Die Kirche zeigt sich in dieser Hinsicht nicht selten liberaler als der Staat. Recht unverblümt hat sie sich immer wieder der öffentlichen Diskussion um Homosexuelle im Priesterstand gestellt. Befragt, wie er, ein Seelsorger im Eastend, der täglich mit Minderheiten in Berührung komme, zur Frage der homosexuellen Priester stehe, antwortete Reverend Morley: »In der Geschichte hat sich die Kirche oft, sobald über Sexualität geredet wurde, in sehr unguter, wenn nicht ungesunder Weise voreingenommen gezeigt. Dabei wurden ›Moral‹ und ›Sexualität‹ fast wie austauschbare Begriffe verwendet. Das aber sind sie keineswegs. Die Moral des Christentums und die des öffentlichen Rechts haben nur zum Teil dieselben Grundlagen. Die biblische Moral gründet sich entschiedener auf Gleichheit, Bruderliebe, Solidarität und verwandte Begriffe. Hieraus schneidet die Kirche einen eher privaten, wenn nicht intimen Begriff von Moral aus, einen, der so jedenfalls nicht im Evangelium eingegrenzt ist. Keine Frage, dass Homosexuelle die Möglichkeit haben müssen, Priester zu werden. Vielleicht haben sie auf eigene Weise die Gabe, Minderheiten zu helfen. In der Kirche werden solche Fragen, Fragen nach Minderheiten, Deklassierten, Andersdenkenden leider immer gleich zu Machtfragen, über die sich innerhalb der Institution rivalisierende Gruppen durchsetzen. Das ist bedauerlich und in der Sache von Übel. Wahrscheinlich aber hat die Abwehr des Andersartigen auch ganz einfach mit der Angst vor dem Unbekannten zu tun.«

Der Einfluss des puritanischen Erbes auf die kommerzielle Ausbeutung des Geschlechtslebens bleibt in England an vielen Stellen erkennbar. Es gibt wohl kaum ein europäisches Land, in dem filmische Pornographie so versteckt, in dem Prostitution so verkappt existiert wie hier. Londons Rotlichtzonen sind geschrumpft oder verschwunden, die öffentlichen Kinos unterliegen selbst im Bereich der Erwachsenenfilme einer strengen Zensur. Dafür, und auch das erscheint puritanisch, wird den Verstößen gegen den guten Geschmack in Männerclubs gefrönt. Hier kehren Geschäftsleute in der Mittagspause zum Striptease ein, hier sieht man sich unzensierte Pornographie an, hier lebt auch die Prostitution, und es ist kein Zufall, dass in der langen Geschichte der politischen Skandale, bei Verteidigungsminister Profumo und seiner Mätresse Christine Keeler ebenso wie später bei Sarah Fergusons Vater, die privaten Clubs eine Hauptrolle gespielt haben.

Nichts ist so wichtig wie »regard for appearences« – die Achtung vor dem Schein. Mit diesem sittlichen Doppelleben existiert England schon seit Jahrhunderten, spätestens seit dem Zeitalter, in dem elisabethanische Tragödien aufgeführt und jene deftigen Rüpelkomödien genossen wurden, die im Theater Shakespeares fortwirken. Die ›feine englische Art‹ verbirgt nicht selten einen Hang zu ungenierten Zoten und derben Handgreiflichkeiten, und eben diese Scheidung zwischen der öffentlichen Scheinwelt und der privaten Wirklichkeit charakterisiert Englands Sittlichkeit auf eine doppelbödige, aber zugleich humoristische und nicht selten selbstironisch präsentierte Weise. »No Sex please, we're British« eben, wie der Titel einer der erfolgreichsten englischen Komödien zum Thema lautet.

Der Inbegriff des Engländers aber bleibt der Gentleman, jener wohlgekleidete, mit »Times«, Schirm und Bowler Hat ausstaffierte Herr aus dem Schulbuch, um den sich alle Vorurteile von englischer Höflichkeit und Distinktion konzentrieren. In Wirklichkeit ist alles anders. Seit Rupert Murdoch, ein rechtsextremer Zeitungsmagnat, mit Englands schlimmstem Revolverblatt, der »Sun«, auch die »Times« erworben hat, fehlt dieser Zeitung die Noblesse.

Der wahre Gentleman lässt sich nur noch schlechten Gewissens mit ihr sehen.

Auch der ehemals obligatorische Stockschirm ist selten geworden, denn mit den Pennern, farbigen Einwanderern und Touristen benutzt der Gentleman die U-Bahn und hat einen platzsparenden Knirps im Gepäck. Der Bowler Hat schließlich ist fast völlig ausgestorben, seit auch altehrwürdige Unternehmen wie Lloyds sich ein junges Image zu geben versuchen und selbst noble Rechtsanwaltskanzleien mit modernen Spots für sich werben lassen. Außerdem sind viele der traditionellen Firmen inzwischen in internationalem Besitz. Der klassische Gentleman wäre vor diesem Hintergrund nicht mehr als ein Faktotum der nationalen Folklore. Älteste Begriffe geraten hier ins Wanken.

Ursprünglich bezeichnete man als »Gentleman« denjenigen, der seinen Lebensunterhalt aus der Arbeit anderer oder schlicht aus den Zinsen seines Familienvermögens bestritt. Er war in der Regel Edelmann, Angehöriger einer alten Familie und in jedem Fall ein Ehrenmann, der das Prädikat »Gentleman« wie einen Titel auch auf der Visitenkarte führte.

Der Snob stammt ebenfalls ursprünglich aus dieser Linie. Er erhielt seinen Namen danach, dass man in den feinen Schulen hinter den Namen eines Neureichen-Schülers den Vermerk »sans noblesse« anzubringen pflegte. Man kann sich denken, dass in der Londoner City heute mehr Vertreter seines Geschlechts als Gentlemen arbeiten. Dabei muss man sich außerdem vor Augen halten, dass diese enorm erfolgreiche City zum größten Teil von Ausländern betrieben wird, Amerikanern, Arabern, Japanern, Westeuropäern. Alle diese Nationen hinterlassen ihre Spuren, geschlossene traditionalistische englische Unternehmen sind selten geworden, und damit verschwinden zugleich ihre Insignien aus dem öffentlichen Leben.

Der Tradition der englischen Oberschicht gemäß sorgten sich die Familien darum, dass Titel und Landbesitz nicht durch Erbschaften zersplittert würden. Grundsätzlich übernahm der älteste Sohn das Gut. So entstand das populäre Bild des englischen Landjunkers, einer Figur, die vor allem in einem Zug mit dem Gentleman deckungsgleich ist: Der Junker ist ein Konservativer, ein Tory. Er hat eine Reihe guter Schulen besucht, und er ist gereist, bevor er sich auf seinem Landsitz niederlässt. Trotz einer umfangreichen Bibliothek ist seine Bildung eher oberflächlich und provinziell, stattdessen schätzt er gutes Essen, ausgiebige Trinkereien und politische Stammtischgespräche, die ihn im permanenten rhetorischen Widerstreit gegen die konservative Regierung zeigen, die er gleichwohl jedes Wahljahr erneut bestätigt. Darüber hinaus ist er ein entschiedener Nationalist, auch wenn er, wie Bulwer-Lytton in seinem Buch »England und die Engländer« schreibt, eigentlich nur einen Grund dafür hat: »Er ist eitel auf sein Heimatland! Warum? Vielleicht wegen seiner vielen Baudenkmäler? Er geht nie hinein! Wegen seiner Gesetze? Er schimpft ewig darüber! Wegen seiner großen Politiker? Er nennt sie mit Vorliebe Quacksalber und Schwätzer! Wegen seiner großen Schriftsteller? Er hat keine Ahnung von ihnen! – Nein, er ist eitel auf sein Vaterland aus einem einzigen, aber durchschlagenden Grunde: es hat ihn hervorgebracht!«

Trotzdem darf man nicht vergessen, wie stark traditionellerweise der Einfluss der englischen Nobilität war. Gentlemen wählten häufig über den Stand der Geistlichkeit ihren Weg in die Politik. Mit einem sicheren Einkommen im Rücken stiegen sie in der kirchlichen Laufbahn nicht selten bis in den Rang eines Bischofs auf. Die Mehrheit im Oberhaus wurde ehemals also von Vertretern der Geistlichkeit gestellt, und einige der wichtigsten Politiker besaßen die Bischofsweihe. Der Vorteil bestand für die Kirche neben dem politischen Einfluss in massiven Einnahmen, die sie aus den Landgütern bezog. Als Heinrich VIII. jedoch die Klöster aufhob, büßte der geistliche Stand empfindlich an Einfluss und Reichtum ein. Unter Elisabeth und Karl II. sank der Seelsorger in den plebejischen Stand, er wurde von gehobenen Familien für Kost, Logis und zehn Pfund im Jahr als Hausgeistlicher eingesetzt und musste neben den Tischgebeten, den sogenannten Leviten, auch kleinere Haus- und Gartenarbeiten verrichten, bevor er endlich eine Pfarre bekam, heiratete und zur Fristung seines bescheidenen Lebens meist noch zusätzlich kleinere Dienstbotenleistungen übernahm.

Heute hat die anglikanische Kirche ihren unmittelbaren politischen Einfluss so gut wie verloren. Die Parteikarrieren nehmen nicht den Umweg über die Kirche, so wie auch insgesamt kein Gentleman-Status mehr nötig ist, um ein Tory zu werden. War früher eine reiche Familie im Hintergrund, eine Erziehung in Eton, Cambridge oder Oxford unerlässlich, um als konservativer Politiker Erfolg zu haben, so stammen die Tories heute ebenso oft aus der Mittelschicht wie die Labour-Mitglieder, die sich von der Verpflichtung eines proletarischen Hintergrunds ebenfalls weitgehend gelöst haben. Traditionell galt dieses Muster schon für die Vermischung zwischen House of Lords und House of Commons.

So war der berühmte und bei der Bebauung Londons sehr verdienstvolle Earl of Bedford Mitglied des Unterhauses, wobei man zugleich der im Oberhaus versammelten Aristokratie nachsagte, sie sei die demokratischste der Welt. Hat die Kirche in England ihren politischen Einfluss heute auch verloren, so knüpft sie doch immer noch an älteste Funktionen an. Schon gleich nach der Unterwerfung der Angelsachsen durch William the Conqueror wurde es zu einer ihrer wesentlichen Aufgaben, zwischen den feindlichen und permanent aufständischen Stämmen zu vermitteln und sie durch die Gemeinsamkeit des christlichen Bekenntnisses zu vereinigen.

In dem Vielvölkerstaat England, in London, der internationalsten Metropole Europas, hat die Kirche diese Aufgabe heute wieder übernommen und ihr die soziale Bedeutung zu geben versucht, die der ehemalige Erzbischof von Canterbury, Lord Reverend Donald Coggan, einmal beschrieb: »Einer der besten Züge im Leben eines Bischofs besteht darin, dass er mit jedermann in Verbindung tritt – mit der Königin ebenso wie mit dem Müllmann. Ein guter Bischof liebt die Menschen, alle Menschen. Auch wenn er schüchtern ist wie ich, hat er sich doch durchzukämpfen und innerlich ein Gefühl von Vertrauen auszubilden, das nötig ist, um den Menschen, die zu ihm kommen, Kraft zu geben.«

Dieser soziale Auftrag der Kirche wird in England so stark empfunden wie vielleicht in keinem anderen europäischen Land. Eine Kirchensteuer existiert nicht, die Institution lebt von Almosen, von der Kollekte und einigen zusätzlichen Geldern, die der Staat mehr oder weniger nach Gutdünken abgeben oder verweigern kann, eine Regelung, die umso absurder wirken muss, als dieser Staat nach und nach die Armenfürsorge aufgibt und die Kirche im Gegenzug immer mehr von jenen Funktionen übernimmt, die ursprünglich ihm zukommen. Früher einmal bereitete die

Kirche den Wohlfahrtsstaat vor, sie errichtete Krankenhäuser, Schulen, Altenheime.

Heute schiebt der Staat diese Aufgaben wieder nach und
nach an sie ab, allerdings ohne entsprechende Entlohnung.
Im ganzen Land verfallen die Kirchen, Müll liegt manchmal
einen halben Meter hoch vor dem geschlossenen Portal,
und auch die Architektur nimmt Schaden, sofern der Bau
nicht rechtzeitig vermakelt, als Fitnesscenter, als Wohn-
komplex oder profane Kulturstätte verkauft und wieder-
verwendet werden kann. Man führt eine Entweihungs-
zeremonie durch und übergibt die sakrale Architektur
neuen, am liebsten kulturellen Zwecken. Reverend Morley
hat in dieser Hinsicht halbwegs resigniert: »Was sollen
wir machen? Mit unseren bescheidenen Mitteln kann man
nicht mehr alles so wie früher besonders schön herrichten
wollen, man kann nur noch versuchen zu erhalten, was
besteht.«

Vor diesem Hintergrund ist die politische Rolle der Kirche in England problematisch. Ist ihr politischer Einfluss
auch beschränkt, so unterliegt doch umgekehrt dem Pre-
mierminister die letzte Nominierung eines Bischofs. Unter
bestehenden Verhältnissen kann man sich wohl vorstellen,
dass er keine jener kontroversen Persönlichkeiten berufen
würde, niemanden wie den Bischof von Stepney oder den
Bischof von London, die beide mehrfach in spektakulärer
Weise und mit vollem Recht gegen das desolate Erziehungs-
system aufgestanden sind. Und beanspruchte nicht ehemals
im Gegenzug zur kirchlichen Kritik eine empörte Margaret
Thatcher Einfluss auf die Lehrpläne des Religionsunter-
richts? Wenn also einerseits, wie die Kirche zugibt, wegen
einiger anglikanischer Kommentare zur Priester-Homo-
sexualität Austritte vorgekommen sind, so fühlen sich an-

dererseits nicht wenige Staatsgegner zur Kirche hingezogen und von ihr vertreten. In dieser Hinsicht braucht die englische Kirche gerade angesichts der sozialen Situation die Integration von gesellschaftlich Ausgestoßenen, von Gegnern der bestehenden Politik, und sie braucht Vertreter, die diese Menschen erreichen. »Institutionelle Kirchen haben stets mit Macht und mit Manipulation zu tun«, hat der Bischof von Durham einmal geäußert, »die Selbstbezogenheit der Kirche war immer ein wesentliches Problem. Ich glaube sogar, dass viele gläubige Leute den Eindruck gewinnen, dass die Kirche den Zugang zum Glauben oft eher behindert als fördert. Ich selbst finde es manchmal nicht gerade leicht, zu glauben, und zwar vor allem im Hinblick auf eine Kirche, die sich oft, gemessen an dem, was ihre eigentliche Aufgabe sein müsste, nicht eben als aufbauend, ja, nicht einmal als besonders hilfreich erweist.«

Worin die Aufgabe der Kirche bestehen soll, darin sind sich die englischen Bischöfe allerdings einig. Diese Aufgabe kreist im weitesten Sinn um den letzten englischen Typus aus unserer Galerie, den wenigst bekannten, den verschwiegenen und unpopulären Engländer: den Penner.

Ja, man muss ihn wirklich in die Reihe dieser Porträts aufnehmen, und zwar nicht, weil er das Straßenbild Londons, Liverpools, Manchesters oder Birminghams stärker bestimmt als der Gentleman, sondern vielmehr, weil er zum sichtbaren Repräsentanten einer zügig verarmenden englischen Unterschicht geworden ist, einer Schicht, die von den Yuppies, den Tories und Gentlemen immer erbarmungsloser unter das Lebensminimum gedrückt wird.

Margaret Thatchers Wirtschaftspolitik hat den Erfolg gehabt, den sie anstrebte: England verzeichnete eine höhere Wachstumsrate als die Bundesrepublik, es mehrten sich wieder englische Firmen, die Weltmarktführung beanspruchen konnten, und wer im letzten Jahrzehnt des letzten Jahrhunderts durch London ging, konnte feststellen, dass hier einige staatliche Großbauprojekte verwirklicht wurden, die in ihren kolossalen Ausmaßen alles in den Schatten stellen, was der deutsche Staat zeitgleich realisierte. Man wunderte sich damals nicht, dass Experten davon sprachen, das deutsche Wirtschaftswunder der fünfziger Jahre werde sich in den Neunzigern in England wiederholen.

Allerdings konnte man damals, anders als in Deutschland, kaum jemandem mehr weismachen, damit gerate der allgemeine Wohlstand in Reichweite. Die Folgen sind sichtbar: Die ärztliche Versorgung ist miserabel, jeder neue Krankenschwesternstreik bringt neue Zahlen der Toten ans Licht, die das System in Kauf nimmt, indem es Ärzte und Pflegepersonal rettungslos überfordert und Krankenhäuser oft nur mangelhaft ausstattet.

Die Armenpflege gilt bereits seit dem 19. Jahrhundert als die erbärmlichste Europas. Sie hat sich nicht verbessert. Die meisten Sozialhilfeinitiativen sind privat. Schon bei Charles Dickens kommen dafür jene saturierten Mittel- und Oberschichtsdamen vor, deren liebstes Hobby die »charity« ist, das heißt: das Eintreiben von Geld für wohltätige Zwecke. Die ältesten beiden dieser Organisationen stammen noch aus dem 19. Jahrhundert: Es handelt sich um den Tierschutz- und den Kinderschutzbund.

Heute gibt es charities für alles und jedes, und zwar vor allem für Dinge, die der Staat finanzieren müsste, statt kaltblütig auf die Spendenbereitschaft der Bürger zu bauen und entsprechende Posten von den öffentlichen Budgetlisten zu streichen. Spenden für Drogenabhängige, für Alte, für Stadt- und Landstreicher, Obdachlose, schwangere Ausreißer, Zuckerkranke, Krankenhäuser, Kinder- und Jugendheime, Blinde, Mütter, geschlagene Kinder, Gehörlose, Taubstumme, Versehrte, Unfallopfer, Aidskranke, Vergewaltigungsopfer – selbst im Kino kann einem kurz vor dem Hauptfilm noch die Sammelbüchse entgegengestreckt werden mit der unausgesprochenen Zumutung, den Staat um seine Fürsorgepflichten zu entlasten.

Die Arbeitslosigkeit liegt in der Überzahl der Stadtviertel etwa Birminghams bei über 30 %, im Londoner Stadtteil Brixton, dem Viertel der Schwarzen, geht nur etwa jeder Dritte einer geregelten Arbeit nach, drei Millionen Familien leben in England auf zu engem Raum oder in Slums, und wo früher ärmere Viertel waren, im Londoner Soho, rund um Covent Garden und weiter draußen in dem Dockviertel des Eastends, liegen heute die vornehmen Geschäftsadressen von Filmproduktionsfirmen, Werbe- und Fotoagenturen oder Computerbüros. Keiner, der ehemals hier groß wurde, kann sich die Mieten noch leisten.

So wohnen in der gesamten City nur knapp 5000 Menschen – am Sonntag hält nicht einmal die U-Bahn hier an –, während sich an der Peripherie die Arme-Leute-Siedlungen ausbreiten, von wo die einfachen Arbeiter und Handwerker, die Fensterputzer und Friseure nicht selten zwei Stunden zu ihrem Arbeitsplatz unterwegs sind. Zu schweigen von den zahllosen Gelegenheitsjobs, von denen ganze Familien leben müssen, zu schweigen von denen, die nur in die Stadt fahren, um irgendwo den Müll zu durchsuchen oder sich fürs Blutspenden Geld geben zu lassen.

Doch obwohl dies alles so war und die Folgen der neoliberalen Thatcher-Politik täglich illustrierte, schrieb die Bundeszentrale für politische Bildung in der England-Ausgabe ihrer Zeitschrift »Informationen«, die vornehmlich als Lehrmaterial für den Schulunterricht gedacht war: »Großbritannien ist ein Land eines soliden Massenwohlstands, was nicht zuletzt zahlreiche Bewohner ehemaliger britischer Kolonien beweisen, die im Lande der ehemaligen Kolonialmacht Unterkommen, Arbeit und soziale Sicherheit suchen.«

Ein Zynismus für den, der die Verhältnisse kannte, mehr noch für den, der unter ihnen leben musste, und dabei bewiesen die Angehörigen der ehemaligen Kolonien tatsächlich gar nichts für Englands Wohlstand. Im Gegenteil. Nach dem Zweiten Weltkrieg gab es in England, nicht anders als in Deutschland, mehr Arbeit als Arbeitskräfte. Zu Hunderttausenden wurden die Bürger der ehemaligen Kolonialstaaten nach Europa gelockt, durch die Verheißungen des Wohlfahrtsstaats und die politischen und ökonomischen Repressalien des Heimatlandes gleichermaßen motiviert. Die meisten kamen im Dienstleistungsgewerbe unter. Viele aber verloren ihre Arbeit bald im Zuge von Einsparungen und waren, wenn überhaupt, nur noch als Gelegenheitsarbeiter vermittelbar. Von dem Lohn konnte keine Familie ernährt werden, noch weniger von der für kurze Zeit anberaumten staatlichen Unterstützung. Etwa 40 % aller Fremdarbeiter waren arbeitslos.

Der Zug der Einwanderer hat das Gesicht der Stadtviertel geprägt. Viele der Fremdarbeiter zogen ursprünglich ins Eastend. Dort waren die Mieten billig, denn der ständige Westwind wehte den Smog nach Osten, und kein wohlhabender Engländer hätte hier leben mögen. Das Eastend war immer schon von Seuchen und Krankheiten bedroht gewesen, früher war hier mehrmals die Cholera ausgebrochen. Bevor endlich die Themse eingemauert und eine Kanalisation angelegt worden war, hatten die Armen direkt aus dem Fluss und den Kanälen getrunken. Und schließlich war das Eastend das Viertel gleich mehrerer Massenmörder, darunter das von Jack the Ripper, in dem man heute einen Gentleman mit Verbindungen zum Adel identifizieren zu können glaubt. Hier wohnten traditionell Asiaten mit kleinen Läden, die Iren, die die Eisenbahn bauten, und an den Hafenanlagen die russischen Juden als Werftarbeiter. Inzwischen sind die Immigranten unerwünscht, und die Regierungen erlassen seit Jahren immer neue Vorschriften, die Einreise und Aufenthalt erschweren, wenn nicht verhindern sollen. Einreisevisen für Commonwealth-Angehörige werden plötzlich nur noch befristet ausgestellt, gegen Leute, die ihre Frist überziehen, wird drastisch vorgegangen.

Die bedrohten Ausländer fliehen vor dem Arm der Abschiebung nicht selten in die Kirchen, denn hier, dieses Recht ist in England noch verbürgt, genießen sie Immunität. »Sämtliche ethnischen Gruppen kommen in unsere Kirche«, sagt Reverend Morley, »die West Indians, die Leute aus Bangladesch, aus Asien und Afrika. Oft haben sie keine Unterkunft, leben schon lange auf der Straße und brauchen nicht so sehr religiöse Erziehung als vielmehr Einarbeitung in einen Beruf oder Einführung in das englische Leben, die Bürokratie.«

Mag auch die Kirche die Partei der armen Fremdarbeiter ergreifen, leicht ist diese Aufgabe nicht. Wie soll man einem englischen Arbeiter, der hart am Existenzminimum lebt, klarmachen, dass er für die Armen aus Bangladesch zu opfern hat? Der Staat fördert auf diese Weise eine Kontroverse zwischen Armen und Ärmsten, von den Profiten des Landes bleiben beide ausgeschlossen, und es ist absehbar, dass die Schwierigkeiten zunehmen werden, sobald die Einsparungen härter werden.

Reverend Morley ist einer von denen, die die Auswirkungen dieser sozialen Situation täglich am eigenen Leib erfahren. So klingt sein Resümee auch eher nach einem Gesellschaftskritiker als nach einem Priester: »Es ist Bestandteil dieser eigenartigen Wirklichkeit, dass die Armen immer wieder zu Opfern für die Armen veranlasst werden und nicht die Reichen und Mächtigen. Die Situation hier im Eastend ist außerordentlich schwierig, denn hier haben viele Weiße von jeher ganz unten im Elend gelebt, auf dem Boden des Fasses. Wenn man nun hingeht und den Leuten aus Bangladesch zu Arbeit verhilft, sagen die Angestammten: Warum immer bloß wir nicht?, und damit haben sie natürlich in gewissem Sinn recht. Der Staat hat die Eigenverantwortung für die Besitzlosen abgezogen. So wird die Kirche wieder zum eigentlichen Repräsentanten des Wohlfahrtsstaats. Natürlich, sie sorgt sich ja eigentlich per definitionem um die Lebensqualität der Menschen, aber wir müssen anerkennen, dass diese permanent determiniert ist von den politischen Verhältnissen. Unsere Aufgabe ist fast zu schwer. Wir haben lauter arme Kommunen, wir sitzen in alten, teilweise baufälligen, jedenfalls schwer zu unterhaltenden Gebäuden. Rationalisierung ist nötig, und vor aller übergreifenden Arbeit für Schulen und Krankenhäuser darf zunächst die Gemeindearbeit nicht vernachlässigt werden. Trotzdem bleibt bestehen: Es gibt keine unpolitische Kirche, die ihre Aufgaben erfüllen kann. Wir können keine unpolitische Kirche haben wollen. Denn die große Tradition der Kirche besteht in der Revolte gegen Armut und Ungerechtigkeit.«

England hat diese Revolte bitter nötig, und ob er es weiß

oder nicht: um den Penner, die Existenz des Verminderten, Abgeschobenen, ausgestoßenen ›Asozialen‹ schart sich eine bunt gewürfelte Gruppe von Engagierten der unterschiedlichsten Art. Publizisten und Aktivisten, Filmemacher und Schauspieler, Musiker und Kirchenleute arbeiten von den unterschiedlichsten Standpunkten aus an dem Versuch, die Lebenssituation der Armen in England sichtbar, bewusst und veränderbar zu machen. Es gibt eine politische Kultur in diesem Land, die mit der resignativen Apathie in Deutschland nichts gemein hat. Gegen Missliebigkeiten in Kirche und Geistesleben hat der Staat Geldentzug als ein Mittel der Repression eingesetzt. Ohne staatliche Zuschüsse, allein kraft der Solidarität von Betroffenen und ähnlich Denkenden haben Kultur- und Kirchenvertreter gegen eine Situation mobil gemacht, die langfristig das Leben großer Teile der Bevölkerung verneint.

Dies ist die Lage, in der die puritanische Doppelmoral ihre Ironie, in der der Gentleman seinen altmodischen Charme verliert. Jetzt gilt an erster Stelle jene Verpflichtung gegenüber dem Penner, die Reverend Morley die erste und dringendste nennt: »Die Kirche muss die soziale Wirklichkeit einholen.«

WEISSES RAUSCHEN

Im 18. Jahrhundert saßen die Menschen an den Poststationen und warteten, dass der Groschenroman erfunden würde. Im 19. Jahrhundert saßen sie da mit dem Groschenroman und träumten von etwas, das wie Fernsehen wäre. Im 20. hatten sie das Fernsehen und wünschten sich nur noch die Erfindung der Fernbedienung.

Der Mensch hat zu jeder Zeit die Verfügbarkeit der Welt ersehnt, als Buch, Taschenbuch oder Heft, als Transistor, Fernsehen oder Portable, aber erst mit der Durchsetzung des Fernsehens wurde er wahrhaft »Glotzer«, Mitglied einer Sehgemeinschaft, inaktiv und sediert, nie ganz da, wo er sich physisch befindet, und ebenso wenig dort, wo sein Blick weilt, dennoch voller Bereitschaft, das Leben vor allem nach seinen telegenen Qualitäten zu beurteilen.

Das war nicht immer so, denn als das Fernsehen erfunden wurde, zeichnete sich zunächst ab, dass dieses Medium Öffentlichkeit würde herstellen können, wie sie nie bestanden hatte. Es würde die Gemeinschaft der Zuschauer in alle Bereiche des gesellschaftlichen Lebens einführen und zu einer Bühne werden, auf der sich die disparaten Gruppen dieser Gesellschaft verständigen, zur Diskussion stellen und korrigieren könnten. Das Fernsehen sollte in einem aufgeklärten Sinn Volksbildungsanstalt sein und nach klassischem Muster nützen und unterhalten. Nur vor diesem Hintergrund eines sozialen Anliegens war es als öffentlich-rechtlicher Auftrag denkbar, als ein Organon, das allen gehört und von allen bezahlt wird.

Man kann nicht erwarten, dass zu jener Zeit auch Reflexionen über die massenhafte Wirkung eines veränderten

Verhältnisses zwischen Bild und Abgebildetem in die Debatte einbezogen worden wären. Wenn bei Shakespeare der greise Lear über die nächtliche Heide muss, wird es dem Leser daheim schließlich auch immer gemütlicher. Ähnlich das Verhalten zum Bild. Sei es noch so treffend, man muss davon ausgehen, dass das Fernsehen zwar eine gewisse Intelligenz Bildern gegenüber ausbildet, zweifelhaft aber ist, ob diese Intelligenz auch dem Abgebildeten gegenüber in Veranschlagung gebracht wird.

Wahrscheinlich ist das Gegenteil richtig: Die Übermacht des Bildes lässt das Abgebildete verschwinden, das Verhältnis zu wahrem Blut, zu realer Gewalt wird blind und begriffslos. So wächst gerade dort, wo sich die Bilder akkumulieren, ein eigentlich bilderloser Raum. Anders gesagt: Wer gehofft hat, das Fernsehen sei eine Volksbildungsanstalt, in der sich die Gesellschaft selbst reflektiere, um ihre Institutionen wie ihre Grenzbereiche, ihr Gelächter wie ihre Trauer widerzuspiegeln, den muss das Fernsehen enttäuschen, wie ihn der Trivialroman enttäuscht hätte.

»Das Fernsehen hat aus dem Kreis der Familie einen Halbkreis gemacht«, sagte Françoise Sagan damals, denn es änderte nicht allein Seh-, sondern auch gesellschaftliche Gewohnheiten rasch und drastisch. Die ersten Meinungsumfragen, die schon in den fünfziger Jahren über das Fernsehen gemacht wurden, ergaben denn auch, die Menschen befänden sich in einer Art »Verstehensillusion«, politische Probleme erschienen ihnen nun leichter lösbar. An den Debatten, die zu jener Zeit um das Medium geführt wurden, ist erkennbar, wie sensibel man darauf reagierte, dass und nach welchen Kriterien hier Öffentlichkeit gebildet wurde.

Solche Skepsis bezog sich auf das Medium als Ganzes,

insofern es passivisch, begriffs- und analysefeindlich, dem Bilderbann unterworfen war. Als solches traf es bis in die siebziger Jahre hinein auf die Kritik etwa des ehemaligen Bundeskanzlers Helmut Schmidt, der sich durch seinen Vorschlag eines fernsehfreien Tags pro Woche den Vorwurf der Bevormundung zuzog. Die Skepsis bezog sich aber auch auf die Leistungen des Mediums als leitbildliche Manifestationen der Formen, in denen über die Welt gedacht und geurteilt werden kann. In dem sicheren Gefühl, dass hier Formen massenhaften Denkens, Fühlens, Schauens und Genießens vorgebildet würden, stritt die Gesellschaft anfangs vehement über die Konstruktion der Welt durch das Fernsehen, über das Fernsehfähige und Unzumutbare.

Der damals entstandenen Idee der »Grundversorgung« durch öffentlich-rechtliches Fernsehen lag ein grundsätzlich anderes Menschenbild zugrunde als dem heutigen Fernsehen, insofern es inzwischen – gegen alle im Rundfunkstaatsvertrag festgelegten Statuten – fast ausschließlich ein Apparat zur Erwirtschaftung von Profiten geworden ist, etwas, das im selben Vertrag expressis verbis untersagt wird und die Praxis der Gebührenfinanzierung in Frage stellt. Was »Grundversorgung« sein soll, wurde im Laufe der Jahre, zumindest in Bezug auf Information und Kultur, immer defensiver formuliert. Längst baut man mit Hinweis auf die Quote Programmteile ab, die man gestern noch zu den Kronjuwelen öffentlich-rechtlichen Fernsehens gerechnet hat.

Mit der pseudo-demokratischen Volte, die es erlaubt, einen guten Marktanteil als Plebiszit über das Fernsehprogramm zu deuten, gelingt es den Programm-Machern, die Deutschen als ein Volk zu kategorisieren, dem im Grunde nur Basisnachrichten, Volksmusik, »Wetten dass« und »Sportevents« wirklich gerecht werden.

»Die wahre Antidemokratie ist die Massenkultur«, hat Pier Paolo Pasolini einmal gesagt, in der Überzeugung, dass die Verführung dieser Kultur eben darin besteht, den Massen im Namen der Massen ihre eigentlichen Interessen abzukaufen, also etwa das Interesse an einer besseren Orientierung in der Welt, der Aufhebung von Entfremdung, der Einsicht in Zusammenhänge, die den Einzelnen zum Verursacher für die Situation in der schwächer entwickelten Welt werden lassen, der Kritik eines ökonomischen Systems und seiner Konsequenzen für das individuelle Leben, oder auch nur der Expansion der Wahrnehmung durch künstlerische Sprechformen. Grotesk wirkt das Fernsehen, misst man es an seiner Utopie. Das richtet die Utopie, finden die Macher, nicht das Medium.

Wenn Theodor W. Adorno mit Blick auf das Fernsehen noch sagte, Kulturindustrie böte am Abend denselben Alltag nur noch einmal an, verdoppele diesen also nur, ohne ihn zu reflektieren, so ist das Fernsehen heute weit weniger dadurch definierbar, was es zum Erscheinen, als dadurch, was es zum Verschwinden bringt.

Zum Beispiel: Mittels einfacher Recherche, vor dem Einsatz deutscher Truppen in Somalia angestellt, wollte Walter Michler herausfinden, wie viele von insgesamt 1100 Minuten »Tagesthemen« sich mit politischen Nachrichten aus Schwarzafrika beschäftigt hätten (also ohne Maghreb und Südafrika). Ergebnis: Eineinhalb. Für die nachrichtliche Welt wird Schwarzafrika zur Terra incognita, die in der Regel allenfalls anlässlich von schicksalhaft beschriebenen Naturkatastrophen oder kriegerischen Konflikten mit den entsprechenden Bildern berücksichtigt wird.

Ähnlich verschwinden aus dem Fernsehen Kontinente des Wissens, Arbeitens und Gestaltens, verschwinden Menschen ohne telegene Schauseite oder ohne die Fähigkeit, den populären Sprechformen des Fernsehens, einem digitalen Sprechen in raschen Ja-Nein-Impulsen zu genügen, verschwindet die Realität ferner Länder hinter ihrer verkitschten Populär-Vorstellung, verschwinden fast alle künstlerischen Gattungen mit dem Generalschlüsselargument: Literatur »funktioniert nicht« im Fernsehen; Ballett, Lyrik, Oper, Musik allgemein und Theater im Besonderen »funktionieren« ebenfalls nicht im Fernsehen, zumindest gemessen an den Popularitätserwartungen der Macher.

Es verschwinden die komplexeren Erzählformen, denn drei Handlungsstränge, so sagte mir einmal ein Programm-Verantwortlicher, seien für eine gute Quote zur Prime Time zu viel. Anders gesagt: Früher träumte man davon, die wichtigsten Dinge allen sagen zu können, heute realisiert man, dass wohl nur die belanglosesten für die Masse taugen. Deshalb finden auch die wichtigsten Dinge nicht mehr in der Öffentlichkeit statt, sondern anderswo, und deshalb lösen sich für das Fernsehen die meisten Fragen in einer Lauge aus Unterhaltung auf. Der deutsche Alltag, so wird unterstellt, ist so hart, dass dem Menschen am Abend der Ernst des Lebens nicht mehr zumutbar ist.

Von Gottfried Benn stammt der schöne Satz, »Penthesilea« wäre nie geschrieben worden, wenn man vorher darüber abgestimmt hätte. In dieser Hinsicht besteht unsere kulturelle Tradition – das, was wir bewahren und weitergeben, was wir in Schulbücher drucken und in Museen ausstellen – zu neunzig Prozent aus Hervorbringungen, die auf dem Weg der Massen-Abstimmung nie ins Leben gekommen wären. Und dennoch wählt unsere Kultur den

Weg der Vereinzelung und Individuation, des Misslingens und Scheiterns, des Misserfolgs und der Pleite. Was uns in der Welt der künstlerischen Individuation also wertvoll erscheint, hat mit den Ansprüchen des Kollektivs zunächst nichts zu tun.

Das Fernsehen ist der Spiegel einer alltäglichen Abstimmung, es ist Demokratie in plausibler und abstoßender Form, und die Quote ist nichts anderes als ein Votum, das gegenüber dem politischen Votum noch dazu den Vorzug besitzt, kurzlebig zu sein und rasche Reaktionen zu erlauben. Kein Kabinett verschwindet so schnell vom Bildschirm wie eine Sendung ohne zügigen Publikumserfolg.

Das Fernsehen ist eben auch Ausdruck der Tatsache, dass in einem Massenmedium nicht moralische, sondern marktwirtschaftliche Prinzipien das Innenleben formen. Deshalb ist jedes kritische Argument oder Urteil eigentlich ohne Gegenüber und jede im Fernsehen geführte Debatte gegenstandslos in dem Augenblick, wo ihre Ermittlungen sich gegen den Imperativ der Quote wenden.

Das bedeutet, überspitzt gesagt, allerdings auch: Wenn es in Deutschland dreißig Prozent Rechtsextreme gäbe, gäbe es in Deutschland auch ein Fernsehen, das dreißig Prozent der Rechtsextremen gefiele. Keine Berichterstattung aus Kriegen oder vom Boulevard, keine Bizarrerie aus den Tiefen des menschlichen Trieblebens oder seiner Amüsierbarkeit haben es je vermocht, sich gegen das Diktat der Quote zu behaupten. Diese legitimiert sich selbst und macht Medienkritik weitgehend obsolet – zumal wenn diese Medienkritik wenig mehr leistet, als das abendliche Glotzen in Geschmacksurteile zu übersetzen.

Ja, der »Heiße Stuhl« ist kämpferischer als das Parlament und die Trauer in »Verzeih mir« überzeugender als die der Bürgerkriegsopfer der ganzen Welt. Die CNN-Moderatoren sind heftiger entflammt von ihrer Botschaft als der Marathonläufer im alten Athen, und Harry Wijnvoord liebt die Genussmittel zärtlicher als der Penner, der sie sich nicht leisten kann. Die Macher sind von hysterisch überschwänglicher Emotion, und die Zuschauer von großem Langmut, und manchmal fragt man sich, ob sie überhaupt noch Menschen sind.

Bei genauer Betrachtung des Fernsehens und dessen, was aus ihm geworden ist, drängt sich tatsächlich die Schlussfolgerung auf: Fernsehen wird nicht für Menschen gemacht, sondern für ein Substrat des Menschen, einen von vasomotorischen Reflexen gesteuerten, vom Rückenmark dirigierten, jeden Bilderregen trockenen Fußes durchschreitenden Replikanten, in dem nur selten die Welt seines praktischen Lebens unbequem heraufdämmert, und der das Fernsehen liebt, weil er hier durch einen Spiegel geht, hinter dem er keine Spiegel wiederfinden wird, keine Herausforderung und keinen Imperativ, sich zu erkennen. Das Fernsehen bewahrt ein Reservoir an schauerlichen Erregungen verschiedener Couleurs.

Verwandtes galt bereits für jedes populäre Medium vom Schauer- bis zum Groschenroman. Man muss also auch heute nicht darüber klagen, dass die Rezipienten von nichts mehr berührt werden, man kann allenfalls darüber trauern, dass ihnen nichts mehr erscheint und die Welt ihrer Alltagspraxis über das Medium den Weg nicht mehr ins Bewusstsein und von hier aus wieder in die Alltagspraxis findet.

Wir haben alles gesehen: den quasi-propagandistischen Verlautbarungs-Journalismus der Kriegszeiten, Schreinemakers, die sich zurückführen ließ und im 17. Jahrhundert

Tapeten aß, Naddels Brüste, die von einem TV-Japaner gewogen wurden, die Frau mit der Fußphobie, die im Studio zehn Paar nackte, mit Senf, Ketchup und Marmelade eingeriebene Füße ablecken musste, den Millionär, der seine Brautwahl vor Saalpublikum traf, Ramona Drews, die Muttermilch verspritzte, Klo-Kameras, Bett-Kameras – es ist eine eigenartige Form der Ethnologie, die hier den Menschen zeichnet. So verwandelt sich der Mensch in seine Medienpersona, und er beurteilt auch andere danach, an welcher Stelle und wie reibungslos sie in eine tägliche Talkshow, in eine Daily Soap integrierbar wären.

Also bringt das Fernsehen nicht nur mehr zum Verschwinden, als es sichtbar macht. Es wird auch nicht primär vom Menschen gesehen, vielmehr sieht umgekehrt das Fernsehen den Menschen, ja, es kennt ihn so genau, dass es mit Bestimmtheit weiß, wie er, an welcher Stelle und in welcher Art reagieren wird. Das Fernsehen verfeinert seinen eigenen Bilderbann, indem es dem Zuschauer geradezu die Möglichkeit nimmt umzuschalten.

Das ist Resultat eines ausgeklügelten quasi-manipulatorischen Kalküls. Privatsender beschäftigen sogenannte »Look-Beauftragte«, deren Arbeit zum Beispiel darin besteht, dafür zu sorgen, dass das Licht in allen hauseigenen Produktionen so identisch ist, dass der Zuschauer beim Darüber-Zappen sagt: Ach, das ist doch das schöne RTL-Licht, mit dem ich schon früher so gute Erfahrungen machte, da bleibe ich. – In den Filmen des Privatfernsehens werden junge Frauen gerne vor der ersten Werbeunterbrechung unter die Dusche geschickt oder sonst unter Vorwand nackt gezeigt, weil sich herausstellte, dass es die Anhänglichkeit vor allem des männlichen Publikums stärkt, wenn man die Frau frühzeitig nackt gesehen hat. – Das

Genre eines Films, der sich um 20 Uhr 15 bewähren will, muss in den ersten drei Minuten klar sein. Weiß der Zuschauer nicht, in welcher Gattung er sich befindet, verliert er das Interesse, das er auch bei zu vielen Abstraktionen, Fremdwörtern, vorausgesetztem Wissen, zu anstrengenden Diskursen verliert. – Einem namhaften Regisseur, der seinen neuen Film vor allem bei Nacht spielen lassen wollte, wurde beschieden: Lösen Sie Ihre Probleme bitte bei Tag, Nachtfilme haben eine schlechtere Quote, da sieht man nicht so gut.

Die Fernseh-Psychologie ist entsprechend. Der Autor, der seine Figur in eine Situation der Verzweiflung führt, erhält vom Redakteur die Anweisung: »Jetzt muss sie aber mindestens einen Selbstmordversuch machen«, und als ich selbst das Drehbuch eines vielfach preisgekrönten spanischen Autorenfilms adaptieren wollte, in dem ein Mann sich eine Schauspielertruppe einlädt, damit sie ihm an seinem Geburtstag die Familie spiele, fragte die Redakteurin erst: »Warum macht er das?«, und als ich versuchsweise antwortete: »Aus Einsamkeit«, erwiderte sie: »Einsamkeit ist kein Motiv.« Jedes dieser Beispiele löst das Autorenprinzip weitgehend auf. An seine Stelle tritt das fiktive Kollektiv, mit jener vereinfachten und verfälschten Realität, die der Quoten-Erwartung entspricht.

Das derart zugerichtete Fernsehen ist ein kindliches Medium, das, wo immer möglich, auf bekannte Vorstellungen zurückgreift, keine komplexe Psychologie zulässt, Abstraktion vermeidet und seine Bilder gern begleitet, indem es sie rhetorisch verdoppelt. In seiner Psychologie, seinen Handlungsabläufen und Konfliktlösungen muss man sich sofort auskennen können. Denn niemand wurde im Fernsehen je bestraft, der sein Publikum unterforderte.

Die Vormacht des Populären geht so weit, dass man das Komplizierte am liebsten in Crossover-Manie kombiniert in der Annahme, so hätten beide Teile etwas davon. Also wird man bei der Gestaltung von Kultursendungen meist aufgefordert, die Komplexität eines Themas dadurch zu konterkarieren, dass man es von Verona Pooth kommentieren lässt. Nach diesem Muster sind die Lieblingslösungen des Fernsehens: Die Berliner Philharmoniker, aber mit den »Scorpions«, die Goldhagen-Debatte, aber mit einem Busenwunder, die »Innere Sicherheit«, aber mit einer TV-Kommissarin etc.

»Das Fernsehen hat immer nur Vergessen produziert«, hat Jean-Luc Godard einmal gesagt, selbst ein vom Fernsehen Vergessener, aber es hat sich auch selbst vergessen und treibt ohne andere Utopie als die Massenwirkung zwischen überkommenen Formen des Informierens und Unterhaltens ziellos umher. Wer noch ein inneres Leben hat, wer alt, traurig, krank, kritisch, kompliziert oder aus sonst einem Grunde individuiert ist, wird die Realität des Fernsehens betrachten wie die eines anderen Kulturraums. Es provoziert den animosen Blick und sieht selbst den Menschen nicht als solchen, sondern als Zielgruppe.

Nun könnte man einwenden, das Privatfernsehen kostet den Zuschauer nichts, also hat er – außerhalb des Kinderschutzes, der Einhaltung der Menschenrechte, des Grundgesetzes – keinen echten Anspruch darauf, es zu formen, ja, er kann selbst die Einhaltung dieser Rechte meist nur nominell einklagen, und da hier alles Programm abhängig ist vom Werbekunden, müsste der Protest des Zuschauers eigentlich lauten: Ich esse doch euren Müsliriegel, wasche doch mit eurem Pulver, habe ich denn dafür keinen Anspruch auf ein besseres Programm?

Nach derselben Logik könnte man erwarten, dass Werbekunden das Publikum irgendwann nicht mehr quantifizieren, sondern qualifizieren. Was hilft schließlich einem Nobel-Karossen-Hersteller das Millionen-Publikum etwa eines Daily Talkers, wenn sich dort die sozial Schwachen versammeln, während er unter Umständen mit einer Million sozial Starker im Publikum mehr mutmaßliche Käufer erreicht? Da man in der Hoffnung auf das bessere Fernsehen nichts von der Medienpolitik erwarten sollte, könnte man ironischerweise allenfalls von Werbekunden eine Verbesserung des Programms bei den Privaten erwarten. Es lohnt sich auch hier, nur an Reformen zu glauben, die Mehrwert erwirtschaften.

Das öffentlich-rechtliche Fernsehen dagegen kostet zwar Zuschauers Geld, unterwirft sich aber aus eher sportlichen Gründen dem Rentabilitätsgrundsatz, indem es unterstellt: Wenn die Bürger schon Gebühren bezahlen, dann sollen sie dies nicht für Sender tun, die auf der Popularitätsskala den sechsten und siebten Platz belegen.

Die Macher legitimieren schlechte Programme durchwegs mit dem schlechten Geschmack der Zuschauer und der Überzeugung, dass es ja eigentlich weder das schlechte Programm noch den schlechten Geschmack gebe, nur dürftige Quoten. So dürfte es zwar schwer sein, einen Moderator zu finden, der nicht klüger wäre als sein Programm, aber diese Form der Herablassung heißt »Popularität«. Wo dagegen Minderheitenprogramme angeboten werden, sind sie entweder nützliche »Klassiker« mit Prestigewert, oder sie erfüllen Auflagen der Landesmedienanstalten.

Die Zuschauer auf der anderen Seite zeigen sich gern mehrheitlich brüskiert von der schlechten Qualität des Fernsehens und füllen die periodisch von großen Magazinen gedruckten Fragebögen gern so aus, als sähen sie am liebsten nie wieder Game-, Talk- und Kuppelshows und stattdessen ganztägig das »Auslandsjournal«.

Was sie nicht sagen: Die gleiche Abstimmung findet jeden Abend mit der Fernbedienung statt, und diese lässt eigentlich nur den Schluss zu, dass die Empörung des Zuschauers gegen das Programm so etwas ist wie eine unaufrichtige Form der Selbstkritik. Er will sich unter seinem Niveau amüsieren, es aber nicht getan haben, und abstrahiert so gern von seinen eigenen Sehgewohnheiten, um sich für ein fiktives Kollektiv starkzumachen, das ein besseres Programm verdient hätte. Ginge es danach, wäre RTL ein Spartensender und Arte Marktführer.

Tatsächlich nutzt der Zuschauer jene Sender kaum, die um höhere Qualität ringen, und so muss man in der Regel bedauernd sagen: Das Publikum ist nicht dümmer oder klüger, es ist exakt so »klug« oder »dumm« wie das Programm, und jede Lektüre des Minuten-Quoten-Protokolls einer Sendung macht erkennbar, dass Zuschauer eben gern umschalten, wo Ausländisches, Fremdsprachiges, Komplexes oder Kulturelles dräut.

Andererseits verrät dieser Mechanismus nicht zwangsläufig die wahre Nähe zwischen Zuschauer und Programm. Denn nur die Macher können unterstellen, eine Einschaltquote – die ohnehin mit oft kritisierten Verfahren ermittelt wird – setze sich zu hundert Prozent aus zustimmenden Voten zusammen. Das Gegenteil scheint mir der Fall: Das Publikum sitzt bisweilen sogar mehrheitlich mit Konträrfaszination davor, gebannt von der Betrachtung des Unterlegenen und mit dem gut pharisäischen Gefühl des Glücks, nicht so zu sein wie jene dort.

Ähnlich verhält es sich mit dem pauschalen Einwand,

das bestehende Fernsehen verderbe den Charakter, setze angeblich ›natürliche‹ Hemmschwellen herab, animiere sogar zur Gewaltausübung. Abgesehen davon, dass die Rezeptionsforschung bis heute jeden schlüssigen Beweis für die Richtigkeit dieser These schuldig geblieben ist, wird eine derartige Gefährdung immer nur für andere, nie für den Kritiker selbst formuliert. Nie hat man jemanden sagen hören, er selbst habe durch die Betrachtung dubioser Programme Schaden genommen. Aus diesem Grunde wird das Substrat des Kindes zur neuen zensoriellen Instanz.

Genauso gut müsste aber der Umkehrschluss erlaubt sein, der da lautet, die Verbreitung sittlicher Werte durch das Fernsehen müsste Menschen, auch Kinder, besser machen. Nie davon gehört. Tatsächlich hat das Fernsehen aber einen wesentlich höheren Ausstoß an moralisch Gutem als an Defizientem. Ganze Serien propagieren auf populärste Weise die Schönheit der Familie, die Integrität der Justiz, die Notwendigkeit des Militärs, die Uneigennützigkeit der Volksfürsorge und der Medizin, die Wichtigkeit der Volkserziehung und der freien Presse, und doch wird niemand auf die Idee kommen, das erreichte moralische Niveau in der Außenwelt durch den Schwulst des filmischen Konservatismus zu erklären. Eher wird man, zu Recht, argumentieren, dass das Böse des Films weniger als Verarbeitung der realen Verhältnisse, sondern vielmehr als Kompensation des Filmschmalzes seine Attraktivität bewahrt.

Keiner Epoche ist es gelungen, die kollektive Phantasie hinter die Demarkationslinie ihrer expressiven Möglichkeiten zurückzuwerfen. Oder würde uns heute die moralische Legitimation der Höllendarstellungen bei Dante, Brueghel oder Bosch ausreichen, einen Videofilm über die Qualen des Jüngsten Gerichts zu drehen? Diese Phantasie konstruiert zwar einen lockeren moralischen Rahmen für ihre exzessive Phantasiearbeit, eigentlich aber sucht sie den Raum jenseits der öffentlichen Legitimität. Ihn zu erforschen und zu objektivieren, setzt sie die populärsten künstlerischen Mittel ihrer Epoche ein.

In unserer Zeit ist das der Film, und wenn er auch Gewalt im eigentlichen Sinn selten reflektiert, so befreit er in ihr doch einen Bann des Bildes, der begriffsloses Staunen sucht, Suspense, Faszination. Keine Maßgabe von außen wird die Entwicklung dieses Raums und die Ausdehnung seiner Grenzen verhindern, und kein Begriff lässt sich finden, der diese Maßgabe nicht auch auf de Sade, Pasolini, Buñuel oder eben Bosch anwendbar machte.

Noch in den Jahren der Frankfurter Schule hat man in diesen Erscheinungen die unmittelbare Reflexion gesellschaftlicher Verhältnisse erkennen wollen, in der Aggression des Films die Barbarei verdinglichter Beziehungen zwischen Menschen. Heute liegt es nicht minder nahe, das Bedürfnis nach filmischen Formulierungen von Sex und Gewalt in ihrer trivialisierten Form als Reflexion des filmischen Umfelds zu betrachten, und zwar eines Umfelds, in dem das Bedürfnis nach Kitsch, Optimismus und Happy End zu einer Entfremdung des Films von der Außenwelt geführt hat, die noch drastischer ist als jene, der die opernhaften Inszenierungen des Grauens im Horror- und Gewaltfilm hinterherrennen.

So wohnt dem Streit um das bessere Fernsehen auf allen Seiten ein gehöriges Maß an Bigotterie inne – auf Seiten der Zuschauer ebenso wie auf der der Macher. Macht also Fernsehen dumm? Ja, aber zuerst die Produzenten. Ihre Aufgabe ist es nun einmal, jederzeit ins Populäre zu denken, und als populär gilt besonders, was man großzügig als

»Tabu« bezeichnet, also etwa Sex – vom Fernsehen gern euphemistisch »Erotik« genannt. Aber kann etwas, über das so maßlos und ausführlich verhandelt wird, »tabu« sein?

Nein, die wahren Tabus des Fernsehens heißen Grillparzers Spätwerk, Leninismus, Druckgraphik der Cranach-Zeit ... Tabu ist, was keine Quote bringt, und so bezeichnet nicht Animosität, eher Ressentiment das eigentliche Verhältnis des Fernsehens zur Kultur, denn diese erwirtschaftet grundsätzlich weniger Quote, wird deshalb auch intern mit weit niedrigeren Budgets und weit geringerer Sorgfalt behandelt als die Show-Programme. Weniges ist so ernst im Fernsehen wie die Unterhaltung.

Fernsehmacher verständigen sich eben nicht über die Welt, sondern über den Erfolg. Das ist zweierlei. Eine Sendung wird nicht erschaffen, weil sie notwendig wäre oder fehlte, sondern weil sie Erfolg verspricht, und deshalb läge das Unmögliche für den Fernsehmacher auch nicht in der Inszenierung von Extrem-Wettbewerben, Massenchoreographien, Effekten, sondern in der Produktion einer quotenunabhängigen Sendung. Wenn die Redakteure eine Sendung nämlich nicht an der Quote messen, woran dann? Dann müssten sie ja ein Verhältnis zur Sache haben, also Leidenschaft, Sachkenntnis, Neugier, Forscherwillen, sie müssten erst eine Sprache finden, die eigenen Interessen ausfindig machen, den Erfolg als Format vergessen ...

So eröffnet sich die eigentliche Wirklichkeit des Fernsehens eben erst, wenn man den alten Kunstgriff versucht und die Kamera umdreht, Redaktionskonferenzen filmt und so erfährt, nach welchen Kriterien unsere Welt im Fernsehen zustande kommt.

Das gilt übrigens ebenso für die Welt der Nachrichten

oder des Ernstfalles. Sie sind dem Quotendruck nicht minder unterworfen als eine Volksmusik-Sendung, und es gibt Kriege, von denen wir weit weniger erfahren hätten, wären ihre Quoten nicht so gut gewesen. Da aber die Katastrophen meist weit weg und ohne direkten Zusammenhang zum Wohnzimmer dargestellt werden, beginnt man, an der Ferne vom eigenen Leben den Ernst des Lebens zu erkennen, auch wenn man ahnt, dass das, was da winselt und mit blutigen Armstümpfen in die Kameras wedelt, schon tot sein wird, ehe »Der Musikantenstadl« beginnt. So vergewissern uns die Nachrichten am liebsten über Höhepunkte nicht ernst-pflichtiger Katastrophen, über stimulierende Weltereignisse, die uns jedoch nicht mit Programmänderungen behelligen werden.

Auch die schlechte Nachricht ist ein Genre für sich, mit festen dramaturgischen Vorgaben wie der Schmuddelfilm oder der Serienkrimi. Mit der schwankenden Handkamera, schlechtem Ton und schlechtem Licht ist man der Wahrheit unmittelbar auf der Spur und dringt, in Pseudo-Echtzeit, ins Herz der Action vor. »Action News«, lautete denn auch lange der Titel der RTL-2-Nachrichten.

Nachrichten zeigen vor allem Aktuelles, nicht Prinzipielles. Ihr Rekurs auf die physischen Folgen der Katastrophe und ihre expressive Verarbeitung verraten oft eine Beziehungslosigkeit zum Ereignis, eine verlegene, manchmal infame Konzentration auf den Augenschein und mangelnde Bereitschaft, sich auf das Wesen der Katastrophe einzulassen, auf ihre Gesetze, ihr Prinzip, ihre Struktur und ihre ewigen Konsequenzen. Ein Bericht über einen Erdrutsch verlangt nach Bildern von Zerquetschten, umgestürzten Hütten, aufgebahrten Leichen, nicht nach Analysen der Ursachen. Die Bilder, die wir erhalten, sind

Bildtapete, sie sind so konzipiert, dass sie niemals bei den Opfern ankommen dürften, die im Angesicht der willentlichen Ignoranz unserer Informationen zum zweiten Mal zu Opfern würden.

Dieses sklavische Hängen am Augenschein aber beweist, wie weitgehend wir auch und gerade in den Nachrichten Schaulustige sind, und es war dem Fernsehen ja auch nicht fremd, einerseits vom »Grauen« der Bilder des stürzenden World Trade Centers zu sprechen, und andererseits dieses Grauen in Endlosschleifen als Studio-Rückprojektion sogar dann noch zu verwenden, als es im Vordergrund um eine Diskussion zum Fußball in Zeiten des Ernstfalls ging. Aber sind diese Bilder dann noch grauenhaft, und sind sie noch nachrichtlich?

Solche Ideologie der Unschärfe, dem Beharren auf blinder Empirie, der unterschlagenen Information, der Phrasierung der Wahrheit, der Abstraktion vom Prinzipiellen, das heißt insgesamt der tendenziösen Definition des Begriffs ›Nachricht‹ erfüllt die grundlegende Forderung nach Unterhaltung auch in den Nachrichtenmedien. Auch existieren Nachrichten ja nicht vereinzelt, sondern als Cluster, als Akkord, sie steigern und sie nivellieren einander, sie bilden den einen Zusammenklang der Tageswirklichkeit, eine Einheit aus Kriegsopfern, Gewerkschaftsverhandlungen, einer Messe-Eröffnung, einem Vulkanausbruch, einer Schiffstaufe und dem heiteren ›Rauswerfer‹. Sie reproduzieren die Wirklichkeit nach den Gesetzen des Channel Hoppings oder des Zappens, eine Dosis Spannung, eine Dosis Rührung, ein bisschen Trost, ein bisschen Pessimismus.

Die eigentliche Nachricht, das ist der Nachrichtenblock als Ganzes. Er bildet unseren Tag ab als eine Organisation des Wissens durch Weglassen, als Resultat eines Abstraktionsprozesses. In versteckter Form enthält er ein Diagramm unserer Lieblingskatastrophen und Lieblings-Schreckensbilder in ihrer unmittelbaren Beziehung nicht zur Tageswirklichkeit, sondern zu Archetypen des Todes, des Erhabenen, des Schrecklichen, der Pietà.

So ist, wo vom Tag gesprochen werden soll, eigentlich von Mythen, Urbildern, frühen Schocks und uralten Riten die Rede, von einer Kette von Motiven, die sich zur Erzählung der Wirklichkeit verdichten – einer Erzählung, deren einzelne Kapitel in manchen Nachrichtensendungen schon durch Novellentitel wie »Der Besessene«, »Die Schlacht«, »Der Vertrag«, »Krieg gegen Terror« überschrieben werden. Das Hinsetzen der Männer an den Verhandlungstisch, das ist wie das Rutenschneiden der Bauern auf dem Felde in der antiken Vasenmalerei – Ewiges, Außerzeitliches, In-sich-Stehendes, ohne Verweis, ohne über sich hinausweisende Geste, immer aktuell und niemals wirklich Gegenwart.

So haben Nachrichten nicht in erster, sondern in letzter Konsequenz mit der Abbildung der Außenwelt, der aus der Ferne herangezoomten Realität zu tun. In erster Linie zeigen sie vielmehr ihre Zuschauer, den Entwicklungsstand ihrer Sensibilität, ihrer Wahrnehmungsgewohnheiten und Vorkenntnisse. Nachrichten konkurrieren um Zuschauer, und sie formen Sendung für Sendung ihren Zuschauer und die Welt nach seinem Bild.

In zweiter Potenz zeigen sie Journalisten in ihrer Arbeit an der Wirklichkeit, bei der Herstellung eines Digests und einer Hierarchie der Bedeutungen. Und zuletzt zeigen sie ein Stück Land, ein Stück Mensch, ein Stück Natur, eine kleine, partielle Ausprägung des einen Kontinuums in der Wirklichkeit: der Katastrophe, und da dieses letzte

Element, dieser Realitätspartikel unerreichbar und unbegreiflich, verarbeitet und verschlissen, auf uns abgerichtet und nur eingeblendet, dem Bedauern und Vergessen preisgegeben ist, da keine Handhabe zu ihm findet, kein Verhalten seine Wirklichkeit erreicht, da also das Bild in inkongruenter Beziehung zum Ereignis steht, deshalb ist – selbst via Nachrichten – nur eine stark eingeschränkte Berichterstattung über die Realität möglich.

Mag sein, die »Erblindung des Fernsehens« spiegelt nur die »Erblindung der Welt«. Aber ist es so einfach? Wer heute eine Nachrichtensendung konzipiert, diskutiert Einzel- oder Doppelmoderation, virtuelles oder reales Studio, Rückprojektion oder Schaubild. Offenbar diskutiert kaum jemand stattdessen den Begriff der Nachricht, die Frage etwa nach dem, was wir brauchen, um aus Informationen Direktiven unseres Handelns zu gewinnen.

Würde Politik nicht als entfremdeter Apparat, als ein von Selbstinszenierungen und strategischem Kalkül zusammengehaltenes Massiv beschrieben, zeigte sie vielleicht sogar ihren Zusammenhang mit der Lebensgestaltung der Zuschauer. Dergleichen verhindert bei den Privaten die gängige Unterordnung der journalistischen unter die unterhaltenden Kriterien. Bei den Öffentlich-Rechtlichen stehen Parteienproporz, Gewerkschaften, Kirchen, Interessenverbände einer grundsätzlichen Revision des Nachrichtenbegriffs entgegen. Und bei beiden stehen die Bild-Anbieter der Agenturen dagegen, die einen eigenen Nachrichtenbegriff durch das manifestieren, was sie im Pool aus aller Welt anbieten. Alle diese Institutionen wollen oder müssen berücksichtigt werden, und schließlich irrt ja, wer meint, eine Sendung besser zu machen, hieße auch, sie erfolgreicher zu machen.

Es gibt keine Instanz, die geeignet wäre, dieses Dilemma zu lösen, kein die Zuschauer leitendes oder sie begleitendes kritisches Organon. Aber es gäbe die Möglichkeit, innerhalb des bestehenden Programmangebots quotenfreie Räume zu bestimmen und dort zu beginnen, den Gedanken der »Grundversorgung« neu zu denken. Er würde vermutlich binnen kurzer Zeit zur Entwicklung einer zweiten Kultur innerhalb der Kultur des Fernsehens führen und einen Schlagschatten auf jene Bilderwelt werfen, die sich ganz dem Konzept der Profitmaximierung unterwirft.

Man kann folglich über die Regulierung des ästhetischen Haushalts durch das Fernsehen nur dann Triftiges beibringen, wenn man zugleich bereit ist, diesen Haushalt dem Markt nicht vollständig zu unterwerfen. Die Entwicklung des Mediums geht auch im öffentlich-rechtlichen Bereich in die umgekehrte Richtung, und die Medienpolitik des vergangenen Jahrzehnts hat den Markt in all jenen Erscheinungen unterstützt, die sie jetzt beklagt. Auf die kürzeste Formel brachte diese uneingestandene Schuld Norbert Blüm, als er vor Jahren im Düsseldorfer Landtag mit dem Pathos eines euripideischen Kreon ausrief: »So habe ich mir die Freiheit eines privaten Fernsehens nicht vorgestellt!«

Da also die Medienpolitik keinen Einfluss auf die Behandlung der Wirklichkeit im Fernsehen nimmt, muss man das Regulativ wiederum im Markt suchen, genauer gesagt in seiner Atomisierung durch das Spartenfernsehen. Gut möglich, dass uns in kommenden Jahren ein Vollprogramm mit dem Anspruch, den Zuschauer durch alle Bereiche des Lebens zu führen, rührend altmodisch erscheinen wird – so altmodisch, wie jetzt schon jemand, der von diesem einzigen Medium, in dem Öffentlichkeit hergestellt wird, mehr verlangt, als sublime oder weniger sublime Unterhaltung.

Wäre es anders, das Fernsehen müsste sich zuletzt jener Aufgabe stellen, die noch jede auch künstlerische Artikulationsform in dieser Kultur für sich zu lösen versucht hat: nämlich die Selbstreflexion des Mediums. Wir haben diese weder in der diskursiven Form der Fernsehkritik im Fernsehen noch als Thematisierung der Ausdrucksmittel und -gattungen noch als Analyse der Werte, die unsere filmische Vergewisserung über die Außenwelt bis in die Nachrichten hinein bestimmen.

Wo dieser Diskurs zumindest in Ansätzen geführt wird – wie etwa in den Eigenproduktionen von Alexander Kluge –, trifft er auf Ablehnung, auf Spott. Ihre mangelnde Kommerzialität wird hier den Sendungen wie ein moralischer Makel angelastet, der Blick bleibt blind. Das Verdikt, das diese Produktionen trifft, erledigt zugleich wesentliche Epochen der Filmgeschichte, etwa Teile der Arbeiten aus der ›Nouvelle Vague‹, Frühwerke Oshimas, Straub-Huillets und selbst so heterogener Gestalten wie Jim Jarmusch, Sergei Eisenstein oder Luis Buñuel.

Diese Namen stehen nämlich für jene Differenzierung der Form wie der ästhetischen Mittel visueller Gestaltung, die im heutigen Fernsehen ohne Ort ist. Man nehme eine beliebige Aussage Jean-Luc Godards, wie die, die Entfernung der Kamera zum Gesicht der Frau lege die ›Moral‹ der Einstellung fest, und man erkennt, dass das Fernsehen weitestgehend im Zeichenraum von Signalen oder Piktogrammen denkt. Auch wären heute Bildanalysen wie die in »A Letter to Jane« (zu einem Zeitungsfoto, das Jane Fonda unter vietnamesischen Kriegsopfern zeigt) ebenso notwendig wie undenkbar, und schließlich käme eine radikale Erörterung jener Prinzipien, unter denen heute Nachrichten ausgewählt und bildlich eingerichtet werden, einer Art Systemveränderung gleich.

Schlussfolgernd kann man sagen, wo Gremien und Sender, Macher und Zuschauer, Anbieter und Konsumenten die Debatte um den faulen Status quo des Fernsehens mit einem moralischen Pathos führen, das von sachlichen Begründungen der beklagten Entwicklung ablenkt, begegnet die Unverbindlichkeit der Kritik der Indifferenz des Mediums. Dieser Zustand verrät, dass das Fernsehen im Grunde, wenn nicht unter, so doch außerhalb aller Kritik ist.

Gleichwohl wird für eine Verbesserung dieses Mediums bisweilen noch immer mit aufklärerischen Idealen eingetreten, die gesetzliche Direktiven in Stellung bringen sollen. Sympathisch, doch zunächst liegt ein immanenter Widerspruch darin, Aufklärung mit dem Mittel einer ›Zensur‹ durchsetzen zu wollen, von der die Aufklärung selbst eines Tages zwangsläufig erreicht wird. Sodann wohnt aller Zensur als einer Form des Verbots ein phantastisches Moment inne. Sie beschwört herauf, was sie zu bannen versucht, und inspiriert auf diese Weise die kühnsten Ausformungen des Verbotenen. Aber genügte zur Öffnung dessen, was im Fernsehen gedacht, gefühlt, gesagt und abgebildet werden darf, nicht schon die Erfüllung des Rundfunkstaatsvertrages?

Oder wäre es nicht eine gute Vorbereitung für eine Erneuerung des Mediums, wenn das Fernsehen leistete, was jedes andere Medium leistet: Selbstreflexion? Bemerkenswerterweise gibt es aber trotz der allgemein gestiegenen »Medienkompetenz der Zuschauer« und einer Ausweitung von »Medienteilen« in der Tages- und Wochenpresse allenfalls ein ernsthaftes medienkritisches Magazin im deutschen Fernsehen (»Zapp«, ndr), und durch die kommerzielle Verflechtung von Zeitschriften-Konzernen mit publizistischen Organen ist auch eine unabhängige Medienkritik kaum mehr möglich.

So leistete sich der »Spiegel« zwar über viele Jahre eine Fernsehkritik, für die nichts so schlimm schien wie das »Diktat der Lust« der Erotik-Magazine und die »Quasselbuden« der Talkshows. Als aber bekannt wird, dass das Magazin selbst seit vielen Jahren die Sex-Sendung »Wa(h)re Liebe« produziert und die »Johannes B. Kerner Show« co-produziert, hält man sich beim »Spiegel« mit der Kritik der Genres und mit noch mehr Kulturpessimismus eher zurück und findet stattdessen Arte und sein elitäres Programm anstößig. Wie viel unabhängige Medienkritik aber ist noch denkbar, wenn sich Print- und elektronische Medien unter einem Dach befinden und in Personalunion verwaltet werden?

Als ich vor einigen Jahren Überlegungen zum Fernsehen bei Bertelsmann vortrug, fragte beim anschließenden Empfang Thomas Middelhoff einen amerikanischen Medienmann, ob er den Vortrag gehört habe. »No«, sagte der andere, »What was it about?« »Content«, erwiderte Middelhoff. »And?«, fragte der andere und sah mich an, »are you for or against?« Das ist die kürzeste Formel für den Status quo.

Meine Großmutter wohnte in einem Gehäuse in unserem Garten. Sie trug dunkle Seidenkleider, einen Dutt mit Haarnetz darüber und klobige schwarze Schuhe. Eigentlich lebte sie immer in Trauer. Ihren Mann hatte man im Krieg erschossen, wie meine anderen Großeltern auch. Der Hof, auf dem sie gelebt hatte, existierte nicht mehr, und der Weltraumhund Laika, an den sie ihr Herz gehängt hatte, kam ebenfalls tot zur Erde zurück.

Es kam nicht viel Gutes aus der Geschichte.

Deshalb bewegte sich meine Großmutter nicht in die Außenwelt, saß lieber in ihrem Gehäuse im Garten, aß täglich einen Teelöffel voll Dextropur, roch nach »4711« und rauchte eine gelb verpackte Zigarette namens »Gloria«. Als meine Großmutter starb, ging die »Gloria« gleich mit ein. Wahrscheinlich hat meine Großmutter diese Zigarette ganz allein am Leben gehalten.

Das Zentrum des Gehäuses, in dem sie lebte, war ein zweites Gehäuse, ein großes, auf der Frontseite mit Stoff bespanntes Röhrenradio mit den obligatorischen türkisfarbenen Balken, die von oben und unten aufeinander zudrangen, und man wusste: Wenn die Enden sich fast berührten, dann war der Empfang gut. Für mich wirkten sie wie Raubtier-Pupillen in der Nacht.

Dieses Radio aber war Großmutters Ohr. Damit dehnte sie sich über die Welt aus und horchte. Meistens saß sie im Profil vor dem Gerät und sah aus wie die Alte, die James Abbott McNeill Whistler gemalt hat, die Mutter aller Großmütter. Nur meine hatte eben ihr Radio bei sich, ihre private Außenwelt, ihre ausgelagerte Innenwelt, wie man will.

Ich erinnere mich, dass sie Sendungen hörte, in denen Männer sprachen und nicht aufhörten zu sprechen, geschichtliche, zoologische, soziologische, politische, verhaltensbiologische Sendungen, Diskussionen, Reden, Vorträge. Auch kommentierte sie, spottete, lobte, »das glaub ich dir!«, rief sie in den Apparat, oder »das könnte dir so passen!«. Dabei gestikulierte sie und fuchtelte mit der offenen Hand vor dem Gerät herum, als ob sie ihm Schläge androhen wolle. Ich aber sah immer auf die beiden Ringe auf ihrem vierten Finger, dem Erkennungszeichen der Witwen.

Für ihre Einsamkeit hatte ich damals keinen Begriff. Wahrscheinlich kennen Kinder nur das Gefühl Einsamkeit, nicht seinen Namen.

Übrigens kann ich mich nicht erinnern, je eine ganze Sendung gemeinsam mit meiner Großmutter gehört zu haben. Denn es gab etwas Besseres. Drückte man statt »UKW« die Taste mit der Bezeichnung »KW« für »Kurzwelle« oder »LW« für »Langwelle« und drehte dann vorsichtig an dem linken Knebel, der die Sender wählt, übersprang man in Millimetern Klangräume, geographische Räume, Barrieren der Religion, des Geschlechts, der Sprache. Es wimmerte der Muezzin, es läuteten die Glocken des Vatikan, ein Schuss fiel, ein Reporter schrie gegen den fallenden Regen an, ein Signal schrillte, eine Senderkennung ließ ihren Gong erschallen, Pferdehufe galoppierten, Meereswogen brandeten, Volksmengen applaudierten.

Die Frequenzen jaulten und zwitscherten, die Stimmen klangen mal blechern, verzerrt, gestört, mal ganz nah und warm, wie direkt in die Stoffbespannung geatmet, mal wohlig von Studioflanell umhüllt, mal in das Flirren und Rauschen gebrüllt. Sie sangen sinnlos, wo doch alle Welt in Aufruhr, sie predigten, wo doch eben noch der Schuss gefallen war.

Alles redete durcheinander, in allen Sprachen, jeder wollte was, alle traten sie an die Rampe des großmütterlichen Radios und bedienten sich jeglicher Mittel, des Pathos, der Beschwörung, des sachlichen Berichts, des Protokolls, des herzzerreißenden Aufschreies, der künstlerischen Expressivität, der leisen, innigen Schmeichelei, der Lyrik wie der Kanzelrede.

Man konnte Kamele ziehen, Segelschiffe gegen die Wellen kämpfen sehen, man hörte die Winde Tausende von Kilometern entfernt in die Mikrophone knattern, bekam einen Fetzen Wetterbericht aus Abu Dhabi, ein afrikanisches Gebet, einen Sportbericht aus Amerika. Irgendwo wurde getanzt, irgendwo eine Konferenz eröffnet. Irgendwo wurde zu Bett gegangen, irgendwo der neue Tag begrüßt. Alle Tageszeiten waren gleichzeitig da, alle Kontinente, alle in anderen Sprachen und Jahreszeiten, alle mit anderen Problemen und Aufregungen.

Alle unterhielten sich irgendwie, mal mit den Nachrichten aus der ernsten Welt, mal mit Witzen, zu denen ein Saal raste, mal mit schmachtender Musik, mal mit Spielen, Rätseln, Quizshows, und hatte man sich mal für eine Weile auf einer Frequenz festgesetzt, konnte es passieren, dass sie klirrte, ausfranste, verschwand und jemand anderem die Oberhand überließ.

Das war schön, das war wirklich und doch weit weg. Diese große Gleichzeitigkeit war die Realität, aber man wurde nicht von ihr erfasst und man musste in sie nicht eintreten, und meine Großmutter war ganz sicher für die Dauer dieser Sitzungen nicht einsam. Wir saßen schweigend und hörten der Realität in ihrem Rauschen und

Brausen zu und waren mit unseren fünfundsiebzig Jahren Altersunterschied gleichermaßen Kinder der Realität und des Radios oder besser noch: Wir waren wie das Radio: Weltempfänger.

Er meint mich. Der Star und sein Double

Haben Sie gewusst, dass Mariah Carey vor ihren Auftritten vertraglich festlegt, welches Mischungsverhältnis Cotton und Viskose in ihren Toilette-Handtüchern haben darf? Oder dass Peter O'Toole bei Dreharbeiten in der Wüste nicht nur einen Union Jack auf seinem Wohnwagen verlangte, sondern auch einen Ventilator davor, damit ein Lüftchen die Fahne auch zum Flattern bringe? Oder kennen Sie die (wahre!) Geschichte der Opernsängerin, die in Europa in einer Limousine unterwegs war und per Handy bei ihrem Agenten in New York anrief, er möge den Fahrer da vorn doch bitte anweisen, die Klimaanlage herunterzudrehen? Unglaublich? Sie hören diese Geschichten von den verzogenen Kindern des Showgeschäfts und fragen sich: Wie wird man so? Ist der Ruhm eine vergiftete Segnung? Ist also der liebende Fan, der den Ruhm bringt, in Wahrheit ein Zerstörer von Charakteren?

Und Sie blicken auf den Fan, der ohnmächtig vor Hysterie aus der Menge getragen werden muss, der tagelang vor einem Bühneneingang campiert, der mit seinem Star reist, mit ihm umzieht, seinen Geburtstag feiert, in der von ihm designten Bettwäsche schläft. Sie blicken auf den beleidigten Fanblock, der seiner Mannschaft von der Westkurve aus eine halbe Stunde lang den Rücken zuwendet. Sie sehen zwei Britney-Spears-Fans in der Tiefgarage, an denen nach Stunden des Wartens grußlos der abgedunkelte Wagen der Diva vorbeirollt, und hören die Enttäuschten schreien: »O nein! Nein! Sie hat nicht mal gewinkt. Ich hasse sie, ich hasse sie total! Und hast du den beschissenen Hut gesehen? Total uncool!« Sie fragen, ist der an der Seite des Stars arglos aus dem Schnappschuss lächelnde Fan vielleicht eigentlich ein Monstrum?

»Fan« ist die englische Kurzform von »fanatic«, und »fanatic« geht auf das lateinische Wort »fanum« zurück, den »Ort der Gottheit«. Wo der Ruhm ist, winkt der Ort der Götter, dorthin zieht es alle Welt: »Zu dir, zu dir ruft Mensch und Tier!« Der Star ist der Statthalter für Transzendenz, er vertritt den Himmel auf Erden. Auch die heidnischen Götter waren den Menschen ja einmal fern, ihre Laster haben sie vermenschlicht, und wie sich der Himmel verweltlichte, verweltlichten sich allmählich die Stars. Für den Fan ist ein Star der Mittler zwischen dem Kinohimmel und der Prosa des Alltagslebens. Nimm mich mit, wünscht er, nimm mich wenigstens zur Kenntnis, fleht er und unterwirft sich der mitten aus der demokratischen Gesellschaft entstandenen Diktatur des Bilderhelden.

Doch man täusche sich nicht: Die Weichen für die Gottwerdung des Stars wurden nicht vom Fan gestellt. In zwei Augenblicken der Weltgeschichte ist dies geschehen. Als im Jahre 33 vor Christus der Bühnenvorhang erfunden wurde, trennte er die Darsteller von den Zuschauern und schaffte so erst die Voraussetzung für die Perspektive der Anhimmelung. Es gibt keine Atheisten unter den Fans, auch wenn ihre Götter Leinwandgötter sind. Ihr Gottesdienst ist die Verehrung, und auch sie kennen Devotionalien: Jeder Bierdeckel, jedes Glas, das einmal in Berührung mit dem Star kam, ist geweiht, und nach seinem Ableben setzt für jeden Schnipsel jene posthume Resteverwertung ein, die als Reliquienhandel den Star wieder seinem Milieu übergibt: dem Markt.

Das zweite Datum war das Jahr 1914. Als hätte die Welt nicht schon genug Probleme gehabt, erlaubte sich der

Schauspieler Tebo Mari eine kleine, aber folgenschwere Unverschämtheit: Er lehnte es ab, in der Rolle des Hunnenkönigs Attila einen Bart zu tragen. Warum? Weil er sich selbst ohne schöner fand. Und warum ist das wichtig? Weil hier zum ersten Mal dokumentiert wird, wie ein Schauspieler die eigene Bedeutung über die der Rolle stellte, und damit, exakt damit, tritt das Zeitalter der Stars in seine Morgenröte.

Prompt folgte übrigens wenig später Alberto Capozzi und lehnte aus dem gleichen Grund die Rolle des heiligen Paulus ab. Was zunächst wie eine Allüre aussah, entwickelte sich zu einer Haltung, an der das Publikum den Star erkennen würde. Heute haben sich die Verhältnisse umgedreht: Nicht die Darsteller dienen dem Film, sondern dieser befördert seine Stars, ist »Star Vehikel« und verlangt »Star Treatment« für alle mit »Star Quality«.

Jetzt haben Dreiundzwanzigjährige mit zwei Komödien auf dem Buckel ihre eigenen Maskenbildnerinnen, ihre Presseagenten, ihre persönliche Managerin, außerdem Mitsprache beim Drehbuch, bei der Besetzung und bei der Vermarktung. Ihr Image, sagen sie gerne, Gott ja, man hat halt eines, aber es ist doch gänzlich gleichgültig. Wenn sie aber für eine Zeitung interviewt werden, legen sie die Themen fest, wenn sie im Fernsehen auftreten, korrigieren sie das Licht, den Kamera-Abstand zum Gesicht. Das Image ist egal, aber Fotos bitte nur von dieser Seite und nicht einzeln und natürlich zur Wiedervorlage vor der Veröffentlichung. Der Bildinhalt orientiert sich an den Posen von Masturbationsvorlagen, die Kontrolle dagegen ist streng bürokratisch.

»Ein Star entsteht«, schreibt Gentilhomme, »wenn der Interpret Vormacht gewinnt über den Charakter, den er spielt, während er auf einer mythischen Ebene zugleich von den Eigenschaften der Figur profitiert.« Gesättigt mit all der Coolness, die sie anderswo gezeigt haben, gehen Stars wie Jean Gabin, Terence Stamp, Maurice Ronet durch den Film. Ihre Formensprache ist minimalistisch, ihre Gesichtsausdrücke wären nummerierbar, und trotzdem ist in ihren Filmen nichts und niemand so groß wie sie.

Wo also bleibt der Raum für den Fan? Er nährt sich vom Identitätsentwurf des Stars, aber je individueller er dabei werden will, desto mehr versinkt er im Kollektiv-Ich aller, die ihre eigene Besonderheit behaupten, indem sie sagen: Ich bin James-Dean-, Kurt-Cobain-, Elvis-Fan. Das Publikum nimmt diesen Gruppen-Charakter an. Teil der Persönlichkeit wird es, nicht Ich, sondern Grashoppers-, Pink-, Schalke-, Agnetha-Fan zu sein.

Diese Identifikationen werden mit den Jahren verstärkt. Als das Star-System entstand, als man also bemerkte, dass Stars »bankable« sein müssen, unterstrich man alles, was den Abstand zum Publikum betonte. Bereits zur ersten »Oscar«-Verleihung 1929 erfanden die Studios eigene Biographien ihrer Stars. Man wusste, was Roland Barthes später auf den Begriff brachte: Massenkultur macht das kollektive Begehren sichtbar. Also erfand man Viten, die das Begehren des Publikums nicht kränkten. Nie hätte man beispielsweise einen weiblichen Star schwanger gezeigt, und so sind auch Boy-Group-Mitglieder grundsätzlich solo. Noch heute ermöglicht man dem Fan das Verhalten der Minne.

Damals mochte der Liebende das Waschwasser der Geliebten trinken, heute dient jedes verrotzte Taschentuch als Fetisch, und so spricht man ganz zutreffend vom »Star-Kult«. Ja, ein Kultus ist es, in dessen Mitte der Götze lebt, als Herz einer quasi sakralen Inszenierung. Denn auch der Fan möchte unablässig seine individuellen Spuren im Leben der Stars hinterlassen. Er schickt Plüschtiere, wirft Slips, überlässt dem Angebeteten Tagebücher und persönliche Fotos, gibt das Kostbarste aus seinem Besitz preis. Ja, Norma Shearer erlebte es bereits zu Stummfilmzeiten, dass ihr ein Fan Teile seiner Haut per Post zuschickte.

Den tiefsten Eindruck aber hinterlässt der Fan, der sich seinem Idol über ein Attentat, einen Mord verbunden weiß. Jodie Foster bricht noch heute jedes Interview ab, wenn nach dem Reagan-Attentäter gefragt wird, der abdrückte, um ihr unvergesslich zu werden.

Der Attentäter John Lennons hatte dessen Kleidung, seine Frisur, seine Lebensform angenommen, er versuchte sich in der Musikbranche, trug Lennons Namen auf seinem Arbeitsanzug, heiratete eine Japanerin und bat seinen Star unmittelbar vor dem Mord um ein Autogramm. Am Ende konnte er sich nur durch Vernichtung seines Stars mit ihm verbunden fühlen: »Der Fanatismus verdoppelt seine Anstrengungen, wenn er sein Ziel verloren hat«, schrieb der Philosoph George Santayana.

Wenn das Ziel Verschmelzung ist, ein Verglühen im Hof der Supernova, dann schmerzt nichts tiefer als die Feststellung der unüberbrückbaren Differenz: »Hi, I am Lou Reed, you're not«, pflegte sich der Frontmann von »Velvet Underground« Fremden vorzustellen. Das ist es: Nicht der Star zu sein, heißt, nicht und nichts zu sein.

Der Star ist der Repräsentant einer wahren Oberschicht, einer Elite, die sich durch nichts qualifizieren muss als durch ihre öffentliche Verbreitung. Denn nur ganz selten werden Menschen »leistungsbezogen« verherrlicht. Einmal ist auf der Straße ein Fan ausgerechnet auf James Joyce zugesprungen mit den Worten:

»Lassen Sie mich die Hand küssen, die den Ulysses geschrieben hat!«

Joyce entzog ihm diese und sagte lakonisch:

»Lassen Sie mal bleiben, die hat noch ganz andere Sachen gemacht.«

Aber die wahren Stars sind keine Autoren, Maler, Komponisten, sondern Interpreten, Vertreter der deutenden Künste: Sie erschaffen nichts selbst. Oder hat man je einen guten Satz von einem Star gehört? Schon im 19. Jahrhundert waren Clara Schumann, Nicolo Paganini, Franz Liszt wahre Stars, aber als Virtuosen, nicht als Komponisten, und lange galt der Dirigent als Inbegriff des Stars: Interpret und Diktator in einem. Herbert von Karajan interpretierte ihn so. Er kultivierte das Genialische im Habitus und hatte beste Voraussetzungen: Der Dirigent beherrscht den Klangkörper und verbindet die Ausstellung der Innerlichkeit mit der Ausübung seiner Macht.

Für eine Weile fand man Stars in allen Sparten der Interpretation. Dann brach das Zeitalter der Supermodels an, deren Qualitäten allein im Fotogenen liegen, und für eine Zeit gab es nichts Höheres als dieses Genie der Materie. Man muss das verstehen. Was oft genug vervielfältigt wird, gewinnt Schönheit, und für den Fan entstammt der Star der überlegenen, immer exterritorialen Sphäre solcher Schönheit.

Wer früher auf dem Land lebte, begegnete dem Schönen in seinem Leben nur selten: In der Natur, sicher, in der Kunst selten, unter den Menschen manchmal. Viele Landbewohner aber mögen gestorben und dem Schönen unter Menschen nur ein paar Mal in ihrem Leben begegnet sein. Lebten sie in der Stadt, trafen sie in Kirchen, Museen und Privathäusern wohl manchmal auf das Kunstschöne, hatten auch mehr Gelegenheit, das Schöne unter den Menschen zu finden, mussten es aber dennoch stets als Ausnahme und Ereignis empfinden.

Die Vervielfältigung bringt das Schöne heute massenhaft in die Welt. Der Wirklichkeit gegenüber ist es, laut einer Studie, schon beim Fernsehpersonal um das Zehnfache überrepräsentiert. Es ist kein Ereignis mehr, sondern eine soziale Macht, die wichtigste bei der Einleitung und Begleitung des Konsums, eine imperiale Macht, die die Formen des Ästhetischen überall auf der Welt nivelliert und den weißen westlichen angleicht. Sie ist eine Macht der Begünstigung und Auslese, ja, Oscar Wilde war sogar der Ansicht, auch die Soziale Frage sei leichter lösbar, wenn die Armen besser aussähen.

Tatsächlich erwartet der Fan von seiner Anhängerschaft geradezu eine Metamorphose, eine Promotion, eine Erhöhung in einen anderen Stand. In den sechziger Jahren besuchte die Schauspielerin Jean Seberg bei Studien zu Robert Rossens Film »Lilith« ein Irrenhaus an der amerikanischen Ostküste. Zum Star hatte sie zunächst das bislang größte Casting der Filmgeschichte – für Otto Premingers »Jeanne d'Arc« –, später Godards erster Spielfilm gemacht. Einer der Insassen der Anstalt stürzte auf sie zu:

»Sind Sie nicht der Star aus ›Außer Atem‹«?

»Gewiss, warum?«

»Weil Sie so schön sind, dass Sie mich verrückt gemacht haben.«

Ein Fan? Jean Seberg wusste, wie sich das anfühlt. Als Zwölfjährige hatte sie dem damals weltberühmten Marlon Brando einen Brief geschrieben: Lieber Herr Brando, Sie sind so berühmt und können nie für sich und unbeobachtet sein. Wenn Sie jemals einen Zufluchtsort suchen, an dem alle Welt Sie in Ruhe lässt, kommen Sie zu mir und meinen Eltern nach Iowa, Massachusetts. Hier können Sie bleiben, so lange Sie wünschen, und keiner wird Sie stören … usw.

Antwort wurde ihr keine. Als sie, selbst ein Star, Brando Jahrzehnte später in Paris begegnete und ihm die Geschichte erzählte, antwortete dieser in drei Worten: »Try me now.«

Wie hätte er es besser wissen sollen? Das Verhältnis zwischen Star und Fan ist immer unproportioniert. Nur die Quantität, nicht die Qualität der Zustimmung kann der Star beurteilen. Für den Fan besitzt er einen synthetischen, multiplen Charakter, der eigentlich das Resultat aller gespielten Rollen ist, und damit ja nichts Bedenkliches in diese Konstruktion einstrahle, reduziert er sich öffentlich meist um das Politische und Persönliche. Was Wunder, wenn in einer Welt, die Produkte mit Star-Nimbus verkauft, der Star schließlich Produkt-Charakter gewinnt, so gekauft und konsumiert wird.

Und hat nicht ebenso das Publikum einen demokratisch nivellierten, von Allerweltsmeinungen und -regungen nivellierten, multiplen Charakter? Ist dieses Fan-Publikum nicht Double des Stars?

Wenn ein amerikanischer Präsident vor einer Menge eine Limousine besteigt oder ein Flugzeug, überbrückt er den Weg, indem er gezielt ungezielt, jedenfalls mit gespreizter Hand, in die Menge winkt. Oft streckt er anschließend sogar seinen Zeigefinger aus, grimassiert wie in plötzlicher Erkennung eines einzelnen Punktes in dieser Menge, und fünfzig Fans dürfen sagen: Er meint mich.

Das haben die Präsidenten von den Popstars, die nie eine MTV-Bühne betreten, ohne auf die Menge zu zeigen, den Fan zu isolieren und zu winken. Wie schön kann das

Mariah Carey! Mit drei Fingern klimpert sie rhythmisch zu ihrem Wimpernschlag, und wenn sie »Hero« ausklingen lässt, dann nie, ohne die Zeile »and the hero lies in you« mit dem ausgestreckten Zeigefinger zu begleiten, Schwibbögen in die Luft zeichnend, von Kopf zu Kopf zu Kopf zu Kopf, »lies in you – hu – hu – hu«. Alles Helden.

Manchmal sind diese Helden sogar im Bild. Meist nicht als Helden allerdings, sondern als »Huhu-Macher«, rotgesichtige, hart an der Entgrenzung aufgeregte Winker im Saalpublikum, erweckt, weil die Kamera ihr Objektiv auf sie richtet und sie blendet? Nicht sie. Homo salutans, der Grüß-Mensch ist erwacht. Winkt er bloß zurück? Nein. Winkt er denen daheim? Kaum. Er winkt, weil das seine Existenz ist, weil er ein winkendes Leben führt und nur so winkend auf die Schönheit des eigenen Lebens und sein Recht auf massenhafte Vervielfältigung aufmerksam machen kann. Hat er denn nicht begriffen, dass der Zeigefinger so wenig ernst gemeint ist wie das »I love you«? Nein, seine Bedeutung liegt ganz woanders: Er ist ein Kontrastmittel. Hat man ihn gesehen, weiß man, was ein Star ist.

Er jedenfalls nicht.

Wie, wenn nicht so, soll der glanzlose Mensch der glamourösen Welt überhaupt darstellungswürdig erscheinen: Nämlich als Steigerung des eigenen Glanzes, und das, obwohl mancher Star in sein Publikum blickt und sich verhohlen fragt: Was mache ich falsch, damit ich jenen dort gefalle?

Gerade Schauspieler, die sich in ihrem Beruf so viel auf ihre Assimilationsfähigkeit zugute halten, verfügen privat oft nicht über die geringste Einfühlung, verstehen allzu oft nur etwas von sich selbst, und ihre Klischees über Politik oder Zeitgeschehen stammen aus Drehbüchern. So haben

Stars in der Vergangenheit nicht selten ein grausames Verhältnis zu ihren Fans gehabt, und manchmal ließ sich aus dieser Attitüde selbst Star-Nimbus gewinnen. Doch seit Anfang der Neunziger Madonna einmal mit dem Ausdruck »my fuckin' fans« zitiert wurde, gehört der Dank an die Fans zur rituellen Waschung der P. C.

Der Fan aber liebt den Star oft gerade in seiner belanglosesten, wenn nicht bravsten Form, und die Auflösung von Boy Groups löst immer mehr Hysterie aus als die von Rock Bands. Spätestens bei solchen, dem Willen der Fans entzogenen Entscheidungen, wird evident: Der Star lebt symbolisch das Drama der menschlichen Existenz. Sein Körper ist ein symbolischer Leib, der für das Publikum leidet, und wir sehen zu, wie die Liebe bricht, wie das Schicksal zuschlägt, wie Rausch und Krankheit die Größe zermalmen, wie das Altern den Körper aushöhlt.

Das wünschen sie sich nicht, die Fans, und doch wollen sie ebenso wenig bloß Interpretationsgemeinschaft bleiben. Ihr Privileg ist beides, das Erschaffen und Erheben von Stars sowie die Gabe, den Hochstehenden seiner Fallhöhe zu vergewissern.

Und dann stehen sie sich eines Tages gegenüber: Der Fan verblüfft, wie profan der Mensch im Star ist, der Star konziliant, denn er weiß, dass er zuerst enttäuschend banal und menschlich wirkt. Madonna ist eben nicht Madonna. Sie passt auch auf ein Foto mit einem Deppen, und irgendwo könnte sogar der Vertreter eines anderen Kulturraums mit dem Finger über dem Bilde kreisen und fragen: Wer ist der Star, die oder der?

Und der Fan, der in diesem Augenblick die größte räumliche Nähe zwischen sich und dem Bedeutenden erreicht, ist oft zu nervös, seinen Star bloß anzusehen. Ihm reicht der erregende Aufenthalt in seiner Atmosphäre, versehen mit der Aussicht, ihm im einzig wahren Himmel wieder zu begegnen: Auf dem Foto, und so macht er eben irgendein Gesicht und erwartet den Augenblick seiner fotografischen Denkmalwerdung.

Und der Star, der da seinen Fan auf der Straße in den Arm nimmt, um in einem Schnappschuss von vollendeter Alltäglichkeit die eigene Normalität zu dokumentieren, er liefert sich dem Fremden aus, einem Foto, das der Kontrolle entzogen ist. Und siehe da, der Fotografierende macht sich die Welt ähnlich. Er wählt nicht den richtigen Bildausschnitt, nicht das richtige Licht, er macht den Star zum Passanten. Die Welt, die man auf diesen Fotos sieht, wirkt nicht mehr, als mache sie einen Unterschied zwischen den Welten. Sie ist eine homogenisierte Wirklichkeit, in der am Ende beide Star, beide Versager sein können, und mitten in diesem Gedanken wird der Star ungemütlich heimgesucht von der Infamie der Tatsache, dass der da, der Nichtige an seiner Seite, der Fan es ist, der den Ruhm verleiht, und ihn, den Star, unablässig mit Nicht-Sein bedroht.

Der Container

An einem Abend Ende Juni – der Container ist seit Wochen unbewohnt, und längst verfolgt das Auge des öffentlichen Interesses hektisch die Aktivität der ehemaligen Insassen – zieht es Kerstin noch einmal zurück auf das »Big Brother«-Gelände. Ganz allein und eigentlich ohne Absicht fährt sie an den Schauplatz der Erfahrungen, die ihr Leben verändern sollten. Eine Mondlandschaft, die Kulisse erkaltet. Zäune und Absperrungen, die einmal zu schwach waren, die Brandung der Massen zurückzuhalten, markieren nur noch sinnlos vergangene Sicherheitsabstände. Wie nach einem Rockfestival liegt das Gelände da, abgeschält, zertrampelt, nackt, inmitten eines Industriegebiets, und es fällt schwer sich vorzustellen, dass dies einmal ein Wallfahrtsort der Fans und Faszinierten war.

Aus ganz Europa sind sie hierhergekommen, um einen Blick auf einen glanzlosen Container zu werfen. Am Sonntagabend, wenn über die Großbildleinwand die Wochenzusammenfassung gesendet und anschließend die Nominierungen der Kandidaten, die das Haus verlassen würden, übertragen wurden, waren sie den Ereignissen ein wenig näher. Dann traten auch mal Rockgruppen auf, oder die Angehörigen von Bewohnern ließen sich blicken, oder ehemalige Insassen gaben Autogramme und Interviews. Die Produzenten von »Big Brother« hatten gewünscht, dass das Feld zu einer eigenen Bühne für das Projekt würde, und auch in diesem Punkt bekamen sie ihren Willen.

Ungeachtet aller Presseschelte, aller Menschenwürde-Diskussionen und aller Verachtung der Zeitungen für die Container-Insassen und ihr Projekt zeigten vor allem Jugendliche unter dreißig eine erstaunliche Anhänglichkeit. Unbeirrt wählten sie unter den Nicht-Helden ihre Helden und machten ein vermeintlich »langweiliges«, offenbar weitgehend spannungsarmes Fernsehprojekt zu einem maßgeblichen Teil der Jugendkultur, und wie so oft fühlten sie sich von Fan-Magazinen tiefer verstanden als von der flankierenden kritischen Presse, die wenig Anstrengungen unternahm zu verstehen, was zu verstehen war.

Als Kerstin jedenfalls an jenem Juniabend noch einmal auf das »Big Brother«-Gelände trat, war sie überrascht, nicht die Einzige zu sein. Eine Traube von ungefähr fünfzig Jugendlichen hing am Zaun und blickte auf den Container ganz ähnlich wie sie.

»Was wollt ihr hier?«, fragte Kerstin. »Es ist doch vorbei. Hier passiert jetzt nichts mehr.«

»Nur gucken«, sagten die anderen.

So starrten sie da hinüber auf den einsamen, unbelebten Container. Es hätte Stonehenge, der Acker von Woodstock oder sonst ein mythischer Ort sein können. Jedenfalls standen die Leute davor wie vor einem heidnischen Druidenmal.

Es war eine dieser Stätten, an denen sich eine Kultur ein Symbol geschaffen hatte, und irgendwie glauben die Besucher unbestimmt, eine Kraft ginge von hier aus. Immerhin ist es ein Ort, an dem das Sakrament des Ruhms verabreicht wurde, eine Stätte, an der sich normale Menschen in »Stars« verwandelten, ein Hochaltar der Massenkultur, vom Rampenlicht mystisch beleuchtet.

Tatsächlich hat sich die Kultur des beginnenden Jahrtausends in »Big Brother« ihre erste verbindliche Metapher geschaffen, eine Metapher, die eben nicht nur das erste Fernsehereignis von gesamtgesellschaftlicher Bedeutung seit Jahrzehnten bezeichnet, sondern die in Windeseile in den Wirtschaftsteilen, den politischen Kommentaren, den Leitartikeln, den Sportgazetten auftauchte. Seit den »Straßenfegern« von Durbridge, den ersten Ausgaben von »Wünsch dir was«, hat es kein Fernsehereignis mehr gegeben, das in vergleichbarer Weise die ganze Gesellschaft erreicht und erregt hätte.

Eine Big-Brother-Metaphorik durchzog sämtliche gesellschaftlichen Bereiche, und noch Monate nach Schluss der ersten Staffel erscheint kaum eine Ausgabe einer Tageszeitung, in der nicht die Protagonisten oder ihr »Projekt« Erwähnung und Kommentierung fände, und vor allem die privaten Sendeanstalten produzieren in Windeseile Ableger, Varianten, »Spin-offs«. »Reality Soaps« werden zur Farbe der Saison, und doch wird in der Öffentlichkeit das Phänomen immer noch als ärgerliche Aufwertung langweiliger Individuen beschrieben, und während es sonst niemandem schwerfällt, die Renaissance des Hosenrocks als Wiederkunft der »starken Frau« zu interpretieren, wird das Massenphänomen »Big Brother« wie eine Entgleisung, eine neue Ekstase des Kulturverfalls behandelt. Dabei wäre unabhängig von der Bewertung des Programms seine Aussagekraft für die Gegenwartskultur zu überprüfen.

Irgendetwas an »Big Brother« hat nämlich die Zeit in ihrem Nerv getroffen, und es ist nicht sicher, ob dabei das Erscheinen »normaler« Menschen die wichtigste Rolle spielt oder das Element des Voyeurismus, des Mobbings, der Einheit von Ort, Zeit und Handlung.

In seiner Wirkung jedenfalls knüpfte dieses Format wieder an jene Illusionen an, über die man sich bei der Einführung des Fernsehens einmal verständigt hatte: Zum ersten Mal seit sehr langem war hier ein Fernsehereignis entstanden, über das sich die Gesellschaft überall austauschte, weil sie sich in ihm reflektieren konnte, eines, das der exaltierten TV-Fiktionalität wie Anti-Fernsehen entgegentritt und es nebenbei geschafft hat, dass sich Politik, Medienwächter, Kirche und Kritik unisono gegen es formieren: Big brüderlich mit Herz und Hand. Und doch ist es merkwürdig, welches die Phänomene sind, gegen die die Gesellschaft einen so uniformen Widerstand entwickelt.

Ich selbst habe in den hundert Tagen der ersten »Big Brother«-Staffel keine Diskussion, gleich zu welchem Thema, erlebt, in der nicht die Namen der Insassen oder das Projekt als Ganzes rasch zum Thema geworden wäre.

Einmal führten wir in Berlin ein Podiumsgespräch mit Richard von Weizsäcker zum Thema »Theater. Macht. Politik«, ein andermal standen wir vor der Eröffnung der Kölner Medienkonferenz mit Ministerpräsident Clement im Green Room – jedes Mal dauerte es allenfalls Minuten, bis »Big Brother« die gemeinsame Aufmerksamkeit band.

Mal als Ausuferung des Voyeurismus, mal als flüchtiges Phänomen der Jugendkultur, mal als Auswuchs eines perversen Geltungsdrangs von Möchtegern-Stars, mal als pseudo-authentische Realitäts-Inszenierung skrupelloser Geschäftemacher beklagt, übersah man zunächst, dass schon das Thema allein geeignet war, Brücken zu schlagen, eine Gemeinsamkeit herzustellen, etwas, das ohnehin selten, aber weit reger noch auf den Schulhöfen, in den Diskotheken und Internet-Chatrooms der Fall war.

Im Grunde sagt keine Metapher mehr über die Entwicklung der Medien in den letzten fünfzig Jahren als die vom »Big Brother«. Als Phantombild totalitärer Regime 1948 von George Orwell eingeführt und 1957 erstmals verfilmt, überlebt sich die Schreckensvision des Überwachungsstaates ausgerechnet im Jahr 1984, als die zweite, drastischere Verfilmung herauskommt: Nach den Überwachungsexzessen des realen Staates in der RAF-Fahndung scheinen die Drohungen des fiktiven Staates plötzlich passé.

Sechzehn Jahre später eignen sich die Medien die Metapher im postmodernen Stile an: Ironisch, experimentell und in entschiedener Unterhaltungsabsicht. Nur die Kohorten der öffentlichen Organe stellen sich dem Phänomen so, als ginge es um die Inthronisierung von »Big Brother« als Staatsform. Fast unisono erkennt die publizierte Meinung zwar auf die Höchststrafe »langweilig«, bedient sich dabei aber der Orwell'schen Big-Brother-Attitüde, Zuschauern vorzuschreiben, was sie langweilig finden sollen.

Man muss in diesem Zusammenhang auch bemerken, dass die Standpunkte meist stärker waren als die Vertrautheit mit der Sendung, ja, dass sich das Nicht-Kennen-und-doch-drüber-Schreiben bald wie eine eigene journalistische Tugend ausnahm, die man sich hauptsächlich damit erklären kann, dass die »Big Brother«-Produzenten selbst alles Mögliche zu tun schienen, um das Niveau des Programms abzusenken und nicht den Verdacht aufkommen zu lassen, es handele sich hier um eine irgendwie gesellschaftlich relevante Versuchsanordnung.

Das Dilemma der Zeitungen also bestand darin, dass sie sich dem Projekt zwar stellen, es aber eigentlich für unter ihrem Niveau befinden mussten. Aus dieser Klemme führte nur Herablassung, Ironie und Kulturpessimismus. Irgendwer musste vor »Big Brother« geschützt werden – das Abendland, die Kinder, die Insassen, die Zukunft des Fernsehens … Ja, man pflegte wieder eine hohe Vorstellung vom Menschen, eine sehr hohe, und das kommt ja nicht mehr so häufig vor.

Ungeachtet seiner fast unisono negativen Presse aber entwickelte sich das Projekt zu einer Art Massensuggestion, und diese war zuletzt so stark, dass »Die Woche« eine Strecke veröffentlichen konnte, in der nur Menschen zu Wort kamen, die die Serie nie gesehen, also fast außerhalb der Gesellschaft gelebt und nur die Fernwirkung des Phänomens studiert hatten. Die gesamte Gesellschaft war »big brotherisiert«.

Der Umgang mit »Big Brother« wird zu einem eigenen Phänomen, und die Vermutung liegt nahe, dass sich vor allem der Medienjournalismus diffus getroffen fühlte: zu wild die Angriffe, zu übertrieben die Urteile, zu blind die Expertise. In einem Machtrausch ohne Vorbild steigerte sich die veröffentlichte Meinung in die Attitüde des Scharfrichters, bestellt, den Ruhm der Insassen zu verhindern. Das ist kühn, nicht zuletzt im Hinblick auf jenen Fernsehruhm, gegen den dieselbe Publizistik nichts einzuwenden hat. Anders gesagt: Mit welchem Recht schafft es Naddel auf das Cover von »Spiegel Reporter« und wird zu ihrer Meinung zum Islam befragt, die Hausbewohner von »Big Brother« aber werden schon vor ihrem Einzug als unwerte Vertreter der menschlichen Spezies beschrieben? Kein Wunder, dass sich das Publikum gegen die Presse auf die Seite der Insassen stellte.

Irgendwie ist es dem Gros der deutschen Medienpublizistik gelungen, sich vor dem ersten TV-Gesellschaftsereignis seit langem gründlicher zu blamieren als jeder, dem zu Shakespeare nichts einfällt. Das lag zunächst daran, dass die Kommentatoren es vorzogen, statt Medien Menschen zu rezensieren. Auch das ist erstaunlich, denn an einem Projekt von solcher Tragweite, das mehr Aufmerksamkeit gebunden hat als jede andere Sendung der vergangenen zwanzig Fernsehjahre – und das nun auch noch als globales Phänomen –: hieran hätte die Medienpublizistik die eigene Bedeutung erst recht genießen können. Es wäre dennoch gegenstandslos, sich diese Dinge im Nachhinein noch einmal zu vergegenwärtigen, wenn die Medienkommentare nicht zu einem eigenen Phänomen geworden wären. Denn »Big Brother« lässt sich auch beschreiben anhand der Turbulenzen, die dieses Format auslöste.

Ein Auszug: Der »Spiegel« in seiner Menschenliebe bezeichnete die Insassen als »geistig sparsam ausgestattet«, »Totalausfall«, »Großmaul«, »dumm wie ein Billigsofa«, »großspurige Zuhältertypen«, »affektierte Studentenzicken«, »Langweilerin Jona«, »Thomas hat ein Gesicht wie ein Streuselkuchen und kann irgendwie gar nix«, andere wirken »wie Stammkunden der Bahnhofsmission«, Zlatko »eine Kreuzung aus Fladenbrot, Freischärler und Schaf. Vom Fladenbrot hat er die Intelligenz, vom Freischärler die Haubitzenarme und vom Schaf den Blick. Zlatko ist Pistensau. Proll«, und dann ist da noch, »Manuela, deren Mimik gelegentlich ins Moorhuhnhafte spielt«. Man vernachlässigte hier neben der Tatsache, dass die Charaktere im Zusammenschnitt »gemacht« werden, auch den Umstand, dass selbst ein »Spiegel«-Redakteur, 24 Stunden mit der Kamera begleitet, nicht immer die Freude jeder Volkshochschule wäre.

Andere zogen nach mit »gefühlsduselige Klugscheißer«, »Zwangsneurotiker«, »psychisch labile Schlaftablette Jona«, die Kandidaten »zehn Vollidioten« (Robert Atzorn), Opfer eines »Sozial-Mengele« (Matthias Richling). Anschließend wird der noch jungen Sendung bestätigt, sie besitze kein Kultpotenzial und werde wohl bald »mangels Voyeuren dem eigenen Ende entgegensenden«. Dass die

Voyeure dem Land nicht ausgehen, hätte man an der »Spiegel«-Produktion »Wa(h)re Liebe« ablesen können, die von Big-Brother-Quote wie vom erreichten Kultstatus seit vielen Jahren träumt.

Schließlich bot man gegen die »Big Brother«-Psychologen einen eigenen auf, der ebenfalls fließend Psychologisch sprach: »menschenverachtend«, »Gehirnwäsche« etc., und schloss mit »Spannersendung« zum »Stern«-Prädikat »Sozialporno« auf, was niemanden daran hinderte, die gehirngewaschenen Dummköpfe aufs Cover zu setzen, wo sich Zlatko für den »Stern« als erheblich verkaufsträchtiger erwies als zum Beispiel Marius Müller-Westernhagen oder Steffi Graf.

Das Prinzip ist bigott: Man macht Geld mit dem, was man zu verachten vorgibt, und setzt die »affektierten Zicken« nackt unter der Dusche noch dazu. Gegen so viel Dünkel und Heuchelei hat man bei »Big Brother« selbst zwei Mittel: Nominieren und Rauswählen. Auffällig aber auch, dass gerade die vermeintlich seriösen Blätter eine geradezu uferlose »Big Brother«-Berichterstattung lieferten.

Vor allem die »FAZ« bewies solche Konträrfaszination. Dort witterte Michael Hanfeld im Vertragswerk Nähe zu »Scientology«, bot gegen »das Vegetieren im Container« Landesmedienanstalten, »die Rechtsprechung des Bundesverfassungsgerichts«, »Grundgesetz«, »Medienaufsicht«, »Jugendschutz« und die »Zehn Gebote« auf, also das ganze Instrumentarium, mit dem sich nicht einmal der mediale Rechtsextremismus herumzuschlagen hat. Irgendwie hatte man das Gefühl, »Big Brother« sei zum Staatsfeind Nummer 1 avanciert. Das half der Popularität enorm und gab noch dazu einem Stück Jugendkultur das wohlige Gefühl des Subversiven.

Immerhin folgte schließlich auch der Bundespräsident Rau und sah »Big Brother«, oder wenn er die Sendung nicht sah, dann kritisierte er sie zumindest, und zwar scharf, wusste er doch, wovon er redete: Schließlich leben die Menschen im Container eigentlich wie er, haben sich gegen alle Mitbewerber durchgesetzt, stehen unter ständiger Beobachtung, können dauernd rausfliegen und tun es nicht um des Geldes, sondern um der Medienpräsenz willen. Man muss diese Kritik also eher verstehen als eine Familienangelegenheit zwischen »Bruder Johannes« und Bruder »Big Bruder«.

Als »traurig« empfinde er es, so Rau, »wenn Medien Menschen dazu verlocken, scheinbar freiwillig ihre Freiheit aufzugeben.« Das könnte als Abrechnung mit dem eigenen Machtwillen verstanden werden, ist aber noch trauriger. Wenn Menschen an die Urne gehen, will Rau sagen, tun sie es freiwillig. Gehen sie stattdessen in den Container, tun sie es nur scheinbar freiwillig. Vielleicht haben wir ja einen Präsidenten auch, damit er uns sagt, wo die Freiheit, die wir meinen, nichts ist gegen die, die er meint. Warum wir aber in aller Freiheit jemanden wählen sollen, der uns dann sagt, wo wir schein-frei sind, die Freiheit zu fragen, nehm ich mir.

Umso besser, dass Rau in einem früheren Wahlkampf in NRW seine »Freiheit« selbst definiert hat: »Freiheit«, sprach er da, »heißt saubere Luft atmen zu können« – heißt also, auf beiden Seiten des Containers ist die Freiheit gleich getrübt. »Freiheit heißt, bei Krankheit und Not nicht allein gelassen zu werden.« Keine Sorge, bei »Big Brother« wird garantiert niemand allein gelassen. Schließlich: »Freiheit, das ist ein Dach über dem Kopf.« Die bei »Big Brother« brauchen also nur den Kopf in den Nacken zu legen, schon sehen sie ihre Freiheit.

Wenn das stimmt, also wenn die Freiheit, mit der man in NRW Wahlen gewinnen konnte, die gleiche ist, mit der man in Ganzdeutschland Bundespräsident wird, dann haben die bei »Big Brother« ihre Freiheit gar nicht aufgegeben. Und da sie, wie Bruder Johannes, ihre Position ja auch freiwillig wieder aufgeben können, sind sie eigentlich so frei wie er selbst: Ein Bruderzwist eben.

Der Bundesinnenminister, gewissermaßen der große Stiefbruder, nannte die Sendung dann allen Ernstes auch noch den »schlimmsten Verstoß gegen die Menschenwürde seit 1945«, also nach dem Holocaust, ein Satz, den man seinerseits als schlimmsten Verstoß gegen die Opferwürde ansehen darf, ausgesprochen von einem, den die Würde von Asylverfahren stärker interessieren sollte als der Versuch, im Abendprogramm von RTL 2 den Satan auszumachen.

Übrigens ist dieser ganze Zugang – inklusive der staatlichen Intervention – ein weitgehend deutsches Phänomen. Zwar war auch die erste Ausgabe überhaupt, die holländische, dort zuerst mit Kritik und Verrissen begleitet worden, in anderen Ländern jedoch bedurfte es keiner Debatte, keiner Ehrabschneidung der Kandidaten, und selbst die wesentlich drastischeren Formate in Spanien und England zogen erheblich sachlichere Auseinandersetzungen nach sich.

So blieb Deutschland auch das Privileg vorbehalten, ein Verbot der Sendung öffentlich zu erwägen. Selbst die SPD-Regierung, die bisher mit Vorstößen in der Medienpolitik nicht aufgefallen war und keine Absicht in dieser Richtung zu haben schien, tat sich mit einer öffentlichen Verbotsdiskussion zu einem Programm leichter als mit Initiativen gegen Konzern-Konzentrationen und anderen medienpolitisch relevanten Themen.

Eine Stellvertreter-Debatte also, die ihren Höhepunkt erreichte, als auf Drängen der Medienschützer das bereits laufende Projekt seine politische Korrektur erfuhr: Eine Stunde – so viel sollte den Insassen ihre seelische Gesundheit wert sein – sollten die Kandidaten auf Wunsch in einem Zimmer unbeobachtet bleiben. Diese Einschränkung traf zunächst vor allem die Kandidaten. Ein Schildbürgerstreich, für dessen Konsequenzen sich bezeichnenderweise niemand mehr interessierte. Denn nun, monierten die Insassen unisono im Sprechzimmer, entzog sich ihr Handeln im Container der öffentlichen Kontrolle. Gerade diejenigen, die außerhalb des Hauses Partner besaßen, mussten nun befürchten, man könne ihnen zu Hause Seitensprünge, Absprachen, Manipulationen andichten. Die lückenlose Überprüfbarkeit des Projektes von außen machte einen Teil seiner Integrität – so wie die Kandidaten sie definierten – aus. Insofern konnte Kerstin in einem vehementen Statement aus dem Sprechzimmer zu Recht anmerken, man habe das Projekt beschädigt und vor allem den Bewohnern Schaden zugefügt.

Die Insassen zogen die Konsequenzen, von dem Raum keinerlei Gebrauch zu machen. Abgesehen davon haben die Bewohner die ihnen angebotene Möglichkeit offensichtlich nicht benötigt, man weiß auch nur unvollkommen, wovor sie in diesem Raum eigentlich geschützt werden sollten.

Sicher aber weiß man, dass im Augenblick, als die Insassen des Schutzes wirklich bedurft hätten, nämlich als die Menge vor dem Container bedrohlich, die Drohungen und Einschüchterungen der Familienangehörigen von Insassen, begleitet von Sachbeschädigungen massiv wurden, niemand an Schutz überhaupt dachte. Auch hier nahmen sich die Expertisen von Medienpolitikern und -psychologen merkwürdig hausbacken und populistisch aus, und man kann sich des Eindrucks nicht erwehren, dass »Big Brother« eine Möglichkeit bot, im Sinne des »gesunden Menschenverstandes« an die Öffentlichkeit zu appellieren und daraus politisch Kapital zu schlagen.

So sagte der wahlkämpfende Jürgen Möllemann eine Einladung in den »Grünen Salon« bei n-tv kurzfristig ab, um zur selben Zeit lieber das Studiopublikum bei »Big Brother« von seiner Liberalität im Umgang mit dem Projekt zu überzeugen. Er errang am Ende 9,8 % für die FDP in NRW, und in Köln hat sich nach Ende des Projekts sogar ein FDP-Politiker in einen Container sperren lassen, um so Bürgernähe zu beweisen. Kerstin kommentierte diesen Einfall als fehlgeleitete Ausbeutung eines populären Phänomens.

Die öffentliche Bewertung von »Big Brother« wurde nicht eben vereinfacht durch den Verdacht, dass die Produzenten ihre eigene Serie an Tragweite und Bedeutung unterschätzten – erkennbar an zahlreichen Pannen, an lieblos inszenierten und talentlos moderierten Studiosendungen, die bald weiteren Spott auf sich zogen. Die falschen Fragen an die falschen Personen, windige Fernsehpsychologen und -astrologen, Dr.-Sommer-Berater und Sexshow-Moderatorinnen wurden aufgewendet, dem äußerst belasteten Projekt Erkenntnisse abzuringen.

Während der Zuschauer sich offenbar selbständig durch gruppenpsychologische und soziologische Interpretationen der Verhaltensmuster tastete und nach den Entwicklungsmöglichkeiten der beteiligten Persönlichkeiten fragte, hatte der Produzent Endemol die Neutralität den Kandidaten gegenüber aufgegeben.

Das trashig aufgemachte »Big Brother«-Fan-Magazin

aus dem eigenen Haus gab die Tonlage vor: Hier wurden die Nacktfotos der Kandidatinnen unter der Dusche zuerst veröffentlicht, hier fand man unverhohlene Stimmungsmache gegen Einzelne, Charaktere wurden unverblümt abstoßend beschrieben, und im Studio setzte sich das fort, wenn Moderator und »Experten« von Sternenkonstellationen, Absichten, Geheimplänen und Strategien fabulierten, die von der Realität dann großzügig übergangen wurden. Wenn John de Mol einmal in einem Interview äußerte, seine erste Maxime sei, dass die Bewohner nach Verlassen des Containers wieder unbeschadet an die Öffentlichkeit treten könnten, so hatten seine Publikationen aus dem eigenen Haus diesen Leitsatz rasch betrogen.

Das Interesse der Fernsehproduzenten ist die Einschaltquote, nicht die Moral und auch nicht die Erkenntnis. Die Möglichkeit des Erkennens, die »Big Brother« bot, war also eher ein Abfallprodukt der Unterhaltung, nicht ihr Ziel. Man kann also an der Idee von »Big Brother« im Grunde nur festhalten, indem man sie gleichermaßen gegen große Teile der Medienkritik, Teile der Politik und teils auch gegen die eigenen Macher verteidigt.

Um diesen Ansatz zu erhellen, den meiner Erfahrung nach zahlreiche kontinuierliche Adepten von »Big Brother« geteilt haben, kehre ich zu meiner eigenen Wahrnehmung der Sendung zurück: Manchmal komme ich nachts nach Hause und suche im Fernsehen das Leben. Aber es ist nicht da. Stattdessen finde ich eine diffuse Nährflüssigkeit aus Bild-Konserven voller Geschmacksverstärker. Die Protagonisten haben so stereotype Verhaltensweisen, als wären sie alle aus demselben Mutterbauch gekrochen, und ihre Gefühle sind so groß und falsch, dass sie nur im Fernsehen Sinn ergeben. Man kann sich gut amüsieren mit dieser kalkulierten Welt der Unterhaltung. Sie beantwortet den Appetit des Zuschauers schneller, als er ihn empfinden kann, aber eigentlich ist es eine klaustrophobische Welt, die sich nur in der Panne einen Spalt breit öffnet.

Und dann war eines Abends »Big Brother« da, die Panne als Serie: Schlecht geleuchtetes, karg ausgestattetes und ebenso besetztes Anti-Fernsehen. In der Ernüchterung animiert, zeichnete ich bald manche Folge auf und beendete bisweilen den Tag damit. Den Appetit auf »Big Brother« hat weniger das Leben als das Fernsehen selbst produziert, und wenn auch das Kondensat eines Tages zu einer Dreiviertelstunde unter künstlichen Bedingungen nicht das wahre Leben sein mag, war das Fernsehen doch selten näher dran, und die Dauerübertragung im Internet bewies: Kein tendenziöser Schnitt konnte ein Persönlichkeitsbild ganz verzerren.

Es war dies ja überhaupt das erste Fernsehformat, das auf die Existenz des Internets reagierte und auf verwandte Weise Privaträume schleifte. Außerdem entspricht die Betrachtung einer Person in ihren alltäglichen Handlungen dem Roman, der der Lektüre ebenfalls ein bestimmtes Zeitmaß vorschreibt. Die Helden bei »Big Brother« wurden »gelesen«. Man fand sie vielsagend selbst in ihren unscheinbarsten Aktionen und Marotten, man erkannte das Format, das sie für sich selbst besaßen und das sie innerhalb der Gruppe beanspruchten, als eine eigene Variable. Man sah Cliquenbildungen und ihrer Erosion zu, man sah Kleingruppen in ihrer Entstehung und Zerstörung.

Ich fand die Aufregung um das Projekt wie auch das Verdikt »langweilig« deshalb erstaunlich, weil mir die Figuren eher literarisch vorkamen. Nur in einem Roman verfolgt man geduldig, wie sich der Held die Schuhe zubindet und

Unsinn dabei redet, nur in einem Roman macht einem die Lektüre von Figuren – Proleten, Spießern, Mauerblümchen – gleichermaßen Spaß.

Anfangs war »Big Brother« mein Aquarium, und ich war froh, wenn ich die Fische auseinanderhalten konnte. Dann setzten sie Psychologie und Moral an, Charaktere schälten sich heraus, schon war man involviert. Doch diese erzwungene Anteilnahme an Menschen, denen man im Leben vielleicht eher aus dem Wege gehen würde, vertiefte die soziale Linie des Projekts. Außerdem hatte jeder seine authentischen Momente, und ganz gleich, wie die Sympathien sich verteilten, die Fragen aus dem Container wurden an mich zurückgespielt: Wie hätte ich reagiert? Wo hätte ich gestanden? Unmöglich, »Big Brother« zu verfolgen, ohne sich selbst zu begegnen und zugleich für die eigene Zeit zu entdecken, wie Menschen einer unbestimmten Generation denken, fürchten, begehren. Die meisten regelmäßigen Zuschauer scheinen die Serie so gesehen zu haben und waren den Beteiligten schließlich irgendwie dankbar für ihre Mitwirkung an einem Projekt mit Relevanz für alle. So interaktiv war Fernsehen schon lange nicht mehr.

Man muss sich das vorstellen: Noch nie hatten in der Geschichte Menschen anderen Menschen in ihrem Alltag zusehen können. Noch nie hatten sie deren Zeiteinteilung, Essgewohnheiten, Überforderung, Ressentiment so genau beobachten können wie in dieser Versuchsanordnung. Ja, letztlich hat erst »Big Brother« Öffentlichkeit hergestellt für Dinge, die bislang keine Öffentlichkeit hatten.

Nie zuvor war es möglich, Menschen in ihren alltagspraktischen Verrichtungen zu verfolgen, indem Zuschauer sich selbst, ihre Absencen, Ungeschicklichkeiten, Talente durch die Konfrontation mit den Insassen erkennen konnten. Erstmalig war es möglich, sich zu vergewissern, dass alle Menschen in bestimmten Bereichen ähnlich agieren, und ebenso erstmalig entwickelte sich das Drama des Alltagslebens als Gegenstand kollektiver Betrachtung. Was bisher nur sah, wer abends auf der Straße an erleuchteten Fenstern vorbeiging und sich das Leben der Bewohner vorstellte, oder wer sich auf die Lauer legte und aus der Ferne irgendetwas vermeintlich Unbeobachtetes erhaschte, das war plötzlich Diskussionsgegenstand für alle.

Es kann auch wohl kaum als Einwand gelten, dass sich Hunderttausende von Männern diese Fernsehgestalten intensiver angesehen haben als ihre eigene Ehefrau. Dieser Einwand hat sich schon in der Anwendung auf tägliche Talkshows abgenutzt. Zwar werden zahlreiche Zuschauer nicht sagen können, wie es bei ihrer eigenen Ehefrau aussieht, wenn sie sich morgens anzieht oder vor dem Spiegel steht, aber sie werden es von Kerstin und Manu sagen können.

Das ändert jedoch nicht zunächst etwas an der Qualität des Blicks. Der Glotzer vor dem Fernseher muss zu jedem Zeitpunkt sagen können, es macht mir immer noch Spaß, Kerstin anzugucken, es ist immer noch interessant, John zu beobachten. Das heißt nicht, ich liebe Kerstin und John, sondern nur, mein Blick ernährt sich an dem, was er sieht, er »findet« etwas. Insofern entdeckte dieses Programm die Unterhaltsamkeit des protokollarischen Blicks.

An dieser Stelle ist außerdem wirklich eine Verbindung zur viel verwendeten Zoo-Metapher erlaubt: Das Faszinierende an Tierfilmen liegt ja darin, dass man nichts Dressiertes sieht. Man sieht irgendetwas, das die Tiere für sich machen, nicht für die Kamera. Sobald die Insassen also völlig bei sich waren, hatte man das Gefühl, man blickt in ein Freigehege und sieht eben, dass der Leopard manchmal nach rechts, manchmal nach links geht und sich in die Sonne dreht und blinzelt oder nicht blinzelt. Und man gibt sich mit diesem Minimum an Bewegung zufrieden. Damit eine Sache interessant sei, muss aber der Blick, der sie trifft, interessiert sein, nicht der Gegenstand interessant.

Die verbreiteten beiden Einwände, die dem Verdikt der »Langeweile« nachfolgten, monierten erstens: Das sei ja gar nicht das »wahre Leben« und zweitens: hier werde »die Aufgabe der Intimsphäre gesellschaftsfähig« gemacht. Dass ein vom Fernsehen gefilmtes Leben nicht das »wahre« ist, bleibt ein Allgemeinplatz. Man könnte außerdem melancholisch darüber werden, wie langweilig dieses »wahre Leben« denn gefunden worden wäre, wenn schon das halbwahre von »Big Brother« den Rezensenten nicht reichte.

Es lohnt sich nicht, dem Zuschauer zu unterstellen, er könne die künstlichen Rahmenbedingungen des Projekts nicht als Bedingungen der Möglichkeit von Realismus im Fernsehen begreifen. Aber irgendwie beschlich einen das Gefühl, wenn man nur oft genug wiederholte, dies Leben sei nicht »das wahre«, und die handelnden Personen würden »posieren«, die »Kamera nie vergessen«, dann hätte man das ganze Projekt überführt. Es war nie Intention von »Big Brother«, ein vermeintlich wahreres Leben zu zeigen als das gezeigte. Auch sollten über die Frage, wie leicht sich Kameras vergessen lassen, lieber nur Menschen Auskunft geben, die diese Erfahrung kennen.

Der Schutz der Intimsphäre wird immer nur sporadisch für wichtig erachtet, und es ist merkwürdig, dass sich auf ihre Verletzung und auf die Schamlosigkeit des Projekts so viele so schnell verständigen konnten. Ich habe nicht viel

Schamlosigkeit im Haus beobachtet. Im Gegenteil. Und das Publikum hat in der Quotenentwicklung dokumentiert, dass nicht Sex, nicht Nacktheit attraktiv gefunden wurde. Vielmehr haben die Macher schon von der zweiten Liebesszene im Haus kein publizistisches Aufhebens gemacht, so unwichtig war sie in der Wahrnehmung der Zuschauer geworden. Die Intimität, die man vor »Big Brother« schützen wollte, wird andernorts brachial und guten Gewissens ramponiert.

Oder sind die beliebten Familienzusammenführungen, in denen sich Mutter und Tochter nach dreißig Jahren vor der Kamera wiederfinden, sind die Ekelshows, in denen Menschen mit Fußphobie vor der Kamera fremder Menschen Füße ablecken müssen, sind die Erörterungen von Intimkonflikten mit unabsehbaren psychischen Konsequenzen vor einem Massenpublikum, sind die öffentlichen Vaterschaftstests nicht obszön in einem die strohfeuerartig kostbar gefundene »Menschenwürde« erheblich verletzenden Sinn. Und hat nicht schließlich die zwanghafte Fixierung auf Sex und Gewalt (samt ihrer absurden Gewichtung gegeneinander), wie sie von den Kontrollbehörden vorgenommen wird, ohnehin jeden substanziellen Bezug zum Moralischen ausgehöhlt?

Mir waren die Insassen des »Big Brother«-Hauses vielleicht teilweise fremd, aber deshalb nicht unsympathisch. Auch ist die »Mona Lisa« nicht ein großes Bild, weil das Modell schön wäre. Es muss auch der Held eines Buches oder Films weder intelligent noch schön oder geistreich sein, um zu faszinieren, und so war es in dieser Hinsicht ein Entwicklungsergebnis des Zuschauens, dass am Ende in der Wahrnehmung des Publikums eigentlich jede der dort gesehenen Figuren zuletzt verständlicher, in sich geschlossener, auch respektabler war, als man zu Beginn vorausgesetzt hatte. Soweit das Resultat des Menschenerkennens. Es konnte also nicht darum gehen, Menschen zu rezensieren, sondern dem Drama in der Entwicklung einer Gruppe zu folgen. Verwandte Phänomene hat es ja in der bildenden Kunst längst gegeben, und dort hat man sie auch professionell verstanden und gedeutet.

Im Nachhinein übersieht man außerdem leicht, wie wenig voraussehbar diese Situation zum Zeitpunkt war, als die Bewohner das Haus bezogen. Zwar gab es ein erfolgreiches holländisches Vorläuferprojekt, doch niemand, der später das deutsche »Big Brother«-Haus bewohnen sollte, hatte diesem Vorläufer besondere Aufmerksamkeit geschenkt. Auch hätte niemand an die Übertragbarkeit der dort gemachten Erfahrungen geglaubt oder vorausgesetzt, dass sich die Strukturen zwischen den Projekten so ähneln würden, wie sie es schließlich taten.

Alles, was die deutschen Kandidaten zum Zeitpunkt ihres Einzugs sicher wussten, war, dass man sie für den Abschaum einer geltungssüchtigen Jugend hielt, dass Medienwächter, Kirchen, Politiker und zahlreiche prominente Einzelpersonen ihr ganzes Unterfangen »scharf verurteilten« und eine hohe Wahrscheinlichkeit bestand, dass das Projekt entweder frühzeitig gestoppt oder ins Internet abgeschoben würde.

Unter diesen Voraussetzungen und mit Hilfe der von den Produzenten rasch und weitgehend uninspiriert zusammengehauenen Vorstellungsfilmchen zu den Kandidaten interessierte sich bald niemand mehr genauer dafür, was für die Einzelnen das Motiv gewesen war, sich für die Aufnahme in die Wohngemeinschaft zu bewerben, und auch als später einige Bewohner angaben, sie hätten an diesem

Projekt auch ohne Preisgeld und ohne Kameras teilnehmen wollen, schenkte man ihnen wenig Glauben. Die allgemeine Überzeugung verständigte sich auf den niedrigsten Nenner, die niedrigste Gesinnung: Ruhm- und Geltungssucht, Erfolgs- und Erwerbsstreben.

Tatsächlich hat »Big Brother« einen Öffentlichkeitswandel vollzogen, und so hat sich auch das Konzept von Ruhm, das hier zunächst unterstellt wurde, überlebt. Es gibt keine Kongruenz im Verhältnis zwischen einer Leistung und dem Ruhm, den sie einernten hilft, und auch wird das, was die Öffentlichkeit als Leistung anerkennt, ständig umformuliert. Es mag keine Leistung im bislang bekannten Sinn sein, sich rund um die Uhr beobachten zu lassen, die öffentliche Einschätzung dieser Handlung allerdings machte sie zur exemplarischen Aktion.

In den letzten Jahrzehnten des letzten Jahrhunderts hat sich »Ruhm« als Leitwert einer ganzen Generation bewährt. Er ist zu einem moralischen Begriff geworden und hat sich auch von seinen angestammten Bedingungen emanzipiert. Er wird nämlich nicht mehr als Zins eines Verdienstes, sondern als eigene Qualität eingestuft und tautologisch beschrieben: Man ist berühmt dafür, berühmt zu sein.

Die Voraussetzung für das große öffentliche Interesse an »Big Brother« richtete sich schließlich auf die Entstehung eines neuen Typus des Prominenten und einer Neufassung des Begriffs »Prominenz«. Zu den größten Leistungen der Unterhaltungsindustrie in diesem Jahrzehnt gehört die dialektische Fassung des Ruhms, seine Überwindung durch Glorifizierung, durch Fetischisierung. Am Anfang des Jahrzehnts standen die Supermodels, Genies der Materie, für ihre Qualitäten bei der fotogenen Vervielfältigung verehrt. Gegen Ende des Jahrhunderts haben ihnen namenlose Vorschul-Morphinistinnen den Rang auf dem Catwalk abgelaufen, doch auch sie ohne Aussicht auf einen Ruhm so groß wie der von Lara Croft, der Heroine aus der Videoanimation.

Die nächste Stufe des Ruhms gehört den Helden des Augenblicks: Rodney King, John Wayne Bobbitt, Denise Brown, Monica Lewinsky. Auch sie Stars ohne Leistung, haben sie immerhin einer besonderen Form des Leidens Aura verliehen. Öffentliche Aufmerksamkeit wurde ihre Kompensation, Ruhm ihre Wiedergutmachung.

Die ultimative Stufe des Ruhms aber erklomm Monate vor »Big Brother« im japanischen Fernsehen ein kleiner Komödiant namens Nasubi. Er werde berühmt sein, hatte man ihm gesagt, wenn er es schaffe, eingeschlossen in ein kleines Appartement, etwa 15 000 DM in Waren durch Preisausschreiben zu gewinnen. Bis es so weit sei, dürfe er aber ausschließlich von den gewonnenen Waren leben. Dass Nasubi Teil einer Fernsehshow war, die ihn mit zwei Kameras rund um die Uhr beobachtete und jeden Sonntag 15 Millionen Zuschauer vereinte, war ihm unbekannt, und weil er trotz Teilnahme an tausend Preisausschreiben lange auf seine erste, schlecht sitzende Hose warten musste, also meist nackt herumlief, wurde seine Blöße mit einem Auberginen-Symbol bedeckt. Das erste Klopapier kam nach zehn Monaten. Fünf Monate später war alles vorbei, und man führte ihn nackt in einen Warteraum. Als dessen Wände kollabierten, sah sich Nasubi nach fünfzehn Monaten Stille von einem johlenden Saalpublikum und einem Moderator empfangen, der dem völlig Überrumpelten großen Ruhm versprach.

Das Kino erzählt gerade in »Trueman Show«, »Pleasantville« und »EdTV« ähnliche Leidensgeschichten des Fernsehens. In Japan ist Nasubi jetzt wirklich ein Star, aber nicht als Komödiant. Die Epoche hat aufgeräumt mit den überlebensgroßen Individuen, den Leistungen für den Weltgeist. Schon von dort aus war erkennbar: Die Helden des nächsten Jahrhunderts werden Jedermann sein, aber zuerst werden sie die Qualen der Unterhaltung überleben müssen.

Ähnlich waren Denise Brown – die Hugh Grant im Wagen befriedigt hatte –, Rodney King – den die Polizei von L.A. zusammenschlug und der anschließend zum Helden der L.A.-Riots wurde – oder Monica Lewinsky, Clintons Praktikantin, zu öffentlichen Helden geworden. Sie waren Stars ohne Leistung, litten, verkauften ihre Geschichten und wurden von der Öffentlichkeit dafür verachtet, »unverdient« Erfolg zu haben.

Ungeachtet der Tatsache aber, dass sich ihre Geschichten als profitabel herausstellten, erschienen diese Alltagshelden in der Öffentlichkeit als unkomplizierte, vom Umgang mit den Medien unverformte, gewissermaßen also »echtere« Charaktere. Auch wurden sie vom Publikum wie Vertreter des »gesunden Menschenverstandes« angenommen, und es fiel zahllosen Menschen leichter, sich mit ihnen zu identifizieren, als mit den bekannten Stars. Im Grunde hatte der Star-Kult selbst solchen Hunger auf den »normalen« Menschen geschaffen.

Überhaupt verrät das Interesse an »Big Brother« ein immenses Interesse am realen Menschen, selbst an seinen banalsten Seiten. Deshalb hat die Attraktivität von »Big Brother« auch im Wesentlichen mit dem Medienumfeld zu tun, aus dem heraus sich das Format entwickelte. Das Programm rund um diese »Doku-Soap« war fiktiv.

Es gibt kaum noch eine gesellschaftliche Institution, die nicht in einer Serie verherrlicht wird. In den Charakteren, in der Dramaturgie, in der Abbildung alltagspraktischer Realität wird den Gesetzen der Illusionsbildung, des Kitsches, des Schwulstes, nicht der sogenannten Authentizität gehuldigt. Zwangsläufig bringt eine Darstellung von Realität, in der die meisten Menschen ihre eigene Realität nicht erkennen können, den Hunger auf das Echte, Ursprüngliche, Reale hervor.

Seit den letzten Jahren des 20. Jahrhunderts geisterte deshalb der Begriff der Doku-Fiction durch die Mediendebatten, man drehte in realen Polizeistationen, Krankenhäusern, später Fahrschulen. Die »Fußbroichs«, die Mutter der Doku-Soaps in Deutschland, erhielt mit dem Grimme-Preis die höchste deutsche Fernsehauszeichnung, obwohl doch auch sie daraus bestand, eine bereitwillige Familie kontinuierlich mit der Kamera zu begleiten und aus dem Material Episoden zu montieren, die das Leben der Familie, ihre Schwächen, Neurosen, Ideologien etc. entblößten.

Die Verdichtung der 23 Stunden des »Big-Brother«-Tages zu einer Dreiviertelstunde Abendprogramm verzichtete nicht auf das Spektakuläre, auf eigens inszenierte Ereignisse, Spiele, Tages- und Wochenaufgaben. Sie erlaubte aber gleichzeitig – und das war ihr großer Vorzug – innere Kommentierung der Ereignisse durch den Zuschauer nach der Art: Wenn ich abends ins Bett gehe, lege ich auch erst die Decke dahin und dann dahin, dann gucke ich nochmal, ob ich die Uhr abgelegt habe, oder Ähnliches.

Wenn der Dokumentarfilm das Leben herstellte, so musste er meist auch sagen: Wir machen jetzt die Kamera an, und jetzt putzt euch mal die Zähne. Bei »Big Brother«

wurde eben dieser Impuls an die unterste Schwelle des Bewusstseins gedrückt, und an dieser Stelle entwickelte sich diese Form der Bilderwelt zur Antwort auf den kompletten Überdruss gegenüber inszenierten Bildern, Soaps usw. Anders gesagt: »Big Brother« gibt es nicht ohne »Beverly Hills 90210«, der Kitsch, das verquaste, gefälschte, süßliche, manipulierte Leben gebiert den Hunger nach dem realen Leben. Hätte man den Zuschauern an den Anfängen des Fernsehens »Big Brother« vorgesetzt, hätten die meisten gesagt: Dazu habe ich doch kein Fernsehen. Heute hat das Fernsehen unsere Bilder von der Wirklichkeit so überformt, dass die Zuschauer »Big Brother« wie ein Gegengift einnehmen, und das betrifft selbst gattungsspezifische Merkmale wie, dass es Happy Ending gibt, dass die Geschichten offen bleiben, sich nicht abschließen, dass Streitsituationen oder Diskussionen nicht Exaltation, sondern Ruhe vermitteln.

Auch sollte sich der Zuschauer schließlich nicht animiert finden, fehlerlose Charaktere zu favorisieren. So moralisch sollte das Publikum nicht vorgehen, es sollte die Schönheit von Irrtümern, von Niederlagen und Fehlern erkennen, denn eben diese Dinge wären in den inszenierten Fernsehformen nie zu sehen. »Big Brother« bot die Möglichkeit, sich am nicht perfekten, nicht fernsehkonformen Charakter zu freuen.

Gemeinsam war allen Formaten, die sich früher aufmachten, größeren Realismus ins Fernsehen zu bringen, dass sie eine geringere technische Perfektion – schlechtes Licht, Tonüberschneidungen, stereotype Kamerapositionen und Bildausschnitte – in Kauf nahmen, ja, dass sie die geringere ästhetische Qualität geradezu als Nachweis größerer Echtheit verstanden. Inzwischen haben Webcams und Internet-Wohngemeinschaften dazu beigetragen, diese Form des Zuschauens verfügbar und gesellschaftsfähig zu machen.

Die Tatsache, dass dieses Leben eben nicht langweilig gefunden wurde oder wenn, dann doch auf dramatische Weise langweilig, widerspricht dem kulturpessimistischen Katzenjammer, und es mag zwar sein, dass sich Zuschauer mit den Charakteren aus »Big Brother« lieber beschäftigten als mit ihrer Familie oder der Ehefrau, aber auch diese Trennung von realen und gespiegelten Personen ist einigermaßen antiquiert. Auch dem Interesse für einen Film- oder Romanhelden kann man Homophobie unterstellen, und gleichzeitig wird doch niemand leugnen können, dass sich die Kandidaten bei »Big Brother« zur Betrachtung, zur Forschung, zum Erkenntnisgewinn anboten.

Wer in dieser Betrachtung keine Ergebnisse erzielte, der wird sie vermutlich auch im Umgang mit Menschen außerhalb des Fernsehens nicht leicht erzielen können. Es gibt keinen guten Grund, hier eine Höherrangigkeit des »realen Lebens« zu postulieren.

Was die Insassen allerdings nicht ahnen konnten, das war der Hunger, den sie auslösten, der Hunger auf die ersten Menschen, die sich der deutschen Öffentlichkeit zur Betrachtung anboten und sich anschickten, auf längere Zeit die Menschen zu werden, über die man in Deutschland am meisten wissen konnte. Es war ein unkalkulierbares Spiel mit der Selbstentblößung, die dazu führte, dass sich die Bewohner noch Monate später jedem neuen Menschen gegenuber unterlegen empfinden mussten, weil dieser so vieles über sie wusste, das Gesicht nach dem Schlaf, das Gähnen, Meinungen, Standpunkte, biographische Details. Dieser Vorsprung setzte die Bewohner der Öffentlichkeit gegenüber in eine merkwürdig wehrlose Situation. Gleichzeitig schaffte er eine besondere Freiheit. Keine Simulationen waren mehr nötig, kein Image musste geformt werden – es war alles schon da.

Hätten die Produzenten ihr Casting mit anderen Interessen verfolgt, hätten sie also – wie etwa in dem späteren Format »Inselduell« – nicht vornehmlich auf den männlichen Typus des schlichten, teilweise prolligen, teils geistfeindlichen Charakters gesetzt und eine reicher differenzierte Gruppe zusammengestellt, in der nicht die Frauen vornehmlich intelligenter, aufgeschlossener, interessierter und die Männer physischer, anspruchsloser und gesättigter gewesen wären, die Gruppe hätte weit mehr Rückschlüsse zugelassen.

So hingegen war klar, dass die Macher das Projekt eher auf der RTL-2-Linie des Vulgär-Fernsehens ansiedelten, und das war von Anbeginn ein Makel. Die dort eingeschlossene Gruppe schien weniger die Gesellschaft zu repräsentieren, sondern sie verführte zu Studien an Charakteren von teilweise bizarrer Schlichtheit, sie lief Gefahr, mehr Ausstellung zu werden denn Versuchsanordnung.

Hätte es sich bei »Big Brother« um ein Forschungsprojekt gehandelt, man hätte sich auf spärlichere Proteste, aber eine präzisere Auswertung der Ergebnisse verlassen können. Tatsächlich macht es ja für die Betroffenen, solange sie den Container bewohnen, keinen Unterschied, ob sich Millionen ihren Alltag als Fernsehunterhaltung oder ob ihn sich Wissenschaftler zum Zweck behavouristischer Studien ansehen. Gewiss erfüllte »Big Brother« in keiner Weise die Bedingungen einer wissenschaftlichen Versuchsanordnung, trotzdem wurde in der Rezeption die Präsenz der Kamera als Sündenfall behandelt.

Tatsächlich hat das Max-Planck-Institut schon vor Jahrzehnten verwandte Experimente unter erheblich härteren Bedingungen durchgeführt, in denen Schlafforschung, Zeitempfinden und biorhythmische Zyklen eine Rolle spielten. Damals wurde von Probanden berichtet, die unter der Last der Isolationserfahrung schreiend um ein Ende des Versuchs baten. Als ein Ergebnis des damaligen Experiments wurde zum Beispiel festgehalten, Menschen lebten eigentlich in 25-Stunden-Zyklen und würden – ohne alltagspraktischen Druck – auch ihre Schlafphasen in mehrere kleinere Einheiten portionieren.

Solche Versuchsanordnungen der Öffentlichkeit zu überstellen, fordert ein verändertes Betrachter-Verhalten heraus. Solange die expliziten, entgrenzten, lüsternen Bilder aus der Öffentlichkeit ferngehalten wurden, sie also heimliche, wenn nicht verbotene Bilder blieben, so lange blieb für den Betrachter oder Konsumenten solcher Bilder nur die Bezeichnung »Voyeur«. Nicht der Schaulustige war gemeint, nicht jener, der die Augen aufreißt, wo immer es etwas Ausnahmehaftes zu sehen gibt, sondern der Spanner, der sich im Verborgenen Blickvorteile schafft und sich in vermeintlich »ungesunder« Weise daran erregte.

Nein, du bist nicht allein, nie und nirgends, so droht und so tröstet die Doku-Soap »Big Brother«, die manchen wie eine Ekstase des Voyeurismus erscheint, weil sie die Grenze zwischen dem Privaten und dem Öffentlichen zuletzt auch im Fernsehen neu gezogen hat. Der Gaffer draußen starrt fasziniert auf die Osmose zwischen beiden Sphären und wird überrascht: Während die abendliche Fernsehunterhaltung immer wieder hemmungslos in geschützte Bereiche der Innerlichkeit eindringt, nahmen sich die Bettszenen zwischen Kerstin und Alex geradezu romantisch aus.

Man muss sich das vorstellen: Millionen Menschen starren auf eine im Grün der Infrarotkamera minutenlang elektrisierte Bettdecke, unter deren rhythmischem Zucken Unaussprechliches vorgehen muss. Der Gaffer weiß jetzt, die Begierde der Liebenden war stärker als ihr Wunsch, Intimes privat zu halten, und mitten in dieser optisch kargen, psychologisch aber quasi obszönen Situation betrat plötzlich die gute, sentimentale Liebe die Bühne. Die motorische Bewegung erlahmte, da hörte man aus dem Berg der Bettdecken Kerstins Stimme flüstern: »mein Engel, mein Engel«, und plötzlich war Intimität wiederhergestellt, nämlich als bilderlose Bewegung. Die Szene war ergreifend, denn inmitten des »obszönen« Arrangements erblindeten die Bilder und verweigerten dem Gaffer jede optische Spur.

So wiederholt sich für den Zuschauer in seinem Sessel die Ursituation des Voyeurs, die Theatersituation: Im Licht wird agiert, im Dunkel gegafft. Nicht umsonst kommt der Begriff »obszön« von »ob scena«: »in Szene gesetzt«. Der Voyeur lebt davon, nicht zur Szene zu gehören, sondern versteckt zu bleiben, am liebsten anonym. Heute aber kennen die Objekte ihre Betrachter, sie sagen: Sieh mich, sie sagen auch, du bist nicht der Einzelne, Komplexbeladene, Verklemmte, sondern du bist alle, also normal.

Lebte der Voyeur klassischerweise im Warten auf seine Gelegenheit, lebte er vom Schlüsselloch, vom geschickt angebrachten Spiegel, immer in Angst vor dem Ertapptwerden, bedroht von der Möglichkeit, nichts zu sehen, so kehren sich die Verhältnisse plötzlich um, denn die neuen Distributionstechniken stellen sicher: Der Voyeur wird erreicht, er soll alles sehen, ja, gar keine Möglichkeit mehr haben, nichts zu sehen.

Man konnte dieses Projekt in seiner reinen Form nur einmal und nur so lange verwirklichen, wie die Insassen keine Vorstellung von ihrer Außenwirkung hatten. Da aber die Macher an der Selbsterkenntnis der Insassen wie der Zuschauer kein Interesse haben und künftige Insassen ihr Verhalten nach allen hier gemachten Erfahrungen ausrichten werden, wird das Leben in diesem Genre vermutlich bald ähnlich streng formatiert sein wie in der Soap, und damit ist, was hier entstand, wahrscheinlich nur ein einziges Mal interessant.

Würden Sie jetzt lieber ein Bundesligator, einen Tennis-Matchball, einen Weltrekordversuch im Stabhochsprung sehen oder diesen Artikel lesen? – Eben. Offensichtlich ist die Kultur nicht zu retten, aber die Körperkultur.

Früher blickte man von Seiten der ernsten Künste missgünstig auf den Sport und seinen ungeschliffenen Enthusiasmus. Heute, da sein Wallungswert unbestritten über dem des ›2. Faust‹ liegt und er auch richtig in der Zeitung vor dem Feuilleton abgehandelt wird, wäre es altväterisch abzustreiten, dass man ihm Stunden von unbeschwertem und ungezügeltem Patriotismus verdankt und daneben beispielsweise auch das gedankliche Muster der Tabelle, des Rekords, des Punkt- oder K.-o.-Siegs – lauter Dinge, die sich ja in der Welt des Geistes bewährt haben.

Die wichtigste Komponente aber bleibt dabei außer Acht. Während das, was die Zeitungen ›klassischen Kunstgenuss‹ nennen, nicht selten auf recht unzarte Handgreiflichkeiten und sittliche Fouls zurückgeht, verlangt die entsprechende Konditionierung als Empfangsbestätigung höflichen Applaus, moderates ›Bravo‹ und ein schmallippig herausgesäuertes Kritikerwort.

Dagegen fliegt bei sportlichen Veranstaltungen schon mal ein Fernseher durch das Fenster, ein paar Anhänger der Gegner lassen ihr Leben, und der Rest der Menge liegt sich grölend und delirierend in den Armen. Wer zum Torschuss nicht pünktlich in katatonische Raserei verfällt, ist der Menge genauso suspekt, wie wer im Tristan-Akkord nicht die höchste Sublimierung des eigenen Begehrens erfährt. ›Boris Jaaaaaa‹ gilt als durchschnittlich aufgeklärte abendländische Schlagzeile, während ›Wagner geilll!‹ zu Unrecht als nicht-adäquater Bayreuth-Kommentar angesehen würde. Kurz: Man hat das Gefühl, der Sport ist im Grunde ernster als die ernste Kultur, es geht um mehr, nicht nur weil es manchmal ums Leben geht. Was aber ist so ernst, dass man sich das Überleben der ernsten Kultur nur noch als eine Befruchtung durch den Sport vorstellen kann?

Im Fernsehen konkurrieren auch die Kulturgattungen im sportlichen Wettbewerb um die heftigste Erregung. Als Erregungsmassiv nämlich ist der Sport fast ohne Konkurrenz. Dabei verdankt er seine Popularität – ähnlich wie alle anderen Kulturtätigkeiten – weniger dem Mitmachen als dem Zuschauen, und bei diesem Zuschauen muss es sich, gemessen an der freiwerdenden Aufregung, um etwas ganz Besonderes handeln, etwas, das Menschen spontan offenbar inniger freut, als etwa Politik sie empört.

Die Attraktivität des Sports als Objekt des Zuschauens basiert – darin sind sich Wahrnehmungstheoretiker von jeher einig – auf Identifikationen. Längst weiß aber das Fernsehen, dass das simple Auftrumpfen mit Fahne, Hymne und Nation so wenig ausreicht wie die Verschmelzung mit der Person des Sportlers. Es müssen vielmehr verschiedene, selbst widerstreitende Identifikationsprozesse angestrengt und von Bildern gestützt werden.

Da ist zunächst der Körper des Sportlers, ein Bild der Gesundheit, wenn auch tatsächlich geflickt und zerschlissen. In dieser ›Kampfmaschine‹ symbolisieren sich Leistungsfähigkeit, Potenz sowie gebändigte Gewalt in vorbildlicher Weise. Vor allem männliche Sportler erlebt der Zuschauer häufig als den nur aufgeschobenen Eintritt der Katastrophe. (»Du Jeck, saach Aap für misch«, der Boxer

Peter Müller zum Studioreporter, nachdem ihn dieser mit »Herr Müller« angeredet hatte.)

Zwar wird der Betrachter, erlebt er den Sportler außer Dienst, meist feststellen, dass es an ihm ›irgendwie zu viel‹ Körper gibt, im Grunde aber hängt er der Idee an, dieser sei urmenschlich und zugleich das letzte Veredelungsprodukt des ›eigentlichen‹ Menschen, etwas, das abwärts zum blassbäuchigen Homo sapiens degeneriert sei. So kommt es, dass Sportler als vervollkommnete Menschen und ebenso als anthropomorphisierte Tiere gelten, außerhalb ihres Einsatzes dagegen eher uninteressant gefunden und vor allem als Anschauungsexemplare für die zoologische Vielfalt des Menschen oberhalb des Pongo Pygmaeus gezeigt und angesehen werden.

Die eine Seite dessen, was der Sportler psychologisch repräsentiert, ist dabei schön und erleichternd. Wer sein Leben mit dem Kampf gegen die Gravitation zubringt, beschneidet es ja zwangsläufig um andere Probleme. Deshalb geht von einem Leistungssportler immer mehr Beruhigung aus als von einem Fernsehkommissar, der auch mal die Zeitung liest oder sich mit seiner Frau streitet.

Die andere Seite ist die gefährliche. Schönheit und Kostbarkeit des Sportlerkörpers nämlich sind die Voraussetzung dafür, dass Wettbewerb und Spiel immer noch eine zweite Suspense-Linie erhalten: die drohende Zerstörung des Körpers durch Bruch, Riss, Gehirntrauma oder offene Wunde. Die Arbeit des Fernsehens am Körper des Sportlers ist insofern nur teilweise in Bildern von Muskelbergen oder Zeitlupeneinstellungen rasanter Bewegungen nachvollziehbar. Daneben werden Trainingsberichte gegeben, ärztliche Informationen zitiert, sogar Versicherungssummen genannt – der Wettlauf gegen den Gegner und den

Eintritt des Kollaps kann beginnen. Die Präsentation arbeitet an Stärke und Schwäche des Sportlers. Nur in dieser Dualität garantiert er das ganze Soll vorgesehener Unterhaltung.

Unterstellt sei nicht, Fernsehen oder Zuschauer wünschten sich die Zerstörung des Sportlers, sie wünschen jedoch die Bedrohung durch eine noch nicht ausgebrochene, aber vielleicht nur aufgeschobene Katastrophe. An ihre Möglichkeit lässt sich der Zuschauer gern erinnern. Personenverluste in Mannschaftsspielen rhythmisieren den eintönigen Spielverlauf, und gegen die physische Zernichtung des Gegners ist in der Regel wenig einzuwenden. Die Darstellung des Sports verlangt also nach einer Identifikation mit Partei und Gegenpartei. Es muss deshalb nicht Fairness sein, wenn das Fernsehen den Gegner als fast ebenbürtig herauspräpariert, es folgt den Prinzipien der notwendigen Spannungsbildung, wie sie jeder Spielfilm beachtet.

Michael Rummenigge berichtet in einem Buch, der damalige bayerische Trainer Udo Lattek habe die Mannschaft auf Busfahrten vor ›Entscheidungsspielen‹ mit Video-Ausschnitten aus Gewaltfilmen berieselt, um die ›Killerinstinkte‹ der Spieler zu schärfen. Kriegsmetaphorik und kriegerische Strategie gelten nicht nur sportlichen Gegnern, Fernsehen und Publikum lernen sie auf den Sportler anzuwenden. In jedem Fall sind beide sich einig: Der Sportler soll es schwer haben, er soll leiden, er soll fast daran zerbrechen, dass er den Gegner niederringt, dessen Zerstörung umso wertvoller ist, als auch er einen schönen, zerstörbaren Körper hat. Im Sport bündelt sich so viel Kraft, dass man in jedem Augenblick mit ihrem Ausbruch rechnet, als Aggression gegen andere oder als Selbstzerstörung. So soll es sein.

Der Zuschauer muss kein athletisches Training absolvieren, aber sein Zusehen ist gut trainiert. Du sollst nicht töten, heißt das Gebot, aber die Abschwächung lautet: Du sollst Killerinstinkte haben, auch als Zuschauer.

Der Zuschauer ist unfair, nicht weil er parteiisch wäre, sondern weil er mit dem Körper des Sportlers verfährt, wie es ihm passt und weil er ihn immer in der Situation des Ernstfalls wünscht: Sieg oder Zerstörung. Damit der Sport im Fernsehen ein Maximum an Genussfähigkeit erreicht, muss er folglich so inszeniert werden, dass er der Vorstellung genügt, die sich die Sendeanstalten von der Lüsternheit des Publikums gemacht haben. Es ist schließlich die gleiche, die sie mit Horror und Romanze bedienen.

Der Zuschauer will das Leben im Bild gefährlicher, er liebt also auch im Sport erschwerte Bedingungen, unsicheres Terrain, bedenkliche Bodenverhältnisse. Er liebt die kleine Schmiere menschlicher Anekdoten und das Versprechen der Lust. Da nun aber die Gefahren des Sports immer nur durch das Auge des Dritten, das Objektiv, dargestellt werden können, fällt hier die unmittelbare Identifikation mit der Aktion aus. Die ›subjektive‹ Kamera ist unmöglich. Der Zuschauer kann die Gefahr nur schätzen, sie muss also fotogen sein, damit er sie als solche erkennt und anerkennt. So dicht ins Geschehen hineingezogen, rückt er in die Position eines Rivalen zum Schiedsrichter, und diese Position ist eine mehrfach symbolische.

Unter dem Vorwand, der Rechtsprechung durch die Kamera assistieren zu müssen, führt man ihm die brisantesten Situationen – nur Triumphe und Katastrophen – in Zeitlupe wieder und wieder vor. Die Berichterstattung sättigt den Zuschauer, indem sie die Zeit immer an der Stelle umkehrt, an der der Sport seinen Zweck erfüllt. Diese Wiederholung ist nur in der Sportreportage erlaubt. Auf den kommerziellen Spielfilm angewendet, wäre das gleichbedeutend damit, Gewalt- und Sexszenen im ›da capo‹ vorzuführen.

Eine Präsentation, die ganz auf das Betrachten von teilentblößten Körpern in physischer Kraftentfaltung konzentriert ist, macht schließlich das Erotische zum Thema, ob sie will oder nicht. Und sie will.

Vor allem die männliche Phantasie spielt mit Disziplinen wie etwa dem Damentennis ein symbolisches Spiel, in dem zwar der sportliche Ablauf noch durchsickert, gleichzeitig aber ein intimerer Wettbewerb um die Frauen angestrengt wird. Der gut trainierte Zuschauer aber ist dabei längst weiter als die Süffisanz der Moderatoren und braucht keine Ermunterung. Die unvermeidlichen Entblößungen werden gesucht, die Posen und Gesichter in ihrer Verwandtschaft zur Pantomime des Liebesakts förmlich isoliert.

Vor einiger Zeit gelang einem Fotografen ein Shot, der den freigewehten Slip Gabriela Sabatinis von vorn zeigte, während ihr Gesicht in prustender Anstrengung dem Ball folgte. Das Foto erschien in zahlreichen Zeitungen und Zeitschriften, mal mit genüsslichem, mal mit pressekritischem Kommentar unterlegt. Ein andermal strengten englische Blätter vor der gebeugten Rückenansicht einer Spielerin die Diskussion darüber an, ob diese unter dem Rock überhaupt bekleidet sei. Die Sportlerin tritt zum Spiel an, und das heißt für den Zuschauer auch: zum Liebesspiel.

Die Ausübung des Sports begünstigt Situationen, in denen zu sehen ist, was nicht gesehen werden soll, und da der Sportler sein Spiel gegen die Kamera von Anfang an verloren hat – er kann nicht effizient arbeiten und fotogen bleiben –, deckt die Kamera unaufhörlich Intimes und Indezentes auf: einen Gesichtsausdruck, eine Geste, ein Stück

Haut, eine Position, einen Ausbruch aus der geschlossenen, aseptischen Bildwelt des Film- und Serien-Schönen.

Der Serien-Bedienung des Voyeurismus gegenüber wirkt der Sport also oft wie eine Katharsis. Insofern identifiziert sich der Zuschauer an erster Stelle nicht mit dem Sportler, sondern mit der Kamera, die er zum Sehen immerzu ermuntert: Leg ihn frei, zeig was vor, enthülle! Dieser Aufforderung der souveränen Phantasie an den naiven Körper entspricht die parallelverlaufende an den Sportler als Kampfmaschine: Gib's ihm, nimm ihn zur Brust, mach ihn platt! So konsequent vermag es nur der Sport, von der Kamera geschickt aufbereitet, eine symbolische Sprache für den Sex zu entwickeln, ohne diesen auszusprechen oder auch nur nennen zu müssen.

So viele Sportarten, so viele Möglichkeiten bestehen zugleich, sexuelle Varianten, verdrängte und vermiedene Neigungen in der transformierten Sprache sportlicher Bilder anzuerkennen. Der Mann konfrontiert sich plötzlich mit dem Männerkörper, mit der Eleganz turmspringender Jünglinge, mit der Überlegenheit der Kugelstoßerin oder den kindlichen Umrissen slawischer Bodenturnerinnen. Die Menschenbörse, die der Sport in sich darstellt, bildet er auch für die Phantasie.

Plausiblerweise ist man entsprechend, von der Spielart zur Objektwahl schreitend, zunächst immer Fan einer sportlichen Disziplin, dann der eines Sportlers. Zu den unmittelbar parallel organisierten Elementen in der Darstellung von Sport und Sex gehören also die Entblößung, das Vorzeigen des Indezenten, der nicht-fotogenen Gesichter, der ›Übertretungen‹ in den Ausdrucksgebärden, gehören das Spielerische, die Anstrengung, das Gegenüber, teils Phantom, teils körperlicher Widerpart, teils Aggressionszentrum, gehört die Katharsis des Triumphs, die ja ihrerseits in allen Wettbewerbssportarten mit expressiver Zärtlichkeit gefeiert wird.

Zugleich hat aber der Sport ein weiteres und wichtiges Element mit dem Sex gemeinsam: Er ist nicht komisch. Die Lust ist nie komisch, denn im Lachen löst sich die Spannung. Ebenso ernst ist in seiner Spannung der Sport, auch er vergäbe die zentrale, notwendige und aggressive Erregung im Lachen. So initiatorisch das gelegentliche Sportlerlächeln sein mag, annehmbar ist es nur, so lange es den Ernst der Ausübung nicht infrage stellt. (Während einer Winterolympiade hat man dem britischen Skispringer Eddie »The Eagle« die Starterlaubnis unter anderem deshalb entziehen wollen, weil er es an gebotenem Ernst fehlen lasse.)

Voneinander infiziert sind das Erotische und der Sport schließlich in jener Idee von Ökonomie und Verschwendung, die (im Sport) in der Erfüllung der Spielregel festgelegt ist. Zunächst ist dieser in seiner Orientierung an Rekord oder Sieg eine ständige Übertreibung. Er erkennt im Resultat nur ein digitales System an: es geschafft oder es nicht geschafft zu haben. Es zu schaffen ist der ›Sinn des Spiels‹, die Regeln entsprechen diesem Zweck, werden mit größter Wirksamkeit und Sparsamkeit angewendet und von der Kamera mit entsprechenden Einstellungen begleitet.

Gleichzeitig aber ist der Vorgang nicht nur eine einzige Verschwendung – an Kraft wie an Hysterie –, sondern er wählt auch hundert Umwege, wird aufgehalten, verzögert, der Triumph wird durch Einwirkung des Gegners hinausgeschoben etc. Erotisch am Sport ist für den Zuschauer in dieser Hinsicht vor allem die Überlegenheit des Weges über das Resultat. Er will das Ergebnis nicht vorher wissen, er will den Prozess. Er liebt am Sport das Barocke, Umständliche und Umwegige. Der Torstand allein sagt ihm so wenig wie die Zentimeterangabe, beide verfallen in ihrer Bedeutung rapide. Vielmehr braucht der Zuschauer das Bild, das Gesicht, die Bewegung, die Reaktion des Konkurrenten, die Leidensgrimasse, den Triumph als Folge einer zähen Liebesarbeit am Gegner.

Das Fernsehen inszeniert diesen Ablauf als Ménage à trois zwischen den sportlichen Gegnern und dem Zuschauer. Nur weil der Zuschauer in diesem Liebesakt als Einziger etwas von der Liebe hat, sich gleichzeitig aber schon auf einem Gebiet befindet, wo Kraftentfaltung Sprache ist, beantwortet er den sportlichen Interruptus mit Jähzorn, Aufruhr, Empörung, Gewalt, den Sieg mit Kraftmeierei, Imponiergehabe, phallischem Drohen. Es geht ihm wirklich um das Wichtigste, wenn auch nicht wirklich, sondern nur im Sinne einer spielerischen Erinnerung an den Ernstfall Sex. Als Spiel aber ist dieser Ernstfall unter Umständen noch ernster.

Verblasste Mythen. Das Feuilleton

Zu großen Kriegen muss man Feuilletons schreiben. Deshalb wurde zur gleichen Zeit, als sich 1800 die beiden großen Feuilleton-Nationen Frankreich und Österreich im zweiten Koalitionskrieg gegenübertraten, der Begriff »Feuilleton« geboren: die Textgattung »unter dem Strich«, die »rive gauche« des Journalismus, die Feier der »Unsterblichkeit des Tages« mit ihrer »Philosophie des Alltags« und »Mikroskopie des Lebens«, wie die Feuilletonisten selbstverherrlichend schwärmten.

Dabei hatte der Urheber des Begriffs und Herausgeber des »Journal des Débats«, Abbé Geoffroy, nichts getan, als den Strich eingeführt, der fortan die Analyse der materiellen Realität von den Strohfeuern der sensiblen Welt abtrennen sollte. Das war ein pragmatischer Akt, aber weil die napoleonischen Pressegesetze politische Aussagen riskant werden ließen, schleusten jetzt immer mehr Schöngeister ihre Kassiber durch das Feuilleton in die Tagespresse. So erwarb es den Ruf, brisant zu sein. Zusätzlich aber teilte sich durch die Trennung eines politischen von einem unpolitischen Teil der Zeitung auch die Leserschaft. Plötzlich gab es, wie man heute sagen würde, zwei Zielgruppen.

In Deutschland hatte man zwar mit allerlei Gelehrtenzeitungen sowie mit dem »Wandsbeker Boten« des Matthias Claudius und seinem »naiven und launigten Stil« verschiedene Vorläufer des Feuilletons hervorgebracht, auch gab es in der »Essener Zeitung« schon um 1775 eine leichtherzige Rubrik, überschrieben »Etwas zum Nachtisch«. Ein veritables Feuilleton aber bildet sich hierzulande erst im Vormärz heraus.

Daniel Schubart etabliert neben dem »politischen« und »mercantilischen« das »literarische« Ressort und fordert den »impressionablen Feuilletonisten«, der am Schauplatz, im Wirts- oder Kaffeehaus schreibe. Die »Rheinische Zeitung« führt unter der Chefredaktion von Karl Marx als eine der ersten Zeitungen das Ressort des Feuilletons ein, versehen mit der Auflage, die Unterhaltung dürfe auf keinen Fall von der Politik ablenken. Da war eben Möllemann noch nicht mit Franziska van Almsick durch »Wetten dass« galoppiert.

Heine, Börne und Lewin Schücking aber hatten schon vor Marx unter dem Strich eine eigene Sicht auf die Themen von über dem Strich durchgesetzt und damit auch das Interesse der Zensoren geweckt. »Die Censur«, schrieb Marx 1842, »macht jede verbotene Schrift, sei sie schlecht oder gut, zu einer außerordentlichen Schrift, während die Preßfreiheit jeder Schrift das materiell Imposante raubt.« Endlich konnte das Feuilleton also selbst Politikum werden.

In Frankreich war auch dieser Schritt schon früher vollzogen worden. Die Theaterkritik, als die wichtigste Einspeisung des Feuilletons, stand montags im Blatt. Ihre Verfasser – Saint-Beuve, Janin, Berlioz, Geoffroy – wurden deshalb summarisch als »les lundistes« bezeichnet, einflussreiche, Theaterpolitik betreibende Intriganten mit hochfliegenden Absichten. Balzac und Maupassant haben sich in »Glanz und Elend der Kurtisanen« sowie in »Bel Ami« an ihnen gerächt durch die Porträts der gesinnungslosen, korrupten Tagesschriftsteller und Gebrauchstexter. Im Grunde hat sich der Berufsstand des Journalisten bis heute von diesen Porträts nicht erholt. Zu Recht!

In Deutschland führte man die aus dem Feuilleton auf

die Bühne schwappenden, häufigen Theaterskandale nicht zuletzt auf die Institution der »Nachtkritik« und ihre Ungerechtigkeiten zurück, worauf Iffland schon 1818 verfügt hatte, die Aufführungsbesprechung dürfe erst nach der dritten Vorstellung geschrieben werden.

Danach war erst mal Ruhe, das Feuilleton aber traute sich unversehens, statt der Inszenierung das subjektive Theaterempfinden des bäurischen Ignoranten oder Stutzers zum Thema zu machen. Das Überflüssige und Vulgärmenschliche, das Gemischte der ästhetischen Rezeption waren so in der Zeitung geistfähig geworden. Entsprechend war auch plötzlich nicht mehr der apodiktische Kunstrichter allein gefragt, sondern ebenso der literarische Genremaler. Allmählich bevölkerte sich deshalb das Feuilleton mit Briefeschreibern, Spaziergängern, Originalen, Käuzen und sogar Mundartdichtern. Man schrieb impressionistisch und delektierte sich am Unsachlichen, während sich die umliegenden Ressorts an der Realpolitik und ihrer »normativen Kraft des Faktischen« abarbeiteten. Eine glanzvolle Epoche der literarischen Marotte und damit höchste Zeit für die Blütezeit des Feuilletons!

1880 beginnt sie, gestützt vom Plädoyer Fontanes, getragen von großen österreichischen Realisten und Satirikern wie Ludwig Speidel, Ferdinand Kürnberger und vor allem dem schändlich vergessenen, immer noch unverlegten Daniel Spitzer, der dem Feuilleton seine ultimative Definition verpasst: »Ein Artikel, der nicht in die Zeitung gehört und doch darin steht, ist ein Feuilleton.« Heute gehört jeder Text in der Zeitung irgendwie auch hinein – gibt es deshalb kein wahres Feuilleton mehr?

In seinen fetten Jahren war das Feuilleton eine Versammlung der heterogensten Textgattungen und Autoren-Typen. Kürnberger unterscheidet den »Haus-«, »Straßen-«, »Wald-«, »Salon-«, »Kneip-« und »Sozialfeuilletonisten«, Tucholsky erstellt eine weitergehende polemische Typologie, Musil bemerkt zwar, heutzutage würden die Journalisten immer besser und die Dichter immer schlechter, verhöhnt aber den Feuilletonismus eines Rathenau oder Klages, und Hermann Hesse schließlich bedauert im »Glasperlenspiel« das ganze »feuilletonistische Zeitalter«, das heute auch als »neue Unübersichtlichkeit« bezeichnet wird. Oder so.

Nach dem Einmarsch der Nationalsozialisten in die Welt der Kultur geht der Atem des Feuilletons nur noch rasselnd. Subjektivismus ist suspekt, politische Kritik mehr als das. Als hätte es sich davon nie recht erholt, werden noch in den fünfziger Jahren Nachrufe auf das Feuilleton geschrieben, das merkwürdig bieder und feige aus dem Nationalsozialismus wiederaufgetaucht ist: immer noch unpolitisch, immer noch arm an Textgattungen, immer noch retrospektiv und insgesamt eher einem Schulbuch-Begriff von Kultur verpflichtet.

Unter diesen Bedingungen konnte sich das Feuilleton endlich zu dem veredeln, was es heute ist: der Teil vor dem »Sport«, wobei man fairerweise hinzufügen muss, dass es jahrhundertelang jene Segnung der Kultur nicht gab, die wir »Modernes Leben« nennen und die vieles aus dem klassischen Feuilleton aufgesogen hat. Auch kann sich dieses keiner kunstfremden Erfahrung mehr ausliefern, schließlich ist inzwischen alles Kunst, anders gesagt: Die Literatur selbst hat sich feuilletonisiert. Außerdem aber fiel es den Autoren vor dem Ende der Aufklärung schlicht leichter, apodiktisch aufzutreten. Ein Kritiker, der heute noch an die Empormenschlichung durch das Feuilleton glaubte, würde leicht zum Buffo. Außerdem gehören schließlich die Chefredakteure der meisten Wochenpublikationen in Deutschland, vorsichtig gesprochen, zu den kulturell Pauperisierten, und so hat auch ihr Feuilleton nicht vor allem einen Gegenstand, sondern eine Tonlage.

Wenn nämlich irgendetwas die Tradition des Feuilletons fortsetzt, dann ist es das Timbre der Kritiker, jene näselnde Anmaßung, die sich kurioserweise wie ein folkloristisches Erkennungszeichen der Kunstbetrachtung erhalten hat, mag sie auch noch so überlebt sein. Hobbyrezensenten und Kritiker von imposanter Kulturmassigkeit möchten heute gleichermaßen ex cathedra sprechen, möchten das alttestamentarische »Du sollst« ausspielen und in ihrer Urteilstrunkenheit auch die eigene Größe genießen. Sie sehen sich selbst auf der freien Wildbahn der Kultur, arbeiten aber am ausgestopften Objekt. Dafür muss es das Feuilleton geben, und alle Beteiligten müssen ganz fest an seine Bedeutung und Wirkung glauben. Oder wenigstens so tun.

Wo aber die echte Tradition dieser Gattung weitergesponnen wird, da ist die ästhetische Erfahrung unrein, die Gestaltung emanzipiert sich vom Anlass, die Blickwinkel verschieben sich, das Urteilen wird nicht als Liturgie zelebriert. Anders gesagt, in die Gattungsnorm kunstsinniger Tagestexte bricht die Unordnung ein, und das Paradoxon entsteht, das »Kunstwerk des Journalismus«: das Feuilleton. »Was ist ein Feuilleton?«, fragte ehemals eine Prinzessin den Feuilletonisten Hugo Wittmann. »Sie sind ein Feuilleton, Madame!«, erwiderte dieser. Wie haben sich doch die Feuilletons geändert! Wie die Prinzessinnen.

Im Namen des Volkes

Glaubt man der Regierung, dann hat kein menschliches Wesen so viele gute Tage wie der deutsche Staat. Von der Macht geht ein Schmunzeln und Glänzen aus, ein Optimismus und Zukunftsglaube, der an jedem Einzelmenschen einfältig wirken würde, ist doch auch der Fortschritt, der uns da lächelt, glockenreine Fantasy.

Gleichzeitig aber steht der Staat mit beiden Beinen auf der Erde, ein Lehrer und guter Hausvater, dem der ›Sachzwang‹ den ›Rotstift‹ führt, der den ›Gürtel enger‹ schnallt, kein ›Patentrezept‹ hat, sich aber an die ›Spielregeln der Gesellschaft‹ hält, oder so ähnlich. Dieser Staat ist kein Bonvivant, sondern ein braver Wirtschafter und Biedermann mit verlässlichem und verlässlich eindimensionalem Innenleben, und weil sich Politik zum guten Teil kraft der Dinge verwirklicht, die wir nicht über sie wissen, und weil es also zu ihren Aufgaben gehört, Undurchsichtigkeit zu schaffen, deshalb sind wir dennoch für jeden signifikanten Halbsatz aus dem Mund dieses Biedermanns so dankbar wie für ein verwackeltes Prominentenfoto von einem Ferienstrand. Der anthropomorphe Staat, der Staat als verantwortlicher Patriarch, das ist eine Metapher für das, was wir nicht über ihn wissen und nicht wissen sollen.

Am menschlichsten wirkt dieser Staat, wo er Schwäche zeigt, wo er sie zeigen darf: in der Staatstrauer. Da baut sich seine empfindsame Innerlichkeit zu Denkmalsgröße auf. Gesenkten Kopfes, gebeugten Knies, haltenden Händchens wendet er sein wagnerianisch verwundetes Seelenleben in die Götterdämmerung heranziehender Blitzlichtgewitter – ein lebendes Bild nach klassischen Vorlagen. So wurde aus

Helmut Kohl eine Charlotte Wolter der politischen Bühne. Es muss was Herrliches sein um das Trauern!

Dann, aus der stummen Denkmalsstarre zurückgekehrt in den Tonfilm, spricht der Potentat sein Trauern aus, und zwar meist indem er, wie die Linguistik sagen würde, den Sprechakt nicht durchführt, sondern ihn bezeichnet. Das heißt, er hat keine Worte, die Trauer verraten, nur welche, die sie etikettieren: ›Wir sind tief betroffen‹, ›mit sprachlosem Entsetzen nehmen wir zur Kenntnis, dass ein Leben dahin ist‹ etc. So torkeln aus seinem Munde die Sprechblasen und Kranzbinden; dennoch fühlt sich das Gemeinwesen erleichtert, dass da jemand in seinem Namen als Pompe funèbre hinter dem Sarg herläuft und düstere Miene zum guten Spiel macht.

Solche Trauer nennt sich sprachlos, darf aber, als eine Inszenierung staatlicher Hygiene, nie wirklich sprachlos sein, sie ist Öffentlichkeitsarbeit voller ungelöster und unbewusster Widersprüche. So müssen nach einem Attentat alle führenden Repräsentanten des Staates auf der Klaviatur eines Sentence Switchboard spielen, die da anbietet: Wir verurteilen den feigen / den menschenverachtenden / den heimtückischen Mord auf das schärfste / entschiedenste / nachdrücklichste etc. Als sei der Politiker der Komplize, der sich distanziert! Als sei der Mord, der nicht sprachlich verurteilt wird, damit schon legitimiert! Als sei es nötig, diesen aus der Gemeinschaft aller Morde herauszuheben und separat zu verachten!

Darin liegt eine ungewollte Identifikation mit dem Täter. Denn wenn im Alltagsleben dem einen sein Portefeuille gestohlen wird und der andere erwidert: Ich verurteile diesen Diebstahl auf das schärfste, dann macht er sich entweder über den Bestohlenen lustig oder sich selbst verdächtig.

So zeigt die amtliche Trauer den Staat als ein Empfindungswesen, das auch im innigen Fühlen, im Leiden zu Hause ist. Da er aber in der Wahl der Staatstrauerwürdigen etepetete ist und lieber nur ›des Staates Eigene‹ (Manager, Banker etc.) mit dem Halbmast auszeichnet, und da er Präsidenten hat, die vorbildliches Trauern vormachen, so errichtet der Staat in seinem ritualisierten Schmerz eigentlich eine Trauersperre, hinter der Opfer und Ämter verschwimmen.

Damit die Staatstrauer indes komplett werde, muss nach Empfinden und Verurteilen noch ein dritter Schritt vollzogen werden: das Appellieren, die Rückführung in den Alltag der Pflicht. Die schönste Kür in dieser Disziplin entwickelte beim Olof-Palme-Begräbnis ein ausländisches Staatsoberhaupt, und da Präsidenten, als die Titelverteidiger im Volkstrauern, immer auch am weitesten in den kosmischen Raum hinaustrudeln dürfen, formulierte dieser durchaus standesgemäß, als er sagte: »Die Menschheit hat die moralische Pflicht zu überleben!«

Das bedeutete: Sollte uns auch das Leben durch den Verlust so vieler Staatsmänner verleidet werden, so dürfen wir aus sittlichen Gründen den wüsten Planeten doch nicht den Paarhufern und den Nacktsamern überlassen, sondern müssen in unserer Existenz als brave Beamten der Schöpfung fortfahren. Staatsmännischer und trostloser ist wohl noch kein Preis des Lebens ausgefallen als dieser, der endlich wider Willen echte Trauer auslöst über ein Leben, das man nur noch als Erfüllung einer Bürgerpflicht genießbar finden könnte.

Da sitzen sie nun, die aus fernen Ländern, fernen Miseren, fernen Folterverliesen nach Deutschland Entkommenen, sitzen in ihrem Traum, in einer Baracke mit wenigen Waschräumen, wenigen Toiletten, sitzen zwischen Fremden, oft jahrelang, auf sechs Quadratmetern, oft von Demonstranten, Brandstiftern, Staatsvertretern bedroht, und wenn sie eines ihrer demokratischen Rechte, die man zwar besitzt, aber lieber nicht in Anspruch nimmt, also, wenn sie von ihrem Demonstrationsrecht Gebrauch machen, dann werden sie vom Präsidenten, vom Kanzler, vom Innenminister und von den Fernsehmoderatoren, von der alten wie der neuen Garde mit einer Vokabel bedroht, die in jedem Jahr die Vorausscheidung zum »Unwort des Jahres« gewinnen sollte: Das Wort »Gastrecht« wird gerade von einem Terminus der in Antike und Mittelalter gepflegten Sozialmoral zu einem modernen Kampfbegriff umgeschmiedet.

Wer in Wirklichkeit ein Unerwünschter ist, den nennt man Gast, und was man gegen ihn mobilisiert, um ihn schneller loswerden zu können, das nennt man sein Gastrecht. Niemand hat je sagen hören, »kommen und genießen Sie Ihr Gastrecht« oder »wir freuen uns, Sie hier dem Schutz unseres Gastrechts unterstellen zu können«. Nein, unser »Gastrecht« existiert nur ex negativo, und auch unsere »Gastfreundschaft« wird nicht freiwillig gewährt. Sie ist abgetrotzt, herbeiprozessiert, zähneknirschend eingeräumt, und deshalb ist von »Gastrecht« auch nur noch die Rede, wo es »missbraucht« oder »verwirkt« sein soll.

Niemand weiß, was dieses »Gastrecht« juristisch eigentlich bedeutet, aber jeder weiß, dass es von den Kurden, den

»gewaltbereiten Kurden« verletzt wird. Deshalb erleben wir gerade wieder einen jener historischen Augenblicke, in dem die »Bild«-Zeitung nicht vulgärer formulieren kann, als es Kohl, Kanther und Kinkel ehemals vor-, und Schily und Schröder dann nachmachen. »Wer das Gastrecht kriminell missbraucht, hat in Deutschland nichts zu suchen«, schreibt »Bild«, »wer sein Gastrecht missbraucht, hat sein Aufenthaltsrecht verspielt«, paraphrasiert Klaus Kinkel. Damit haben sie ja schon zwei Rechte, seufzt der benachteiligte Deutsche und fragt nicht, worin das Gastrecht eigentlich besser sein soll als das gemeine Aufenthaltsrecht.

Da wir aber nun einmal ein Gastrecht konzidieren, dürfen wir selbst uns wohl »Gastgeber« nennen. Das klingt, als stünden wir immerzu an der Schwelle, um die Fremden hineinzukomplimentieren. In Wirklichkeit unterhalten wir erhebliche Streitkräfte der Judikative und der Exekutive aus keinem anderen Grund, als das Fernbleiben der Gäste zu gewährleisten, sei es, indem wir ihnen die Einreise, den Aufenthalt, die Arbeit verwehren, ihre Fluchtmotive diskreditieren, ihre Familien trennen, ihre Ehen ausforschen und demokratische Errungenschaften aberkennen, auf die wir Heimischen stolz sind.

In der Antike war der Verstoß gegen das Gastrecht ein religiöser Frevel, und auch Moses schreibt, »Verflucht sei, wer das Recht des Fremdlings beugt« (was natürlich nicht verhindert, dass auch der Ratsvorsitzende der Evangelischen Kirche in Deutschland, Bischof Klaus Engelhardt, vom »Missbrauch des Gastrechts« spricht). Die moralische Qualität einer Gesellschaft bemaß sich ehemals also nicht zuletzt am Umgang mit dem Fremden. Gastrecht bedeutete die bedingungslose Aufnahme, nicht bloß die Duldung dieses Fremden. Für uns dagegen wird Gastrecht als eine verschärfte Form des Rechts formuliert. Wer also das Pech hat, nicht nur Grundrechte, sondern auch noch Gastrechte zu genießen, der hat die geringste Freiheit und fliegt am schnellsten raus.

Vielleicht leisteten sich frühere Epochen aber auch einfach einen emphatischen Begriff vom Fremden, denn dieser trat in eine Gesellschaft ein, die für ihn nicht Gemeinschaft war und die er aus dem Fundus seiner mitgebrachten Erfahrung und Vernunft beurteilte, bewertete und beschrieb. Er sah diese Gesellschaft anders, nämlich mit jenem vorurteilslosen Blick, in dem sich diese Gesellschaft immer noch erkennen könnte, wenn sie könnte.

Deutschland dagegen formuliert sein Gastrecht als Abschreckung für alle weiteren Gäste. Im Grunde ist schon die Tatsache, dass es überhaupt Ausland gibt, eine Zumutung. Denn ohne Ausland gäbe es nichts, wo wir einen guten Eindruck hinterlassen, nichts, vor dem wir uns schämen und niemandem, dem wir Gastrecht einräumen müssten. Wir sind hier kein Hotel, aber dafür erwarten wir auch keine Gastgeschenke. Wer dreimal betrunken Auto fährt, darf abgeschoben, wer demonstrierend Steine wirft, darf mit der Folter im »Heimatland« bestraft werden – auch wenn er dieses Land nie gesehen hat, seine Sprache nicht spricht und auch nicht dort geboren wurde. Was »Gastrecht« heißt, stellt sich dann als eine totalitäre Strafidee heraus, die geeignet ist, mit Grundrechten kurzen Prozess zu machen, wenn sie von den Falschen in Anspruch genommen werden.

Deutsche Politiker berufen sich auf den Missbrauch des Gastrechtes auch deshalb so gern, weil sie dadurch suggerieren können, das »Kurdenproblem« sei kein deutsches Problem. Ist es aber, und zwar nicht nur wegen der in Deutschland geborenen Kurden, der Internationalität aller völkerrechtlichen Verstöße oder der wirtschaftspolitischen Schmusereien zwischen deutscher und türkischer Regierung. Indem Klaus Kinkel NVA-Panzer an die Türkei lieferte, die dort gegen die Kurden eingesetzt wurden, machte er Deutschland zum Mitverursacher jener Probleme, deretwegen Kurden in ein so abweisendes Land wie Deutschland reisen, auch um hier zu demonstrieren und selbst illegale Mittel zu suchen, die Vernichtung des kurdischen Volkes zu verhindern.

Wenn aber der widerwillige Gastgeber selbst die Gründe dafür schafft, dass der Gast sein Land verlassen muss, und wenn er diesen Gast hier einem Recht unterstellt, das unter Umständen sogar der Vernichtung des Gastes Vorschub leistet, dann soll man dem Flüchtling an der Grenze doch einfach seine Gastrechte vorlesen, vielleicht tut er seinem Gastgeber ja den Gefallen und wendet sich mit Grausen.

Der Aufmarsch der Truppen am Golf ist nicht beendet. Der Aufmarsch der Pazifisten auf den Marktplätzen auch nicht. Da steht sie also, die Friedensbewegung der freien Welt und droht: Hände hoch, oder ich demonstriere! Und wer gehörte nicht zu dieser Friedensbewegung: Die NATO sagt, sie sei eine, die UNO ist eine, der Papst ist eine, und mit Verspätung folgen ihm die christlichen Kirchen, die deutsche Regierung, Künstler, Kinder, Prominente, Gewerkschaften, alle, alle schließen sich zu einer Lichterkette gegen den Weltbrand. Der Friede ist eben, was die Gesundheit auch ist und die Natur auch oder die Menschenwürde, wenn nicht sogar die Freiheit und die Tarifautonomie: das höchste Gut. Also gerne Opfer niederer Instinkte.

Der Krieg kommt, das bedeutet: Das Solidaritätstöpfern ist zurück – Friede den Scheiben –, und manche Klampfe ahnt, wie balde sie fromm und lichterheilig wird. Da gibt es nichts zu spotten: Jeder Krieg blamiert die Friedensbewegung, aber mancher Friede blamiert sie auch. Denn als George Bush nach dem 11. 9. Afghanistan in Schutt und Asche legte, da nannte man ihn einen »besonnenen Politiker«, der den geschundenen Frauen und Taliban-Opfern zu ihrem Menschenrecht verhelfe, als er in einer Rede an die Nation erstmalig die Umrisse der Kriege zeichnete, die jetzt folgen, da nannte man diese Rede eine »große Rede«, und als er damals Deutschlands Rolle ins Visier nahm, da bot man ihm »uneingeschränkte Solidarität« an. Anders gesagt, als die Zeit nach Katharsis verlangte, war man auf Seiten der Katharsis, unterstützte alles, was die

Affekte reinigte, und trug ideologisch zu eben der Situation bei, die nun besteht.

Inzwischen ist die große Mehrheit in Deutschland gegen den Krieg, und da er trotzdem geführt wird, gebietet der Wunsch nach Katharsis Demonstrationen und das Absingen kämpferischer Lieder. So stellt man sich politisierte Praxis in einer Demokratie eben vor, auch wenn die Adressaten fern sind und nicht hören, und auch wenn die, die hören, schon überzeugt sind. Die Argumente haben sich längst erschöpft, gewechselt werden nur Tautologien: Wir sind friedlich, weil wir die Friedensbewegung sind – und wir werden den Krieg führen, weil wir ihn führen werden.

Denn wer müsste hierzulande noch überzeugt werden? Wenn überhaupt ein Kurs der CDU erkennbar ist, dann liefe er auf ein passivisches Mitläufertum an der Seite der Alliierten hinaus. Doch andererseits befindet sich die CDU bei den Wählern angeblich in einem sogenannten »Stimmungshoch«. So wichtig ist der Friede also offenbar auch nicht. Und wer hat sich hierzulande überhaupt für den Krieg ausgesprochen? Der Zentralrat der Juden, und da uns allen die Normalisierung im Verhältnis zwischen Juden und Nichtjuden in Deutschland am Herzen liegt, warum nicht normal reagieren, das heißt: überhaupt reagieren? Wäre das zu viel Normalität oder zu viel Courage auf Seiten der Friedensbewegung? Und ist es nicht geradezu antisemitisch, dass einzig die Position der Juden im Lande weitgehend unbeachtet, unkommentiert und unwidersprochen bleibt?

»Zu heiß« finden die Bewegten dieses laue Eisen. Anders gesagt, überall, wo sich die Friedensbewegung ihrer Harmlosigkeit berauben müsste, indem sie rechtzeitig, auf der Basis von Strukturen, nicht von Events, und mit dem

Blick auf die reale Opposition, nicht die Chimäre in den USA, reagierte, da agiert sie nicht. So ist diese Friedensbewegung, so recht sie in der Sache hat, eine Konsens-Bewegung, kein Appell gegen Ausländerfeindlichkeit, Atomenergie, Arbeitsmarktpolitik bringt solchen Konsens zusammen wie die politisierte Weihnachtsbotschaft. Das macht sie für viele interessant als PR-Instrument.

Das Interessanteste an dieser Bewegung ist eher der Wind, der ihr Mäntelchen dreht, hat sie sich doch im radikalen Bekenntnis zur uneingeschränkten Harmlosigkeit die Mittel selbst aus der Hand geschlagen und geschwiegen, als sie hätte schreien sollen. Jetzt schreit sie, wo sie fast genauso gut schweigen könnte.

Nur dort, wo diese Bewegung politisch würde – in der Bezeichnung amerikanischer Hegemoniebestrebungen etwa, in der Auseinandersetzung mit der israelischen Position, mit der amerikanischen Politik im Nahen Osten –, da ist diese Bewegung keine Massenerscheinung mehr. Denn wo es substanziell um Frieden geht, hat dieser Frieden keine Bewegung.

Lieber formiert man sich zu einer volkstümlichen Massenerscheinung mit dem Nimbus der engagierten Minderheit und versöhnt den Opportunismus mit der Attitüde der Rebellion. Das erscheint tröstlich, denn es geschieht doch was: Der Frieden hat seinen Fanclub, man hält Transparente hoch und wirft Stofftiere auf die Weltbühne.

Nach Orwells »1984« war »2001« das zweite Datum der Science-Fiction. Die Welt richtete sich auf Bilder vom Mars ein, auf Weltraum-Waffensysteme, auf Meteoritenregen und eine virtuelle Revolution. Und was haben wir bekommen? Eine gescheiterte Mars-Mission, eine Präsidentenwahl, die durch Handauszählung entschieden wurde, eine Wiederkehr der Fantasy im Kino, ein Tief der Internet-Industrie und einen handwerklichen Krieg.

Die Welt hatte sich auf Globalisierung eingestellt und in Genua getagt. Dabei erlebten die Globalisierungsgegner Folter, Kidnapping, Menschenrechtsverletzungen, Polizisten, die Frauen mit Gummiknüppeln zu vergewaltigen drohten, auf sie urinierten, ihnen den Brustkorb »eintraten« oder sie zwangen, Nazi-Lieder zu singen: Offenbar war die Welt durch Globalisierungsgegner besonders provozierbar. Diese Welt hatte nur Wirtschaftswachstum im Kopf, doch dann sollten sich alle Werte umwerten, die Pazifisten keine Pazifisten mehr sein, ökologische und humanitäre Fragen verdrängt und das Schlagwort von der »einen Welt«, in der wir alle leben, aus dem Rang einer Floskel in den einer Erfahrung erhoben werden.

Was die Bilder des Elends, der globalen Naturzerstörung, der Katastrophen, des Völkermords, der Migrationsbewegungen nie bewirkten, das gelang der Ansicht von zwei brennenden, dann kollabierenden Türmen. Mit diesem Schlag stand die Welt geeint gegen eine Sache, und es war wohlgemerkt nicht die Sache, die die meisten Menschenleben forderte, und es war auch nicht die Art Gegner, vor dem man sich durch Weltraum-Waffenschilde schützt, auch wurden leider die Ursachen der Katastrophe nicht in der ökonomischen Weltlage, in der Schulden-, Außen- oder in der Nahost-Politik des Westens erkannt, sondern im Fanatismus Einzelner, »Böser« oder »unfassbar Böser«.

Plötzlich wurde erfahrbar, dass jedes Problem an einem Ende der Erde zu einem globalen werden kann, doch lieber sprach man vom Kampf der »zivilisierten« gegen die »unzivilisierte« Welt. Doch wie zivilisiert war sie wirklich, die aufgeklärte westliche, und welche Werte hatte sie der muslimischen entgegenzusetzen? Der 11. September wurde ein dunkler Spiegel für alle.

Bald nach George W. Bushs umstrittener Wahl zum Präsidenten verurteilte die »FAZ« Europas »hysterische« Reaktion auf seine geistig moralische Wende. Aber erschien nicht die Realität selbst hysterisch? Bush, als Gouverneur der Mann mit den meisten vollstreckten Todesurteilen, als Kandidat aufgefallen durch außenpolitische Unkenntnis, vulgäre Pressekritik und Sprachschwierigkeiten, kündigte sogleich an, Schulen bevorzugen zu wollen, die sexuelle Enthaltsamkeit vor der Ehe propagierten. Er stoppte den Klimaschutz, das Rüstungsbeschränkungsprogramm mit Russland und revanchierte sich für die Wahlkampfhilfe der Waffenlobby mit Hochrüstungsplänen.

In Texas verordnete ein Richter Sexualstraftätern auf Bewährung ein Schild vor ihrem Haus mit der Aufschrift: »DANGER. Hier lebt ein registrierter Sexualstraftäter. Melden Sie verdächtiges Verhalten unter folgenden Nummern ...« In Afghanistan begannen die Taliban zeitgleich, ethnische und religiöse Minderheiten durch eine gelbe Markierung an den Kleidern zu kennzeichnen. Die Brandmarkung kehrte zurück, hier so fundamentalistisch wie anderswo.

Dann der 11. September, seine Schockwelle, seine Trauer, sein Voyeurismus. Die viel beschworene Spaßgesellschaft fiel ins Wachkoma. Die Bilder liefen als Endlosschleifen. Es war grauenhaft, und doch konnte man nicht genug bekommen. Im Westen nichts Neues also. Gewusst wurde wenig, aber mit viel, viel Gefühl brachten sich die Schreibtisch-Landser in Stellung.

Krieg ist, wenn es unpatriotisch wird, unkriegerisch zu sein. Der »Spiegel« zeigte sich bereit, auch ganz allein die freie Welt »gegen ein paar mittelalterliche Fundamentalisten« zu »verteidigen«, die »zu viele Schwarzenegger-Filme gesehen« hätten, und das, »auch wenn wir uns die nächsten Jahre die Zähne mit Mineralwasser putzen müssen«. Die Schlussfolgerung war zweifellos die schlichteste: »Wir werden unsere Art zu leben nicht ändern.« Eine Art, die exakt zu jenem Anschlag geführt hat. Welche fatalere Konsequenz hätte man ziehen können?

»Abtreibungsverfechter, Feministinnen, Schwule und Lesben. Ihr alle habt dazu beigetragen, das dies geschehen konnte.« So kommentierte Bush-Wahlkämpfer Jerry Falwell, ein christlicher Fundamentalist. »El Kaida«, raunte die Welt, die Terror-Hydra! Aber wie eine Organisation, die vom amerikanischen, pakistanischen, saudi-arabischen und ägyptischen Geheimdienst seit Jahren überwacht wurde, ein solches Attentat unbemerkt soll planen können, das blamierte entweder die Geheimdienste oder unsere Intelligenz. Unsere Intelligenzija blamierte es zumindest insofern, als man dort höhere Ansprüche an die Aufklärung der Trennung zwischen Naddel und Ralph Siegel stellt. Kriege wären eben nicht führbar, sagte man die Wahrheit über sie.

»Wer nicht für uns ist, ist gegen uns«, sprach Bush, und Schröder sekundierte mit der Versicherung »uneinge-

schränkter Solidarität«. Aber kann sich ein Kanzler mit ge-
borgter Macht »uneingeschränkt« über ein Volk hinweg-
setzen, das Einschränkung verlangt? Kann er den Übergang
eines Krieges in einen Exzess bedingungslos bejahen? Kann
er sich der Jagd einer Großmacht nach Terroristen an-
schließen, wenn diese Großmacht gleichzeitig Terroristen
selbst trainiert, wie die USA in der »School of the Ame-
ricas« (jetzt »Whisc«), wo seit 1946 die Folterer aus El
Salvador, die Romero- und die Estrada-Mörder, die Führer
dreier KZs von Pinochet und die seiner Geheimpolizei, die
der Todesschwadronen von Fujimori und Noriega, die Of-
fiziere der paramilitärischen Einheiten in Kolumbien und
Honduras ausgebildet wurden? Jetzt forderte Bush von
seinen ehemaligen Verbündeten, den Taliban: Wenn sie
seinen ehemaligen Verbündeten Osama bin Laden sofort
rausrückten, »dann werden wir überdenken, was wir mit
eurem Land tun«. Es ist diese Haltung, die den Amok provoziert.

Doch Bush musste diesen Krieg nicht nur zu Land und
zu Luft, sondern vor allem im Fernsehen gewinnen. Nicht
leicht, die afghanischen Ziele waren so ärmlich, dass sie
die Supermacht blamierten, die täglich ihre Treffer melde-
te. So wurde die Öffentlichkeit auf die Diät der Pressekonferenzen gesetzt und gern belogen.

Die Meinungsfreiheit endet eben meist, gerade wenn
man sie braucht. Wer künftig für Springer schreiben will,
muss sich per Arbeitsvertrag zu »Solidarität mit den USA«
verpflichten. Aber sollte jemand militärische Mittel für
falsch halten, ist er dann schon Anwalt des Bösen? Die
Welt gab es in Bushs Hand, unser aller Leben zu verändern, und verzichtete auf Mitspracherecht? Verzichtete
auf Völkerrecht, auf die Trennung zwischen ziviler und

nicht-ziviler Bevölkerung? Was »Grün« gewesen war, trug Camouflage, was man eben noch als Cowboy-Rhetorik bezeichnet hatte, galt jetzt als »große politische Rede«, und mühsam errungene Grundrechte wurden so komplett über Bord geworfen, dass sich der alte Präsidentenberater Gore Vidal an Hitlers Ermächtigungsgesetze erinnert fühlte.

Für solche Situationen der Gefährdung und Selbstgefährdung rühmen sich Staaten ihrer Rechtstaatlichkeit. Die bewahrt sie davor, die Gewalt über das Gesetz zu stellen, und legt in die Hände von Richtern, was jetzt Politiker in Händen hielten: Das Recht, »Hinweise« als »Beweise« zu deklarieren, einen Verdächtigen persönlich mit dem Tod zu bedrohen, die Zerstörung eines Landes als Kollateralschaden zu deklarieren. Denn wohlgemerkt wurde keinem einzigen afghanischen Bürger eine Mittäterschaft an den Attentaten nachgewiesen und keinem einzigen der ersten sechstausend in den USA verhafteten Verdächtigen überhaupt terroristische Gesinnung. Das Mitleid spezialisierte sich, aber nicht zugunsten der afghanischen Bevölkerung, die aus der Luft mit Hilfspaketen versorgt wurden, die in Minenfelder fielen. Humanismus war das Placebo gegen die Nebenwirkungen des Krieges.

Weltpolitisch schloss sich ein Kreis: Die Allianz gegen den Terror brachte Mächte zusammen, die sich früher aus humanitären Gründen Schwierigkeiten beim Warenverkehr gemacht haben. Jetzt saßen sie vereint gegen islamische Fundamentalisten zusammen und verschoben Milliardenaufträge: Putin und Bush, Schröder und Djang Zemin. So fuhrte der Anschlag auf das Welthandelszentrum zu einer nie dagewesenen Allianz der Welthandelszentren und so zu einer Verschärfung der Verhältnisse, die ein Motiv für den Anschlag bildeten.

In Deutschland hatte man sich eben von der hohen Würde des politischen Menschen ein eigenes Bild gemacht, als Rudolf Scharping und die Gräfin Pilati ins Wasserbad der »Bunten« stiegen und wenige Seiten dahinter Rezzo Schlauch im Waldtümpel dümpelte. Hatte die Politik auch wenig Format, so doch wenigstens Statur. Joschka Fischer hatte seinen Antrittsbesuch bei George Bush mit dem Satz gekrönt: »Wir haben das nicht zu kritisieren«, und »das« war eigentlich alles, von der Nicht-Unterzeichnung des Kioto-Protokolls an. Er vollendete sein Konvertitentum und wurde dafür von der Mehrheit der Deutschen, die zuletzt weder den Krieg wollten noch die Grünen, zum besten Politiker gewählt. Seine Person hatte er irgendwie ausgelagert.

Sein ehemaliger Parteigenosse Otto Schily hatte sich zeitweise mit der Vermutung herumzuschlagen, die El Kaida bedrohe das Arbeitsamt von Neumünster, denn dort waren angeblich Milzbrand-Erreger aufgetaucht. Die Ente half dann bei der Durchsetzung seines »Sicherheitspakets«. Jetzt hatten die Hardliner Hochkonjunktur von Schily bis Schill, und man konnte zeitweise den Eindruck bekommen, am besten für unser Rechtsbewusstsein wäre es, gar keine Rechte zu haben, allenfalls Rechtsextreme. Die könnten nämlich erklären, warum die Polizei auf der größten Berliner Demonstration ein Plakat konfiszierte mit der Aufschrift »Faschismus ist keine Meinung, sondern ein Verbrechen«, während ihnen Neo-Nazis mit Hakenkreuz-Emblemen dabei ungestört applaudierten.

Mehr Öffentlichkeit erhielt das Schachern um Ämter: Ob in den Peinlichkeiten der CDU-Kanzlerkandidatinnen-Kür, ob bei der Besetzung des ZDF-Intendantensessels oder des Hamburger Kultursenatorenpostens: Überall

die Soapwerdung des Erhabenen, und auch der brutalst-
mögliche Aufklärer Roland Koch schlug ein neues Kapitel brutalstmöglicher Aufklärung auf und verweigerte
seine Vereidigung vor dem Untersuchungsausschuss, weil
er fand, wir sollten ihm, der unbeeidigt schon einmal log,
unbeeidigt noch einmal glauben. »Brutalstmöglich« war
hier allenfalls der Machthunger.

Die Lieblingsfrage der Deutschen aber lautete: Darf
man schon wieder lachen, nicht: Darf man schon wieder
denken? Dabei entsprang die dann folgende Debatte über
Kindererziehung in der »Bildwoche«: Mehr Anstand und
»ein kleiner Klaps auf den Po«, empfahl der Anonyme
Mutterholiker Patrick Lindner, flankiert von Doris Schrö-
der-Köpf. Zur Belohnung für die Abrichtung der halslosen
Monster gibt es einen Riegel Schokolade, dessen Kakao
der Elfenbeinküste und zu achtzig Prozent der Kinder-
arbeit entstammt. Am Ende ist für die Entwicklung einer
vollständigen Persönlichkeit Begreifen doch wichtiger als
Betragen, und erst die »Pisa«-Studie verriet, dass es um die
Bildung noch schlimmer steht – vielleicht auch, weil selbst
die Gräfin Gloria noch glaubt, der Schwarze bekomme
Aids, weil er so gerne »schnackselt«.

2001: Eine Gesellschaft wendete, ehrte die Opfer durch
den Abbau von Grundwerten des Demokratischen und
des Humanismus. Haben sie das verdient? Hätten sie
das gewollt? Es war nicht schwer in diesen Tagen, in die
Schlacht der Leitartikel und Talkshows zu ziehen. Schwerer schien es, sich im Angesicht der Toten zu den Lebenden
zu bekennen und zu ihrer Menschenwürde, als Bekenntnis
zu einer Zivilisation, die vermeintlich so viel höher steht
als jene, die sie bedroht. Da aber selbst die Kirchen nur
abwechselnd »Bedenken«, »große Bedenken« und »per-

sönlich große Bedenken« gehabt hatten, die kritischen Stimmen aus dem Ausland importiert, die heimischen des »Antiamerikanismus« geziehen wurden, lernte man auch: Keine Kritik, keine Warnung hat die blinde Vergeltungslogik auch nur im Geringsten korrigiert. So hatte die nichtmilitärische Logik wenig Einfluss auf ein Jahr, das unser aller Leben wohl maßgeblich verändern wird.

Der Übergang der Lesekultur zur optischen Kultur hat sich auch in der öffentlichen Einschätzung ihrer Gefährlichkeit vollzogen. Anstoß nimmt das publizistische Bewusstsein unserer Tage immer an den Bildern der Gewalt, nicht an der Verschriftlichung des Horrors; der Zensur unterliegen immer nur die filmischen Darstellungen des Grausamen, nicht die literarischen; gefährlich ist ein Text immer nur, wenn er politisch wird, Bilder dagegen brauchen nur drastisch zu sein. Man stellt ein Verbot auf. Es gibt in der gesamten Kulturgeschichte kein Beispiel dafür, dass ein Bilderverbot wirklich eine Demarkationslinie gegenüber den ästhetischen Ausdrucksmöglichkeiten einer Zeit hätte ziehen können. Dem jüngsten Bilderverbot wird es nicht anders ergehen – aus vielen Gründen.

Auch der Politiker hat die Physiognomie des Helden: Er weiß immer, wo das Böse sitzt, wie es aussieht und wie man es kaputt macht. Die Reibungslosigkeit seiner Entschlüsse hat erkenntnistheoretischen Charme. Sie kommt aber nur zustande, weil der Politiker keine Psychologie hat, sondern ein Programm, sein moralisches Leben ist monokausal, darum ist er kein Charakter, sondern ein Substrat, das vom Begriff der strukturellen Gewalt zusammengehalten wird.

In der Darstellung der Gewalt bekämpft der Politiker das eigene Böse. Da er sich auf die Anerkennung der moralischen Indifferenz seines Handelns keineswegs einlassen kann, bildet die Gewalt das ärgste Skandalon seines Menschenbildes. Sie gehört der Politik in beinahe jeder ihrer Erscheinungsformen, sie bildet die Sprache einer hoch entwickelten Entfremdung, und sie gibt vom Menschen als potenziellem Täter, als Opfer oder als Zuschauer ein unscharfes Bild. Moralische Unschärfe und Unberechenbarkeit des Handelns bilden aber die staatsbürgerlichen Kardinallaster, und so bekämpft man in den Bildern der Gewalt auch diese moralische Unberechenbarkeit, die ohnmächtigen individuellen Herrschaftsversuche und die Leidartikulation derer, die doch dem Horrorfilm gegenüber immer nur Opfer sein können.

An der Art, in der Presse und Politiker ihren »Abscheu« vor der Gewaltdarstellung aussprechen, lässt sich ein ästhetisches Interesse ablesen, das ins Kulinarische tendiert. Bilder sind offenkundig nicht das Medium redender und schreibender Politiker und Publizisten. Ihre Anstrengung, vor »Empörung«, »Entsetzen«, »Betroffenheit« und wie die inflationären Ausdrücke alle heißen, nichts zu sehen, verleiht ihrer Rede erst ihre eigentlich interessante Perspektive. Denn weil sie nichts sehen, ihre Entrüstung also ohne Anschauung bleibt, erkennen sie auch nichts, und weil sie nichts erkennen, erkennt das Publikum auch nichts anderes als die aufdringliche Attitüde, die stereotyp die eigene gute Gesinnung präsentiert. Diese aber, das wird sich zeigen lassen, hängt bereits unmittelbar mit der dargestellten Gewalt zusammen. Der entrüstete Familienminister erinnert den Kinogänger deutlich an jenen therapierten Gewalttäter aus Stanley Kubricks *Clockwork Orange*, der vor den seriellen Grausamkeiten auf der Leinwand immer nur ausruft: »Ich hab es ja verstanden, Gewalt ist böse, ganz furchtbar böse«, und folgerichtig erwidert ihm der Arzt: »Tut mir leid, Alex, aber es reicht noch nicht.«

Die Gewalt, die die Empörung weckt, hat zwei Medien, die man getrennt betrachten kann: das Medium des Films und das der Unterhaltung.

Man sehe sich auf einem der kunsthistorisch berühmten Plätze in Europa, sagen wir, auf der Piazza della Signoria in Florenz um: Das zentrale Sujet der dort ausgestellten Plastiken ist die Gewalt: Herkulestaten, David, der Goliath erschlägt, der Raub der Sabinerinnen, Perseus mit dem blutenden Haupt der Medusa, Schlachtszenen. Man betrachte die Mosaiken im Baptisterium, die Spuren in Dantes Hölle hinterließen, man lese Dante selbst, man beobachte diese riesige ästhetische Menschenfresserei, jene Gemetzel im Namen der himmlischen Justiz, die kaum noch den Rechtsgrundsatz illustrieren, der ihnen zugrunde liegt, sondern sich schon ganz im Bezirk der losgelassenen sadistischen Phantasie verselbständigt haben, man betrachte die Versuchungen und Gerichte bei Bosch und Breughel, ferner die abgeschnittenen, auf dem Teller präsentierten Brüste der heiligen Agatha, aus denen noch Blutstropfen herausklickern, man betrachte den heiligen Laurentius vom Rost und seine Leidensgenossen bis hinauf zur grünlich verwesenden Leiche Christi, bis hinab zu Luzifers Torturen mit den feurigen Zangen und seinem Maul, das durch die Scham die Sünder hineinschlingt – das alles, ganz so detaillistisch umgesetzt wie es die bildende Kunst präsentiert, im Film, das alles müsste den pathetischen Minister sprachlos empören.

Und doch ist kunstgeschichtlich nachweisbar, wie sich der erbarmungslose Realismus der Gewaltdarstellungen in der Bibel in einen erbarmungslosen Verismus der Gewalt in der Kunst verwandelte. Glaubt man schließlich Dante und seinen zahlreichen Illustratoren die notwendige Verkopplung von Gewaltdarstellung und Strafidee? Erkennt man etwa in der Kakophonie der Gewaltbilder auf dem Florentiner Platz noch die redliche historienbildende und -abbildende Absicht? Oder muss man sich für überzeugt halten, hier sei die Gewalt selbst der Inbegriff künstlerischer Freiheit? Noch hundert Jahre über Leonardo hinaus bewahrte sein Grundsatz Geltung, demjenigen Werk sei das höchste Lob zu spenden, das der Natur am ähnlichsten werde. Die Formanstrengung in der Darstellung auch des Gewaltsamen offenbart ein geradezu fanatisches Mühen um die Lebenswirklichkeit dessen, was geschlachtet, gefoltert oder zerrissen wurde. Gemalt wurde, so detailgetreu es ging, darin figurierte selbst die Moral nicht mehr und noch weniger die Pietät, die jüngeren, verlogeneren Datums ist. Der Videofilm durchstürmt und wechselt die Bilder, dem heiligen Laurentius wird ewig die Haut vom Knochen schmelzen. Wird man also nicht bereits im Hinblick auf die sakrale Kunst einen Gewaltbegriff brauchen, der ohne das stereotype Attribut »menschenverachtend« auskommt? Oder wird der Minister seinen Fortschrittsbegriff gegenüber der Kunst der Jahrhunderte moralisch in Veranschlagung bringen?

Nicht anders verhält es sich in der Literatur. Der Renaissance-Handwerker Luca Landucci erwähnt beiläufig in seinem *Florentinischen Tagebuch*, wie man einen – übrigens schuldlosen – Fremden wegen Spionageverdachts so lange über glühende Kohlen gehalten habe, bis das Fett aus seinen Füßen getropft sei. Man erkennt an der Indifferenz des Blicks, der auf diesen Fußsohlen ruht, dass hier keine Moral vor die Präzision der Beobachtung trat: Landucci will sehen und sieht, und in diesem Vorgang allein erkennt er das Bild an, dessen politisch-moralische Begründung er zugleich verurteilt.

Dasselbe gilt für den Bereich des Phantastischen. Rubens malt das Haupt der Medusa im Verwesungszustand, Schlangen ringeln sich aus dem Inneren ins Freie, Luft- und Speiseröhre liegen durchschnitten, die abgetrennte Haut lappt in die Versammlung der Geziefer, die in den Kadaver eindringen. Die Legitimation der Darstellung war so oberflächlich wie auf andere Weise die bei Dante oder Bosch: Sie bestand im Verweis auf die Legende, die den Vorgang überliefert hatte. Das Gericht bei Dante, die Vision bei Bosch, sie haben keine andere ästhetische Funktion, als einen imaginativen Freiraum zu schaffen, in dem sich die Gewalt monarchisch platzieren durfte. Ihr beigeordnet wurde eben noch der Begriff der Schuld der armen Seele am Sankt Nimmerleinstag oder der Unschuld des dahingegangenen Märtyrers. Die Präsenz der Kronzeugen Recht und Schuld allein legitimierte alles, was den Opfern bildnerisch zugefügt wurde.

Geht man wahllos einen Schritt weiter, so könnte man zu den Märchen gelangen, die von keiner Historie und keiner authentischen Überlieferung mehr wesentlich bestimmt sind. Hier tanzen sich auf glühenden Kohlen die Stiefmütter zu Tode, oder sie werden in nagelgefütterten Fässern den Berg hinabgerollt. Die Stiefmutter ist die Schuld als Institution, ihre Gestalt per se der Vorwand für jede Marter und jede Exekution.

Dreierlei muss man im Hinblick auf die Geschichte der Gewaltdarstellungen festhalten. Erstens: In ihrem Verismus gingen die Medien bis an die äußerste Grenze ihrer darstellerischen Möglichkeiten. Zweitens: Das übergeordnete und schon chimärisch gewordene Gebot oder die Historientreue bildeten die Legitimation der detaillierten Beschreibung. Sie blieben den Inhalten der Darstellung selbst äußerlich und traten nicht als Pietät auf. Insofern war die Moral zwar anwesend, die Darstellung der Gewalt selbst aber hatte keine Moral. Drittens: Die sinnliche Anteilnahme setzte sich absolut, sie war rest- und maßlos, sie variierte nicht allein die Techniken der Marter in größtmöglichem Maße, sondern auch die Bilder, die diese hinterließ. In diesem Element aber ist die bildende Kunst wie Teile der Literatur noch über de Sade hinaus analytisch: Sie will wissen, wie das geschundene Fleisch aussieht, von außen, von innen, wie es platzt, zuckt und verfällt. Sie macht nicht Halt im Bezirk des Salonfähigen, sie ist eine Kunst ohne offene sittliche Konvention der Darstellung.

Bleibt nur noch zu sagen: Sie ist Kunst, und tatsächlich kommt man zuletzt auf diesen Begriff und alles, was ihn vage umgibt, wenn man die reinen Bilder des sogenannten Horrorfilms abzüglich ihrer kontextuellen Erscheinung, ihrer Produktionsform etc., mit denen der Gewalthandlungen der bildenden Kunst konfrontiert. Wenn man aber einmal so weit geht anzunehmen, auch das Medusenhaupt bei Rubens sei vornehmlich an der Präsentation des Ekelhaften und weniger an idealischen Vermittlungsgehalten interessiert, dann beginnen sich die Bilder – und der Horrorfilm malt oft eigentlich in Bildern und weniger in Handlungen – bemerkenswert ähnlich zu werden. Dann könnte es sogar so scheinen, als griffe eine jahrhundertealte Phantasie nach einem neuen Medium der Gewaltartikulation, einem Medium, das noch akkurater, noch näher, noch getreulicher am Nerv des Impulses zu bleiben vermag als alle vor ihm. Wohlgemerkt reagiert Kunst auf ein Ausdrucksbedürfnis, und so spekuliert auch der Gewaltfilm auf ein Bedürfnis, das er selbst nur zum Teil bilden kann, dessen Disposition aber bereits bestehen muss und gewiss nicht ästhetisch, sondern sozial determiniert ist. In dieser Hinsicht ist er in seinen wesentlichen Merkmalen konservativ, und er findet ein konservatives Echo.

Das zweite Medium des Gewaltfilms ist, wie gesagt, die Unterhaltung. Unterhaltung bildet die apriorische Definition der meisten Dinge, die heute unter dem Kulturbegriff erscheinen. Anders als die bildende Kunst sucht der Horrorfilm keine Betrachter, sondern Zuschauer. Er vermittelt seinem Publikum deshalb auch kaum die analytische Perspektive, die ihn bestimmt, sondern vielmehr den Reiz, der die Analyse hervortreibt. Der analytische Blick auf das Grauenhafte und Ekelerregende ist aber vom Schrecken, der diesem verbunden ist, nicht zu lösen. Es bleibt also fraglich, ob die Banalität jener Geschichten, an denen die Gewaltbilder mühsam befestigt werden, überhaupt noch mitgedacht wird angesichts des sadistischen Bildes. Vielmehr liegt es nahe anzunehmen, dass der einfältige Plot gerade gut genug ist, um den Umriss des Unernstes um den Ernst des unmittelbaren Bildes zu schlagen.

Die Unterhaltsamkeit dieser Filme ist also zwiespältig: In ihrer Rahmenhandlung verweisen sie den Zuschauer auf die Erfindung, den phantastischen oder spekulativen Zustand ihrer filmischen Prämissen, in ihren Gewaltbildern bestehen sie auf dem Schein des Authentischen. Erst diese Synthese macht die Unterhaltung aus. Nähme man die Regieanweisungen zur Inszenierung der Gewaltszenen zusammen mit den Werbeslogans – am prägnantesten vielleicht: »Nie hat es mehr Spaß gemacht, Angst zu haben« –, man erhielte mit der Psychologie der Produzenten zugleich die Physiologie des unterstellten Gewaltbedürfnisses.

Danach ist der Genuss der Gewalt zunächst gar kein

solcher, der sich an der Unmittelbarkeit des Schlachtens befriedigt, sondern daran, dies zu überstehen, und zwar in dem Doppelsinn, indem der Zuschauer selbst hernach mehr oder weniger lustlos weiterlebt und indem er den Bildern standhält. Werbung und Inszenierung der Filme kalkulieren mit dem Widerstand gegen die Darstellung. Der Genuss des Zuschauers ist einer der gewonnenen Konkurrenz, des Standhaltens; darin setzt sich das Wettbewerbsverhältnis gegenüber dem Film ähnlich wie gegenüber der Achterbahn durch. Zeugnisse von Dauerkonsumenten der Gewaltfilme belegen, dass der Inhalt dieser Produkte nicht nach Maßgabe ihrer »Problematik« oder formalen Qualitäten geschätzt wird, sondern nach der des faszinierten Abscheus, den sie erregen. Die Lust an der Überwindung dieses Widerstandes ist es, die das sportliche Verhältnis zum Grauen bestimmt.

Deshalb werden sich die Zuschauer auch meist weder mit den Tätern noch den Opfern identifizieren: mit den Tätern nicht, weil deren monströse Erscheinung und Moralität die Einfühlung förmlich verbietet, mit den Opfern nicht, weil diese als das Material der Täter weder besondere Sympathie erregen noch auch vorab durch ihre rein instrumentelle Einführung besondere Ähnlichkeit mit dem Zuschauer haben.

Die Identifikation liegt vielmehr in einem Zwischenraum: in der Anerkennung der Faktizität der gewaltsamen Handlung. Die Zustimmung trifft also zunächst nicht einzelne Repräsentanten der Handlung, sondern die Tatsache dieses Handelns selbst als Aufrechterhaltung des gewaltsamen Wettbewerbs. Der Täter ist der Film, in allen seinen Größen, das Opfer ist der Zuschauer, aber er ist ein Opfer, das übersteht. Deshalb ist die moralische Beschreibung der unmittelbaren Erfahrungen durch Versuchszuschauer meist eine posthume Anstrengung, deshalb liegt zum anderen der Nachahmungsreiz zunächst wohl nicht in der Reproduktion der Handlung im Leben, sondern allenfalls in dem Wunsch, einer vergleichbaren Situation auch im Leben als Voyeur beiwohnen zu dürfen. Nachdem aber die ontologisch höhere Sphäre der Wirklichkeit überall die der Bilder geworden ist, kann es kaum erstaunen, dass die Techniken der Ersatzbefriedigung raffinierter, drastischer, unmittelbarer geworden sind. Das Erleben zieht sich überhaupt ins Zuschauen zurück, dieser Prozess ist abgeschlossen, wenn vor der Möglichkeit unmittelbarer Erlebnisse ausgewichen wird, damit zugeschaut werden darf.

Unverkennbar hat dieser Prozess für die politische Wirklichkeit die gravierendsten Folgen. Der Staat ist ja selbst eine ästhetische Erscheinung, und indem man sich für ihn entscheidet, entscheidet man sich auch für die Bilder, die er in den Medien hinterlässt. Das mörderische Bild bleibt zwar hinter dem Videofilm zurück, es enthält aber allenthalben mehr Wirklichkeit als das arglose, und da der Staat in den wenigeren seiner Entscheidungen fühlbar in die Sphäre jedes seiner Untergebenen hineinwirkt, ist ihrer ästhetischen Erscheinung nach eine abstoßende Regierung besser als eine bloß hässliche. Wenn man hier kritisieren will, so muss man die Relation kritisieren, die sich zwischen dem Subjekt und seinen Bildern festgesetzt hat. Es ist die Affirmation der eigenen hermetischen Betrachterposition, die zur wirkenden Gewalt im Staate dadurch wird, dass sie gerade gar nicht wirkt, sondern sich die ästhetische Souveränität gegenüber der Wirklichkeit zu bewahren sucht.

In diesem Moment aber zweigt die Kunstgeschichte der

Gewaltdarstellung vom Naturalismus der Horrorfilme ab. Ihr ging es um die Erfassung der Totalität des Sinnlichen, ihm um die Monomanie eines einzelnen Naturverhältnisses; sie objektivierte in ihren Darstellungen einen Erkenntnisprozess, der Horrorfilm hingegen vereitelt die Erkenntnis, indem er einen Wettbewerb um die Gewaltwahrnehmung anstrengt, der die Individuen von der Teilnahme am eigenen Leben ausschließt. Alles, was man über die kathartische, die stimulierende, die dämpfende oder abstumpfende Wirkung von Horrorfilmen angeführt hat, hat seine Gültigkeit auf der Basis dieser fundamentalen Scheidung des Unmittelbaren vom bildnerisch Vermittelten. Im Verlust jeder Erfahrungsunmittelbarkeit liegt aber vielleicht die zentrale Begründung für die Affirmation der Entfremdung bis in den Tod. Gerade diese Affirmation hat aber eine entscheidende soziale Funktion: Durch sie hindurch hält sich der entfremdete Staat selbst stabil.

Es bleibt entscheidend zu beobachten, kraft welcher Techniken der Horrorfilm das Interesse des Publikums auffängt und dirigiert. Die eigentliche Gewaltdarstellung, so war erkennbar, geht analytisch vor. Wenn jemand einem anderen vor fünfzig Jahren im Film ein Messer durch das Wams bohrte, entstand ein Fleck, und der Gestochene verstarb. Heute wird nicht nur gezeigt, wie sich das Messer dort unter dem Wams auswirkt, es wird auch der Schnitt über den ganzen Körper verlängert, und die Kamera hält Schritt. Der Detailismus der Beobachtung treibt sich selbst an die Grenze; diese Grenze ist im heutigen Film einerseits durch die Begrenzung des fleischlichen Materials, durch die Ausdehnung des menschlichen Körpers gegeben, der in gewissen Zerstörungszuständen aufhört, menschenähnlich zu wirken, sie ist andererseits durch die Choreographie der Schnitttechniken nahe gelegt. So wie der Körper Stück für Stück der Veröffentlichung preisgegeben wurde, so wird er nun Stück für Stück zerstört.

Die Kamera hat hier vom Impressionismus Abschied genommen, sie spielt auch nicht an, sie umreißt nicht, sondern sie malt. In diesem Vorgehen zeichnet sie sich zugleich durch gänzliche Phantasielosigkeit aus. Liegt noch die Darstellung des »Obszönen« schließlich im Bereich der alltäglichen sexuellen Erfahrung, so bewegt sich die Gewaltdarstellung in dem des nur Vorstellbaren, und je abstruser das Gemetzel wird, desto dauerhafter badet es im ganz Imaginären. Der Horrorfilm aber erweitert diesen Raum nicht, er sucht den vorhandenen auszufüllen, er macht alles sichtbar. Die Geschichte der filmischen Gewaltdarstellung fährt vom roten Fleck bis zum herausquellenden Darm. Es gibt kein »dahinter«, kein »tiefer«, kein »so-oder-so«, der Film ist analytisch, aber er ist hemmungslos. Er sucht eigentlich eine Sprache der Organgefühle, und er durchmisst sie mit vielen präzisen Schnitten. Er zeigt kaum Tränen, und er spekuliert auch auf keine. Tränen gehören in den Bezirk des Ungefähren – »Wenn das Volk keine Leidenschaften mehr anschauen will«, hat Hebbel gesagt, »so hat es keine mehr.«

Zugleich ist der Film, der sich in dieser Weise herausgebildet hat, im höchsten Maße abstrakt, und zwar nicht nur durch die Form, in der er einen beschränkten Exekutionskatalog durchfilmt, sondern vor allem durch die Reduktion des totalen Lebens, die er dabei durchführt. Auch der Zuschauer weiß, dass das unmittelbare Dasein unabschließbar und komplex ist, aber er insistiert nicht darauf, dieses Dasein im Film wiederzufinden. Die einzige Realität, auf die er dort Anspruch erhebt, ist die der Gewalt, und, tiefer dahinter, die des Schmerzes. Der Horrorfilm abstrahiert folgerichtig meist von allen wahrscheinlichen Bedingungen des Lebens, seine Täter sind Monster, unkenntliche Phantasmagorien oder Psychopathen mit der sadistisch entstellten Physiognomie des entfesselten Untermenschen. Sie erscheint in entlegenen, sehr häufig hermetisch verschlossenen Räumen: einsamen Villen, Hotels, Kellern, Fahrstühlen oder von der menschlichen Gesellschaft abgeschnittenen Territorien. Die exklusiven Räume verbürgen die Autonomie der in sich rotierenden Gewalt. Kaum tritt diese auf, atmet der unwirkliche Raum Leben: Im Schmerz, im Schreck, in der Angst nehmen die Figuren das Publikumsverhalten vorweg. Wo die Figur ums nackte Leben fürchtet, empfindet der Zuschauer Angst vor dem Schreck. Das ist Wirklichkeit, hier tritt die Abstraktion in die Totalität einer Erfahrung über, die wahnsinnig vor Angst ist, weil ihr jedes erscheinende Detail ein Träger des Schmerzes, des Schreckens, der Beschädigung ist.

An dieser Stelle aber offenbart sich zugleich ein anderes Merkmal der gewaltsamen Inszenierung: Sie ist in ihrer Mühe um Realismus zutiefst manieristisch. Der Manierismus korrigierte das Schönheitsideal der vollendeten Natur durch die Darstellung des Unnatürlichen, natürlich Unmöglichen, das die Überlegenheit der Kunstschönheit über die der Natur beweisen soll. Der Horrorfilm übernimmt dieses Programm um so leichter, als es ihm so wenig um Schönheit zu tun ist wie um Wahrheit. Die phrasierte Detailauswahl des Ekelhaften, die er vornimmt, türmt auf die aufbrechenden Wunden die Schwären, Beulen und Quaddeln einer dermatologischen Lebenspraxis. Hier malt die Gewalt, hier entfernt sie sich durch die Steigerung des realistischen Prinzips vom Prinzip des Realen. Auch der Einsatz düsterer Musik ist hier ein Kennzeichen des Manieristischen, durch das die gefährliche Gestimmtheit des Raums ins Ausdruckshafte übertragen werden soll. Ihre Funktion aber bleibt den Bildern gegenüber arabesk: Der Gewaltbegriff hat sich künstlerisch bald vollständig auf das Optische zurückgezogen. Auch vom Schlagzeug fühlt man sich nicht verhauen, sondern man bewundert, wie es schlägt.

Als Artaud sein Theater der Grausamkeit propagierte, schrieb er, bei dem »Missbrauch, an dem unsere Sensibilität angelangt« sei, die auch vom Kino nicht mehr eingeholt werden könne, habe die Grausamkeit die Funktion einer »bis zum äußersten getriebenen, extremen Vorstellung von Handlung«; das Bild des Verbrechens auf der Bühne sei scheußlicher als das reale, das Theater deshalb die höhere Realität und es müsse die »mythische Freiheit des Traums« freisetzen, die das Publikum »nur dann wieder zu erkennen vermag, wenn sie mit Schrecken und Grausamkeit durchtränkt ist«. Die Illusion dieses Theaters war eine der totalen theatralischen Wirkung. Als in Buñuel/Dalís *Un chien andalou* ein Augapfel mit der Rasierklinge durchschnitten wurde, enthielt der mythische Schock, den das Bild auslöste, den Hinweis zugleich auf die Archaik des Tabus und auf seine eigenmächtige Überwindung. Buñuel hat diese Traumbilder wie schon die Gewaltszenen aus *L'âge d'or* triftig mit de Sades Freiheitstheorie begründet, und damit ist ein Begriff angesprochen, der in unterschiedlichen Prägungen auf de Sade, Artaud, Buñuel oder die Horrorfilme Anwendung finden kann: Es ist der der sadistischen Souveränität.

An der Gewaltausübung Lust zu entwickeln, ist ein Kennzeichen der Unterdrückung. In de Sades Gewaltbildern artikuliert sich die Phantasie als absolutes Machtprinzip. Die Gewalt macht sich die Welt untertan im Wortsinn, in ihr und durch sie wird das Ich zum Souverän. Hier besteht der Zusammenhang zwischen der Macht des Potentaten und der des befreiten Individuums, ein Zusammenhang, den Pasolinis *Salò* im Hinblick auf de Sade sicher falsch, weil realistisch und in wesentlichen Teilen auf konservative Weise geschlossen hat. Die Souveränität der Gewaltszenen aber stand etwa bei Bosch unter der einen moralischen Prämisse des Weltgerichts oder der Versuchung, der phantastische Raum, der sich darunter ansiedelte, war grenzenlos und frei. Die Kaskaden der grausamen Bilder bei de Sade enthalten ganz ebenso einen Hinweis auf die Autonomie der Phantasietätigkeit und der Motorik. Bei Bosch wurzelte die Moral in der Abschreckung, bei de Sade in der moralischen Destruktion, im Horrorfilm in der Angsterhaltung.

Die Souveränität, die der Horrorfilm nur imitieren kann, liegt entsprechend nicht in einzelnen Figuren, sondern im ganzen Film, in der Art der Zuordnung jedes Moments und jedes Details zum Schrecken. Diese Souveränität ist zusätzlich gemäß der besonderen Beschränkung der Situationen und Techniken gekennzeichnet von jener imaginativen Einfalt, die Oscar Wilde so zutreffend als »Verfall des Lügens« bezeichnet hat. Es besteht kein Interesse an Geschichten mehr, sondern an Effekten. Das ist historisch aufschlussreich: Zurückgedrängt in kleinste Einheiten repräsentiert sich das Leben nur noch als Schockreizung ursprünglichster Impulse. Müßig aber, die Zerstörung instinktiver Schutzmechanismen zu lamentieren, man blamiert sich nur vor der Geschichte. Herrn Geißlers Verhältnis zu den

Zombies ist dasselbe wie das Adenauers zu James Bond oder das der ersten Königin Elisabeth zu Lady Macbeth. Die Gewalt greift im Verlauf der gesamten Kulturgeschichte immer nach den Medien ihrer Artikulation, und innerhalb der Medien artikuliert sie sich immer drastischer und eindeutiger. Geschichtlich bleibt der Einwand gegen die Zombies schon deshalb hohl, weil sich die Zeit am Horizont abzeichnet, die sagen wird: Rührendes zwanzigstes Jahrhundert, mit deinen Kautschuk-Monstrositäten, deinen Horror-Surrogaten und deinem Gusto an malerischem Entsetzen! Diese Zeit wird ein ganz technisches Verhältnis zu unseren Antiquitäten des Scheußlichen haben, und der opernhafte Pomp der Gewaltinszenierung wird sich dann als das biedermeierliche Refugium einer Sentimentalität für Abgehärtete entpuppen.

Heute aber, da der Schock noch wirkt, steht die Souveränität noch auf dem Spiel, aber es ist nicht die eines zu befreienden Verdrängungs-Ichs, sondern es ist ein von sich und der Wirklichkeit kategorisch entfremdetes, das das Thema von *La belle et la bête* als Schlachtfest inszeniert. Dieses Bewusstsein gewinnt die Souveränität nicht selbst, sondern es reproduziert Angebot und Gestus, und zwar bevor es die Verdrängungen erkannt hat. Das Bewusstsein wird also an der Gewaltdarstellung wirklich nicht souverän, denn es produziert nicht und es partizipiert auch nicht, stattdessen tritt es zum Angebot in einen Wettbewerb ohne tiefe Berührung mit dem Material. Tatsächlich liegt das höchste Ideal, das Horrorfilme repräsentieren, nicht im Film, sondern außerhalb: in der Perspektive der Kamera, die mit nicht irritierbarer Beharrlichkeit das Ekelhafteste fixiert und auf ihm stehen bleibt. Das Ideal des Zuschauers ist es, die Maschine zu sein, die indifferent und ohne Zeichen von Subjektivität dem Tranchieren einer weiblichen Brust zusehen kann. In der stummen Notwendigkeit, mit der die Kamera dem Geschehen zusieht, in der Unabwendbarkeit der kontinuierlichen Einstellung liegt das Pathos des Schicksalhaften und zugleich der Impuls der Zustimmung, der nötig ist, damit das Schicksal des Wettbewerbs aufrechterhalten wird. Die Fixierung der Filmprogramme auf dieses Verhältnis spekuliert nicht auf potenzielle Handelnde, sondern auf solche, die gerne zusehen und sich im Zusehen immer unerbittlicher abhärten.

Der konservative Aspekt dieses Vorgangs aber besteht darin, dass die Unterhaltungsindustrie alle Energie darauf verwendet, die Menschheit von einer möglichen praktischen zu einer theoretischen Größe zu reduzieren; sie bekehrt diese Menschheit zu Zuschauern. Erst unter diesen Voraussetzungen wird endlich die Politik souverän, sie vollzieht sich ungestört vom Einfluss des Publikums. Die Interessen dieser Unterhaltung gehen folglich mit denen dieser Regierung völlig konform. Die Massenwirkung der Filme ist staatstragend. Ihr reales Pendant ist eine Demokratie ohne Demos. Die existenzielle Situation, die dadurch entsteht, ist für den Staat allerdings noch weniger relevant als der Existenzzustand der Natur. Die Unerreichbarkeit des Menschen hinter den Bildern lässt die Gewalt zum Kommunikationsmittel werden. Die Unberührbarkeit dieses Menschen ruft nach Verschärfung der Vermittlungsmedien. Die Unmöglichkeit, den Punkt zu erreichen, an dem er berührbar wäre, entspricht aber der Unmöglichkeit, den Sachverhalt auszumachen, durch den er empörbar wäre.

Hier schließt sich die Isolation gleich doppelt, nämlich

nicht nur gegenüber der Geschichte, sondern selbst gegenüber den Bildern dieser Geschichte. Es wäre ein Trugschluss zu glauben, die Verdrängung des Lebens ins Bild hätte das Beobachtungsvermögen geschärft. Bilder sind Abbildungen nicht von Dingen des Lebens, sondern von Erinnerungen, die das Bewusstsein noch an das Leben binden. Auch wenn dies Bewusstsein nie ein Monster gesehen hat, so erinnert es sich vor dem Bild des Monsters an eine Angst, ein Material, ein Größenverhältnis, die Textur einer Oberfläche. Die Unterhaltung macht die eigene Angst unkenntlich, aber sie spekuliert auf ihre Wiedererkennbarkeit. Die Wiedererkennung findet aber hauptsächlich gegenüber den anderen Bildern statt, in denen man früher bereits die Angst erkannte. Die Erfahrung der Angst vor den Dingen wurde irgendwann abgelöst von den Bildern der Angst und der Intelligenz, die Bezüge zwischen ihnen herstellt.

Der Film aber verdrängt mehr und mehr das Leben, das er abbildet. Die Bilder können nicht mehr abgetastet und gelesen, sie müssen übernommen werden in jener zentrifugalen Bewegung, die alles flüchtig macht und verschwinden lässt, das einmal das Material des Schreckens abgab. Die letzte Stufe der Gewalt liegt in der Entdifferenzierung der Wahrnehmung, jenes Mediums also, durch das das Bewusstsein die Wirklichkeit hat. Die Vermittlungsstörung zwischen Bild und Abgebildetem wird im Film als Genuss erfahren: Es ist der asketische Genuss, der erkennt, dass er keine Beziehung mehr zur Welt hat. So ergänzt sich die negative Freiheit, alles ausdenken und nichts tun zu dürfen, mit der positiven Einsicht, dass die Wirklichkeit unabbildbar geworden ist, und zwar erstens, weil von ihr buchstäblich keine Bilder hergestellt werden können, und zweitens, weil Bilder dieser Wirklichkeit als solche allgemein nicht mehr erkannt würden. Die massenhafte Phrasierung des Sehvermögens erfasst willentlich oder unwillentlich alle ihr unterworfenen Individuen durch die Allpräsenz jener Bildlichkeit unserer Kultur, die eigentlich das Ende der Bildkultur einläutet.

Der unpraktische Umgang mit der Gewalt im Leben entspricht danach ganz ebenso den Hypertrophien der Gewalt im Kino wie die nachlassende Fähigkeit, die Gewalt der Bilder in der Wirklichkeit überhaupt zu erkennen. Das gewaltsamste und meines Wissens ganz unkommentierte Bild dieser Tage ist das Terroristenfahndungsplakat, dessen Fotografien von den mündigen Staatsbürgern einzeln durchgestrichen werden, sobald die Fahndung Erfolg hatte, die Gesuchten festgesetzt oder getötet sind. Diese graphische Versinnbildlichung der Exekution illustriert das Ausmaß der strukturellen Gewalt samt ihrer Legitimation und ihrem guten Gewissen.

Wenn der Gewaltbegriff seiner öffentlichen Erscheinung nach aber nicht von der Erkennbarkeit der Innereien hinter Schnittwunden abhängt, dann ist es schließlich von entscheidender Bedeutung, die konventionell tolerierte Gewaltdarstellung, die »anständige« Gewalt also und ihre ideologische Verkleidung, in den Blick zu bringen, die zugleich massenwirksame also, die ihrer Struktur nach nicht nur jene andere ermöglicht, sondern sie auch an Folgenreichtum und Perfidie übertrifft. Die Rückkehr des Helden, von der man nun wieder spricht, ereignet sich in einem Film mit dem Titel *Indiana Jones*. Er hat keine Vorzüge als die der unverblümten Artikulation, deshalb taugt er zum Beispiel. Der Horror- oder Gewaltfilm, so ist erkennbar geworden, hat an der Moralbildung wenig Interesse, er kennt keine Helden, sondern einfach Überlebende, seine Monster repräsentieren nicht im unmittelbaren Sinne das gesellschaftliche Böse, sie sind fabelhaft oder krank; in seinen Grundkonstellationen bildet der Film die Gesellschaft nicht ab, sondern er sucht meist einen Raum asozialer Isolation. Das Grauenhafte hat auch hier den Status der Ausnahme. Moralbildend wirken dagegen solche Filme, die noch innerhalb der Koordinaten unserer Geschichtserfahrung stehen und dort in repräsentativer Weise den Katalog des Guten und Bösen aufblättern. Wo sie Gewalt vorführen, da erhält diese die Wucht des moralischen Arguments; es handelt sich hier also um legitimierte und legitimierende Gewalt, während es im Horrorfilm meist um eine moralisch indifferente Gewalt geht, die eigentlich als Artikulation des Naturprinzips auftritt.

Die Rückkehr des Helden, die die Werbung für *Indiana Jones* in Anspruch nimmt, bezieht sich auf die Erscheinung eines Subjekts, das zwar geistig schon einem Telefonbuch gegenüber kaum Überlebenschancen hätte, moralisch dafür aber mit der Nilpferdpeitsche argumentieren kann. Man darf aber auch den Begriff der Moral hier nicht überschätzen, denn er steht eigentlich nur für die Treffsicherheit, mit der der Held Gut und Böse unterscheiden kann, eine Treffsicherheit, die wiederum deshalb nicht so hoch zu veranschlagen ist, weil der Held selbst (und alles, was sich ihm verbindet) notwendig gut ist und folglich alles, was ihm opponiert, böse, inklusive der Kritiker. Das hat zwar keine Ähnlichkeit mit dem Leben, ist aber wenigstens nicht intelligent. Hat man jedoch die despotische Identifikationsfigur einmal als Inkarnation des kategorischen Imperativs angenommen, gerät man mit der Gewaltanwendung buchstäblich von einer Ideologie in die andere. Gerade das ist das eigentlich Aufschlussreiche dieses Films, der in diesen Tagen vielleicht zum meistgesehenen Film in der Geschichte des Kinos wird, dass er freilegt, wie die Expansion des Unterhaltsamen nur im Technischen und im Ideologischen stattfinden kann.

Es sieht so aus, als wohne die Unterhaltung grundsätzlich an der Stelle, an der auch die Ideologie noch vertieft werden kann: Die Frauen werden noch dümmer, und sie werden noch schlechter behandelt, das Sendungsbewusstsein des weißen Amerikaners wird noch radikaler, die Missachtung und Zerstörung von Fremdkulturen noch drastischer, die Deklassierung der Armen, Fremdrassigen und Primigenen noch zynischer, der Materialismus der moralischen Welt noch rigider und so fort. Die Unterhaltsamkeit der Ideologie liegt sicher in der Beruhigung, die sie gegenüber Phänomenen spendet, die der Erfahrung schwieriger, zusammengesetzter, widersprüchlicher vorkommen. Insofern handeln ungemischte Charaktere so sicher, weil sie sich so unangefochten von Erfahrung und Erkenntnis bewegen können. Es leuchtet einem also ein, dass ein orientierungsloses Publikum die einfältigen Ideale des Helden reproduziert, um sich der Frau, der Armut, der Heimat und Fremde gegenüber so sicher verhalten zu können wie er.

Die ärgste Wendung tritt im Film aber an der Stelle ein, an der eine dramatische Größe mobilisiert wird, die meines Wissens nicht nur völlig neu im Unterhaltungsgenre ist, sondern die auch dem Orientierungsbedürfnis des Publikums in keiner Weise mehr Rechnung trägt, vielmehr seinen Bildhunger durch Nähe zum Authentischen befriedigt: Auftritt die hungernden Kinder der Dritten Welt, kinokosmetisch abgemagert, dem Publikum als stumme Größe unserer sozialen Wirklichkeit spontan erkennbar. Das erste dieser Kinder flieht aus einem Gefangenenlager und bricht in den Armen des Helden nach Übertragung der Botschaft zusammen. Über den restlichen – und es sind Tausende, die in den filmischen Bergwerken auf geradezu metaphorische Weise zerschunden werden – geht die Peitsche der Aufseher nieder. Diese Bilder sind auf andere, tief moralische Art neu gegenüber den vertieften Blutwunden des Horrors. In einem Zynismus ohnegleichen kalkulieren sie die Ähnlichkeit eines magersüchtigen Komparsenheeres mit fünfzigtausend Kindern, die wirklich täglich am Hunger sterben, als eine Unterhaltungsgröße ein, die ihren sentimentalen Zenit erst erreicht, wenn der Held die Peiniger getötet, die Kinder befreit, die Wiedergutmachung Hollywoods abgeschlossen hat.

Man könnte einwenden, auch diese Bilder seien nur Reproduktionen von Bildern und abermals Bildern, auch sie hätten keinen unmittelbaren Bezug zu den Größen des »wirklichen Lebens«, die sie abbilden. Aber diesmal stimmt der Einwand nicht, denn was man hier Unterhaltung nennt, setzt sich zusammen aus Elementen einer freien Phantastik, die sich der Wirklichkeit nur zur Erzeugung der höheren Wirklichkeit der Bilder bedient, und Elementen unmittelbar erkennbarer Realität. Während auf der einen Seite eine filmische Schlägerei eine choreographierte Belanglosigkeit ohne Wirklichkeitsberührung sein kann, bleibt auf der anderen Seite ein Schwarzer ein Schwarzer, ein Krüppel ein Krüppel, ein Hakenkreuz ein Hakenkreuz. Auch der Unterhaltungsfilm dieses Genres kommt ohne Durchbrüche solcher unmittelbaren Realität nicht aus. Er beatmet das leere Pomposo seiner Fiktionalität mit dem Geist unserer Lebenswirklichkeit. So wenig man also in den Frauen, Männern und Taten des Films die des Lebens wiedererkennt, so sehr wird ein toter Wald im Film doch immer auf unsere Wälder, wird ein Heer fremdrassiger halb verhungerter Kinder doch immer auf die Kinder dieser sogenannten Dritten Welt verweisen. Es gibt folglich auch im künstlichsten Unterhaltungsspektakel Dinge, die sich durch Nähe zum vorhandenen gesellschaftlichen Horror der zentrifugalen Kraft der Unterhaltung entziehen. Wo sie im Film erscheinen, erhält das spekulative Material eine realistische Injektion. Der Film ist hier kein Märchen mehr, er stellt die Welt dar, und eben in den Elementen, die diese Wirklichkeit noch durchlassen, spricht er aus, wie sein moralisches Verhältnis zum Sozialen ist. Spätestens in diesen Bestandteilen kann der Film nicht mehr der aufgeklärten Abgeklärtheit einer amüsierten Intellektualität überlassen werden, spätestens hier muss man ihn auf seine Bilder und die in ihnen eingeschlossene Wertstiftung befragen.

An dieser Stelle aber präsentiert der massenwirksame Unterhaltungsfilm eine Bildlichkeit, die die »Unmoral« der meisten Horrorfilme blamiert, und da es sich dabei nicht mehr einzig um ein Phänomen der Bildkultur handelt, sondern um eines, das den moralischen *consensus omnium* betrifft, bleibt nur noch zu beobachten, wie sich die Gewalt der Bilder in den Text zurückverwandelt und wie das Urteil zum Begriff dieser Moral selbst wird.

Man unterstellt dem Konservatismus gewöhnlich, dass er für die Erhaltung des moralischen Status quo verantwortlich sei, man schließt es aus der Dauerregung seiner sittlichen Empörung. An der Form und an den Gegenständen dieser Empörung aber wird die eigentlich systemverändernde Kraft des Konservatismus offenbar: an der Form, weil die Entrüstung selbst die Erkenntnis der Gegenstände ganz verqualmt; an den Gegenständen, weil die Empörung über Schnittwunden und Innereien den Fortschritt zu einem qualifizierenden Gewaltbegriff vereitelt und stattdessen ein quantifizierender aufgerufen wird. Je mehr Blut zu sehen ist, von je tiefer her das Gedärm ans Licht befördert wird, desto anstößiger der Film. Damit sind die Maßstäbe der einzuhaltenden Sittlichkeit zwar eindeutig, aber irrelevant bestimmt. Dass sich die Moral einer Handlung nicht am Erscheinungsbild ihrer Folgen ablesen lässt, sondern an ihrer Intentionalität, wird privat jedem einleuchten, der bemerkt hat, dass an einem Mord nicht der Anblick der Leiche strafbar ist, sondern die Absicht zu töten.

Nur im Ästhetischen, so scheint es, gelten andere Maßstäbe. Hier wird das Aussehen der Wunde bestraft, nicht die Gesinnung, die Wunden beibringt. Mehr noch: Böse ist nur der Film, der die Wunde, die er beibringt, auch vorzeigt, harmlos derjenige, der die Wunde nur beibringt, sie aber wenigstens nicht zeigt. Die Kritik am Erscheinungsbild von Wunden im Gewaltfilm ist konservativ, weil sie nur den schlechten Geschmack verklagt und damit auf der historischen Reglosigkeit unseres Geschmacks in Gewaltfragen beharrt; sie ist systemverändernd, weil sie die Gewaltdarstellung überhaupt zur Geschmacksfrage macht und dies eben dadurch stützt, dass sie die Erkenntnis dieser Gewalt nach Kräften vereitelt und so die vage Vorstellung einer Sittlichkeit reproduziert, die die Stabilität der Konsummoral und damit die des eigenen Kritikergeschäfts gewährleistet.

Indiana Jones ist in der auflagenstarken deutschen Presse nirgends schlecht besprochen worden. Ein Film, der viel kostet, viel gesehen wird und also auch viel einspielt, ist niemals schlecht, sondern zunächst einmal populär, und ebenso will eine viel verkaufte Zeitung keine schlechte Zeitung sein und der Mehrheit den Spaß verderben. Wer allerdings Mehrheiten nicht einmal aus Gründen der Kunstkritik absagen kann, ist kein Demokrat, sondern ein Reaktionär, und so neutralisiert sich die Veräußerung der Kritik mit der reservierten Massenhuldigung zur Larmoyanz gegenüber der dargestellten Gewalt. Durch joviale Zurechtweisungen gegenüber technischen Mängeln bewahrt sich der Kritiker den Nimbus des Kritischen; was ihn hebt, ist die Gewissheit, zuletzt dem Film gegenüber doch intellektuell überlegen geblieben zu sein. Das gute Gewissen dieser »Kritik« beruht im grenzenlosen Vertrauen auf die moralische Integrität der Massenwirkung, der man vertraut wie ehedem und immer und die – gepaart mit der des Geldes – eigentlich die Existenzberechtigung von Kritikern aufhebt.

In dieser Ausrichtung waren alle Tageskritiken zu *Indiana Jones* einer Meinung. Ihr Unisono bildet die Stimme der Fachwelt zur Gewaltdarstellung, und deshalb und weil sie die Versprachlichung der damit verbundenen Moral in exemplarischer Weise vorführt, komme sie auch hier zur Sprache. Ich zitiere ohne rechtes Ansehen von Zeitung und Autor (denn das würde dem tatsächlichen Konformismus der Meinungen Gewalt und Ehre antun) die Stimme, in der sich auf allerrepräsentativste Weise das Unisono zusammenfasste. Der Kritiker Volker Hage vergleicht den Film nicht mit der Wirklichkeit, sondern mit anderen Unterhaltungsprodukten, die er kennt. Er bemerkt die Durchbrüche des Realen auch dort nicht, wo sie sich aufdrängen, entsprechend verkürzt und verfälscht er den Inhalt um das

Missliche. So wird der Leser zuletzt unterwiesen, trotz stellenweiser »Bravour«, einer »hinreißenden Szene«, sei der Rest »fad« und die Paraphrase schließt mit dem Satz: »Nicht jedermanns Geschmack, man könnte sagen: frauenfeindlich. Zu viel Aufhebens für einen Kinderfilm.«

Die Passage bildet eine Fundgrube für Philologen: Erstens ist der ganze Film und mit ihm die Frage der Gewaltdarstellung eine Geschmackssache. Man fragt sich, warum nun dies Kriterium nur ausgerechnet auf Horrorfilme nicht angewendet werden soll. Zweitens: Ideologie ist ebenfalls Geschmackssache. Die Frage, ob etwas frauenfeindlich ist oder nicht, bemisst sich demnach nicht am Tatbestand, sondern an der guten Laune. Drittens: Es gibt Produkte der Unterhaltung, in denen sich die Feststellung des Ideologischen einfach erübrigt. Wendet man diesen Grundsatz auf *Hitlerjunge Quex* oder *Jud Süß* an, reagiert der innerlich gefestigte Kritiker mit Schreck- und Abwehrgesten. Das Prinzip, das er aber eben aufgestellt hat, erledigt die gesamte Kulturkritik, erledigte auch den Kritiker, wenn er einer wäre. Schließlich viertens: Ob man Kinder mit Ideologien berieselt, ist so gleichgültig wie die Frage, ob man sie filmisch auspeitschen lässt. Die Moral und das ästhetische Urteilsvermögen dieses Konservatismus, das unterliegt keinem Zweifel, ist gewalttätig. Das Prinzip dieser »Kritik«, die sich nicht nur gegenüber Frauen und Kindern feindlich verhält, sondern schlicht »dem Menschen« gegenüber, das Prinzip dieser Kritik ist auch auf ästhetischem Gebiet eindeutig: Sie verhindert die Möglichkeit von Kritik, erfüllt also ihren Begriff nicht und wird im selben Augenblick zur düstersten Bestätigung all dessen, was besteht.

Zwei Wochen später war der Kritiker wieder im Kino. Diesmal sah er einen Horrorfilm mit dem Titel *Freitag der 13*., »ein zynisches Stück menschenverachtender Spekulation«, wie es in seiner Zeitung (vom 15. 8. 1984) heißt, ein Film, der »dem Zuschauer die Gnade des Wegblickens nicht mehr gönnt«. Eben diese Gnade hat sich der Kritiker dann selbst gegönnt. Etwa die Hälfte der Informationen, die er über den bloßen Hergang des Filmes gibt, ist positiv falsch. Einem Handwerker wird für solche Arbeit schon aus Gründen der öffentlichen Sicherheit die Lizenz entzogen. Aber auch hier soll ja nicht Erkenntnis vermittelt, sondern empörte Sittlichkeit vorgeführt werden, und nun ist zwar ein eingestandener Schock noch kein ästhetisches Urteil, aber die suggestive Anständigkeit bringt immer mehr Leser auf ihre Seite als die Erkenntnis, mit der sich notfalls sogar der Begriff der Kritik füllen ließe.

Wer aber an der Erkenntnis der Gewalt nicht interessiert ist, kann sich auch nicht ohne Bigotterie empören, und so ist die Ansammlung von Unwahrheiten über den Horrorfilm genauso aufschlussreich wie die der Auslassungen im Falle von *Indiana Jones*.

Dies alles sind Vorgänge, die im kritischen Haushalt unserer Unterhaltungskultur größte Allgemeinheit beanspruchen können. Wo Erkenntnis und Kritik ausbleiben, bildet die süffige sittliche Empörung in ihrer Imitation eines Verhältnisses zum Gegenstand das Surrogat dieses Verhältnisses. Das macht sie hohl, zugleich infantil, macht das allgemeine Verhältnis zur Gewalt arglos und zugleich entfremdet. Am Horrorfilm bemängelt der Kritiker, dass es der Film »nicht einmal zur Identifikation des Zuschauers mit den potenziellen Opfern bringt« – als ob das für irgendeine Gewaltdarstellung bei Bosch, Rubens, Cellini, Artaud, de Sade, Buñuel oder in großen Teilen der besseren Filmgeschichte gelte oder gelten müsste –, an der

Auspeitschung der Kinder aber wird der Kritiker schon dadurch zum Täter, dass er sie verschweigt, dass er nicht »zu viel Aufhebens« machen will. Er begreift nicht, dass diese Gesinnung, die sich nicht an Exekutionen, sondern an Schnittwunden, nämlich an der physischen Realität dieser Exekutionen erregt, dass diese Gesinnung die Horrorfilme selbst produziert. Wer von der Frage nach der ideologischen Erscheinungsform der Gewalt nicht »zu viel Aufhebens« machen will, trifft sich mit dem genießerischen Betrachter von Horrorfilmen auf dem Terrain des Geschmacks, auf dem man bekanntlich nicht streitet. Den abweichenden Geschmack mit Moral zu bezeichnen, bildet nur die Herrschaftsallüre einer autoritären Kritik, die so tut, als besäße sie ihren Gegenstand, und die ihn so wenig besitzt, wie der verfemte Dauerkonsument dieser Filme.

Aber die Beziehung zwischen dem Kulturkonservatismus und seinen Opfern ist noch dichter. Während der Konservatismus gemeinsam mit dem Staat auf einem moralischen Instrument mit einer einzigen Saite spielt und Heimat, Familie, Wiedervereinigung und andere Chimären zu Glaubensartikeln erklärt, verfüttert er auf der anderen Seite die Dritte Welt an die Unterhaltung. Er lässt dabei der verzweifelten Phantasie keinen Raum mehr, in dem sie der Wirklichkeit noch voraus sein könnte, als den des Horrors. Die Wirklichkeit hat aber in ihrer mondialen Schreckensausdehnung weit mehr Ähnlichkeit mit den Zerstörungen dieses Horrors als mit den mundgemalten Idyllen tagespolitischer Spekulation. Die Moral des Kritikers ist der Erscheinung der Wirklichkeit gegenüber doppelt inadäquat: Sie ist leer, wo sie ideal und sittlich ist, und sie ist bigott, wo sie sittlich sein müsste. Die Phantasie, die sich zwischen diesen Kulissen Wirklichkeit zufügen, die den Fakten gegenüber sogar einen Vorsprung bewahren will, wird aber dumm oder grausam, weil sie nicht verzweifelter werden kann als diese. Der konservative Geist, der ihr abverlangt, sie solle hinter der psychologischen Erscheinungsform unserer Wirklichkeit zurückbleiben, verlockt zur Bestätigung jenes Horrors, den er selbst, und zwar doppelt, produziert: praktisch, indem er zur Erhaltung der souveränen Sittlichkeit von Geld und Macht beiträgt, ästhetisch, indem er die Bilder dieser Sittlichkeit zwischen Ideal und Unterhaltung platziert und die verzweifelten Ausbrüche aus diesem Koordinatensystem nun seinerseits auch noch als »menschenverachtend« deklassiert. Wenn das Bewusstsein in Wunden wühlt, um sich zu unterhalten, hat es sich selbst verloren. Es sind die eigenen Wunden.

Man hat das Vatikanische Museum fast hinter sich, Raffaels Stanzen, die Sixtinische Kapelle und die Vaticana. Auf der Netzhaut tummeln sich noch die leidenden Opfer der Apokalypse, die Auferstehenden und die Erlöserfiguren, die Getretenen und die Erhobenen, die Heiden, die hinabmüssen, und die Getauften, die noch hoffen.

Doch dann stellt sich dem Besucher nicht weit vom Ausgang eine einzelne Vitrine in den Weg, bewohnt von etwas, das eine Hinterlassenschaft des Jeff Koons sein könnte: ein Plastikschwan mit seinen beiden Jungen, lebenswirklich und gefühlsecht hineingeklebt in ein künstliches Habitat, imponierend aufgerichtet und entschieden doof. Wer aber einen Schwanenhals macht, um nachzusehen, wie sich dieses erschütternde Exponat in den Vatikan verirren konnte, findet auf einem Messingschildchen die einzige und einzig befriedigende Erklärung: Dies ist das Gastgeschenk, das dem Papst anlässlich einer Audienz eines amerikanischen Präsidenten gemacht wurde.

Präsident und der Papst tauschen Schwäne aus! Ich sehe sie da stehen, zwei plastic hippies in hohen getäfelten Zimmern, gebeugt über eine Vitrine voller Schwan-Imitat, Innerlichkeit chargierend, und da alles Schenken auch ein Sprechen ist, lässt sich die Obertonreihe dieser kostbaren Kommunikation etwa auf den Begriff bringen: Zwei Pastoren, zwei Hüter des Volkes, verneigen sich vor dem tertium comparationis ihrer Verwandtschaft, der Unbeflecktheit, der Friedfertigkeit, der Unschuld.

So, liebe Staatsmänner und Präsidenten, soll geschenkt werden, nutzlos, als eine Verletzung des Tauschprinzips, aber doch ohne Demütigung für die Komplizen auf beiden Seiten. Ein Plastikschwan hat eine Halbwertszeit von etwa fünfhundert Millionen Jahren, das ist schon fast die Ewigkeit, und trotzdem hätte er diese Ewigkeit wohl nie erreicht, wäre er nicht in der Vitrine des Papstes niedergekommen. Ein perfektes Geschenk also: symbolisch für Geber und Empfänger, erhaben und doch materiell wertlos, ein Geschenk für den Herrn, der schon alles hat und im Überflüssigen seinen eigenen Überfluss genießt.

Der Austausch von Geschenken zwischen Menschen, die durch nichts als Zwecke miteinander verbunden sind, mag antiquiert wirken, ist aber mehr noch geradezu archaisch. Schon die Stammeshäuptlinge sogenannter primigener Völker unterlagen einer »Schenkungspflicht«, ihre Macht erlosch, sobald sie zu schenken aufhörten. Francis Huxley schreibt sogar: »Es ist die Rolle des Häuptlings, großzügig zu sein und alles zu verschenken, worum man ihn bittet; in einigen Indianerstämmen lässt sich der Häuptling immer daran erkennen, dass er weniger besitzt als all die anderen und den ärmlichsten Schmuck trägt.«

Entsprechend kommt es geradezu einem Rücktrittsgesuch gleich, wenn bei Lévi-Strauss ein Häuptling in seiner Verzweiflung ausruft: »Es ist aus mit den Geschenken, aus mit der Großzügigkeit, nun soll ein anderer großzügig sein.« Zur Kompensation seiner Großherzigkeit nämlich hat der Häuptling im Grunde nur sein Amt erhalten und darüber hinaus das Privileg, dieses zu vererben. Seine Macht drückt sich also nicht im materiellen Wohlstand aus, sondern in der Kontinuität der familiären Herrschaft. Moderne Monarchien dagegen bewahren ihre Sonderrechte auch ohne solchen Aufwand.

Dies dient zwar nicht als Parabel auf Präsident oder

Papst, könnte also als ethnologische Besonderheit abgetan werden, aber etwas bleibt bestehen: In der Person des Staatenlenkers sind Geiz und Macht unvereinbar, und das nicht nur aus psychologischen Gründen. Der Staatsrepräsentant spricht durch Geschenke den Wohlstand seines Volkes aus, selbst wenn niemand mehr an diesen glauben sollte. Er streift in seinem großzügigen Gebaren sogar die Verschwendung, nur um die Illusion einer gesunden Nationalökonomie aufrechtzuerhalten. Insofern besitzt das Staatsgeschenk doppelte Signalwirkung, nach innen und nach außen. Auch aus diesem Grunde wird vermutlich der Akt des Schenkens meist öffentlich vollzogen.

Und mehr noch: Eine Gesellschaft definiert sich nicht zuletzt durch die Organisation ihres Warenverkehrs. Beim Austausch von Geschenken unter Staatsmännern wird dieser Umstand auf eine sentimentale Ebene transponiert, wobei auch die Geschenke als bloße Statthalter und Repräsentanten ideeller oder archaischer Gesten fungieren. Gerade indem immer beide Seiten ihre Geschenke tauschen, etablieren sie eine sentimentale Währung, in der gleichzeitig die Prinzipien der Verhältnismäßigkeit festgelegt werden.

Einzig Gott und sein Statthalter besitzen das Privileg, einseitig Gabe und Hingabe zu fordern, ganz gemäß der Worte an Moses auf dem Berg Sinai: »Dass niemand vor mir mit leeren Händen erscheine!« In der irdischen Ordnung dagegen schreit das Geschenk nach dem Gegengeschenk. Als wolle sie diese Maxime unterstreichen, hat die Antike dem einseitigen oder unerwiderten Geschenk gerne zerstörerische Wirkung zugeschrieben, so dem Trojanischen Pferd, so dem Schmuck, durch den Medea Kreusa, die Tochter des Kreon und Jasons Geliebte, um ihr Leben bringt.

Unerwidert könnte die Gabe auch als Bestechungs-objekt betrachtet werden, so wie sie ja auch in der galanten Literatur die Verführung einleitet. Tausch ist deshalb un-erlässlich. Nur bewirkt das Staatsgeschenk in dieser Form eben nicht die Durchbrechung, sondern die Bestätigung der materiellen Prinzipien der Staatsmaschine, und so hat auch das vom politischen Repräsentanten überreichte Ge-schenk vielleicht einen Preis, aber meist wenig Wert und ist verdonnert, nachdem es symbolisch gesprochen hat, in ei-ner Kellervitrine auf seinen Eintritt in die Welt des Tinnefs oder der Antiquitäten zu warten.

Das Wechseln der Geschenke ist symbolisch nicht nur als gemeinsamer, sondern auch als Akt der Ebenbürtigkeit, verwandt der Geste des zusammen getrunkenen Weins in einem Ritual der Besiegelung. Eintragungen in mittelalter-lichen Registraturen zufolge, so hat Valentin Groebner nachgewiesen, wurden solche offiziellen Geschenke meist in flüssiger Form verabreicht: als Wein, gefüllter Pokal, Becher oder auch Becher voller Geld. ›Schenken‹ und ›Ein-schenken‹ gehören also nicht nur wortgeschichtlich zusam-men, sie bilden einen ideellen Zusammenhang.

Im Mittelalter verlangen gerade Krisenzeiten nach dem Austausch von Geschenken, die man übrigens in einer eigenen »Geschenkbuchhaltung« minutiös erfasst. Im öf-fentlichen Charakter des Geschenks werden so Bindungen, Rechtsverhältnisse, Verpflichtungen und Abhängigkeiten augenfällig, weshalb Zeugen, Verträge und Garantien ei-gentlich nur noch als flankierende Maßnahmen eingesetzt werden.

Gemessen an der hochdifferenzierten Kultur des poli-tischen Schenkens ist die heutige Kultur der Korruption degeneriert und ohne Pathos. Ein bisschen Anfüttern mit

Pralinen, eine kleine Vorteilsnahme, mal ein Bed and Breakfast mit der Haute volée der Finanztristesse, das ist schon beinahe alles, was die Grauzone rund um die eingleisige Großzügigkeit hergibt. Es reicht nicht, um aus Deutschland einen Staat von den literarischen Dimensionen Italiens zu machen, aber es reicht für den Ruf nach der finalen Ekstase der politischen Langeweile, dem »gläsernen« Abgeordneten.

»Transparency International« heißt deshalb auch die globale Anti-Korruptionsorganisation, deren Vorsitzender seine Arbeit der Überzeugung opfert, die Korruption widerspreche den »Prinzipien der Demokratie«, was erstens jede Staatsform für sich in Anspruch nimmt und zweitens nicht stimmt.

Auch in der Demokratie wird schließlich der Zugang zur Macht materiell gestützt, auch die Demokratie entzieht wesentliche Einzelentscheidungen dem Volksurteil, und auch an der sogenannten »Herrschaft des Volkes« nimmt dieses Volk nie leidenschaftlicher teil, als eben wo deren Prinzipien geschändet wurden.

Der Skandal der Korruption hat insofern eine hygienische Funktion: Er ist das wirksamste Mittel gegen Politikmüdigkeit. Nie zeigt der Bürger solch leidenschaftliche Anhänglichkeit an die Politik, als wo er sich übervorteilt und betrogen glaubt. Insofern bestätigt jeder Skandal die Volksmeinung, eigentlich lebe man in afrikanischen Verhältnissen, in einer Bananenrepublik, in einem verluderten, dekadenten und betrügerischen Staat, dessen Utopie – symbolisiert durch Embleme, Hymne und Repräsentanten – man gleichwohl wie seine bessere Hälfte patriotisch trägt. Genauso liebt der Bürger seinen Staat: materiell beschmutzt, ideell unbefleckt.

Die Politik vermittelt dem Bürger selten die Vorstellung der Transparenz, stattdessen erweckt sie die Idee einer im Grunde undurchsichtigen, von hoher Kompetenz gesteuerten, hintergründigen Veranstaltung, zu der der Einzelne keinen Zutritt hat. Gerade weil das so ist und gerade weil sich der Staat gerne als moralisches Massiv oder als das edelste Individuum darstellt, unterstellt der Bürger dem Politiker gerne einen dramatisch bewölkten Hintergrund der Absichten und Vorteilsnahmen.

Aber was bekommt er: Minister Krauses Putzfrau und Umzug auf Staatskosten, Streibls Amigo-Urlaube und Testfahrten auf Firmen-Motorrädern, Möllemanns Einkaufschips, Späths Traumreisen auf Unternehmerkosten, Schwaetzers Grußwort in der Immobilienfirmen-Zeitschrift, Scheels champagner-gesponserte Hochzeit, Stücklens Beteiligung an der Plenarsaal-Elektronik, Schwarz-Schillings Kabel-Nutznießung, Steinkühlers Insidergeschäfte … Nie gab es so viele Zugeständnisse an den kleinen Machthunger zwischendurch wie unter der Regierungskoalition der Ära Kohl, und doch ist all dies lässliche Sündigen zu nichts gut als zur immer neuen Hochkonjunktur der Worte »Selbstbedienungsmentalität«, »Unrechtsbewusstsein«, »Spitze des Eisbergs« sowie zur Pawlow'schen Forderung nach »schärferen Kontrollen und härteren Strafen«, gekrönt vom finalen »Spiegel«-Spruch: »Die Sitten sind verludert.«

Yes Sir, aber doch auflagensteigernd verludert, denn zu jedem Skandal lacht den Zeitungen Bargeld, obwohl man zugeben muss, dass die deutschen Korruptionsskandale der letzten Jahre lächerlich spießig und kleinteilig waren, dass die großen Schweinereien der Politik eben doch die sind, die nicht heimlich, sondern ganz öffentlich vollzogen werden, und dass es nicht die illegalen Gefälligkeiten sind, die zu politischen Vorteilen führen, sondern die ganz legalen Verwachsungen zwischen Konzernen und Parteien oder Gremien.

Zudem besagt der entscheidende Paragraph 108e des Strafgesetzbuches, dass zum Nachweis eines Bestechungsdelikts die »Unrechtsvereinbarung«, die materielle Beeinflussung des Abstimmungsverhaltens, erwiesen werden muss – was in der Vergangenheit kaum je gelang –, wobei Honorare für Beraterverträge, Gutachtertätigkeiten oder Vorträge delikaterweise nicht berücksichtigt werden.

Obwohl sich also Politiker durch Akte der Korruption um die Popularität der Politik verdient machen und ihre Entgleisungen im Hinblick auf die allgemeine Schlechtigkeit der Welt auch immer relativieren können, umgibt den Bestechungsakt dennoch das muffige Klima des Peinlichen.

»Wenn einer Wechsel fälscht«, bemerkte Oscar Wilde einmal tröstend, »sagt das noch lange nichts gegen sein Geigenspiel.« Man muss also schon eine sehr verzopfte Vorstellung von der kontinuierlichen Persönlichkeit haben, um zu unterstellen, der biedere Schnäppchenjäger sei deshalb schon ein schlechterer Politiker.

Nimmt man hinzu, dass die kriminelle Energie der Politiker in der Regel schwächer ausgebildet ist als der Spürsinn der Journalisten, und konzidiert ferner, dass Journalisten die Dienste der Firmen und Personen, über die sie berichten, in der Regel selbst viel schamloser in Anspruch nehmen als die inkriminierten Politiker, so werden Skandale vielleicht schon bald aussterben, weil niemand mehr da ist, der ohne Bigotterie über sie berichten könnte. Es kursiert ja schon heute das Prädikat »unbestechlich«

eigentlich nur noch im Geistigen. Da sind die Werte zwar höher, die Verluste aber geringer.

Leidenschaftlich interessiert sich die Nation für die Politik nur, wenn sie etwas weniger Kohl'sches Königsdrama ist und etwas mehr elisabethanische Rüpelkomödie. Das Volk hängt also an seinen Helden nicht mehr als an seinen Schurken, erwartet aber am Ende doch die Katharsis, zu der ein Politiker an die Rampe treten und sprechen möge wie jener mexikanische Taxifahrer, der 86000 Dollar in einer Tasche fand und selbst den Finderlohn ablehnte mit den Worten: »Ich dachte, wenn ich den Lohn annehme, verliere ich das Schöne in mir.« Zum Ersatz dafür gibt es Schwäne.

In einer Sterbeklinik in London, nachts: der junge deutsche Medizinstudent und der angejahrte schwarze Pfleger erhöht, hinter einer Glasscheibe den Saal überblickend. Zwanzig Betten zu ihren Füßen, Streulicht, kein verstehbares Wort, aber ein Ächzen und Seufzen, das bald so monoton wird wie der Soundteppich der Großstadtgeräusche vor den verhängten Fenstern.

Etwa zwanzig Sterbende, einige von ihnen sind in den letzten Wochen, hartnäckig mit dem Tod ringend, mehrmals mit der Letzten Ölung versehen worden und trauen sich kaum zu überleben. Andere wurden aus einer Unfalloder Intensivstation eilig hergekarrt, damit ihr Tod den Betrieb des Krankenhauses nicht belaste. Dritte wiederum scheinen, zwischen Tod und Leben zögernd, hier irgendwie geparkt worden zu sein. Eines aber verbindet sie alle: Wer hier anlangt, darf eigentlich nicht überleben.

Der deutsche Student und der gediente Pfleger überwachen schweigend das Lager der Sterbenden. Da gibt es Gesichter, die nach dem Nichts hungern mit pantomimisch säugenden Mündern, gibt es ruhelos über die Bettdecke streichelnde Hände mit abgespreizten Fingern, flüsternde Lippen. Der Deutsche zeigt auf einen erstarrten Krebskranken in der dritten Reihe: »He could be dead ...?« Kein Zittern, kein Flattern, kein Händezucken. Der Deutsche will aufstehen, um nachzusehen. »Wait«, der Pfleger legt ihm die Hand auf den Arm, »there may be another one in a minute.« Eine Stunde später lädt der herbeigerufene ›Porter‹ gleich zwei Leichen auf sein Rollbett und verstaut sie im Keller.

Das also ist es, was man mit einer anachronistisch gewordenen Wendung den ›natürlichen Tod‹ nennt, ein Vorgang der Entsorgung. Aber ist der Krebs-, der Infarkt- oder Aidstod noch ›natürlich‹, wenn er in seinen Ursachen auf die gewinnorientierte Zerstörung der primären Lebensquellen zurückzuführen ist? Wenn Wasser, Luft, Erde, Sonnenlicht und Nahrung mit Tod gesättigt werden, ist dann der Tod noch ›natürlich‹ oder ist er Resultat fahrlässiger Tötung? Und was hat der Vorgang des Sterbens heute noch gemeinsam mit dem Tod in jener Zeit, die das Wort vom ›natürlichen Tod‹ erfand?

Mit der Geschichte der Hospitalisierung hat auch das Sterben seine Individualität verloren und kollektiven Charakter angenommen. Denn zwar profitieren Patient und Gesellschaft von der Entsorgung und massenhaften Versorgung des Kranken in der Klinik, dieser selbst aber verliert die Kontrolle über sein Sterben. Man kann nicht beides haben, sagt man: die Segnungen einer Monumental-Medizin und die eines Todes, den man noch individuell erfahren kann.

Der Todkranke wird Objekt einer Medikamentisierung, die er nicht bestimmt, einer technischen Versorgung, die er nicht durchschaut, einer stereotypen Caritas, die nicht da ist, wenn er sie braucht, und die ihm als Verschärfung seiner Situation erscheinen kann, wenn sie Besitz von ihm ergreift. Tausende von kleinen täglichen Prozessen, die in der engen Welt des Todkranken Bedeutung haben, entziehen sich der letzten Hoheit seiner Bestimmung. Marotten, kleine Vorlieben, fixe Ideen, die für einen Sterbenden von gravierender Bedeutung sein mögen – vor dem Krankenhaus gelten sie nichts. Gestorben wird nach dem Gesetz.

So sterben die Menschen des 20. Jahrhunderts nicht mehr

ihren persönlichen Tod, sondern einen kollektiven, und sie sind auch vielleicht eher bereit als in früheren Zeiten, den Eingriff des Staates in die Sphäre ihres Sterbens zu dulden, wenn nicht zu billigen. Wenn man sich also bewusst macht, wie unnatürlich der ›natürliche Tod‹ eigentlich ist, so wird man sich wundern, wie beharrlich in der Öffentlichkeit darauf bestanden wird, nur dieser Tod sei sterbenswert.

Gegen Menschen, die für das Recht auf einen selbst verantworteten Tod mit dergleichen Selbstverständlichkeit plädieren wie für die Freiheit der Gattenwahl, machen Politiker und Religionsvertreter einen Begriff des Lebens geltend, der archaisch klingt, weil er Instinktives vergeistigt, der aber nicht archaisch ist, sondern ein relativ spätes Produkt der westlichen Kulturgeschichte.

Aus dem antiken Syrakus ist das Wirken eines Mannes überliefert, der Hegesias hieß und von den Zeitgenossen ›Peisithanatos‹ genannt wurde, weil er angeblich so packend vom Selbstmord erzählen konnte, dass die Menschen in Scharen aus den Bordellen strömten, um sich auf den Feldern aufzuknüpfen. Der Staat unterband den Selbstmord nicht, er erteilte Hegesias aber zeitweilig ein Redeverbot, weil eine Selbstmordepidemie befürchtet wurde.

Aus dem afrikanischen Kulturkreis wiederum berichtet Gottfried Benn von einem Stamm, bei dem der Sohn den Speer von außen durch die Zeltwand steckte, damit der alte Vater erkannte, es ist Zeit, und sich von innen dagegen warf.

Der Sachverhalt hinter den Anekdoten ist bezeichnend. Die Antike und der genannte Stamm erkannten im Leben selbst, in der Tatsache, dass geboren wurde, weder ein besonderes Verdienst noch einen moralischen Komplex, noch einen eigenen Wert. Geboren zu werden, das war ein natürlicher Prozess, und als solcher hatte er mit der Moral nichts zu tun.

Erst das christliche Abendland macht aus dem Leben einen Wert an sich, um den bis zur letzten Frist und mit allen Mitteln gerungen werden muss. Für das Christentum ist das Leben selbst schon gut, und wenn man sich aus diesem Blickwinkel die populäre Kultur der Gegenwart – Film, Videos, Werbung, Magazine – ansieht, wird man feststellen, dass die auf Jugend, Kraft, Potenz, Vitalität konzentrierte Kultur diesen christlichen Lebensbegriff geradezu hysterisch propagiert und Phänomene wie Alter, Krankheit, Tod, Impotenz allenfalls als Stimulantien der Lebensfreude einsetzt.

So ist eine Kultur entstanden, die allerdings eine Art ›Terror des Lebens‹ propagiert, von dem das unglückliche Bewusstsein förmlich erdrückt wird, und deshalb artikuliert sich dieses Bewusstsein innerhalb unserer gesellschaftlichen Öffentlichkeit allenfalls als Subkultur. Den Tod wie den Selbstmord umgibt ein Schweigen, das keineswegs damit zu tun hat, dass es sich hier um ein Tabu handelte – denn der Tod ist kein Tabu, wie man daran erkennen kann, dass immerfort von ihm geredet wird.

Das Schweigen rund um den Tod ist aber das Schweigen der Sterbenden und Selbstmörder, die innerhalb dieser Kultur, dieser Öffentlichkeit, zu keiner Sprache mehr finden, sei es, weil Menschen in Todesnähe leiser, sei es, weil sie langsamer, sei es, weil sie mit einer anderen Logik reden als jene, die fanatisch weiterleben wollen. Ein Teil des Konflikts liegt einfach darin, dass die Gesellschaft viele Sprachen der Euphorie kennt (und schon viele verdorben hat), aber keine des unglücklichen, des selbstmörderischen Bewusstseins.

Deshalb entgleitet derjenige, der nicht mehr in der Richtung des Lebens denkt und lebt, oft ganz der Kommunikation, er kann sich nicht erklären und für das Recht auf den freien Tod nicht plädieren. Seine Rede ist unverständlich vor Schlichtheit und voller nicht zu enträtselnder Symbole: »Bedaure meiner nicht, sondern freue Dich wie ich mich freue. Ein Kopfschuss, der nachher vom offenen Wasser überspült wird, soll mein Ende sein.« Oder: »Es wird ein Zettel zum Vorschein kommen da Sie es lesen können wo ich zu finden bin. Bin in der Aare zu finden.« Oder: »Die Milben überschwemmen mich wieder. Ich gehe in den Garten und mache meinem Leben ein Ende.« Oder: »Mein Kopfkissen soll man auch nach der U.S.S.R. schicken, aber wenn mein Sohn wünscht, kann er darauf schlafen.«

Wer kann sagen, dass das Bewusstsein, das sich so artikuliert, noch voller Gesetz ist? Wer kann sagen, dass staatliche oder christliche (d.h. nicht von der Bibel, sondern von der Scholastik ausgesprochene) Verbote noch mit diesem Bewusstsein kommunizieren, und wer kann wollen, dass Gesetzesvertreter, die nichts zu bieten, nur zu fordern haben, sich einmischen? Wer weiß, warum der Wunsch, das Leben auslaufen zu lassen oder es abzubrechen, warum dieser Wunsch von der Neuzeit stets als Skandalon empfunden wurde, so sehr übrigens, dass allein der Selbstmordversuch in England bis in die jüngere Vergangenheit hinein noch strafbar war?

Unter den sechs Selbstmördern des Alten Testaments sind solche, die zu Glaubenshelden wurden, und am prominentesten Selbstmörder des Neuen Testaments, dem Judas, wird gerade nicht sein Ende verdammt. Wenn man das Leben nicht nehmen darf, das Gott gegeben hat, so argumentierte schon David Hume, so darf man auch keinen Blitzableiter aufs Haus setzen, um Gottes Blitze abzuwehren.

Die Gegner der sogenannten Sterbehilfe aber argumentieren weiter: Wer jetzt den ›Gnadentod‹, die ›Mitleidstötung‹ nach ›Tötungsersuchen‹ postuliere, der übe gefährlichen Druck aus auf alle Kranken und Gebrechlichen, die sich in dieser Situation nicht töten lassen wollen. Als ob in dieser Sphäre eine bürokratische Regel und Verallgemeinerung gefunden werden müsste! Als ob der Selbstmord nicht in jedem Fall eine entsetzliche Arbeit, als ob er nicht etwas Außerordentliches, selbst den Todessüchtigen kaum Erreichbares wäre! Nur schiere Bürokraten können glauben, eine Lockerung von Gesetzen, von Möglichkeiten, sich dem Tod eigenhändig zu nähern, müsse die Selbstmordquote dramatisch ansteigen lassen! Allenfalls könnte eine Erleichterung der Sterbehilfe dieser Art dazu führen, dass sich Verzweifelte nicht auf die bestialischste Art um ihr Leben bringen müssen. Denn wer das Recht auf die Selbstbestimmung über das eigene Leben leugnet, der verhängt implizit eine Tortur, durch die der Verzweifelte zusätzlich bestraft wird.

Gesellschaftlich hat sich neben der immer noch rigiden Praxis inzwischen eine liberalere Denkweise zum Thema Sterbehilfe und Selbsttötung durchgesetzt. Weil der Komplex aber juristisch diffus erscheint, muss die Praxis zwangsläufig hinter der Überzeugung zurückbleiben.

Grundsätzlich folgt aus der Selbstbestimmung des Patienten, dass der Arzt nicht ohne dessen Zustimmung behandeln darf. Ist der Patient unzurechnungsfähig, in seinen Schmerzen oder angesichts seiner Betäubung ohne vollständige Selbstbeherrschung, so muss der Arzt, wie man sagt, den Willen des Patienten ergründen und entsprechend handeln. Sollte dieser die Absicht haben, sich umzubringen, so muss er fraglos im Besitz der ›Tatherrschaft‹ sein, muss sich also die tödliche Spritze, die der Arzt ›liegen gelassen‹ haben kann, selbst setzen. Wird er anschließend vom Arzt gefunden, so ist dieser jedoch gesetzlich verpflichtet, ihn ins Leben zurückzuholen – Umstände, die ausreichend erklären, warum aktive Sterbehilfe juristisch gefährlich, passive unsicher und das Klima rund um den Sterbewunsch von Heimlichkeit und Strafandrohungen umgeben ist.

Wenn man Selbstmord und Sterbehilfe weniger bürokratisch und weniger restriktiv begegnete, wenn man beide als Wege verstünde, Menschen die Erfahrung machen zu lassen, die ihnen zusteht, so wie ihnen ihr eigener Tod zusteht, dann möglicherweise wäre für sie gedanklich und praktisch der Weg frei, »die wichtigste Tat ihres Lebens aus einem Grunde zu tun«, wie Cesare Pavese über den Selbstmord schrieb. Dieser Ansatz einer Befreiung zum Tode würde vielleicht den Prozess des Sterbens erleichtern. Sicher aber würde er dem Leben selbst, dem euphorischen wie dem unglücklichen Bewusstsein, eine andere Bedeutung geben.

MENSCHENBILDER

Der eine oder andere von Ihnen, die Sie dies lesen, wird sich vielleicht fragen: Moment mal, warum sind wir zwei, der Eine und der Andere? Wer bin ich?

Eine populäre Frage, aber insgeheim weiß jeder die Antwort, denn jeder ist der Andere. Jeder, der morgens zwischen Pasing und Münchner Freiheit, zwischen Kellinghusenstraße und Schlump in der U- oder S-Bahn sitzt und stumpf vor sich hin sieht, tut dies im Bewusstsein, ein Anderer, eine Andere zu sein. Sie sehen alle das Gleiche auf die nämliche Weise, fühlen dabei identisch und malen im Kopf die gleichen Prospekte von Glück, Glanz und Ruhm. Alle sehen sie die gleichen Fernsehsendungen, schalten im gleichen Augenblick um, laufen in die gleichen Filme und fassen ihre gleichen Gefühle anschließend in die gleichen Worte. Woher also bezieht das Andere seinen guten Ruf, wenn nicht aus der Kraft des Immergleichen? Warum verzweifeln alle diese Individualisten nicht angesichts der Stereotypie ihrer Lebensläufe?

Und dann nehmen sie ihre Liebsten in die Umfriedung ihrer Wohnungen, in die nämlichen Schlafzimmergarnituren, unter die gleichen Bettdecken, wo sie ganz sie und nur sie sein können, wo sich ihre einzigartige Liebe entfalten wird, sagen sich die gleichen Tiernamen ins Ohr, wagen die gleiche Übertretung, baden in der gleichen Lüsternheit.

Sie müssten Amok laufen angesichts der Uniformität ihrer Rituale. Denn im gleichen Augenblick scheint die Sonne über Millionen Betten, in denen Millionen Synchronschwimmer gerade der identischen Choreographie der Liebe folgen. Alle ganz bei sich, nur bei sich, und doch wie alle.

Sie müssten den Glauben an die Persönlichkeit verlieren, bliebe ihnen nicht der feste Glaube an ihre Besonderung. Aussprechen dürfen sie das nie, denn alles, das nicht nur anders ist, sondern sich auch noch so nennt, heißt »arrogant«. In dem Punkt hat die Massenkultur gewonnen. Trotzdem pflegt ein jeder heimlich das Geheimnis seiner Individualität, und diese beginnt nun einmal in dem Gefühl, »anders« zu sein. Eigen, unverwechselbar, anders eben.

Als die Bürokratie aufkam, wurde die hauchzarte Individualität in einem Kollektivwesen aufgelöst: Den Staat interessierte nicht die Individualität seiner Bürger, sondern das Massenhafte seines Charakters. Das »Ich« war plötzlich Schnittpunkt öffentlicher Beschreibungen und Ansprüche, es wurde Steuerzahler, Familienvater, Heimatvertriebener, Pflegeberechtigter, Versicherungsnehmer, Trümmerfrau oder Teilzeitkraft.

Wer sein Ich also in Übereinstimmung mit jener Definition des Individuums erklären wollte, die der Staat anbot, hatte seine Individualität schon verloren. »Ich bin eigentlich ganz anders«, heißt es bei Ödön von Horvath. »Ich komme nur so selten dazu.« Das klang wie eine ironische Antwort auf Arthur Rimbauds berühmtes Wort: »Ich ist ein anderer.« Die Zeit sprach es ihm nach, und jeder begriff: Nicht nur vor der Bürokratie, den Wissenschaften, der Psychoanalyse weicht unser Ich zurück. Selbst wenn wir »Ich« sagen, spricht es etwas anderes aus, und das nehmen wir mit in eine Sphäre jenseits der Begriffe, der Sprache, der festen Formen. »Ich«, das ist der Inbegriff des Anderen und war es seit den Anfängen der Evolution.

Schon 1873 dämmerte dies dem Naturwissenschaftler Emil du Bois-Reymond, als er in seinem legendären Text

»Über die Grenzen des Naturerkennens« die »andere Grenze« unseres Erkennens ins Auge fasste: »Allein es tritt nunmehr, an irgend einem Punkt der Entwicklung unseres Lebens auf Erden, den wir nicht kennen, und auf den es hier nicht ankommt, etwas Neues, bis dahin Unerhörtes auf, etwas wiederum, gleich dem Wesen von Materie und Kraft, Unbegreifliches. Der in negativ unendlicher Zeit angesponnene Faden des Verständnisses zerreißt, und unser Naturerkennen gelangt an eine Kluft, über die kein Steg, kein Fittich trägt: wir stehen vor der anderen Grenze unseres Witzes. Dies neue Unbegreifliche ist das Bewusstsein.«

Vor die »andere Grenze unseres Witzes« gestellt, träumt die Zeit von der Erfindung des »anderen« oder »neuen« Menschen. Als Musil seinen »Mann ohne Eigenschaften« konzipierte, organisierte er die feste Welt um ein schwankendes, nie fest gewordenes Individuum. Unter dessen Augen wird auch die Realität unfest und zur bloßen Versuchsanordnung. Seinem Helden, dem »Mann ohne Eigenschaften«, hatte Musil in einer frühen Fassung des Romans den Namen »Anders« gegeben, es sich später aber noch einmal anders überlegt.

Das wichtigste innere Erlebnis dieses Helden, der schließlich »Ulrich« hieß, war der »andere Zustand«. Dieser Höhepunkt aller Erfahrungen, ein Zusammenfluss aus Euphorie und Erkenntnis, aus Glück und Wahrheit, hatte die Kraft, die Welt im Inneren zu entblößen. Musil hat Jahrzehnte mit der Konzeption und Beschreibung dieses »anderen Zustands« verbracht und die Literaturwissenschaft hat ihn doppelt so lange erforscht.

Am Ende ist dieses »Andere« vielleicht ein Topos der Sehnsucht: Nicht sein, als der man genommen wird, nicht leben, wo man lebt und in der Gesellschaft derer, die um einen sind. Anders sein, an einem anderen Ort, in einer anderen Welt, unter anderen Sternen – vielleicht meint dies gar nichts Konkretes mehr, und es handelt sich eher um ein Irgendwo, Irgendwie, Irgendwann, um die Aufhebung des Konkreten, um Sehnsucht und Erlösung.

Plötzlich war die Welt voll von »Anderem«. Als habe man früher immer nur das Eine und Gleiche gekannt, interessierte sich die Zeit plötzlich für die »Hinterweltler«, wie Nietzsche spöttisch anmerkte. Da war etwas. Hinter dem Realismus der Fotografie, jenseits der Maschinenwelt, hinter der Empirie der Naturwissenschaften. Alfred Kubins Roman »Die andere Seite« wurde zum Manifest der Phantastischen Literatur. Man brach in die Innenwelten der Rausch- und Traumwelten auf, suchte die wahrere Wahrheit in Halluzinationen und Delirien und speiste sich aus den Quellen uralter Geheimwissenschaften, der Kabbala, der Mystik und des Animismus.

Man interessierte sich für die sogenannten »primigenen« Stämme, schrieb über »Das Denken der Naturvölker« oder die »Negerplastik«. Den »Blick der Anderen« taufte man das, und unmerklich war dieses »Andere« zu einem besseren Ausdruck für »das Eigentliche«, »Wahre« und »Ursprüngliche« geworden. Sollten Materialismus und Psychoanalyse, Soziologie und Empirismus die Welt vermessen, der künstlerischen Welt tat sich die unermessliche Dimension des »Anderen« auf. Von jener Zeit an, als die Entdeckung des »Anderen« die Welt aus dem Positivismus erlöste, hat dieses Andere ein verführerisches Aroma bewahrt.

Sicher, es gab eine Zeit, in der man vom Schwulen sagte, er sei »vom anderen Ufer« oder »andersrum«, vom Irren fand man, er sei »anderweitig zu berücksichtigen«, und wer grundsätzliche Einwände gegen die Politik anmeldete, dem erwiderte man gern, er wolle einen »anderen Staat«. Was denn sonst? Denselben? Dann sollte das »Andere« ruhig das Wahre und Bessere sein! In dieser Bedeutung des Wortes nämlich schien es satt vom Geruch des Subversiven, Avancierten. Ein Hauch von diesem Flair umweht noch Simone de Beauvoirs Buchtitel »Das andere Geschlecht« – Sie meinen das stärkere der beiden schwachen Geschlechter, n'est-ce pas, madame?

Aber so funktioniert nun einmal die Dialektik öffentlicher Begriffsbildung. Im Grunde hat die Terminologie der Diskriminierung eine kurze Verfallsdauer: Sagt der Menschenfeind zum Behinderten »Krüppel«, gründet der Behinderte eine »Krüppel-Initiative«, beschimpft er das Freudenmädchen als »Hure«, organisiert es sich in der »Huren-Gewerkschaft«. Kaum ist die Diskriminierung auf dem Markt, wird sie von den Diskriminierten besetzt und umgedreht. Dann ist das Andere Teil des Einen und geht in diesem unter.

Mag sein, dass solche Geringschätzung auf die Wahrnehmung des »Anderen« zurückgeht. Aber sie lebt von der Oberflächlichkeit, nimmt am Afroamerikaner wahr, dass er von schwarzer Hautfarbe ist. Das reicht. Der echte Rassist will das Objekt seines Ressentiments nicht kennen, denn er weiß, hassen lässt sich nur, was man nicht tief genug kennt. Kein Hooligan läuft auf die Straße und schreit: »Ihr Anderen! Ihr dreckigen Anderen, ihr!« Die Sprache grenzt durch den Begriff des »Anderen« niemanden aus, und sie erklärt ihn auch nicht zur unerwünschten Person. Schließlich spielte Steffi Graf »Tennis vom andern Stern«, und war das etwa ein schlechterer Stern?

Allmählich hat sich der Begriff des »Anderen« dann trivialisiert. In der Nachkriegszeit konnte man noch jedes

Produkt anpreisen mit dem Aufdruck »neu«. Denn nur in der Warenwelt gilt das Neueste immer noch als das Beste. Aber als das Immergrün des Neuen verblasste, ersetzte man es durch das »Andere«. Jeder, der eine noch neuere Tütensuppe auf den Markt brachte, nannte sie »die andere Tütensuppe«. Im Chor der Fernsehanbieter behauptete sich »3sat« mit dem Slogan »anders fernsehen« und einer Reihe namens »Der andere Film«, und nachdem der Du-Mont-Verlag mit großem Erfolg Reiseführer für sämtliche Reiseländer der Erde produziert hatte, fiel ihm ein, dass man zwar die Geographie nicht ändern kann, aber den Blick auf die Geographie. Also entwickelte man die Reihe »anders reisen«, und seither hat man den Eindruck, die Welt ist vielfältig, weil man in ihr reisen und anders reisen, essen und anders essen kann. Darauf sind nicht die Touristen gekommen, sondern die Marketing-Strategen: Man muss den Verbraucher vervielfältigen, dann konsumiert er auf die eine oder auf die andere Art.

Und wie leicht ist dies Prinzip auf jeden neuen Markt anwendbar, und auf manchen alten auch. Konfrontiert mit dem »anderen Friseur« entdecken Sie plötzlich Ihren Überdruss an ihrem alten, gewöhnlichen, ja, eigentlich möchten Sie nur noch auf der anderen Seite der Marktwirtschaft leben und bedient werden. Wo liegt der Unterschied? Der »andere Friseur« spricht, Herr Weiper: »Der entscheidende Unterschied zu dem, was wir landläufig Friseur nennen, ist unser Motto: reinkommen – drankommen, denn bei uns gibt es keine Warte- und Anmeldezeiten. Wir wollen damit dem Zeitgeist gerecht werden, denn alle wollen wieder spontaner sein. (...) Der Salon sieht auch anders aus, weil das ganze Drumherum eines normalen Friseurgeschäfts fehlt. Wir haben keine Hauben oder andere elektrischen

Geräte. Aber vor allem riecht es anders in unserem Laden, weil jede Form von Chemie fehlt.«

Wir reden vom Haareschneiden. Aber im Finanzwesen geht es nicht weniger spritzig zu. Der »andere« Vermögensberater Ulrich Altmann sagt: »Ich gebe psychologische Geldseminare, in denen ich vor allem Selbständigen die Angst und Anspannung vor der Zukunft nehme. Ich bringe den Teilnehmern einen gelasseneren Umgang mit Geld bei. (…) Außerdem habe ich eine ökologische Produktpalette mit ökologischen Aktienfonds oder Kapitalanlagen bei Windkraftwerken und arbeite nach ethischen Maßstäben des Fair Play Versicherungsbüros.« Er wird außerdem »individuelle Lösungen« anbieten, denn die Sphären der Finanzspekulation sind durchsetzt mit Romantizismen der Erlebniswelt und Selbsterfahrung.

Für die Bücherwelt hat Hans Magnus Enzensberger unwillentlich diese Entwicklung zum »Anderen« begründet. »Die andere Bibliothek« nannte er seine in jeder Hinsicht exquisite Reihe, nicht ohne sich später für seine Namensgebung zu entschuldigen: »Damals, 1985, war anders noch keine Seuche. Die andere Bibliothek nannte sich so, weil sie tatsächlich anders lektoriert, gesetzt, gedruckt, gebunden, kalkuliert, eingepackt und verkauft wurde als andere Reihen.«

Als aber endlich auch das »andere« altbacken klang, erfand »Ikea« den Komparativ zu »anders« und taufte sich: »Das etwas andere Möbelhaus«. Nur wenige Jahre hatte die Konsumwelt gebraucht, und aus dem »Neuen« wurde das »Andere«. Das »Andere« aber ist eigentlich das Gleiche und das »etwas Andere« ist das »noch viel Gleichere«, so massenhaft und uniform überzog die Ikea-Ästhetik das Land, den Kontinent und schließlich die Welt. Während sich die Liebenden also jetzt mit der ganzen Wucht ihrer Individualität in die Kissen warfen, konnten sie sicher sein, dass das »verrückte«, das »etwas andere Möbelhaus« sie mit so vernünftig kalkulierten, so gar nicht anderen Einrichtungsstücken versehen hatte, dass die Welt des Anderen zu der des Einen geworden war. Fort war die alte Sehnsucht, aufgelöst in einer Grimasse.

Wir wären hier fast am Ende, doch es fehlt ein politisches Postscriptum. Nach der Wende verkitschte man nicht nur den politischen Slogan »Wir sind das Volk« zum unpolitischen Schlagwort »Wir sind ein Volk«. Ähnlich wurde, was früher »das neue Deutschland« gewesen war, zu »das andere Deutschland«, ein Euphemismus für »Dunkeldeutschland« oder ein Land, das weder neu noch anders ist, sondern verschwunden. Wer jetzt noch vom anderen Deutschland sprach, tat es mit Phantomschmerz, in der unausrottbaren Hoffnung, irgendetwas Eigenes und Anderes könne sich durchsetzen. Bärbel Bohley und Gleichgesinnte brachten sogar eine Zeitschrift heraus, die sich »Die Andere« nannte. Doch sie war so anders, dass sie bald vom Markt genommen werden musste, hatte sie doch Namenslisten von Stasi-Spitzeln publiziert.

Später haben dann selbst Margot Honecker und Luis Corvalan ihre Abrechnung mit der Wendezeit dem Titel »Das andere Deutschland« unterstellt. Aber bitte: Das kam viel zu spät und bewies, wie unvertraut die Autoren immer noch mit westlichem Marketing waren. Heutzutage braucht die Neu-Einführung eines Teilstaats in die Weltgeschichte mindestens einen Slogan wie: »FNL – Die etwas andere SBZ«, wenn nicht sogar »DDR – Das total verrückte Deutschland«.

Der Tausendkünstler. Über Goethe

Er lebe also hoch, der Größte unter den Toten, der toteste unter den großen deutschen Dichtern, der nun seit zwei Jahrhunderten jährlich tiefer in den Todesschlaf gestoßene, in durchwachten Schulstunden verblichene, in Denkmälern eingefrorene, schließlich in Jubelfeiern mit den Füßen im Werk einzementierte und von der Kultur-Cosa-Nostra in einem Meer der Feuilletons verklappte Dichterfürst, der kein Fürst und nicht vor allem Dichter war, er lebe hoch!

Von Robert Musil stammt der lapidare Satz, das natürliche Verhalten einer alten Kirchenfassade gegenüber sei nicht, dass man sie schön, sondern dass man sie alt finde. Goethe ist im künstlichen Klima der Fraglosigkeit, das ihn umgibt, so alt geworden, dass man ihn schon verachten möchte für seine Unfähigkeit, zum Zeitgenossen zu werden. Denn nur als Zeitgenosse – also auch als Gegenstand der Kritik – widerlegt der tote Künstler die Beleidigung, ein »Kulturgut« zu sein.

Wir wissen mehr über Goethe als er über sich wusste, und tun so, als werde sich erst nach diesem Amoklauf des Wissens das Werk entschlüsseln. Aber wie sich ein Leichnam nur zu bewegen scheint kraft der Maden, die sich in ihm tummeln, kommt uns Goethe schon lebendig vor, bloß weil wir für unsere Ratlosigkeit von Gedenktag zu Gedenktag einen immer neuen Ausdruck finden. So wurde auch zum Anlass seines 250. Geburtstag um Goethe eine Materialschlacht der Fakten geschlagen, in der eher ermittelt als interpretiert wurde. Eine solche Recherche treibt man nur für tote Dichter und lebende Staatsfeinde.

Deshalb lasen sich die Gedenkartikel manchmal wie Fahndungsprofile.

Diesmal hat man die schöne Leich' zu reanimieren versucht, indem man den Nachweis antrat, der große Mann sei gewesen, was man im Rheinischen »ne fiese Möpp« nennt. Nun wird ein Mensch nicht dadurch lebendiger, dass er unsympathisch ist, und selbst dass Roman Herzog vor zu viel Goethe-Verehrung warnte, weckte den Schlafenden nicht, nur die Weimarer. »Da man an mein Talent nicht rühren kann«, hatte Goethe noch selbst lamentiert, »so will man an meinen Charakter.« Tatsächlich ist es einem Werk gegenüber völlig irrelevant, wie nett der lebende Autor oder wie konsequent er in der Einhaltung der eigenen Statuten war – »dass einer Wechsel fälscht, sagt nichts gegen sein Geigenspiel«, befand Oscar Wilde.

Vor dem Anspruch seines Werkes jedenfalls besteht auch Goethe nicht, dichtet »edel sei der Mensch, hilfreich und gut« und setzt sich zeitgleich für das Todesurteil gegen eine Kindsmörderin ein; verbittet sich »den zweideutigen Titel, ein Freund des Bestehenden zu sein«, wirkt bei Hofe aber als konservative Kraft; imaginiert im »Werther« eine klassenlose Gesellschaft, tritt im Leben aber gegen die Ansprüche der Bauern auf; ist juristisch ausgebildet, stimmt aber dem Verkauf von Sträflingen als Söldner zu; verachtete Höflinge, wird aber selbst einer; tritt für die Freiheit des Geistes ein, aber ebenso für die Zensur.

Goethes Werk ist nicht stringent, sondern eklektisch, aber auch der Autor versteht sich nicht als Einheit, sondern als »ein Kollektivwesen, das den Namen G o e t h e trägt«. Wenn etwas modern ist an Goethe, dann dieser geradezu postmoderne Blick auf sich und das Werk. In seiner »Archäologie des Wissens« hat Michel Foucault viel später ganz ähnlich appelliert: »Man frage mich nicht, wer ich bin, und man sage mir nicht, ich solle der gleiche bleiben, das ist eine Moral des Personenstandes; sie beherrscht unsere Papiere. Sie soll uns frei lassen, wenn es sich darum handelt, zu schreiben.«

Mag man ihn im Schreiben frei gelassen haben, als Autor war Goethe – »der Tausendkünstler«, wie Herder ihn nannte – trotzdem ein Meister auch des Selbst-Managements. Zwar schrieb er mit dem »Werther« den ersten Bestseller, erreichte aber diesen Ruhm nie wieder: »›Ach, das Publikum‹, seufzte Goethe«, heißt es schon in den Gesprächen mit Eckermann. Zwar wurde er mitunter schlecht verkauft, noch schlechter rezensiert und erlebte mit dem Absatz seiner Gesammelten Werke ein Fiasko, trotzdem diktierte er den Verlegern geradezu unverschämte Bedingungen und machte sich an so hybride Projekte wie »einen Roman über das Weltall« zu schreiben oder die Lücke zwischen »Ilias« und »Odyssee« durch die Abfassung einer »Achilleis« zu schließen. Zwar reiste er inkognito, wollte aber durchaus erkannt werden. Mit festem Blick auf die Nachwelt vernichtete er Briefe und verfängliche Notizen und bereitete kommende Zeiten auf ihren »Goethe« vor. Das gelang.

Doch wem hat sich Goethe je altruistisch gezeigt, wen hat er selbstlos gefördert, wem Platz gelassen? Mögen die Zeitgenossen unisono Goethes »Kälte« beklagen, Jean Paul sogar schreiben, es gebe »keinen frostigern Gesellen auf Gottes Erdboden«, mag der Naturwissenschaftler Emil Du Bois-Reymond später von Goethes »wertloser und totgeborener Spielerei« auf dem Feld der Naturforschung sprechen, der Schatten des Olympiers fällt quer über das 19. Jahrhundert in Deutschland, über Immermanns »Epigonen«, Mörikes und Raabes Bildungsromane bis in die ersten Jahre unseres Jahrhunderts. 1857 erscheinen in Frankreich Baudelaires »Blumen des Bösen«, in Deutschland beendet Stifter den »Nachsommer«, ein Buch, goethischer als Goethe. Ein ganzes Jahrhundert scheint die bürgerlichen Beschaulichkeiten des deutschen Romans von den morbiden Nachtschattengewächsen Baudelaires zu trennen, ja, es sieht aus, als liege Goethe aufgebahrt im 19. Jahrhundert der deutschen Literatur und hielte die Autoren im restaurativen Bann.

Das aber ist gleich doppelt erstaunlich. Einmal ist in seinem Werk selbst alles Abschied. Die Feudalgesellschaft weicht der bürgerlichen, eine Epoche geht zu Ende, und Goethe begleitet sie mit Wehmut, mit Abschiedsgesten und Entsagung. Am Ende hat er sein Werk wie ein Mausoleum errichtet über der verlorenen Zeit.

Zugleich ist ihm, was sich in seiner Epoche als Moderne regte, zuwider. Da interessieren sich Autoren plötzlich für das Spirituelle, Paranormale, Psychologische, für den Liebeswahn, die Entgrenzung, den Tod. Der aufgeklärte Mensch wird mit einem Mal nicht mehr auf seine Rationalität beschränkt, vielmehr das Nicht-Rationale als Teil der Vernunft begriffen.

Wer Goethes Balladen, seine Lyrik insgesamt, wer die Gestalt der »Mignon« oder des »Mephisto« betrachtet, wird einwenden, Goethe habe an diesem Prozess durchaus teilgenommen. Er hat im »Werther« die Innerlichkeit zur öffentlichen Angelegenheit, hat die Liebe zur Naturkraft erhoben. Geheuer aber war ihm die Vernunft jenseits der Vernunft keineswegs. Er fand sie bei Kleist und begegnete diesem mit so viel »Schauder und Abscheu«, dass Hofmannsthal später schreiben konnte, der »Greis von

Weimar« habe »Kleists Seele getötet« – wie die von Lenz, Merck oder Schubert. Das Genialische an Schiller oder Hölderlin ließ ihn kalt.

Dem Tod wich er nicht nur aus, seine Befangenheit hatte paranoide Züge. Vier Kinder sterben ihm, im Tagebuch fehlt jede Notiz. Den Leichenzug der Frau von Stein leitet er absichtlich fern vom eigenen Haus zum Friedhof. Zu Schillers Begräbnis erscheint er nicht, und selbst die eigene Gattin lässt er elendiglich alleine sterben. Diese Obsession mag oberflächlich damit zu tun haben, dass Goethe oft und schwer krank gewesen ist, sie verrät aber auch eine tiefe Verunsicherung allem gegenüber, was er nicht beherrschen konnte, und greift in dieser Hinsicht tiefer in das Werk ein als seine Charaktermängel.

Wenn seine Manuskripte heute gefunden worden wären, und wir Nachgeborenen sie nicht hätten kanonisieren können, wir wären vielleicht betört von der enzyklopädischen Neugier, der Vielgestaltigkeit des Wissens, der Stärke des Ausdrucks, aber vielleicht wären wir gleichzeitig nüchterner in der Bewertung des Bleibenden, abgekühlt von der Kälte der Beherrschung, dem Ebenmaß der formalen Gestaltung, dem ständigen Ausgleich, der Kontrolle, die dieses Werk fast unbarmherzig über sein Material auszuüben scheint.

Distanz ist in der Kunst bekanntlich die erste Bedingung für die Annäherung an das Werk: Unsere Zeit ist ironisch und lakonisch, Goethe ist es nicht. Wir haben den Glauben an die Aufklärung verloren, Goethe vertraute ihr tief. Er wies der Dichtung eine ethische Aufgabe zu, wir reagieren allergisch auf Botschaften. Er war ein Ziehkind Weimars, wir sind Enkel der Weimarer Republik. Er träumte von einem humanen Staat, wir haben ausgeträumt. Er wollte auf die Nachwelt kommen, die Nachwelt sind wir.

Als Goethe am 6. 11. 1970 exhumiert wurde, war der Lorbeer noch frisch, der Rest müffelte. Weh dem, der Symbole sieht!

Der erste Privatmann. Über Samuel Pepys

Am 13. Juni 1667 packt Samuel Pepys, ein »Neureicher« und später einmal der wichtigste Mann in der englischen Marineverwaltung, seine Wertsachen, Gold, Silberflakons, Schmuck und andere Kostbarkeiten, die seinen Aufstieg bezeugen, um sie vor den holländischen Truppen auf das Land zu retten. Seiner Cousine Sarah und ihrem Mann übergibt er schweren Herzens außerdem vier in Kalbsleder gebundene Kladden, die mit dem Übrigen an einem sicheren Ort vergraben werden sollen. An dieser Stelle fällt der einzige Satz in seinen »geheimen Aufzeichnungen«, der von der Wertschätzung des Autors für seine tägliche Schreibarbeit kündet: Ich packte auch meine Journale, schreibt er, »die mir sehr kostbar sind«.

Warum genau, wissen wir nicht. Denn wir wissen ja nur unbestimmt, warum er sie führte. Warum verlässt ein Mann, dessen Tage übervoll sind mit Ereignissen, Beobachtungen, Aufregungen, einer, der vom Leben nicht genug bekommen kann, warum verlässt er täglich seine alltagspraktische Welt und widmet sich der zeitraubenden Beschäftigung des Schreibens? Will er unsterblich werden? Dazu ist sein Selbstporträt zu wenig schmeichelhaft. Sieht er sich als Chronist? Dazu nimmt die Historie nicht genügend Raum ein. Versteht er sich als Schriftsteller? Dazu sind seine Eintragungen zu wenig ambitioniert. Wünscht er sich vielleicht, später einmal in die »verlorene Zeit« zurücktauchen zu können?

In den 3100 Seiten Aufzeichnungen aus zehn Jahren jedenfalls findet sich kein Hinweis, dass er je zurückgeblättert, je Vergangenes noch einmal gelesen hätte, und wäre es anders, wie sollte man erklären, dass er die zahlreichen Klammern, die er offen ließ, wo er Fakten nachtragen wollte, nie füllte? Möglich, dass für Samuel Pepys das Schreiben seiner Vitalität verschwistert war, dass es intensiviertes Leben bedeutete und es ihm erlaubte, sein Leben schreibend zu steigern.

Eine Begründung hierfür wäre vielleicht in einem Ereignis zu suchen, das zwei Jahre vor Beginn seiner erhaltenen Tagebuch-Notate sein Leben prägte: Am 26. März 1658 entfernt man ihm einen schweren Nierenstein. Dem Tode knapp entronnen, feiert er diese Operation wie eine Wiedergeburt und begeht den Tag Jahr für Jahr mit einem Essen. Zwei Jahre vor seinem Tod sollte ihn dies Leiden neuerlich ereilen. Erlegen ist er ihm nicht.

Doch der Mann, der schon als Kind oft krank war, der die Nierenstein-Operation überlebte, er scheint von gesteigerter Empfänglichkeit gegenüber allem Erfahrbaren, dem Sinnlichen, er verdichtet alles zur Lebensfreude, selbst seinen Ärger. Er genießt selbst die Krise, in der er lebt, in der er nicht schlecht lebt, und wie sehr ihm seine Zeit und seine Geschicklichkeit dabei entgegenkamen, zeigt nicht zuletzt sein materieller Aufstieg. Im Zeitraum des Tagebuchs wächst sein Vermögen von 25 auf über 10 000 Pfund.

Wer aber war dieser Mann mit der staunenswerten Begabung, Anteil zu nehmen an allem, ein Mann, dessen Lebensführung an einen schönen Satz von Hans Christian Andersen erinnert: »Ich bin wie das Wasser. Alles bewegt mich, alles spiegelt sich in mir.«

Die Zeit, in der der Sechsundzwanzigjährige seinen ersten erhaltenen Eintrag zu Papier brachte, war politisch bewegt. Die englische Revolution endet nach neun Jahren am 19. 5. 1649 damit, dass die Republik ausgerufen und der

König hingerichtet wird. Doch die politischen Kräfte sind zu zersplittert, die Machthaber zu sehr auf eigenen Vorteil bedacht, zu inhomogen auch, um der Herrschaft Bestand geben zu können. Erst 1653 schafft Oliver Cromwell, eine der umstrittensten Figuren der englischen Geschichte, mit der Errichtung einer Art Militärherrschaft wieder eine teuer bezahlte staatliche Ordnung, die ihn selbst in eine quasi monarchische Stellung hob. Nicht unerheblich für Pepys' späteres Wirken, ist Cromwell maßgeblich für den Ausbau der Flotte verantwortlich. Es folgt eine Zeit der Zersplitterung, der Übergangsregierungen, der instabilen Verhältnisse.

Als sich die Epoche in der Restauration zu konsolidieren beginnt, setzt Pepys' Tagebuch ein. In den Zeitraum seiner Aufzeichnungen fallen die Königskrönung Charles II., seine Heirat, die ihm Tanger und Bombay als Mitgift einträgt, der holländische Krieg (1664–67), die Pest von 1665, das Große Feuer von 1666 sowie die parlamentarische Untersuchung zur korrupten Seekriegsführung (1666/67).

Das Tagebuch setzt ein, wo Pepys seinen Fuß auf die unterste Sprosse seiner Karriereleiter setzt und in den Beamtendienst eintritt. Vielleicht ist ja auch nicht zufällig, dass es der erreichte Stand war, der Pepys den Gedanken eingab, sein Leben könne wert sein, festgehalten zu werden, und so widmet er den größten Raum innerhalb seiner Aufzeichnungen dem Arbeitsleben und verrät dabei auch unwillentlich, wie ein Mann seines Standes seine Arbeitszeiten fasste. Dazu gehörte es durchaus, nach dem Lunch zu schlafen, spazieren zu gehen, sich dem Laster zu widmen. Die Versklavung durch Arbeit, wie sie mit der industriellen Revolution einsetzte, ist hier nicht einmal zu erahnen, und sie verschonte auch später den Beamtenstand.

Ab Sommer 1660 arbeitete Pepys in der wichtigsten und finanziell am besten ausgestatteten Behörde der Regierung, im Schifffahrtsamt. Seine Stellung bringt es mit sich, dass er mitunter bei Hof auftritt, vor dem Parlament rapportiert, sich vor Gericht verteidigen oder als Gutachter aussagen muss. Eingebunden ist er in das Spiel der Intrigen, das Kräftemessen von Höflingen und Beamten, Nutznießern der Korruption und Protektion, und er profitiert selbst von der großzügigen Auslegung des Tauschprinzips – verschafft sich Vorteile, lässt sich materiell und mit Liebesdiensten für manches Entgegenkommen entschädigen – und wird dabei von schlechtem Gewissen nicht groß behelligt.

Ob jenes erste erhaltene, das Tagebuch von 1660, aber wirklich das Erste war, das er schrieb, werden wir nicht erfahren. Denn wenn es das war, warum wirken seine ersten Seiten formal so gereift, warum sind sie so »fertig«, dass sich die Aufzeichnungen bis zuletzt nicht wesentlich wandeln? Kann es nicht sein, dass Pepys auch früher schon Tagebücher führte, sie aber einbüßte oder gar vernichtete? Immerhin ist auch ein Romanmanuskript aus frühen Jahren offenbar verloren gegangen.

Samuel war eines von elf Kindern, das älteste von vier überlebenden und das einzige mit Glück im Leben. Früh unterstand er dem Protektorat seines acht Jahre älteren, dem Landadel angehörigen Vetters Sir Edward Montagu. Dieser klassische Aufsteiger war unter Cromwells Protektorat Councillor of State und Treasury Commissioner geworden, nachdem er den König selbst aus dem Exil zurück nach London gebracht hatte. Er, der spätere Earl of Sandwich, erhebt den jungen Verwandten nun zu seinem Sekretär. Ihm verdankt Pepys auch seine Beförderung auf den lukrativen wie nicht wenig einflussreichen Posten des Flottenadministrators.

Samuel Pepys hätte, nach seiner Bildung und Intelligenz zu urteilen, zumal mit einem Abschluss aus Cambridge in der Tasche, Anwalt werden sollen. Doch gleichermaßen geschützt und gefördert durch Lord Sandwich, steigt er in Position und Ansehen und steht schließlich in einer Zeit der Kriege und der Krisen an einer Schnittstelle zwischen den Seeleuten, den Arbeitern und Bittstellern auf der einen, der Administration und der Höflinge auf der anderen Seite. In beide Welten blickt er erstaunt und wissbegierig, keiner gehört er eigentlich an.

Im Jahre 1655 heiratet Pepys Elizabeth, die Tochter eines mittellosen französischen Hugenotten, und wenn man bedenkt, dass die Liebesheirat eine Erfindung des 19. Jahrhunderts ist und diese Ehe dem jungen Aspiranten auf Höheres keinerlei materiellen oder strategischen Vorteil beschert, muss es überraschen: Er heiratet aus Liebe und führt eine weitgehend harmonische, offenbar klaglos ohne Kinder gebliebene Ehe, die, so muss man wohl einräumen, weniger glücklich gewesen wäre, hätte Elizabeth besser Bescheid gewusst über alles, was der Schwerenöter hinter ihrem Rücken trieb. Erst im letzten Jahr des Tagebuchs mehren sich die Krisen.

In all der Zeit steigt Pepys immer weiter auf. Im dritten holländischen Krieg rückt er in die Admiralität, reorganisiert die Marine und lässt dreißig Schiffe neu bauen. Nach Abbruch seiner Tagebücher im Jahre 1669 rückt er mehrfach ins Amt eines Parlamentsabgeordneten, eine Position, die er erst verlor, als er unter Verdacht des Hochverrats und der Beteiligung an einem Mord von oppositionellen Kräften für sechs Wochen ins Gefängnis geworfen wurde.

Der Verdacht war unsinnig, und die Ehre des Samuel Pepys sollte bald wiederhergestellt werden. Gleichwohl belegen schon die Tagebücher, wie Pepys den König mehr und mehr verachtet, wie er gegen adlige Funktionsträger intrigiert und sich wohler fühlt in der Gesellschaft von Kaufleuten und Bankern.

Er steigt sogar zum Staatssekretär und ins Amt des Präsidenten der Akademie auf und nimmt neuerlich eine Zeit lang wieder eine Position als Parlamentarier ein. Mit der Inthronisierung von Wilhelm von Oranien geht die Zeit der Restauration zu Ende, die zwar die Wiedereinsetzung des Königs betrieb, diesen aber in Abhängigkeit vom Parlament hielt. Mit dem Ende der Restauration ist die Monarchie dann wieder in ihren alten Rechten konstituiert. Pepys, den wir politisch eher wankelmütig, mal antiroyalistisch, mal königstreu erleben, zieht sich ins Privatleben zurück, wo er sich der Kultur und der Wissenschaft widmet. Isaac Newton zählte zu seinen Freunden und bediente sich übrigens in seinen Notaten derselben, von Thomas Shelton 1626 publizierten Kurzschrift-Methode wie Pepys, die sich vor allem beim Gerichtspersonal als geeignetes Verfahren zum Erstellen von Protokollen bewährte.

Wiederholt und im letzten Jahr verstärkt klagt Samuel Pepys über ein Augenleiden, rasch entzündete und tränende Pupillen. Wenige Monate, bevor er im Herbst 1669 mit seiner Frau nach Holland und Frankreich reist, gibt er sein Tagebuch auf aus Angst, sein Augenlicht ganz zu verlieren. Erblindet ist er Zeit seines Lebens nicht. Das Schicksal prüfte ihn auf andere Weise: Gleich nach ihrer Rückkehr starb Elizabeth Pepys im Alter von 29 Jahren. Groß war der Schmerz des Witwers. Geheiratet hat er nicht wieder, sondern sein Leben mit seiner Haushälterin geteilt.

Pepys selbst wird siebzig Jahre alt. Als er 1703 stirbt, hinterlässt er eine Bibliothek aus knapp 3000 Bänden, die sein Erbe, der Neffe John Jackson, der Universität Cambridge vermachen sollte, an der Pepys studiert hatte. Fast versteckt befanden sich in diesem Konvolut die sechs Kalbslederbände mit seinen eigenen Aufzeichnungen, 3100 Seiten, die über hundert Jahre auf ihre Entdeckung, Entzifferung und Drucklegung warteten.

Vielleicht war der kühne Tagebuchschreiber schlau genug, um zu wissen: Die Entdeckung seiner Aufzeichnungen zu Lebzeiten hätte ihn aus vielen Gründen ruinieren können und gewiss um jede Ehre gebracht. Indem er die Entdeckung seiner Kladden allerdings auf einen unbestimmten Zeitpunkt in der Zukunft verschob, sie also gewissermaßen dem Zufall in die Hände legte, vertraute er auf die Nachwelt, die in Samuel Pepys einen der größten Verfasser aus dem Genre der autobiographischen Literatur erkennen sollte.

Das allerdings hätte sich Pepys am wenigsten träumen lassen, und er hat auch Jahrhunderte auf seinen unverhofften Nachruhm warten müssen. 1825 erschien die erste, stark reduzierte und in ihrem Interesse auf historische Großereignisse verengte Ausgabe. Immerhin weckte sie die Neugier nicht nur von historisch Interessierten. Es folgten mehrere, editorisch sorgfältiger erarbeitete Ausgaben, bis es gegen Ende des 19. Jahrhunderts zur ersten, zehnbändigen Standardausgabe von Henry B. Wheatley kam. Trotz des nun weit reichenden Interesses dauerte es noch einmal gut hundert Jahre, bis diese von Robert Latham und William Matthews zur ersten echten Gesamtausgabe veredelt wurde.

Zu jeder Zeit haben die Menschen Spuren ihres persönlichen Lebens zurücklassen wollen. Sie taten das um ihrer selbst willen, um sammelnd präzisierend, auch beschönigend dem Alter vorzubeugen, sie taten es, weil sie im Persönlichen etwas von allgemeiner Bedeutung und Geltung erkannten, und sie taten es, um im Schreiben einen Gegenentwurf zu den Formen zu entwickeln, in denen die Zeit sie erkannte und flüchtig fand.

Samuel Pepys mag aus solchen Gründen die akribische Arbeit des Tagebuchschreibens auf sich genommen haben. Doch glücklicherweise arbeitet er nicht an seiner historischen Gestalt, will nicht als Staatsmann, politischer Sachverständiger, Zeitzeuge verstanden werden. Er will, und darin besteht der Glücksfall Pepys, gar nicht verstanden werden, er richtet sich an keine Öffentlichkeit, und da vor seiner Zeit kein vergleichbares Tagebuch je gedruckt worden ist, von dem er hätte wissen können, war auch nicht davon auszugehen, dass seine Kladden je in Buchform veröffentlicht würden.

Dass aber gerade der zeitgeschichtliche Teil das erste Interesse band, verwundert nicht, waren doch unter Karl II. fast alle Zeitungen der Zensur zum Opfer gefallen und damit die wichtigste Quelle für historisches Wissen verschüttet. So erhält die Kommentierung der großen Zeitereignisse – allen voran der Großen Pest und des Brands von London – besondere Bedeutung auch als dokumentarische Quelle zum alltäglichen Leben mit der Katastrophe. Das, verbunden mit der Akribie seiner Angaben, macht Pepys zu einem wichtigen historisch-politischen Zeugen, der neben den Ausnahme-Ereignissen auch als Historiker des Systems von Bedeutung ist, etwa wo er Finanzwesen, Verwaltung, Diplomatie, Arbeitskampf, öffentlichen Protest, Desertion, Justiz kommentiert. Verwandtes wird man in England später allenfalls und nur in Ansätzen von James Boswell, in Italien von Cennino Cennini, Giacomo Casanova oder Lorenzo da Ponte sagen können.

Pepys selbst, gewiss kein uneitler Mann, sieht in seinem Schreiben keine Tätigkeit von verallgemeinerbarem Wert in diesem Sinne. Deshalb ist er Beamter, Familienmensch, Dilettant, Freund der Künste und der Frauen, ist er Höfling, Karrierist, Psychologe, Chronist und Moralist, und weil er nur sich selbst verantwortlich ist, fälscht er sich nicht, er paust sich ab, samt aller Makel, aller Fehlleistungen und Versäumnisse. Gefallen will er niemandem, denn dieses Buch ist nur für ihn selbst. Gefallen will er allenfalls sich selbst, und er verhehlt nicht, wo ihm das misslingt. Zum Amüsantesten gehört es zu verfolgen, wie sich Pepys immer wieder selbst in die Quere kommt und allzu selten auf der Höhe seiner Vorsätze oder nominellen Frömmigkeit bleibt.

Kein Wunder, dass sich die historischen Grabräuber aller Zeiten bei Pepys bedienten, ja, man kann sogar sagen: Im Interesse an Pepys zeigt sich der Wandel des Geschichtsbegriffs der Zeiten. Waren es erst die historischen Einzelereignisse, die das Interesse banden, so bemächtigte man sich allmählich auch des Höflings Pepys, des Chronisten und Beamten, schließlich des Augenzeugen des urbanen Lebens, endlich des Privatmannes, Gatten und Schwerenöters.

Blickte man auf das ungekürzte Gesamtwerk, so war schließlich nicht zu übersehen: Es war eigentlich weniger die Zeitgeschichte, die Pepys vor allem dokumentieren wollte, sondern vielmehr die Individualgeschichte eines einzelnen, bemerkenswerten Mannes, in dessen Leben sich die Kräfte der Zeit auf interessante Weise brachen. Auch die Politik ist hier nur insofern von Belang, als sie in das Leben des Autors eingreift und es formt.

Pepys war, ohne es je selbst so zu sagen, der ideale Zeitgenosse, denn es gab nichts, an dem er nicht teilgenommen hätte, nichts, das ihn nicht erreicht hätte. Der Commonwealth brach fühlbar zusammen, die Restauration spülte moralische, puritanische und frömmelnde Schriften nach oben. Pepys wird weniger Teil dieser Kräfte, sondern er beobachtet, nimmt auf, liest, debattiert, besucht Parlamentsdebatten, Museen, medizinische Darbietungen. Lange bevor es den Begriff und die Strömung gibt, ist er ein Anhänger des Aufklärungsgedankens und emanzipiert sich allmählich vom Einfluss der Restauration, die in seinem ersten Tagebuch noch als der Einfluss konservativer Prediger und ihrer Ermahnung zur Selbstdisziplin nachklingt.

Sieht man es diätetisch, so brachte das tägliche Tagebuchschreiben – das manchmal auch mehrere Tage rückwirkend ausgeübt wurde – eine gewisse Ordnung in das Leben des Autors. Es forderte ihm Disziplin ab und machte seine Vorsätze ebenso manifest wie die dauernden Verstöße gegen dieselben. Beides scheint charakteristisch: Pepys verfügt über eine akribische Tagebuchführung und hat seine Vorsätze einzeln verzeichnet.

Wo es dagegen um die finanzielle Buchführung geht, scheint er nachlässiger. Verschiedentlich muss er sie nachhalten, manchmal verzweifelt er fast an ihrer Undurchsichtigkeit, und bisweilen fürchtet er deshalb auch um die eigene Unversehrtheit vor dem Gesetz. Man erlebt Pepys in zeittypischen Maßen auch als »korrupt«, wenn auch immer in Furcht vor der Entdeckung. Im Grunde aber bleibt er maßvoll, schließlich sitzt er nicht sehr weit oben an der Nahrungskette. Wenn sein Vetter, Lord Sandwich, etwas für sich abzweigt, zweigt Pepys wiederum etwas davon für sich ab, auch erhält er Provisionen der Verträge für Flotten-Zulieferer und genießt Gefälligkeiten.

Wir erleben Pepys in aller Regel sparsam und geschäftstüchtig. Zuweilen aber geht es mit ihm durch. Dann wird für Schmuck, Kleidung, wertvolles Geschirr, für Porträts und kostbare Folianten, zuletzt für die eigene Kutsche viel Geld ausgegeben, was durch gute Vorsätze und sporadische Enthaltsamkeit kompensiert wird. Im nächsten Augenblick zeigt er wieder Züge von Pedanterie – so ordnet er seine Bücher der Größe nach – und macht nicht selten den Eindruck des Mannes, der sich mit all diesen Ordnungsbegriffen gegen die eigene Spontaneität und Neigung zum Chaos durchsetzen muss.

Vielleicht war also das Tagebuchschreiben auch der Versuch, sich und der eigenen Zeiterfahrung Ordnung zu geben. Wäre es anders, große Teile der Tagebücher verlören jede Plausibilität – darunter einige, die wir zu den kostbarsten rechnen. Sicher ist jedoch, dass Pepys sehr erstaunt gewesen wäre, hätte er geahnt, dass ihn seine Aufzeichnungen in den Rang eines Säulenheiligen der autobiographischen Literatur heben würden.

Doch es ist nun einmal so: Wo es um das 17. Jahrhundert in London geht, findet sich die Zeit nirgends so vollständig abgebildet wie in diesen Tagebüchern. Das geschieht nicht zufällig, denn ohne dass er es zum Programm erhoben hätte, erschafft Pepys einen anderen Menschen, einen vollständigen Menschen, der nicht nur in verschiedenen Wirkungsbereichen des öffentlichen und privaten Lebens sichtbar wird, als Beamter und Ehemann, als Vorgesetzter und Forscher, als Freund der Musen und der Frauen, als Stratege und Höfling, als dilettierender Freund der Wissenschaften und routinierter Kirchgänger. Auch das Innenleben dieses Pepys wird bis in seine Träume hinein sichtbar, sein Meinen und Denken, sein Glauben und Urteilen, sein Forschen und Begehren, sein Wissen und Irren sind gleichermaßen fassbar, und in all dem verrät sich eine andere aufklärerische Note: Er hat einfach vom Menschen eine vollständigere Vorstellung als seine Mitwelt, sieht man sie im Spiegel der Biographien und Autobiographien.

Es ist deshalb nicht abwegig, Pepys hier in eine Beziehung zu Casanova zu setzen, der zu Unrecht vor allem als Frauenheld im Gedächtnis blieb, dessen große »Geschichte meines Lebens« aber eigentlich die wohl vollständigste Abbildung des 18. Jahrhunderts enthält, die auf die Nachwelt gekommen ist. Denn abgesehen von der Tatsache, dass Pepys – anders als Casanova – nicht den geographischen Raum zwischen der Türkei und England durchquerte und beschrieb, verkehrt auch er in allen sozialen Schichten und unterhält Verbindungen zur künstlerischen und wissenschaftlichen Welt ebenso wie zum Leben der Armen, der Arbeiter und Schiffsleute. Hat sich Pepys auch räumlich, während der Zeit der Tagebuchaufzeichnungen, nicht weit bewegt, so durchdringt er doch alle Lebensräume, nimmt an allem teil und hat jeden Tag etwas Interessantes zu berichten. Seine Arbeit, sein berufliches Wirken sind dabei Teil seines Lebens, aber nicht sein eigentliches Leben.

Vergessen wir außerdem nicht, es handelt sich um ein Metropolen-Buch, das vom urbanen Leben Londons erzählt und nur von Zeit zu Zeit in Landausflügen oder Abstechern in Kleinstädte dem Sog der Großstadt entweicht, die desto triumphaler erscheint, wo der Heimkehrer in die Mauern seines London zurückkehrt. In London lebten zur Zeit, in der Pepys dort aufwuchs, etwa 130000 Menschen, das ganze Land zählte damals etwa fünf Millionen Einwohner. Heute lebt ein Drittel aller Engländer in London.

Nur die Form des Tagebuchs erlaubt jene Freiheit, die das Glück im Falle Pepys bezeichnet, das Glück, den Aufzeichnungen keine andere Form zu geben, keinem anderen Prinzip zu folgen als dem Bewegenden. So stehen die Gegenstände dieses Tagebuchs in schöner, unordentlicher Zeitgenossenschaft und erhalten eine geradezu postmoderne Gleichzeitigkeit: Der Krieg gegen Holland, die Monatsblutungen der Frau, die eigenen Zahnschmerzen, die Geldgeschäfte, die Geliebten, die Flatulenz, die Unterredungen beim König, die Trauerfälle, die Parlamentsdebatten, das fette Essen – alles wird in eins geknetet.

Von einer Empfindung in die nächste wechselnd, steigern und relativieren sich die Ereignisse untereinander, was dem Ganzen seine Frische und oft auch seine Komik gibt. Pepys musste keiner Konvention des Fühlens, keiner Pietät, keiner Richtschnur öffentlicher Bedeutungen folgen. Er folgte sich und entfaltet so nicht weniger als das Wunder des kompletten Menschen. Wer, wenn nicht ein aufrichtiger Tagebuchautor, würde verraten, dass er von der Beerdigung der Mutter kommt und auf dem Nachhauseweg noch rasch fremdgeht? Nein, so wenig »sympathisch« der Mann auch manchmal scheinen mag, Selbstkritik und Selbstgerechtigkeit halten sich die Waage, und schließlich sagt auch Anatole France: »Die Tugend haust wie der Rabe nur in Trümmern.«

Dass dieses Bild eines solchen Menschen auf die Nachwelt gekommen ist, scheint ungewöhnlich. Historische Personen werden immer unter den Ordnungsbegriffen ihrer Leistung oder Position, ihres Werkes oder ihrer gesellschaftlichen Bedeutung dargestellt. Alles andere lässt man weg und tröstet sich insgeheim damit, dass sie wohl auch irgendwie »ganz normale« Menschen waren. Doch in welcher literarischen Gattung wird man die Normalität des historischen Menschen finden? In der Autobiographie?

Rousseau, der ein Jahrhundert später zum Maßstab der bekenntnishaften Autobiographie werden sollte, hat aus der eigenen Ehrlichkeit einen Fetisch gemacht und sie geschickt inszeniert. So bekennt er sich spektakulär zur Onanie im Bewusstsein, dass die Zeit ein Werk für aufrichtig halten würde, das eine solche Schwäche unverblümt zugäbe. Tatsächlich konnte der Autor im Schatten dieses Bekenntnisses in zahlreichen erheblicheren, weil dem Werk zuwiderlaufenden Details, die Unwahrheit schreiben, ohne der doppelten Moral geziehen zu werden. Wer aber ein geheimes Tagebuch schreibt, also eines in einer teilweise selbst gemachten Kurzschrift, ohne Blick auf die Nachwelt, ohne Absicht der Veröffentlichung, der sagt vielleicht die Wahrheit, weil er sie sich selbst sagt. So Samuel Pepys.

Das Tagebuch ist jedenfalls nicht der Spiegel, in den sein Autor mit Stolz blicken möchte, nichts, das zur Rechtfertigung der eigenen Person vor der Ewigkeit geschrieben wurde. Der menschliche Mensch: der ungerührte, mit seinen Vorsätzen brechende, taktierende, der Heuchler, der Schmeichler, der Höfling, der strafende Patriarch, der kunstsinnige Theaterbesucher, der Liebhaber von gut gebundenen Folianten und Mikroskopen, der Galan, der eitle Mann, der seinen Status, seine Ausstattung, seine Toilettenartikel und Accessoires im Kopf hat, der Bildungsbürger und Patriot, sie alle gibt uns Pepys wie Mehrfachbelichtungen des gleichen Charakters, und wir staunen nicht über die multiple Person allein, die hier zum Vorschein kommt, sondern auch über die Inkonsistenz der Gefühle, das Neben-, manchmal Ineinander von Sentimentalität und Materialismus, Rührung und Rationalität.

Mag sein, die Kurzatmigkeit des Fühlens, die sprunghaft kommende und gehende Einfühlung gehört auch zum Psychogramm des Emporkömmlings, der sich rasch anpassen muss. Aber im Falle von Pepys ist die Angst des Karrieristen um seinen Vorteil immer begleitet auch von der Sorge des guten Hausvaters um die Treue der Ehefrau, den Fleiß und die Erziehung des Personals und den Befürchtungen des Staatsbürgers in Zeiten von Krieg und Pest. Gleichzeitig verrät sich der Aufsteiger nie unverhohlener, als wo er hetzt, wenn Leute in guten Kleidern und Kutschen fahren, in Wirklichkeit aber nichts zu essen haben. Er hasst in solchem Schein die Anmaßung eines höheren gesellschaftlichen Status, tut aber selbst so viel dafür, dass seine Mitbürger verschiedentlich über seine Kleidung wie seine Kutsche die Nase rümpfen.

Pepys ist nicht unbedingt ein Mann von Witz. Den »englisch« genannten Humor sucht man vergebens, der situative, unfreiwillige durchzieht das Werk allerdings noch in seinen dramatischeren Passagen. Dabei bleibt es ein Grundwiderspruch, wie einerseits der Pessimismus dem Staat, der Entwicklung von Sitten und Kultur gegenüber in echter Katastrophenerwartung kulminiert, andererseits aber der Optimismus seines Lebensgefühls ungebrochen besteht.

Dauernd findet Pepys Anlass und Gelegenheit, sich eine Freude zu machen und sein Talent unter Beweis zu stellen, sein eigenes Leben vor dem Horizont des allgemeinen Verfalls genießbar einzurichten. Dazu muss er mal eine Landpartie machen, mal ein Gast-, mal ein Freudenhaus besuchen, eine Ausstellung, einen Zirkus oder die wissenschaftliche Gesellschaft, muss sich eine neue Perücke, Bücher, eine Kutsche kaufen, Frauen betasten, das Theater besuchen oder eine Kombination aus beidem versuchen. Man kann sich freuen an einem Lob, am Glück, am wachsenden Reichtum, an der Gunst der hohen Herren und der bittstellenden Frauen, an einer guten Predigt und an einer dusseligen auch, denn ihr gegenüber fühlt sich der intellektuelle Autodidakt umso klüger.

Besonders fassbar sind die eigenen Selbstwidersprüche dann auch für Pepys, wo er sich mit seinen dauernden und gnädigerweise befristeten Vorsätzen auseinandersetzen muss: Schmerzen, Schluckauf, »Rheuma im Auge«, starke Winde, schwerer Stuhlgang: alle diese Symptome werden nicht nur dauernd beobachtet und notiert, auf Temperatur, Essen oder aufeinander bezogen, sondern sie werden auch moralisch kuriert, durch Enthaltsamkeit, den Verzicht auf außereheliche Unterschleif, den Verzicht auf kostspielige und zeitraubende Theaterbesuche, und zeitweilig fasst Pepys sogar den festen Vorsatz, morgens nicht länger als 15 Minuten nach dem Aufwachen im Bett zu verweilen.

Unabhängig davon, dass er den späten Lesern seiner Kladden mit diesen Selbstermahnungen und Selbstwidersprüchen viel Vergnügen bereitet, bringt er mindestens vier weitere Eigenschaften mit, die ihn zum idealen Zeitzeugen machen:

Erstens, er lebt nicht in der Vergangenheit, lebt und gedenkt nur strohfeuerartig der eigenen Zukunft und ist als guter Zeuge ganz gegenwärtig. Pepys möchte Augenzeuge sein und an allen Errungenschaften seiner Zeit teilnehmen.

Zweitens, das Bild, das er von sich selbst entwirft, geht durch keine pietistische Verfremdung, keine Darstellungskonvention, ja, nicht einmal das Psychologische spielt eine besondere Rolle. Pepys interessiert sich weniger für die Motive für Handlungen und Regungen als vielmehr für diese selbst und ihre Folgen. Er schreibt sein Tagebuch lange vor Einsetzen der pietistischen Geständniskultur, kennt keine Ergründung des Innenlebens, kaum moralische Spekulation über das Abwägen von Leitsätzen hinaus, keine Frömmigkeit, die das Herz ergriffe, sondern eher eine des Räsonnements. Mag er sich auch immer wieder zur »angeborenen« anglikanischen Kirche bekennen und zeitweilig Gottesdienste besuchen wie Unterformen seiner geliebten Theaterinszenierungen (wobei die Predigten auch wie diese rezensiert werden), so widersprach der Puritanismus doch deutlich seinem Charakter, und von tiefer Frömmigkeit kann keine Rede sein.

Drittens, den Maßstab des Darstellungswürdigen bestimmt ganz er selbst. Seine Liebe zum Detail, seine Fähigkeit, Großes und Kleines gleich wichtig zu nehmen, erinnert an einen mittelalterlichen Porträtmaler, der zum ersten Mal einen Bauern für würdig befindet, gemalt zu werden. Er kennt keine Tradition und findet alles wichtig, an das er sich erinnern möchte. Dazu geht er mit Sprache manchmal flüchtig um, variiert Schreibweisen, ignoriert bisweilen grammatische Regeln. Aber er beobachtet, und das akkurat und leidenschaftlich. Dadurch ändern sich selbst soziale Hierarchien, und die Seeleute, die nicht bezahlt werden, lösen mehr Sympathien aus als ein König ohne Moral oder ein Lordkanzler, der während der Kabinettsitzung schnarcht.

Viertens, der Radius seiner Interessen und die Intensität seiner Neugier sind so groß, dass es buchstäblich keine verschlossenen Räume gibt. Natürlich ist er an allen Künsten interessiert, spielt selbst die Laute, fördert das Musizieren bei seiner Frau und seinen Hausangestellten und verfasst sogar eine Abhandlung über die Musik.

In der Malerei liebt er vor allem das Naturgetreue, kommentiert kritisch die Arbeit an den eigenen Porträts und jene, die er in Galerien findet. Er besucht Ausstellungen, ist ein Theaternarr vom Schlage Eckermanns und muss sich selbst wiederholt ermahnen, nicht zu viel Zeit dort zu verschwenden. Über sein Urteil lässt sich wenig sagen, immerhin vermittelt er den Eindruck, dass Shakespeares Stücke nicht durchwegs besser seien als die anderer Autoren. Seine häusliche Bibliothek umfasst am Ende 3000 Bände geschichtlichen, philosophischen, wissenschaftlichen, aber auch belletristischen Inhalts.

Doch damit nicht genug: Fasziniert von den Wissenschaften, beschäftigt sich Pepys mit Medizin, Astronomie, Zoologie, Anthropologie, Mathematik, interessiert sich für optische Instrumente und verfolgt medizinische Experimente: Versuche an Katzen, das erste Aquarium, anatomische Ausstellungen und Sektionen, bei denen man unwillkürlich an Rembrandts »Anatomie des Doktor Tulp« denken muss. Man muss ihn einen Verfechter des Studium universale nennen, was ihn glücklicherweise nicht hindert, auch Banalitäten in sein Tagebuch Eingang nehmen zu lassen, die es nie in einen Roman geschafft hätten wie Einkaufszettel und Rezepte.

Doch bei aller Liebe zum Wissen und zum Wissenswerten unterschätze man nicht: Öffentlichkeit bildete sich in jener Gesellschaft vor allem durch mündliche Überlieferung, und das bedeutet vor allem durch Gerüchte. Mag er auch manchmal investigativ erscheinen wie ein Reporter, so schätzt doch auch Pepys eine gute Geschichte um ihrer selbst willen, und manche erzählt er zu einer Zeit, da er schon wusste, dass die Wirklichkeit sie kassiert hatte. Andererseits ist eine Öffentlichkeit vor der Informationsgesellschaft vielfach trügerisch, und oft scheint in krisengeschüttelten Zeiten selbst bei Hofe kaum jemand zu wissen, wer warum den Krieg erklärt hat und ob und warum er beendet wurde.

Und endlich: Führt der eine Vektor seines Interesses Pepys auf die politische Bühne, zu König, Parlament und Diplomatie, so führt der andere in die Irrungen und Wirrungen seines ehelichen Lebens. Zu den unvergänglichen Kostbarkeiten seines Tagebuchs gehören die raumgreifenden Passagen, in denen das schwankende Schiff der Ehe schwierige Wasser erreicht und der Patron Frau und Personal nicht mehr an die Kandare zu kriegen droht.

War diese Ehe auch konsistent, wie pragmatisch scheint es manchmal, dieses Verhältnis zu seiner Frau Elizabeth, die Pepys allem Anschein nach dennoch wirklich liebte, auch wenn sich auf 3100 Seiten keine einzige echte Liebeserklärung an sie findet. Man könnte eher denken, er duldet sie, findet sie immer noch besser als andere, protzt auch bisweilen gerne mit ihr, nennt sie aber nach Streitereien gern »armes Wesen«, wenn nicht »armer Wurm«, schlägt sie bisweilen und vergisst natürlich den Hochzeitstag. Auch bereitet sie ihm die größte Freude bei weitem nicht durch ihre Liebe oder Fürsorge, für die sich durchaus Belege beibringen lassen, sondern durch ihre Musikalität, durch ihr hübsches Porträt und bisweilen durch ihre gepflegte Erscheinung. Häufiger allerdings grämt er sich, sie sei verwahrlost, trage die falsche Schminke, verstehe es nicht, den Haushalt zu führen, vertrage sich mit seinem Vater nicht und überwerfe sich dauernd mit den Hausmädchen.

Pepys wiederum lässt sie viel allein, geht ohne sie aus, betrügt sie, gibt ihr nur wenig Haushaltsgeld und behandelt sie mal hochfahrend in seinen Ermahnungen, mal herablassend aus der Höhe des Älteren, Reiferen. Die Ehe war vor dem Einsetzen des Tagebuchs angeblich schon einmal fast am Ende. Damals hatten die beiden Eheleute sogar eine räumliche Trennung vollzogen, und sie soll kurz vor dem Ende des Tagebuchs noch einmal fast vor dem Aus stehen, als der Ehemann endlich in flagranti mit dem Hausmädchen und anschließend gleich mehrmals beim Lügen und neuerlichen Betrügen erwischt wird. Endlich, der Leser ahnte, dass es so kommen musste, half ihm auch die Sicherung nicht, die er der Darstellung seiner erotischen Eskapaden im Tagebuch vorbehalten hatte, ein Gemisch aus drei bis vier Sprachen, das seine Betastungen und handfesteren Praktiken verschlüsseln sollte. Er war ertappt.

Dass aber auch Elizabeth Pepys nicht ganz so arglos ist, erkennt man zuletzt an der Art ihrer Wutausbrüche und Sanktionen in dem einzigen Fall, in dem seine Treulosigkeit offenbar wird, weil sie ihn in flagranti mit dem Zimmermädchen erwischt. Da bekennt sie ihm plötzlich, dass einige der Herren in seinem Umkreis zweideutige Angebote oder sich sogar mehrerer Übergriffe schuldig gemacht hätten. Außerdem ist sie heimlich zum Katholizismus übergetreten, und insgesamt wird ihre Drohkulisse so imponierend, dass sich der Gatte schnell klein, gehorsam, einsichtig, bußfertig und sogar von pietätvoller Frömmigkeit zeigt.

Hier spricht die leidvolle Erfahrung der früheren Trennung mit, und so entlassen uns die Tagebücher zuletzt in eine ganz aussichtsreiche Zukunft. Wenig später werden die Eheleute ihre Reise nach Frankreich und in die Niederlande antreten, wo sich das Augenlicht ähnlich wie die Ehe erholt haben soll, der erst der frühe Tod der Elizabeth Pepys im Oktober 1669 ein Ende bereitet.

So irrlichtert das Leben des Samuel Pepys über den Horizont seiner Zeit, zehn Jahre lang, in denen kein einziger Tag ereignislos, keiner unbeschrieben geblieben und keiner so stereotyp oder routiniert verbracht worden wäre, dass man ihn nicht noch Jahrhunderte später als diesen einen, besonderen Tag identifizieren könnte. Pepys hat sich selbst ein ereignisreiches Leben gemacht, und er ist in der einzigartigen Form, das Leben und das Schreiben zu interpretieren, wider jedes Erwarten zu einer der wichtigsten Gestalten seiner Zeit, der englischen Literatur und der Geschichte des Bewusstseins geworden.

Das Erzählen hat viele Anfänge, alle im Dunkel einer vorbegrifflich geschlossenen Welt. Es beginnt, wo sich aus dem »Jubilare sine voce«, dem Falsettgesang der Pygmäen in der Wüste, Formeln und Namen herauslösen; es beginnt, wo sich in den rituellen Beschwörungen des Dionysos-Kults einzelne epische Einheiten zur Erzählung emanzipieren; es beginnt in der Liturgie, wo die Heiligengestalten zwischen stereotypen Gebeten Attribute und Biographien erhalten; es beginnt in der scheinbar akausalen Logik des Traums, in der Wiederkunft und Rekonstruktion des Vergessenen, im Abstraktionszusammenhang zwischen den Piktogrammen der Höhlenmalerei; es beginnt in den Erzählungen der Kinder.

Seit den Anfängen der Völkerpsychologie bei Giambattista Vico werden die primigenen Völker mit den Kindern verglichen. Das ist mehr als eine Metapher, denn die Archetypen der Volkskunst besitzen nicht nur ästhetische Nähe zu den ersten Hervorbringungen der Kinder, sie spiegeln auch auf verwandtschaftliche Art eine Welt wider, die noch zu überlegen ist, als dass sie durch Begriffe gebannt und durch Erzählungen gegliedert werden könnte.

Überall bildet das Erzählen den Versuch ab, eine Ordnung zu begründen und das Diffuse, Amorphe, Chaotische, Simultane nicht nur zurückzudrängen, sondern es auch zu prägen, also das Unbeherrschbare zu beherrschen, das Asyntaktische der Wahrnehmung der Syntax der Sprache zu unterwerfen. Jeder verständliche Satz ist ein Triumph des Ordnungsgedankens über die Wirklichkeit, ein Sieg des Allgemeinwesens über die Monade des Individuums, und in jedem unverständlichen Satz lebt noch die Beunruhigung, die von der nicht unterworfenen Welt ausgeht.

»Alice im Wunderland« ist ein unverständliches Buch, daran soll man nicht rütteln. Unverständlichkeit ist seine Sprechform, aber durch diese teilt es eben etwas anderes mit als Texte, die ganz und gar begriffen werden wollen. So viele Möglichkeiten es auch geben mag, sich durch die Alogik der Empfindungen, Wahrnehmungen, kausalen Verdrehungen und Vertauschungen, durch die optischen Inversionen und Überblendungen hindurchzuinterpretieren, der Text blickt befremdet zurück und schützt seine Alice, die für nichts als sich selbst stehen möchte (und das ist ein Thema des Buches), und schützt seinen Autor, der zahlreiche Motive hatte, sich aus der Gemeinschaft seiner Mitmenschen hinaus- und in die kindliche reflektierte Welt von Mädchen, Tieren, Sachen und Kartenkönigen hineinzukatapultieren.

Alice will sich nur ungern verstehen lassen, jedenfalls wenn man unter ›Verstehen‹ den gelungenen Anschluss der individuellen Erfahrung an die des Kollektivs begreift. Denn so bedrohlich die unterirdische Welt auch manchmal erscheint, sie bleibt das eigentliche Habitat des kleinen Mädchens, ihr wahres Zuhause. Und auch Lewis Carroll will sich nicht verstehen lassen, mied er es doch stets, Objekt der allgemeinen Aufmerksamkeit zu werden und in einem Akt des Erkennens eine Beschädigung und Bloßstellung seiner Innenwelt zu erleben. Vor einer Exegese, wie sie die Psychoanalyse später möglich machte, hätte er furchtbare Angst gehabt.

Dieser Text also bliebe am liebsten die Ausnahme zu allen gewesenen Texten, einer, in dem sich die Unbegreiflichkeit der Phantasie selbst abbildet. Wäre es anders, gäbe es ein

Passwort oder einen Schlüssel, er verlöre jene Einzigartigkeit, um die ihn Surrealisten und Dadaisten gleichermaßen beneidet haben: als Manifestation einer unbändigen, entfesselten Wirklichkeit im Medium der Phantasie.

Wenn man etwas begreifen muss an diesem Buch, dann ist es die Kühnheit, mit der es ablehnt, die Wirklichkeit an die Sprache auszuliefern, und so allmächtig dieses Buch scheinen mag, indem es mit den Kausalitäten wie unwillkürlich umspringt, so ohnmächtig ist es auch, indem es die scheinbare Souveränität der Phantasie und mit ihr die Dämonen der Außenwelt in das Wort und in einen nachvollziehbaren Erzählzusammenhang einbezieht.

Hier spricht das Kind, unterworfen jedem belebten und unbelebten Ding in der Welt, unterworfen den leiblichen Statthaltern von Kategorien und Anschauungsformen, bedroht von Zeit und Raum und Kausalität. Alles wird aktiv gegen Alice, die Gegenstände beleben sich, die Tiere räsonnieren, die Räume dehnen sich aus, der Körper wird weit und eng und unspezifisch, das Kleine wird bedrohlich, das Bedrohliche niedlich, das Begreifen fester Verhältnisse zur unlösbaren Aufgabe. Sie sind nicht fest, und darum wird kein Mensch in ihnen jemals begreifend Fuß fassen. Es gilt also nicht, sich eine Realität zu unterwerfen, es gilt, sich in ihr bewegen zu können, ohne irgendwo eine Antwort darauf erhalten zu haben, was sie zusammenhält und treibt.

Früher hat man in »Alice im Wunderland« gerne die Manifestation einer souveränen Kinderphantasie erkannt, so als beschreibe sie einen idealen Fluchtraum, in dem das kleine Mädchen sich den eigenen Einbildungen hingibt. Aber was für ein Fluchtraum ist das! So grell wie düster, so schmeichlerisch wie verletzend, so verheißungsvoll wie bedrohlich. Diese Phantasie wird gerade nicht souverän, und die Bilder sind wie in Freuds Traumdeutung von Wunsch wie von Angst besetzt.

Alice erfährt in ihrer Welt Bedrohung und Versprechen, Gewalt und Liebe. Wäre es anders, Carroll hätte diese Phantasie nur verkitscht und sie substanzlos werden lassen in der Vorspiegelung, die Antagonismen der Außenwelt setzten sich in der Phantasie der Kinder nicht durch. Sie tun es hier so schroff und theatralisch, dass der Leser immer wieder mit Rührung und mit Entsetzen auf jene Oberwelt verwiesen wird, die eigentlich im Roman nicht dargestellt und noch eigentlicher in ihm bis auf die Knochen entblößt wird.

Es ist deshalb unausweichlich, in diesem Inbegriff eines phantastischen Romans jenen Realismus zu entdecken, der das Phantastische als Element der Wahrheit auszeichnet. Seine Heiterkeit ist beklemmend, sein Ernst ist verspielt, und der Boden bleibt schwankend. Ein Buch also, in dem jedes Kind seine Träume und Albträume zeitlos formuliert wiederfinden wird, und ein Buch, geeignet, Leser jeden Alters in den nicht überwundenen, weil unüberwindlichen Zustand der eigenen Bewusstwerdung hinunterzuführen.

Nicht erstaunlich, dass dieser bewundernswürdige Roman seinerseits als Fluchtbewegung entstand, und sein Autor hatte allen Grund zu fliehen. Charles Lutwidge Dodgson, der als Autor lieber Lewis Carroll heißen wollte, war, wenn man den Zeitgenossen glauben darf, ein verschüchterter, ein wenig verschrobener Einzelgänger, ein Linkshänder, der seit seiner Kinderzeit auf dem rechten Ohr taub war, eine Neigung zum Stottern besaß und als Mathematik- und Logikdozent so pedantisch und wenig unterhaltsam war, dass er von seinen Studenten für einen rechten Langweiler gehalten wurde. Bereits mit neunundvierzig Jahren gibt er seine Lehrtätigkeit auf, weil ihm der Erfolg des Autors Lewis Carroll sein Auskommen sichert.

Kein Zweifel, dass er sich unter Kindern am wohlsten gefühlt haben muss. Kindern gilt sein Schreiben, Kinder sind die Lieblingsobjekte seiner mit Leidenschaft betriebenen Porträtfotografie, und auch diesen Aufnahmen wohnt etwas Phantastisches inne. Sie zeigen ihre kleinen Figurantinnen in einer merkwürdig weltflüchtigen Melancholie und Inszenierung. Zwar lehnt Carroll, anders als die meisten Zeitgenossen, nachträgliche Überarbeitungen und Retuschen seiner Fotos ab, in der Formulierung seines Themas aber greift er zu Verfremdungen, theatralischen Requisiten und Kostümen, die schon damals einer anderen Zeit gehörten.

Manche dieser kleinen Mädchen sind wie Zwerge, vom Fotografen zu grimmigen Greisen ausstaffiert, die wie bettlägerig, gebrechlich oder bloß verträumt, aber jedenfalls melancholisch in die Leere des Objektivs blicken. Man wird den Eindruck nicht los, dass unter Carrolls Regie aus diesen Gesichtern etwas wurde, das ihm wesensverwandt war.

Vergleicht man die vermutlich von Booth im Jahre 1855 gemachte Porträtfotografie des Autors mit einigen der Kinderfotos, die er in den vierundzwanzig Jahren zwischen 1856 und 1880 produzierte, so wird die Übereinstimmung spontan augenfällig: die gleiche erwachsene Introvertiertheit, die gleiche ›Reinheit‹, der gleiche blicklose Blick, der irgendwo störrisch brütend niedergeht und weniger eine Augenblicksstimmung als vielmehr ein Seinsgefühl preisgibt.

Dieser Ausdruck mag auch mit dem Entwicklungsstand

der Fotografie in jenen Jahren zusammenhängen, denn bei einer minimalen Belichtungszeit von vierzig Sekunden verlangte das Fotografieren dem Modell Geduld und Reglosigkeit ab, trotzdem legen diese Fotografien nahe, dass Carroll ›seine‹ Kinder so ernst nahm wie er sie aufnahm, und während sich die Fotografie in seinem Leben mit den Jahren zu einer wahren Besessenheit steigerte, notierte er im Tagebuch, es sei ihm bezüglich der eigenen Person nichts unangenehmer, »als Fremden mein Gesicht bekanntzumachen«. Sicher war der schüchterne Dozent mit dem künstlerischen Tarnnamen beherrscht von der Angst, entdeckt zu werden, und sei es auch nur vom Objektiv einer Kamera. Eine Doppelexistenz lässt sich nicht fotografieren. In einem späten Brief des Autors heißt es sogar: »Ich will von mir nicht sprechen, das ist kein gesundes Thema.«

Vermutlich hängt die Heimlichtuerei dieses Charles Lutwidge Dodgson auch mit den Schattenseiten seiner Liebe zu den kleinen Modellen zusammen. Wer kleine Mädchen, auch nackt und manchmal lasziv, fotografiert, würde sich dem Verdacht, ein bedenkliches Verhältnis zu Kindern zu unterhalten, auch dann kaum entziehen können, wenn er sie mit unschuldigen Augen, ja wenn er sie gewissermaßen als Gleichaltrige gesehen hätte. Bei Carroll ist das keineswegs sicher.

Sicher ist vielmehr, dass ihm die Mutter der Alice Liddell – das Vorbild zur ›Alice‹ – das Haus verbot, dass der Nachlassverwalter des Autors alle offenbar kompromittierenden Passagen der Tagebücher vernichtete und dass Carroll selbst jeden Kontakt mit seiner geliebten Alice abbrach, als diese den zwanzig Jahre älteren Capitain Hargreaves heiratete. (Immerhin wurde der legendären Frau aus keinem anderen Grund, als weil sie ›Alice‹ war, im Alter von achtzig Jahren die Ehrendoktorwürde verliehen.) Offenbar hat Carroll jedenfalls die Gabe seines Erzählens auch als Mittel der Verführung eingesetzt.

Lewis Carroll hat den Mann, der sich unter Kindern am wohlsten fühlte, bis zur Selbstverleugnung zu schützen gesucht. Er selbst berichtet in einem Schreiben von seiner Marotte, Briefe, die an »Lewis Carroll, Christ Church College« gerichtet waren, mit dem Vermerk »Empfänger unbekannt« zurückzuschicken, und diese Doppelexistenz hat er wie eine nicht transzendierbare Einheit auch Alice mitgegeben, von der er mit einer Formulierung von argloser Leichtigkeit sagt: »denn dieses eigentümliche Kind stellte sehr gerne zwei Personen dar.«

Für Carroll selbst war die Trennung vermutlich weniger leicht. Warum war sie ihm dennoch so wichtig? Doch nicht, weil die Mathematik für ihn weniger Sinn gehabt hätte als die sogenannte ›Unsinnspoesie‹, denn das Feld der Logik hat er mit »Alice« nicht verlassen, er hat es, wie Gilles Deleuze nachgewiesen hat, erst recht erkundet.

Deutlicher verraten Roman und Briefe psychologische Gründe, so als sei dem Autor jener Mann, der sich nach dem Verstoß aus der Kindheit aus ihm heraus entwickelt hatte, fremd geworden, weil er ihn vielleicht nie wirklich in Besitz genommen hatte. Denn wie soll ein Mensch, der sich seiner Umwelt nicht mitteilen kann, der sich also nie wirklich im Spiegel der anderen erkennt, der unter Erwachsenen gehemmt und fremdartig auftritt, wie soll ein solcher Mensch zu einer Identität finden? Vielleicht hat Carroll das Ende der Kindheit nie verwunden, den Eintritt in die Erwachsenenwelt nie verschmerzt, vielleicht ist er nie zur Person geronnen und hat die noch unfeste Form, in der sich Kinder die Welt aneignen, nie selbstbewusst abgeworfen. Das würde zumindest erklären, warum er sich in das Auffassen und Formulieren von Kindern in einer Weise eingefühlt hat, die ihm seither niemand nachmachen konnte. Das würde auch erklären, warum die Welt aus dieser Perspektive zugleich ideal und schrecklich wirkt.

Wenn Alice mit dem Autor etwas gemeinsam hat, dann ist es diese angestrengte Erforschung der eigenen Identität als Versuch, Ich zu werden. Gerade diese Anstrengung wird in einem Medium unternommen, in dem es offenbar keine Identität geben kann, denn jede Gewissheit weicht sofort zurück, verkehrt sich in ihr Gegenteil und entzieht der Selbstbestimmung den Boden. Gilles Deleuze führt in seiner »Logik des Sinns« den Verlust der Identität von Alice auf ein Paradoxon zurück: »Als ob die Ereignisse sich einer Unwirklichkeit erfreuten, die sich dem Wissen und den Personen über die Sprache mitteilt. Denn die persönliche Ungewissheit ist kein dem Geschehen äußerlicher Zweifel, sondern eine objektive Struktur des Ereignisses selbst, insofern es stets in zwei Richtungen zugleich verläuft und das Subjekt dieser doppelten Richtung entsprechend zerteilt. Das Paradox besteht zunächst darin, den gesunden Menschenverstand als einzige Richtung, als Einbahnstraße, oder einzigen Sinn, dann aber auch den Gemeinsinn als Zuweisung fester Identitäten zu zerstören.«

Offensichtlich hat sich der Autor selbst und die eigene Situation nicht anders gesehen und schreibend, wenn auch im Medium des Traums, jenen Punkt vor Eintritt in das erwachsene Bewusstsein wieder aufgesucht, an dem er mit sich eins war, wenn auch gefährdet und verunsichert. Nicht ausgeschlossen, dass er es sogar als Glück und zugleich als Verhängnis betrachtet hat, auf dieser Grenze zu stehen, die die sinnvolle Welt der Erwachsenen ebenso kategorisch von der schwärmerischen Unsinnswelt der Kinder trennt, wie der Traum vom Wachen unterschieden ist.

Aber führen nicht alle produktiven Prozesse an diese Grenze zurück, und sind die Situationen, aus denen diese sich ablösen, weniger phantastisch? Am 18. Juli 1874 unternimmt Caroll einen Spaziergang bei Giuldford, als ihm der Satz einfällt »For the Snark was a Boojum, you see«, anderthalb Jahre hat es ihn gekostet, aus diesem Unsinn – und er bestand darauf, dies nichts als einen »Unsinn« zu nennen – ein längeres Gedicht zu machen, gegen dessen Interpretation er sich später entschieden wehrte.

Und dann die Situation, aus der »Alice im Wunderland« entstand! Man stelle sich vor: Dass der Mathematikdozent am 4. Juli 1862 mit seinen drei kleinen Freundinnen Lorina, Alice und Edith Liddell einen Bootsausflug unternimmt, wird für Kinder und Leser aller Nationen und Zeiten zu einem bedeutungsvollen Ereignis. Auch, dass an diesem Tag das Wetter heiter war und dass die spröde Gouvernante der Unternehmung fernblieb, dass die Kinder wissbegierig blieben und dass der schüchterne Wissenschaftler redselig war, auch das hinterlässt in den Annalen der Literaturgeschichte Spuren. Denn unter diesen günstigen Umständen und dem drängenden Fragen seiner Zuhörerinnen erfand der Dozent aus dem Stegreif die Geschichte der »Alice im Wunderland«, die berühmteste Erzählung für Kinder in der gesamten Literaturgeschichte.

Von den Zwischenfragen und Einwürfen seiner Freundinnen immer wieder unterbrochen und angeregt, verstieg er sich in lauter hanebüchene Erzählungen und Phantasien, die von Sinn und Unsinn, von Witz und Aberwitz üppig ausgestattet wurden, und in denen sich die drei Mädchen allmählich ausgezeichnet zurechtfanden. Zumindest gegenüber dieser ersten, in guter Märchentradition nur mündlich überlieferten Version, muss man sagen, dass nicht nur die Pantomime der Zuhörerinnen den Lauf der Geschichte mitbestimmt hat, sondern dass die Freundinnen regelrecht miterfunden, ›mitgeschrieben‹ haben.

Es gelang der damals zehnjährigen Alice Liddell, der liebsten unter allen kleinen Freundinnen des Autors, diesen zum Aufschreiben der Geschichte zu überreden, was Carroll, indem er immer neues Material einarbeitete und es in verschiedenen Fassungen ausbreitete, schließlich auch zuwege brachte.

Im Februar 1863, ein halbes Jahr nach der legendären Bootspartie, schenkte der Autor seiner kleinen Freundin das Buch als verspätetes Weihnachtsgeschenk. Später sollte selbst Queen Victoria von dem Buch so begeistert sein, dass sie den Autor um eine Zueignung bat: Bemerkenswert für eine Frau, deren Name auch mit der Strafpädagogik ihrer Epoche verbunden ist.

Dem Roman gelang eine bis dahin unerhörte Annäherung zwischen der Welt der Erwachsenen und der der Kinder. War es nicht auch Dodgsons zwanghafte Welt der Logik, der Etikette, der vorgeschriebenen gesellschaftlichen Verhaltensformen, die hier durcheinandergeschüttelt wurde? War nicht auch seine Universität eine Nachbildung jener Schule, die seine drei Zuhörerinnen besuchten, und von deren angsteinflößender Autorität die Erzählung bis in die Traumzonen verfolgt wird?

Immer wieder tauchen hier die traumatischen Schreckbilder des erwischten Schulkinds auf: Alice wird aufgerufen, sie verspricht sich und kann sich nicht erinnern, sie wird bestraft, sie muss an den falschen Stellen lachen, sie versteckt sich und wird entdeckt, sie wird abermals gefragt, sie kann sich wieder auf nichts Rechtes besinnen und fängt an zu weinen – dass hier ein Angsttrauma reproduziert wird, ist offensichtlich.

Es ist die Angst vor dem Sinn, der reibungslosen Logik, der anonymen, unbegreiflichen Richtigkeit, die Angst vor der Unerreichbarkeit eines angemessenen Verhaltens und der weltmännischen Sicherheit dieser ganzen erwachsenen Welt, der gegenüber sich Carroll auf die Seite der Kinder schlägt.

Auch in seinem Kampf mit dem Regelwerk der Schule ist er ganz der Komplize von Alice. In einem Brief hat er die Unterrichtssituation auf eine Weise persifliert, die beides enthüllt: den Schrecken der Disziplin mit ihrer kommunikationstötenden Strenge wie den Unsinn, der durch sie entsteht. Carroll schreibt: »Am wichtigsten ist es, wisst ihr, dass der Tutor würdevoll ist und gehörigen Abstand vom Schüler wahrt, und dass der Schüler so klein wie möglich gemacht wird. Sonst ist er nicht demütig genug, wisst ihr. So sitze ich in der äußersten Ecke des Zimmers; vor der Tür (die geschlossen ist) sitzt der Diener; vor der äußeren Tür (ebenfalls geschlossen) sitzt der Unterdiener; eine halbe Treppe tiefer sitzt der Unter-Unter-Diener; und draußen im Hof sitzt der Schüler. Die Fragen werden von einem zum andern gebrüllt, und die Antworten kommen genauso zurück – es ist ziemlich verwirrend, bis man sich daran gewöhnt hat.« Carroll, der noch dazu eine tiefe Abneigung gegenüber Jungen hegte, hat sich offenbar nie daran gewöhnt und allenfalls mit Unsinn gekontert.

Der Sturz in die Innenwelt des Kindes gibt dem Unsinn ein doppeltes Gesicht: Unsinn ist die Vernunft der Kartenkönige und autoritären Tiere. Unsinn ist ihre Logik, ihre Rechtsprechung und all ihr Urteilen, und Unsinn ist genauso die Waffe der Alice, die inmitten einer von hochmütigen, gleichgültigen, dummen, unhöflichen, blasierten Kreaturen bevölkerten Welt immer wieder mit abenteuerlichen Argumenten und Kenntnissen aufwartet, um die drohende Gefahr durch die Aufwendung schieren Unsinns abzuwenden. Wohlgemerkt ist dieses Verfahren keine Alberei, sondern in einer Welt aus Unsinn das plausible Verfahren, die richtigen Gesten und Passwörter zu finden.

Deshalb ist das Wunderland auch eines der doppeldeutigen Worte, der Wortspiele und Wortvertauschungen. Die Sprache ist wie die Phantasie bedrohlich, aber doch auch ein Mittel, sich zu befreien und unerkannt zu entkommen. So ist der Name selbst der letzte Rest von Zweifellosigkeit, und während Alice abwechselnd groß und klein wird, während das Kaninchen seine Glacéhandschuhe sucht, das Schweinebaby heult, die Raupe Wasserpfeife raucht, die Flamingos als Krockettschläger missbraucht werden, sich lauter unerhörte Verwandlungen ereignen, und, mit einem Wort, niemand bleibt, was er scheint, muss sich Alice immer wieder fragen lassen, wer sie denn eigentlich sei – die Carroll-Frage. In ihrer Antwort liegt beides: die Angst und die Hoffnung, als das erkannt zu werden, was sie ist.

»Überall ist Wunderland«, hat der deutsche »Unsinnsdichter« Ringelnatz geschrieben, überall, wo Fluchtbewegungen es aufspüren. Der Sturz in den Kinderkopf zeigt ein Wunderland, das bevölkert ist von den Stellvertretern des Gewissens, der Pflicht, des Lebensernstes, und man kann sich die Verwüstungen vorstellen, die in diesem Land von der Pädagogik der Epoche angerichtet wurden. Insofern ist Queen Victoria zwar nicht, wie lange gemutmaßt wurde, die Autorin des Buches, sie steht aber – negativ – für jene Verhältnisse, die seine Niederschrift auch beflügelt haben.

Carrolls Phantasie ist ein Instrument von großer Präzision. Die angsterfüllten Erkenntnisse des Kindes übersetzt er in eine Sphäre höchst prägnanter Bilder, ihre sinnliche Erscheinung ist das eine, das andere sind die Strukturen und Verhältnisse, aus denen sie hervorgetrieben wurden. Deshalb kann man »Alice im Wunderland« auf vielerlei Weise lesen und verstehen, unmittelbar und symbolisch, historisch und ahistorisch. Die Eindringlichkeit seiner Bilder macht Carroll zum loyalen Anwalt der Kinder, die den Ernst und den Aberwitz ihrer Erfahrungen mit der Wirklichkeit durch den Text objektivieren lernen.

Diese Alice, über die Literaturwissenschaftler und Surrealisten, Pädagogen und Psychoanalytiker hergefallen sind wie ehemals die Spielkarten, sie alle mit dem Anspruch, ›ihr‹ Buch gefunden zu haben, diese »Alice« gehört deshalb in erster Linie den Kindern und wird von ihnen vermutlich am reinsten aufgefasst. »Warum nur ist sie so darauf aus, in allem eine Moral zu entdecken?«, hätte sich diese Alice, wie gegenüber der Herzogin, auch gegenüber der Wissenschaft fragen können, die Carolls Buch schließlich so »kompliziert« hat, dass es immer unzugänglicher wurde.

In Wirklichkeit ist dieses Buch, das so codiert und verschlüsselt erscheint, alles andere als verrätselt, nämlich in einem Maße persönlich, wie es wohl kein Kinderbuch vor ihm gewesen ist. Lewis Carroll ist hier nicht nur in den Schacht des eigenen Bewusstseins und seiner Entstehung hinabgetaucht, er hat sich in ihm auch verausgabt und Intimstes in Metaphern ausgesprochen, die seiner öffentlichen Person unaussprechlich gewesen wären.

Der Einzig Wahre. Über Karl Kraus

Als die Zeit Hand an sich legte, war er diese Hand.« Was verrät der bewundernde Satz von Bertolt Brecht, wenn nicht, wie alt Karl Kraus geworden ist? Es gibt »die Hand« nicht, es gibt »die Zeit« nicht und schon gar nicht die Illusion, in einem einzelnen Werk werde die Gegenwart enthüllt und ihrer Nichtigkeit vergewissert. Die Zeit ist nicht blamierbar, und wenn, dann nicht durch Kritik, sondern durch Misserfolg.

Diese Zeit hat keinen Ruf mehr zu verlieren. Es ist eine ironische Zeit, die das uneigentliche Sprechen liebt. Deshalb besitzt die Pointe einen höheren Marktwert als die Erkenntnis. Karl Kraus war ein ironischer Meister, sein Werk ist pointendicht wie kaum ein zweites in deutscher Sprache. Mit einem Unterschied: Es war ihm ernst. Mit uneigentlichem Sprechen zieht man nicht gegen den Ersten Weltkrieg zu Felde, und Harmlosigkeit ist, der Katastrophe gegenüber, fast schlimmer als Affirmation. So rigoros maß Kraus seine Zeit am klassischen Ideal des Humanen. Das mag romantisch klingen, doch wie sonst soll man vorgehen, wenn man die Kulturgeschichte statt ins Beliebige ins Verbindliche aufzulösen sucht? Die Ironie ist bei Karl Kraus noch die Sprechform des Idealismus, sie ist die Sprache der Enttäuschung, der Klage wie der Anklage.

Nichts wirkt deshalb altmodischer in diesem Werk als die Empathie, die Teilhabe an den Opfern, die unzeitgemäße Bereitschaft, sich selbst zu schaden, um anderen zu nützen. Kraus ist vergangen als der Mann, dem seine Zeit nicht gleichgültig war, und vergangen ist die Konsequenz, die er daraus zog. Sie bringt den Begriff der Kritik auf eine

Höhe, die er weder vorher noch nachher hatte. Er ist der Publizist, der aus Widerspruch, Abwehr, Hass sogar, produktiv wird, und der ex negativo dauernd von einer Welt fabuliert, in der all das nicht wäre.

1874 im böhmischen Jičín geboren, mit 25 aus der israelitischen Kultusgemeinde ausgetreten, mit 37 katholisch getauft, mit 49 aus der Kirche ausgetreten, weil Max Reinhardt dort Theater machen durfte, mehrfach körperlich angegriffen, auch zusammengeschlagen, fanatisch verehrt und gehasst, Publizist und Gewissen, Kulturkritiker und Sprachpurist, hat er für seine Zeit eine richtbildliche Bedeutung gehabt wie keiner, der zum Tage schrieb, vor oder nach ihm. Er ist ein Fundamentalist, dessen Lebensentscheidungen wie sein Werk zusammengehalten werden von der Entscheidung für das Richtige, Menschenwürdige.

Deshalb ist sein Thema fast überall die Moral, aber nicht die öffentliche, die Schein-Moral, die er in großen Essays wie »Sittlichkeit und Kriminalität«, in Gerichtsreportagen, in persönlichen »Hinrichtungen« des Publizisten Maximilian Harden, des Polizeipräsidenten Siegfried Schober oder des Zeitungsverlegers Imre Bekessy (des Vaters von Hans Habe) ihrer sittlichen Minderwertigkeit überführte, es ist die Moral, die sich nicht scheut zu wissen, was sein soll, und was besser nicht wäre im Meinen und Fühlen, Sprechen und Schreiben, Drucken und Agieren. Für diese Moral tritt Karl Kraus ein als Querulant und Eiferer. Die Überzeugung, recht zu haben, legitimiert seinen Rigorismus, denn in der Moral gibt es nun einmal keine halben Sachen.

Deshalb schrieb Karl Kraus seine Zeitschrift »Die Fackel« 36 Jahre lang fast allein und rückte keine Anzeigen ein, um nicht vom Anstößigen zu profitieren, und deshalb wäre ihm weniges ehrenrühriger erschienen als gut 67 Jahre nach seinem Tod in einer Serie über »große Journalisten« geehrt zu werden. Nichts war ihm verächtlicher als »Journalisten«, nichts unerträglicher als die Verflechtung von Meinung und persönlichem Vorteil, nichts widerwärtiger als verkäufliche Effekthascherei mit Moral-Attitüde, nichts schaler als eine »Pressefreiheit« für Meinungen, die keiner Freiheit bedürfen, nichts ärgerlicher als ein Massenmedium, das mit populärer Attitüde der Masse ihre Interessen abkauft. Anders gesagt: Er trat mit Konsequenz und Rigorosität gegen Verhältnisse auf, die heute nicht einmal mehr beklagt werden.

Heute kann eine Schauspielerin gegen Atomkraft sein und trotzdem für Eon werben, kann der »Spiegel« über den »Terror der Lust« und die »Quasselbuden der Talkshows« lamentieren, selbst aber »Wa(h)re Liebe« und »Kerner« produzieren, heute kann man gegen den Krieg und für den Schutz des Privatlebens sein und trotzdem »Bild« zum Geburtstag gratulieren, kann man in den Redaktionen mit Berichten über die Chemieunfälle bei Hoechst warten, bis die Wochen der Hoechst-Anzeigen-Kampagne im eigenen Blatt abgelaufen sind, kann man Nachrichten »Action News« nennen oder Kriegsvorbereitungen »Drohkulisse« nennen, mit »Showdown gegen Saddam« überschreiben und doch den Grimme-Preis dafür erhalten.

Für Kraus waren solche Widersprüche moralische Defizienz, für uns sind sie Indizien für Professionalität. Von den heutigen Moralisten erwartet man keine Stringenz mehr. Die moralische Attitüde ist geblieben, nicht die Moral. Deshalb vergab der Journalismus lange als ranghöchsten einen Egon-Erwin-Kisch-, keinen Karl-Kraus-Preis. Opportunismus und Konzern-Konzentration haben jenes Feld völlig veröden lassen, auf dem Karl Kraus vor allem tätig war: das der journalistischen Kritik. Es gibt sie nicht mehr, es gibt auch ihre Organe kaum mehr. So konnte aus dem Journalismus das einzige gesellschaftliche Arbeitsgebiet ohne Kritik werden.

So bizarr es klingen mag, aber in einem werbeunabhängigen, im Eigenverlag publizierten Periodikum erkannte Kraus die Voraussetzung wahrer Unabhängigkeit. Darüber hinaus baute er, was das eigene Schaffen anging, ironischerweise auf die rehabilitierende Kraft der Nachwelt.

Doch die findet ihn in seiner Absolutheit oft grotesk, psychologisch suspekt, verachtet den Kritiker oft mehr als das Kritisierte, reibt sich an seiner teuer erkauften sittlichen Überlegenheit, seiner Kompromisslosigkeit, an der penetranten Attitüde dessen, der es besser weiß und auch noch untadelig lebt. Oder aber sie verehrt ihn als letzten Aufrechten, als Sprach-Gewissen, als Ideal eines publizistischen Zeitgenossen.

Diese Polarität hat ihn überlebt, und gerade unter Journalisten trifft der Name Karl Kraus immer noch auf Animosität. Das ist sein Triumph: Sie mögen ihr Bild in seinem Spiegel heute weniger denn je, und das ist kein Wunder, erwiderte er doch ehemals auf den Einwand, er sei ein Nestbeschmutzer: »Ich bin der Vogel, den sein Nest beschmutzt.«

Das Nest schmutzt immer noch. Doch niemand kann heute so leben und schreiben, wie es Kraus postulierte. Mit dem Ende des Idealismus, dem Ende des Glaubens, die Welt ließe sich aus dem Geist verändern, mit der Lohnabhängigkeit des Journalisten im Dienst von Konzernen ist auch die Lust an der Moral vergangen. Inzwischen existiert weder echte redaktionelle Unabhängigkeit vom Anzeigenteil noch von den Aktivitäten von Konzernen, die sich »wertkonservativ« nennen, aber in »Wertschöpfungsketten« denken. Andere Dinge sind vorrangig: Erfolg, Image, Arbeitsplatz.

Schon Karl Kraus hat sich in seiner Zeit isoliert. Er wurde zum einsamen, nachtaktiven Monomanen, der legendäre Lesungen vor einem fanatisierten Publikum abhielt, eine Anhängerschaft besaß, zu der auch Schönberg und Alban Berg, Adolf Loos und Frank Wedekind gehörten. Aber er lebte fast asozial. Seine wenigen Liebesgeschichten offenbarten – wie übrigens auch seine Lyrik – eine beinahe rührend zärtliche Seele, und seine Kampagnen waren letztlich kaum je von Erfolg gekrönt. Im Scheitern erfuhr er das Schicksal des Recht-Habers.

Zu den unvergänglichen Diagnosen, die Karl Kraus seiner Zeit und allen kommenden stellte, gehört der Nachweis des kollektiven Bewusstseins in der Sprache. Kaum je hat ein Publizist so feinhörig, so sicher und so leidenschaftlich auf die Verwerfungen des Denkens, Fühlens und Urteilens in der Sprache reagiert wie er, und nur weil der Journalismus eine Versammlung des kollektiven Sprechens enthält, kann er überhaupt zum Thema werden. In diesem Sinn ist jede Meldung politisch und hat die Kritik des Journalismus nur noch lose mit den Anlässen zu tun. Es ist dieser Ansatz, mit dem die Frankfurter Schule Karl Kraus vor allem beerbte.

Heute wird Sprachkritik kaum mehr als Gesinnungskritik verstanden. Sie ist der politischen Korrektheit gewichen. Man weiß, dass man nicht »bis zum Vergasen« sagt, aber von »Machtergreifung« spricht man dennoch. Jargon wird als legitimes Instrument der Verkaufe gebilligt, und diese genügt sich selbst und bedarf keiner Legitimation.

Sprachkritik ist ein totes Genre wie das Heldenepos oder das Libretto, und nach Medienerziehung und Medienkompetenz wird floskelhaft verlangt, wenn man gerade wieder einmal Gewaltvideos im Besitz von Amokläufern gefunden hat. Jene analytische Intelligenz, die Karl Kraus im Umgang mit Medien einforderte und die den Fokus auf die Herstellung von Meinung, von Bewusstsein richtete, wird befremdlich gefunden, so lange alles Mediale einer sublimen Unterhaltungsfunktion unterstellt ist.

Das publizistische Hauptwerk von Karl Kraus, »Die Fackel«, ist heute in ihren Gegenständen oft verwittert. In ihrer sprachlichen Form, ihrer Dichte, ihrer Radikalität ist sie das größte Monument polemischer Zeitbegleitung in deutscher Sprache und versammelt darüber hinaus einige der Kronjuwelen deutscher Essayistik zu Themen der Moral und der Sprache, der Justiz und der Literaturgeschichte. In ihr zeichnet sich ab, was später »Kulturindustrie« genannt und als Triumph des Verkäuflichen begrüßt werden sollte.

Sein dramatisches Hauptwerk, »Die letzten Tage der Menschheit«, eine gigantische Collage aus dem Sprach- und Gesinnungsmüll des Ersten Weltkriegs und den Porträts seiner kleinen und großen Protagonisten, wurde Allegorie und Anti-Kriegsdrama zugleich. Es dokumentiert die entsetzliche Zerstörungskraft von Meinungen, die sich auch in heutigen Zeitungen als unsterblich erwiesen haben, in Zeitungen, die speziell zu Kriegszeiten immer noch gern mit Landser-Mentalität auftreten. Aber wann wäre der Massen-Journalismus je mehrheitlich gegen einen Krieg aufgetreten?

»Wer heute noch eine Welt hat, mit dem muss sie untergehen.« Karl Kraus war der letzte Radikale des Humanismus, den die Tagespublizistik hervorgebracht und zugelassen hat. In seinem Scheitern scheiterte mehr als er selbst.

Da sitze ich also, zwei Bände Beltz vor mir, die Welt scheint überschaubar. Auf dem einen steht »Gut«, auf dem anderen »Böse«. »Gut« ist ein bisschen dicker als »Böse«, wie im Leben, würde der Optimist sagen. Aber Matthias Beltz, dessen »Gesammelte Untertreibungen« von Volker Kühn so schön und stimmig herausgegeben wurden, war kein Optimist, sondern Jurist, auch Arbeiter am Opel-Fließband, auch Aktivist neben Joschka Fischer und Daniel Cohn-Bendit, Mitbegründer des »Tigerpalasts«, dann Schauspieler am »Chaos-« und am »Front-Theater«, dann fernsehbekannt, schließlich Einzelgänger, nein, Eigenbrötler des politischen, ja immer noch politischen Kabaretts, einer, der sich in der Öffentlichkeit nicht verloren gegangen war und manchmal noch von dem Gefühl beschlichen wurde, die alten Fließband-Kollegen »verraten« zu haben.

»Gut« und »Böse« in zwei Bänden: Das lese ich nicht Wort für Wort, denke ich, das lese ich kursorisch und mach mir ein Bild. Draußen gratuliert Putin gerade Viktor Janukowitsch zur gelungenen Wahlfälschung in der Ukraine, und Viktor Juschtschenko steht dank Dioxin-Akne kaum noch das Mienenspiel der Empörung zu Gebote.

Matthias Beltz macht sich gerade Gedanken über »Gewaltmonopol und Staatverdruss«, erwägt die »Prügelstrafe für Politiker«, macht sich auf die Suche nach dem Revolutionären in sich selbst und der »Angst vor dem Elternwerden«. Mitten darin entwickelt er, diagnostisch, nicht kulturpessimistisch, die Theorie vom absterbenden Staat, der Verwandlung von »staatsfrommer« Jugend in »industriegehorsame Jugend«. Jeanette Biedermanns neues Video kombiniert gerade Proll-Ikonographie mit Bildern vom Weihnachtsplätzchen-Backen für multikulturelle Kinder.

Inzwischen nennt Schröder Putin erst einen »lupenreinen Demokraten«, dann fährt er fotogen mit ihm nicht Schlitten, sondern Eisenbahn. Rumsfeld schüttelt Soldatenhände im Irak, Powell Zivilistenhände in Asien. Otto Schily hat jetzt selbst den Zentralrat der Juden in Deutschland gegen sich, und Clement kann sich Vollbeschäftigung vorstellen. Irgendwo streichen Abgeordnete zusätzliche Gehälter ein, irgendwo empört sich jemand, und die CSU debattiert über die »Teamfähigkeit« von Angela Merkel.

Ich lese und lache immer noch. Matthias Beltz hat mir inzwischen die Republik erklärt, samt dem »Ende des Sozialismus«, dem Anfang des »postkatastrophalen Entertainments«, außerdem den Heiland und den Dritten Weltkrieg. Ich kann es nicht lassen. »Teil- und Bruchstücke seiner Veröffentlichungen« hat Herausgeber Volker Kühn gesammelt, »seine Programme geplündert«, Conférencen, Gedankensplitter, Entwürfe, Notizen, Verse zusammengetragen und in Themenfelder geordnet unter Kapitel-Überschriften wie »Zumutungen im Alltag«, »Adieu, mon amour«, »Den Aufstand denken«, »Tatort Kneipe«, »Man ist Mann«, »Die Zukunft liegt hinter uns«, und eine MP-3-CD mit zwei ungekürzten Solo-Programmen wurde auch noch beigebunden.

Am Ende werde ich alle neunhundert Seiten umgewendet haben, und das in dem untrüglichen Gefühl, an der bundesrepublikanischen Geschichte der letzten Jahrzehnte teilgenommen zu haben, das Relevante und Bleibende wieder erlebt, ohne dabei meine Gegenwart verlassen zu haben. Ja, der Kabarettist Mattias Beltz ist wirklich, was

er glaubte, sein zu müssen: »ein vorwärtsgewandter Historiker«. Und der reimt bekräftigend: »Die Gegenwart
hat ihre Geschichte, / und zwar eine komplexe und keine
schlichte.«

Offenbar war Volker Kühns Textauswahl geschickt. Andererseits ist Politik als die ewige Wiederkehr des Aktuel-
len in Ursituationen immer wieder zeitlos erstarrt, und wir
bewohnen wohl ein Land, in dem niemals etwas für immer
erledigt ist: alle paar Jahre eine politische Vorteilsnahme,
eine Misshandlung bei der Bundeswehr, die Entstehung des
»neuen Mannes« und alle paar Jahre eine Patriotismusde-
batte, auf die nur Beltz auch eine zeitlose Antwort weiß:
»Ich bin stolz, stolz zu sein.«

Mattias Beltz, geboren im »Kapitulationsjahrgang
1945« als der Sohn einer Trümmerfrau und eines ver-
schüttgegangenen Soldatenvaters, gestorben im März
2002 an einem schwachen Herzen, gerade mal 57 Jahre
alt, war einer, der gebraucht wurde und der vermisst wird,
ein Zeitgenosse, der auch in der Abwehr seiner Gegenwart
so leidenschaftlich Zeitgenosse war, dass ein Beruf dabei
herauskommen musste.

Wie alle echten Kabarettisten besitzt Beltz starke re-
gionale Verwurzelung, wenn auch nicht notwendig in der
»kommunalspezifischen Lachkultur«. »Nationalismus ist
Blödsinn«, sagt Beltz, »aber auf Lokalpatriotismus lass ich
nichts kommen.«

Sein Patriotismus band sich an Frankfurt am Main, ein
wenig aus Mitleid zu diesem Un-Ort, den nur Gestrandete,
Hängengebliebene und schwer Vermittelbare ihre Heimat
nennen: »Alle Völker der Welt sind durch Hessen getram-
pelt, keins wollte bleiben.« So blieb das Hessische, »die
Mentalität des verlorenen Subjekts«, und diese Mentalität

wurde Wirtstier des Kabarett-Parasiten Beltz, der nicht aufhört, sein Subjekt zu suchen.

In diesen Räumen ist Beltz ein Einsamer durch die ideologische wie die manifeste Einrichtung der Lebensräume, immer bedroht von Gesinnung, vom Lärm ringsum, von der Pest der Handy-Brüller, der Einrichtung von Zügen, der Architektur, dem Design. All das ist geronnene Mentalität, und Beltz ist der Flaneur dieser Mentalität. Für jeden großen Flaneur werden Orte Massiv der Erfahrung, und so wird auch Frankfurt von einer topographischen Einheit immer mehr zu einer weltanschaulichen.

Beltz lebte in der Öffentlichkeit wie in einer Nährflüssigkeit. Kein Kabarettist besaß eine umfassendere Bildung, keinem stand literarisch-philosophisches Wissen so selbstverständlich zu Gebote wie ihm, keiner konnte juristische, proletarische und intellektuelle Arbeit so aus der eigenen Erfahrung beschreiben und beurteilen wie er, keiner nahm auf verwandte Weise Politisches und Boulevardeskes, Kulturelles wie Ökonomisches auf als Stationen seiner eigenen Nahrungskette. Ergänzt um eine hohe Reizbarkeit für alles Sensible, ein zartes Gewissen und die Leidensfähigkeit eines Romantikers, brachte er die besten Voraussetzungen mit für einen Flaneur.

Man kann seine Streifzüge durch die gegenwärtige Welt ebenso gesellschaftskritisch lesen wie amüsiert, die Detailschärfe der Beobachtungen ist so hoch wie das Reflexionsniveau der politischen Analyse. Doch ebenso gut lassen sich diese Texte existenziell lesen, als die Aufzeichnungen aus einem einsamen Leben, einem, das notwendig einsam werden musste, weil es alleinstehende Gedanken denkt und weil ihm alle Möglichkeiten fehlten, Allianzen, Zweckgemeinschaften, Fraktionen zu bilden – anders als

es Joschka Fischer, Otto Schily und anderen alten Weggefährten nach deren »rätselhaftem Verlust des Klassenbe-
wusstseins« gelang.

Wir sehen solche Kriegsgewinnler des alten Klassen-
kampfes hinter den Kulissen der Texte die Hierarchie
hinaufsteigen, sehen sie, aus der Beltz-Perspektive, »Da-
beiseinwollen, ohne den Begriff der Klasse als Erkenntnis-
merkmal auftauchen zu lassen, aber den Zipfel der Macht
anfassen!« Wir sehen Beltz keine Karriere machen, aber
seine Integrität bewahren, und dazu gehört auch, nicht den
alten Standpunkten treu zu bleiben, sondern der Haltung:
»Unsere Politik sollte Notwehr sein, nicht Kampf um die
Macht.«

Zum Einzelgänger macht ihn seine Integrität, seine Un-
verblümtheit, seine Courage ebenso wie die Vielzahl seiner
Talente. Er beherrscht die Farben des Stimmungs-Melan-
cholikers, Impressionisten und Lyrikers, er ist Pamphletist
und Lehrstück-Dramatiker, Dichter, Kulturkritiker, Pole-
miker und über allem Komiker. Er beherrschte das Senten-
ziöse des Agit-Prop-Kabaretts genauso wie die analytische
Finesse der Ideologiekritik, war aber ebenso Milieuschil-
derer und Beobachter, konnte seine Identifikation bis zur
Mimikry treiben und Charaktere gebären wie ein Kraus,
Qualtinger, Tucholsky oder Polgar. Seine Vielseitigkeit ließ
ihn zwischen alle Genres und Cliquen fallen.

Auch hat er wohl nie einen Text ohne Idee, ohne kritischen Aplomb geschrieben – das separierte ihn vom Nonsens der Comedy Clubs. Dennoch war sein Glaube an die
analytische Leistung des Lachens im Einzelnen stärker als
der an die Aufklärung im Ganzen.

Wie bei den meisten ernst zu nehmenden Humoristen
seiner Generation entspringt sein politisches Denken im

Bann der Auseinandersetzung mit dem Nationalsozialismus. Die Abwehr der Eltern-Generation, des autoritären Staates, des militärisch-ökonomischen Komplexes prägt ihn so tief, dass ihn jeder Versuch, ein Amt oder gar Macht zu erlangen, hätte korrupt erscheinen lassen. Er war ein 68er mit allem, was das bedeutete: »Es geht um die Einheit von privat und politisch, also von Gaby und Vietnam.« Und irgendwann hat er aufgehört, an diesen Dualismus zu glauben: »Manchmal denke ich, dass Politik Unsinn ist, gerade im Sommer.«

Beltz ist der seltene Typus eines Linken, der sich von der Geschichte belehren lässt, Lager und Blöcke hinter sich zu lassen und zu denken, wie man um des Wohls der Sprachlosen und Erniedrigten willen denken muss. Deshalb gehört er zu den wenigen, die vom Fall der Mauer, vom Ende der Systeme nicht moralisch und intellektuell überrumpelt wurden. Seine Form der Kritik war schon lange mauerlos, blocklos, grenzenlos richtig und komisch.

Matthias Beltz war im Kabarett einer der wenigen, der den Fall der Blöcke nutzte, um im Exzess der Realpolitik weiter zu denken und der Realität näher zu kommen. Schon vor den Kulissen des linken Frankfurter Aktionismus hatte er ketzerisch festgestellt: »Linke Politik in Frankfurt reibt sich an der Sprache und an der Polizei, nicht an ökonomischen Machtverhältnissen.« Und damit hatte er gleichzeitig unterstellt, die Linken wollten keinen Einfluss auf die Macht, sie wollten vor allem, dass die anderen nachgeben.

Auch im Privatleben waren die Grenzen verschwommen, schließlich diffus geworden: »Der Bulle, der abends nach Hause geht, ist mein Mitmensch – der Genosse, der gerade mein Fahrrad klaut, kriegt eins auf den Kopf.«

Doch in der Überwindung all dieser traditionellen Dualismen und reinen Oppositionen bewährte sich für Matthias Beltz immer noch das dialektische Denken der Frankfurter Schule, auch als satirisches Prinzip. So kommentiert er einen vermeintlichen eigenen Chauvinismus mit den Worten: »Das klingt, als hätte ich was gegen Ausländer? Stimmt. Aber ich habe auch was gegen Deutsche. Besonders gegen die, die sich über Ausländer beschweren. Statt sich zu freuen, dass sie was zu meckern haben.«

Vereinfacht könnte man die innere Biographie des Mannes umreißen und sagen, erst wollte er die Welt ändern. Später wollte er sie nur noch in ihrer Unveränderbarkeit darstellen, nicht ohne leise Hoffnung, dadurch doch noch gelinden Einfluss auf sie auszuüben.

Deshalb lässt sich bei Beltz lernen, was Ironie von Zynismus trennt: Ironie tritt auf im Dienste eines Besseren, sie spricht uneigentlich im Dienst eines Eigentlichen, Wesentlichen. Der Zynismus besitzt keinen solchen Rückhalt, er ist reine Negation und schließt, zu Ende gedacht, die Zustimmung zur Zerstörung ein. Beltz war Ironiker, Satiriker, Kabarettist, weil er auch ohne Ironie genau wusste, wo Gut und Böse saßen, und sei es auch nur weil er wusste, was nutzt, was schadet, was steigert, was mindert. In dieser Hinsicht wenigstens verstand er seinen Auftrag nicht anders als den des Bundespräsidenten: Für den Kabarettisten Beltz gilt es, den Nutzen des Volkes zu mehren und Schaden von ihm abzuwenden, »zu retten alle Gerechten und Gerechtinnen«, wie er in Übererfüllung aller Ansprüche des politisch Korrekten postuliert.

Es gibt Karikaturisten, die zeichnen die Pointe, und es gibt welche, die zeichnen das Milieu der Pointe. Ebenso gibt es Kabarettisten, die verengen die Welt zum Lacher, und dann gibt es welche, die verdichten die Welt, und fast zwangsläufig wirft sie Lacher ab. Zu den Letzteren gehört Matthias Beltz.

Als Gesellschaftskritiker aber bewegt er sich ironisch und melancholisch auf den Punkt, an dem er die Wichtigkeit wie die Folgenlosigkeit seiner Kritik einsieht, für den Nonsens aber zu klug und zu erwachsen ist. So bleibt eine reflexartige Reaktion der politischen oder kulturellen Kritik intakt, auch wo niemand da ist, der diese Kritik beantwortete. Aber was soll er tun? Er ist nicht angetreten, Witze zu machen, sondern abweichende Standpunkte zu vertreten, und diese besitzen nun einmal keinen Einfluss auf die Entscheidungsprozesse von Parlamenten und Banken. Absurd, so ein Kritiker, der zugleich das Wichtigste und Überflüssigste tut!

Inzwischen wirft die CDU Kanzler Schröder »Versagen« bei der Tsunami-Hilfe vor, Parlamentarier fordern Demut, und deutsche Tsunami-Survivors begründen, warum sie die Unterstützung der asiatischen Prostitution als Beitrag zum Aufbau der Krisenregion sehen, Erzbischof Meisner vergleicht Hitler, Stalin und abtreibende Frauen, Guido Westerwelle schwört seine Partei auf den Regierungswechsel ein, welchen auch immer, und die Müller mahlen und die Zimmerleute zimmern …

Beltz fehlt, auch weil er uns den letzten Lacher schuldig blieb: »Das Einzige, was uns bleibt, ist, uns selbst beim Untergang mit Heiterkeit, ohne Zynismus und Häme, ohne Sentimentalität oder Verlustangst, ohne Hass oder Masochismus – das Einzige, was uns bleibt, ist, uns selbst beim eigenen Untergang mit Heiterkeit zuzuschauen, als Schauspieler und Publikum eines Dramas, das keine Schlusspointe mehr aufweist.«

Die Öffentlichkeit entspringt in der Verdoppelung: Schreiben Sie …! Konfrontiert mit der anderen eigenen Gestalt, der öffentlichen, beginnt man zu schreiben. Der Verleger sagt: Das rechnet sich so und so. Wir beide beschreiben eine Öffentlichkeit, die für Geld wissen will. Ein Buch entsteht immer auch als Folge anderer Bücher. Vorbereitet auf ein Sprachniveau, auf eine Begrifflichkeit und eine bestimmte Genauigkeitsanstrengung, angesteckt vom Brausen des Themas oder dem Nimbus seiner Bearbeiter greift ein Publikum nach diesem Buch, dem Schnittpunkt zwischen dem Stilwillen der literarischen Arbeiter und dem Geschmack der Geldgeber. Das ist banal, man vergisst es aber, so vorurteilslos erscheinen Gedanken in Büchern. Dabei ist es nicht schwer, sich auf die Ideen zu konzentrieren, die keine Öffentlichkeit finden, weil sie sich ›nicht rechnen‹ oder weil sie apart sind. Trotzdem ziehen innovatorische Bewegungen es gerne vor, in den Außenbezirken dieser doppelten Legitimität zu entstehen. Der Zusammenhang von Öffentlichkeit und Ware erteilt dem Schreiben Befehle. Noch bevor man gedruckt ist, schreibt man veröffentlicht, z. B. wie folgt:

Ich denke weniger darüber nach, in welchen Formen ein Text auf das Publikum reagiert, vielmehr frage ich mich, wie er es ersetzt. Wie Literatur denkt, vorstellt, gestaltet – das bildet ihren Begriff als sogenannte Kunst, wie sie sich aber zur Öffentlichkeit stellt – das teilt sie mit dem Radio oder dem Spendenaufruf. Sie konkurriert, will von der Öffentlichkeit nicht allein wahrgenommen, sondern auch noch Teil von ihr werden: mitsprechend und mitbestimmend wie die Natur.

Die Literatur tendiert überall dazu, die Öffentlichkeit abzulösen, die sie vorfindet. Ihre Themen, ihr sensibler Standard, ihre formale Kompression – sie sollen nicht im Werk, sie sollen außen gültig sein. In jedem Kunstwerk steckt der Kern eines Massengesprächs, die Vorlage zu einem internationalen Gerede. Wenn man also davon spricht, dass die Literatur zur Selbstaufhebung tendiert, dann heißt das nicht nur, dass sie alles in Texte auflösen möchte, sondern auch, dass sie in der eigenen Redeform ein Idol jeder sozialen Auseinandersetzung ausdenkt.

Sobald das Publikum ein Werk begrüßt, sobald es zu erkennen gibt: Seine Gedanken sind angekommen, seine Welt ähnelt den Fata Morganen, in denen das Publikum treulich existiert, sobald das Publikum mit den Problemen des Werkes zu fabulieren beginnt, wird dieses öffentlich und zunehmend öffentlicher. Es erhält sein Gesicht durch die gestalterische Leistung des Publikums, wird ein anderes und gibt sich, fremd geworden, der Allgemeinheit zu erkennen. (Die vom Publikum abgewandten Seiten erblinden.)

Der Abschluss der Arbeit ist die erste, der Eintritt in den Erfolg die zweite Etappe der Zerstörung. Wahrscheinlich ist es überhaupt nicht möglich, die Vorstellung vom Gelingen eines Textes zu trennen von der Idee der Zustimmung, die selbst sein Gieren nach Zustimmungen auslöst, und ebenso wenig kann man wiederum diese Zustimmung von der Gesellschaft trennen, die in ihr spricht, und zwar die Gesellschaft nicht verstanden als omnipräsentes Kollektiv, sondern als eine handfeste fröhliche Gemeinschaft, die sich zufriedengibt.

Die Ausprägung dieser Vorstellung hängt ganz von der Weitsicht und Skrupellosigkeit des Produzenten sich selbst gegenüber ab. Es gibt Texte fast ohne Öffentlichkeit, sie streben weder positiv noch negativ einen Konsens an und räkeln sich nicht vor dem Leser. Allein ihre Typographie ist ein Opportunismus. Die ärgste Abkehr von der Öffentlichkeit aber vollzieht ein Werk, indem es sich spröde macht gegen das Wiedererkennen. Zwar will ein Autor vom Publikum zunächst nicht verstanden, sondern er will in seiner Rolle als öffentlich Redender anerkannt werden, immerhin wird aber das Publikum durch die Zurichtung auf das Verstehen in den Produktionsakt eingelassen, dessen asyntaktische Spontaneität und Anarchie vor dem Leser geglättet und verfremdet erscheint.

Die Vorstellung, durch und durch verstanden zu werden, ist dem Schriftsteller letztlich so unsympathisch wie die der Wahrheit, die den negiert, der sie ans Licht befördert hat. Leidenschaftlich träumt er stattdessen vom Privileg des verkannten Dichters, von der Schönheit des übersehenen Menschen und der exklusiven Energie in diesem Stachel, weiterzuschreiben und die Zeit zu hintergehen, deren Anerkennung er gewinnt, indem er von ihr verkannt bleibt, in ihr herumirrt und sich irrt.

Verkannt zu sein, das heißt, mit der Vorstellung eines Lebens groß zu werden, das man nicht führen darf. Weniges reizt das Schreiben mehr als diese Publizität ohne Publikum, die Freiheit, den Misserfolg auszuschöpfen, ein unteilbares ästhetisches Konzept mit allen Mitteln der Präzision zu verfechten, zu gewinnen, indem man von der Öffentlichkeit nicht angenommen wird. Mit seinem selbstbewussten Aufstieg zum Misserfolg antwortet der verkannte Autor auf die zentrale Zumutung für jeden Schreibprozess: die Zumutung der Öffentlichkeit, die Zumutung, verstanden zu werden.

Andere aber denken öffentlich, sie agieren und sie empfinden wie unter dem Diktat einer Massensuggestion. Sie sehen schlecht und allein typologisch, aber sie fühlen sich in jeder Wendung von der Zustimmung durch Tausende bewegt. Sie formulieren, als sei der Ruhm etwas Wirkliches. In dieser Hinsicht faszinieren populäre oder triviale Texte, weil sie den Entwicklungsstand der Öffentlichkeit im Innenleben verraten. Der dumme Text ist letztlich der schwerstverständliche.

Endlich aber schließen sich auch alle Texte vor den Lesern zu einer Öffentlichkeit zusammen. Der Leser ermüdet, denn es ist immer die gleiche Schrift, die er findet, der gleiche Schluss, die gleiche Lösung. Er wird der Namen und Formen überdrüssig, weil er nicht neuerlich verstehen kann, sondern erfahren muss, wie ihn die Texte immer von der gleichen Seite ansehen, wie eine öffentliche Person, die gezwungen ist, vor ihrem eigenen Konterfei zu posieren.

Angesichts der Gefahren aber, deren sich der Schriftsteller beim Schreiben aussetzt, indem er beinahe zwangsläufig auf Wahres stößt, und angesichts der Wahrscheinlichkeit, dass er nach und nach die vollständige Beziehungslosigkeit seiner Einbildungen im Verhältnis zur praktischen Welt aufdecken wird, angesichts einer solchen fatalen Isolation ist die Beziehung zum eigenen Namen Inbegriff und Surrogat einer sozialen Bindung, und kein noch so begabter Leser kann an einem Text diese verbissene Anhänglichkeit des Autors an sein unmögliches Alter Ego nachvollziehen. Der Misserfolg des Namens provoziert den Schriftsteller zu einer neuen, intimen Selbstbenennung, die jedem neuen Werk wie ein Schatten folgt.

In der augenblicklichen Situation sieht es so aus, als würde das Denken immer einfacher und das Anschauen immer schwieriger. Nicht zuletzt ist vermutlich die Nivellierung des Biographischen dafür verantwortlich. Es kennzeichnet den Intellekt immer noch, dass er teleologisch verwirklicht: als Verfolgung eines Prinzips oder Denkziels, stringent, folgerichtig, aber ohne Hinweis darauf, wie Gedanken koexistieren, wie sie gegenwärtig begrenzt und beschnitten werden, wie sie sich von Werbung und Schlager abstoßen, wie sie die Politik in sich verneinen. Aus dieser Perspektive wird die Herstellung der Öffentlichkeit im Denken zu einer Grundanforderung an die mimetischen Tätigkeiten in der Gegenwart.

Der literarisch Produzierende hat mit dem Journalisten gemeinsam, dass er alles mit Veröffentlichung bedroht. Er vertritt die von allen Bildern und Schriften zum Verschwinden gebrachten Bilder und Schriften, die Welt des Indezenten ebenso wie die des denkbaren Ernstfalls. Er kann, wenn er rücksichtslos genug ist, den Vorgang der Veröffentlichung bis zum Schmerz steigern, bis zur Verletzung der Immunität. So beweist die Radikalität des Schriftstellers immer neu, dass die Würde des Menschen antastbar ist.

Populäre Texte bilden die Öffentlichkeit meist nur ab, radikale stellen sie her. Sie verweisen nicht, sie bringen die Indizien bei. Ihre Atmosphäre ist die der Zweifellosigkeit. Erst wenn sich die imaginäre Gesellschaft der Lesenden über dem Unvorgreiflichen zusammengeschlossen hat, wenn unwiderruflich ausgesprochen und vor das innere Auge gezerrt wurde, erst dann stellt sich ästhetische Genugtuung ein: Als könne man wirklich mit den Gemeinheiten der Veröffentlichung den Verletzungen durch Repräsentationsdarsteller antworten und Bild und Funktion zugleich beschädigen! Hier reagiert der Impuls zu rücksichtsloser Veröffentlichung auf die Tendenz der Politik, zu verschwinden und sich durch ein Arrangement von Bildern vertreten zu lassen.

In diesem Sinn erfüllt die Veröffentlichung keinen Kunstzweck alten Verständnisses mehr, sie wird vielmehr zu einem strategischen Begriff, sinnlos, aber beherrscht von dem Bedürfnis, innerhalb der schriftlichen Öffentlichkeit ähnliche und ähnlich leere Extreme herzustellen wie außerhalb. Auf diese Weise reagiert der Impuls der Veröffentlichung auf die Politik und vergrößert dabei ein Moment, das die künstlerische Produktion wesentlich bestimmt: die Abwehr, die Lust an der Beseitigung, die hybride Vorstellung einer Zerstörung, die mehr meint als nur die Schrift, die Bilder, die Konsonanzen. In solcher Form zeugt die Veröffentlichung von der Erfahrung des Mangels, und der Mangel schlägt sich nieder als Kritik.

Diese Kritik aber, die im Aufstieg zum Misserfolg an der eigenen Ausschließung und Verneinung gewonnen wird, als werde das populärste Gesetz der Reduktion des Menschlichen hier wirksam, diese Kritik, sie ist ein absurdes Verhalten: essenziell in jedem Durchbruch von Bewusstsein und zugleich unmöglich, ohne Gegenüber, ohne Einfluss.

Dass er verneint und von den formgebenden Kräften des Publikums abgelehnt wird, dass er nicht sein soll, das erfährt der Schreibende als symbolisches Scheitern. Jetzt wird die Veröffentlichung den Sinn erhalten, der Öffentlichkeit ihr Scheitern mitzuteilen und sie das Absurde zu lehren, das darin liegt, zu verneinen und zu veröffentlichen.

Das Kino hat das Gesicht dieses Jahrhunderts verändert, auch entstellt. Am Anfang war es Jahrmarktsattraktion, jetzt ist es wieder etwas Ähnliches. Die reifen Jahre liegen irgendwo dazwischen. Wer das Gesicht des Kinos in diesem Jahrhundert geprägt hat, ist an seinem Ende tot, belanglos oder resigniert: Chabrol und Bertolucci moderate Erzähler, Godard vom filmischen Erdboden verschwunden, Woody Allen präsent nur kraft der Europäer, Robert Altman war zuletzt laut Eigenaussage auf dem Weg zurück in den Untergrund des Independent Kinos.

Und dann ist da Stanley Kubrick, noch als Toter lebendiger, als es den verzogenen Kindern der Kino-Soaps gefällt, der Einzigartige und Einzige, der sich so weit außerhalb von Hollywood begab, durch ästhetische Radikalität, geistige Unabhängigkeit und Kontrollversessenheit die Bedingungen seines Arbeitens selbst diktierte und damit Erfolge erntete, die andere nur noch im künstlichen Klima cineastischer Konsumforschung suchen.

Kubrick war der letzte Autorenfilmer außerhalb der Independents und zugleich der letzte Souverän mit großem Budget, der Erfolge erzielte unter Missachtung der erfolgversprechenden Rezeptur. Seine Stoffe suchen zwar ihr Publikum, ihre Formulierung aber schenkt diesem Publikum nichts. »Für die Magie einer Geschichte hat er sich interessiert«, sagt Kubricks Witwe Christiane, »aber Zugeständnisse nie gemacht.« Und er selbst, der die »wirklich künstlerische, wahrhaftige Ambiguität« als »die perfekte Ausdrucksform« bezeichnete, suchte sein Publikum vor Indifferenz gleichermaßen wie vor Überhitzung zu schützen. Zäher fließend, tiefer denkend, stärker fordernd, mit hypnotischer Ästhetik tritt »Eyes Wide Shut« also vor das Publikum und wirkt wie ein Exemplar hybrider Subkultur.

Mit jedem seiner Filme hat Kubrick den Abstand zwischen Filmkunst und Filmgeschäft neu vermessen. »Eyes Wide Shut« erinnert auch daran, wie Filme denken und gestalten könnten, wenn sie etwas anderes wären als Spekulationsobjekte: »Von der ersten Einstellung an ist ganz klar«, so schreibt der »Guardian«, dass sich »›Eyes Wide Shut‹ von allem im modernen kommerziellen amerikanischen Kino völlig unterscheidet. Der Film ist sehr viel erwachsener, schmutziger, dabei intelligenter und weltlicher.«

Erwachsener. Kein genießbarer Film also, keiner der sich sofort erschließt, keiner, der das Publikum hofiert, einer, der offenbar auch die Filmkritik oft überforderte und sie veranlasste, mehr den Rummel als den Film zu rezensieren oder diesem Dinge anzulasten, die auf die Stereotypien der Synchronfassung zurückgehen.

Aber müsste diese Kritik nicht erst einmal die Höhe von Kubricks Pedanterie erreichen? Man erinnere sich nur, als »Barry Lyndon« herauskam: Porentiefes 18. Jahrhundert, bei Kerzenschein gedreht mit einem eigens für Kerzenschein entwickelten Objektiv. Der Soundtrack aber umfasste auch ein Schubert-Stück, und der findige Kritiker sprach: Beginnendes 19. Jahrhundert, Mr. Kubrick, Sie sind Ihrer Zeit untreu geworden! Kubrick erwiderte: Ich habe wohl jedes verfügbare Musikstück aus dem 18. Jahrhundert gehört. – Pause. – Die Stimmführung aus Schuberts Komposition nimmt Muster des 18. Jahrhunderts auf … (es folgt ein Exkurs über Kompositionslehre).

Bei »Full Metal Jacket« versuchte es der Kritiker wieder: Sie haben den Vietnamkrieg in den Londoner Docks gedreht ... Kubrick referierte die Analogien zwischen vietnamesischer und englischer Industrie- und Wehrarchitektur. – Aber das Wetter! – Kubrick erwiderte: Während der Ho-Offensive war der Himmel bedeckt. Wir haben den Dreh unterbrochen, wann immer die Sonne rauskam. – Aber »Jumpin' Jack Flash« als Musik? – War zum Zeitpunkt der Offensive auf Platz 1 der Hitparade. Unschlagbar!

Doch andererseits: Wie sehr eignete sich »Eyes Wide Shut« zur Legendenbildung! 18 Wochen sollten die Dreharbeiten dauern, 52 waren es am Ende; Harvey Keitel und Jennifer Jason-Leigh verließen das Projekt; Szenen wurden wiederholt, bis sie eine geradezu hysterisch überreizte Qualität besaßen. Die beiden Protagonisten, die eben noch geschworen hatten, nie wieder nackt aufzutreten, lieferten sich der mutigsten, intimsten und geglücktesten Arbeit ihrer Laufbahn aus. Ein paar grünstichige Fotos, auf denen Nicole Kidmans Hintern in lauter Rasterpunkte zerfiel, kursierten monatelang als Appetizer. Nicht nötig. Wenn Kubrick ein Auto einparkt, ist das immer noch faszinierender, als wenn es bei Cameron explodiert.

Jetzt also als Schlussstein des Werkes, als Brückenkopf in die Nachwelt, wenn es eine gibt: »Eyes Wide Shut«. Was für ein Titel – paradox oder dialektisch? Sehen wir nur mit geschlossenen Augen gut? Öffnen sich die Augen am weitesten, wo sie sich nach innen richten? Welche Ironie, dass so der letzte Film eines Mannes heißt, der fünf Tage nach der Vollendung selbst die Augen für immer schloss. Ein Film über das Sehen oder über das Visionäre? Will uns Kubrick noch einmal verstören, der wie kein anderer das

Phantastische als etwas Reales behandelt und das Reale als eine Einbildung?

Das sähe ihm ähnlich, und doch, wie merkwürdig, dass er zuletzt ausgerechnet bei einem kammermusikalischen Konversationsstück im Dunst der letzten Jahrhundertwende hängenblieb, hatte er doch die Studios von George Lucas schon mit Special Effects für »A.I.«, eine Kinder-Roboter-Geschichte, beauftragt, beschäftigte er sich doch wieder mit dem modernen Krieg und arbeitete an einem Napoleon-Stoff, auch einer Liebesgeschichte. In all diesen Epochen aber hatte er sich schon einmal aufgehalten – mit »2001 – Odyssee im Weltraum«, »Full Metal Jacket« und »Barry Lyndon«. Aber immerhin erlaubten diese Stoffe auch die Ausbreitung eines klassischen Kubrik-Motivs: Der Übergang des Menschen in die Maschine, keine rein technische Marotte, denn Kubrick suchte das Mechanische auch im menschlichen Haushalt: Der Computer in »2001« simuliert Psychologie, die Therapie in »Clockwork Orange« manipuliert, der Drill in »Full Metal Jacket« zerstört sie, »Shining« ist ihr Amoklauf. Dehumanisierung wurde zum Leitmotiv, das Kubrick nicht kulturpessimistisch, sondern mit dem Blick des Diagnostikers verfolgt. Den gleichen Blick wendet er diesmal für die Humanisierung auf.

Kubrick hätte Galaxien nachbauen können, aber er entschied sich für etwas noch Rätselhafteres: Das Ehebett, terra incognita für ihn, denn selbst seine »Lolita«-Verfilmung aus dem Jahr 1962 interessierte sich weniger für die Körper als vielmehr für eine Liebesgeschichte unter Schock, ohne Identifikation. Erst zuletzt, in Humberts Konfrontation mit der schwangeren und unattraktiven Lolita, so Kubrick 1961, durchdringt der Leser die Oberfläche und erkennt die ehrliche Liebe des Helden: »In dieser Hinsicht hat der Roman sehr viel zu tun mit vielen Dingen von Arthur Schnitzler«, einem »der unterschätztesten Autoren des 20. Jahrhunderts«: »Mir fällt es schwer, einen Autor mit tieferem, wahrhaftigerem Verständnis für die menschliche Seele und einer ähnlich tief greifenden Einsicht in die Art, wie Menschen denken, handeln und wirklich sind, zu finden.«

Mit diesem Urteil war Kubrick der Literaturkritik zehn Jahre voraus. Ein Zeitgenosse aber hatte den Autor schon ähnlich eingeschätzt, gestaunt, wie sich dieser »durch Intuition – eigentlich aber infolge feiner Selbstwahrnehmung« – Dinge erschlossen habe, die er selbst sich erst »durch mühselige Erforschung des Objektes« aneignen konnte. Dieser Bewunderer war Sigmund Freud.

In »Eyes Wide Shut« hat Kubrick, mit erstaunlicher Treue zu Schnitzlers Originaltext, also nicht nur unsere Jahrhundertwende als eine Parallelverschiebung der letzten dargestellt, er hat sich auch einem der beiden großen Mythen des 20. Jahrhunderts gestellt, der Tiefenpsychologie. Aber kann sich ein Regisseur, der fast vierzig Jahre lang die Liebe nicht zum Leitthema eines Films gemacht hat, wirklich für die Liebe interessieren? »Doch, doch«, sagt seine Witwe, »er interessierte sich für alles.« Auch für die Psychoanalyse? »In feindlicher Weise ja. Er selbst hätte nie eine gemacht. Nie!«

Wenn aber ein alternder Regisseur Sexualität zum Thema erhebt, dann kommt der »dirty-old-man«-Vorwurf mit Pawlow'scher Zuverlässigkeit. Zwar ist das amerikanische Kino zur Darstellung des Sexuellen kaum mehr in der Lage, und auch Kubrick war gezwungen, die Orgienszene für den amerikanischen Markt zu entschärfen. Einen »unglücklichen Fehltritt« mit »tief zynischer Weltanschauung« nannte die »Times« den Film dennoch – Kubricks moralischsten.

Doch wie sollte sich einer, der die Welt floh, trotzdem in ihr auskennen? Einer noch dazu, dem sein Biograph John Baxter eine »morbide Rationalität« bescheinigt – vielleicht weil er das Klima der Leidenschaft mit dem der Analyse versöhnen wollte. Für »Eyes Wide Shut« suchte er ein reales, erfahrenes Ehepaar und empfahl seinen Hauptdarstellern Haschisch- oder Ecstasy-Konsum, um der Liebesszene Echtheit und Wucht zu geben: »Zuletzt kannte Kubrick uns und unser Verhältnis tiefer als jeder andere«, sagte Nicole Kidman.

Erstaunlich, dass zunächst eine besondere Kadrierung ausreichte, um das Bild des Nackten zu erneuern: Statt Brustbildern und distanzierten Totalen bevorzugt Kubrick die amerikanische Einstellung. So wird den Frauen ihr Becken, ihr Schoß wiedergegeben, in der Orgie aber verlieren sie ihr Gesicht hinter Masken, und die Körper sind sich so ähnlich wie gestanzt: Ein gewolltes Klischee, eine Humoreske, nichts für Akteure, sondern für Voyeure.

Kubricks letzter Film, den er auch für seinen besten hielt, hat den letzten Traum des Jahrhunderts ausgeträumt. Es ist ein ebenso zeitgenössischer wie zeitloser Film über den Skandal der Liebe: Die tiefste Unzuverlässigkeit, die Promiskuität, die freie Wertigkeit eines jeden im heimlichen, gedachten, geträumten oder vollzogenen Verrat. Es gibt keinen Halt, nicht mal in sich selbst, und das Pathos der Eheformel zergeht vor dem Drang, dem Versprechen der Lust zu folgen – um was zu werden? Ein Ehebrecher? Ein Ketzer vor der heiligen Familie?

Mit geschlossenen Augen sieht vor allem die Eifersucht gut. Bei Kubrick ist ihr Argwohn so stark wie die Begierde, deshalb streiten die Eheleute über die Frage: Soll man das Begehren um der Liebe willen zügeln, oder ist nicht selbst dieses Zügeln Verrat? Ewige Fragen.

»Eyes Wide Shut«, das ist die Reise des Arztes Harford durch die Nacht der Lieblosigkeit. Wie Alex in »Clockwork Orange« muss er alles zweimal erleben, als Täter und als Ermittler in eigener Sache. Erst muss er, promisk und eifersüchtig zugleich, mit sich und seiner Frau zerfallen, ehe er die sentimentale Liebe verabschieden kann, um endlich die desillusionierte, aber wahrhaftige zu erringen. »Bis ans Ende des Regenbogens« möchten anfangs zwei Party-Schönheiten mit ihm ziehen. »Rainbow« heißt später die Lasterhöhle des Kostümverleihs, die ihn für die Orgie ausrüstet. So scherzte Kubrick.

In Wirklichkeit ist der Körper die letzte Grenze. Deshalb sind alle Beziehungen zugleich kompromittiert und erotisch konnotiert: Der Kostümverleiher vermietet eine Minderjährige an zwei Japaner, der Hotelportier kokettiert mit Tom Cruise, die trauernde Tochter fällt am Sarg des Vaters über ihn her. Alle sind lüstern wie im Traum und ebenso frei wie verfallen. Kidman träumt eine Orgie, ihr Gatte sucht sie zu leben. Am Ende sind die Wirkungen gleich verheerend. Alle sind bereit für die Sünde, obwohl es keine Sünde mehr gibt, sondern statt ihrer nur noch die ausstehende Strafe: durch das Gesetz, durch die Ehefrau, durch maskierte Geheimbündler, Bodyguards, durch rempelnde Hooligans, durch Aids, Gewalt, Gewissen oder Bloßstellung.

Zerrissen zwischen konventioneller Treue und Begierde ohne Gefühl erscheinen alle Figuren so abwesend in der Liebe, als kenne der Traum keine Liebe, nur Libido. Kubrick hat Schnitzlers Novelle in die New Yorker Weihnachtszeit verlegt. Aber das Fest der Liebe wird nur noch vom Kind gefühlt. Wo immer Kubrick die heilige Familie aufruft, taucht er auch filmisch in die Normalität ein mit beiläufigen, die Langeweile der routinierten Ehe ausdünstenden Dialogen. Die Dämonie dieser Oberfläche erweist sich erst in dem schier bodenlosen Sturz durch alle Sicherungen, die das Paar erlebt.

Aber gibt es Scham ohne Schuld? Zuletzt stehen die beiden Protagonisten in der Geschenkabteilung eines weihnachtlichen Kaufhauses und retten ihre Liebe vor der Untreue ebenso wie vor dem Treueschwur des Ehegelöbnisses. »Es gibt etwas sehr Wichtiges, das wir machen sollten«, sagt Alice, die Gattin, da zu ihrem Mann: »Ficken!«

Mit dieser Detonation von einem Satz endet der Film. Sein Thema ist die Liebe im Augenblick, da sie bricht und reift, sein Ergebnis der Gewinn der Liebe im Verlust, sein Dilemma die Übersetzung dieser Liebe in ein bürgerliches Leben. Als die Hure Cruise gefragt hatte, worauf er Lust habe, erwiderte er: »Was würden Sie empfehlen?«

Für die Helden aus »Eyes Wide Shut« ist es zur Liebe genauso weit wie zur Lust. Sie haben begriffen, dass die volle Wirklichkeit nie die volle Wahrheit umfasst, ja, dass das Unwirkliche die Wahrheit nicht minder definiert, und weil das so ist, stattet Kubrick seinen letzten Film mit opulenten, oft magischen Bildern aus und lässt ihn auf der Grenze zwischen praktischem und imaginiertem Leben spielen. Dort erwachend, bemerkt das Paar, dass diese Grenze eigentlich gar nicht existiert. Nur wer dies jedoch erfahren hat, erhält endlich einen Blick auch auf die Liebe – vorausgesetzt, er schließt die Augen sperrangelweit.

Nachrichten sind immer fern. Wir hätten ein anderes Verhältnis zu ihnen, wenn sie allabendlich vor der Tür stünden und sprächen: Ich bin es, Ihre persönliche Katastrophe, Ihre Seuche, Ihre Massenvernichtung. Aber so ist es nicht. Daran, dass unsere Nachrichten im Fernsehen sind, erkennen wir, dass sie sich in der Ferne abspielen. Das ist beruhigend, und deshalb sind auch die Moderatoren so adrett und reden, als hätten sie jede Meldung eigenhändig verursacht.

Einmal, es war im Jugoslawienkrieg, schaltete ich den Fernseher an und blickte blicklos in den Apparat, in dem der Krieg seine graue, handwerkliche Seite zeigte. Er war mühsam, war schwere Arbeit. Denn es ging ja nicht darum, zu schießen, sich zu verstecken und wieder zu schießen. Im Wesentlichen bestand der Krieg aus Wasserschöpfen, Brot kaufen, Holz suchen, Waren tauschen, Schutz suchen ...

In den Nachrichten sah man das nie. Man sah die Pressekonferenzen der NATO aus den militärischen Hauptquartieren, sah Geschützfeuer, aber kaum Opfer und schon gar nicht Opfer, die eine Geschichte, eine Biographie, einen Charakter gehabt und die deshalb unser Mitgefühl gehabt hätten. Je weniger man über Menschen weiß, desto leichter kann man sie hassen und desto ungerührter sieht man ihrem Sterben zu.

Als ich aber an jenem Abend den Fernseher anschaltete, erblickte ich etwas anderes. Eigentlich war es Kriegsberichterstattung, zwar ohne kriegerische Bilder, doch die innere Logik dieser Bilder stiftete der Krieg. Man könnte auch sagen: Was ich sah, war erklärbar nur, weil es vor dem

Hintergrund eines Krieges spielte, der die Bilder formte, die Psychologie der Personen, ihren verzweifelten Humor. Erzählt wurden Episoden aus dem Leben der Suzana, einer jungen Frau in Sarajewo. Was sie erlebt hatte, setzte sich in dem kurzen, spröde dokumentierenden Beitrag etwa zu dieser Geschichte zusammen:

Mitte Oktober kamen die Ratten. Da war der Krieg ein halbes Jahr alt, und Suzana war zwanzig, geboren im chinesischen Horoskop der Ratte. Ratten pfeifen, beißen und können Krankheiten übertragen, aber darum geht es nicht. Ihr Leben und Besitzergreifen ist ein Albtraum, eine schleichende, schnellfüßige Gefahr, und sie mästen sich mit Gift. Für Suzana zeigt sich das Grauen des Krieges auch darin, dass Ratten ihre einzigen Mitbewohner sind.

Das war nicht immer so. Der Krieg erwischte Suzana daheim in Sarajewo. Als die ersten Granaten Majtas trafen, ihren heimatlichen Stadtteil auf dem Hügel, und als dann ihr Haus getroffen wurde, floh sie in den Keller der Grundschule gegenüber, die sie selbst acht Jahre lang besucht hatte, einen Keller ohne Tageslicht. Auch andere Ausgebombte oder in gefährlichen Wohngegenden Beheimatete zogen sich unter die Erde zurück und lebten zusammen, wo niemand je zuvor hatte hausen müssen. 55 Personen haben es hier über drei blutige Kriegsmonate hindurch ausgehalten.

Als die Gefechte sich zu beruhigen schienen, sind sie dann alle entweder in ihre Häuser zurückgekehrt oder haben sich in den oberen Stockwerken der Schule eingerichtet. Nur Suzana ist im Keller geblieben, hauptsächlich wegen Polli, ihrem Hund, den niemand sonst leiden konnte. »Ich habe die Zivilisation in den Keller gebracht«, sagt sie, also ein Bett, ein paar Schachteln Zigaretten, eine Anthologie mit Gedichten und vor allem das Gaslicht, das allmählich die Wände mit seinem Ruß einschwärzte und den klammen Keller noch dunkler erscheinen ließ. Diese Feuchtigkeit und der Rauch waren alles andere als gesund. Außerdem holte sie sich eine Kieferentzündung und musste im Winter an allen vier Schneidezähnen notdürftig operiert werden. Die Schmerzen aber waren danach nicht weg.

Die Ratten auch nicht. Mit ihrem Schrotgewehr lauerte Suzana dem ersten Rudel auf, erlegte gleich sechs oder sieben, die übrigen verzogen sich. Aus Ekel unfähig, die blutenden Kadaver selbst anzufassen, ließ sie ihre robustere Schwester kommen, die die toten Tiere zusammenpackte und entsorgte. Als Lohn zahlte Suzana ein paar Zigaretten. Dieser Ablauf, die Rattenjagd und die Entfernung durch Nikolina, wurden zum Ritual, das sich im kommenden Jahr noch oft wiederholte. Die Behörden mochten einsehen, dass Ratten unter den bestehenden hygienischen Verhältnissen gefährlich waren, für Säuberungsaktionen hatten Bezirksamt und Flüchtlingszentrum keine Mittel. Auch Menschen haben versucht, Suzana in ihrem Keller zu überfallen. Achtmal musste sie sich mit Hilfe von Polli und dem Gewehr gegen Eindringlinge verteidigen – gegen Serben, Muslime, Kroaten gleichermaßen. Da gab es keine Unterschiede, nur Angreifer.

Suzana sagt: »Ich bin Bosnierin, nichts weiter, wirklich, ich habe keinen Funken Nationalismus in mir. Eigentlich habe ich immer nur nach dem Menschlichen in jedem Einzelnen gesucht. Erst der Krieg hat mir beigebracht, ethnische und religiöse Unterschiede zu machen.«

Der Veränderung der Menschen, die sie kannte, sieht Suzana mit Entsetzen zu. Bei der letzten Volkszählung hat sie in der Rubrik »Nationalität« eingetragen: »Buschmann«. Vielleicht war es – wie bei vielen in Sarajewo – ihre kommunistische Erziehung, die ihr beibrachte, in Klassen, nicht in Nationen oder ethnischen und religiösen Maßstäben zu denken, eher in den Begriffen der Internationale. »Der Mensch bleibt immer, was er ist, egal, ob er Zigeuner oder etwas anderes ist, du bleibst immer, was du bist. Am Anfang des Krieges hieß es immer ›Einer für alle‹. Das ist jetzt nicht mehr so. Jetzt ist jeder nur noch auf sich selbst gestellt, und jeder schaut nur noch auf sich. Das ist die größte Tragödie in diesem Krieg.«

Auch ihren Gott hat sich Suzana selbst gemacht. Abgestoßen vom borniertem Katholizismus der Großeltern und lauter verlogenen Glaubensritualen, bleibt sie ungläubig, spricht aber täglich mit ihrem eigenen Gott. Seine wichtigste Eigenschaft: Er ist »normal«, man kann »normal« mit ihm reden. »Es wäre gut, wenn alle Menschen nichts weiter als ihren persönlichen, eigenen Gott hätten. Das Allerwichtigste aber ist, dass man ehrlich und anständig bleibt. Denn selbst die Unehrlichen werden dann sagen: Lasst sie doch, sie ist ehrlich. Das ist das Allerwichtigste.«

Am 27. August 1986 hat Suzana, die gemeinsam mit ihrem Vater unterwegs war, einen Autounfall. Der Vater stirbt vor ihren Augen. Sie selbst trägt Verletzungen am Kopf, an den Hüften, Rippen und Beinen davon. Seither ist ihr rechtes Auge in seiner Sehleistung so beeinträchtigt, dass sie doppelt sieht, sofern sie nicht den Kopf zur Seite neigt, um den Fehler auszugleichen. Dies bringt ihr schließlich eine Wirbelsäulenverkrümmung ein. Als ihr die Ärzte eine Augenoperation als »Hausspezialität« anbieten, lehnt Suzana ab. Gemeinsam mit der Mutter übernimmt sie den Schuhmacherbetrieb des Vaters und bringt sich so durch den Krieg.

Genau drei Jahre nach dem ersten, wieder am 27. August, hat Suzana ihren zweiten Autounfall. Diesmal trägt sie Verletzungen am Kopf, Brustkorb und an den Beinen davon. Eine riesige Narbe läuft über die Stirn bis zum Auge. Sie selbst hat sich nie daran gestört, aber nachdem die »Tratschtanten« im Bus ihr klarmachen wollten, so werde sie wohl nie einen Mann kriegen, entschließt sie sich zu einer plastischen Operation und legt einen Pony über die Stirn.

Die Liebe im Krieg ist trotzdem keine echte Liebe. Man kann sich vielleicht hübsch machen, aber alle leben nur im Augenblick, und sie lieben auch nur für diesen Augenblick. Man muss einen Mann im Frieden finden, damit etwas dauern kann. Die wirklich glücklichen Augenblicke in diesem Krieg haben nicht mit der Liebe zu tun. »Wenn es Strom gibt, Kaffee, Zigaretten und dann vielleicht noch eine Konserve für den Hund, das ist Glück.«

Einmal kommen Journalisten, um über die Arbeit der Caritas zu berichten, die auch in der Schule untergebracht ist. Ein Kamerateam dreht einen kleinen Film über Suzana, der später von Arte ausgestrahlt wird. Dieser war es, den ich gesehen hatte. Suzana wirkt zerbrechlich, aber ihre Präsenz und Lebensklugheit teilen mehr über den Krieg mit als alle Frontberichterstattung. »Als der Film in Sarajewo gezeigt wurde, fiel der Strom aus, und man musste ihn wiederholen. Meine Mutter hat immer wieder geweint. Später bin ich auf dem Markt angesprochen worden. Aber die Zigaretten habe ich trotzdem nicht billiger bekommen.«

Um die Wahrheit zu sagen, gehen diese Worte und die anderen Erzählungen über das hinaus, was der filmische Beitrag über Suzana sagte. Vielleicht weil er so direkt aus dem Leben der jungen Frau erzählte, vielleicht weil er so fernsehuntypisch lapidar war und die Lebenssituation Suzanas so unmittelbar einfing, übertrug er sich wie durch Ansteckung. Weil er also am nächsten Tag noch völlig präsent war und am übernächsten auch noch, trug ich eine Videokassette in meine Redaktion und sagte: »Ich möchte diese Frau als Gast in der Sendung haben, damit sie uns aus dem Krieg erzählt.«

Die Idee war vermessen. Da der Beitrag älter war, konnte niemand sagen, ob Suzana noch lebte, und wenn, wo. Außerdem ließen sich in der vom Krieg erschütterten Stadt aus der Ferne kaum Recherchen anstellen. Trotzdem begannen wir, die Spur von Suzana aufzunehmen.

Es dauert lange, bis ein Kontakt nach Sarajewo zustande kommt. Erst finden wir jemanden, der den Keller identifiziert, dann jemanden, der weiß: Der Keller ist seit längerem unbewohnt. Dann finden wir Menschen, die Suzana gekannt haben, ihr Bild aber bleibt diffus. Die Spuren führen in unterschiedliche Richtungen, Suzanas Verbleib ist ungewiss. Dann, nach mehreren Monaten, gibt es plötzlich eine Verbindung zu entfernteren Familienmitgliedern von Suzana Rajic. Sie wissen wenigstens, dass sie dem Krieg entkommen ist und das Land verlassen hat. Darauf dauert es nur noch kurz, und wir halten nichts Geringeres als ihre jüngste, ihre augenblickliche Adresse in den Händen. Sie lautet: Hagen, Westfalen, Deutschland. Ausgerechnet.

Als wir uns in der Garderobe der Fernsehredaktion gegenüberstehen, ist mir ihr Gesicht bis in die Details der Mimik hinein vertraut. Wir umarmen uns unbeholfen. Ich tauche aus dieser Umarmung auf und suche gleich das Gesicht der Frau aus dem Keller, die ihr Überleben so gemeistert hat, dass es sie bis nach Hagen trug. Doch wie?

Seit ihrem ersten Unfall als »behindert« eingestuft und

mit entsprechend guten Kontakten zu den Ärzten, besitzt Suzana nicht nur Pass, Befreiung vom Arbeitsdienst und von der Armee, sie steht auch früh auf den Polizeilisten derer, die Sarajewo verlassen dürfen, bekommt aber nie einen Platz in den Bussen. Eines Tages, nach über einem Jahr im Keller, gibt sie Polli weg, nimmt Abschied von der Mutter, die in Sarajewo bleiben will, um ein dortiges Grundstück nicht zu verlieren, und macht sich auf den Weg.

Tatsächlich gelingt ihr die Flucht bis zur österreichischen Grenze. Aber dort verweigern ihr die Grenzbeamten die Einreise, packen sie in einen Wagen und schicken sie zurück nach Sarajewo. »Die österreichische Grenze, das war mein schlimmster Augenblick in diesem Krieg.« Sie reist die ganze Strecke zurück, durch das kriegszerstörte Land, kommt zurück in den Keller, ihr Bett ist unberührt. Sie erlebt weitere Gefechte. Zweimal versucht sie, Verwundete zu retten, sieht einem Mann in die Augen, dessen Gehirn freiliegt, zweimal verliert sie gegen den Kriegstod. Sie nennt das nicht »Sterben«, sondern »Unterliegen«.

Ihren zweiten Fluchtversuch unternimmt sie mit zwei Männern aus Zagreb. Als der Wagen über die Landepiste des Flughafens fährt, jene gefährlichste Strecke, die normalerweise von der UNPROFOR gar nicht freigegeben wird, hat sie mehr Angst als je zuvor in ihrem Leben: »Mir ist heiß und kalt geworden, ich hatte einen Kloß im Hals und einen Stein im Magen und habe immer nur gedacht: jetzt, jetzt …«

Ihre Flucht endet in dem Land, von dem sie geträumt hat. Die Träume hat der Krieg noch naiver gemacht. »Ich dachte, ich komme, und alles ist voller Blumen, und die Menschen nehmen mich in die Arme … Aber es ist nicht so.«

Genauer gesagt:

»Ich hatte mir Deutschland tausendmal schöner vorgestellt. Auch die Menschen kommen mir hier nicht gerade glücklicher vor als in Sarajewo.«

Das hören die Deutschen nicht gern. Lieber würden sie alle Anspruch auf ein wenig Dankbarkeit erheben, auch wenn sie der jungen, verletzten, kriegsgeschädigten Frau nichts zu bieten hatten. Sie hat inzwischen Deutsch gelernt, wohnt bei ihrer Tante in einer Mansarde, arbeitet sieben Tage in der Woche in einer Bäckerei und verdient tausend Mark:

»Bisher habe ich mir bestimmt schon zwei Pfennige Rente erarbeitet und auch was für die Sozialhilfe eingezahlt.«

Aber ist das ein Zuhause?

»Ich bin bekannt in meiner Straße. Ich freue mich, wenn ich winken kann, in eine Imbissbude. Dann fühle ich mich zu Hause, das finde ich gut.«

Und was ist das Glück im Frieden?

»Das Glück im Frieden wäre, nicht immer von Abschiebefrist zu Abschiebefrist zu leben«, denn natürlich haben ihr die Behörden einen Vordruck zugestellt, auf dem in ihrem unnachahmlichen Deutsch geschrieben steht: »Sie werden zwangsweise aus dem Geltungsbereich des Ausländergesetzes abgeschoben, wenn Sie nicht bis zu dem und dem Termin ausgereist sind.«

Wie in der Vorwegnahme dieser Drohung ist Suzana nach Sarajewo gereist, um sich nach einem möglichen Lebensraum umzusehen. Renoviert aber wurden hier nur die Kirchen und Moscheen. Danach sind vielleicht die öffentlichen Gebäude dran. Die privaten ... Das kann dauern.

Gibt es denn die alten Freunde noch?

»Ich habe viele Freunde verloren, denn die sagen: Du fährst wieder weg, und wir müssen hier sterben. Ach, die Menschen hier haben mir so leid getan … wie sie sich in kurzer Zeit so verändert haben! Auch ich habe mich sehr verändert. Vor allem habe ich es zu schätzen gelernt, wenn Menschen wirklich Menschen sind.«

Auch in ihren alten Keller ist sie zurückgekehrt. Er wurde inzwischen gefliest, aber Suzana findet, das passt nicht zu ihm. Als sie hier noch residierte, gab es nur nackten Erdboden. Trotzdem:

»Ich bin in den Keller gegangen und habe geträumt, so wie ich damals geträumt habe: über Deutschland, das große Schnitzel, das Geld kommt von allein, und ein Mann heiratet mich. – Heute ist das Schnitzel Nebensache.«

Man sieht sie da sitzen und weiß nicht: Ist der Krieg schon vorbei, oder wird er für Suzana immer weitergehen, in Formen, die ihr selbst nicht klar sind und die ihr vieles ungenießbar machen werden. Man fragt sich, ob sie je in einem ganz anderen Leben ankommen wird, in dem man selbst den »Mitbürgern« wieder vertrauen und Politik als eine aufbauende Tätigkeit verstehen kann.

»Wer war Suzana, bevor der Krieg ausbrach?«

»Ich war lustig. Mit vielen Träumen. Fünf Jahre später wusste ich: Das Leben ist anders, es ist hart. Wenn ich heute nachdenke, sage ich: Der Keller, das war schön, da hatte ich nur Angst vor Granaten. Aber heute habe ich tausend Ängste. Damals war nur das Überleben wichtig. Heute frage ich mich dauernd: Wie viel Geld kann ich Mutti schicken? Was, wenn ich die Arbeit verliere? Was, wenn ich abgeschoben werde?«

»Aber heute musst du keine Angst mehr vor Granaten haben …«

»Ich glaube, ich schlafe zu Granatenlärm besser. Ich schlafe hier nicht gut. Es ist zu ruhig hier. Wenn ich allerdings Donner höre, verstecke ich mich. Selbst wenn ich im Auto sitze, fahre ich rechts ran und denke, wo kommt die Granate? Und dann denke ich: Du bist in Deutschland. Keine Sorge. Fahr mal weiter.«

Suzana wird abgeschoben. Sie wird im Krieg erst ihre Realität verloren, dann ihre stärksten Träume geträumt haben. Sie wird im Frieden keine Realität gewonnen, bloß Illusionen eingebüßt haben. Kein Prinz wird kommen, der Hund Polli wird nicht zurückkehren, und die Behörden werden nicht einlenken. Trotzdem hat sie ihr Leben noch nicht ausgeträumt:

»Stell dir vor, bisher habe ich immer im Keller gewohnt oder unter dem Dach. Einmal will ich auch in der Mitte wohnen.«

Seither habe ich Suzana mehrmals getroffen. Wir sind anfangs immer noch befangen, aber nicht mehr ganz so wie beim ersten Sehen. Nie weiß ich, wo sie sich auf ihrer langen Reise in den Frieden mit sich selbst gerade befindet, nie weiß sie, warum wir uns unseren hiesigen Frieden nicht anders eingerichtet haben. Die Antwort liegt irgendwo auf dem Weg von Sarajewo nach Hagen.

Romy«, sagen sie. »Romy« ohne Nachnamen, ohne Zusatz, ohne Erklärung. »Vertraute Romy«, »zarte Romy«, »arme Romy«. Menschen, die sie nie getroffen haben, verwandeln sich in Herzensfreunde, stille Gemüter werden laut zu ihrer Verteidigung, und jeder und jede wird persönlich, wenn es um sie geht. Als hätte ausgerechnet Romy mit uns allen zu tun, als trage jeder eine Romy-Seite in sich, eine bessere, wenn auch schattierte, wesentliche.

Niemand lacht froh heraus, wenn Romy Schneiders Name genannt wird. Eher geht ein kleiner warmer Schatten über das Gesicht, und jeder wird selbst ein bisschen tragisch und wehmütig. Das gehört zur Liturgie dieser merkwürdigen Kirche, die sich in der Erinnerung an Romy Schneider zusammenfindet: Sie wird behandelt wie das Gute, Wahre und Schöne schlechthin. Bei Licht besehen wirkt es fast so, als wende man hier Kategorien der Kunstbetrachtung auf einen Menschen an.

Vielleicht, weil ihrer Menschlichkeit so alles Künstliche fehlt. Dieses anrührend Humane mag die Patina einer Leidensgeschichte tragen. Aber lange zuvor ist Romy Schneider auf die Welt des Films gekommen und hat ihre Tiefe schon mitgebracht. Wer hätte sonst den Kitsch der Sissi spielen können, ohne dass der geringste Talmi an ihr hängen geblieben wäre? Wer sonst hätte das Süßliche so neutralisieren können, dass durch den Zuckerguss eine Person durchschimmerte, die trotz aller Ideologie als ganzer Mensch erschien?

Und hat man schließlich je einen Menschen getroffen, der Romy nicht gemocht, der unempfindlich ihr gegenüber gewesen wäre? Der müsste ja für die Menschheit insgesamt verdorben sein. Nein, das Verhalten zu Romy Schneider ist bis zum heutigen Tag sehr selten und gerade bei Schauspielern, professionellen Betrügern, unerhört. Es hat auch so gar nichts mit Star-Kult, ja im Grunde nicht einmal wirklich mit der Verehrung einer »Leinwandgöttin« zu tun. Kein Ausdruck wäre unpassender. Romy Schneider hatte nichts Göttliches, und sie gehörte der Leinwand nicht. Sie stand diesseits, in der doppelten Bedeutung des Wortes.

Üblicherweise verdanken Schauspieler die Art der öffentlichen Zustimmung ihren Rollen. Sie werden irgendwann die Summe der gespielten Figuren, angereichert durch das Profane ihrer wirklichen Psychologie und Lebensführung. Bei Romy dagegen war es eher umgekehrt. Der Zuschauer sah am liebsten der »Eigentlichen« diesseits der Rollen zu und benutzte die fiktiven Charaktere eher, um sich von ihnen abzustoßen und der wahren Romy nahe zu sein.

Für eine Schauspielerin ist das fast gefährlich, sahen die Leute doch gerne durch ihre Figuren hindurch auf etwas, das ihnen nicht, sondern Romy gehörte.

So blasphemisch es klingt, Romy Schneider hätte keine große Schauspielerin sein müssen, um diese Wirkung auf Menschen auszuüben. Selbst wo sie als Schauspielerin weniger überzeugte, bewegte sie als Mensch. Dem Menschen glaubte man immer, an ihm hing man mit hungrigen Augen, selbst wo die Figur weniger schlüssig war. Filme mit Romy Schneider erlaubten Begegnungen mit etwas, das real und beseelt und nicht gefälscht war. Auch Fotos von ihr werden so gesehen.

Wenn man das Wesen eines Menschen auch in der Wirkung erkennen kann, die er auf andere ausübt, wenn also diese Wirkung etwas Echtes, nicht künstlich Erzeugtes ist, dann gehört Romy Schneider zu den wenigen magischen Persönlichkeiten ihres Metiers.

»Romy«! Welche Dame würde vom Publikum ähnlich vertraulich aus der Immunität ihres Ruhms gerissen? Welcher Star würde von Wildfremden so zur Freundin ihres Herzens, zur Komplizin gemacht? Doch bei aller Liebe, was bürdet die anhaltende Zudringlichkeit des Publikums ihr auf? Romy war die Gestalt, in der Männer selbst komplizierte Frauen verehren konnten. Obwohl sie – anders als Delphine Seyrig oder Marina Vlady – gewiss keine »Intellektuelle« war, vermittelte sie unwillentlich den Eindruck, als könne man ihr Herz nur mit Hilfe des Kopfes erringen. Im Falle Romy Schneiders hatte das für Männer merkwürdigerweise eine attraktive Komponente.

Sie stand für das Drama des Innenlebens, und plötzlich tauchten Männer auf, Zuschauer, selbst Journalisten, die sich als die richtigen Protagonisten in diesem Drama entdeckten. Sie verwandelten sich in mögliche (einzig wahre) Liebhaber, Brüder, Ratgeber, Begleiter, und die Frauen ähnlich in Freundinnen, Verbündete, Vertraute. Merkwürdigerweise wirkt Romy Schneider in diese stille Gemeinde hinein wie ein Kontrastmittel. Im Verhältnis zu ihr enthüllt jeder sich selbst und verrät, was fehlt im Leben: Romy.

Jemand wie sie. Eine Frau, so hintergründig und empfänglich, stark wie eine Narbe, durchlässig wie eine Membran und dabei befreit, freigeistig, libertin. Was hat Romy Schneider an sich, das sie zu einem Versprechen werden lässt? Was gibt sie preis, das alle aufnehmen, als antworte es auf einen Mangel? Worin ist ihre Fülle die Antwort auf das, was fehlt?

Andere wurden zu Ikonen, das heißt sie wurden starr. Greta Garbo vor allen, aber auch Marlene Dietrich gefror irgendwann zu einem Bild, das man nicht mehr transzendieren konnte.

Romy Schneider erstarrte nie. An ihrer Oberflächen-Schönheit konnte niemand hängen bleiben. Sie war schön nur kraft dessen, was durch sie hindurch schien, was sie verströmte, was aus ihr heraustrat. Sie hatte so viel Leben, doch es war nicht das Leben von Jugend, Potenz und Optimismus. Sie verkörperte etwas Ganzheitlicheres: Das Leben nicht als Zustand, sondern als Prozess, als Mühe, Kampf, Taumel, und was sie für diesen Taumel außer ihrer Sensibilität mitbrachte, war eine Vitalität des Leidens. So hätte sie durchaus einen Satz sagen können, den Hans Christian Andersen einmal für sich notierte: »Ich bin wie das Wasser. Alles bewegt mich, alles spiegelt sich in mir.«

Andere werden immer von einer Seite gesehen, immer von derselben, und alle wissen, dass sie mit ihren Blicken ein Massenschicksal erleben und Massenwünsche befriedigen. Romy Schneider dagegen meint noch heute jeder aus einer einzigen, einzigartigen Perspektive zu sehen. Jeder sieht sie auf seine und ihre Weise tief, und jeder ist darin persönlich. Ein Spuk, aber einer, den man nicht beherrschen kann und der die heutigen platten Klischees der Selbstwerbung ihrer Banalität überführt. Romy Schneider hat die Kategorie der Persönlichkeit gerettet in einer Zeit, da diese gefährdet war und immer weniger Wertschätzung erfuhr.

Ava Gardner war vielleicht die glamouröseste aller Schauspielerinnen, Kim Novak war scharf, Marilyn Monroe sexy und rührend bis zur Selbstverniedlichung. Aber sie waren geronnen. Als das Wort »Image« entstand, hat es wahrscheinlich zuerst diesen Prozess der Erstarrung bezeichnet. Doch Romy erstarrte nicht.

Die neue Generation, die weltanschaulich und filmisch

aufbrechende, sammelte sich in Paris, und sie teilte lautstark der Welt ihre Befreiung mit: Jean Seberg schlug eine Brücke von Otto Preminger zu Godard, Jeanne Moreau eine von Jean Becker zu Truffaut, Romy Schneider von Ernst Marischka zu Orson Welles, von Helmut Käutner zu Clive Donner, von Luchino Visconti zu Andrzej Żuławski.

Hier wurden nicht allein neue Anliegen formuliert und neue formale Sprachen entwickelt: Vielmehr wurden neue Menschen erfunden. Beinahe jedes ambitionierte Film-Kunstwerk aus dem Blüte-Jahrzehnt der Romy Schneider – also etwa zwischen 1965 und 1975 – atmet diesen Prozess der Befreiung, der Emanzipation vom Bürgerlich-Familiären, vom klassisch Männlichen und Konservativen.

Zugleich, und das gehört zu jenem Prozess unlöslich hinzu, wurde erst hier der spartanische Geist des Nachkriegsfilms überwunden, die Zeit, in der man sich das Sinnliche und Opulente, das Unordentliche und Staatsfeindliche versagte. Der Film rückte der Realität der Straße, der Industrie, der Geschäftswelt, der Universitäten auf den Leib. Er war frisch, beherzt, dreist, er traute sich, wurde Sprache des Protests und veränderte das Verständnis vom Schauspieler wie von seinem Medium.

Romy Schneider wird eine Heldin dieser Bewegung, ohne je von ihr auf den Schild gehoben zu werden. Sie war kein Pin-up, und das ist in den Jahrzehnten, aus denen sie hervorging, nicht selbstverständlich. Ebenso wenig war sie politisch im emphatischen Sinn. Ihre Persönlichkeit aber, zudem ihre Herkunft, auch ihre filmische Herkunft, prädestinieren sie zur Ketzerin. Sie kann einfach die Überschreitung glaubwürdiger verkörpern als alle, die nie im festen Gefüge zwischen Schauspieler-Dynastie und Kitsch-Prinzessin arretiert worden waren. Ihre private Lebenssituation strahlte zusätzlich ein und wirkte auf viele wie der Nachweis der im Film so spielerisch angelegten Freizügigkeit.

Ein paar Urszenen des Erotischen sind ihr so gelungen. Zu Anfang von Chabrols unterschätztem Film »Die Unschuldigen mit den schmutzigen Händen« etwa liegt sie, eine bourgoise Lady, nackt, sonnenbadend und lesend auf dem Rasen, als der Papierdrachen eines jungen Mannes auf ihren Hintern stürzt. Mit ihrer Erlaubnis entfernt er zaghaft das Spielgerät, bleibt aber gebannt von dem Anblick stehen. Da dreht sich Romy langsam, die Sonnenbrille abnehmend, nach ihm um und fragt so streng wie lasziv: »Und? Kann ich sonst noch was für Sie tun?« In der Sicherheit dieser Szene verrät Romy Schneider eine Überlegenheit über den Mann, die ohne Attitüde, ohne Überzeichnung auskommt. Wer hätte ihr das nachmachen können?

Wer hätte in der Kuppel mit solcher Fallhöhe so sicher arbeiten können? Wenn sie als das »Wilde Schaf« den Mantel öffnet und nichts darunter trägt, wenn sie in »Trio Infernal« Opfer tranchiert, in »Nachtblende« als Porno-Actrice figuriert, dann schwingt der bürgerliche Boden immer noch nach und verleiht der Tatsache, dass es Romy Schneider ist, die dies spielt, etwas Kühnes, Mutwilliges, auch Tragisches. Es handelte sich um gefährliches Spiel, denn es gab viel zu verlieren.

In Romy Schneider war der Aufbruch nie abgeschlossen. Ihr Spiel hatte deshalb immer etwas Unvorhersehbares, eine seltene Qualität. Der Ernstfall konnte eintreten, das Pathos in einem Witz kollabieren, die Koketterie so offensiv werden, dass Männer sich überrumpelt fühlten und schrumpften. Tränen konnten aus ihren Augen treten, sie

konnte erstarren, abrupt stumm werden oder mit hinrei-
ßendem Übermut von Albereien davongetrieben werden.
Man war selten ganz sicher, welche Wege sie gehen würde.
Deshalb kann man den Blick nicht von ihr lassen, deshalb
gibt es an ihr immer etwas zu sehen.

Schließlich treffen sich in Romy mehr als in fast allen
anderen Schauspielern Strömungen ihrer Gegenwart. Es
mag ein wenig pointillistisch klingen, wenn man sagt, eine
Schauspielerin verkörpere ihre Zeit. Aber Romy Schneider
hat dem Geist ihrer Epoche Gesicht und Körper gegeben,
hat beseelt, was atmosphärisch war. Sie hat den Existenzia-
lismus begleitet und er sie, hat Grundfragen des Lebens mit
ihrem Leben beantwortet, hat die Verheerungen der Liebe,
des Todes, der Entgrenzung nicht nur gespielt, sondern in
ihrem Leben erfahren und bearbeitet und hat eine Sprache
für ihre Erkundungen über die Existenz gefunden. Keine
Lebenssituation schien rein. Es war, als hätte es immer nur
gemischte Konstellationen gegeben und gemischte Gefühle.

Zugleich ist Romy Schneider eine Trabantin des politischen und weltanschaulichen Aufbruchs der Zeit um die
Wende des Jahrzehnts zu den Siebzigern. Sie war vielleicht
nicht politisch genug, um in ein repräsentatives Engage-
ment einzutreten, und es hätte ihr wohl kaum gelegen,
sich zu organisieren. Aber als verkörperter Aufbruch, als
couragierte, anti-bürgerliche Erscheinungen entwickelten
sich ihre Figuren wie ihre Biographie in einem Klima von
Unabhängigkeit und Abwehr gegen das Etablierte.

All dies aber sind bloß Versuche, jenes Einzigartige und
Geheimnisvolle zu umreißen, das Romy Schneiders eigentliches Rätsel ausmacht: ihre Aura. Eine Zeit, die vieles
tut, um dieses Kostbarste eines Schauspielers künstlich zu

produzieren, weiß manchmal nur noch diffus, was Aura ist. Aber wer Romy beobachtet, kann ihrer Wirkung nicht entkommen.

Vielleicht glaubt man, gerade die Aura eines Menschen entzöge sich dem Blick der Kamera. Im Gegenteil. Auf Helga Kneidls Fotos aus »Vier Tage im Mai« etwa sieht man eine Romy Schneider, die nicht theatralisch ist und nicht posieren kann, die sich nicht spreizt, die nicht »für die Kamera« agiert und die »das Natürliche« bei alledem nicht verliert. Es ist dieses »Bei-Sich-Bleiben«, das »Sich-Treu-Sein« nicht nur das Erkennungszeichen einer echten Persönlichkeit, es ist auch ein Charakteristikum ihrer Aura.

Der Betrachter kennt die glamourösen Masken der Star-Fotografie, ihre Unverbindlichkeit und Undurchdringlichkeit. So sucht er vielleicht das Foto, auf dem sich die Schauseite öffnet und man in die Seele Romys blicken kann, und plötzlich findet er sich Fotos, auch Schnappschüssen, gegenüber, die nichts als die »wahre«, reale, alltägliche Romy zeigen und überall ihre Seele enthalten.

Bezeichnenderweise handelt es sich um Fotos, die ohne »Make-up Artist«, ohne »Personal Assistent«, »Press Agent« oder »PR-Berater« entstanden sind. Sie sind auf keinen Effekt hin angelegt, sie exponieren, und sie schützen nichts. Romy gab sich in die Hand einer Frau, die sie erst kennenlernte, und sie hatte im wahrsten Sinn nichts zu verbergen. Alles, was auf den Fotos zur Erscheinung kommen konnte, das war sie selbst. Fotos wie diese entstehen heute nicht mehr. Doch sagen sie bezeichnenderweise mehr über Romy Schneider – die Schauspielerin, die Frau, die Mutter, die Freundin – aus, als das meiste Fotografische, das wir sonst von ihr besitzen.

Wenn je eine Frau nicht »Hildegard« war, dann Hildegard Knef! Dieses Betuliche, Bürgerliche, germanisch-mittelalterlich Klingende, das hatte sie so gar nicht. Nein, im Gegenteil, das war es, wogegen sie sprach und schrieb, und ich glaube, sie existierte in gewisser Weise, um mit ihrem Leben ihren Namen zu entgiften. Ihr gegenüber, fühlte man ihn nicht mehr.

Man fühlte ihn schon im Augenblick nicht mehr, da man in ihre Augen sah. Unvergessliche Augen, einzigartige, mit einer Spannweite, die Räume umschloss, mit einem kühlen Brennen, das Lebenserfahrung und Leidenschaft verriet. War das Strabismus, Silberblick, eine Schminktechnik, eine Folge von künstlichem Wimpernbesatz? Es war, was keine äußere Manipulation hinkriegt, der Strahl der Lebenserfahrung. Es gibt Menschen, die einen noch posthumus mustern. Ihr Blick stirbt nicht. So waren diese Augen.

Außerdem waren sie das Jüngste in diesem Gesicht. So direkt und unsentimental schauen nur Junge. Man konnte sich vorstellen, wie diese Augen die USA gemustert hatten, als die »Neff« dort ankam, konnte sie sich zuhörend in der Gesellschaft mit Henry Miller vorstellen, sah sie vor sich, kämpferisch, querulantisch, streiterisch und im Protest gegen das Spießige im eigenen Werk und im eigenen Land. Als wir uns zum letzten Mal trafen, hatte sie gerade eine Kreuzfahrt als Ehrengast auf einem der großen Luxus-Liner hinter sich. »Mach das nie!«, beschwor sie mich und berichtete wie ein Teenager, den man auf eine Gruppenreise älterer Herrschaften verschleppt hatte. »Sie schauen dich an, du bist gefangen, du kommst nicht weg ...«

Weil sie immer irgendwo im Protest stand, deshalb war immer etwas Jugendliches an Hildegard Knef, und dass sie sich mit einer Ballonmütze bekleidet inmitten jugendlicher Jazz- und Rockbands im Studio fand, um ihre alten Lieder neu einzuspielen, das passte wirklich nur in ihrem Fall. Wen sonst aus ihrer Generation hätte man in dieser Situation nicht bizarr gefunden? Oh, und wie schwierig musste es den anderen vorkommen, eine Tonlage zu finden für die Dame, den Star, die Institution, die Alte, die Junge, die Rotzige, die Ehrliche, die Kranke! Nur sie hatte kein Problem, denn aus ihr sprachen alle Generationen.

Das Erstaunen über Hildegard Knef war Erstaunen über das Rätsel von Persönlichkeit. Eben sie war das fühlbar Große, das einen zuerst berührte. Und war sie noch so hinfällig, von Schmerzen abgelenkt, von Medikamenten sediert, nichts hatte sich abgeschliffen, nichts war einfach konventionell. Ihr Verstand war die Unruhe wie in der Uhr, er war das Leben in ihr, und er hielt sie am Leben.

Die wahren Stars sind ja nicht die, deren Persönlichkeit nur das Resultat ihrer Imageberater ist. In Wirklichkeit bewegen uns eher Menschen, bei denen uns nicht nur der Erfolg etwas bedeutet, sondern auch ihr Misserfolg, ihr Scheitern, ihr Aufbäumen und Überleben, Menschen, die uns rühren, mit denen wir lieben, mit denen wir krank sind und in denen wir unsere eigenen Anstrengungen wiederfinden. Denen können wir ehrlich danken für ihr Lebenswerk. Denn wie arm wären wir ohne sie!

Wie arm wäre dies Land ohne Hildegard Knef gewesen, und wie untypisch scheint es manchmal, dass diese Frau von französischer Lebensart und britischem Humor, diese Exterritoriale ohne klassische deutsche Eigenschaften eine Deutsche, mehr noch, eine Repräsentantin Deutschlands im Ausland werden sollte. Sie, die lebte, indem sie sich an diesem Land rieb, und die von diesem Land auch lange nicht und spät eher reserviert ans Herz gedrückt wurde.

Die wunderbare Freizügigkeit, die sie umgab, ihre Zivilcourage, ihre Lust an der Selbsterneuerung, ihre Unabhängigkeit, ihre rattenscharfe Ausstrahlung, ihre Schönheit! Ja, es ist wahr, aber nebensächlich, dass sie in »Die Sünderin« die erste deutsche Filmnackte war. Konnte sie etwa ahnen, dass sich Zeitungen an der Vergrößerung ihrer Blöße erfreuen würden, bis die Rasterpunkte der Fotos größer waren als die Brüste?

Typisch Knef nannte sie den Film übrigens ein »idiotisches Melodrama«, und der Produzent hatte auch noch Angst, sie könnte in Hollywood »vervampen«. Dabei war sie längst vor Hollywood betörend, mit Flutlicht in den Augen, voller Mut, Lässigkeit und Extravaganz, eine Freundin für Henry Miller, Tennessee Williams, Cole Porter, und sagte doch später: »Bis ich verstanden hatte, warum sich so viele Männer um mich scharen, war es schon fast zu spät.«

Sie drehte in Hollywood mit Billy Wilder »Fedora«. Den Film nannte sie »so grauenhaft, dass man es nicht in Worte fassen kann«, und einen ihrer schönsten Filme »Jeder stirbt für sich allein« so »riesig erfolglos«, dass ihn wohl nur ein paar Crew-Mitglieder gesehen hätten. Nimmt man hinzu, dass sie ihre letzten Fernsehrollen als »Laberkram« abgetan hat, dann haben wir den ganzen Weltstar alter Prägung: grandios in der Arbeit, unorthodox in den Entscheidungen, schonungslos, auch im Umgang mit sich selbst.

Als wäre sie als Schauspielerin, Entertainerin, Sängerin nicht vollbeschäftigt, brachte sie dann 1970 auch noch ihre Autobiographie »Der geschenkte Gaul« heraus, ein

Buch, in dem sich ein paar der härtesten Schilderungen der Schlacht um Berlin und der Folgezeit finden, so nebenher ein Weltbestseller wie das fünf Jahre später veröffentlichte Buch »Das Urteil«, in dem sich die erste deutsche Filmnackte mit ihrem Brustkrebs auseinandersetzt, beispiellos uneitel und kühn und gekrönt vom amerikanischen Mark-Twain-Preis.

Als Kind – der Vater war längst tot, und das Gefühl, verlassen zu sein, hat sie wohl nie ganz abgeschüttelt – steht die kleine Knef auf der Straße, verkauft Obst, schreit »Bananen, Bananen«, und die Leute drehen sich auf der Straße um, weil sie nicht glauben können, dass so eine Stimme aus einem Kinderkörper kommt.

Wir wollen hier nicht psychologisieren, aber viele große Leistungen im Künstlerischen werden von einer Lieblosigkeit befeuert, einer Erfahrung des Verlusts oder des Mangels, und im Fall von Hildegard Knef scheint es so offensichtlich, dass ihre Anstrengungen auf den Feldern der Musik, der Literatur, der darstellenden Kunst, der Öffentlichkeit im Allgemeinen von dem Wunsch getragen waren, eine Lücke zu schließen und eine Liebe zu ernten, die nicht leicht zu haben war, zu klug, zu unsentimental, zu scharfsichtig war sie, die allgemeine Zustimmung für das zu nehmen, das sie eigentlich suchte.

Cole Porter wurde in Amerika auch ihr Mentor, und aus dem kleinen Bananenmädchen wurde der erste deutsche Star am Broadway. Über zwei Jahre lang sang und spielte sie acht Vorstellungen »Silk Stockings« pro Woche, Ella Fitzgerald sagte: »Dies ist die größte Sängerin der Welt ohne Stimme« – was ein Riesenkompliment war und einen Stil beschreibt, den niemand je auch nur hat wagen können nachzumachen.

Sie kam aus Amerika zurück und wurde – wie ihre Freundin Marlene Dietrich, wie Ute Lemper – in Deutschland von der Kritik mit Häme übergossen. Als sie unbeirrt 1963 ihre erste Platte, zum Teil mit eigenen Texten, veröffentlichte, da war in Deutschland wohlgemerkt »Junge, komm bald wieder« ein Hit, Hilde aber hat, wie ein kluger Kritiker schrieb, »die deutsche Popmusik im Alleingang erwachsen gemacht«.

Sie sang nicht über heile Welt, sondern über One Night Stands und Liebe, die scheitert, Chansons, die Kurzgeschichten sind, raffiniert und verrucht. Mitte der 90er Jahre kehrten diese Titel zurück in die Clubs, und die in ihrer Liebe zu allem, was jung ist und jung hält, unverwüstliche Hildegard Knef stellte sich nacheinander mit Extrabreit, Fanta 4, Till Brönner und einigen Drum-and-Bass-Formationen ins Studio oder auf die Bühne und gab uns 1999 die jüngste Hilde seit jeher, und auch wenn sie bei der Verleihung des »Echo«-Livetime-Awards auf dem Weg zur Bühne gestützt werden musste, die Jungen im Saal begriffen: Sie war »eine von uns«.

»Ach, liebe Hilde,«, so schloss ich damals meine Laudatio, »du hast es knüppeldick gekriegt, vom Glück, von der Kritik, vom Leben, aber wenigstens haben wir dich erkannt und rechtzeitig gemerkt – wie man nur im Englischen sagen kann –: You were really making a difference! Und wenn du selbst in einem deiner Lieder die Grundfrage stellst: Wer war glücklich, dass du lebtest, dann höre dir heute auch die ganze pathetische Antwort an: Wir, wir sind glücklich, dass du lebst!«

Sie saß dann später ganz schwach hinter der Bühne und weinte, vor Rührung und Erschöpfung. Doch daran, wie sehr der Saal damals dieses Gefühl mittrug, kann man auch ablesen, was Hildegard Knef hinterlassen hat: Niemand ist da, die Rolle des Künstlers, der öffentlich Arbeitenden, der In-der-Welt-Stehenden, der In-die-Zeit-Hineinwirkenden, mündigen Kultur-Arbeiterin so zu interpretieren, wie sie es tat. Mit ihrer Klugheit, ihrer Courage, ihrer Beherztheit.

Jahrzehntelang schützt er sie nun schon, der gute Himmelsvater auf seinem Thron, die noble Queen auf dem ihren. Die Zeit hat sie nicht vertändelt, vier Blaublüter und viele Warmblüter erfolgreich hochgezogen, die schwierigsten Kreuzworträtsel eigenhändig aufgelöst, fast das gesamte ›Dallas‹- und ›Denver‹-Lebenswerk eigenäugig verfolgt und ein paar Garderobenmeilen pastellfarbener Fad Couture angeschmuddelt.

Nicht von ungefähr erwächst der Hoheit Gottes in der Royal Highness eine ernstzunehmende Konkurrenz: Neben dem Stuhl Petris besteht nur der Stuhl König Eduards seit über tausend Jahren, das Profil der Queen ist auf Geldscheinen, Münzen und Briefmarken häufiger im Umlauf als das des Herrn, und nach altem Volksglauben soll sogar die Berührung mit Monarchen Gebrechen heilen können. »In Zeiten der Pleite bevorzugt die Seele das Jenseits«, hat Robert Musil gesagt. So steigt die Popularität von Kirche und Königshaus immer, wenn die Konjunktur sinkt. In England ist ihres Steigens folglich kein Ende, und man könnte den Gottesglauben hier geradezu als eine Form von Royalismus abhandeln, wenn auch zu bedenken ist, dass es noch keine biblische Familie zu so vielen Scheidungen, Reitunfällen und Flensburger Strafpunkten gebracht hat. (Dass sämtliche Mitglieder des Königshauses schon wegen zu schnellem Fahren aufgefallen sind, ist ihre Kompensation für lebenslanges Schreiten.)

Doch gerade so soll es sein. Himmlisches und Erdiges haben sich in dieser ›Superstar-Monarchie‹ so attraktiv verquickt, dass niemand ernsthaft Glanz und Banalität des

Hohen Hauses infrage stellen kann, Hoheit und »splendid triviality«, wie John Osborne es nannte. Die wahren Insignien der Queen sind ›silly hat‹ und Madonnenmantel, ihr Antlitz ist ätherisch und Boskop mit Kopftuch, ihre Sprache ist ›upper class stutter‹, aber die Zeitung weiß: »Die Queen macht so gern das Schweinegrunzen nach.« In Königshäusern tritt das Menschliche eben wie ein Angriff auf die Menschenwürde zutage, wie etwas Nicht-Verdrängbares. Der wahre Royalist verlangt nach Ritual und Rüpelkomödie, und der Herrscher, der wünscht, dass ihm der rote Teppich unter den Füßen immer nachwachsen möge, wird beides liefern.

Mit ›die Queen‹ ist auf der ganzen Welt die englische gemeint, eine ausdauernd regierende Frau, unter deren Regime das Commonwealth zerfiel, England zur europäischen Problemzone degenerierte, höchstverschuldet, großflächig verslumt und als Industrienation kaum noch überlebensfähig war, sich aber dann doch als regenerationsfähig erwies. Gut, dass die Queen, die wohl reichste Frau der Welt, für all das nicht verantwortlich ist und statt den Armen, wie früher üblich, am Gründonnerstag symbolisch die Füße zu waschen, heute nur noch eigenhändig ihren Corgie-Terriern das Happa-Happa zubereitet.

Je problematischer Englands Politik wurde, desto lieber hielt man die Königin immer heraus. So weiß man über ihre hausfraulichen und privatmenschlichen Eigenschaften weit mehr als über ihren politischen Einfluss, und der ist laut Verfassung gering. Queen zu sein bedarf es wenig. Zwar erhält sie zweimal täglich die »red box« mit Außenministeriumsberichten und einige innenpolitische Dossiers, ihre Reden aber werden nicht von ihr entworfen, Premier und Erzbischof nicht von ihr ausgewählt, ihre Gäste nicht selbst geladen, die Ordensträger nicht von ihr auserlesen, die Termine ihrer Staatsbesuche nicht von ihr anberaumt, und nicht einmal die Farbe ihrer Garderobe darf sie selbst bestimmen, droht sie doch in zu gedämpften Farben in der Menge unterzugehen. Für den Fall, dass sie je von ihrem Vetorecht Gebrauch machte, rechnen Politologen mit Verfassungsänderungen und Rücktrittsforderungen. Vermutlich spürt ihre Macht also niemand so unmittelbar wie die Rösser und Rüden.

Die privatmenschliche Queen ist dagegen weit umfangreicher dokumentiert: Sie arbeitet barfuß am Schreibtisch, sie kriecht zum Spielen unter den Tisch, sie sitzt in ihrer Kutsche auf einer Wärmflasche, sie war nach Zeitungsmeldungen 92-mal schwanger, stand 73-mal vor der Scheidung, parodiert vor Verwandten ausländische Botschafter, isst pro Woche nicht mehr als drei Kartoffeln, sie trägt unter ihrer Krone eine Perücke, nimmt auf ihren Reisen einen Koffer mit Bienen und Schlangen mit, sie unterhielt sich mit ihrem toten Vater (Charles fotografierte den schreienden Geist), sie gibt ihren Angestellten mit einem eigenen Handtaschen-Code Signale (häufiges Hin- und Herwechseln der Tasche bedeutet: Ich muss aufs Klo), sie inspiriert sich durch Todesanzeigen zu Hundenamen – kein Wunder bei dieser Vielfalt der Meldungen, dass wohl nur ein einziger Ausspruch der Queen, ein tradierter zumal, populär werden konnte: ›We are not amused‹, und das ist schon bemerkenswert für eine Nation, die sich – zu Recht – so viel auf ihren ›sense of humour‹ einbildet. Die Queen ist nie ›amused‹, allenfalls ›concerned‹.

Ihre Hauptaufgabe besteht darin, ›die Firma‹ zusammenzuhalten, wie sie ihr Haus nennt, und das ist keine Kleinigkeit, denn die Mehrheit aller Engländer findet die königliche Familie zwar unverzichtbar, aber ebenso wenig vorbildlich. Und wie auch? Im Wesentlichen ist diese ›Firma‹ eine Versammlung von Paaren, und wie sehen nur ihre Ehen aus! Von einem Königshaus erwartet man vor allem gloriose Liebesgeschichten, und hier sind zwar alle stark in der Romanze, aber schwach im Abschluss.

Die Queen selbst verliebte sich in Philip, den verarmten Sohn geschiedener Eltern, im Alter von 13. Ihre Liebe vertrieb den Teddy aus ihrem Bett und kurierte sie vom Nägelbeißen, dafür absolvierte sie undementiert so viele händchenhaltende Spaziergänge im Park und romantische Stunden am Kamin, dass zur Zeit der Verehelichung mit Mountbatten 87 % aller Engländer ihr Concedo gaben. Heute haben die beiden getrennte Schlafzimmer, der Queensgemahl gilt als arroganter Haudegen mit intellektueller Serienausstattung und machte allenfalls Furore, als er sich, zur Aids-Prävention, öffentlich für farbige Kondome aussprach. Längst heißt es von den Ehepartnern – wie inzwischen von allen königlichen Gatten – ›sie haben sich zusammengerauft‹. Die Wahrheit ist: Im letzten Urlaubsgepäck der Queen befand sich ›Damage‹, Josephine Harts Roman über einen Ehebruch mit sadomasochistischen Varianten. Softpornographisch.

Nicht zusammenraufen konnten sich die Schwester der Königin, Margaret, und ihr eleganter Fotograf, Lord Snowdon. Margaret galt laut eigenem Bekenntnis als das ›schwarze Schaf der Windsors‹, doch man wünschte sie sich immer schwärzer. In Liebe fiel auch sie ursprünglich im equestrischen Bereich, entsagte aber dem königlichen Stallmeister Peter Townsend, weil dieser geschieden war, um mit dem Fotografen die erste große britische Fernsehheirat einzugehen, die in Trennung endete. Später sagte man ihr eine Ehe mit dem Whiskey und eine Affäre mit Mick Jagger nach, anschließend soll sie nur noch eine Affäre mit dem Whiskey gehabt haben, darüber hinaus hörte man von ihr nur noch, dass man nichts von ihr hörte.

Die Queenstochter Anne hatte auf Wunsch ihrer Mutter Carl Gustav von Schweden heiraten sollen. Dieser aber wurde, nachdem er mit der damals Dreizehnjährigen eine Segelpartie absolviert hatte, uncharmant zitiert mit dem Satz: »Diese Zicke heirate ich nicht.« In der Folge verschrieb sich Anne den Pferden und lernte bei den Olympischen Spielen in München den Reiter Mark Phillips kennen. Dieser aber zeigte kein Interesse, sondern hielt sich, wie Carl Gustav, an die Hostessen. Die Geschichte ging gut aus: Zuletzt kriegte Carl Gustav seine Hostess Silvia, Anne ihren Mark und dieser den Spitznamen ›fog‹, weil seine Rede allgemein als nebelhaft gilt. Nach der Trauung wurde beim Auszug aus der Kirche passend der Radetzkymarsch intoniert, Anne aber sollte weiterhin mehr Spaß an Ross als an Reiter haben. Die ›Liebe zwischen Heu und Daunen‹, wie die Presse schrieb, entpuppte sich als Strohfeuer und stand gut hundertmal vor der Scheidung. Die Formulierung der Dementis ernährt irgendwo in London eine Familie.

In seiner ›tiefen Verehrung‹ für die Mutter prüfte Prince Charles lange, ehe er sich band, und auch wenn die Medien es anders wollten, umgab ihn eine beißende Aura seminalis, der Geruch der Abstinenten. Charles wirkte schon früh, als nähere er sich dem anderen Geschlecht durch die Lektüre von Werken wie ›Von der Laubstreu zum Reformbett‹. Dabei soll auch er vorehelich verschiedentlich gestrauchelt und ursprünglich Dianas Schwester verfallen gewesen sein.

Die Jüngere aber erwies sich als ›virgina intacta‹ und als die bessere Kindergärtnerin vorbildlich geeignet zu diesem Jungfrauenopfer. Zwar war auch sie Tochter geschiedener Eltern, zugleich aber so wunderbar wandelbar, dass man in wenigen Jahren aus ihrem rotunden Backfischgesicht reines Art déco gewinnen und dem hässlichen England der Slums und Hooligans ein schönes Gesicht schenken konnte.

Diese Vorzüge blendeten Charles so sehr, dass er den viel wichtigeren Einwand gegen Diana nicht wahrnahm: Sie hatte Angst vor Pferden, und da alle Windsors ihren Lieblingstieren zu ähnlich sind, um diese je vergessen zu lassen, blieb Diana allzeit die Verängstigte, Schüchterne und wurde eines Nachts völlig verstört und von Kuschelrock betäubt in ihrem mit Höchstgeschwindigkeit durch das nächtliche London gesteuerten Wagen angehalten.

In ihrem Ehegelöbnis verzichtete Diana auf die Gattengehorsamsformel, gab aber zu Protokoll, an seiner Seite könne sie nicht fehlgehen. 700 Millionen Menschen sahen weltweit zu, als der englische Mob den Hochzeitskuss verlangte, Charles seine Mutter fragte (»Darf ich?«), und Diana ihren Schwanenhals den keuschen prinzlichen Lippen entgegenreckte: Sternstunden der Menschheit, populärer als der Mondflug. Charles wurde Dianas geistiges Wirtstier, allerdings versteht man ihre Aussage ›Alles, was ich weiß, hat er mich gelehrt‹, nur richtig, wenn man weiß, dass sie auch bekannt hat: ›Ich bin doof wie Bohnenstroh.‹

Als königliches Vademecum aber machte Di On Na Wong Fei – Diana, die königliche Konkubine (wie die Chinesen sagen) – eine ›gute Figur‹, das heißt, eine ungesunde, und erregte durch tiefe Dekolletés, nicht Einsichten, allgemeine Aufmerksamkeit, und warum nicht? Schließlich fragt auch niemand nach den Maßen von Jean-Paul Sartre! Ihr Lieblingswitz lautete: »Was stinkt mehr als der Hering? – Der Arsch des Herings« – We are amused! Dazu sah sie ihr Gegenüber angeblich mit einem Blick von oben und von unten zugleich an, und das konnte wirklich nicht einmal Sartre.

Diana wurde Englands Modekönigin, das heißt, sie gab in den zehn Jahren nach ihrer Hochzeit gut 2,5 Millionen Pfund für Kleider aus und entfachte in England eine Verehrung ihres Körpers, die an das Mittelalter erinnert, als die Liebhaber das Waschwasser ihrer Geliebten tranken. Leider teilte ihr Gemahl, an Schrullen sonst nicht arm, diese Neigung nicht. Längst standen die Betten getrennt. Den Wohntrakt der beiden nannten die Diener ›Äthiopien‹, es gibt wenig zu essen, und die Bewohner sind dünn. (So scherzt man bei Hof.)

Monatelang kam es zu keiner Begegnung, und nach der Geburt ihres ersten Sohnes gestand Diana, er sei der einzige Mann in ihrem Leben. Ödipus, Ödipus! Charles hat in dieser Zeit insgesamt 19 Pfund abgenommen und redet angeblich wochenlang kein Wort mit seiner Frau. Dafür mit seinen Blumen. Inzwischen hat eine geantwortet – eine Dahlie –, und anschließend sprachen auch Charles und Diana wieder miteinander, sofern keine Dahlie dazwischenredete. Ihre Ehe aber war da, wo auch Margarets Whiskey landete: on the rocks.

Anders als der unerfahrene ältere Bruder überließ der erfahrene ›Rammler Andy‹ die Freiung der Schwiegertochter gleich seiner Mutter: »Sarah war ursprünglich Mummies Wahl.« Die Wahl war schwierig, denn die Queen hatte nicht allzu viel auf den Markt zu werfen. Randy Andy maß 99 cm Brustumfang und 76 cm in der Taille, war offensiv ungeistig und hätte in einem Holzfällerhemd auf der ›Ponderosa‹ gewiss ein glückliches Leben führen können mit One-Linern wie ›Pa, sind die Pferde im Stall?‹.

Unerwartetermaßen wurde aus ihm trotzdem ein guter Absolvent des Party-Spiels ›Choo Choo Train‹, bei dem man die Hände um die Hüfte der Vorderfrau legt und ›choo choo‹ zischt. Diese Begabung brachte ihn in Kontakt zu einer Reihe von leichtlebigen Frauen und in den Ruf, eine Sensation im Genitalbereich zu sein – was erstaunlich ist, gilt doch von den primären Geschlechtsmerkmalen der Blaublüter, was Plinius vom Elefanten sagt: ›Testes elephanto occulti.‹

Unter Andrews neuen Bekanntschaften exzellierte die Amerikanerin Koo (Kathleen) Stark, die in einer filmischen Verballhornung der ›Justine‹ des göttlichen Marquis ihre winzige Brust ein paar Mal aus der Nonnentracht geschält hatte, um zuletzt zu Tode geschändet zu werden. Dieses so belanglose Treiben brachte sie in den Ruf, eine ›Pornodarstellerin‹ und nicht royaltyfähig zu sein. Die Beziehung wurde abgebrochen, Prinz Andrew zog sich in seine Dunkelkammer zurück und kam mit ein paar selbstgemachten Aufnahmen von anrührender Post-Coitum-Traurigkeit wieder hervor, Bilder von Schafen auf der Heide oder einem Hund unter einem Busch. Koo Stark aber hatte ihm, so wollte es die Presse, ›den Reiz unkonventioneller Liebe‹ beigebracht, das heißt, sie hatte ihm gesagt: Andy bleib bei deinen Lenden!

Aus dem Falkland-Krieg, wo er ein paar Hubschraubereinsätze flog mit dem Zweck, ein Schock Argentinier um ihr Leben zu bringen, kehrte er, wie die englische Presse befand, ›als Mann‹ zurück. Der Krieg hatte ihn dazu gemacht, eine Frau mit spatenförmigem Gesicht und großem roten Skalp würde den Rest besorgen. Nur seine Navy-Kameraden vermiesten ihm den erfolgreichen Kriegsabschluss mit dem Urteil, er sei ›arrogant, angeberisch und voller Scheiße‹.

In der Wahl ihrer Schwiegertochter ging die Queen nicht fehl, auch wenn man zugeben muss, dass alte Windsor-Werte hier mit Plattfüßen getreten wurden. Nicht ohne Grund hatte Sarah Ferguson vor ihrer Verehelichung acht Jahre lang die sogenannte Antibabypille genommen. Seit ihrem 17. Lebensjahr kämpfte sie in mindestens drei Liebesgeschichten gegen die Empfängnis, und nach der Hochzeit kämpfte sie eineinhalb Jahre gegen das Ausbleiben derselben. Das ist für die Presse eine lange Zeit, und so lastete denn lange auf ihrem sommersprossigen Leib das Rätsel des Fruchtbarkeitstopos.

Andrew und Fergie haben dem Königshaus völlig neue Dimensionen des Körperlichen geschenkt. Das war von Anbeginn so. Cupido schoss Andrew nicht ins Herz, sondern in den Hintern. Beim Blindekuhspiel auf einem schottischen Schloss kniff Fergie dem späteren Gatten in das weitere Umfeld seiner Nates-Region. ›Es ist nicht erlaubt, die königliche Kehrseite zu kneifen‹, monierte der Königliche pikiert, und sie kniff zum zweiten Mal zu, ›da‹, so raunte der Gekniffene später, ›betrachtete ich sie zum ersten Mal mit anderen Augen‹. Well.

Das Gesäß sollte in der Liebesgeschichte der beiden eine tragende Rolle spielen. Einmal teilen sich die beiden nämlich in ihre Neigung zu Fäkalhumor und Toilettenwitzen, und außerdem wurde Fergies Hintern zeitweilig zum Boulevardthema Nummer eins. ›Englands dickste Schande‹ oder ›Miss Donnerschenkel‹, an der Hofspezialisten bemängelten, sie zeige ›eine Tendenz zum Watscheln‹, fand ihren Hinternumfang in der Presse von Fachleuten geschätzt und jede erfolgreiche Abmagerungskur in den Schlagzeilen kommentiert: ›Geschafft!‹ Dabei sagte Andrew von den Frauen, was Fergie vom Essen sagte: ›Ich mag's gern üppig.‹

Als die beiden heirateten, war England schon zu arm, um einen Feiertag draus zu machen. Während Fergie ihrem Gatten drinnen Unterwerfung schwor, intonierte die Menge draußen ›What shall we do with the drunken sailor?‹, der abschließende Fotokuss saß, und ein Paradepferd brach zusammen. Befragt, worauf sie sich nun am meisten freuten, antwortete Andrew ›auf den Tag danach‹ und Sarah ›auf die Hochzeitsnacht‹. Sprach's und zog sich mit ihrem lüsternen Lover in den Bauch der ›Britannia‹ zurück, auf der ›ein Spezial-Doppelbett‹ mit vier massiven Pfosten extra ›verschraubt‹ worden war, nachdem sich Sarah rühmte, das alte Bett – wobei wohl? – ›zertrümmert‹ zu haben. Am folgenden Morgen erschien sie an Deck in einem ›hauchdünnen‹ T-Shirt, ›mit nix drunter‹, wie die vexierten Seeleute in die begierig erigierten Mikrophone rapportierten. Sarah und Andrew hatten das Thema Sex im Königshaus handgreiflich gemacht.

Nicht lange danach aber war auch diese Ehe ein wenig entzaubert und wie es zum Hause passt, am besten in den Termini der Leibesübungen fassbar. Sarah, sagte Andrew, sei ›a good sport‹, sie erwiderte, ›wir sind ein gutes Team‹. Zumindest Sarahs Ansehen aber war bald durch offen vorgetragenen Geiz, geringen caritativen Einsatz und alberne öffentliche Auftritte so weit ramponiert, dass bei einer Lebensmittel-Ausstellung Fergies Anwesenheit vorher vertraglich ausgeschlossen wurde, und eine Werbeagentur errechnete, sie müsse etwa 15 Millionen Pfund für eine

Imagekampagne hinblättern, also ebenso viel wie man für die Markteinführung eines neuen Beuteltees brauche.

Um das Lebenswerk der Königin und das glückliche zweite elisabethanische Zeitalter abzuschließen, bedurfte es nun noch der Verheiratung von Prinz Edward, der sich allerdings durch seine Abkehr vom Militärdienst, seine künstlerischen Neigungen – Theater (Travestie?) – und allenfalls unglaubwürdige Romanzen mit unscheinbaren Mädchen in den Ruf der Homosexualität gebracht hatte. Damit, so hatten viele gehofft, wäre dann eine neue Werte-Festung geschleift, denn zwar mögen die Windsors gern schwule Bedienstete – weil sie ›geschickter‹ sind und ›kaum klirren‹ –, aber nicht in der eigenen Familie! Es kam anders.

Macht nichts, die Geschichte der Königshäuser ist die Geschichte ihrer fortlaufenden Übertretungen und Verleugnungen des Königlichen, und man konnte schon ehemals hoffen, es noch zu erleben, wie die Polizei den damals noch süßen Prinz Edward betrunken aus seinem mit Höchstgeschwindigkeit gesteuerten Wagen zöge, auf der Heimfahrt von einem Exzess unter zweifelhaften Subjekten. Man will auch das mit Empörung genießen, das Königshaus in seiner Existenzberechtigung anzweifeln und bestätigen, denn seit 1649 (als England für elf Jahre eine Republik war) hat es immer in diesem Zweifel überlebt. »Gegen Ende des Jahrhunderts«, hat König Faruk von Ägypten einst gesagt, »wird es auf dieser Welt nur noch fünf bedeutende Königsfamilien geben: Herz, Karo, Pique, Treff und die Windsors.«

Wenn es so weit ist, dann werden vielleicht künstliche Intelligenzen Politik machen, aber sie werden immer noch auf dem Balkon stehen, in futuristischer, doch altmodischer

Garderobe, winkend und lächelnd, mit starken, gesunden Zähnen und gemessener Gestik, eine Familie von großem Reichtum, geringem Einfluss und mit dem Glück, nie von Goya gemalt worden zu sein.

DER SELBST GEMACHTE MANN.
ÜBER GIACOMO CASANOVA

Als erfundener Held, als literarische Figur eines Romans, wäre Giacomo Casanova ganz unglaubwürdig. Hasardeur und Schwärmer, weitgereister Scharlatan und Intrigant, Alchimist und Glücksspieler, Astronom und Bodenreformer, Diplomat und Kolonisator, Komödiendichter, Unterhalter und Aphoristiker, Übersetzer der »Ilias«, Romancier, Philosoph und Altphilologe, Librettist und Geiger, Ökonom und Historiker, portugiesischer Gesandter, Freimaurer, venezianischer Spion und Mitbegründer der französischen Staatslotterie, ein Monstrum, Abenteurer, Höfling, Mediziner und Theologe, Börsenhändler, Kalenderreformer, Seidenfärber und – Verführer: Das ist mehr als je eine fiktive Romangestalt vorgelebt hat, und doch ist Giacomo Casanova dies alles wirklich gewesen. Ist es nicht nur gewesen, sondern hat sich auch noch für sehr viel mehr interessiert, hat sich für buchstäblich alles mit einer Neugier interessiert, die man kindisch oder manisch nennen mag, die ihn jedenfalls treibt, sich überall Einlass zu verschaffen, in Höfen und Parlamenten, Börsen und Bibliotheken, Boudoirs und Serails, Klöstern und Logen, Bordellen und Sakristeien, Spielhallen und päpstlichen Audienzsälen, Spelunken und Lustgärten.

Ein Chamäleon ist er, das sich allen Nationen, allen Schichten und Ständen assimilieren und mit ihren Zungen reden kann. Er hat mit mehreren Päpsten, Königen, Kaisern verkehrt, die russische Zarin hat ihn empfangen, Friedrich der Große ihn zum Erzieher machen wollen. Er hat mit Betrügern und Zuhältern, mit Passano und Cagliostro Umgang gehabt, aber auch mit Voltaire, Rousseau, d'Alembert, Winckelmann, Crebillon, Fürst de Ligne, da Ponte, Benjamin Franklin, Richelieu, Madame de Pompadour, Metastasio, Fielding, Mengs, Fontenelle, Voisenon, Carlin, Helvetius, Albrecht Haller, vermutlich mit Mozart, vielleicht auch mit Goethe und Wieland: ein Schaulustiger, ein Causeur, ein professioneller Augenzeuge, der einer Kutsche entsteigt, mit Koffern voll Kostümen, mit Perücken und Pomaden, mit Juwelen, Büchern, Spitzen, mit venezianischen Seidenschuhen und Orden am Revers: Giacomo Casanova, Chevalier de Seingalt, mit dem selbst gemachten Titel, ein großer Autor, ohne es zu wissen, der, dem wir die vollständigste und die farbigste Abbildung des 18. Jahrhunderts in der Weltliteratur verdanken.

Denn nicht genug, dass Casanova all diese Rollen spielen, all diese Ämter und Funktionen ausfüllen konnte, er hat sie auch beschrieben: genau, facettenreich, intelligent, auch respekt- und skrupellos, von oben wie von unten, und meistens leidenschaftlich wie ein Schauspieler, der Kulissen und Attrappen als etwas Wirkliches, ja als das Wirklichste preist.

Casanova steht für einen Typus, der selten geworden ist: die pathetische Existenz. In allem sucht er Erregung, Aufschwung oder Erschütterung, jedenfalls den Punkt, an dem ihm die Wirklichkeit fühlbarer wird. Deshalb gibt es keine Darstellung von Langeweile, von schmachtender Trauer in seinem Werk, von jenen Gefühlen, die dazu tendieren, ihren Gegenstand zu verlieren und dabei den, der sie fühlt.

Casanova hat keine Gefühle, vielmehr ist er ganz Gefühl, ist »Sklave seines Gefühls«, wie es einmal heißt, und er ist tatsächlich nur, solange ihm die Wirklichkeit gestattet, erregt zu existieren. Indiskret, aber dezent, kann er doch kein obszönes Wort nieder- und kein vulgäres ausschreiben, die

Erregung tritt als etwas anderes, Schriftfernes in den Text, und präzise wird er nicht, wo er Empfindungen wiedergibt, sondern wo er sich ans Handgreifliche hält, an Städte, Verkehrsmittel, Höfe, Architekturen, Kostüme, Werkzeuge, Apparate und Körper. Seine »Geschichte der Unruhen Polens« wird von russischen und polnischen Historikern als ein wertvolles Dokument geschätzt, Krankheiten hat er so genau beschrieben, dass Medizinhistoriker eine Quelle ersten Ranges in ihm erkennen. Nur mit Gefühlen hat er, der überall im Auftrag von Gefühlen unterwegs zu sein scheint, offenbar nicht viel anfangen können. Weil er sich stattdessen vom Praktischen angezogen zeigt, weil ihn die Welt der Mittel, das Positive, Empirische so sehr fesselt – ihn, den Zweckchirumanten und -okkultisten –, deshalb ist sein 18. Jahrhundert so detailscharf und anschaulich ausgefallen.

Man kann fragen, warum dies so wenig für die Welt der Empfindungen zutrifft, die immer wieder mit den nämlichen stehenden Wendungen umschrieben wird. »Es war zu erwarten, dass man mich Damen vorstellen würde, und ich wollte glänzen«, schreibt er bei seinem Aufenthalt in Köln. »Glänzen« – ein Schlüsselwort, Synonym für »blenden«, ein Schlüsselwort wie »das süße Liebespfand«, das es hundertfach einzuernten, »das Kleinod«, das es zu lüften gilt, ein Schlüsselwort wie »die Reize«, die »Blume«, die »Frucht«, das »Werk«, die »heißen Tränen«, die »Glut der Geständnisse« wie »mein Opfer«: die Frau.

Nur wer vergisst, wie hochformalisiert die Gefühlssprache des 18. Jahrhunderts war, kann dem Schriftsteller Casanova vorhalten, die Sprache seiner Liebe sei arm und voller Versatzstücke. Spricht etwa die Literatur des Rokoko von Crebillon über Nerciat bis zu Restif de la Bretonne anders, wo sie die galante Verführung in den Blick fasst? Man kann heute fragen, in einer Zeit, die durch Jahrhunderte einer Erziehung und Erforschung des Gefühls gegangen ist, warum Casanova es nicht anders gekonnt hat. Seinem Zeitalter stand die Entdeckung des Gefühls noch weitgehend bevor.

Wichtiger wäre es, sich zu fragen, warum Casanova es nicht anders gewollt hat. Schließlich hat er schwierigere Dinge beschrieben als die Liebessehnsucht eines venezianischen Jünglings. Die Divergenz zwischen dem Ausdruck der Empfindungen und ihrem Gehalt bezeichnet den historischen Zeitpunkt von Casanovas Werk. Die Sprache der höfischen Gesellschaft verrät, dass der Zusammenhang zwischen dem formalen Charakter der Gefühlsäußerung und ihrem Gehalt gestört ist. Man kann sagen, sie ist unaufrichtig, aber gerade dort, wo sie in all ihren Wiederholungen unspezifisch wird, erkennt man, wie jenseits der konventionellen Gefühlssprache andere Wünsche herrschen, unartikulierte Bewegungen, die sich essenziell nur durch ihren Widerspruch zur höfisch-konventionellen Sprache formulieren.

Die Französische Revolution hat diese Konvention umgestürzt und neuen Wünschen eine neue Sprache verliehen. Casanovas Werk entsteht auf der Scheidelinie: Den alten Wünschen verpflichtet, öffnet es sich gerade durch den Widerspruch zwischen der konventionellen Gefühlssprache und der elementaren Kraft etwa seiner Rastlosigkeit, seiner Begierde, jenen unabschließbaren Erfahrungen, deren Darstellung im Wesentlichen der Literatur nach der Französischen Literatur vorbehalten war.

Wie den Frauen, so spricht Casanova auch dem Leser gegenüber das Idiom der Werbung, die empfindsame, im nächsten Augenblick brutale Sprache des Konquistadoren, der noch um Zuneigung buhlt. Er beherrscht all die herzzerreißenden Arien der schmeichelnden Offenbarung, die das 18. Jahrhundert liebte, das 19. beargwöhnte und das 20. ausrangierte, und im nächsten Augenblick ist er der krude Materialist, der seine Gefühle bilanziert und die Aufwendungen in ein rechnerisches Verhältnis zur gewonnenen Lust setzt. Casanova gibt in seinem rhetorischen Spiel auf der Skala zwischen tränenfeuchter Hingabe und ungerührter Buchmacherei einen tieferen Einblick in die Ökonomie des Gefühlslebens, als es die meisten jener Autoren tun, die vielleicht ihre Gestalten exakter profilieren und ihre Gefühle nuancierter exponieren konnten. Er ist kein Analytiker sensibler Verfeinerung, vielmehr beobachtet er, wie das Gefühl instrumentalisiert, wie es zweckmäßig eingesetzt wird.

Man hat schon bald nicht mehr den Eindruck, dass Casanova den Gefühlen besonderen Glauben schenkt. Die »Gunst erringen«, jenes Schlüsselwort der ersten Verführung, passt auf den Fürsten wie auf die Frau. Casanova erkennt in der Empfindungssprache das wichtigste Reservoir der Schmeichelei: eine betrügerische, nüchtern kalkulierte, dabei zu gern blindlings geglaubte Sprache von Emporgekommenen und Günstlingen. Er bedient sich dieser Sprache, wie er sich der Schminken und Masken bedient, um zu »blenden«, um kleine Münze zu schlagen und die Eitelkeit auszunützen. Kein psychologischer Begriff wird in der »Geschichte meines Lebens« so häufig bemüht wie der der »Eigenliebe«, ein Moloch, dem man alles geben muss und der die psychologische Welt berechenbar erscheinen lässt. In diesem Punkt, und nicht nur in diesem, ist Casanova Materialist.

340

Wenn man heute diese doppelte, die höfische und erotische, Verführung beobachtet, so muss man sich vergegenwärtigen, dass Casanova, wo immer er auftauchte, zunächst ein Fremder war, auch wenn wir ihn bald gesellschaftlich aufsteigen sehen, so lange, bis er am Hof selbst verkehrt. Casanova lebte zu einer Zeit, da die Höfe Anziehungspunkte für Blender aller Art waren. Wir begegnen in seiner Lebensgeschichte Hunderten von falschen Titel- und Würdenträgern, Hochstaplern, Scharlatanen, falschen Priestern und Ärzten, selbst falschen Frauen und Männern. Sie alle spielen auf der Klaviatur der Empfindungen, wie Casanova es tut: »Eine solche Pomade wäre das Glück meines Lebens!«

Was Wunder, dass in seiner Lebensgeschichte diese Sprache ihre Mechanik nach außen kehrt und nicht mehr mit der Hypothek ganzer Glaubwürdigkeit belastet, vielmehr dem komischen Aufwand der Kosmetik gleichgestellt wird! Wenn man sie zusammenzöge, die Bottiche Pomade, die Fässer Parfüm, die Säcke Puder, die Haufen von Perücken, dazu die Accessoires, Lorgnons, Ringe und Geschmeide, mit denen Casanova seinen Hautsack voll Ich den Frauen angenehm zu machen suchte, man hätte den ganzen Aufwand vor Augen, den es ihm wert war, als Edelmann, Kosmopolit und als ein Tourist in Liebesdingen einzureisen und schließlich als ein unter Düften uralt gewordenes Reptil zu sterben, moralisch ausgestopft mit Oscar Wildes Überzeugung, keine Sünde werde am Ende des Lebens so bitter bereut wie die Unterlassungssünde. Günstlinge und Blender kennen den Abstieg so gut wie den Aufstieg.

Casanova ist nicht nur von Frauen oft verlassen, er ist aus Turin, Warschau, Paris, Wien, Florenz und Barcelona ausgewiesen, mehrfach zu Kerkerhaft verurteilt worden.

Wenn sein Aufstieg begleitet ist von Versprechungen, Komplimenten, der Entfaltung schönen Scheins, so ist sein Abstieg bestimmt vom Prozess einer Desillusionierung, deren Opfer er wird, er, der sich über die höfische Gesellschaft keinen Zweifeln hingab und der, ausgenutzt und ausgebeutet, fallengelassen, vertrieben und oft später schlechter gesehen wurde, als er es verdiente. Die permanente Berührung mit der Misere aber wird in Casanovas Leben zur Triebfeder eines Ehrgeizes, der ihn überall nach oben bringt.

Gesellschaftlicher Aufstieg und Eroberung sind zwei Größen in Casanovas Lebensplan, die eng zusammengehören. Nicht nur, weil sie oft Hand in Hand gehen, weil er über Frauen in gehobene Kreise gelangt, weil er sie an einflussreiche Männer weitergibt oder weil ihn die erreichte Stellung erst begierdefähig werden lässt. Vielmehr provozieren beide sein moralisches Kalkül. Sein Buch wird zur Summa dieses Kalküls.

Erstaunlich, dass Casanova bis heute nicht als Aphoristiker gewürdigt worden ist! Denn unter allem Bildungsplunder, den er nicht ohne Stolz ausbreitet, verbirgt sich ein eigenständiger Denker. Er hat über die Errichtung von Autobahnen, über die Erfindung von Autos, Flugzeugen, Giftgasprojektilen und Federhaltern nachgedacht, sich Telegraphie und Fernsehen ausgedacht, das mag man als Science-Fiction abtun. Seine philosophischen und kulturkritischen Beobachtungen aber beziehen sich auf moralische Gegenstände, auf die Regeln des Zusammenlebens, auf das Geschlechterverhältnis, auf alle Bereiche der Konvention und verraten einen erstaunlichen Scharfblick. Nimmt man sie zusammen, so erhält man Grundzüge einer anti-idealistischen, wenn nicht materialistischen Ethik.

In der Geschichte der praktischen Philosophie sind

die ›Zersetzer‹, die Vertreter einer ›niedrigen‹ Moral aufschlussreicher als die Schwärmer, denn sie pflegen ihre Urteile den historischen Gegebenheiten, der Praxis moralischen Handelns genauer anzupassen. Casanova kennt die Einrichtung von Bordellen und Bädern, ihre Benutzer so gut wie ihre Kritiker, Geilheit und Prostitution so gut wie pfäffische Hypokrisie und Warnung. Er lässt uns wissen, wie Toiletten aussahen, wie weit man in einer Kutsche gehen konnte, aus welchen Teilen die Leibwäsche eines wohlhabenden Mannes bestand, was man an den Poststationen aß und wie man hier nachts am besten zueinanderkam. Dabei entwickelt er sich zu einem analytischen Empiriker.

An seinen Ideen wie an seiner Praxis sind Entwicklungsmöglichkeiten der Moralkritik im 18. Jahrhundert ablesbar, nicht wie bei de Sade im Umriss einer souveränen Phantasie, sondern im Hinblick auf die gesellschaftliche Praxis. Beide kommen überein, die Lust den Gesetzen der Ökonomie zu unterwerfen. Kein Zweifel, dass sich in Begierde, Eroberung und Unterwerfung ein Prinzip der Steigerung und Mehrung, der Expansion und Akkumulation erkennen lässt, das ökonomischen Prinzipien folgt. Casanova zeigt sich förmlich besessen von der Berührung zwischen Lust und Geld. Überall scheint Geld durch in den Verführungen. In der Koketterie offenbart die Frau ihren Preis. Die Eroberung wird ein Feilschen. Sie wird zu einem Kapitaldelikt, bei dem die Geliebte in den Besitz des Verführers übergeht, der künftig die Macht des Eigentümers ausüben, die Frau verkuppeln oder verschenken kann, was meist geschieht, sobald die Steigerung ausbleibt und Casanova sich nach einer neuen Akquisition umsehen muss. Nicht selten scheint er sich so nach der Maxime eines italienischen Sprichworts bewegt zu haben, das da sagt »die Welt ist eine Hure«.

Er hat zahlreiche Heiratsversprechen gegeben, keines gehalten, er hat seine Rastlosigkeit verflucht und wird dabei durch nichts so sehr bewegt wie durch den Wunsch, Frauen und Schauplätze oder eigentlich: Erregungen anzuhäufen. Diesen Zweck verfolgt er durch weidliche Ausnützung des Tauschprinzips. Einmal in die Situation des Tausches eingetreten, wird Casanova »Rechte« fordern, wird er Verträge schließen, sich vor Enttäuschungen schützen wollen. Er macht vor, wie eine Liebesethik, die die Treue weniger pedantisch nimmt, auf der Basis von Tauschvorgängen funktioniert. Anders gesagt: Er legt in intimsten Verhältnissen eine Disposition zur Prostitution frei, deren Kenntnis und Ausbeutung nicht den geringsten Anteil an seinen Leistungen als Verführer hat. Kühl beobachtet er, wie eine Frau ihren ›Gebrauchswert‹ einbüßt und ganz zum Tauschwert wird, eine Frau, die in diesen Dingen unter Umständen genauso unsentimental denkt wie er selbst: »Weine nicht, lieber Freund, denn in Wahrheit mache ich mir nichts daraus.«

Er hätte traurig darüber sein können, dass der Liebe der pathetische Kern fehlt, den die Poesie ihr gibt, aber er zieht es vor, die Spielregel zu studieren, sich in den Besitz der Mittel zu bringen und eine Eroberung in die Wege zu leiten, die zum kleineren Teil Jagd ist und zum größeren eben Handel. In dieser Hinsicht ist sein Erobern immer von einem Verbot geleitet, vom Verbot der verheirateten Frau, der Frau von Stand, der Frau, die einen anderen liebt, die sich ihm ausdrücklich verbietet, die eifersüchtig bewacht wird, der Nonne, der allzu Teuren, der schlimmsten: der Koketten.

Casanova weiß sehr wohl, dass das Erotische nach nichts so sehr verlangt wie nach dem Verbot. Wo also die Verführung zu einfach oder die Frau zu blass, wird er das Verbot selbst imitieren, indem er unmögliche Schauplätze wählt, die Kirche, einen Balkon, das Ehebett, in dem noch der Gatte liegt, er wird sich ganz auf die Ausführung konzentrieren, tagelang spähen, Löcher durch Wände brechen, in verdunkelten Kutschen herumfahren, sich kostümieren, mit akrobatischer Anstrengung über Dächer und durch Gräben kommen, einzig um durch die Errichtung von Hindernissen, durch die Überwindung von Verboten, das Objekt der Eroberung noch kostbarer zu machen.

Keinem Menschen kann die Lust selbst so viel wert sein, wie es Casanova wert war, sie einzuleiten, und wenigen erscheint sie heute so einzigartig wie ihm. So aufmerksam Casanova die Ökonomie des Gefühlslebens, die des Geldverkehrs und ihre Zusammenhänge verfolgt, so sehr fehlt ihm, der selbst so oft aus der Gunst gestoßen, vertrieben und an den Bettelstab gebracht worden ist, der Blick für die Grausamkeit und die Ungerechtigkeit der ökonomischen Praxis, und zwar in allen Ländern, die er bereist hat.

Mag er sich selbst den sozial Deklassierten gegenüber oft großherzig gezeigt haben, er kennt keine Solidarität mit denen, die eigentlich jenen Pomp bezahlen müssen, in dessen Umkreis zu leben er selbst vorgezogen hat. Er streift das Elend, durch das ihn seine Reisen führen, mit touristischem Blick. Eine Empfindung für die Diskrepanz der sozialen Situationen geht ihm weitgehend ab. Ganz arglos spricht er von den Deklassierten ringsum im Possessivum, nicht nur von »meinem Lohndiener«, »meinem Sekretär«, sondern auch von »meinem Spanier«, »meinem Farbigen«. Er selbst konnte sagen, er habe den Frauen zuletzt doch immer seine Freiheit vorgezogen, er konnte auch sagen: »damit einem der köstlichste Ort der Welt missfällt, genügt es, dass man verurteilt ist, dort zu leben«, aber es wäre ihm nicht eingefallen, ein Leben auch nur zu bedauern, das diesem Privileg nicht unterstand.

Es gibt Szenen in der »Geschichte meines Lebens«, in denen das Elend der Armen fast wider Willen überhell erleuchtet wird. Es sind symbolische Szenen, gegenüber deren unfreiwilliger Kraft manches im Umkreis läppisch wird, auch wenn Casanova sie gänzlich arglos erzählt. »Ich werde niemals die treffende Bemerkung aus dem Munde eines Mannes vergessen, der sonst nie zu Scherzen neigte, sie stammt von Monsieur de Maisonrouge, den man nach Hause fuhr, weil er sich wegen zu reichlichen Essens sterbenselend fühlte. Da mehrere Karren die Straße versperrten, musste sein Kutscher gegenüber vom Quinze-Vingts-Hospiz anhalten. Ein Bettler näherte sich dem Wagen und bat um einen Sou, weil er vor Hunger sterbe. Maisonrouge öffnete die Augen, sah ihn an und sagte: ›Da hast du aber Glück, Freundchen.‹«

Ohne dass er es wollte oder dass er sich selbst dafür interessierte, lässt er einen in dieser Geschichte alles hören: das Säuseln der Hofmusik und die Anwesenheit des Todes, die Bewegung, mit der sich der Witz aus der Leibesfülle windet, die Zudringlichkeit stummer Zeugen und Mittäter, darunter den genüsslich und mit Ritardandi nach-inszenierenden Autor, andere Hungernde rund um das Hospiz, geile Hofschönlinge in bunten Toiletten, die ringsum verantwortete Rede. Einmal wenigstens hat Casanovas Leben den bittersten Ernstfall gestreift, der ihm jeden Einblick in die Willkür der Obrigkeit gestattete. Ohne Prozess, ohne Angabe von Gründen und ohne, dass er das Strafmaß je erfahren hätte, wird er im Sommer 1755 in Venedig zur Haft unter den Bleidächern verurteilt. Über die Gründe ist lange spekuliert worden. Sicher spielt die Rivalität eines der venezianischen Inquisitoren, spielt eine Frau eine Rolle, in den Archivdokumenten ist außerdem von Betrügereien und Glücksspiel die Rede, der eigentliche – wenn auch möglicherweise vorgeschobene – Grund für seine Verhaftung liegt in der Freimaurerei, seinen ›Verbrechen‹ gegen die Religion.

Als Casanova fünfzehn Monate nach seiner Inhaftierung eine Flucht gelingt, die noch kein Häftling aus diesem Gefängnis geschafft hatte, macht ihn das Ereignis, ebenso wie sein Bericht, zu einer europäischen Berühmtheit. Er behauptet, die Geschichte besser mündlich als schriftlich erzählen zu können, aber schon so, wie wir sie haben, gehört sie zu den fesselndsten Stücken von Abenteuerschriftstellerei der Weltliteratur. Fast zeit seines Lebens hat Casanova danach unter Heimweh gelitten – bis er sich an seinem Lebensabend schmählich als Spion für Venedig verdingte und zurückkehren durfte, Staat und Gerichtsbarkeit aber werden von ihm nicht in Frage gestellt. Vielmehr akzeptiert er ihre Willkür wie den Despotismus, mit dem sie ganze Schichten dem Elend übergeben, als eine Spielregel, die man immer nur ahnen und deshalb nicht genau einhalten kann.

So wird auch das Soziale als Teil eines Spiels unbefragt hingenommen. Er selbst hat kaum je gearbeitet, um zu essen, er hat gespielt, hat sich alles erspielt, alles durch Raffinesse und Glückvertrauen zu eigen gemacht. Er kennt keine Kritik, nur Übervorteilung. Er korrigiert gesellschaftliche Missstände nicht in Gedanken und nicht durch Verstöße gegen die Machthaber, sondern gegen das Legale und zeigt insgesamt keine Tendenz, die Regeln anders als durch persönliche Rancune und durch Betrug korrigieren zu wollen.

Wir wissen nur annähernd, wie ausgiebig Casanova im Spiel betrogen hat, aber er lässt keinen Zweifel an der Skrupellosigkeit, mit der er die spiritistisch verdrehte Madame d'Urfé um einen Betrag zwischen 300 und 400 Millionen gebracht hat. Ebenso wenig täuscht er seine Leser darüber, alle möglichen juristischen, medizinischen, mathematischen Kenntnisse zur Übertölpelung und Ausbeutung der Leichtgläubigen eingesetzt zu haben. Einmal sagt er sogar, er bedaure, statt Jurisprudenz nicht Medizin studiert zu haben, weil sich diese Wissenschaft noch besser für Betrügereien eigne. Die Einfältigen, die Schwätzer und Ignoranten sind Casanovas eigentliche Kontrahenten. Dummheit war für ihn, wie Richard Alewyn schreibt, nicht primär ein intellektueller, sie war ein »sittlicher Defekt«. Intelligenz, auch amoralisch eingesetzte Schläue wird zum legitimen Mittel der Auslese.

Der Leser erfühlt das Vergnügen, das es Casanova bereitet hat, mit einem gehörigen Aufwand an Beredsamkeit, Bildung, Geld und Skrupellosigkeit seine Sache, die Erhebung seines Selbstgefühls, zu verfolgen. Der Leser genießt die Souveränität, in die sich Casanova schon früh hineinarbeitet und in die er aufbricht mit dem herrlichen selbstanalytischen Satz: »Es war nicht Schönheit, was ich vorzuweisen hatte, sondern etwas Wertvolleres; ich weiß nicht, was es war. Ich fühlte mich zu allem fähig.«

Für die Erfüllung seines Lebensplans bot die Epoche ihm die besten Voraussetzungen. Sie sollten nicht wiederkehren. »Wer nicht vor der Revolution gelebt hat«, so ein berühmter Satz Casanovas, »weiß nicht, was Lebensfreude

heißt.« In frühen Jahren hatte er eine Revolution herbei-
gewünscht; als sie da war, konnte er sie nicht verstehen.
Gegen Robespierre und Mirabeau hat er heftige Texte verfasst, die Zerstörung der Privilegien, in deren Schatten er
groß wurde, mit Hass verfolgt.

Sein Spiel aber, das ihn oft wohlhabend, manchmal
reich und oft arm gemacht hat, wusste er gut zu spielen.
Er opfert ihm alles und spielt es doch als Komödiant. Das
Theatralische bleibt das Lebenselement Casanovas, die
Maskerade zeigt ihn, wie er ist. Geboren als Sohn einer
der großen italienischen Schauspielerinnen des 18. Jahr-
hunderts, bleibt in allen Verkleidungsszenen ein sentimen-
taler Kern, der auf die Mutter verweist, die ja auch, eine
Libertine, quer durch Europa bis nach Russland mit ihrer
Truppe gezogen war und bei ihren wenigen Besuchen in
Venedig den Prälaten und pfäffischen Erzieher des kleinen
Giacomo sinnlich verwirrte. Hat er ihr nachgeeifert, ihr
Bild verfolgt, hat Casanova zeit seines Lebens im Matriar-
chat gelebt? Hat sein Verlangen deshalb etwas sehnsüchtig
Beharrendes, immer neu Hinauslangendes? Ruft sein Werk
also vor allem nach einer psychologischen Deutung?

Die Psychoanalyse hat mit Casanova nicht viel anzufangen gewusst. Er verschweigt nicht, die Eindimensionalität
seines Trieblebens ist ihm bekannt und seine wenigen Aus-
flüge ins ›Perverse‹ gehören zur erotischen Folklore. Trotzdem sprechen Psychoanalytiker von einem »schweren
Mutterproblem«, sie sagen, Casanova habe so »unmenschlich funktioniert«, weil er nie aus dem Mutterleib heraus-
gekommen sei, deshalb habe er sich, ein Toter, so sehr mit
Leben drapiert; man müsse ihn, so Ignazio Maiore, quälen,
um ihn zu heilen.

Dies bleibt ein Phänomen der Casanova-Kritik: Frauen

haben ihn selten gemocht (obwohl er eine emanzipatorische Schrift zur Verteidigung der Frau verfasste und die Abtreibung verständnisvoller beurteilte als fast alle seine Zeitgenossen), Männer aber haben Casanova geradezu zerstören wollen. In seinem eigenen Werk verrät sich weniger männlicher Sexismus als in den meisten Polemiken seiner Kritiker. Sähe man sie nicht in heimlichem Wettbewerb zu diesem falschverstandenen Übermann, man könnte sich kaum erklären, warum ein Schriftsteller des 18. Jahrhunderts posthum solchen Widerwillen provoziert.

Stefan Zweig sagt, Casanova sei »kein Charakter«, habe »eine schmutzige Magd im Winkel einer Soldatenspelunke« allen Kunstwerken Michelangelos vorgezogen, habe überhaupt das Wesen von Kunst und Wissenschaft nie erfasst, auf Religion kein Recht, seine Beziehungen zu Frauen seien »bloß bluthaft« gewesen, und wo sein Werk Verdienste habe, sei es nicht Casanova, sondern dem »Leben« selbst zu danken. D. H. Lawrence schreibt, Casanova sei ein Mann »ohne Stolz und ohne klare Seele«, Moravia nennt ihn »recht vulgär«, Hesse meint, ihm fehle »die heroische Atmosphäre von Vereinzelung und tragischem Abgesondertsein«, F. G. Jünger moniert: »Er ist nie um des Waldes wegen in den Wald gegangen. Er hat nie im Freien nackt gebadet.« Fellini schließlich nennt ihn »krankhaft«, ein »harmloses Abbild der verklemmten Begierden des Herrn Jedermann«, einen »Hampelmann, der die Welt mit steinernen Augen betrachtet« und der nur denen gefallen könne, die selbst »verklemmt«, »komplexbeladen«, »mit einem Makel« oder mit »Mittelmäßigkeit« behaftet seien.

Es liegt nahe, dass sich Männer leichter mit der Person Casanovas in Konkurrenz setzen als mit seinem Werk. Über die Person erfahren wir aus zeitgenössischen Berichten, dass sie eine blonde Perücke trug und große braune Augen hatte. Es fehlt auch nicht an Zeugnissen, die ihn großspurig, eitel, rechthaberisch, sogar lächerlich erscheinen lassen. Der Fürst de Ligne, einer der bedeutenden französischen Moralisten, schreibt: »sein Selbstgefühl steht dauernd unter Waffen«, aber das bleibt dem Leser ohnehin schwerlich verborgen.

Er weiß außerdem, dass Casanova in den rund vierzig Jahren, über die er uns berichtet, knapp 120 Geliebte gehabt hat. Das macht etwa drei pro Jahr. Zusätzlich weiß er, dass Casanova oft nicht seiner Verführungsfähigkeit allein hat vertrauen können. Häufig ist Geld oder Schmuck im Spiel, häufig entstehen die Verhältnisse in einer Sphäre, die nach unserer weniger flexiblen Moral die Prostitution streift. Nur ein einziges Mal begegnet er einer wahren Jungfrau – da schreckt er zurück –, ein andermal fällt sein Blick auf eine junge Frau, von der er sagt, dass sie »so hübsch aussah, dass mich Angst überkam«.

Die Mehrzahl seiner übrigen Geliebten empfängt er aus den Händen anderer Männer, oder er gibt sie an solche weiter. Man erfährt nichts von Nervenkrisen, nichts von Tragödien, selten scheint jene Dimension geschlechtlicher Treue erheblich, in der unsere Liebesmoral ihr Sakrament hat. Öfter dagegen wird jenseits der vierzig nur noch geliebt, so gut es eben geht. All das klingt nicht nach einem ›vorbildlichen‹ Mann, nicht nach einem legendären Verführer.

Das Missverständnis aber geht noch weiter: Casanova ist kein »Casanova«, er ist, wenn nicht eine zeittypische, so zumindest eine zeitgenössisch verbreitete Gestalt. Von Männern seiner Art hören wir in der Literatur des 18. Jahrhunderts häufig, manche kennen wir sogar mit Namen: so

Cagliostro, Afrisio, den Grafen Celi bzw. Alfani, da Ponte, Graf Tilly oder Antonio della Croce. Außerdem ist auffällig, wie selten Casanova in Berichten seiner Zeitgenossen mit Frauen in Verbindung gebracht wird. Man kennt ihn als den, der aus den Bleikammern entkam, sein Duell mit Branicki wird in 24 Zeitungen erwähnt oder beschrieben – für seine Amouren ist er nicht berühmt, und er hätte sich bestimmt gewundert, wie de Sade einem ganzen Typus seinen Namen zu geben. Nur etwa ein Fünftel seines Werkes beschäftigt sich nämlich tatsächlich mit der Eroberung von Frauen. Die verengte Auslegung, die das Werk Casanovas erfahren hat, wird danach verantwortlich für ein ganzes Jahrhundert der Casanova-Verengung und Verfälschung, auch der Reinigung und Verschweinung.

Wo sie auf Casanova kommen, da sprechen die Kommentatoren gerne in einem Ton der Anbiederung und Larmoyanz, mit einer schulterklopfenden Anerkennung für gewisse Talente, die bei einem Autor von solcher Bedeutung einmalig ist. Er selbst scheint diesen Ton provoziert, er scheint ihn auch vernommen zu haben, als er, der greise Bibliothekar des Grafen Waldstein in Dux, zur Spottfigur der jungen Stutzer wurde, denen sein Lebenslauf wenig, seine Bildung weniger, sein Selbstgefühl gar nichts sagte. Casanova aber sprach auch dort unablässig von sich. Er ist, mit Michel Foucault zu sprechen, ein »Geständnistier«, er muss bekennen, muss in einem fort von sich und seinen Taten sprechen, sie moralisch in den Griff bekommen und dem Urteil übergeben. Er ist massenhaft verurteilt worden, entschiedener als Rousseau, der log und fälschte, wo Casanova aufrichtig blieb, er ist als Schriftsteller verurteilt worden, obwohl man den Mann meinte. Dabei wurde vergessen, dass wir jedes Detail, jeden Verstoß und jedes Versagen allein durch ihn selbst kennen, dass er es ist, der uns den Inzest gesteht, der uns die Hintergründe der grotesken Betrügereien an Madame d'Urfé darlegt, der Falschspiel und Ehebruch, Ehrverlust und sexuelles Versagen umständlich und teilweise rücksichtslos ausbreitet.

Mehr noch: alle Großsprecherei kann nicht blind dafür machen, dass Casanova sich mit gehöriger Selbstironie begegnet. Er habe die Memoiren als »Satire auf sich selbst geschrieben«, hat er einmal geäußert und dabei selbst die Anatomie seines Liebeswerbens offenbar gut gekannt und mit Abstand gesehen: »Ich brach ihre schönste Blüte«, heißt es einmal, »die ich, wie stets, allen überlegen fand, die ich in den letzten vierzehn Jahren gepflückt hatte.«

Solche Distanz zu sich selbst hebt Casanovas Lebensgeschichte entschieden über die Einwände seiner Kritiker. Sie verrät nicht zuletzt die Befangenheit eines Erzählers, der wohl um die Risiken weiß, über mehr als 4500 Seiten immer nur von sich zu erzählen, und das aus keinem anderen Grund, als um sich zu zerstreuen. Casanova war überzeugt, der »Zynismus« seiner Memoiren werde sie in allen Ländern mit guten Sitten auf den Index bringen. Trotzdem hat er das Geschriebene zuletzt nicht vernichtet, wie er es einmal vorhatte. Vielleicht hatte er erkannt, dass ihm ein Bildungsroman eigener Art gelungen war, dass er sich selbst durchsichtig genug gemacht hatte, um einem Zeitbild zur Erscheinung zu verhelfen, dem Porträt und dem Phantom eines Jahrhunderts, das unter solcher Betrachtung seinen galanten wie seinen martialischen Charme demonstriert.

Casanovas Leben irrlichtert unstet durch dieses 18. Jahrhundert. Manchmal ist unsicher, ob die groteske Erscheinung, die die Dinge in ihrer plötzlichen Beleuchtung annehmen, ihnen selbst oder der Qualität dieses Lichts zu danken ist. Dann scheint der Autor ganz Figur, scheint sein Leben ganz Fiktion zu werden, um im nächsten Augenblick in der Schärfe eines sinnlichen Details oder Gedankens abrupt wieder ins Konkrete zurückzutreten. So unglaublich es klingt, Casanova gehört in die Linie der Aufklärer. Schreibend hat er im Kampf gegen Vorurteil und Aberglauben sowie im Ringen um eine engere Anpassung der moralischen Lehrsätze an die moralische Praxis mehr geleistet als größte Teile der Literatur seiner Zeit.

Sicher ist darüber hinaus, dass der Leser, der vor der Fülle der hier memorierten und voneinander differenzierten Dialoge, Situationen und Abbilder fassungslos steht, in Casanova auch einen großen Humoristen vor sich hat, einen, der seine Pointen nicht selten aus dem schroffen Zusammenstoß von Kopf und Bauch gewonnen und auch dadurch sein Werk zu einem Appendix aller moralischen Spekulationen der Philosophie gemacht hat: »Ein großer Krug Bier ging vom einen zum anderen, und inmitten dieser Armut zeigte sich Heiterkeit auf allen Gesichtern; das drängte mir die Frage auf: Was ist Glück? Zum Abschluss stellte der Koch eine zweite Schüssel auf den Tisch, die geschmorte Schweinefleischbrocken enthielt ...«

Er hat außerdem die ungewöhnlichsten Verwicklungen geschrieben, Handlungen in drei und vier Ebenen zerlegt, Situationen von grotesker Prägnanz erfasst und nicht zuletzt vorzügliche Dialoge geschrieben – genug, um den Rang eines der großen Erzähler der Weltliteratur beanspruchen zu können. Vielleicht ist auch dies ein Grund dafür, dass Episoden aus seinem Leben so zahlreiche neue Bearbeiter gefunden haben. Casanova, der einzige Vertreter der Weltliteratur, dessen Name selbst in der Popkultur zum Topos wurde, hat eine heute unpopuläre Kraft der Variation besessen, in der sich die Verwandtschaft von Verführer und Schriftsteller verrät.

Sein Talent war es, Situationen zu schaffen, darüber hinaus besaß er die Fähigkeit, Menschen schön zu machen, sie schön zu sehen. Das ist seine Magie, keine abstrakte, zerstörerische Leidenschaft wie bei Don Juan, sondern Pathos, Empfindungszärtlichkeit, eine Verführung, in der er sich selbst immer als das eigentliche Opfer begriff, ein Verführter, den seine Leidenschaft rastlos durch Europa, von Russland bis Portugal, von England bis in die Türkei geführt hat. Wenn Casanova ein Erotiker war, dann in dem Sinn, dass ihm der Weg immer wichtiger war als das Ziel. Auf dem Höhepunkt zeigt die Lust vielleicht das immergleiche Gesicht, und die Sprache wirkt konfektioniert. Keine Verführung aber ähnelt einer anderen, keine Situation gleicht einer schon einmal beschriebenen.

So steht auch die Frau für unendliche Varianz, der Mann ist bloß ein wiederholbarer Bock, der immer auf das Gleiche aus ist. Wenn es eines Belegs bedarf für Casanovas Talent, Frauen stets aufs Neue schön zu sehen, dann liegt er in der hundertfachen Wiederherstellung des ersten Blicks, von dem sein Werk Zeugnis ablegt. Wie immer ihn Frauen später behandelt haben, ob sie ihn betrogen, verrieten oder schmachtend ziehen ließen, immer führt er sie in seinen Memoiren noch einmal über den ersten Blick ein, in dem sie ihm reizend erschienen. So erscheinen die Betrügerinnen, die alt und hässlich Gewordenen, die als gefallene Vetteln wiedergesehenen Frauen noch einmal in dem Licht jener ersten Anziehung, die Casanova zu allen möglichen Torheiten verführte. Er macht ja selbst kein Hehl draus, mit knapp fünfzig Jahren erotisch am Ende, mit siebzig Jahren ein zahnloser, impotenter Alter zu sein.

Die Wiedergewinnung seines Lebens im Schreiben aber widerlegt endlich auch jenen schmerzlichen Satz, den ihm eine seiner innigsten Geliebten mit einem Diamanten in die Fensterscheibe ritzte: »Du wirst auch Henriette vergessen.« Unvergessen, unvergesslich nicht nur Henriette, sondern auch ihre Gabe, eine Lust zu entfachen, die dem Alten noch einmal wiederkehrt: als die Lust zu schreiben. An dieser Stelle setzt die zweite Verführung ein: die Verführung der Frau und des Lesers durch den Stift.

Auf diese Lust aber hat Casanova das Alter vorbereitet, das in seinem Werk nicht einsetzt, wo er vom Körper zu sprechen beginnt, sondern wo er in keifende Rivalität zu seinen Konkurrenten tritt, ihnen ausweicht, wo die Angst vor den Frauen, vor ihrer Jugend und ihren Erwartungen, ihn schwach erscheinen lässt und wo insgesamt die Liebe »geistiger« wird. Insofern ist Casanovas Lebensgeschichte ein klassisches Alterswerk, dessen Schönheiten, ja dessen Lebenslust vom Alter erkauft ist, von einer Distanz zur Lust und zu sich selbst und von einer Resignation, die das euphorische »carpe diem« der jungen Jahre nur noch schriftlich glaubwürdig formulieren und aus dem Massiv eines schier unerschöpflichen Gedächtnisses befreien kann.

Die Casanova-Forschung, in Deutschland lange Zeit so akribisch betrieben wie in keinem anderen Land, hat nachgewiesen, dass Casanova aufrichtiger, faktentreuer ist, als man immer angenommen hatte. Zwar hat er viele Frauengestalten, die zur Zeit der Niederschrift noch leben mochten, durch Pseudonyme oder Kürzel geschützt, auch hat er sich in Daten und Chronologien verschiedentlich geirrt, die meisten seiner Angaben aber erweisen sich als überraschend präzise. Notizbücher, auf die er einmal hinweist, mögen ihm dabei geholfen haben.

Vor allem aber verfügte Casanova über ein Gedächtnis, das ihm beispielsweise erlaubte, im Gefängnis von Barcelona in 42 Tagen ohne Hilfsmittel eine dreibändige Geschichte Venedigs zu verfassen, und er besaß die Gabe, leicht zu schreiben. Für ein komplettes Opernlibretto brauchte er in Valencia ganze 36 Tage, und als sein Freund da Ponte einmal vorübergehend abwesend war, soll er für Mozart ein paar Szenen geschrieben haben (die allerdings nicht vertont wurden). Dass er so vielseitig, dass er ein Rhapsode und Eklektiker, ein großspuriger Hochstapler und zugleich ein selbstironischer Melancholiker war, dass er seine große Bildung vor allem im Bereich der antiken Literatur manchmal protzend vorführt und auf anderen Gebieten nur geistreich täuschen kann, dass er zu Lebzeiten für seine Flucht aus den Bleikammern, für Duelle und zweifelhafte Machenschaften bekannter war als für seine Schriften, all das kann seine literarischen und historiographischen Leistungen nicht schmälern.

Als Casanova am 4. 6. 1798 in Dux in Böhmen stirbt, ist er trotzdem ein vergessener Mann. Sein Name wird mit »Casaneus«, sein Alter mit »84« im Kirchenbuch notiert. Wir wissen, wie er hieß, und dass er 73 war, als er starb. Erst 1821 erwirbt der Brockhaus-Verlag für 200 Taler das französische Originalmanuskript. Insgesamt verstreichen nach Casanovas Tod gut 160 Jahre, bis im Jahre 1960 die erste textgerechte Ausgabe, und zwar in deutscher Sprache, erscheint. Bis dahin existierte er nur in verstümmelten, entweder gereinigten oder künstlich verschärften Versionen. So wenig hat man dem Freisinn eines Werkes ins Auge sehen können, das zwar in über zwanzig Sprachen (darunter die der Inuit) übersetzt wurde, in einigen Ländern aber immer noch auf dem Index steht. So wenig

Referenz konnte man einem großen Verführer erweisen, der mit den Worten starb: »Ich habe als Philosoph gelebt und sterbe als Christ.«

Er hat Theologie studiert und ist nicht Papst geworden, er ging zu den Soldaten und wurde nicht Napoleon, in der Liebe aber kann man nicht mehr werden als Franz von Assisi – oder Casanova.

Die Gewalt und die Herrlichkeit.
Über Marquis de Sade

Auch das hat der Marquis geschafft: Am Ende einer langen Verbotsgeschichte, die erst den Mann, dann sein Werk strafte, sie wegschloss, zur Gefahr für Staat, Gesellschaft und Humanität erklärte, nach zwei Jahrhunderten polizeilicher Herrschaft über diesen ästhetischen Ernstfall, triumphiert der Feinschmecker. Er findet eine eigene Sprache der Kulinarik, baut eine Kathedrale der Theorien über dem Werk und gibt dem Direktesten, das in der Literatur geschrieben wurde, einen Sicherheitsabstand.

Ein Werk für Connaisseurs ist dies geworden, die in Geheimsprachen vom Riskantesten sprechen. Unzugänglich ist es nicht gewesen, sondern geworden, und so in sich geschlossen es scheint, so offen wird es interpretiert: mal als Antidotum gegen die Aufklärung, mal als ihr wahrhaftigster Ausdruck; mal als Wegbereiter Nietzsches, mal als Vorbereitung auf das tiefenpsychologische Verfahren Freuds. Von Rousseau bis zu Alice Schwarzer wurde dies Werk der Zensur empfohlen – und die Zensur macht, mit Michel Foucault zu sprechen, »aus jeder verbotenen Schrift eine kostbare« –, von Baudelaire bis zu den Surrealisten und zu Roland Barthes wurde es fast kritiklos verehrt als Manifest der Avantgarde, von der Frankfurter Schule bis zu Pasolini ebenso in Beziehung zum Faschismus gesetzt.

Unter so viel Kennerschaft, so viel historischer Analogik und rhetorischer Artistik verflüchtigt sich jener erste Impuls, den die unbelastete Konfrontation weckt: das Erschrecken. Als kanonisch, als Weltliteratur wurde, was Maurice Blanchot »das skandalöseste Werk« nannte, »das je geschrieben wurde«, da hatte der Skandal gewissermaßen auch die Rezeption erreicht. Denn kann man von de Sade sprechen, ohne Bewusstsein, dass vor ihm große Teile der Kultur zunichte werden? Der Reflex, den dieses Werk provoziert, meint: Dies soll nicht sein, so soll nicht gedacht, gefühlt, agiert – aber soll deshalb so nicht geschrieben werden? Hätte man die affektiven Dramen Senecas wegschließen müssen, weil sie dem Zuschauer abverlangten, falsifiziert, ins Unrecht gesetzt zu werden?

Dieser moralische Reflex ist auch Resultat der Aufklärung, der Humanisierungsanstrengung einer Kultur, die de Sade nicht einmal ex negativo wirklich im Blick hat. Sein Denken bricht Verbote, ohne sie zu transzendieren, ohne dialektische Vermittlung und Aufhebung. Das Erhabene an de Sade ist seine vollendete Negativität. Dieser gegenüber tritt die de-Sade-Rezeption erst einmal den Nachweis an, dem Werk nervlich und geschmacklich gewachsen zu sein.

Der »göttliche Marquis« wird so zu einem der größten Anreger der Literaturgeschichte. Wer in seinen Umkreis kam, musste radikal werden, und spätestens als sein Name sich in den einer sexuellen Anomalie verwandelte, galt es, das Werk gegen die bloße Ausstellung des »Sadistischen« zu verteidigen. Denn reicht hier die Gewalt nicht weiter als die Tortur und die Begierde nicht über die Lust hinaus?

Der umnachtete Nikolaus Lenau ging einmal an einem Brustbild Platons vorbei und sagte: »Das ist der Mann, der die dumme Liebe erfunden hat.« Für den Marquis de Sade ist nicht die platonische allein, sondern Liebe als ethisches Massiv schlechthin eine Dummheit, und so ist der Skandal des Werkes, das er hinterließ, auch der einer lieblosen Welt, in der keine Schönheit erscheint, nicht der Kunst, nicht der

Natur. In der Gefangenschaft setzt er die Freiheit und die Willkür des Schreibens ein, um die Welt in Material zu verwandeln, in etwas jenseits der Erfahrbarkeit Liegendes.

Er hat diese Welt einer Zeit abgetrotzt, die das galante Lieben, das formalisierte Sprechen der neckischen, sentimentalen, von poetischen Umschreibungen umwundenen Libido favorisierte und pflegte. Er hat diese Liebe behandelt wie den Glauben, als Objekt der Zerstörung, hat sie ausgemerzt und eine Welt der Kälte wie des Pragmatismus hinterlassen, die die letzte große Gefahr literarischen Sprechens bereithält. Von dieser schrieb Rousseau: Jedes junge Mädchen, das auch nur eine Seite dieses Buches lese, werde verloren sein. Tatsächlich ist de Sade ein Gegen-Rousseau, der ebenfalls die »Natur des Menschen« auszustellen vorgibt, aber nicht als die eines schönen Wilden, der den Gesellschaftsvertrag schließt, sondern als die des materialistischen Asozialen, mit dem keine Verabredung denkbar ist.

Die Zensur hat nicht das Asoziale im Blick, sie verrät eher einen Schrecken über die Begierde des Lesers. Doch während sich Zeitgenossen wie Mirabeau selbstbewusst über das Erregungsverbot hinwegsetzten – in der Vorrede zu »Meine Bekehrung« spricht er den Leser an: »Und nun lies, verschlinge es, masturbiere« –, ist de Sade Entdecker, wenn nicht Erfinder von Begierde.

Gleichwohl geschah die zeitgenössische Verfolgung de Sades, wie Willem Frederik Hermans dargestellt hat, durchaus im Dienste der Aufklärung. Was er beschrieb, verschwand ja zu jener Zeit aus der Öffentlichkeit: Die Sklaverei, die Körperstrafen und öffentliche Züchtigungen. De Sade, der zur Zeit der Französischen Revolution selbst gegen die Todesstrafe votiert, glaubt nicht an Erziehung, an Veredelung des Menschlichen, sondern ist überzeugt, im Mutterleib bilde sich der Mensch ganz heraus. In einem Brief schreibt er trotzig: »Meine Denkungsart ist die Frucht meiner Reflexionen; sie sind von meinem Dasein und meiner physischen Struktur abhängig. Ich bin nicht frei, sie zu ändern, und wenn ich es wäre, würde ich es nicht tun.« Das »Menschenwürdige« interessiert ihn nicht, das »Menschengemäße« im Sinne La Mettries weit eher. Wenn er ein Monstrum ist, dann weil die Natur in ihm monströs war, amoralisch, maschinell.

Aber ist sie nicht, auf andere Weise, monströs auch in den Konventionen der galanten, zeitgenössischen Literatur? Ihrer hoch formalisierten Sprache, ihren Ritualen setzt de Sade seine Formalismen entgegen. Es ist ein Exorzismus, denn wer nannte die blutleeren Heldinnen des 18. und beginnenden 19. Jahrhunderts monströs? Wer nahm Anstoß am ebenso abstrakten, sterilen Menschenbild der aufklärerischen Romane, an den manchmal fast zwanghaft entsexualisierten Figuren des 19. Jahrhunderts bis zu Stifter, Möricke, Raabe …?

Eine Figur ohne Sexualität ist offenbar immer noch glaubwürdiger als eine mit nichts anderem. Bis zum 20. Jahrhundert wohnen in der Literatur Bildungsgeschichte und Exzess in zwei Häusern ohne Verbindung. So gibt es, wo das Sexuelle explizit wird, in den Werken nichts als das Sexuelle, und wo der Entwicklungsroman Bildungsgeschichten schreibt, hat die Begierde keine explizite Sprache. Die monomanische Fixierung auf das Sexuelle ist also keine de Sade'sche Eigentümlichkeit, sondern eine historische Eigenschaft der literarischen Gattung.

Das Spezifische des de Sade'schen Extremismus aber ist die Arbeit der Vernunft in der Gewaltausübung. Auch wenn ihm Literatur als Medium der Selbstanalyse tauglich scheint, schreitet er zunächst den Kosmos des Denkbaren, Praktizierbaren ab und beweist, dass er keine persönliche Vorliebe besitzt, vielmehr sich als Prinzip der Zerstörung manifestiert. Er sei fest überzeugt, äußerte er einmal, dass es weniger das Objekt der Begierde sei als die mit dem Sexuellen verbundene Idee des Bösen, die die Erregung treibe. Mit der Steigerung dieser Idee ist also eine Steigerung der Lust verbunden. Das treibende Prinzip dieser Bewegung liegt im Atheismus, dem Indiz der triumphierenden Vernunft.

Sofern also die Gewaltausübung atheistisch motiviert ist, ist sie vernünftig, und es liegt, nimmt man die zehn Bände der »Justine und Juliette«, eine Allmacht der Negation in diesem »vernunftbegabten« Atheismus, verwandt der unterstellten Allmacht Gottes. De Sades Phantasie arbeitet an der Auslöschung Gottes, und das geradezu unter der Zwangsvorstellung einer restlosen Benennung. Er schreibt auf Papierrollen, unter seinen Händen schwillt die »Justine« maßlos an, weil die Aufgabe, alle Beziehungsmöglichkeiten abzuschreiten und in das eigene Reich »übersetzt« zu haben, maßlos ist. Wohlgemerkt ist es etwas anderes, ob man Gott tötet oder ihn nach seinem Tod noch einmal tötet. Es gibt aber in der Literatur vor Nietzsche wohl niemanden, der sich so gründlich und so radikal an die Verneinung Gottes gemacht hätte wie de Sade.

Das bedeutet auch: Die Phantasie der Gewalt wird nicht durch das Opfer motiviert, sondern durch die Idee: »Die Idee Gottes ist der einzige Fehler, den ich den Menschen niemals verzeihen kann.« Er muss den Menschen negieren, in ihm Gott zerstören, und in diesem Akt, wie Bataille zuerst formuliert hat, zum Souverän werden. »Es gibt keinen Mann, der nicht Despot sein will, wenn er geil ist«, schreibt de Sade.

Ohne ihre Ideen-Leitung könnte man de Sades zwanghafte Wiederholungen als Auswüchse der impotenten Phantasie eines Gefangenen abtun, der sich am Skandal der eigenen Nicht-Erregbarkeit abarbeitet. Aber erstens ist in diesem Werk das Verlangen weit größer als die Begierde, Potenz setzt ihr keine Grenzen, und da es dem Begehren weniger um Lust als um Wahrheit geht, kann sie sich nicht erschöpfen. Zweitens kommen zahllose nicht-sexuelle Phantasien vor – wie der Raub der In-den-Vulkan-Gestoßenen, die Vernichtung durch Blitzschlag etc. –, schließlich leitet die Phantasien eben jene »Gewalt der Beweisführung«, von der Gilles Deleuze sprach.

Während sich die Geistesgeschichte auf die Suche nach der verlorenen Transzendenz machte, etabliert de Sade im Despoten den souveränen Menschen und richtet damit alle autoritativen Instanzen in Staat und Gesellschaft, die sich auf Gott berufen. In diesem Sinn zeigt sich de Sade von Gott stärker besessen als der Gläubige.

Ist sein Weltbild also komplett sexualisiert, oder ist das Sexuelle insofern metaphorisch, als es eben nicht primär Erregung abbildet, sondern etwas dem Sexuellen Inhärentes isoliert, nämlich Macht? Der Schrecken, den de Sade auslöst, liegt ja nicht in den Techniken der Folter allein, sondern in der Naturalisierung der Opfer, die keine Psychologie kennen, keine wahren Leidensäußerungen, keine Eltern- oder Kindesliebe, keine Entwicklung. Die Tortur wird im Fleische abgebildet, während die Täter die moralische Indifferenz behandeln wie ein Ziel, in dem die Allmacht Gottes erlischt, weil das Bewusstsein der Schuld fehlt.

Gegen Ende von »Justine und Juliette« fragt diese mit Blick auf die Öffentlichkeit ihrer Erkenntnisse: »wenn es der Wahrheit gelingt, der Natur höchstselbst ihre Geheimnisse zu entlocken, dann ist es gleichgültig, wie sehr die Menschen davor zittern mögen, die Philosophie muss alles sagen.« Und nicht nur die Philosophie, sondern auch die Psychoanalyse. Doch anders als Freud kennt de Sade keine Sublimierung der Anomalien, und anders als Nietzsche fragt er noch, wie Wahrheit möglich, nicht, wozu sie nötig ist.

Als »positive Konsequenz des Atheismus« befand Pierre Klossowski, entwickele de Sade »eine Metaphysik der universellen Prostitution«, der Verfügbarkeit der Körper. In diesem Moment offenbart das Werk de Sades sein politisches Moment im Sinne Giorgio Agambens, der im »nackten Leben« das eigentliche Subjekt der Moderne erkannte.

In seinem ganzen Werk, so schreibt er über de Sade, vor allem aber in den »120 Tagen von Sodom«, inszeniere dieser das »teatrum politicum als Theater des nackten Lebens, in dem, mittels der Sexualität, das physiologische Leben der Körper selbst sich als pures politisches Element präsentiert«. Moderne wäre de Sade in diesem Sinn. In seinem Werk nämlich erweist sich der Sadomasochismus als »genau diejenige Technik der Sexualität, die das nackte Leben des Partners zutage fördert«. So hat, Giorgio Agamben zufolge, »der Totalitarismus der Organisation des Lebens im Schloss Silling«, dem Schauplatz der »120 Tage«, seine Wurzeln in der »Tatsache, dass hier zum ersten Mal eine normale und kollektive (mithin politische) Organisation des Lebens gedacht worden ist, die einzig und allein auf dem nackten Leben gründet«.

Die erste komplette »Justine und Juliette«, herausgegeben und übersetzt von Stefan Zweifel und Michael Pfister,
ist nun abgeschlossen, eine in ihrer editorischen Sorgfalt,
Ausstattung und kontextuellen Begleitung vorbildliche
Ausgabe. Eine Frage an den Schriftsteller de Sade bleibt.
Sein Text ist ohne Transzendenz, ohne Hintersinn, ohne
Vorsprachliches. De Sades Sprache, so hat Roland Barthes ehemals treffend bemerkt, sei »denotativ«, also nicht-
konotiert, ohne Aura, ohne ästhetischen Mehrwert. Sie ist
eher die Sprache des Protokolls, der Bilanz, der Bürokratie.

De Sades Lektüreprogramm konzentriert sich auf Zahlen, Maße, Anordnungen, auf quasi algebraische Regeln.
Das Unsagbare wird allenfalls persifliert, so wenn von
»lieblichen« Körpern die Rede ist, von einem Mund »wie
gemalt«. Der Verweis auf Unsagbares dient als Ausweis
für den Kitsch des Sentiments, das also allenfalls ironisch
aussprechbar ist.

Die hoch differenzierte, feinkörnige Übersetzung scheint
sich über dieses Denotative bisweilen hinwegzusetzen, um
der Sprache der Zeit auf geradezu artistische Weise Tribut
zu zollen durch Ausdrücke wie: »Trotzwinkel«, »Hirnwü-
tigkeit«, »Auszierung«, »lasterlustig«, »fitzen«, »stipsen«,
»selbzehnt fotzletzend«, »zerschlenzen«, »wonneschau-
ern«, »entarschen«, »die Koppheister der Jammerbaren«
werden beschworen, und »mittlerzeit wurde er seines Orts
kastriegelt«.

Solche barocken Reste stoßen an den Mathematismus
de Sades und werden zum Problem: Die historisierende
Tendenz der Übersetzung läuft Gefahr, das Werk unwill-
lentlich in den Bereich der Fabel und damit in die Nähe
der galanten Literatur zu versetzen, von der sich de Sade so

kategorisch absetzt. Nicht immer bleibt das Maschinelle, Sportliche, Entindividualisierte, Repetitive sprachlich auf der Höhe seiner protokollarischen Nüchternheit. Aber vielleicht triumphiert hier auch die Unzerstörbarkeit des poetischen Sprechens über die dichterische Selbstenthaltung des Autors und das poetische Bild, das unausrottbar Metaphorische der Sprache, bewahrt so die letzten Spurenelemente der Religion.

ALLERLEI NACKTES

Obszön« nennt man laut Lexikon, was »unanständig«, »anstößig« oder »schamlos« ist. Den Sachverhalt des »Obszönen« erfüllt danach im gesellschaftlichen Leben manches, das nie bei seinem Namen genannt wird, denn »obszön« verwendet man nicht. Mit dem Gebrauch des Wortes allein verbindet sich die Vorstellung des Schamlosen auf eine Weise, die verhindert, dass das eigentlich Obszöne erkannt und benannt werde, wo es erscheint. Die Sprachlosigkeit gegenüber dem Schamlosen bildet bereits einen Teil seiner gesellschaftlichen Wirkung. Der Vielseitigkeit der obszönen Äußerungsformen unserer Kultur steht das Bewusstsein einsilbig gegenüber: Es hat die Begriffe nicht, und es erkennt keinen Punkt der Vereinbarung in alledem, was seiner Wahrnehmung obszön vorkommen könnte.

»Anstand« und »Anstoß« bestimmen einander wechselseitig. Sie sind nicht identisch mit der Moral, aber sie haben mit ihr zu tun. Ihre Begrifflichkeit bildet, was man den »sittlichen Geschmack« nennen könnte. In der schwimmenden Zone zwischen dem »Unanständigen« und dem »Unmoralischen« arrettiert dieser Geschmack die Scham. Als ein Medium aber, das unsere Sittlichkeit stabilisieren soll, ist die Scham noch unzuverlässiger als die Zehn Gebote. Nicht von dem, was die gesellschaftlichen Verbote bricht, wird sie sukzessive umgebildet, sondern von dem, was diese zulassen. Der Schamabbau in der Schlagzeile beispielsweise besteht niemals in den Inhalten, die sie sich auszusprechen traut, sondern in den Denkformen, die sie durch den Fettdruck legitimiert.

Nachdem es zunächst statthaft wurde, Politik auf die

Vulgärpsychologie der Politiker – die stechenden Augen Lenins, die buschigen Brauen Breschnews – zu reduzieren, und später die Schlagzeile den Geist der Information aufgab, um zeitweilig nurmehr das dumpfe kollektive Gefühl zu artikulieren, nachdem in diesem Prozess der Dank an den Sonnenschein zur Tagesbotschaft avancierte, zog sich auch die Scham in den Bereich zurück, der das Refugium des gesellschaftlich Unaussprechlichen bildet: in den des Sexuellen. War die Sympathie für Gewalt und Klassenhass, für Star und Waffe und Ware und die üble, die faule, die parteiische und die unbarmherzige Sympathie für die Depravierung des Sittlichen druckfähig geworden, so blieben nur noch das sexuelle Massiv und seine Unmittelbarkeit als Tabu und Inbegriff der Unmoral unbeschadet. Daran ändert die Verbildlichung und Versprachlichung des Nackten nichts: In allen Bereichen diesseits der Kriminalität erkennt man das Verbotene nicht daran, dass es inhuman, sondern dass es sexähnlich ist. Als »natürlich« und »liberal« versteht sich das Anschwellen der Kopulationsmetaphorik im öffentlichen Text. Es darf angespielt und angewitzelt, aber nicht abgebildet und ausgesprochen werden. Je näher die Zeitung dem Koitus kommt, desto steifer wird ihre Sprache, desto weniger wird sichtbar.

Die innigste Berührung mit der eigenen Moral vollzieht die Zeitung nicht in jenen Liebeshilfe- und Aufklärungsecken, in denen promovierte Medizinaljournalisten bettlägerigen Lesern Erotik nahelegen, die innigste moralische Selbstbefleckung der Zeitung geschieht vielmehr in ihren Vergewaltigungsberichten. Sie sind in der Regel doppelt obszön: in jenen Elementen, die als Information angegeben werden und im Wesentlichen aus Gusto bestehen, und in den Vorstellungen, die dadurch produziert werden, dass der Text vor ihnen zurückschreckt. Unanständig ist, dass die Technik der Gewaltanwendung, die Zahl der zerrissenen Textilien, dass Mimik und Akustik des panischen Schreckens als nötige Informationen zum Verständnis der Vergewaltigung ausgegeben werden; anstößig ist, dass diese Informationen zu ungenau und deshalb zu lustvoll bleiben, um die Tatsache der Vergewaltigung überhaupt zu treffen. So unterstellt die Zeitung die ästhetischen Mittel der Illusionsbildung den Pseudos der Nachrichtenübertragung. Über Vergewaltigungen wäre im Sinne der Nachricht nur konstatierend oder in einer Weise illusionskritisch zu berichten, die die literarischen Mittel des Realismus selbst an ihre Grenzen führen würde.

Die irische Zensur indizierte den ›Ulysses‹ seinerzeit mit der Begründung, gewisse Passagen stellten nicht das Erotische dar, sondern sie seien, wie man so unvergleichlich sagt, »geeignet«, die Begierde der Leser zu erregen. Die Zeitung erregt die Begierde der Täter, weil sie weder ›Ulysses‹ ist noch ein Schriftmedium, das überhaupt vom Begriff der Nachricht zusammengehalten wäre. Sie opfert alles dem Interessanten, und dieses liegt meist jenseits der Information und diesseits des Schamlosen. Indem sie beharrlich die Grenze des Anständigen überschreitet, auf das Schamlose aber nur zurennt, um es zu bestätigen, erhält sie dieses Schamlose in einem Zustande unaufhörlichen Wandels. Die Scham hat in diesem Prozess ihren Gegenstand schließlich verloren.

Es ist deshalb plausibel, dass es auch Bestimmungen des »Obszönen« gibt, die eindeutig in den Bereich des Sexuellen schlingern, ohne dort jedoch deutlich zu werden. Wenn »schlüpfrig« von »Schlüpfer« käme, fiele Licht auf die obszöne Semantik: Die Damenunterhose muss zur Bezeichnung des sittlich Unappetitlichen herhalten – das ist nicht anständig, sondern anstößig und könnte eine Überlegung zur definitorischen Bestimmung des Obszönen einleiten. Das Schlüpfrige ist mit dem »Obszönen« nicht identisch, denn es fehlt ihm die Kategorie der Eindeutigkeit. Im Schlüpfrigen wird eindeutig nur angespielt, ästhetisches und motorisches Interesse sind vermischt, der angespielte Gegenstand ertrinkt in der Anspielung. Die Erregung des Triebes am »obszönen« Bild wird »schmutzig« genannt, nicht weil das Abgebildete in ein mechanisches Verhältnis zum Betrachter träte, sondern weil es die Anerkennung des Triebes und seiner Anspruchslosigkeit artikuliert. Das »obszöne« Bild erkennt man nach herkömmlicher Definition also an der unverstellten Absicht einer Lusterzeugung, die die Lust von der Zeugung oder ihren Techniken abtrennt. Dass es diese abstrakte Lust überhaupt gibt, galt als ein Skandalon, worin sich Moral und Natur wieder einmal überworfen hatten.

Spätestens die Werbung aber brachte in Anspielungen die Botschaft dieser Lust, erregte sie auch wie beiläufig und baute die Scham ab, indem sie Mut machte zum schamlos dargebotenen Produkt. Mit der Umbildung des Schamgefühls aber zog sich auch die Lust, die vom »Anstößigen« erregt wird, tiefer hinter die Anspielungen zurück. Nicht das Nackte, nicht die initiatorische Positur werden jetzt noch als »schamlos« erkannt, sondern die Darstellung des Nackten in der Funktion des Geschlechtsakts sowie das Vor- und Umfeld seiner eindeutigen Imitation. Hier steht die Sittlichkeit nun eigentlich nicht mehr zur Debatte, sondern vielmehr die Heiligkeit des Privaten, das, durch die Warensphäre so erbarmungslos säkularisiert, sich auf die Kopulation zurückgezogen hat.

Hiermit befinden wir uns aber bereits im Bezirk der Pornographie, und tatsächlich werden die beiden Begriffe des Pornographischen und des »Obszönen« meist miteinander identifiziert und übereinander definiert. Bei näherer Betrachtung könnte sich jedoch herausstellen, dass Pornographie den Sachverhalt des Obszönen nur selten erfüllt, während eine Reihe gesellschaftsfähiger Formen des Obszönen längst in die Moralität des kollektiven Selbstbewusstseins eingesickert sind und dort dem Abstoßenden nur deshalb in aufgeklärter Toleranz gegenüberstehen, weil ein moralisch völlig indifferentes Allgemeingefühl zu dessen Erkenntnis nicht in der Lage ist. Gerade die Anerkennung dieser wesentlichen moralischen Indifferenz soll aber durch die Rigorosität der Bilderverbote und Verbotssätze verstellt werden.

In der Ökonomie des psychologischen Haushalts hat die »obszön« genannte Phantasie kathartische Funktion. Das »obszöne« Bild tritt in Träumen, in Angst- und Lustzuständen, in Wahn, Wut und Langeweile, es tritt als fixe Idee im Bewusstsein auf, es erfüllt, so sagt man, eine hygienische, ja selbsttherapeutische Funktion und bildet damit in der Bilderwelt des Seelenlebens eine ähnliche Größe wie Bordelle, Sexshops, Straßenstrichs und Pornokinos in der männlich orientierten Psychohygiene der Gesellschaft. Tatsächlich sind diese beiden Größen, die psychologische der heimlichen Phantasie und die soziale der verbotenen Räume, unmittelbar und wechselseitig aufeinander bezogen. Das Aufsteigen »obszöner« Bilder wird für das Ich zur schlechthin unartikulierbaren Erfahrung, der schweinische Traum ist nicht mitteilungsfähig, die »obszöne« Angstvision verbietet jeden Verständigungsversuch außerhalb der Psychotherapie, die ihre Klientel folgerichtig zum guten Teil aus verstockten Ferkelbürgern rekrutiert. Die Institutionen käuflicher Liebe, die Lagerstätten der Liebesersatzteile antworten der Phantasie aus der Schweigezone des Bewusstseins. In der Enklave der Sexshops ist die Herrschaft der »obszönen« Bilder einzig legitimiert. Hier erscheint sie hypertroph und aufgeblasen, monoman und daher abermals wirklichkeitsfremd. Das Angebot des Schamlosen überfordert hier die vielleicht an wenigen Bildern orientierte Phantasie der Konsumenten, und nun bilden sich gerade an der Elefantiasis des »Obszönen« neue Begierden des schamlosen Bewusstseins heraus. Die »obszöne« Phantasie muss immer weiter greifen, als es das soziale Angebot schlechten Gewissens tut. Sie erregt sich nun an der Vorstellung von Dingen, die niemals und nirgends so in der Gesellschaft zur Erscheinung kommen könnten.

Wenn der Rechtsprechung zufolge Unzüchtigkeit dann vorliegt, wenn Schriften und Bilder »geeignet sind, das Scham- und Sittlichkeitsgefühl eines normalen Menschen in geschlechtlicher Hinsicht zu verletzen«, dann ist der »normale Mensch« nicht nur ein Substrat, sondern auch ein Abstraktum, das man durch die Reduktion der »obszönen« Phantasie gewinnt. Die Verletzung des Schamgefühls aber hat längst stattgefunden. Allerdings steht der Begriff des »Normalen« in seiner ganzen biederen Ausdehnung zur Debatte, wo die Stigmatisierung des menschenähnlichen Denkens tiefgreifend erfolgt und irreversibel geworden ist. Der Staat, der durch Zensur und Rechtsprechung auf der Sittlichkeit seines eigenen Erscheinens beharrt, erhebt ja nicht nur Steuergelder von Prostituierten, er ist auch an der Moral strategisch interessiert und beobachtet die Verletzung der Moral nur allein dort, wo sie ihrer strategischen Effizienz nach Einbußen erleiden könnte.

Wenn man sich also vergegenwärtigt, dass der Begriff des »Obszönen« bisher nicht qualitativ, sondern durch einen Kanon der nicht-darstellbaren Gegenstände gebildet wurde, dass andererseits das Schamgefühl nach seiner historischen Pervertierung nicht mehr als wertende Instanz der Darstellbarkeit aufgerufen werden kann, wenn man ferner die Beschädigung der Moral nicht da erkennt, wo die herrschende durchbrochen, sondern wo die menschenähnliche zerstört wird, dann wird man sich von einer Neubestimmung des »Obszönen« eine Terrainbereinigung des Amoralischen versprechen dürfen. Was ich in diesem Zusammenhang »menschenähnlich« nenne und dem »Menschenwürdigen« zugrunde lege, beinhaltet nicht mehr als die Anerkennung dessen, was positiv über den Menschen gewusst und induktiv über seine Sittlichkeit in Erfahrung gebracht werden kann, im Gegensatz zu jener Ausleerung des Humanen durch Deduktionen, die das Resultat von Verdrängungsleistungen darstellen.

Für den hier zur Debatte stehenden Begriff der Moral ist der Kanon der nicht-darstellbaren Gegenstände selbstverständlich ohne Bedeutung. Die Bedingungen des Obszönen in der Pornographie liegen zunächst viel eher in der kategorischen Isolierung und der isolierten Häufung der Darstellung als in den Sequenzen der Bilder. Die pornographische Inszenierung hat sich lange und zum Teil bis in unsere Tage auf die bloße Demonstration des Geschlechtsakts beschränken können. Das pornographische Bild zeigt in Groß- und Detailaufnahmen, was nicht gezeigt werden durfte. Die Erregung kam von außen, aus dem Verbot. Wenn die Bilder also das Intime veröffentlichten – und darin, nicht in den

Gegenständen selbst lag ihr Skandalon –, dann geschah dies zunächst noch in einer planen, bieder-realistischen Weise. Erst in zweiter Hinsicht fand eine gewisse Abspaltung von der unmittelbaren Erfahrung, eine Stilisierung statt, die den künstlerischen Arrangements der bildenden Kunst durchaus verwandt war. Das Gesicht drängte in den Hintergrund, das Detail emanzipierte sich, die Kombinationen blieben die bekannten. Dass man nun begann, so kalkuliert wie raffiniert mit der Betrachterperspektive auf die pornographische Veranstaltung umzugehen, das bildete zunächst nur ein Moment in der technischen Perfektionierung der Pornographie. Man täte sich schwer damit nachzuweisen, dass diese voyeuristische Zurichtung den Lustimpuls böser mache, als er in der simpleren Abbildung sei, man täte sich auch schwer, dieses Element überhaupt von verwandten in der spätgotischen Plastik, im Manierismus oder im Barock substanziell abzugrenzen oder der Tatsache argumentativ entgegenzutreten, dass hier das demonstrative Element verstärkt und dass folglich zunächst einmal mehr sichtbar wird als zuvor. Wohlbemerkt – diese Kommentare beziehen sich lediglich auf die Ikonographie des Pornographischen und nicht auf die Komplexität des gesamten Phänomens. Dass sich die bis ans Ende geführte Sichtbarmachung zuletzt wieder gegen den Lustimpuls richtet – und sei es nur in der Abnutzung –, haben auch die Hersteller durchschaut, und so setzt denn das eigentlich Obszöne der pornographischen Bildwelt eben dort an, wo das sozial legitimierte Obszöne längst zu Hause ist: bei der Verschleierung, die sich als Enthüllung präsentiert. Überspitzt könnte man formulieren, dass der pornographische Bilderkatalog in der Masse seiner Beispiele erst obszön geworden ist, als es das Obszöne in seiner gesellschaftlich öffentlichen Form längst gab.

Bemerkenswerterweise hat der Staat zur Bestimmung des Unsittlichen kaum jemals das Argument angeführt, das in der öffentlichen Diskussion am häufigsten erscheint: Die Darstellung des Weiblichen in der Pornographie, so wird gesagt, erniedrige die Frau zum Gegenstand der männlichen Lustphantasie. So unanfechtbar die Beobachtung ist, so unlöslich hängt ihre Bewertung von der Struktur dieser Lustphantasie überhaupt ab. In der Masse der pornographischen Produkte sind die Kombinationen der sexuellen Verrichtungen nach dem Prinzip ihrer technischen Variabilität so sehr zu einem festen Kanon geworden, dass im reinen Bildbereich von Erniedrigung nur äußerst selten die Rede sein kann. Kameraführung und Schnitttechnik bleiben neutral wie das Variationsprinzip selbst. Die Unterwerfung beider Geschlechter unter die Norm der Darstellbarkeit sieht im Bild häufiger solidarisch aus, als die Kritik es wissen will, die es aber wissen müsste, wenn sie ihren Degout vor dem Vulgären auf die Beine des ideologiekritischen Arguments stellen wollte.

Sodann hängt die Erniedrigung der Frau zum Lustobjekt, wenn man einmal auf die Erniedrigung alle Betonung legt, nicht von der Nacktheit der Frau ab, sondern von der Technik der Erniedrigung und den in ihr mitgesetzten Inhalten. Im Hinblick auf dieses Element aber ist die angezogene Frau der Werbung viel erbarmungsloser und massenwirksamer zum Objekt nicht nur männlicher, sondern warenkosmetischer Erniedrigung gemacht worden als in der Pornographie. So richtig es ist, dass in der Relation zwischen Betrachter und Betrachtetem ein instrumentell auf Lustbefriedigung fixierter Mechanismus wirksam ist, der sich die Gegenstände zum Gebrauch durch die Lust zurechtrückt oder auf Ansteckung spekuliert, so wichtig ist es, nicht die gesellschaftlich exterritoriale und oft fast dokumentarische Pornographie zum Inbegriff der Erniedrigungsstrategien zu machen, sondern ein Spezifikum des öffentlichen Bildes, das in der ganzen Ausdehnung unserer optischen Kultur vorherrscht. Verfährt man anders, so übernimmt man, wenn auch mit abweichenden Argumenten, ein Tabu, das einem der Staat anbietet und in dessen Schatten er längst massenwirksame Formen der Erniedrigung legalisiert hat.

Das Trostlose der Pornographie liegt in der Abstraktheit ihrer Objekte, in der hermetischen Trennung der Lust von der Unmittelbarkeit ihrer Gegenstände. Darauf fußen aber größte Teile der Wirklichkeitsausleerung in unserer ökonomischen Zivilisation. In diesem Punkt nennt man die Pornographie also besser nicht frauenfeindlich, sondern schlicht misanthropisch. Wer immer im pornographischen Kosmos erscheint, wird früher oder später nackt sein, und diese Nacktheit wird niemals für sich bestehen, sondern sich zum Zweck der Lust einrichten müssen. Darin liegen die Monomanie und die Abstraktionsleistung der Pornographie, ihre Unähnlichkeit mit dem Leben und ihre Armut. Sie gewinnt ihr Feld durch eine Durchbrechung der Verbote, in diesem Feld aber hat sie neue Verbote errichtet: das der Nacktheit ohne sexuelle Praxis beispielsweise, das Unlust-, das Impotenzverbot. Der Sozialstatus der Pornographie, ihre fundamentale gesellschaftliche Deklassierung verhindern aber, dass diese Normen als solche des sexuellen Lebens schlechthin anerkannt werden. Im Gegenteil: Sie repräsentieren dem Betrachter exakt die Normen der Pornographie, und eben dies muss sein, wenn die Unähnlichkeit des »obszön« Genannten mit dem Legitimen erregend wirken soll. Dass sich der schmale Normenkodex der Pornographie in der inhumanen öffentlichen Moral zu vehementem Pathos steigert, verdankt sich der »anständigen« Moralvermittlung dieser Öffentlichkeit, die *ihr* Unlust-, *ihr* Impotenzverbot auf der Idee der Lebensberechtigung abschlägt. Entscheidend bleibt: Die Pornographie, die den Koitus demonstrativ veröffentlichte, fußte nicht wesentlich darauf, eine neue Moral zu stiften, sondern darauf, eine bestehende zu durchbrechen. Sie enthielt eine expansive Provokation dieser Moral, weil sie implizit darauf bestand, dass das etablierte sittliche Wertungssystem mit den freisteigenden Bildern des »Obszönen« ebenso wie mit deren Repräsentation vereinbar sein musste. Auch wenn sie es nicht beabsichtigte, formulierte die Pornographie ein Grundgesetz ästhetischer Wertsetzung: Die moralische Negativität von Bildern kann nicht von deren Gegenstand, sie muss von der Form seiner Darstellung abhängen. Und an diesem Punkt ließe sich mit den Beobachtungen der Pornographie zum Rückstoß ansetzen: Wenn die Darstellungsform den Charakter des Schamlosen fundiert, dann kann auch der gesamte, in Detail und Totale der Veröffentlichung längst preisgegebene, ja selbst verhüllte Körper wieder obszön erscheinen, wo seine Präsentationsform unmenschliche Qualitäten freisetzt. Nur an diesem Punkt – und der Nachweis einer frequenten Unmenschlichkeit in der Körperdarstellung wird noch erbracht – sind Pornographie und Obszönes substanziell identifizierbar. Sie bleiben auch an diesem Punkt nicht gleichrangig, solange die Pornographie gesellschaftlich so selten in Erscheinung tritt wie das Obszöne häufig.

Um das Obszöne, das ich meine und dem ich den Begriff des Obszönen reservieren möchte, vom Schamlosen herkömmlicher Bestimmung abzugrenzen, ist es unerlässlich, auf den Begriff der Moral zurückzukommen. Die lexikalischen und die juristischen Definitionen haben erwiesen, dass das »Obszöne« nach seinen destruktiven Leistungen, durch das Anstößige, Verletzende, Empörende beurteilt wird. In dieser Hinsicht – und davon haben Literatur und bildende Kunst profitiert – wohnt ihm ein kritisches Potenzial inne: Die Unmittelbarkeit der Darstellung verhält sich zerstörerisch gegenüber den falschen sozialen Vorstellungen von der erotischen Verbindung. Die unmittelbare Anschauung des Koitus erscheint als letzter Verbindlichkeitsgrund aller mit Diamanten und kosmogonischen Putten spekulierenden Rede von der Lust zu lieben. Das destabilisierende Moment der wesentlich und nicht ausdrücklich im Pornographischen eingeschlossenen Kritik indiziert der Staat. Nicht indiziert wird jenes Schamlose, das keine Moral zerstört, sondern jene Sittlichkeit begründen hilft, die in ihren Grundprinzipien die Stabilität der staatlichen Wirkungsgesetze bestätigt. Das markanteste Wesensmerkmal des Obszönen, das ich hier beschlossen finde, ist das der Moralstiftung.

In diesem Obszönen vollzieht sich die Denunziation durch die Entblößung, aber so, dass das Entblößte nicht mehr Teil der enthüllten Natur ist, sondern dass im Akt der Preisgabe die Warenqualität als Wesen der Naturgegenstände zur Erscheinung gebracht wird. Die Veröffentlichung geschieht also um einer Sache willen, die die Unnatur der Natur als deren tiefste Offenbarung ausgibt. In der Enthüllung, die sich als solche auch dem Auge anpreist, wird damit die endgültige Verschleierung und Vernichtung der Naturgegenstände bezeichnet. Im selben Prozess wird aber auf der Natürlichkeit dieser Destruktion mit liberalem Schwung bestanden. In der Pornographie zappelt der Körper am Faden des Intimen, im Obszönen zeigt er sich nur privat und unerregt. Aber in diesem Bei-sich-Sein, in seiner aufrichtigen Banalität, verbildlicht er den Kapitalismus des Seelenlebens als tiefste Entdeckung der Psychologie. Gerade die Abwesenheit offener sexueller Erregung verleiht den Konfessionen des Materialismus den Nimbus des Verbindlichen.

Nun wäre denkbar, dass der enthüllte Gegenstand durch die ästhetische Qualität des Hässlichen ein innovatorisches Moment heranbrächte, unsere Wahrnehmung provozierte oder in abweichende Bahnen drängte. Es ist aber Unauffälligkeit geradezu zum Wesensmerkmal des Obszönen geworden und zum Gradmesser seiner technischen Perfektion. Der freigelegte Körper, die freigelegten Gliedmaßen erscheinen in ihrer Makellosigkeit neutral, ästhetisch beinahe unentschieden, sie sind vom Bazillus der Lust nicht infiziert und nicht infizierbar, sie sind auch nicht hübsch, sondern clean. Diese Unkörperlichkeit des Erotischen ist gespenstisch. Es ist nicht nur so, dass das Nackte nur noch im Schliff des Serienprodukts erscheint, das Produkt selbst wird zum einzig adäquaten Kopulationspartner des Nackten. Nicht um die Parallelität der Sphären von Eros und Kapital geht es hier, sondern um ihre dialektische Vermittlung im Akt der obszönen Entblößung.

Ich will ein Beispiel nennen. Eine verbreitete Kosmetikwerbung zeigt zwei junge Frauen in einer Badezimmerarchitektur. Während die eine, in ein Frottiertuch gehüllt, ihren vorgestellten Oberschenkel mit einer milchigen Flüssigkeit einreibt und dabei lächelnd die zweite ansieht, hat diese ihren Oberschenkel erhöht und im Profil zum Betrachter abgestützt und vermisst ihn mit einem Maßband. Dabei hat sie allerdings nicht das Zentimetermaß im

Auge, sondern den Blick des Betrachters, den sie lächelnd festhält. Die Veröffentlichung vollzieht sich in Schichten: Der geschlossene Raum des Badezimmers, die szenische Darstellung der beiden Freundinnen suggerieren, der Betrachter folge der Frau in ihr Privatestes. Sie bleiben zu dritt. Während es Werbung gibt, die das Massenpublikum, das mit ihr konfrontiert wird, auch in der Darstellung mitdenkt, schließt diese die Welt aus, um einmal unter sechs Augen zu sein. Der Betrachter darf der Frau in einer Situation zusehen, in der sie sich üblicherweise nicht – oder nur vom Nächsten und schon gar nicht in Begleitung der Freundin – zusehen ließe.

Im ersten Schritt liberalisiert die Werbung das Schamgefühl: Körperpflege ist nichts Intimes, will sie sagen, wer sich schön macht, mag sich ruhig sehen lassen. Das Einverständnis, das sich so zwischen den beiden Frauen und dem Betrachter einstellt, birgt den Keim der Konventionalisierung und darin den der neuen Moral: Die Veröffentlichung ist decouvrierend, aber sie zeigt das Allernatürlichste. Das Einverständnis und die Anerkennung der moralischen Lockerung aber einmal vorausgesetzt, verpasst das Bild dem Betrachter die obszöne Botschaft. Der vermessene Oberschenkel erscheint obszön, weil eine Funktion dieses Schenkels in der Liebe suggeriert wird, die von seinem Umfang abhängt. Dem Bereich der Kritik gleichermaßen wie dem des Geschmacksurteils entzogen, wird die Wertsetzung in den der Evidenz überführt. Die Entqualifizierung der gewordenen Natur und des liebenden Blicks wird mit den Mitteln einer quantifizierenden Moral vollzogen, die, wäre er nur erotisch manipulierbar, auch den Sonnenuntergang zu blass, den Schwärmer, der ihn dennoch liebt, zu unkritisch nennen könnte. Was hier wachgerüttelt werden soll, ist eine Kritikfähigkeit, die sich erübrigt, weil sie ans Maßband appelliert. Zugleich aber gibt die Idee messbarer Objektschönheit die Idee messbarer Liebenswürdigkeit an die Hand. Die Maßeinheit ersetzt das Faszinosum, verliebt zu sein. Der launische Eros von ehemals ist sachlich geworden. Es geht hier, wohlgemerkt, nicht darum, Maßband und Waage in der Werbung grundsätzlich als obszöne Attribute zu deklarieren, der Begriff der Gesundheit ist mit Körpergewicht und -umfang immerhin parallelisierbar. Der vermessene Oberschenkel aber hat einzig ästhetische und damit moralische Bedeutung.

Zu dem imitierten Glück der Szene gehört auch das Angebot, die Verlockung durch die Richtige und durch das Richtige. Hier begegnet der werbende Blick der Frau der Werbung für das Produkt, das in der Darstellung eher in den Hintergrund tritt. Schließlich geht es, so meint das Bild, nicht um Werbung, sondern um die Übertragung einer Information, die vom Maßband ablesbar ist. Das Glück der Szene und die ihm entspringende Werbung durch die Frau legitimieren sich einzig durch die Erfüllung des Solls auf dem Maßband. So haben die Privatheit der Enthüllung, das intime Zeigen und die unerotische Demonstration nur einen Fluchtpunkt: die Verkündigung eines Pantheismus der Warenschönheit. Als Endprodukt der Manipulation erscheint die materialisierte Liebe. Präsentiert wird das Fleisch ohne Geschichte statt des Körpers, das Fleisch als Konsumgut statt der Erscheinung des Körpers im auratischen Hof der Gefühlsgeschichte. Das aufgenötigte Angebot, das zum Produkt die Frau mitgibt und im abstrakten Eros vermählt, sowie die imitierte soziale Situation zwischen zwei Frauen und einem Betrachter schaffen eine Situation, die selbst die Prostitution beleidigt.

Was das Obszöne hier vorstellt, ist die Ewigkeit einer
Welt der Post-Coitum-Traurigkeit, einer Welt, die alle
Energie auf die Enterotisierung des Erotischen verwendet
und mit dieser in der intimsten Enthüllung geoffenbarten
Moral die Tabuisierung des Körperlichen dadurch voran-
treibt, dass sie seine Unähnlichkeit mit der Produktsphäre
verklagt. Dieses Obszöne zeigt gerade darin, dass es auf
seinem Gegenteil fanatisch beharrt, wie tief es von der Banalität des Fleisches durchdrungen ist. Der moralisierende
Prozess im Obszönen liegt demnach in der Inbesitznahme
des erotischen Gegenstands durch eine Technik des Ent-
zugs. Im Augenblick, da der Körper gesellschaftsfähig
wird, ist er nicht mehr der Körper und soll er es auch nicht
mehr sein. Dass dieser Imperativ seinerseits nur durch einen
Körperkultus artikulierbar war, der den arglosen Rezipienten überall unter die Haut ging, ist so wenig erstaunlich,
wie dass er sich im Sozialen mit enormer Expansion aus-
dehnte. Dieses Moment lässt nicht zuletzt alle separaten
Äußerungen dessen, was hier das Obszöne genannt wurde,
als Statuten einer Interessengemeinschaft erscheinen. Sie
sind im Zweck wie in den Folgen vereinbar.

Die soziale Repräsentation des Obszönen sei an einem
abschließenden Beispiel in einer Weise erläutert, die die
Strategien seiner Vergesellschaftung deutlich macht. In
einer beliebten, auch von der Plakatwerbung aufgenom-
menen Genreszene aus zahlreichen Schulklassenfilmen
lässt die Klassenschönheit ihre Brüste aus dem mutwillig
aufgesperrten Dekolleté springen und bietet sie so einem
versteckt oder offen zusehenden Pykniker dar, der die
Herausforderung mit begierlicher Beklemmung quittiert
und sich in seiner Mimik um Ausgewogenheit zwischen
Geilheit und Respekt bemüht. Mit der Lächerlichkeit der

Situation lässt sich für die verkäufliche Mischung von Eros und Ausgelassenheit werben. Die ersten Lachenden sind die Mitschüler, die nächsten das Publikum. Die Figuren repräsentieren Typen, die Szene gehört in den unveräußerlichen Kanon des Genres und ist ihrerseits repräsentativ für dessen Botschaft. Sie ist obszön in einem Sinn, der unmittelbar anschließt an die soziale Inszenierung der Oberschenkelvermessung. War dort die rechte Maßeinheit als Passwort zum Eintritt in den erotischen Kosmos erschienen, so kommt hier die Gegenseite ins Blickfeld: Zwischen dem Pykniker und der Klassenschönheit vollzieht sich die optische Begründung eines Zwei-Klassen-Systems körperlicher Integrität. Die Begierde des Dickleibigen – und in seinem lüsternen Erschrecken spielt das Obszöne die »obszöne« Phantasie selbst an – wird lächerlich gemacht, weil sie das Maßband ignoriert, von dem sich das Koitusverbot für Pykniker ablesen lässt, es sei denn, diese beschieden sich mit den Pyknikerinnen oder den Debilen. Die Komik entspringt der kategorischen Vereitelung und diese dem Verbot, nach dem der Dicke die Klassenschönheit nicht einmal ernsthaft begehren darf. Es ist für die oft sorgfältig vorbereitete Szene entscheidend, dass dieses Klassensystem zugleich dargestellt und in der Präsentation des Nackten durchbrochen wird. Die äußerste Dehnung ständischer Gewalt ist erreicht, wo der Deklassierte die schöne Nacktheit nur sehen darf, um sich das eigene Klassenbewusstsein zu vergegenwärtigen. Die Veröffentlichung des Nackten geschicht auch hier, um die Unnatur als Wesen der Natur zu decouvrieren, als erweiterter Kommentar zum Sittengesetz und unter der impliziten biologistischen Zuordnung der Organschönheit zur Schönheit des Herzens.

In der physiologischen Kastenordnung wird die der

Kompetenz oder des Geldes strukturell wiederholt. Wo durch das Schülermilieu noch relative soziale Gleichstellung vorausgesetzt wird, erscheint das sexuelle Reservat für Deformierte als probate Lösung für jene, die sich durch keine materielle Leistung mehr in den Bezirk der Begierdefähigkeit promovieren können. Auch dieses Moment ist verglichen mit der pornographischen Paarbildung radikal. Dort ist die Zuordnung der Geschlechtsvertreter nämlich weitgehend beliebig, die Kategorie der Wahl tritt kaum in Erscheinung, das Hässliche wird schon in der Detailaufnahme ausdrücklich integriert. Niemals würde einer Figur gegenüber der pornographische Handlungsraum verschlossen, alles ist begierdefähig, solange es Lust zur Erscheinung bringen kann.

Schülerfilm und Pornographie haben hier selbstverständlich nur die exemplarische Bedeutung, die sich dem Vorzug der Deutlichkeit verdankt. Dass die restlose und dabei nicht pornographische Darstellung des Nackten dem Kino – außer etwa in einigen Werken Pasolinis – überhaupt fehlt, hat Jean-Luc Godard als ein Problem filmischer Moral erstmalig zu Bewusstsein gebracht. Er sagt: »Natürlich gibt es immer eine Grenze, es ist entweder über der Gürtellinie oder darunter, nie etwa von beidem ein bisschen. Der Pornofilm ist der Film unter der Gürtellinie. Aber das ist die Schuld derer, die immer nur über dem Gürtel filmen, die darunter nicht filmen können, ohne nicht auch darunter zu sein.«

Gerade, was man »obszön« nennt an der Pornographie, so stellt sich heraus, ist oft gar nicht eigentlich obszön, sondern es imitiert, was als »obszön« gilt. Dazu macht es selbst Anleihen in der Sphäre der vermessenen Oberschenkel und der verbotenen Begierden. Es kopiert die gesellschaftlichen Lustverbote, um die Illusion zu erzeugen, sie würden gebrochen. Die erotische Potenz des Verbots gibt im Bruch seine Erregung frei. Die entsteht durch die Ähnlichkeit der abgebildeten mit den realen Vorgängen. Das Obszöne aber erteilt größten sozialen Gruppen Erregungsverbote, die mit der Sexualmoral der Gesellschaft längst verwachsen sind und in ihr sowie kraft ihres Beistands zur Verminderung des Menschenähnlichen beitragen. Dass das unbemerkte Obszöne in diesem Prozess zum eigentlichen Kapital des Pornographischen geworden ist, ermöglicht andererseits, dass man sich der Pornographie gegenüber tief durchdrungen vom Staate fühlt.

Mit zitternden Fingern sitze ich hier, liebe Leserinnen und Leser, meine Damen und Herren – meine Herren besonders –, und versuche, nach 45 Jahren amerikanischen und 26 Jahren deutschen »Playboys«, dem Phänomen des Entkleidungsblättchens für Sie auf den Leim zu gehen. Wie viele Hektar Schamhaar habe ich durchforstet, wie viele Hälften Frauenfleisch begutachtet! Kniehoch stehe ich in Centerfolds. Da krabbeln sie über Nassraum-Armaturen, missbrauchen im Reitstall die Peitsche, spreizen sich zum Ölwechsel über dem Kühler: Das Zillionenfache alles Nackten, das mir je leibhaftig unter die Finger kommen wird, hat mir die Netzhaut erst belichtet, dann verstrahlt. Im Zustand völliger Entsaftung, einer Post-Coitum-Tristesse und existenziellen Vitalverstimmung muss ich gestehen: So viel von allem, was Männern angeblich Spaß macht, das ist zu viel für einen einzigen Mann! Erst folgte ich dem Ratschlag, den man manchmal auf Tütensuppen findet: »kurze Zeit wallen lassen«, dann ließ ich mich »auf kleiner Flamme kochen«, jetzt weiß ich, dass ich »durch« bin, »well done«, nur noch Miezen, Muskeln und Motoren, mit anderen Worten, ich bin ein Playboy und höre Stimmen:

»Ich heiße Susanne, mehr von mir in diesem Heft! – Die schärfsten Mädchen von Paris im Foto! – Sex in Japan, Mandelauge im Bett! – Sex, was Ärzte davon verstehen, und Fotos von 18 Mädchen, denen es zu heiß ist! – Mitfliegen! Eine Stewardess zum Abheben! – Erotica. Die geheime Sammlung des Herrn K.! – Und schon wieder: Ein Playmate mit Wahnsinns-Oberweite! – Die flotten Feger von Florida! – Yasmine – ich lehre euch Französisch!«

Im Jahre 1953 saß der junge Journalist Hugh Hefner in seinem Arbeitszimmer in Chicago, vor sich 200 Dollar, der Gegenwert für einen amerikanischen Traum. Der hatte etwa DIN-A4-Format, kostete den Endverbraucher 50 Cent, zeigte eine dekolletierte Marilyn auf dem Cover und versprach eine nackte im Heft. Dort war sie denn auch, trug, nach ihren eigenen Worten, »nichts als ein Radio« und versprühte den fröhlichen Sex des »all American Girl«. Und all America kaufte, wusste aber nicht: Hätte sich dieses erste Heft nicht so gut an den Mann bringen lassen, eine zweite Ausgabe wäre nie erschienen.

Angeblich war die Zeit verklemmt und prüde, angeblich war Hugh Hefner es nicht. Eine Zeit, die ihre Sexsymbole lieber angezogen sieht, ist nicht notwendigerweise verklemmt; ein Mann, der sie lieber auszieht, ist nicht notwendigerweise unverklemmt. Eher kann man sagen, Hugh Hefner hatte sein All-American-Wirtstier gefunden: Die Demarkationslinie zwischen dem heimlichen und dem öffentlichen Nackten ließ sich einfach noch ein wenig zu Lasten des Heimlichen verschieben. Mehr war das nicht. Die Kontinente des öffentlichen Nackten und Bekleideten wurden in jeder Saison der Menschheitsgeschichte von umkämpften Demarkationslinien durchzogen. Es gibt keine Epoche ohne Grenzkonflikte, und so ließe sich diese Grenze auch heute noch gehörig verschieben. Oder sind auch wir verklemmt, prüde, verkniffen, weil wir das sogenannte Pornographische, also vor allem das erigierte männliche Genital, partout nicht auf unsere Fernsehschirme, in unsere Lichtspielhäuser und auf die Mittelseiten unserer Wochenmagazine lassen wollen? Und geben wir diese Verklemmung nicht den Kindern geradezu mit, indem wir sie zu schützen vorgeben? Möglich.

Seit seiner Geburtsstunde ist der »Playboy« also bemüht, die Freizügigkeit, die er meint, durch Begriffe wie »Ästhetik« und »Lebensart« zu adeln, »Hustler«, »Lui«, »Penthouse« und andere dagegen der unzivilisierten Schmuddelei zu bezichtigen. Auch im Nackten gibt es eben die reine Lehre, und für den »Playboy« war Goldlametta im Schamhaar immer noch diesseits, während der Anblick von Schamlippen deutlich jenseits war. Ähnlich pedantisch arbeitete eigentlich nur noch die Engelsforschung der Scholastik.

Im Grunde ist es dem »Playboy«-Imperium, das inzwischen auch Film- und Fernsehproduktionen bestreitet, immer dann am besten gegangen, wenn seine Hervorbringungen von ebenso vielen Menschen als zu scharf wie als zu sanft befunden wurden, und in den siebziger Jahren erreichte die öffentliche Liberalität ein gar so erschreckendes Ausmaß, dass der ehemalige Chefredakteur Heinz van Nouhuys klagte: »Schade, so ein deftiges Verbot würde die Verkaufszahlen hochtreiben.« Das waren ja noch Zeiten, in denen selbst das Fachblatt für Klassenkampf, »konkret«, nicht ohne Pin-ups erschien!

Dass es im Jahre 1972 übrigens einen deutschen »Playboy« geben sollte, war keineswegs selbstverständlich. Die erste Delegation des Bauer-Verlages schickte der amerikanische Großverleger mit den hundert Seidenpyjamas heim nach Teutonien mit dem Satz, es werde nie einen »Playboy« in einer Sprache geben, die er selbst nicht beherrschte. Die zweite Delegation reiste dann mit der Replik an, eine englische Ausgabe sei doch schließlich auch auf dem Markt. Angesichts solch undeutscher Fein-Ironie konnte Hefner nicht anders, und so machte man sich bei Bauer daran, den deutschen Mann neu zu erfinden, und zwar mit jedem neuen Chefredakteur einen neuen. Chefredakteur Wolfgang Maier etwa befand zum deutschen Mann 1992: »Er ist deutlich weniger Macho als die Kameraden in anderen Ländern, er hat deutlich unverkrampfter den Prozess der Frauenemanzipation respektiert und begleitet.«

Stimmt, dem deutschen Mann wohnte schon immer etwas Jürgen-Fliegiges inne, von den »Kameraden« aber sprechen sonst nur Bundesverteidigungsminister und Nato-Generalinspekteure. Gerade diese wunderbare hochleistungsfähige und vereinsamte Rammel-Klientel jedoch verprellte man 1997 durch einen »ehrabschneidenden Erlebnisbericht« aus einem U-Boot der Bundesmarine. Die Hälfte der Crew klagte gegen das weithergeholte Vorurteil, es gehe in der submarinen 49-Meter-Röhre nur um »Lieben, Fressen und in Sexheften-Blättern«. Der Nachwelt ist nicht überliefert, worum es sonst noch geht, jedenfalls aber um Erregung, und sei es auch nur die öffentlichen Ärgernisses.

Aber so was gehörte einfach zum Reportagestil des »Playboy«, der ehemals auch hochrangige Autoren für Kurzgeschichten gewann, spektakuläre Interviews von nie dagewesener Länge führte, Ratgeber, Witze, Auto- und Luxusteile zu einem Gebinde knüpfte. Wenn aber wirklich einmal ein richtig guter Text im »Playboy« stand, hatte man immer auch ein bisschen das Gefühl, wie wenn jemand in der Metzgerei eine Opernarie anstimmt – worauf der Metzger sich dann auch noch zügellos selber lobt und die Qualität seines Metzelns daraus ableitet, dass es sich zu Belcanto vollzieht.

Mit Pawlow'scher Sterotypie verweisen die »Playboy«-Macher auf die Qualität ihrer Textstrecken, aber ehrlich: Eher kann man sich Rudolf Mooshammer ohne Kleider vorstellen als den »Playboy« ohne Nacktfotos. Alles andere sind also eher Beigaben und Image-Retuschen. Dabei bleibt es, auch wenn, wie Ex-Chefredakteur Maier psalmodierte, der »Playboy« nicht weniger sei als: »das erste Magazin für den Mann in der postfeministischen Gesellschaft«: »Wir wollen Frauen nicht als naive Betthäschen oder geile Dummchen zeigen, sondern als starke, selbstbewusste Persönlichkeiten, die genau wissen, was sie wollen – auch im Bett.«

Oder außerhalb, nämlich an die Yucca-Palme gefesselt werden, Erdbeerjoghurt auf den Brüsten verschmieren, ein Goldfischglas zwischen den Schenkeln streicheln, oder auch mal nackt mit einem Revolver über einen Schiffsbug steigen – wie die postfeministische Frau eben so ist. Mal macht sie mit gekämmtem Schamhaar eine Kerze auf dem heimischen Flokati, mal befriedigt sie sich brünstig am Türpfosten.

Nein, die Selbstrechtfertigungen des »Playboy« waren zu jeder Zeit exakt so verlogen wie die Anschuldigungen seiner Gegner. Es ging nie um die Frau, die Emanzipation oder die Befreiung der Sexualität. Im Augenblick, da der männliche Käufer die verschleierte Muslimin als höchstes Objekt der Begierde entdeckt hätte, wäre der »Playboy« das erste Magazin für den Mullah der präfeministischen Ära geworden und hätte nur noch Schicksen mit Schador gezeigt.

Wenn es aber eigentlich um den Mann geht, warum heißt es dann »Herrenmagazin«, oder ist der Herr etwa nicht das Gegenteil von einem Mann? Aber in Wirklichkeit geht es ja nicht einmal um den Mann, sondern vielmehr um den Mann im Mann, besser: den Über-Mann, wie auch Hugh Hefner selbst in einer melancholischen Stunde erkannte, als er sagte: »Wir repräsentieren den Mann, wie er sein will, nicht wie er ist.« In diesem Sinn war Hefner gewiss immer der erste Mann seines Staates.

Anders gesagt: Es gibt den Mann gar nicht wirklich, den der »Playboy« meint, den Mann, der sich ein Hasenlogo ans Autoheck klebt, damit man ihm Lebensart und geistige Verfeinerung zuschreibt, hohes Einkommen und hohe Potenz! Der Mann, der das tut, ist vielmehr »terribly Seventies« und obendrein ein Proll, und da auch der Bunny-Sticker den Hasen nicht so repräsentiert, wie er ist, sondern wie er sein will, läuft das »Playboy«-Unternehmen insgesamt auf eine riesige Sublimierung hinaus, in der der Leser, der eigentlich ein Gaffer ist, auf die Frau trifft, die eigentlich eine Einbildung ist, zusammengebracht von einem Verleger, der eigentlich ein Kuppler ist und jedenfalls nicht der Mann, der er zu sein vorgibt. Die beiden einzigen Gruppen echter Männer dagegen, die es noch gibt, die Soldaten und die Mönche, haben beide schon wegen Verunglimpfung gegen das Magazin geklagt.

Die Frauen dagegen haben sich noch härtere Strafen ausgedacht: Erstens, Alice Schwarzer verweigerte dem »Playboy« jahrelang, öffentlich und mutig ein Interview, zweitens: Frauen stürmten die Redaktion und verlangten den Abdruck einer »Erklärung«. Die Frontberichterstattung schloss damals mit dem Satz: »Eine Zusage für den Abdruck unserer Erklärung im nächsten Heft erhielten wir trotz mehrmaliger Aufforderung nicht. Wir verabschiedeten uns von ihm mit der Ankündigung: ›Wir kommen wieder, wenn in der nächsten oder übernächsten Ausgabe nichts erscheint.‹«

Das war 1984, und noch immer ist keine »Erklärung« abgedruckt worden. Da wird's mal wieder Zeit für einen Besuch im Konzern, der inzwischen von der bekennenden

Feministin Christie Hefner zu einem »Disneyland für Erwachsene« geführt und in Deutschland von einer überwiegend weiblichen Redaktion vertreten wird. Die hat bei Frauen mit Hasenohren und Wattebürzel kein Problem und weiß auch genau, was ein »Playmate« und was »centerfold«-tauglich ist. Ein »Mädchen von nebenan«, eine Spielkameradin zum Ausklappen – ich werde es nie begreifen. In meiner Nachbarschaft empfangen die Frauen den Postboten auch nicht nackt an der Tür, es gibt nichts zum Ausklappen, die Frauen haben keine Steckbriefe wie im »Playboy«, und sie reden auch nicht so:

»Der Fotograf ahnte nichts von meinen Fantasien, während er knipste. Aber ich bin mir sicher, dass er es sich schon denken konnte. – Ich hab's gern scharf im Bett. Ich will 100 Prozent Befriedigung und nicht 99. Sex ist einfach Medizin. – Endlich kenne ich meinen Körper. Aber ich bin jetzt härter geworden.«

Irgendwie erscheint das alles exakt so fiktiv wie der »Wachturm«, aber das macht ja auch nichts. Wenn es aber um Genuss, um Überfluss und Verschwendung, um Entgrenzung und Vergnügen geht, warum ist die Erotik im »Playboy« nur immer so »lean cuisine«, so appetitlich und geizig, so schmalspurig, so unmenschlich, so synthetisch? Warum muss alles gleichzeitig nur immer so groß, so übertrieben, so laut daherkommen?

Die »Playboy-Kultur« ist eine Angeber-Kultur. Deshalb lesen sich Interviews mit Hefner und seinen Chefredakteuren auch immer, als führe jemand mit der Viertonhupe durch's Dorf. Man protzt wie ein Neureicher und nennt das anschließend die »Philosophie« des »Playboy«, der alles hat, nur keine Philosophie, man spricht vom »Mythos« »Playboy«, aber wie soll man »Mythos« nennen, was kein

Geheimnis hat und was allenfalls davon lebt, Geheimnisse zu nehmen?

Nichts ist nämlich verkaufsfördernder, als wenn der »Playboy« jene entblättert, denen man das Geheimnis des Star-Nimbus auf das heilige Fleisch schreibt: die verrätselte Arabella Kiesbauer, die enigmatische Katharina Witt, die undurchsichtigen Kessler-Zwillinge, die geheimnisvolle Ricky von »Tic Tac Toe«, die metaphysischen Frauen von »Mr. President«, die geradezu mystische Dolly Dollar:

Sie zeigt sich, wie Gott sie schuf. Im Adamskostüm. Ohne Feigenblatt. Ohne Hemmungen. Ohne Hüllen. Zeigt alles. Hat nichts zu verbergen. Will es nochmal wissen. Kann es sich leisten. Zeigt es allen, in gewagten Posen, ohne falsche Scham.

Und zwar warum? Etwa für Geld? Für Geltung? Für einen guten Zweck?

Die Fotos sind zufällig entstanden. Ich hab mich überreden lassen. Der Fotograf hat mich überredet. Ich hab gedacht, ich probier's mal aus. Ist doch nichts dabei. Ist doch eine Ehre, überhaupt gefragt zu werden! Ich wollte meine Grenzen ausprobieren. Ich wollte einfach mal was ganz Verrücktes tun. Nacktheit ist doch was ganz Natürliches. Am Anfang war's schon ein bisschen komisch, aber dann ... Die Arbeit hat viel Spaß gemacht. Das war echte Arbeit! Es war unheimlich spannend, mich mal durch die Augen des Fotografen zu sehen. Der Fotograf hat ganz neue Facetten an mir entdeckt. Ich wollte meinen Körper erfahren. Ich habe ein ganz neues Verhältnis zu meiner Nacktheit gefunden. Selbst meine Mutter fand's mutig. Es musste natürlich alles ästhetisch sein. Ästhetisch schön musste es sein. Am Strand liegen die Frauen auch oben ohne! Wir sind ja nicht mehr im Mittelalter! Ruth Maria

Kubitschek hat doch auch in einem Sexfilm mitgespielt! Außerdem zeige ich ja nicht alles. Ich wollte es mir nochmal beweisen. Wollte zeigen, dass ich noch nicht zum alten Eisen gehöre. Dass noch alles dran ist, dass man auch als Mutter noch tiptop in Form sein kann. Meine Tochter fand nichts dabei. Die Fotos sind für meine Enkel. Ist doch noch alles in Schuss, oder? Es war mir nur wichtig, dass ich nicht billig wirke. Die Bezahlung hat natürlich auch gestimmt. Ich hab mich überreden lassen. Mein Mann hatte nichts dagegen. Mein Freund ist stolz auf die Fotos. Meine Arbeitskollegen haben erst ein bisschen geguckt, aber jetzt finden sie es alle ganz toll. Da gibt es nichts, wofür man sich schämen muss, oder? Eigentlich bin ich unwahrscheinlich prüde. Ich wollte meinen inneren Schweinehund überwinden. Deutschland ist immer noch so verklemmt. Ich würde es noch einmal machen.

Der »Playboy« ist unlängst 45 geworden. In diesem Alter müsste er aus dem Alter für den Playboy eigentlich heraus sein. Aber angeblich ernährt Aids die Voyeure, und mit Pay-per-View und Internet-Archiven kommt der nicht mehr halbstarke Lüstling auch durch die Midlife-Crisis, indem er sich sagt: »Du sollst nicht begehren deines Nächsten Weib«, aber ihr Foto durchaus, »Du sollst nicht ehebrechen«, aber wenn, dann nur im Geiste.

Wenn die Entstehung des »Playboy« in eine Zeit fiel, da christliche Erregungsverbote und konservative Vorstellungen der Ehehygiene noch höhere Verbindlichkeit besaßen, dann war die Weiterentwicklung des Pin-ups zum Centerfold mehr als nur ein technischer Fortschritt auf dem Gebiet der Masturbationsvorlage. Vielmehr wuchs dem frühen »Playboy« dann unfreiwillig ein subversives Moment zu, das es für eine Zeit lang reizvoll macht, die gesellschaftliche Moralkritik rund um den »Playboy« zu beobachten, bevor er sich, spätestens in den Neunzigern, zum biederen Zentralorgan aller der Dinge entwickelt, die angeblich »dem Manne Spaß machen«, ihn in Wirklichkeit aber wie ein Märchen aus uralten Zeiten anrühren.

Als seinen größten Erfolg wird der »Playboy« nicht müde zu verzeichnen, er habe zur sexuellen Befreiung beigetragen. In Wirklichkeit aber hat der »Playboy« nichts mit Befreiung und wenig mit Frauen zu tun, sondern mit Triebabfuhr und mit Bildern von retuschierten Amphibien, denen man alles nimmt, was einen Körper real macht: den Hautton, die Falten, die Silhouette, Muttermale und Unreinheiten, Zellulitis und Gravitation. Wer sich mit diesen Bildern sexuell befreit und nur noch mit Centerfolds ins Bett geht, lernt Aliens zu lieben und um Frauen einen großen Bogen zu machen.

Aus demselben Grund haben die Bilder im »Playboy« letztlich auch mit der Sexualität etwa so viel zu tun wie die Heilsarmee mit dem Eurofighter. Wenn man unterstellt, dass sich der Sex zur Erotik verhält wie der Hunger zum Appetit, dann jedenfalls erhalten die Hungernden am Kiosk jeden Monat statt einer Suppe ein fotokopiertes Stillleben.

Der umnachtete Nikolaus Lenau passierte einmal eine
Büste Platons und schimpfte: »Das ist der Mann, der die
dumme Liebe erfunden hat!«

Die platonische Liebe ist literarisch zwar oft dumm,
aber zumindest nicht unfruchtbar, hat sie doch ganze Jahrhunderte der trivialen, der pädagogischen oder quasi pietistischen Literatur beherrscht und die Vorstellung von der
Schönheit der Liebe so streng formatiert, dass La Roche-
foucault einmal mutig fragen konnte: »Wer weiß, wieviele
Menschen nie verliebt gewesen wären, hätten sie nicht von
der Liebe reden hören!«

Kaum ein größeres Prosastück, kaum ein Film kommt
ohne Liebesgeschichte aus, aber diese ist oft so abstrakt
wie ihre Menschen. Sie stellt sich Liebende vor, die in Leitartikeln sprechen, mit ihren Astralleibern kommunizieren
und sich auf Objekte spezialisieren, von denen die Begierde
ferngehalten werden soll, macht sie doch alles unappetit-
lich. Diese abstrakte, geputzte, vermeintlich ›reine‹ Liebe
wird in der abendländischen Literatur wie ein Fetisch verehrt.

Sie verlangt folglich danach, gefrevelt zu werden, einmal
aus Lust am Frevel, aber auch der Maxime des Realismus
folgend. Die Wahrheit der Liebe ist vermutlich ohne den
Sex nicht aussprechbar. Der literarische Eros tritt also eigentlich ketzerisch auf. Er wird regelrecht provoziert vom
Schwulst der Bilder ringsum, von der Sterilität des Ope-
rationsfeldes ›Liebe‹. Er wird drastisch in einem Ausfall
gegen die Illusion, wird böse in seiner Abwehr der prä-
stabilierten Güte.

Er ist authentisch, nicht sentimental, ist erfinderisch, nicht stereotyp, er deckt auf, er desillusioniert und steigert sich selbstherrlich in Trunkenheit und Raserei. Seine Tendenz ist grenzenlos. Er will den Exzess, die Orgie, er kennt kein Halten mehr, und der Schriftsteller, der sich auf dieser Spur der Nachtseite der Literatur verschreibt, er will expansive Erfahrung. Kaum aber nähert er sich dem Erotischen, stellt er fest, die Nacht hat nur eine Seite, die andere nämlich. Wer aber bereit ist, das Erotische ohne Zugeständnisse an die Konventionen der Literatur wie der Gesellschaft auszusprechen, der kann im Eros etwas Zügelloses, auch Subversives, auch Anti-Idealistisches befreien.

Dabei kopiert sie nicht nur, vielmehr erschafft die erotische Literatur eine Erotik mit eigenem Gehalt. Sie kultiviert zugleich jene bestimmte, nur mit Texten identifizierbare Erregung: ein Ineinander aus Zeugenschaft und Miterfindung, aus Nachvollzug und Schöpfung, verwandt aller künstlerischen Produktion. Man nennt dergleichen auch »voyeuristisch«, aber das ist eine unglückliche Bezeichnung von mild perversem Hautgout für die banale Lust am Zusehen, den Drang, die Augen aufzumachen, wenn es was zu sehen gibt.

Außerdem hat es Literatur kaum geschafft, das Erotische und nur das Erotische darzustellen. Vielmehr hat sie in ihm etwas anderes bezeichnet, ein über das Haptische hinausgehendes Verlangen, eine Ahnung und Erwartung, einen Aufschwung oder im Gegenteil, eine libidonöse Banalität, einen Bodensatz aus Sekretion und Witterung.

Insofern spricht in der erotischen Literatur immer auch eine doppelte Bedeutung mit, und es gibt nichts, das nicht durch die Berührung mit Erotischem seine Wertigkeit änderte. Es wird lächerlich, utopisch, unflätig, lasterhaft oder spannend, es hinterlässt eine Irritation, eine gewisse Nervosität und Ablenkung oder einen merkwürdigen Starrsinn, die schon vom geringsten Signal geweckt werden. Tatsächlich, diese Zeichen wirken immer noch, die Andeutungen kommen noch ans Ziel, das auf die Hauswand gekritzelte Wort kitzelt noch heute. Kaum kommt es zu Sexuellem, möchte der Leser auf keinen Fall unterbrochen werden.

In dieser Hinsicht ist alles Sprechen vom Sex symbolisches Sprechen, es trifft die Gesellschaft in ihre Weichteile. Der Autor verhandelt zwar explizit den Sex, denunziert aber zugleich den Entwicklungsstand der öffentlichen Moral, der Geschlechterrollen und wird im selben Vorgang selbst suspekt: De Sade ist ein verbrecherischer Frauenhasser, dessen Schriften verboten werden sollten (finden Feministinnen noch heute), Henry Miller ist ein notorischer Schweinigel, der immer nur an das Eine denkt, Anais Nin konnte auch nur mit ihrer Scham schreiben etc. Der schlechte Ruf ihres Sujets hat sich auf den Namen der Autoren niedergeschlagen.

Doch ist das Ketzerische nicht alles. In der Kultur des Erotischen steckt Grobes und Galantes, Indezentes und Inkorrektes, Subversives und Sublimiertes, aber vor allem blühen hier die Kulturen des Heimlichen wie der Verschwendung. So ist die Rede vom Sexuellen gekennzeichnet von einer eigenen Dialektik des Redens und Verschweigens. Der Mensch, das »Geständnistier«, wie Foucault geschrieben hat, akzeptiert ja im Geschlechtlichen keineswegs ein Darstellungstabu, vielmehr will er immerzu vom Sexuellen sprechen, es immerzu bekennen und mehr als alles andere immer neu zur Sprache bringen. Im selben Vorgang aber übergibt er die Realität des Sexuellen dem Vergessen, einer

Verschleierung, die es verrätselt und so erregend undurchsichtig erscheinen lässt, wie es auch in den Filmbildern oft erscheint.

Gerade so ausdrücklich und ebenso unausgesprochen erhält es sich in der prekären Situation einer Enthüllung, die niemals an ein Ende gelangen soll. Diese Arbeit ist zugleich der Grund dafür, dass man sich lange Zeit mehr damit beschäftigt hat, den Sex »sündelos« zu nennen, als ihn auch so darzustellen. Bei aller Aufklärung aber kann man sich auf die erreichte Freizügigkeit nur mit ausreichender Kurzsichtigkeit etwas einbilden, ist es doch heute schon viel schwieriger, dem erotischen Sprechen den Charakter des Mysteriösen, Diffusen und Vagen, wenn nicht Unerlaubten, zu geben, als es einer handfesten Befreiung zu unterwerfen, und auch die sexuellen Verbote sind längst weniger schillernd als die rhetorischen Figuren derer, die sie bekämpfen. Zwar möchte man mit Recht Erkenntnis und Vergnügen ohne Einmischung der Polizei genießen, »Verbot« und »Tabu« aber sind der Popanz einer Literatur, die mit solcher Hilfe ihre gesellschaftliche Legitimation zu erbetteln sucht.

Insofern lebt die erotische Literatur eben nicht davon, die befreiten Stellungsspiele der glücklichen Ménages à trois und der Orgie zu feiern oder immer riskantere Positionsübungen und folkloristische Verderbtheiten auszudenken. Vielmehr muss das Verbot zunächst neuerlich aufgerichtet werden, gegen das sich der Text lüstern durchsetzen kann. Bis in das 20. Jahrhundert hinein bleibt diese doppelte Arbeit, am Aufruf des Verbots und an der Überwindung des Verbots, für große Teile der erotischen Literatur verbindlich, und sieht man von wenigen Vorläufern ab, so gelingt der abendländischen Literatur auch erst in diesem Jahrhundert eine Darstellung des Erotischen jenseits der Moral.

Bis dahin aber müht sich die galante nicht anders als die »obszön« genannte Literatur um die penible Reanimation der Verbote. Vermutlich ist gerade deshalb das Kloster – und das gilt selbst für die asiatische Literatur – der Lieblingsschauplatz aller erotischen Kunst, der Ort mit natürlichem Verbotsklima, der dem geringsten unzüchtigen Blick bereits die Bedeutung einer lasterhaften Übertretung gibt und weder Erregung ohne Schuld erlaubt noch Genuss ohne Reue. In all diesen entfremdeten Kirchenräumen und Klosterzellen, umfunktionierten Sakristeien und wattierten Beichtstühlen, in all diesen aufgedröselten Gürtelkordeln, abgeworfenen Kapuzen und bereitwillig gehobenen Kutten honoriert die erotische Literatur den Beitrag der Kirche zur Verfeinerung der Verbote wie der Lust.

Zugleich erschafft sie eine halb fiktive Kultur solcher Heimlichkeit und exzessiver Phantasie, wie sie vermeintlich nur vom zölibatären Gebot ausgeschwitzt werden kann. Insofern sind Mönch, Novizin, Äbtissin und geiler Abbé mit gutem Grund zu Säulenheiligen der erotischen Literatur geworden. Zugleich sind sie die typologischen Attrappen, in denen man das Gebot am sinnfälligsten profanieren und schänden konnte. Dass die höchsten Dinge durch die Berührung mit dem Sex erdig und niedrig werden, gehört zu den Lieblingsthesen einer Kunst, die im Erotischen eben auch das Anti-Idealistische und Destruktive suchte.

Aus allen ihren Organen scheidet die Öffentlichkeit Erotisches aus, jedes gesellschaftliche Medium ergreift es, prägt es, verwandelt es sich an, jedes findet eine Form, anzuspielen und zu verbergen, auszusprechen, doch nichts gemeint zu haben, und gleichgültig, wie laut und wie verbreitet dieses erotische Palaver auch sein mag, es bewahrt seine Aura nur so lange, wie es so spricht, als gälte es nicht nur, ein Verbot zu durchbrechen, sondern mehr noch, ein ewiges Geheimnis zu lüften. Als handele es sich beim Erotischen um das letzte Rätsel, um die letzte unentschlüsselte Botschaft, als gäbe es hinter jedem Wort einen weiteren, noch direkteren Sinn, eine noch tiefere Ebene der Entzauberung und Erregung!

Die erotische Literatur kann immer so tun, als ginge es nur ihr um »das Eigentliche«. Das ist ihr Mehrwert, den sie allein aus dem Verschweigen des literarischen Sprechens ringsum bezieht. In Wirklichkeit aber ist der detailscharf erzählte Koitus nicht ›eigentlicher‹, und er enthält auch per se keine vollständigere Aussage über die Liebe als der glühende Schwur hinter der Rosenhecke.

Trotzdem wird die Geschichte der erotischen Literatur seit ihrem Eintritt in die Phase der abendländischen Neuzeit aus vielen, meist langweiligen Gründen von ihrer eigenen Verbotsgeschichte begleitet und genährt, denn offenbar unterstellt man ihr eine eigenartige Wirkung. Immerhin haben zumindest das die Texte, die von der politischen Zensur getroffen werden, mit den durch die »Bundesprüfstelle« indizierten gemein: Die verbotene Schrift wird nicht allein kostbarer, man schreibt ihr auch eine regelrecht ansteckende Wirkung zu – so als würde sie nicht reflektiert und objektiviert, sondern als spränge sie über. Ja, es sieht sogar so aus, als habe man neben der politischen Rede überhaupt keiner Sprechform solche schleichende Demagogie zugetraut wie der erotischen, die doch gar nicht überzeugen und manipulieren, sondern allein sichtbar, erfahrbar und vielleicht vergnügt machen möchte.

Die Bibliotheken reservierten den Schriften dieses Genres eigene Verschlussorte, die man in England »private cases« nannte, in Frankreich »L'Enfer«, die Hölle, und in Deutschland den »Giftschrank«. Dort existierte sie – und existiert sie teilweise noch heute – in symbolischer Isolierung, wie die Schamgegend der Worte peinlich verhüllt und vor möglicher Wirkung bewahrt, eine Versammlung von Schriften voller schräger Spiele und Obsessionen, gemacht aus Wörtern, die alle kennen, aber nicht verwenden, so wie sie Organe haben, die sie nicht zeigen und die unter Umständen noch anständiger gefunden werden als die Worte, mit denen man sie nennt, »Scham« und »Glied«, »Penis« und »Vagina«, »Schwanz« und »Fotze«. Es sind die Passwörter für die andere Seite der Nacht, die Seite, auf der auch die Literatur das Erotische nicht bloß abbildet, sondern es erschafft.

Weggeschlossen wurden die Bilder der Organe, Stellungen, Erregungszustände, der entblößten Gruppen und der entblößenden Worte viele Jahrhunderte lang. Man neigt dazu, so etwas Epochen zuzubilligen, die auch die Beine des Klaviers schamhaft in Spitzenhosen steckten und Bücher getrennt nach dem Geschlecht der Verfasser aufbewahrten. Aber man fragt sich, welche Bedeutung heute dieselben Vorrichtungen besitzen, fragt sich, welche elementare Funktion jene Moral für das gesellschaftliche Leben spielt, die man mit einem Ausdruck von gnädiger Unschärfe die »doppelte« nennt.

Denn wenn man hört, dass Marie Antoinette auf dem Kirchgang erotische Literatur verkappt im Umschlag eines frommen Buches las oder dass Botticelli, später ein Anhänger Savonarolas, den Mediceern erotische Bilder fürs Schlafzimmer malte oder dass hehre Gottesanbeter des »Göttinger Hains« wie Bürger, Voß und Stolberg in der Abfassung »Priapischer Oden« konkurrierten, dann nennt man dies eben gerne die ›verlogene‹, ›bürgerliche‹ oder ›doppelte‹ Moral, obwohl man sie eigentlich bis zum heutigen Tag so am liebsten hat: so bürgerlich, so verlogen und doppelt. Und man lasse sich nicht täuschen: Sie zerfällt ja nicht wirklich in zwei Hälften – die anständige und die eigentliche –, sondern ergibt nur doppelt ein Ganzes. Sie kann nur so existieren und schließlich nur so gleichzeitig die Freuden der Entrüstung wie der Übertretung gestatten.

Im Mittelalter haben dieselben, die in ihrem Minnedienst das Hemd der Geliebten trugen, sich deren Haar und Schamhaar schenken und ihr Waschwasser zum Trinken geben ließen, die rüdesten Lieder und Schwänke verfasst. Überall trifft man, in spielerischer oder ernster Form, auf diese vermeintliche Unzusammengehörigkeit, auf das Erotische als die Sprache jenseits der Künstelei, als Entladung und zugleich als eine ganz eigene Destruktion und Kritik, vor der der sittliche Geschmack, der idealistische Mensch ebenso wie die bürgerliche Wahl und Werbung zunichte wurden.

Nicht zuletzt hat aus diesem Grund die Geschichte der erotischen Literatur ein ganz anderes Profil als die der sogenannten Weltliteratur, diese Versammlung von Texten, die schamlos genossen werden können. Zahlreiche große Autoren sind als Erotiker nie hervorgetreten, andere, wie Voltaire, haben sich verleugnet und sind auf diesem Feld unbedeutender als eine Handvoll Anonymer, Dritte wiederum sind nie in der Literaturgeschichte wirklich namhaft geworden, dafür aber in der Geschichte der erotischen Literatur.

Außerdem ist die Trennung zwischen den gesellschaftsfähigen Aussagen über das Geschlechtliche und den geheimen Enthemmungen und Phantasien schlicht die Voraussetzung dafür, dass uns der Sex die Vorstellung einer immer noch zu erreichenden Befreiung vorgaukeln und Gelegenheit bieten kann, immer neu und hinter dem Banner der Aufklärung von ihm zu reden. Gerade in dieser Form bewahrt er zugleich seine wichtigste Illusion: die, es handele sich beim Erotischen insgesamt um etwas Geheimnisvolles. Was aber kann der Literatur Besseres passieren, als dass sie von etwas sprechen darf, das noch ›top secret‹ ist und es zugunsten der Erotik bis zu einem gewissen Grad auch bleiben muss?

Hinter dieser für die Autoren gewiss auch beneidenswerten Unterstellung einer ebenso heimlichen wie gefährlichen Literatur verbarg sich die Vermutung, dass man sich gegen den Sex nicht wehren könne, dass er aus den Schriften sogleich übergriffe und Zentren der Moral mit Erosion und Zerfall bedrohe. Bezeichnend, dass man gerade das Sexuelle in eine solche Schlüsselposition für die gesellschaftliche Formulierung von ›Gesundheit‹, von ›Anstand‹, von sittlicher Integrität hob, und dass man ihm zugleich eine so blindwütige Wirkung zuschrieb und noch heute in allen Medien immer dann von der Gefährlichkeit einer Sache überzeugt ist, wenn ihr Sex beigemischt ist. Aber bezeichnend wofür?

Dass erotische Texte immer wieder auch als literarische Masturbationsvorlagen zur Welt kamen und auch so genossen wurden, macht sie allein nicht gefährlicher als die Masturbation. Vielleicht weil diese Freuden herkömmlicherweise vor allem den Männern zugeschrieben wurden, waren es auch ursprünglich Männer, die die Frauen vor der Rezeption erotischer Texte glaubten schützen zu müssen.

Sie unterstellten den Frauen Schwäche, größere Verführbarkeit, Anfälligkeit gegenüber der Sünde, Unverantwortlichkeit, mit einem Wort, sie dachten alttestamentarisch, paradiesisch.

Als ›unschicklich‹ galt deshalb das Zitieren erotischer Texte vor allem in Anwesenheit von Frauen. Man hätte sie schließlich durch die Konfrontation mit entsprechenden Büchern ›verziehen‹ können. Gleichzeitig – und das schien nicht minder bedenklich – spiegelte man ihnen literarisch die selbstgenügsame Welt einsamer männlicher Triebabfuhr vor, wo Frauen durch Bücher und Bilder, Zeugungsakte durch kurzatmige Erleichterungen und Verstimmungen ersetzt wurden. Der ursprüngliche Sinn des Wortes ›obszön‹ bedeutet zwar soviel wie ›bloßgestellt‹, ›exponiert‹, der Wortgebrauch aber stand für: ›orientiert am männlichen Masturbationstrieb‹, und es war der Freigeist Honoré Gabriel de Riqueti, Graf von Mirabeau, der dies Verbot unverblümt ansprach, als er im Vorwort zu »Meine Bekehrung« dem Leser die folgende Gebrauchsanweisung zum Buch mit auf den Weg gab: »Und nun lies, verschlinge es, masturbiere.«

Kein interesseloses Wohlgefallen also, sondern eine Literatur von praktischem Nutzwert schwebte den Autoren vor, und es lohnt sich nachzusehen, was alles sie an die Begierde verfütterten, welche Formen und Werte sie überwanden, um die Literatur dem Erregungsziel näherzubringen und am Ziel der Erregung zu unterwerfen.

Beachtlich ist dabei zunächst, dass die erotische Literatur bis zum 20. Jahrhundert wirklich ein Genre für sich geblieben ist. Sie denkt und sie gestaltet anders und anderes als alle übrige Literatur, und sie bleibt dabei für sich. In keinem der großen Romane des 19. Jahrhunderts, bei Dostojewski, Balzac, Dickens, George Elliot, Flaubert, Keller, Fontane oder Zola, kommen Exzesse oder Orgien vor. Ja, es sieht geradezu aus, als hätten sich die Autoren entscheiden müssen für die Liebe oder für das erotisch Ausdrückliche, für die Romanze oder die Zote. Die beiden Sphären werden bis in unser Jahrhundert hinein so kategorisch voneinander getrennt, als läge ihnen nicht dasselbe Menschenbild oder Literaturverständnis zugrunde. Beides trifft zu.

Die erotische, meist als ›niedere‹ eingestufte Literatur konzipierte einen Menschen kausallogischen, quasi materialistischen Profils. Der Protagonist wie die Literatur, die ihn verherrlichte, sie genügten sich im Amoralischen. Der Held war demnach kein Vorbild, der Text nicht erbauend, beide transzendierten nicht, sondern sie genügten sich selbst. Gefährlich für eine Gesellschaft, deren Pädagogik auf den verantwortlichen, dem Gemeinwohl verpflichteten, hehren Erziehungsideen folgenden Einzelmenschen vertraut!

So viel Selbstherrlichkeit und Amoral fiel auf den Autor zurück, und so hat weniges diese Form des Sprechens so sehr zu einem Leben hinter Anonymen und Pseudonymen, gefälschten Erscheinungsorten und -daten, falschen Druckern und Herausgebern verurteilt, wie die Befürchtung nicht nur der Verfolgung, sondern auch des Reputationsverlustes innerhalb der sogenannten ›hohen‹ Literatur. Das Erotische galt als so unrein, dass man die Sexualdisziplin anfangs nach ihrem Vorläufer, der Abortdisziplin ausrichtete. Es war profan, auch wenn mystische Frauen selbst unverblümt fleischlich vom Koitus mit Gott berichteten. Es war abstoßend, oder warum sonst hätte man so viel Aberglauben und Anti-Aufklärung mobilisiert, nur um den ketzerischen Geist des Eros zu bannen? Nein, all diese Verbote waren nicht ihm allein zu verdanken, sondern dem komplexen Umfeld, über das sie sich erhoben und dem man pauschal den Sammelnamen »Pornographie« gab.

Pornographie, das war ursprünglich nicht nur die für, es war auch die von Huren geschriebene Literatur, denn in der Antike verfassten zunächst Tribaden und Hetären wie Philänis oder Artynassa erotische Traktate, verliehen den Erfahrungen großer Kurtisanen Sprache und halfen jenes ›Weib‹ heranzubilden, das bei Lukian, Aretino oder in den Antikenbearbeitungen Wielands bereits als Archetypus erscheint und sich bis in die moderne Literatur etwa zur »Geschichte der O« erhält. Von de Laclos bis hin zu Georg Heym und Frank Wedekind finden sich ferner Texte, die sich vor allem der Erziehung der Frau zur Hetäre widmen. Darin mochte man eine eigene Gefahr erkennen.

Außerdem spezialisierten sich die entsprechenden Texte auf ›das Eine‹. Unter weitgehender Ausblendung des Psychologischen, Ideologischen und Spirituellen konstruierten sie in notorischer Fachsimpelei einen arg reduzierten, einen Teilmenschen. Graphisch vereinfacht – auch darin ist de Sade Meister – statteten sie ihre Protagonisten mit einem Minimum an Geschichte, Klasse und Charakter aus und präparierten stattdessen die Sexualwerkzeuge und die diesen förmlich anhaftenden Abarten so monströs heraus, dass man sich an japanische Holzschnitte mit ihrer geradezu symbolischen Extremvergrößerung der Geschlechtsorgane erinnert fühlt. Solch ein Phalluskult feierte vor allem die männliche Potenz, hinter deren Wirken Gesichter, Psychologien und Geschichten oft so völlig verschwinden, dass schließlich Penetration und Vollendung alle schwärmerischen Formen des Erotischen verdrängen.

Im Grunde war diese Literatur nur an anderer Stelle abstrakt als die ihr entgegengesetzte der Hochkultur. Sie reduzierte sich um beinahe alles, was man auch in anderen Textarten hätte sagen können. Man fand – und findet vielfach – diese Reduktion des Moralischen, Psychologischen und Epischen zugunsten priapischer Souveränität als anstößig. Die Texte erlauben es sich, von dem »Einen« zu sprechen und sprechen bald von nichts anderem mehr. Dabei ließen die Erzählungen wenig mehr zu als eine im Ganzen nur geringfügig variierbare Abfolge von Wahl, Verführung, Initiation, Vollendung und Abschüttelung.

Aus diesem Grund ist das Niveau des erotischen Romans über längste Fristen der Geschichte nicht besonders hoch, und deshalb sind auch in der erotischen Literatur selten echte Romane geschrieben worden. Was so genannt wird, entpuppt sich meist als mehr oder minder verlegen verbundene Novellensammlung, deren Abschnitte vom Wechsel der Partner, der Techniken oder der Erschöpfung vorgeschrieben werden.

Moralisch verwerflich schien die erotische Literatur zweitens in der Zeichnung ihrer Charaktere. Die Gestalt, die immer will und immer für alles und jeden zu haben ist, muss als Folgelast ihrer einseitigen Reizbarkeit meist Mangelerscheinungen im Intellektuellen wie im Seelischen hinnehmen, mit denen sich moralische Skrupellosigkeit bei der Durchsetzung ihrer Wünsche verbindet.

Das männliche Stereotyp dieser Gattung ist nicht Don Juan, nicht Casanova, niemand, der von der Magie der Verführung bestimmt wäre und über ihr selbst magisch würde. Es ist vielmehr der historische Pornodarsteller, sportlich motiviert, immer willig, immer fähig, ein Typus, den de Sades Sex-Teams, seine gesichtslosen Rammel-Mannschaften, zum Ensemble versammeln. Die Dämonie Don Juans wird hier plötzlich profan, das Prinzip der Verführung wird ersetzt durch die Gezeiten der Libido. An die Stelle der Verherrlichung Don Juans tritt ein Kult des Wüstlings, um den sich der erotische Kosmos in jeder gewünschten Konstellation arrangiert, bis hin zum favorisierten Liebesspiel zweier, meist eigentlich heterosexueller Frauen – nach ihrer Verbreitung zu urteilen, eine männliche Lieblingsvorstellung.

Der entsprechende Frauentypus, den vornehmlich Männer dabei am liebsten erfinden, ist eben nicht die notorische ›verführte Unschuld‹, sondern die zum Laster erzogene, abgehärtete Hetäre, die Duclos de Sades, die Gamiani Mussets, die Nanna Aretinos, Frauen, die man historisch vage aus Gerüchten über Ninon de Lenclos, Lady Hamilton, Madame Pompadour, George Sand, Cleo de Mérode, La belle Otéro oder Liane de Pougy in Verbindung bringt und die im Schund als »La Marquise de Sade« oder »L'Animale« auferstanden.

Mag sein, dass unter diesen Voraussetzungen Romane entstanden sind, in denen gesichtslose Helden von Episode zu Episode, von Höhepunkt zu Höhepunkt, von Abart zu Abart eilen, mag sein, dass diese Texte kein zwingenderes ästhetisches Programm hatten, als ›sich was zu trauen‹, dass sie die Situationen immer bizarrer wählen und die Körper immer phantastischer verbiegen, um sie der Lust gefügig zu machen. Jedenfalls gewinnen sie auch eine unausweichliche Echtheit darin, dass sie alles dem Sex zuordnen, dass sie die gefühlsweichen Sensationen, an denen sich sonst Liebe anlagerte – Sonnenuntergänge, Lauben, Opernlogen –, entkernen und unbarmherzig dem Drang zum Koitus unterwerfen.

Nicht umsonst existieren so zahlreiche zotige Parodien auf klassische Gedichte, in denen hohe Kulturgüter gefühlskritisch verschweint werden. Nicht umsonst spielen die erotischen Stiche so gern an galante Arrangements empfindsamer Literatur an – Das belauschte Liebespaar, Die badenden Nymphen, Schwüle Nacht, Der verliebte Alte, Vor dem Spiegel, Flirt im Grünen –, und nicht umsonst pflegen erotische Texte Moral insgesamt zu einer zweiten Ordnung zu machen, die sich hinter den ökonomischen Prinzipien von Steigerung, Potenz und Variation fast verflüchtigt.

Vielleicht spricht diese Literatur aus keinem anderen Grunde so selten von Liebe. Vielleicht ist sie überhaupt die literarische Gattung, die am weitestgehenden auf Liebesgeschichten verzichtet. Ganz wie Marcel Proust in einem berühmten Satz gesteht, er habe sich verboten niederzuschreiben, ›sie war lieb zu mir‹ und an die Stelle gesetzt, ›sie zu küssen hat mir Vergnügen gemacht‹, beharrt die erotische Literatur oft auf einer Körperlichkeit ohne Jenseits – zugleich die Voraussetzung für die kühle Erforschung der Individuen auf ihre Eignung zur Ferkelei, zu Partnertausch und allen möglichen Praktiken. Zu jeder Zeit trugen Werke, die so schrieben und solchen Interessen folgten, das Stigma, nicht besinnlich und nicht sublim zu sein, aber dafür ehrlicher zu sein. Ehrlichkeit aber, so hat Paul Valéry gesagt, ist in der Literatur ein Tauschwert der Wahrheit.

Entsprechend hat man bis in die zweite Hälfte dieses Jahrhunderts hinein die Radikalität eines Werkes oft nach seiner Stellung zum Erotischen beurteilt, und selbst Autoren wie Joyce oder Beckett wurden als Neuerer anstößig gefunden, nicht primär wegen ihrer formalen oder expressiven Mittel oder der Grundlagen ihres Denkens, sondern wegen der beiläufigen Freizügigkeit, mit der sie das Geschlechtliche behandelten. Hier reagiert die Literaturkritik, stellvertretend für die Gesellschaft, mit einem kalkulierbaren Schock auf Oberflächenreize.

Tatsächlich hat die erotisch-explizite Literatur der vergangenen Jahrhunderte diesen Schock immer wieder überwunden. Vielmehr artikuliert sie in ihrer Zeit, in der ganz eigenen Ökonomie der Protagonisten, in der Konturierung eines Menschenbildes, wie in der Versammlung radikaler Beobachtungen und Gedanken Elemente dessen, was später »Moderne« genannt wird. Die Zukunft der Desillusionierung, der Liebe, der Lusterfahrung, des Geschlechterverhältnisses, hier erscheint ihr Schattenriss. Auch sie wirkt erzieherisch, aber in einer Form, die von der Erbauungsliteratur nie wahrgenommen wurde, weil sich die Texte a priori durch die Thematisierung des Geschlechtlichen beim Publikum um ihren Ernsthaftigkeitsanspruch gebracht hatten. Ja, bei genauer Betrachtung lässt sich sogar sagen, dass sich zentrale Programminhalte klassischer Literatur gerade in der erotischen Literatur Bahn gebrochen haben, so die Gefühlskritik, die Kritik geschlechtlicher Rollenfestlegungen, sogar die Gesellschaftskritik, insgesamt also Phänomene, die sich mit besonderer Deutlichkeit im Komplex des Libertinismus niederschlagen konnten.

Häufig leitet der Widerstand gegen das Tabu der Nacktheit, das eheliche Treuegelöbnis, die Polygamie, leitet insgesamt der sexuelle Protest einen politischen Protest ein und begleitet ihn. So gibt es bis in die jüngste Zeit hinein kaum eine politisch ganzheitliche Protestbewegung, die ihren gesellschaftlichen Gegenentwurf nicht durch eine veränderte Bestimmung des Geschlechterverhältnisses flankiert hätte. Die abweichende Vorstellung von der Liebe wird zum Zentrum abweichender Lebens- und veränderter Machtvorstellungen, und ebenso gibt es kaum eine gesellschaftliche Utopie, die nicht zugleich andere Formen des Liebeslebens erdacht hätte.

Die erotische Literatur birgt also manchmal ein geradezu revolutionäres Potenzial, weil sich in ihr Menschen nicht mehr als Objekt von Arbeit oder Geld verstehen, sondern von Sexualität. Darin liegt der tiefere Sinn, wenn seit der Antike Begierde als Gottheit, als Amor oder Cupido personifiziert wird, als eigene Herrschaft. Diese Macht, die sich die Menschen im Altertum gerne als etwas Launisches und zugleich Gebieterisches vorstellten, sie zwingt ihren Beobachtern eine andere Form des Spürsinns auf.

So ist der erotische Souverän zunächst das Gegenbild zum politischen Herrscher, seine Travestie und zugleich seine intime Vollendung. Aber dabei erschöpft sich dies Verhältnis nicht in der Neuformulierung von Befehl und Gehorsam. Die Bewegung setzt viel weiter außen an. Plötzlich werden Kleider, Architekturen, Verstecke bedeutend, wird das Widersprüchliche und Unscharfe im moralischen Kodex zum Tor, durch das Eros einfällt und seine Steigerung vollendet. Am Anfang steht die Erkennung des Objekts, ein lustvolles Wünschen, dessen genuine Sprache die Verherrlichung, die Verschönerung ist. Damit aber keineswegs der Verdacht entsteht, es sei alles bloß Trieb, steht vor der eigentlichen Eroberung nicht selten die Feier der einzigartigen Erscheinung: »Nie habe ich süßere Rundungen unter meinen Fingern gespürt«, schreiben sie immer wieder. Alles ist also ein- und erstmalig wie die Kunst und muss es sein, damit kein Leser auf die Idee käme, es sei immer dasselbe.

So wird die erotische Literatur getrieben von immer neuer Entfaltung der Verherrlichung, von einer Tätigkeit des Schönmachens, die weit über Frau und Mann hinaus auf ein Leben weist, das insgesamt begehrenswert ist und das mit idealen Gegenbildern deshalb so gerne zu Szenerien des Märchens, der heidnischen Antike oder eines fiktiven Orients greift. Zugleich gilt in dieser Sphäre nichts so sehr wie die Ausfaltung des schönen Versprechens in immer neue Formen produktiver Vollendung, die Steigerung der Lust, eine utopisch in Raserei überführende Bewegung, die zuletzt nichts sein lässt, wie es war, und aus Irre, Entrückung und Ekstase Bilder eines wertvollen, nie erschöpften und immer gesteigerten Lebenszustands zurückwerfen.

Zwangsläufig schlagen gerade diese Entwürfe zuletzt in ihr Gegenteil um. Während der Libertin wie ein Nudist nur in geschlossener Gesellschaft existiert und sich nur so lange hält, wie er im Widerstand leben, im Gegenentwurf seine exzessiven Kleingesellschaften dirigieren kann, verwandelt sich der heidnische Himmel freier Liebe durch die Orgie in ein Stellungsspiel gesichtsloser Nicht-Individuen. Hier gibt es kein Ansehen des Partners mehr, keine Beschreibung eigener Individualität, keine Reflexion des anderen, nicht einmal mehr Attribute, sondern nur noch funktionale Relationen, Lust ohne Liebe, ohne Zeugung, ohne Verlangen nach Fortbestand.

Zur Sprache kommt vor allem in der jüngeren Literatur allein das Paradoxon einer Liebesleidenschaft, die von Indifferenz gegenüber der Lebenserhaltung, wenn nicht vom Todeswunsch selbst getrieben wird und zugleich nichts so sehr fürchtet wie Ermattung und Übersättigung. Viele Gründe lassen diese Steigerung am Ende immer leerer, mechanischer und quantitativer erscheinen. Das Steigerungsfähige liegt in Praktiken, Requisiten, dem Einsatz von Hilfsmitteln, der Manipulation von Nebenumständen, den Bizarrerien von Gruppenregeln, der Integration von Schmerz und Ekel, der Einführung von Barbaren, Schwarzen und Tieren, Puppen und Maschinen. Wer die Sprache der Lust durch die Jahrhunderte verfolgt, wird in ihr wenig Sanftmut und immer weniger Gefühlsseligkeit entdecken.

Gerade das Erotische erweist sich nämlich als besonders durchlässig für die Gewalt aus dem äußeren Leben. Erotik, nach verbreiteter Überzeugung eine Sache von Appetit und Genuss, hat doch in den jüngeren Texten häufiger mit Verderben und der Unmöglichkeit des Genusses zu tun. Musste man nicht in Hochpreisung und Glorifizierung der Liebe eine Reaktion gegen die Natur erkennen, in dieser aber das krude, unsentimentale Gesetz blinden Ergreifens? War nicht Gewalt die Möglichkeit, die der Liebe inhärenten Momente der Herrschaft zu isolieren und Souveränität durchzusetzen? Die unumschränkte Macht der Phantasie degradiert die Körper zuletzt zu Apparaten, die in die Form maximaler Unterwerfung und Bedienbarkeit gebracht werden. Die Körper erscheinen entleert zur Chiffre, zum Dekorum, zugleich aber vibrierend vor Erregung, weil an ihnen ›das Böse‹ der Unterwerfung und Erniedrigung vollstreckt wird.

Er sei fest davon überzeugt, äußerte der Marquis de Sade als ein Patron der Moderne, nicht das Objekt der Begierde errege die Lust, sondern die mit der Begierde verbundene Idee des Bösen – der Grund, von dem die Phantasie sich erhebt, um in phantastischen Einbildungen die ganze Welt zu unterwerfen. Hier spricht nicht Anteros, der fast vergessene Bruder des Eros, der die mit der Peitsche bestrafte, die nicht widerlieben wollen, Eros selbst legt die Maske ab als ein vom Bösen besessener Gott, der vom Guten, vom Ideal der reinen Liebe ebenso wie vom Argwohn der Sittenwächter und von der despotischen Phantasie der Moralerfinder lebt.

Er schwärmt nicht mehr, er spricht nicht länger ernsthaft vom »Schnee ihres Leibes«, vom »süßen Liebespfand«, von einem Leib »mit den Proportionen der Medicäischen Venus«, er spricht auch nicht länger symbolisch von jenem anderen Himmel, das »Goldene Zeitalter« genannt, ausstaffiert mit den Werten der Französischen Revolution. Er spricht über den Sex, er spricht ihn selbst aus, er hält ihn fest in jenen praktischen Handgriffen, wenn sich die Femme fatale vor dem Cunnilingus die Haare zusammenbindet oder, bevor sie das Geschlecht des Mannes mit der Hand bearbeitet, den Ärmel bis zum Ellenbogen hochzieht. Der Text wird an solchen Stellen identisch mit dem Sex. Ihn so denken zu können, das heißt ihn zu vollziehen, in der einzigen Form, in der er vollziehbar ist: literarisch, in einer unvorgreiflichen, schrecklichen, nicht-konnotierten, nicht-illusionistischen, von Deleuze »denotativ« genannten Sprache.

Über de Sade führte in dieser Hinsicht nichts hinaus, nichts als der von Apollinaire nur noch arabesk inszenierte Versuch, diese Sphäre mit ihrer Verneinung zu versöhnen, mit dem Witz. Denn damit wurde dem Erotischen nicht nur das Renommee entzogen, von dem es auch lebt, es wurde auch in sich zum Paradoxon. Nichts, nicht einmal der Tod, ist so ernst wie das Erotische, denn der Witz wirkt spannungslösend und zerstreut die Erregung.

Die monumentale Gewalt de Sades aber mit Gelächter zu durchkreuzen, das ließ den Sex insgesamt zur Farce werden, zu einem übertriebenen, fratzenhaften Gestikulieren, das unsinnigerweise noch mit dem Bösen, mit dem Wert des Lebens, mit der Schönheit der Aufregung auftrumpft, sich in der Glorie des nicht-mehr-schönen Triebes und in der Verneinung der elementaren Verbote profiliert: dem Masturbationsverbot, dem Verbot der Homosexualität, des nicht-enthaltsamen Lebens, dem der Bigamie, der Freude am ›Perversen‹.

Bleibt der Höhepunkt: Keine Selbstaufhebung in Verzückung, keine Verschmelzung mit aller Welt, keine Erscheinung der Natur, keine symbolische Entrückung, sondern ein Augenrollen und Keuchen, ein Verschmelzen sinnloser Bilder in Krämpfen und panischen Traumata, sprachlose Masse, in der die Erotik und mit ihr die Verbote untergehen.

Kommt schon innerhalb der nicht-erotischen Literatur Lust oft an die Oberfläche als das Unbeherrschte und offenbar Unbeherrschbare, so suchen die erotischen Texte in dieser Lust geradezu ein Stimulans – der Begierde wie des Schreibens. Denn dass es in der gesamten Weltliteratur so wenige Bücher ohne Liebesgeschichte gibt, hat nicht notwendig mit dem Erotischen selbst, sondern nicht zuletzt mit seinem Zusammenhang zum Schreiben zu tun, einer Verwandtschaft im Bespitzeln und Zusehen, im Schönfärben und Übertreiben, einer Vorliebe für hitzige Worte und Exaltationen und ein Wandern zwischen Gespenstern. Es hat schließlich aber auch damit zu tun, dass das Schreiben ein Weckmittel der Wünsche sein kann, wie der fast vergessenen Lüste, eine Art Glorie des Sexuellen ohne Erinnerung an seine Realität.

Wie aber die abendländische Literatur einen weiten Weg gehen musste, um jenseits der Liebe das Erotische endlich in den Rang eines darstellungswürdigen und -fähigen Topos zu erheben, so musste die Literatur im 20. Jahrhundert irgendwann selbst das Massiv des Erotischen überwinden, um es in seiner Bedeutung einzuebnen.

Wo die bestehende Moral als Provokation der Literatur, und wo der Frevel an der Liebe wie am Erotischen ausgedient hat, wird es Zeit, in eine weitgehend unerforschte Sphäre einzutreten. In dieser gibt es kein Versprechen mehr, kein Ideal und deshalb auch keines, das sich schänden ließe. Es handelt sich um eine Sphäre der Gefäßerweiterungen und der Leibesübungen, der Post-Coitum-Enttäuschung und des Pragmatismus. Das Zeitalter dieser Sphäre hat erst begonnen und ist noch weitgehend unbekannt. Ihr Name ist Sex.

Beim Bau des Blindenlouvre wird man sich auch ein Kabinett ausdenken müssen, das nostalgisch an die Schönheit der menschlichen Liebe erinnert, so wie sie nie war, aber so wie man immer meinte, dass sie einmal gewesen sein müsse – Erinnerung ist nun einmal das eigentliche Medium der Liebe –, ein Kabinett voller kaum hörbarer Berührungen und Luftzüge, voller Unsinn und Entgrenzung, voller asyntaktischer Geständnisse und großer Seufzerfiguren, ein hauchendes, stöhnendes und strampelndes Kabinett, dessen Unisono den Maschinenraum der körperlichen Liebe abbildet und sie insgesamt im weißen Rauschen aller Lebensäußerungen auflöst.

Das Strömen des gefluteten Reisfeldes um die Waden von Silvana Mangano, das Rascheln der Schleier in Rita Hayworths »Salome«, das Plätschern der Wanne um Jeanne Moreau in »La Notte«, das hektische Wehklagen von Kathleen Turner in »Body Heat«, das Gurren von Isabelle Adjani in »Possession«, das verzweifelte Schnaufen von Beatrice Dalle in »Saba, die Hexe«, Theresa Russells Strampeln, Sean Youngs Kichern, Serena Grandis Grunzen, Virginia Madsens Schnauben – lauter Geräusche, die für einen einsamen Mann die Schönheit des Trieblebens herbeihalluzinieren.

Auch die gesprochene Sprache der Liebe reflektiert nur den inexpliziten Charakter des dargestellten Liebesakts. Sie ist so anständig, als artikulierte sie eine Vitalverstimmung, so wenig physisch, als spräche sie aus dem Astralen, und so beherrscht wie ein Libretto zu Gesten, vollzogen im Bewusstsein, dass diese augenblicklich die Netzhaut von

Millionen belichten. In ihrer Summe sprechen die Liebesszenen des Kinos eine eher lustlose Sprache. Hygiene und Rationalität walten, wo Obsession und Besinnungslosigkeit zum Drama werden sollen.

Die Ikonographie der Liebesszene im Film ist nicht minder stereotyp als ihre Lautschrift. Sie besitzt vor allem einen eigenen Kolorit aus Schattenfarben, Rot, Blau oder Goldbraun. Schon der Eintritt in ein bestimmtes Farbspektrum prädestiniert die Darsteller zur Ausübung der Liebe. Nur bei Pasolini, Oshima oder Godard werden diese Konnotationen des Lichts so weitgehend abgebaut, dass das Filmklima nicht von der Neutralität des Außenraums zu der subjektiven Erhitzung des Intimraums umschalten muss.

In fast allen anderen Fällen definiert die Farbigkeit die zwischen Produzenten, Darstellern und Gaffern solidarisch aufgebaute Erregung. Die Kamera wird subjektiv, wo sie intim zu sein versucht, aber nicht so subjektiv, wie es ein Beteiligter oder selbst die Willkür des Betrachters verlangten. Es gibt keine Liebesszene, die die subjektive Perspektive der Liebenden durchhielte, denn in Wahrheit ist aus dieser Perspektive entweder wenig zu sehen oder Verbotenes. Der Liebesakt – das verlangt die Ideologie von der Schönheit der filmischen Liebe – scheut nichts so sehr wie den Austritt aus der Sphäre des Fotogenen. Nicht die Personen allein, die Szenerie wird ›geliftet‹. Deshalb ist oft nichts so unwahr an einem Film wie seine Art, den Sex zu bilden, und das liegt daran, dass er eben nicht diesen darstellt, sondern Formen, sich am Zuschauen sexueller Handlungen zu begeistern.

Außerdem ist die Ikonographie der filmischen Liebe von eigener Symbolik. Das lodernde Kaminfeuer, die Bewegung im Faltenwurf des Lakens, der Schwenk auf den nächtlichen Mond oder die Fahrt über die Flucht verlorener Kleider auf dem Boden, das versonnene Verweilen auf dem Gemälde über dem Bett oder auf der Standuhr – diese Bilder müssen nach jahrzehntelanger Pawlow'scher Einübung erotisch stimulierend wirken und sind von ihrem Subtext »Sex« kaum noch zu lösen. Es handelt sich bei ihnen um erotische Bilder im Wortsinn, sie sind verschwenderisch, ornamental, irrwegig, letztlich sogar absurd, denn sie verdanken sich der Anstrengung, etwas dadurch abzubilden, dass es nicht abgebildet wird.

Je präziser die Illusion rund um diese Szenerie wird, desto verwaschener wirken jene pseudo-spezifischen Bilder, die an die Einbildungskraft des Gaffers zwar appellieren, sie aber eigentlich abtöten. So produzieren die meisten Liebesszenen des Films eine perverse Unschuld gerade durch ihre moralische, wenn nicht spießige Art des Fortlassens. Schließlich erscheint in diesem Zusammenhang nicht nur der Umgang der Figuren mit ihrer Nacktheit, sondern der nackte Körper insgesamt als Stereotyp der Liebesszene im Film. Denn wie der Renaissance-Theoretiker der Malerei Cennino Cennini lapidar vorschrieb, »der schöne Mann ist braun, die schöne Frau weiß«, so ist der filmische Mann schön athletisch und die filmische Frau schön jung, ja speziell ihre Erscheinung gehorcht einem so stark standardisierten Kodex, dass man sich letztlich immer derselben Frau gegenüberzusehen meint und nur der hochspezialisierte Blick überhaupt individuelle Körper ausfindig machen kann.

In dieser Hinsicht wurde die Filmgeschichte nur ein paar Mal mit dem Eintritt ›neuer‹ Körper beschenkt: so mit dem jungenhaften der »Emmanuelle«-Darstellerin Sylvia

Kristel, mit dem schwarzen der Laura Gemser, mit dem üppigen der Beatrice Dalle, mit dem verschwenderischen der Andrea Ferreol, mit dem stämmigen der Jennifer Jason Leigh. Jedes Mal wurde die Bildfähigkeit dieser Körper als erotische Errungenschaft begrüßt.

Eine grundsätzlich andere Aura verleiht dem nackten Körper Pier Paolo Pasolini, nicht nur, indem er sie anders leuchtet, sondern indem er sie mit einer heidnischen Selbstverständlichkeit der Erscheinung und Bewegung ausstattet. Pasolinis Typen sind sichtbar Arbeiter, Bauern, Straßenjungen und -mädchen mit einer Physiognomie, die das Arbeitsleben, das Elend, jedenfalls die Welt außerhalb der Filmindustrie modelliert. Sie tragen kein Make-up; Hautunreinheiten, Pickel, Narben geben ihrer Leiblichkeit eine Präsenz, die sich abermals weniger aus den Darstellern selbst erklärt als aus der Sterilität der umliegenden filmischen Welt.

Ironischerweise kehren Anklänge an diese Leiblichkeit erst in den Billigproduktionen der Sexfilme aus den sechziger und siebziger Jahren wieder. Unfreiwillig lässt man den Laiendarstellern hier ihre Laienhaut und hinterlässt der Nachwelt eine von artifizieller Choreographie und Hygiene weitgehend verschonte Körperlichkeit, die ungeachtet ihrer Komik weit authentischer ist als fast alles, was die hohe Filmindustrie an Körperdarstellungen zeitgleich hervorbringt.

Auch in einem anderen Punkt sind diese Produktionen direkter als ihre kommerziellen Pendants aus der Kino-Hochkultur. Die Liebe hält die Handlung auf, finden häufig junge Kinobesucher und plädieren für ein Reinheitsgebot der Genres. Sie haben nicht unrecht. In der Liebesszene wechselt der Film sein Tempo, und er vibriert in einem einzigen Gedanken: Männer zeigen am Gerät der Frau ihre eigene Sensibilität, ihre sanfte Seite, ihr Freizeitverhalten, sie werden gute, auch nach vielen Ehejahren noch nimmermüde Familienväter. Der Schauplatz der Erregung wird gewechselt, die Integration in die Handlung ist oft beliebig, die dramaturgische Bedeutung für den Plot meist wenig mehr, als die Einheit vor Ausbruch des Konflikts zu beschreiben.

Als wäre der Koitus wirklich der Inbegriff der Einheit des Paars! Als wäre er wirklich sanft, schwärmerisch und gut und seine Funktionalisierung für kommende Konflikte etwas anderes als einfallslos! Mit dem Typus dieser Szene ist ein Prozess abgeschlossen, den man nur als Banalisierung des Sex durch das Kino beschreiben kann.

Als 1895 der schnauzbärtige Jones C. Rice die hochgeschlossene Miss May Irwin vor laufender Kamera dreimal in Folge seitlich auf den Mund küsste und damit den Filmkuss begründete, nannte ein Kritiker diesen Akt »abstoßend« und rief nach der Intervention der Polizei. Nicht der Kuss allein, seine Wiederholung wirkte verstörend, denn sie beschrieb auf knappem Raum den Prozess, in dem Gutmütigkeit in Lust übergeht.

In den Jahren danach waren Bauchtanz, Wannenbad und Cancan beliebte Motive des erotischen Kinos, das sich in seinen Bildern noch kaum von den Pikanterien der Laterna magica oder einer Peepshow entfernt hatte. Dazu boten antike und biblische Stoffe frühe Entschuldigungen für eine ›historisch korrekte‹ Darstellung des Nackten. 1909 wurde in Frankreich und Großbritannien die Zensur eingesetzt, die USA folgten erst 1915, vollzogen den entscheidenden Schritt der freiwilligen Selbstkontrolle aber 1925 mit der Einführung des nach dem ehemaligen Postminister William H. Hays benannten Code einer Freizügigkeitsverordnung, die die Entstehung libertiner Szenen schon in den Studios verhinderte.

In der Folge tut das amerikanische Kino, was es kann, und wird pervers. Gerade die Einhaltung einer festgeschriebenen Kleiderordnung und eines Codes möglicher Berührungen stimuliert eine Phantasie des Lasziven, die sich in den Werken von Regisseuren wie Billy Wilder, Robert Rossen, Alfred Hitchcock, Stanley Kramer oder selbst im Musical in eine nahezu zügellose Darstellung von Fetischismus und Voyeurismus, ödipaler Liebe oder Masochismus verwandelt und auch von der Kamera entsprechend riskant aufbereitet wird. Alle möglichen Substitute werden ausgebreitet – ähnlich wie in Indien, der größten Filmindustrie der Welt –, wo das Verbot der Nacktdarstellung dazu geführt hat, dass unablässig Frauen ins Wasser geworfen werden, weil sie, an Land gebracht, ein wenig nackter wirken.

Zwischen 1930 und 1932 zählt man im amerikanischen Kino insgesamt 741 Kussszenen, deren Begehrlichkeit aber abgemildert wird, indem sie nur die Einleitung zu einer echten Liebeserklärung darstellen und auf diese Weise erotisch neutralisiert werden. Als 1993 die körperlich bereits weitgehend veröffentlichte Miss Sharon Stone die Beine übereinanderschlug, erging es ihr nicht wesentlich anders als ihrer Vorgängerin Miss May Irwin vor hundert Jahren: Sie provozierte einen Skandal – allerdings willentlich.

Jetzt war es allerdings nicht der Anblick ihres Schamhaars, der zu Tumulten führte, es war seine Konnotierung. Stone exponierte sich im Film vor einer Gruppe männlicher Voyeure und gab sich darüber hinaus durch das Fehlen ihres Slips etwas Nymphomanisches, Libertines, das die sekundenlange Aussicht auf ihre Blöße zutiefst amoralisch erscheinen ließ: Sie hatte den Gaffer quasi zur Distanzorgie eingeladen und sich so zum Objekt der Massensehnsucht deklariert – etwas, das ein Film bislang zwar umschreiben, aber nicht aussprechen durfte. Stones Geste war das offene Zugeständnis an das geheime eigentliche Leitthema des erotischen Kinos: den Voyeurismus. Ihre Amoral bestand darin, ein Bild für den Koitus mit der Masse gefunden zu haben, und das nur in der Form der Anspielung.

Wenn man berücksichtigt, dass der Film zu den wichtigsten Informationsquellen der Gesellschaft zählt, fällt auf, wie sehr er in der Liebe einen blinden Fleck pflegt, indem er auf den immerselben Choreographien, Metaphern und Voraussetzungen besteht. Niemand, der schon mal Liebe gemacht hat, wird sein Erlebnis in der Welt des Films wiedererkennen. Also gibt es im Kino keine eigentliche Darstellung von Sex, sondern von Formen, dem Sex auszuweichen, ein Umstand, der nicht zuletzt durch die Tatsache bestimmt wird, dass die nicht-simulierte Darstellung des Liebesakts Pornographie genannt wird, und teilweise auch dadurch, dass Stars ein Anrecht darauf haben, vertraglich das Maß ihrer »exposure« selbst zu bestimmen. Das macht den Sex noch nicht zum Tabu, denn immerhin wird ja fortwährend von ihm geredet, aber es macht ihn zur populärsten, nicht abbildbaren Sache des Kinos.

So besteht das Faszinosum des Sex im Kino zum nicht geringsten Teil darin, dass er als symbolisches Arrangement an die Stelle des Unaussprechlichen tritt. Mut, Realismus, Moral eines Films verraten sich vor allem darin, wie weit er seine Bilder in dieses Massiv hineintreibt – und zwar nicht, weil er seine Darstellung dem ästhetischen Interesse des Films unterordnete, sondern weil er den realen

Personen seiner Schauspieler eine Veröffentlichung zumutet, die sie vor den Augen des Publikums lustvoll degradiert.

Der Kern der Entblößung im Film liegt also nicht im Realismus der filmischen Sprache, sondern er liegt in der Abweichung vom Realismus, im Eintreten in eine Sphäre der Peepshow, wo sich die Darsteller dem Publikum zuwenden, schlicht um sich zu zeigen und ihre Begierdefähigkeit auszuprobieren. Demonstriert wird nicht der selbstverständliche Umgang der Filmfigur mit ihrer Leiblichkeit, sondern ein Striptease der darstellenden Personen, die sich zur Befriedigung der Wünsche der Gaffer herablassen. Insofern wird das Interesse am Nackten im Film ebenso sadistisch motiviert wie das Interesse des Zeitschriftenlesers an Paparazzi-Fotos.

Will der Darsteller dem Gaffer den Gehorsam verweigern, kommt es zum fortgesetzten Interruptus. Nach im Finstern vollzogenem Liebesakt wird die Bettdecke so hoch über die nur imaginierten Brüste gezogen, als sei der eigene Gatte ein Fremder; anschließend wird in einem akrobatischen Akt aus dem Bett gestiegen, sodass sich die Luftbrücke zwischen Laken und Leibchen vor der Aussicht auf den nackten Körper schließt; aus der Duschkabine tastet sich eine Hand nach außen, um mit dem schützenden Handtuch schon um den Leib unter die Augen des Publikums zu treten – die wahren illusionskritischen Elemente des Films liegen in diesen Szenen, denn sie holen den Zuschauer auf die Bühne, aber nur, um ihn auszuschließen. Zugleich beschreiben sie einen bizarren Manierismus, verglichen mit der Darstellung aller anderen Lebensbereiche.

Der nackte Körper wird durch seine groteske, lebensferne Verhüllung als Erregungsmassiv des Films aufgebaut und meist mindestens über die Hälfte des Films auch so in petto gehalten. Stars sind ursprünglich Schauspieler, deren Nacktheit wie eine Epiphanie wirken würde. Bis zu den dreißiger Jahren wurde einem Star nicht einmal Schwangerschaft nachgesehen und die Nacktheit im Film wie ein Akt öffentlicher Demütigung behandelt, den man zuerst nicht zufällig namenlosen Komparsinnen vorbehielt wie in George Meliès' »Reise zum Mond« von 1902, wo die ersten Pin-ups der Filmgeschichte (noch dazu in futuristischem Kontext) erscheinen, oder eingeborenen Wilden, deren ›Naturzustand‹ ideologisch die unverhüllte Darstellung legitimierte, so in Eisensteins »Que viva Mexico!« und Murnau/Flahertys »Tabu«, wo die Nacktheit der Südseeinsulaner ikonographisch auf den paradiesischen Zustand ihres Lebens verweist, ähnlich, wie es später von zahlreichen Tarzan-Verfilmungen wieder aufgenommen wurde.

Wo die Nacktheit dagegen aus der Anonymität tritt wie bei Hedy Lamarr in »Extase« (1933) oder bei Ulla Jacobsen in »Sie tanzte nur einen Sommer« (1951) wird sie als anstößig empfunden. Im Vorspann von »Passion« führt Jean-Luc Godard seine Darsteller in zwei Kategorien auf: Schauspieler und Stars. Der Hinweis galt nicht nur den Produktionsbedingungen, er bezeichnete die Grenze zwischen Personen, die sich in Figuren verwandeln können, und solchen, denen das als fiktiver Zusammenfluss schon früher absolvierter Rollen nicht mehr gelingen kann. Meryl Streep, Julia Roberts, Michelle Pfeiffer, Winona Rider, Joanne Whalley-Kilmer gehören gegenwärtig zu den wenigen weiblichen Stars, deren Nacktheit Epiphanie wäre aus dem simplen Grund, weil sie bisher nicht auf der Leinwand festgehalten wurde, und da es nur zwei Gründe gibt, warum ein Star sich auszieht, ein überzeugendes Drehbuch (vielleicht: Catherine Deneuve und Susan Sarandon in »The Hunger«) oder ein Einbruch in der Karriere (vermutlich: Sigourney Weaver in »Half Moon Street«), enthält die Erscheinung des nackten Stars ein Statement entweder über den Wert des Films oder über den der darstellenden Person.

Die größte Fallhöhe auf dieser Skala hat David Lynch seiner damaligen Geliebten Isabella Rosselini in »Blue Velvet« zugemutet, wo das ikonisierte »Lancôme«-Gesicht im Film zum nuttigen Aufputz verzerrt wird, um in einer Schlusssequenz entstellt über einem nackten, von Wundmalen übersäten Körper mit hängenden Brüsten eine Grimasse des Leidens zu beschreiben, in der die Ikone restlos zu Bruch geht.

Die fotogene Welt, ihre Lebensferne und die Entrücktheit der Stars ebenso wie die Reduktion des Gaffers auf seine passive Rolle provozieren den sadistischen Umgang mit den Helden des Kinos, so wie er sich gerade im Umgang mit Kino-Nacktheit niederschlägt. Der Gaffer ist der Freier, der zur Prostituierten kommt und fragt: Darf ich mir die Position aussuchen? Und die Prostituierte lehnt ab. Filmischer Sex ist ein Dokument der Frustration, weil er gewährleistet, dass der Gaffer nicht zum Höhepunkt kommt, ja nicht einmal dazu kommt, die Willkür seiner Phantasie am Objekt der Begierde auszutoben. Der Film übergibt seine nackten Darsteller dem Liebesspiel mit dem Zuschauer, und er macht aus ihrer Zusammenkunft meist bloß ein lustloses Arrangement.

Nirgends ist deshalb dieser filmische Sex schmerzhafter, als wo er Souveränität zwar anspielt, sie aber nicht einlöst und dezidiert hinter den Wünschen des Gaffers zurückbleibt. In dieser Hinsicht ist die nicht-freigegebene Fassung des »Texan Chainsaw Massacre« interessant. Zwar bohren sich hier die Gewaltdarstellungen so tief in den Bezirk der verbotenen sadistischen Phantasie, dass sie dauernd Unvorgedachtes und Unvorgebildetes ans Licht befördern, mit der weiblichen Geisel des Films aber verfährt dieser so uninspiriert, desinteressiert oder ängstlich wie nur ein Film, der mit Sexualität wenig anfangen kann oder sie in Gewaltphantasien restlos sublimiert hat.

Der Gaffer hasst den Deus ex machina, der die Frau befreit, just nachdem sich die Phantasie ihres Entführers mit ihr zu beschäftigen begonnen hat. Er hasst den Entführer, der diese Frau nicht zum Objekt seiner Willkür degradiert. Er hasst jede Entscheidung, die der Film gegen die Lüste des Gaffers trifft. Er hasst die Phantasielosigkeit des Täters, der mit seiner Beute nichts anzufangen weiß und keine Trophäen einsammelt. In Amerika hat Almodovars »Fessle mich« ein »X-Rate« erhalten und wurde damit in die Pornokinos verbannt, obwohl der wenig Nacktheit anbietende Streifen vermutlich alle Pornographen enttäuschen wird. Zwei Sachverhalte könnten die Zensoren zu ihrer Maßnahme bewogen haben:

Zum einen sucht hier der Entführer, der sein Opfer ans Bett fesselt, tatsächlich seine Phantasien einzulösen. Nicht zufällig ist sein Opfer Filmstar und nicht zufällig verursacht ihrem Peiniger die Umsetzung seiner Projektionen einige Mühe. Sie gelingt eigentlich erst, als das Opfer die Liebe ihres Entführers anerkennt und beantwortet.

Zum anderen enthält der dann vollzogene Liebesakt eine kurze Sequenz, deren Freiheit die Zensoren erkennt und mit der pornographischen identifiziert haben müssen, auch wenn das Bild keinen Ausblick auf die Erektion des Mannes zulässt. In der Atemlosigkeit des beginnenden Geschlechtsakts nämlich greift Victoria Abril abwärts nach dem Genital ihres Partners und führt ihn sich offenbar ein in einer Handbewegung, die so praktisch, so echt und so ungesehen ist, dass es dem Gaffer vorkommen muss, als würde hier der Schleier über allen früher auf Film festgehaltenen Liebesszenen mit einem Mal zerrissen und man genösse einen Blick in die Realität solcher Situationen und ihrer millionenfach genauso vollzogenen Ausübung.

Die Suggestion des Bildes ist erheblich stärker als sein tatsächlicher Inhalt, doch gerade weil hier die Filmgeschichte, samt ihrer Lügen und Stereotypen in einem einzelnen Akt regelrecht beiseitegeschoben wird, handelt es sich um eine glückliche Szene.

An der Vereinzelung einer solchen Szene lässt sich ablesen, wie unterentwickelt die ästhetische Form der Liebesszene, wie unpraktisch die sexuelle Choreographie insgesamt ist. Der Hauptgrund hierfür liegt in einer Unterscheidung, die die Literatur erst im 20. Jahrhundert geschleift hat, die der Film jedoch bis heute beibehält. In der Literatur lebten Bildungs- und Entwicklungs-, Schauer-, phantastischer und historischer Roman über Jahrhunderte in kategorischer Trennung vom erotischen Roman. Es gab keinen expliziten Liebesakt, keine Orgie in einem Werk der Hochkultur des Romans. Daneben existierten jedoch Bücher – und manchmal waren die Verfasser dieselben –, in denen die Orgie einziger Inhalt war. Als diese Trennung brüchig wurde, konnte es sich ein Verfasser leisten, sein Objektiv mit derselben Schärfe auf den Liebesakt wie auf die Großstadt zu richten, ohne damit Genre und Kommunikationsebene zu wechseln.

Im Film wird die ›Echtheit‹ der sexuellen Handlungen immer nur als PR-Maßnahme behauptet – so nachdem sich

Jessica Lange zum Start von »Wenn der Postmann zweimal klingelt« schwanger präsentierte und öffentlich über einen im Film vollzogenen Koitus mit Jack Nicholson spekuliert wurde. Tatsächlich aber ist Maruschka Detmers' Fellatio in Marco Bellocchios glücklosem »Teufel im Leib« bis heute die vermutlich einzige sexuelle Handlung expliziter Natur in einem nicht-pornographisch genannten Film. Entscheidend ist dabei nicht die Restriktion des Bilderverbots, sondern die der Phantasie, die die Produktion von Filmen verhindert, in denen die Liebe mit derselben Radikalität reflektiert würde, wie es mit anderen Lebensäußerungen der Fall ist.

Zu den wenigen wirklich glücklichen Filmen gehört in dieser Hinsicht Nagisa Oshimas »Ai no corrida« (»Im Reich der Sinne«). Er ist ausschließlich der Orgie gewidmet und findet für das Drama einer Gewalt, die sich sukzessive von der Liebe emanzipiert, Bilder von prachtvoller Gewöhnlichkeit und Tonlosigkeit. Nur weil sich die Bildersprache dieses Films von der Ästhetik der Masturbationsvorlage völlig gelöst hat, gelingt es ihm, sein Thema zu instrumentieren und den Figuren überzuordnen. Aus diesem Grund bleibt hier die Romanze mit dem Zuschauer aus, dem stattdessen ein Stück filmischer Reflexion förmlich aufgezwungen wird.

Die Fäden, die dieser Film liegen ließ, sind inzwischen nicht aufgenommen worden. Der beste Garant dafür, dass sie liegen bleiben, liegt in der Entwicklung des kommerziellen Kinos und der Bedeutung, die eine nicht-befreite Sexualität für dieses spielt. So bleiben uns nur die Stillleben der verschobenen Laken und die Schattenspiele auf halb verhüllten Körpern – genussfähige, wenn auch langweilige Bilder, die irgendwann die körperliche Liebe so starr repräsentieren werden wie die Embleme der Heraldik die bessere Gesellschaft. In ihrem Angesicht wird man sich schließlich sogar von der Illusion verabschieden, es handele sich bei der Liebe um ein noch zu lüftendes Geheimnis und bei der Sexualität um etwas noch zu Befreiendes und beim Film um ein Medium, das freizügig und massenwirksam die Reflexion selbst über das Geschlechtsleben und seine Not vorantreibe.

Denn alles Fleisch, es ist wie Gras«, meinen die Paulusbriefe, und es wird auch zu Gras. Aber muss es dazu nicht erst einmal Tiermehl werden? Für die Bibel liegt nichts zwischen Fleisch und Gras, zwischen animalischem und vegetarischem Leben. Für uns liegt beinahe alles in diesem Zwischenreich: Kosmetik, Gummibärchen, Brühwürfel, lauter Kurzwaren aus dem Siebten Himmel der »Tierkörperbeseitigungsanstalten«.

Soja kann wie Fleisch schmecken, wird aber auch im Flugzeugbau verwendet. Es kann aus dem Schoß der Mutter Erde selbst entwachsen oder aus dem Reagenz der Stiefmutter Labor. Süßer Brotaufstrich wird aus den Früchten des Feldes oder aus den Abfällen des Schlachthofes gewonnen und mit »naturidentischen Aromen« versetzt: In England bereits, in Rest-Europa demnächst erlaubt. Das Fleisch ist zur Chimäre geworden, unfassbar und ungenießbar. Also wird, wie Jean Paul gesagt hat, »das Leben wie das Meerwasser nicht eher süß, als bis es gen Himmel steigt«?

Die christliche Vorstellung schickt das Fleisch auf zwei Förderbändern in die Ewigkeit: Auf dem einen verwandelt sich der Leib wieder in Natur, tritt zurück in den Kreislauf des Werdens und Vergehens, und deshalb rufen wir ihm nach: »Asche zu Asche«. Auf dem anderen reist das Fleisch seiner Strafe entgegen, wird doch die Seele körperlich haftbar gemacht für ihre Verfehlungen und Objekt zügelloser Züchtigungen: Jeder wird an dem Organ gestraft, mit dem er am schlimmsten sündigte.

Wer sich also der Völlerei schuldig gemacht hat, der

wird sich nun totfressen, und wer gebuhlt und sich der Steißschaukelei in den Schoß geworfen hat, der wird nun in allen Leibeslöchern penetriert. Wo Dante dieses »Auge um Auge« beschrieb und wo es die Maler des Spätmittelalters gemalt haben, da regiert eine sadistische Sinnlichkeit. In ihrer Agonie dürfen die Nackten jetzt obszön verrenkt, geschändet und gepfählt erscheinen. Endlich darf sich christliche Phantasie mit dem nackten Körper beschäftigen, und das tut sie grausam: Sie verwandelt den Leib in Fleisch.

Seither gehört diese Verwandlung fest in die Allgemeinvorstellung von der Apokalypse. Wenn Luca Signorelli im 15. Jahrhundert das Jüngste Gericht malt, dann sind die Nackten Masse, Klafter Körper. Wenn Marquis de Sade in den »120 Tagen von Sodom« seine Nackten ins Jenseits schickt, dann wirkt sein Sex wie eine Folge von Massentierhaltung, sein Team wie abgerichtet. Die Körper verlieren zuerst ihre Geschichte, ihre Individualität, ihre Aura. Kühe in der Milchwirtschaft heißen »Eutergestelle«, so ähnlich hätte Marquis de Sade seine Frauengestalten auch nennen können. Sie alle erleben ihre Apokalypse als eine Materialisierung des Fleisches. Also löst das Nackte keine Erotik mehr aus, das Fleisch keinen Appetit. Wo ehemals Lust dominierte, herrscht jetzt Hygiene: Jedes Kalb bekommt innerhalb von sieben Tagen nach der Geburt zwei Plastikmarken ins Ohr gestanzt, und keine Porno-Darstellerin arbeitet ohne die Unbedenklichkeitsbescheinigung der Gesundheitsbehörde.

In der Auseinandersetzung mit BSE erlebt die Öffentlichkeit einen verwandten Vorgang. Das Fleisch, das uns jetzt erscheint, hat nichts mehr von der Aura der Food Photography, nichts mehr vom Lustversprechen der Speisekarten. Es ist kein Genussmittel, sondern »Risikomaterial«, und die Vorstellungen, die sein Verzehr hervorruft, sind apokalyptisch: Die Bilder von der Verdammnis der nackten Körper am Jüngsten Tag ähneln den Bildern von den in den Ofen geschobenen Tierkadavern. Prof. Richard Lacey, Mikrobiologe der Universität Leeds, spekuliert bereits: Im Jahr 2016 könnten in Großbritannien wöchentlich 500 Menschen eingeschläfert werden, dann zählt man auf der Insel zwei Millionen Creutzfeld-Jakob-Erkrankte. Diese sind medizinisch nicht mehr versorgbar, Bluttransfusionen werden unmöglich, der Tunnel nach Frankreich muss geschlossen, die Insel isoliert werden.

Und warum? Erst verdirbt Profitgier das Fleisch, dann verdirbt das Fleisch uns. Was uns ernährt, bringt uns um, aber erst haben wir es umgebracht. Unsere Spezies sieht nicht vor, dass wir von uns selbst essen. Aber wir zwingen die, die das auch nicht tun, von ihrer eigenen Art zu essen, anschließend essen wir die Produkte ihres Kannibalismus. Anders gesagt: Wir sind gegen Inzest und schlafen nicht mit unseren Töchtern, stattdessen spezialisieren wir uns auf den Beischlaf mit Inzest-Geborenen.

Wir haben auch früher am Fleisch nicht gehangen, weil es gesund oder lebenswichtig wäre, sondern weil es uns schmeckte. Doch auch als es das nicht mehr tat, haben wir das Verschwinden des Geschmacks nicht als Bedrohung empfunden. Erst heute wird uns klar, dass dieser Verlust des Geschmacks der Vorbote des Todes sein kann. Wir stehen also auf der Schwelle vom Ungenießbaren zum Tödlichen.

Das Auge isst mit, aber es sieht nichts, und es darf nichts wissen. Damit sie noch unbedenklich »genossen« werden können, müssen Mahlzeiten bilderlos und ungeschichtlich sein, sie müssen ihren Ursprung vergessen machen. Denn wer hätte zu einem Zeitpunkt, da Politiker noch Schau-Essen veranstalteten, gedacht, dass wir wenig später mit Leidenschaft der Frage nachgehen würden, ob Geschlechtsteile infizierter Rinder in die Nahrungsmittelkette gelangen konnten oder dass wir einmal mit Genugtuung den Satz vernehmen würden: »Die Temperatur bei der Sterilisierung der Schafskadaver wird gesenkt«?

Auf diesem Wege vergegenwärtigt sich der Mensch endlich, dass er nicht nur der Parasit der animalischen Welt ist, sondern selbst in den Kreislauf des Kannibalismus Eingang genommen hat. Wir sehen Seuchen ja gerne wie biblische Plagen, als Strafe, und legen Wert darauf, dass sie aus der Ferne kommen: Die Syphilis hieß »die Franzosenkrankheit«, und BSE stammt aus England. Wenn BSE aber im weitesten Sinne die Folge eines artfremden Kannibalismus ist, an dem wir über das Fleisch partizipieren, dann assoziiert BSE die Vorstellung, selbst ungenießbar zu sein, und fördert so den Ekel vor dem, was die Sammelkloake unseres Körpers schon aufgenommen und im eigenen Fleisch abgelagert hat.

Es gibt nur einen Lebensbereich, der uns auf eine solche Materialisierung des Fleisches, den Verlust der Aura, die Ungenießbarkeit des Leibes vorbereiten konnte, der zweite Kernbereich der Fleischvermarktung: die Pornographie. Tatsächlich unterhalten die beiden Bereiche – das zum Verzehr und das zum sexuellen Verkehr mit Bildern bestimmte Fleisch – eine subkutane Verbindung: Ohnehin wird die sexuelle Welt gern mit der animalischen parallelisiert, die Darsteller sind »Deckbullen«, sie »rammeln«, der Pornokrates bei Felicien Rops wird von einem Schwein geführt, und ironischerweise war der ursprüngliche Beruf der Porno-Produzentin Teresa Orlowski Fleischbeschauerin.

Dennoch lebt die Pornographie nicht weniger von der Begierde als vom Schuldgefühl. Die Vorstellung, dass uns das Fleisch ins Verderben reißt, stammt keineswegs ursprünglich aus der Veterinärmedizin oder der Ernährungswissenschaft, sondern aus der christlichen Sittenlehre. Deshalb bemerkt schon Marquis de Sade, wolle man die Lust steigern, so müsse man die mit der Lust verbundene Idee des Bösen steigern. Folgerichtig ist es die Pornographie selbst, die die Verbote der Bibel reproduziert und so die Vorstellung vom »bösen« Fleisch kultiviert. Als sie mit filmischen Mitteln begann, den Körper abzubilden, war er schamlos, schuldhaft, sündig und damit auratisch.

Die christliche Ethik führte den Kampf gegen die Pornographie, als sei sie eine objektive, vom Menschen besitzergreifende Macht, und ihre Pädagogik hat vor den Folgen der Masturbation jahrhundertelang gewarnt mit dem Hinweis auf Hirn- oder Rückenmarkserweichung. Pornographie wurde also behandelt, als übertrüge sie sich durch Ansteckung und als hinterließe auch die einmalige Berührung mit ihr unwiederbringliche Schäden.

Als Hirnschwammerkrankung wirkt BSE wie eine Lustseuche, wie die Umsetzung aller religiöser Strafphantasien, die sich ehemals um den Pornographie-Konsum und um die Masturbation gerankt hatten. Auch Pornographie ist gesellschaftlich nichts anderes als »spezifiziertes Risikomaterial«, das dieselben Organe angreift wie das gefährliche Gewebe: Gehirn, Rückenmark, Augen und besonders stark die Nervenstränge. Auch erhitzt nichts die Gemüter der Öffentlichkeit stärker als Kinderpornographie und Tiertransporte.

Wenn man will, ernährt sich auch in der Pornographie der Mensch vom Menschen. Aber während er ehemals die Körper noch aufbereitete wie Delikatessen, sie in die Welt stellte, ganzheitlich abbildete, sogar mit Psychologie ausstopfte und ihnen moralische Reaktionen implantierte, ist die pornographische Welt inzwischen weitgehend fetischistisch und produziert Bilder, die aussehen wie die Resultate einer Notschlachtung. Was sie Fetischismus nennt, ist nichts anderes als ein Tranchieren von Körpern, ein Zerlegen in gut beleuchtete, appetitlich aufgemachte Filetstücke: ein Entgegenkommen für den spezialisierten Geschmack der Konsumenten, ein Versuch, die Libido mit Einzelstücken anzufüttern.

Doch auch in der Pornographie schmeckt das Fleisch nicht mehr, seit es sich mehr und mehr in Rohmaterial zurückverwandelt hat. Wer jetzt noch auf der »Würde« von Frauen und Tieren beharrt, begreift die Gesetze der Profitmaximierung so wenig wie die der Fleisch verarbeitenden Industrien. Die Pornographie verletzt die Menschenwürde nicht um der Ketzerei willen, sondern weil es erregend ist. Die Fleischindustrie verkauft weder Moral, noch Glück, noch Geschmack, sondern Masse. Der Traum von der folgenlosen Bilderernährung wie von der sauberen Pornographie ist ausgeträumt. Zwar ist die Hure der erotischen Literatur keine syphilitische Frau mehr, die einen Totenkopf unter der Dirnenschminke trägt, aber als »Eutergestell« ist sie nicht minder ernüchternd für die Begierde des Mannes. Nicht nur das Fleisch, auch die Bilder des Fleisches sind kontaminiert.

Ehemals ward das Wort Fleisch, jetzt wird nicht einmal mehr das Bild des Fleisches zu Fleisch. Die Verwandlung kommt zu keinem Ende, und für alle die hier entstehenden Ernstfälle und Katastrophen findet der Mensch eine Antwort namens: »Die Natur schlägt zurück.« Ins Leere?

Wenn aber der Verlust des Geschmacks der Vorbote des Todes war, was bedeutet dann der Verlust der Begierde für die Industrie der Lust? Für den Verzehr heißt dies, das Fleisch wird uns nicht mehr ernähren, sondern umbringen, für den Bildverbrauch, die Pornographie wird uns nicht mehr erregen, sondern neutralisieren. Das Verhältnis zum Fleisch erfährt also ganz allgemein einen tiefen Wandel.

»Where is the beef?«, formuliert man im angloamerikanischen Raum, wenn man nach dem Nutzen, Vorteil oder Profit einer Sache fragt. Der Sprache sei Dank für so viel Klarheit in der Ironie: Der Profit einer Sache ist zum Synonym für ihre Gefährlichkeit geworden! Doch wir stellen die Frage immer noch wörtlich: Wo ist das Unsichtbare in unserem Essen? Wo ist das Fleisch? Wo ist der Erreger, wo die Erregung?

Die braunen Augen, konzentriert und ausdrucksvoll, zwei Strähnen über dem Gesicht, die nackte Schulter rund, mit einem freundlichen Grübchen: ein beseelt arbeitendes Gesicht, eine ganz reizende junge Frau – wäre da nicht das Genital in ihrem Mund. Die Lippen befinden sich gerade auf dem Rückzug, sonst wäre der Schaft nicht so nass, eine Kordel läuft wie aus Schlangenleder geflochten um den Hoden des Mannes ohne Kopf und Körper. Das Licht ist golden, die Lust so schön. Solche Bilder sickern durch die Schutzschilde öffentlicher Moral, solche Bildbeschreibungen laufen hinterher.

Natacha Merritt, 22, fotografiert sich mit Freunden und Freundinnen während des Sex. Eine kleine digitale Kamera, aus der Hüfte schießend, zeichnet das Drama auf, Stimmungen, Gesten, mal kaum entzifferbare Ausschnitte verbogener, von der Lust entstellter Körper, mal das Gesicht im Orgasmus, mal die Post-Coitum-Traurigkeit, die Erschöpfung. Anschließend werden die Aufnahmen auf Natachas Website gestellt. Jetzt ist eine Auswahl von ihnen als Buch erschienen.

Als sie noch Tagebuch schrieb, sagt Natacha Merritt, ließ sie ihre Aufzeichnungen überall offen liegen. Dann verlegte sie sich auf die fotografische Dokumentation. Seit einem Jahr hat sie keinen Sex ohne Kamera gehabt, und weil es ihr ausschließlich um die Verarbeitung des Intimen geht, arbeitet sie in Hotelzimmern, wo keine persönliche Einrichtung das einsame Ringen der nackten Körper abfedert.

Ihre »Digital Diaries« widmete Natacha Merritt ihrer

Mutter. Es ist die Aufgabe von Müttern, stolz auf ihre Töchter zu sein. Mutter Merritt erfüllte ihre Aufgabe, Tochter Merritt die ihre: »Mit billigem Sex geht das nicht«, sagte sie und setzte sich mit ihrer Kamera auf die Fährte der Liebe. Der Begleittext nennt dies »die private sexuelle Reise eines Mädchens aus dem 21. Jahrhundert«. Ich verstehe das Wort »privat« nicht.

Aber es ist wahr, man darf das Nackte weder dem »Playboy« überlassen noch »Peep« oder Beate Uhse. Doch da wir bis ins beginnende 20. Jahrhundert hinein keine Romane kannten, die die Liebe und den sexuellen Exzess, und da wir bis ins beginnende 21. Jahrhundert keinen Film kennen, der die Liebe und die Orgie vereinbart, nennen wir das eine Kunst, das andere Pornographie, auch wenn es in den meisten Fällen keins von beiden ist. In unserer Verlegenheit gegenüber erigierten Genitalien müssen diese nur schlecht geleuchtet, halb verdeckt oder unbrauchbar aussehen, schon gilt die Kunst-Vermutung. Auf diesem Weg penetrierte Kunst wie die von Jeff Koons die Bahnhofs-Sexshops, und buchgedruckte Hardcover-Pornographie schafft es am Ende noch bis in die Abteilung der Geschenkbildbände.

Solange aber die expliziten, entgrenzten, lüsternen Bilder aus der Öffentlichkeit ferngehalten wurden, sie also heimliche, wenn nicht verbotene Bilder blieben, so lange blieb für den Betrachter oder Konsumenten solcher Bilder nur die Bezeichnung »Voyeur«. Nicht der Schaulustige war gemeint, nicht jener, der die Augen aufreißt, wo immer es etwas Ausnahmehaftes zu sehen gibt, sondern der Spanner, der sich im Verborgenen Blickvorteile schafft und sich in vermeintlich »ungesunder« Weise daran erregte.

Seine Erregung stellte sich allerdings nur ein, solange

das Zusehen heimlich, also schuldhaft war. Keine Video-
aufzeichnung aus Betriebstoiletten zu schmuddelig, kein
Mitschnitt aus Hotelzimmern zu banal für die glückliche
Entlastung der eigenen Lüsternheit. Was aber wird aus der
Begierde des Voyeurs ohne sein Versteck? Was wird aus
dem Exhibitionisten, der keinen Schrecken mehr erzeugt?
Was aus der Kultur, die Begierde nicht mehr durch Heim-
lichkeit definiert?

»Transparent Look«, die letzte modische Errungenschaft, wirkt da wie ein symbolischer Ausdruck. Rose
McGowan zeigt ihren nackten Hintern zur »Oscar«-, »T«
(Ex-»Mr. President«) den ihren zur »Echo«-Verleihung,
gehüllt in einem Hauch von Gaze. Der Voyeur wird vom
Angebot überboten, ihm droht auch keine Aufdeckung,
vielmehr ergreift das Heimliche von ihm Besitz.

Solcher größeren Unmittelbarkeit des Nackten kommt
das Fernsehen entgegen, indem es unter seinen Erotica zunehmend ursprünglich pornographische Produktionen in
Umlauf bringt, die allein um den Anblick der Genitalien ge-
reinigt wurden. Den Konsumenten solcher »soft versions«
erregt weniger das Abgebildete, als jenseits der Bilder die
Gewissheit, hier »echten« Kopulationen zuzusehen.

Auch die meisten pseudo-journalistischen Beiträge zum
Sexuellen, die das Fernsehen anbietet, unterhalten ein so
parasitäres Verhältnis zur Pornoindustrie, dass ein Beitrag
über einen »Gang Bang«-Wettbewerb, also einen Rekord-
versuch im Massenkoitus, weder transzendieren will noch
kann. Dennoch schleichen sich manchmal unfreiwillig
neuartige Bilder ein. So zeigte man in einer vom »Spiegel«
produzierten Sendung unlängst Szenen aus einer Pornopro-
duktion in Italien. Eine Darstellerin wurde auf allen vieren
tatsächlich von hinten penetriert – wie man daran erkann-

te, dass ihre Scham gepixelt worden war –, während sie der Interviewerin vorne gutmütig Rede und Antwort stand. Der düpierte Bildverbraucher musste erkennen, dass der Koitus weniger persönlich wirkte als das gleichzeitige, von keiner Erregung getrübte Interview. Wenn aber die echte Erregung der Frau mit den Mitteln der industriellen Porno-Fabrikation nicht abbildbar ist, wie sieht sie dann aus?

An dieser Stelle tritt das Hochzeitsvideo der begehrtesten Frau der Welt, Pamela Anderson, in den freien Markt ein. Sechs Millionen Dollar hat das Band inzwischen erlöst, das Miss Baywatch beim oralen und vaginalen Geschlechtsverkehr auf einem Boot zeigt – im Grunde ein Meilenstein der Subkulturgeschichte, in dem sich erstmalig Soap, Stardom, Boulevard und Pornographie in einem explosiven Blend verquicken und nebenbei auch den Begriff der Fallhöhe neu definieren helfen. Angesichts der ärmlichen optischen Qualität der Aufnahmen besteht ihr Wallungswert am ehesten in der Gewissheit, hier der echten Pam »in actu« zu begegnen und sie auf dem Weg von der Ikone zur Schauspielerin zur Pornodarstellerin zur willigen Ehefrau zu naturalisieren. Angesichts der hohen Attraktivität solcher im Grunde sadistischer Degradierung spielte der damalige Ehemann Pamelas, Tommy Lee, nachher öffentlich mit dem Gedanken, eine Fortsetzung des Bandes zu drehen.

Derselbe Bildtypus wird im Internet massenhaft produziert, allerdings in Fälschungen. Aber nicht nur Mariah Carey, Jennifer Lopez und andere Ikonen der Masturbation leihen unfreiwillig ihre Köpfe den manieristisch hingeräkelten Nacktkörpern anonymer Porno-Actricen, auch Margaret Thatcher, Barbara Bush, Hillary Clinton oder die Bezaubernde Jeannie werden so aufgearbeitet. Saß also früher ein einsamer Gaffer mit sehr speziellen Vorlieben im Käfig seiner Perversion, so tummelt er sich heute mit seiner ganzen Zielgruppe im Freigehege des Internets und erkennt: Heimlicher Liebhaber der alten Barbara Bush, du bist nicht allein, und das »Perverse« existiert nicht.

Der klassische Voyeur zeigte ein manifest abweichendes Verhalten, er erlitt die Bilder und die Lust daran. Der moderne dagegen wird von den Blicken der Bilder zum Voyeur und zur Lust am Bild verurteilt, verurteilt, jener Durchschnittstyp zu werden, an dem es nichts Verdecktes gibt und der sich dem Bilderangebot gegenüber allenfalls spezialisieren kann. Wo Individuen mit eigenwilliger Triebstruktur waren, erwarten ihn die Komplizen seiner Zielgruppe, wo sich Charaktere bildeten, prägen sich Massenschicksale aus. Voyeurismus bezeichnet in dieser Kultur also nicht mehr eine Betrachterperspektive, sondern eine Perspektive auf den Betrachter. Was aber wird aus der Begierde des Voyeurs ohne sein Versteck? Was wird aus dem Exhibitionisten, der keinen Schrecken mehr erzeugt? Was aus der Kultur, die Voyeurismus nicht mehr durch Heimlichkeit definiert? Ihm droht keine Aufdeckung mehr, vielmehr ergreift das Heimliche von ihm Besitz und detoniert in ihm.

Was also dokumentieren die »Digital Diaries« von Natacha Merritt? Vielleicht den neuesten Versuch einer Selbsterkenntnis als Fähigkeit, sich selbst gegenüber zum Voyeur werden zu können.

MUSIKALISCHES

DIE ERSTE MUSIK

Ich höre ihn noch, wie er sich aus dem Unterdorf hoch-
arbeitet, wummernd und klirrend und schnarrend, der
Spielmannszug zur Kirmeszeit. Zuerst pochte nur das Lang-
Lang-Kurz-Kurz-Kurz der Bauchtrommel, dann mischte
sich das Schrillen der Piccoloflöten ein, der Schellenbaum,
dann die Blechbläser, anschwellend. Vor jedem Haus blieb
dieser Zug stehen, dann erschnorrte sich der Tambourmeis-
ter ein Tablett voller Schnapsgläser und führte die Hausfrau
zum Tanz auf die Straße, während der Fahnenschwenker
schwenkte und die längst besoffenen Bläser bliesen und niemand den Rhythmus halten konnte. Meine Mutter wurde
in den Armen des Kapellmeisters von einer Straßenseite zur
anderen gewalzt, und mein Bruder und ich standen hinter
der Hecke und pissten uns in die Hose vor Lachen. Später
sagte unser Musiklehrer immer: »Muzzik ist, wenn der
Zoch kütt.« Muzzik, mit Betonung auf der ersten Silbe, also
ist, wenn der Zug kommt.

Seine Musik war immer, denn sie war die erste, so fröh-
lich wie banal und in der Drum-and-Bass-Line kaum anspruchsloser als ein Großteil des Mainstream-Rocks der
Sechziger. Später las ich, dass Gustav Mahler sich auf den
Jahrmärkten gerne zwischen die Musikquellen stellte und
sich dem Verfließen der Stimmen auslieferte. Als ich es auch
versuchte, hörte ich keine Kirmes mehr, nur noch Mahler.
Und mehr als das: Architektur und Musik sind die einzigen
Künste, die Räume erschaffen. Im Durcheinanderfließen
der akustischen Quellen auf den Jahrmärkten und Rum-
melplätzen fand ich die erste moderne Klangarchitektur,
simultan und eklektisch.

Zeitgleich überschwemmte eine andere, neuartig unscheinbare Musik den öffentlichen Raum, die dudelnde, berieselnde, dem Happy Sound verpflichtete Instrumentalmusik, die John Lennon abfällig »Muzak« taufte. Der Begriff von der »akustischen Umweltverschmutzung« wurde geboren, und es war gut zu wissen, was für ein Scheißdreck »Musik« heißen kann, eine auf synthetische Belanglosigkeit kalkulierte Klangmasse, die mal »Modern Talking« heißen muss, mal »Pet Shop Boys« heißen darf und trotzdem nichts hinterlässt als Vergessen.

Darf man das sagen? Wohl nicht. Denn die Musik ist ja eines der Rückzugsgebiete der Moral, das heißt, wer die falsche hört, ist für die einzig Wahren schon im Handumdrehen unwertes Leben. Andererseits gibt es nun einmal Allergien, manchmal schon allein gegen einen Sound oder eine fortgesetzte rhythmisch-harmonische Unterforderung, die aus der Musik Tapete macht. In die versenkt man sich schließlich auch nicht.

Die wahren Paradiese der Musik, fand ich, liegen außerhalb von »Muzzik« und »Muzak«, aber dem Soundtrack der Kindheit und der Pubertät ist man noch weitgehend wehrlos ausgeliefert, der Kindheit, weil andere die Musik auflegen, der Pubertät, weil sich die Musik glücklicherweise mit Erfahrungen mischt, die das musikalische Urteil außer Kraft setzen.

Von der klassischen Musik der Kindheit ist mir nichts so sehr geblieben wie Joseph Haydns Klaviersonaten, gespielt von meinem Vater, der sie nicht eigentlich spielte, sondern eher auf der Tastatur suchte, sodass sich Tonfolgen stauten, in die Irre liefen und abbrachen. Die Tempi wurden abrupt angedeutet, ein Metrum konnte nicht durchgehalten werden, und manchmal sperrten Kluster und Dissonanzen das

Ganze zu. Dann stand mein Vater seufzend auf, sagte, was auch Klara Haskil meistens gesagt haben soll – allerdings nach legendären Konzerten –, »das war wieder furchtbar, ganz furchtbar«, und legte Domenico Scarlattis Sonatinen auf, brillant dahinperlende Miniaturen, die an Glasskulpturen erinnerten.

Scarlatti, ein neapolitanischer Glücksspieler im portugiesischen Exil, ließ immer wieder die Volksmusik seiner Heimat durch die Trillerketten klingen. Er komponiert Fingerfertigkeiten von hoher Oberflächen-Brillanz, aber darunter tönt es wie die Musik des Heimwehs. Seine musikalischen Rituale sind die der Spieluhr, des Glockenspiels, mit Arpeggien, die sich in den immer selben Scharnieren drehen, und trotzdem, im Melancholischen wie im Heiteren oder Bizarren, frei sein wollen. Dieser Drang in ein Klima der Freiheit, der Selbstbefreiung und Emanzipation vom autoritären Bann besitzt in jeder Musik etwas Hypnotisches.

In der Rockmusik der Siebziger artikulierte sich dieser Drang in den rhythmischen Stereotypen. Dank ihrer hohen Vorhersehbarkeit bewährten sie sich für den unbeholfenen Tänzer, objektivierten das Begehren, stimulierten die Eroberungsversuche, waren aber eigentlich Einluller und erleichterten den Weg vom Schmachten zum Schmusen. Santanas »Samba Pa Ti« riecht immer noch nach seidener Bettwäsche, und zum Orgel-Einsatz von »Innagadadavida« (Die Band nannte sich wirklich »Iron Butterfly«!) fließt noch immer der Schweiß der Erlösung, wenn man sich nach freien Zuckungen in die Arme sinken durfte. »Come together« eben, »Satisfaction«.

Die Dampfrösser der Libido wurden dann von »Woodstock« mit dem Bilderteppich der veränderten Lebensform unterlegt, der freien, und Woodstock hatte alles: Drama,

Drogen, schlechtes Wetter. Den Film mit seiner Split-Screen-Ästhetik sahen wir bis zur Selbstspaltung, jede Ansage, die je auf jener Bühne gemacht worden war, konnten wir auswendig (»New York Highways Closed, Man!«). Wir sollten uns nie mehr davon erholen.

Geblieben waren mir Haydns Klaviersonaten, Scarlatti, Hendrix, Zappa, und jenes dünne Rinnsal, das all die Zeit begleitet hatte, meine Privat-Musik, die kaum jemand teilen mochte, vielleicht will sie ein bräsiges Image hatte, diese Musik, die ihre ganz eigene Schwingung auf mich übertrug und in unabschließbarer Vielfalt die Formen variierte, sich frei zu fühlen, diese im Ausdruck der Improvisation wurzelnde Musik, Musik in der Entstehung, der Jazz also, wurde zum Strom, den auf- und abwärts zu reisen ich nie müde wurde – aufwärts zu den Quellen in der afrikanischen Volksmusik, im Gospel, im Sklavengesang, abwärts in Hard Bop, Mainstream und Fusion, und als ich vor Jahren dann an einer Straße in Dakar stand und eine Marching Band kam vorüber und swingte so sicher und melancholisch und unbeholfen und irgendwie auch rührend, da dachte ich: Tatsächlich, manchmal ist es sogar wahre Musik, »wenn der Zoch kütt«.

In come the girls, ja?

Die Mädchen, die mit rückenfreien Kleidern in den halbdunklen Klassenraum geschlendert kommen, ja? Und jemand legt »Come Together« auf oder »Samba Pa Ti«, und die Mädchen bleiben stehen, weil sich von den Wänden gleich mehrere Silhouetten lösen, und in einem nur lässig wirkenden, aber hochpeinlichen Ritual der Abschleppung schiebt man die Frau auf die Tanzfläche, ja, schiebt die flache Hand in den schweißnassen Rückenausschnitt, schiebt das Knie wie absichtslos zwischen ihre Beine und wartet, dass ihr Kopf gegen deine Brust, deine Schulter, jedenfalls gegen deinen Körper fällt und du das Mädchenparfüm riechen kannst, während sie zur Musik den Griff wechselt und die Umarmung enger fasst? Ja?

Von da aus ist es nicht mehr weit, und das Lied, das zum Soundtrack dieser wenig verführerischen Verführung wurde, das ist ein Fanal, eine Hymne, eine Titelmusik für die Romanze, die sich jetzt anschließt, eine Musik, der man dankbar ist, glaubt man doch, sie habe ihren Zweck erfüllt, dabei hat sie gar keinen Zweck, aber dieser Song zu der Situation, ja, der soll dann das eigene Leben verändert haben? Ja?

Nein. Das erste Lied einer Beziehung? Das letzte? Das posthume? Man fährt im Liebeskummer durch eine Gebirgslandschaft und hört dreißigmal hintereinander »Tears in Heaven«? Das ändert gar nichts, verschärft nur dieses widerliche »Candle in the Wind«-Gefühl, das man immer noch einmal umadressieren kann. Musik ist so korrupt, so ein wolkig hochschäumendes Gefühl sorgt schon dafür, dass sie passt. Ob dein Kind aus dem Fenster fällt, ob deine Geliebte mit einem anderen in Ferien fährt, traurig traurig, sagt der Popsong, nichts zu machen, sagt der Popsong, und noch ein paar Jahre, und man hat das Mädchen vergessen oder die Frau und den Song und die Erregung, und trotzdem steht man noch immer auf der Apfelsinenkiste an Speaker's Corner und sagt: Dieser Popsong hat mein Leben verändert.

Und nebenan steht Dieter Bohlen und sagt: »Brother Loui Loui Loui hat ein Mädchen aus dem Wachkoma geholt.«

Ach nein. Dream on.

Wenn eine so schwerfällige Masse wie das Leben verändert werden soll, dann geschieht es meist in kleinen Schritten, mit Nuancen der Verschiebung auf der nach unten offenen Skala der Desillusionen. So eine Veränderung kommt ohne Ausrufezeichen und Großaufnahmen und Gewitter am Himmel aus, vielmehr dreht man sich später um und staunt über die feine, nur graduell spürbare Verschiebung, die trotzdem nie wieder rückgängig gemacht werden kann. Das Leben verändert sich meist unmerklich, vor allem, wenn ein Song dabei eine Rolle spielt.

Popmusik hat mich ernsthaft kaum je interessiert, und mein Geschmack war entsprechend. Ich hörte durcheinander John Mayall und Procul Harum, John Lee Hooker und Canned Heat, Frank Zappa und Leon Russell. Dann hörte ich nichts mehr. Am Horizont kündigte sich die schlimmste Erfindung des letzten Jahrzehnts an, die Boygroup, und ein paar der langweiligsten Individuen der westlichen Kulturgeschichte generierten Kuschelrock, Trennungspop, Hip-Hop zum Träumen, und dieses zweckhafte Zurichten von Werken und Strömungen griff über. Bald gab es »Seneca für Gestresste« und den Dreiklang »Vivaldi, Peeling, Neuer

Duft«. Musikalisch hieß das: Die Industrie nistete sich in den Harmonien ein, und was einmal Jugendkultur gewesen war, ergraute musikalisch zu Richard Clayderman mit E-Gitarre. Ich erinnerte mich an Janis Joplin, Jimi Hendrix, Frank Zappa, Keith Moon und andere geradlinige Selbstzerstörer, fühlte mich alt, wandte mich John Coltrane, Bill Evans, Charles Mingus und Miles Davis zu und wurde nur noch manchmal, eher zufällig, von der gegenwärtigen Popmusik gestreift.

Und dann war eines Tages ein Gesicht im Fernsehen, ein Gesicht, gefräßig vor einem Mikrophon, das Gesicht einer androgynen, in jeder Hinsicht maßlosen Sängerin, die Ernst machte, furchtbar Ernst.

Fassungslos verfolgte ich den Ausbruch dieses Ernstfalls in einem Gesicht, dem man – sang es nicht gerade – so viel Expressivität nicht zugetraut hätte. Denn dieses Gesicht war rein wie die Stimme, asketisch, irgendwie zölibatär und nach innen konzentriert.

Der erste Ausbruch von vielen, die noch kommen sollten, zog alle Aufmerksamkeit auf sich: »Nothing Compares to You« hieß der Song. Prince hatte ihn für eine namenlose Irin geschrieben, deren fast glatzköpfige Physiognomie bildfüllend auch das Video beherrschte, und, ja, während ihrer Performance weinte sie. Das war krass, wie man damals noch nicht sagte, aber krass war es, und das vor allem, weil es etwas Nicht-Simulierbares war, etwas Nicht-Gefälschtes, Ungeschütztes, und fast hätte man mit Blick auf die umliegende Popmusik gesagt: Moment, so war das nicht gemeint.

Sinead O'Connors Erscheinung auf dem Planeten Pop wurde von eingeweihten Kreisen mit so viel Widerwillen quittiert wie Rainald Goetz, als er sich mit dem Messer beim Klagenfurter Wettbewerb die eigene Stirn ritzte und das organisierte Feuilleton aufschrie. Gerade eher spießig lebenden Zeitgenossen fällt es bei solchen Gelegenheiten immer nur ein, von »PR«, von »Marketing« zu reden. Ihnen macht man nichts vor. Deshalb erkennen sie auch kein Echtes.

Ich kannte eine Frau, die kotzte über Sinead O'Connor, hielt deren Verzweiflung für künstlich reproduzierbar, unterstellte Kalkül und fand eigentlich, das gehöre sich nicht in der clean moralisierten Welt des Pop (denn es gibt ja in wenigen Sparten der Kultur so viel politische Korrektheit, so viel Fundamentalismus wie in der Popmusik). Die Frau ist heute Yoga-Lehrerin und hat nie etwas hervorgebracht, das nur von Ferne an das Urfeuer in Sinead O'Connors Auftritt erinnerte, aber bezeichnenderweise will sie auch nicht, dass es existiert.

Die Sängerin wiederum sollte von den ersten Bildern an fast alles tun, um sich in der Öffentlichkeit zu verzehren und zu zerstören, und das nicht in der Absicht, sich besser zu verkaufen, sondern weil sie zwischen Anliegen, Einfällen, Selbstentblößungen, fixen Ideen, spirituellen Ahnungen, Innigkeiten, Provokationen, lauter unfesten Formen einerseits und einer gigantischen Industrie der Vervielfältigung andererseits, keine Übersetzung fand.

Ihre weiteren Auftritte waren ähnlich und machten klar, dass sie den Bereich des viel beschrienen »Authentischen« nicht mehr verlassen würde. Das war riskant, auch peinlich, denn so ist Emotionalität in der Popindustrie nicht gemeint, nicht als Dauerregung, nicht als Zustand einer Überhitzung, in der eine Sängerin dauernd meint, das Wichtigste, das Brennendste mitzuteilen.

Weiß sie denn nicht, dass das auch für das Publikum

anstrengend ist? Weiß sie nicht, dass man nicht dauernd ein schlechtes Gewissen haben möchte, angesichts ihres heiligen Zorns? Weiß sie nicht, dass komisch wirkt, wer dauernd seelenvoll ist? Doch zumindest jetzt hätte jeder sehen müssen, dass sie echt war, und zwar aus dem einzigen Grunde, weil sie die Kraft hatte, sich zu schaden.

Inzwischen versuchte ich, ihre Auftritte nicht zu verpassen, suchte in ihrem Gesicht, dieser Grimasse der Anstrengung und Abweichung. Wer sagte, dass sie die Öffentlichkeit hinter ihre Fahne bringen wollte? Wer sagte, dass sie Gefolgschaft wollte? Jede trostlose Boyband wird fraglos akklamiert und gefeiert für ihr opportunistisches Leben im Dienst der Öffentlichkeit. Aber die hier, die sich überhaupt traute, abweichende Standpunkte zu vertreten, die sei ihres Nicht-Seins, ihrer Existenzberechtigung in der Öffentlichkeit versichert.

Ich hielt mich an den Schauer, mitten darin verschob sich die Wahrnehmung.

Es fielen nämlich in den nächsten Jahren alle über sie her, von Frank Sinatra bis zu christlichen Fundamentalisten, von spuckenden Passanten bis zu Dampfwalzenfahrern, die ihre CDs in New York zerstörten, sie wurde bedroht und bei Auftritten wohlmeinend von der Bühne geführt, und auch sie selbst bot ihnen allen jede verfügbare Angriffsfläche, sei es durch Reden und Interviews, ungeschützt intime Liedtexte, schwer verständliche Lebensentscheidungen. Sie war, wie die Presse das nannte, »disturbed«.

Und doch veränderte sie etwas in meinem Leben und begründete einen eigensinnigen Glauben an den Wert und die Unzerstörbarkeit der quasi sakralen Ausnahmehandlung, auch im Pop. Die Verhaltensformen der Unterhaltungsindustrie sind ähnlich stark codiert wie die Etikette des höfischen Zeremoniells. Knicks, Verbeugung, Handkuss sind, gleich Dank an die Fans, Friede auf Erden und das Versprechen, sich treu zu bleiben.

Viele Menschen finden keinen leichten Zugang zu ihren Gefühlen, die anderen aber beweisen gerade im Authentischen, rückhaltlos Expressiven manchmal eine unattraktive, selbstzerstörerische, auch peinliche Seite. So ein Ausbruch steht in sich, mag er auch mit allen möglichen weltanschaulichen Hypotheken belastet sein.

Die Industrie, die das Echte zum Fetisch erhebt, kann es am Ende nicht lieben. Denn es ist oft nicht attraktiv, nicht auf Konsens aus, es lässt zu, dass Künstler sich selbst und ihrem Label schaden, und oft wird es auch noch belastet mit Botschaften, Irrlehren, Aberglauben, spirituellem Tinnef. Eben weil der Ausdrucks-Markt ringsum so attraktiv ist, wirkt es noch hässlicher und zugleich faszinierender.

Man muss die Erscheinung des hässlichen Echten grundsätzlich verteidigen, nicht nur gegen Yoga-Lehrerinnen. Man muss loyal bleiben einem Moment, nicht allem gegenüber, was auf ihn folgt. Ich bin also der treuliche Fan eines Augenblicks geblieben und habe dieses Prinzip auf die Betrachtung der Musik wie des Sports oder des künstlerischen Lebens ausgedehnt. Ich sehe seither anders, was Größe ausmacht, und sei es auch nur die des Moments, der abrupten Erscheinung.

Als ich Sinead O'Connor Jahre später begegnete, war sie aufgerieben gleichermaßen vom Hass, den sie geerntet hatte, wie von den Zumutungen durch die Komplizenschaft ihrer Fans. Ich versuchte, ihr den Charakter meiner Zuneigung zu erklären.

»Wie konnten Sie mich mögen und nicht merken, wie verstört ich war«, schimpfte sie fast.

»Disturbed«, da war das Wort wieder. Manchmal, erfuhr ich auf diese Weise auch, gibt es dem einzelnen wahren Augenblick gegenüber kein richtiges Verhalten.

Diese Erkenntnis bewahrte zumindest in meinem Fall größere Haltbarkeit als der Soundtrack der Pubertät.

Als John Coltrane zur letzten Tournee seines Lebens in Tokio eintraf, drehte er sich auf der Gangway zu seinen Mitmusikern um und sagte: »Es muss ein Prominenter im Flugzeug gewesen sein.« Narita Airport war schwarz vor Menschen, aber erst durch ihre Transparente erfuhr Coltrane: Der Prominente war er selbst.

Auf den Fotos von dieser enthusiastisch begleiteten Tour haben die hinterbliebenen Tifosi die immergleiche Handhaltung entdeckt: Coltrane hält sich die Leber. Ein Jahr später stirbt er an Leberkrebs.

Unvorstellbar, aber er könnte heute noch leben, abseits von Dancefloor-Jazz und Kuschel-Rock, von Easy Listening, Pop-Klassik zum Träumen und Vivaldi für Gestresste. Er könnte noch leben, siebzigjährig, in seinem eigenen musikalischen Universum, und trotzdem wie alle demokratisch ereilt von dieser »Muzak«, wie John Lennon sie nannte, der akustischen Kontaminierung des Alltags durch den Ohrenschmaus aus Aufzügen, Kaufhäusern, Wartezimmern, Restaurants: Ein Triumph der Musik und ihrer Ausbreitung im Leben, und zugleich ihre Überführung ins Massengrab der Belanglosigkeit.

Was einmal ›Moderne‹ hieß, ist bis heute nur in den Büchern und Bildern dieses Jahrhunderts populär geworden. Die Musik schon der zehner und zwanziger Jahre erscheint dem größeren Publikum meist als Zumutung, als eine merkwürdig prätentiöse Anstrengung, etwas aus der bloßen Genießbarkeit zu befreien.

Auch John Coltrane war ein solcher Prätentiöser, der glaubte, das Universum in die Musik bringen und die

Grenzen des Hörbaren erweitern zu müssen. Auch er wurde zeit seines Lebens von Stimmen begleitet, die ihn verachtet, herabgesetzt, ja diffamiert haben. Der selbst niemanden hasste, wurde gehasst für die Obsessionen seines Spiels. Aber wenn ein Kritiker über Alban Berg einmal schrieb, man müsse sich angesichts seiner Kompositionen fragen, ob Musik nicht ›kriminell‹ genannt werden dürfe, so befindet sich Coltrane in guter und passender Gesellschaft.

Die Aggression, die er auch ausgelöst hat, hängt vielleicht mit der Freiheit zusammen, die er artikuliert, mit der Unbeirrbarkeit, die er verkörpert hat. Für dieselbe ist er geliebt, gefeiert, von manchen fast wie ein Heiliger verehrt worden. Den Weg seines musikalischen Lebens und Nachlebens begleiten die Stimmen derer, die ihm einige der glücklichsten und tiefsten Erfahrungen mit Musik überhaupt verdanken. Zu denen gehöre auch ich.

Vor dreißig Jahren starb John Coltrane. Aber über seinen Tod ist das Jahrhundert immer noch nicht hinweg. Er wäre etwa so alt heute wie seine Freunde, die Drummer Max Roach oder Roy Haynes, aber anders als diese kann man sich Coltrane nicht als Assistenzmusiker vorstellen, nicht als einen, der Standards wiederaufnimmt, Coverversionen kompostiert, eigene Bestseller neu arrangiert oder Didaktiker wird. Roy Haynes hat einmal gesagt: »Mit Trane zu spielen, das war ein schöner Albtraum«, und so kann man sich Coltrane auch heute nur als den Paten einer neuen Musik vorstellen, einen verrätselten Weisen, einen Alten auf der Schwelle zu einem neuen Territorium des Hörbaren, das er selbst immer weiter vor sich aufrollt. Denn genau das war seine Anstrengung über weit mehr als die Hälfte seines vierzigjährigen Lebens.

Vielleicht, nein, ganz sicher erschiene uns alles, was auf diesem Territorium läge, als strapaziös, anstrengend, kaum kohärent und vielleicht ähnlich schwer zugänglich wie die heutigen Filme von Jean-Luc Godard, der übrigens einen seiner Helden einmal vom Orgasmus verschnaufen lässt mit dem Satz: »Alles, was ich nach dem Sex brauche, ist eine Zigarette und ein Solo von Coltrane.« Na also. Nein, vermutlich würden die musikalischen Expeditionen des John Coltrane heute sogar ein bisschen unzeitgemäß wirken, so ernst nehmen sie die Musik, so spirituell fassen sie ihre Aufgabe, so energisch wenden sie sich vom Bekannten ins Unerhörte ab.

Coltranes Musik fehlt, weil sie radikal war, weil sie sich allein Gott und der Musik verpflichtet fühlte und nicht zuletzt auch aus dem schlichten, aber gewichtigen Grund, weil sie nicht-kommerziell war. Trotz aller Beschönigungen ist dies wahrscheinlich die Frage, die alle kulturellen Produktionen kategorisch unterscheidet: Wollen sie primär verkäuflich sein, oder wollen sie primär ihr Medium erkunden, es verändern und umbilden? Organisieren sie sich zuerst als ästhetische Form oder als ein Subunternehmen des Firmen-Markctings? Nicht auszudenken, welche Kultur entstünde, müsste sie nicht verkauft werden!

John Coltrane ist der Inbegriff des unkommerziellen Musikers, und er ist auf dem Weg über die Grenzen dessen hinaus, was man als Musik vor ihm kannte, auch zu einem der befreiendsten Musiker der Musikgeschichte geworden. Man kann ganz einfach und pathetisch sagen: nach ihm war in der Musik nichts mehr wie zuvor. Er hat das Gesicht der Musik verändert, er hat es für alle Zeiten verändert. »Ich kann nichts tun, wenn es nicht ins Extreme geht«, formulierte er, der Bescheidene, der das Extreme nicht um des Extremen willen gesucht, der es vielmehr auf sich gezogen hat.

Man sollte also nicht verlangen, ihn sofort, an jeder Stelle und auf Anhieb verstehen zu können, man sollte ihm nicht mit dem Konsumverhalten begegnen, das die millionenschweren Ohrwurm-Produktionen des Pop-Adels erlauben, vielmehr sollte man sich bei der Durchquerung des Werkes von John Coltrane auf eine lange Reise gefasst machen, eine Reise durch den ganzen Horizont eines Lebenswerkes wie in die Tiefe der Musik selbst.

Nicht selten lag diese Tiefe gleich unter dem Banalen. Einer der Coltrane-Titel ist bis zum heutigen Tag »My Favourite Things«, entwickelt aus einer Rodgers-and-Hammerstein-Komposition, die 1965 in dem Film-Musical »The Sound of Music« von Julie Andrews weltberühmt gemacht werden sollte. Schon fünf Jahre zuvor aber hatte sich dieser Broadway-Schlager zu einem New Yorker Gassenhauer entwickelt. Dass Coltrane Gefallen an der süffigen kleinen Komposition findet, ist bezeichnend. Er hat sein Leben lang Volksweisen, Chansons, Musical-Titel aufgenommen und zur Grundlage seiner Exkursionen genommen, und so bleibt auch in diesem Fall die Behandlung des Themas respektvoll und unironisch.

Coltrane gelingt hier, wie in vielen seiner charakteristischen Kompositionen, die förmlich sinfonische Entfaltung eines Klangteppichs, der in Wirklichkeit nur von den drei Musikern McCoy Tyner, Klavier, Steve Davis, Bass, und Elvin Jones, Schlagzeug, ausgebreitet wird.

Außerdem zelebriert dieser berühmteste Coltrane-Titel die Wiedereinführung des Sopran-Saxophons in die Welt des Jazz. Schließlich handelt es sich um ein Instrument, das seit Sidney Bechet, dem sogenannten »König des Sopran-saxophons«, keine besonderen Ehren mehr genossen hatte und das Coltrane eigentlich nur durch Zufall begegnet war. Auf der Rückreise von einem Konzert in Washington im Jahre 1959, so erzählt er selbst, ging ihnen an einem Rastplatz ein Saxophonspieler verloren, der die ganze Zeit schweigend hinten im Wagen gesessen hatte. Zurück blieb sein Instrumentenkoffer, den Coltrane zu Hause in New York in seine Obhut nahm und öffnete. Er fand ein Soprano darin und war fasziniert.

Interessanterweise schreibt es sich in seiner Autobiographie Miles Davis selbst zu, Coltrane mit dem Sopransaxophon bekannt gemacht zu haben. Eine Pariser Antiquitätenhändlerin, so erzählt er, hatte ihm das Instrument vermacht. Er wiederum schenkte es Coltrane im Jahre 1960 und bezeugte selbst, wie dessen Stil sich änderte, der Sound plötzlich eigen und unvergleichlich wurde, auch weil er auf dem Soprano schneller und leichter spielen konnte als auf dem Tenor. Unter Coltranes Händen klingt das Soprano manchmal wie eine Schalmei: schlank, schneidend klar und bis ins Staccato hinein sinnlich. Trotzdem führt er das Instrument hinaus aus den klaren Linien der Cantilenen bis an die Grenzen eines geradezu impressionistischen Farbenspiels mit überraschenden Phrasierungen, virtuosen Tempuswechseln, überschäumender Spielfreude, Vitalität, hoher Energie und voller Bewegungsfreiheit in einem schier unerschöpflichen Reservoir der Intervalle, Klänge, Rufe und Gesänge.

»My favorite things« nimmt eine Schlüsselposition in der öffentlichen Auseinandersetzung mit John Coltrane ein. 1960, als die Platte herauskam, war die Epoche des Swing vorbei. Auf der einen Seite führten die Erfolge der Popmusik zu einer erheblichen Einschränkung des Jazz-

Marktes, auf der anderen Seite hatte der Bebop selbst das seine getan, die großen Orchester zu zerschlagen und durch Quartette und Quintette zu ersetzen. Selbst Count Basie musste sein Orchester verkleinern und zusehen, wie große Solisten vom Range eines Lester Young oder Coleman Hawkins plötzlich in kleinen Ensembles auftraten. Wer in diesen Jahren ein paar Tausend Exemplare einer Jazzplatte verkaufte, hatte einen Erfolg gelandet. »My favorite things« dagegen verkaufte sich in einem einzigen Jahr 50000-mal und etablierte John Coltrane endgültig bei Hörern und Kritikern.

Das ist bemerkenswert, denn Coltrane war zu diesem Zeitpunkt bereits 34, hatte mit Thelonious Monk und Miles Davis gespielt, mit beiden Platten veröffentlicht, und er hatte erst ein Jahr zuvor – also verhältnismäßig spät – seine erste wichtige, auch stilistisch gänzlich eigenständige Produktion als Bandleader vorgelegt, das heute klassische Album »Giant Steps«. Trotzdem war er bis dahin eher Musikliebhabern und Musikern ein Begriff.

Die Kritik hatte ihn bislang weitgehend harsch und unverständig behandelt. Von Lärmbelästigung war die Rede, von der Zerstörung der Musik und kakophonischer Verwirrung. Kein Gedanke daran, ihm einen ähnlichen Rang einzuräumen wie Charlie Parker, Thelonious Monk oder Miles Davis, und selbst der in diesen Jahren kometenhaft aufsteigende Ornette Coleman – der in der Freiheit der Phrasierung, in Energie und Tempo, vieles mit Coltrane teilt und übrigens auf dessen Beerdigung spielte –, selbst Ornette Coleman also fand früher die breite Zustimmung gerade der Musikkritik als Coltrane.

Mit »My favorite things« wurde all das anders. Der Kritiker der »Sunday Tribune« in Minneapolis nennt sie

»eine seiner besten Aufnahmen« und führt aus: »Coltrane ist kein Künstler, den man nebenbei hören kann. Bevor du auch nur annähernd seine Talente erfassen kannst, verlangt er deine vollkommene ungeteilte Aufmerksamkeit. Der Strom musikalischen Bewusstseins, den er ausstößt, kann meiner Meinung nach mit einigen Werken von James Joyce verglichen werden. Die Musik, die er kreiert, mag manchem Hörer unverständlich sein; ihr Gewicht und ihre Bedeutung liegen jedoch in Coltranes innerem Bedürfnis, in blitzartiger Schnelligkeit ein vollständiges musikalisches Gewebe zu schaffen.« Publikum und Rundfunkstationen schlossen sich an, und noch auf jener letzten, der Japan-Tournee, verging kaum ein Termin, bei dem die frenetischen Zuhörer nicht nach »My favorite things« verlangten. Mancher mag allerdings damals seine Lieblings-Komposition kaum wiedererkannt haben, so uferlos waren inzwischen die Soli, so sinfonisch klang das Ensemble. Es hat Coltrane nie gelegen, zweimal das Gleiche zu spielen. Sein Werk ist ohne Rückwege.

Wer den Klang des Sopranos auf »My favorite things« vernimmt, wird sich erinnert fühlen an das erste Instrument, mit dem der junge John Coltrane noch als Kind in Berührung gekommen war und das er auch eine Zeit lang gespielt hatte, die Klarinette. Damals am ehesten ein Dixieland-Instrument, zog sie John der Geige seines Vaters und dem Horn vor, das man ihm ebenfalls in die Finger gedrückt hatte. Trotzdem sollte er die Klarinette schon bald – ähnlich wie Eric Dolphy – gegen das Saxophon eintauschen. ·

Übrigens war die Familie so tief religiös wie musikalisch. Coltrane aber ließ sich neben der Gospelmusik der obligatorischen Gottesdienste auch vom Radio inspirieren, wo der Swing herrschte und wo Duke Ellington und Count

Basie, Coleman Hawkins und Lester Young neuen musikalischen Boden erschlossen.

Seine Liebe galt zunächst dem weniger populären Lester Young, seinem schlanken, manchmal fast spröden Sound, seinem mutigen Improvisieren. Lester Young stand für den Ausbruch aus gängigen Swing-Stereotypen, für Intelligenz und Radikalität im Umgang mit Harmonien. Er hat selbst als Begleiter von Billie Holiday viele Soli ohne gesanglichen Zuschnitt gespielt.

Vermutlich entschließt sich Coltrane nicht zuletzt unter dem Einfluss dieses Vorbilds, das Tenor-Saxophon zu seinem eigentlichen Instrument machen. Ein Lehrer riet jedoch davon ab, und so begann der Dreizehnjährige zunächst mit dem Unterricht auf dem Alt-Saxophon. Schon bei seiner dritten Plattenaufnahme, im Jahre 1951 in der Band von Dizzy Gillespie, wird er allerdings in den Credits bereits mit Alto und Tenor verzeichnet.

Als Kind hatte John am Radio den großen Big Bands gelauscht. Dass er sich auch weit später noch dem Swing verpflichtet fühlte und ihn meisterlich beherrschte, beweist ein Gipfeltreffen zwischen Duke Ellington und John Coltrane, das der Plattenproduzent Bob Thiele im September 1962 für das »Impulse«-Label zustande brachte.

Man muss sich die Situation vorstellen: Coltrane war seit 1945 Berufsmusiker. Erklärter Pazifist, hatte er bei der Marine auf Hawaii etwa tausend Stunden als Klarinettist in einer Marschkapelle absolviert und dort ebenso Swing gespielt wie auch bei seinen frühen Engagements als Saxophonist. Er hatte also für einige Zeit fast zwangsläufig unter dem Einfluss von Duke Ellington gestanden, seine eigenen musikalischen Expeditionen aber hatten ihn, als er Duke Ellington zu jener Plattenaufnahme traf, längst in

Zonen jenseits der populären Big-Band-Strömungen der Zeit davongetragen.

Ellington andererseits erkannte den Neuerer am Geruch, er sympathisierte mit dessen Drang zur Expansion des Hörbaren. Gleichzeitig fühlte sich der Altmeister erleichtert, einmal aus der verantwortungsvollen Position des großen Bandleaders entlassen zu sein und mit einem bloßen Sextett zu arbeiten, wo ihm allenfalls die Verantwortung für das eigene Klavierspiel blieb.

Schließlich trafen hier zwei Musiker zusammen, deren Arbeit sich im Wesentlichen auf komplementären Feldern abgespielt hatte: Ellington war vor allem als Kompositeur und Arrangeur, Coltrane vor allem als Instrumentalist hervorgetreten und war zu jener Zeit noch nicht lange der Leader eines sich allmählich fest formierenden Quartetts. Nach Abschluss der Arbeit gab er sich gewohnt bescheiden, sprach von der großen Ehre und Freude, mit Duke zusammenzuarbeiten, und fügte hinzu: »Er hat Maßstäbe gesetzt, denen ich noch gar nicht wirklich gerecht geworden bin. Am liebsten wäre ich über alle diese Aufnahmen noch einmal hinübergegangen, aber ich nehme an, damit hätten sie ihre Spontaneität verloren und wären am Ende doch nicht besser geworden.« Ellington war ganz entschieden dieser Ansicht und bestand darauf, es bei den ersten Takes zu belassen.

Eröffnet wird die Zusammenarbeit der beiden von einer Version des Ellington-Klassikers »In a Sentimental Mood«, die Johnny Hodges als die beste Fassung des berühmten Titels überhaupt bezeichnet hat. Man meint, den Respekt Coltranes förmlich hören zu können. Sein Solo hat einen zarten, elegischen Klang und spannt sich über die Repetitionen des Klaviermotivs in weiten, melodiösen Bögen.

Am Ende aber bleiben allein Dukes Klavierakkorde stehen, die Coltranes Melodie nachhängen wie einer flüchtigen Erscheinung.

Coltrane hatte das Glück, in seinem kurzen Leben mit einigen der Musiker unmittelbar zusammenzuarbeiten, die für seine musikalische Entwicklung von eminenter Bedeutung waren. Neben Duke Ellington waren das vor allem Thelonious Monk, Miles Davis, Sonny Rollins und Eric Dolphy. Die letzteren beiden waren über lange Zeit seine besten Freunde, und als Eric Dolphy nicht lange vor Coltrane stirbt, trifft diesen sein Tod ins Mark.

Was Sonny Rollins angeht, so enthält schon eine 1959 aufgenommene Platte die freundschaftliche Huldigung eines Titels, überschrieben »Like Sonny«, und Rollins selbst hat einmal gesagt: »Coltrane und ich lernten einander 1950 in New York kennen, wo wir bei einigen denkwürdigen Gigs mit Miles Davis zusammenspielten. Bei ihm musste ich besonders aufmerksam zuhören; anfangs wusste ich oft nicht, was er machte und wo er hinauswollte, aber dann hörte ich noch genauer hin, und schließlich begann ich, seine Musik besser zu verstehen. Später wurden wir dann gute Freunde, immerhin gut genug, um mir Geld von ihm auszuleihen, und das habe ich außer bei Coltrane und Monk niemals getan.«

Wie wichtig die Begegnung mit Monk dabei war, verrät Coltrane selbst, wenn er sagt: »Die Arbeit mit Monk brachte mich in die Nähe eines musikalischen Architekten allerhöchsten Ranges. Ich fühlte, dass ich von ihm in jeder Weise lernen konnte – sinnlich, theoretisch und technisch. Ich sprach mit ihm über musikalische Probleme, und seine Antworten gab er mir auf dem Klavier. Beim Spielen gab er mir völlige Freiheit; das hat vor ihm niemand getan.«

Man stelle sich den Raum vor, in dem sich diese Freiheit entwickelte. Monk, der Eigenbrötler und Sonderling schlechthin, genoss einen ähnlichen Ruf, wie man ihn Coltrane anhängen würde: musikalisch unzugänglich, dissonant, avanciert in seiner Harmonik und von der Kritik gescholten wegen angeblicher Unfertigkeiten, vermeintlicher Dilletantismen, die man dem geborenen Autodidakten nicht als Ausdrucksmittel durchgehen lassen wollte. Auch Monk schien lange als ein Musiker für Musiker missverstanden zu werden, auch wenn er sich – vielleicht nicht zuletzt wegen seines wunderlichen Gebarens auf der Bühne – eines begeisterten Publikums erfreute.

Coltrane und Monk traten im Frühjahr 1957 erstmalig gemeinsam im »Five Spot« in New York auf. Ihre Zusammenarbeit dauerte ein halbes Jahr und endet unter mysteriösen Umständen so plötzlich, wie sie begonnen hatte. Zunächst sollte man allerdings hervorheben, dass dieses Jahr 1957 in Coltranes Leben zum Schicksalsjahr wurde. Vier Jahre zuvor nämlich war er in Philadelphia zum Junkie geworden, hatte zuletzt mit Heroin versucht, sich mehr und mehr Quellen für neue musikalische Einfälle zu eröffnen, die Phantasie zu stimulieren und sein Bewusstsein in unbekannte Territorien vordringen zu lassen.

Jetzt, zu Beginn des Jahres 1957, ist er der Folgen dieser Abhängigkeit müde, schließt sich in seinem Zimmer ein, nimmt nur Wasser zu sich und kommt nach knapp einer Woche entgiftet wieder heraus, um für immer von seiner Drogenkrankheit geheilt zu bleiben. Gegen sein Lebensende zu sollte er sogar noch dem Tabak und dem Fleisch entsagen und völlig asketisch leben.

Zweitens ist dieses Jahr 1957 das Jahr eines Erlebnisses, das Coltrane seine »spirituelle Erweckung« nannte und das er nie genauer beschrieben hat. Von Hause aus ein religiöser Mensch, fühlt er sich nun durch die Gnade Gottes zu einem reicheren produktiveren Leben erweckt und dankt dem Himmel »für die Fähigkeit und das Privileg, andere durch Musik glücklich machen zu dürfen«. In diesem Sinne, aber auch als Weg zu einer »Schau« eigener Art, versteht Coltrane die Musik als eine »Kraft zum Guten«. Er hat deshalb auch nie verstanden, warum seine Arbeit an der Menschheitsaufgabe der Humanität nicht verstanden wurde, fühlte er sich doch bestimmt, diese Aufgabe mit allen Kräften und allen zu Gebote stehenden musikalischen Möglichkeiten zu verfolgen.

Seit kurzem clean, arbeitet er sich also allabendlich an der Seite einer seiner Leitfiguren, nämlich Thelonious Monk, in ein neues Verständnis von Harmonien, in neue Techniken und eine neue Konzeption des Solos hinein. Hatte er schon früher in seinen Improvisationen Motive und Themen gerne durch unterschiedliche Tonarten transponiert, gekontert und ineinander verschachtelt, so bleibt er jetzt, wie er selbst sagt, so lange bei einem Motiv, bis ihm buchstäblich nichts mehr dazu einfiel – und das bedeutet nicht wenig.

Die Soli werden lang, sie nehmen etwas von der durchbrochenen Rhythmik, der Kurzatmigkeit und Wendigkeit von Monks Spiel an. Die Stimme des Saxophons passt sich in bemerkenswerter Intuition den zahlreichen Wechseln an und geht weite Wege. Man spürt, wie sehr hier der Kontext stimmt, und ist diese Musik auch eigentlich disziplinierter, als sie klingt, so scheint sie doch im Geburtsvorgang bewahrt worden zu sein. Der Hörer betritt ein Laboratorium des Jazz, wo völlig neue akustische Reihen generiert werden. All das schlägt sich auf der gemeinsamen

Platte »Monk and Trane« in glücklicher Intensität nieder. Hier wird zwischen den beiden Musikern ein Lebensgefühl wach, das in seiner Kraft, seiner Jugend und seiner Urbanität spontan verständlich geblieben ist und von fern mit den Tempiwechseln und der großen Gleichzeitigkeit der Großstadt korrespondiert.

Bemerkenswert, dass Coltrane feststellt, er habe unter Thelonious Monk mehr Freiheit gehabt als je zuvor. Immerhin hatte er seit 1955 bis zum November 1956 – also nur wenige Monate bis zur Zusammenarbeit mit Monk – in der Gruppe von Miles Davis gespielt, und dieser war eigentlich berühmt für die maximale Freiheit, die er seinen Musikern einräumte.

Das bedeutete allerdings auch: Miles verwahrte sich gegen zu strenge Absprachen, ermunterte seine Musiker eher, auch auf der Bühne die Instrumente wie bei einer Probe auszuprobieren und ebenso klingen zu lassen, wobei es auch passieren konnte, dass er selbst sein Solo spielte und anschließend die Bühne verließ. Andererseits, so berichtet Cannonball Adderley, der zeitweilig ebenfalls in dieser Formation mitspielte, konnte es passieren, dass Miles nach einem von dessen Soli zu Coltrane ging und fragte: »Mann, warum brauchst du so lang?« Und Coltrane erwiderte dann: »Tut mir leid, aber es dauerte so lange, bis ich alles untergebracht hatte.«

Miles mochte Coltrane, ob er ihn zu jeder Zeit seines Lebens wirklich erkannte, ist fraglich. Immerhin aber haben die beiden Musiker mit Unterbrechungen sechs Jahre lang miteinander gearbeitet, zahlreiche Platten zusammen aufgenommen und selbst eine England-Tournee gemeinsam bestritten.

Die Ausgangssituation war dabei nicht ganz einfach.

Als Coltrane zu Miles stieß, war dieser als Einziger seiner Gruppe gerade clean. Das mag seine Gereiztheit gegenüber seinen Mitmusiker-Junkies, nämlich Red Garland, Paul Chambers und Philly Joe Jones, verstärkt haben. Jedenfalls kam es verschiedentlich zu Reibereien zwischen dem chronisch sanftmütigen Saxophonisten und seinem hochfahrenden Bandleader.

Eine dieser Episoden beschreibt Miles selbst in seiner Autobiographie: »Die letzten Aufnahmen für Prestige fanden im Oktober 1956 statt, und danach ging ich mit der Gruppe wieder ins Café Bohemia. Und dort lief ziemlich viel Mist zwischen mir und Coltrane ab. Das Ganze hatte sich schon länger angebahnt. Man konnte kaum mit ansehn, was Trane mit sich anstellte; er trank viel und war jetzt wirklich voll auf Heroin. Dauernd kam er zu spät und schlief auf der Bühne ein. Eines Abends war ich so wütend auf ihn, dass ich in der Garderobe auf ihn einschlug. Thelonious Monk war an dem Abend auch da, er war nach hinten gekommen, um Hallo zu sagen, und bekam mit, was ich mit Trane machte. Als er sah, dass sich Trane überhaupt nicht wehrte und einfach nur wie ein großes Baby dasaß, platzte ihm der Kragen. ›Mann‹, sagte er zu Trane, ›wenn einer so wie du Saxophon spielt, braucht er sich so was nicht bieten zu lassen; du kannst jederzeit bei mir spielen. Und du, Miles, solltest ihn nicht so behandeln.‹ Ungeachtet dieser Worte, feuerte Miles Trane noch am selben Abend, dieser fuhr heim nach Philadelphia und meisterte seinen Entzug.

Nach seinem halbjährigen Zwischenspiel bei Monk aber kehrte er Ende 1957 wieder zu Miles zurück, und da es nicht so viele Menschen gibt, über die sich Miles Davis mit warmer Sympathie geäußert hat, deshalb seien auch jene anderen Worte zitiert, die er in seiner Biographie für den vielleicht größten Saxophonisten fand, mit dem er je gespielt hat: »Ich liebte Trane, wirklich, obwohl ich mit ihm nie so oft rumhing wie mit Philly Joe. Trane war ein spiritueller, ein wunderbarer Mensch, wirklich liebenswert. Man musste ihn einfach mögen und sich um ihn kümmern. (…) Trane hatte es drauf, er war phänomenal. Sobald er das Horn in den Mund nahm, war er wie besessen. Er war so leidenschaftlich und wild – und doch so still und sanft, wenn er nicht spielte. Ein liebenswerter Mensch.«

Der erste Titel auf der ersten gemeinsamen Platte ist so etwas wie eine Huldigung an den gemeinsamen musikalischen Paten, es handelt sich um eine vollendet ausformulierte Fassung des Klassikers aus der Feder von Thelonious Monk: »Round Midnight«. Coltrane scheint auf einem Höhepunkt seiner musikalischen Individualität angekommen, er ist ganz er selbst, uneingeschüchtert gleichermaßen von der Größe der kompositorischen Vorlage wie von der seines Bandleaders.

Trotz ihrer Versöhnung blieben sich die beiden Männer, die musikalisch so vollendet miteinander kommunizierten, persönlich eher fremd. Während Miles in Bars herumhing, zum Boxtraining ging oder sich Frauen einlud, kehrte Coltrane auf Tourneen gleich auf sein Hotelzimmer zurück und übte. Nichts schien ihn ähnlich zu stimulieren wie die kontinuierliche Arbeit an der eigenen musikalischen Entwicklung, und schließlich verstand er diese ja nicht als eine Sache der Persönlichkeitsentwicklung, sondern als eine »Kraft zum Guten«, also geradezu als eine Sache des spirituellen Allgemeinwohls. Miles selbst hörte es offenbar mit Befremden, wie Coltrane ihm sagte, er habe in seinem Leben zu viel Zeit vergeudet und dabei zu wenig an seine Familie und vor allem an seine Musik gedacht. »Es war fast so, als hätte er eine Mission zu erfüllen«, folgerte Miles.

Damit war er nicht weit von der Wahrheit entfernt, und es ist sicher bezeichnend, wenn es von der letzten gemeinsamen Tournee heißt, Coltrane habe gewirkt, als könne er jeden Augenblick aussteigen, er habe im Bus nur immer aus dem Fenster gesehen und dabei die Skalen indischer oder orientalischer Tonsysteme geübt. Trotzdem notiert Miles, als er sieben Jahre später durch Harold Lovett von Coltranes Tod erfährt, mit echter Trauer: »Er fehlt mir, sein Geist, seine schöpferische Phantasie und sein suchender, innovativer Ansatz. (...) Aber er hat uns seine Musik hinterlassen, und wir können alle davon lernen.«

Es bleibt auch in diesen Beschreibungen etwas Rätselhaftes an der Gestalt John Coltranes, etwas, das alle seine Zeitgenossen mit Ehrfurcht als seine Größe, seine Integrität und Güte bezeichnet haben. Sein Charisma bleibt in allen Zeugnissen über ihn fraglos, und so viel man auch liest, man wird keine einzige Aussage finden, die ihn menschlich herabsetzt. Selbst wo er von Kritikern in seiner Musik missverstanden und zum Teil übel verurteilt wird, bleibt er in den wenigen eigenen Interviews zurückhaltend und verbindlich und suchte den Fehler eher bei der eigenen, nie ganz vollendeten Musik als bei den Berufs-Hörern.

Gleichzeitig hat die Musik, die er hinterlassen hat, ähnlich wie die von Miles Davis, und gewiss nicht weniger nachhaltig, Generationen von Jazzmusikern geprägt. Ja, während der Einfluss von Miles gerade im Electric Rock und Funk besonders stark ist, blieb Coltrane der Schutzpatron aller jungen Saxophon-Virtuosen, die die Brillanz ihrer Instrumentenbeherrschung oft noch in keine echte

Beziehung zu ihren musikalischen Einfällen bringen können, und denen vor allem fehlt, was Coltrane jedem einzelnen seiner Titel mitzugeben vermochte: soul.

Coltrane hatte ein schönes Gesicht mit ausdrucksstarken, ernsten Augen, die das Gegenüber so lange und ruhig fixieren konnten, dass es manchen Gesprächspartner irritierte. Glaubt man den Fotos und Fernsehaufzeichnungen, so hat er selten gelächelt, meist sieht man ihn konzentriert, die Hand am Mund – ähnlich wie auf dem berühmten »Blue Train«-Cover – oder versunken. Zu seinen Auftritten kleidete er sich gut, aber ohne die Ambition und ohne die Exzentrik eines Miles Davis. Wie dieser spielte er niemals den ›Amüsierneger‹, wie ihn zum großem Ärger von Miles Musiker wie Louis Armstrong, Lionel Hampton und auch Dizzy Gillespie manchmal gaben, sei es, weil ihnen Entertainment lag, sei es, um sich dem weißen Publikum gefällig zu machen. Andererseits stand Coltrane, anders als Miles, auch nie mit dem Rücken zum Publikum auf der Bühne. Die Bandmitglieder nannten ihn eine Zeit lang sogar »Country Boy«, weil er die Angewohnheit hatte, zwischen den Soli heimlich seine Schuhe auszuziehen, und weil er keine Socken trug. Selbst Naima, seine erste Frau, die er 1955 heiratete, sagt über ihre erste Begegnung: »Ich fand ihn nett, aber ein wenig auf der ländlichen Seite.«

Mehrmals wurde überliefert, es sei schwierig gewesen, mit Coltrane in Verbindung zu kommen. Ebenso wird aber immer wieder berichtet, ein wie insistierendes, konzentriertes Gegenüber er sein konnte, sobald ihn interessierte, was sein Gesprächspartner zu sagen hatte. Er war kein Mann des Smalltalk und trat niemandem nahe, der seine Leidenschaft für das Spirituelle nicht teilte, denn in der geistigen Entwicklung und Verfeinerung, in der Innenschau und der religiösen Erhebung erkannte er die eigentliche Aufgabe des Menschseins und also auch die der Musik.

Seit Coltranes lebenslustiger Vater gestorben war – der Sohn zählte damals erst zwölf Jahre –, hatte er sich schwierigen Lektüren hingegeben, war mehreren Buchclubs beigetreten, hatte Bibel, Koran, religions- und allgemeinphilosophische Schriften extensiv studiert. Seine Mitmusiker faszinierte es zu sehen, wie dieser glühende Avantgardist auf Konzertreisen bis zu vier Bibeln im Gepäck mit sich trug, dazu ein zweibändiges Werk über Negro Spirituals, den Koran und andere geistliche Schriften. Daneben praktizierte er Yoga. Wenn er übte, stellte er einen Kassettenrekorder an, um sich später noch einmal überprüfen zu können. Selbst auf der Bühne stand er oft wie unbeteiligt, völlig in sich versunken da, als hinge er nur seinen Gedanken nach, lächelte aber doch einmal kurz, wenn einem seiner Mitmusiker in einem Solo ein besonders guter Einfall gelungen war.

John Coltrane spielte immer. In seiner Garderobe, auf der Straße, im Bus, gehend, stehend, liegend, immer war er von seinem Sound eingehüllt. Auf der Bühne sah man seine Lippen fast unbeweglich, setzte er einmal ab, wich das Mundstück nur zwei Finger breit zurück, wurde aber sofort wieder geschnappt, weil er sich unhörbar weiter in sein Solo hineinarbeitete. Man sieht nicht, wann er Luft geholt hat, man weiß nicht, wo das Mundstück endete und der Mund begann. So verlässlich wie ihm der Atem ging, spann er um sich das Gewebe seines charakteristischen Sounds.

Auf dieser Strecke hat er allmählich das Hörbare über die Grenzen des Bekannten hinausgeschoben, in Intervallen, die vorher nie gefunden, auf Wegen, die nie eingeschlagen worden waren und ins Schwerverständliche und Schmerz-

hafte führten. Auch Coltranes Gesicht sieht schmerzver-
zerrt aus, wenn er dort ankommt. Die Expressivität des
Dissonanten tut ihm wie dem Hörer weh. Wie altmodisch,
sich durch Musik Schmerzen zuzufügen, wie messianisch!
Aber das ist es wohl auch, was seine Expeditionen in den
inneren Bau der Musik spirituell und metaphysisch werden
lässt. »Halleluja«, »Auferstehung«, »Gebet und Medita-
tion« heißen späte Titel.

Coltrane unternahm diese Reise erst mit Naima, dann
mit seiner zweiten Frau Alice und ein paar befreundeten
Musikern. Er gab das Zusammenspiel nicht auf, spielte
aber eigentlich eine Musik ohne Adressaten. Der Weg, den
er nahm, war also so paradox wie eine Kommunikation
ohne Hörer, immer entlang jener Linie, an der man Dinge
macht, die aus Freude bestehen oder aus Aufregung, aber
nie aus Gleichgültigkeit.

Coltrane, der vor siebzig Jahren geboren wurde, wirkt
jetzt wie die Allegorie des zeitgenössischen Künstlers: kontinuierlich spielend, wie um den Strom der Mitteilung nicht
abreißen zu lassen, spielend ohne Gegenüber und ohne Zugeständnisse an die Öffentlichkeit, auf einer Exkursion, die
das, was sie erreichen wollte, selber war. Wenn sich die
künstlerischen Ambitionen der Gegenwart an dem Schweigen messen, von dem sie sprechen und das sie auslösen,
dann war John Coltrane ein Entdecker der Gegenwart. Er
hat mit seiner Zeit vor allem korrespondiert, indem er ihr
beibrachte, sich selbst nicht zu verstehen. Lauter unent-
schlüsselt untergehende Botschaften!

Aber dann gab es auch jenen Coltrane, der durchaus
an der Welt der Wissenschaft, der Politik, ja selbst des
Films teilnahm. Der lebende Mensch, den er am tiefsten
bewunderte, war Albert Einstein. Gleichzeitig bemühte er

sich, im Fernsehen keinen Film der Marx Brothers zu verpassen, wobei er sich von Harpos Harfenspiel so rühren ließ, dass er, zum Verdruss seiner Frau, endlich selbst eine Harfe anschaffte, auch wenn sich Naima weigerte, darauf zu spielen. Coltrane besaß ein Teleskop, er spielte Schach, er beschäftigte sich mit Ägyptologie und vertiefte sich in seinen späteren Jahren auch in die Schriften von Platon und Aristoteles.

Als er Charlie Parker begegnete, sagte dieser ganz profan: »Coltrane. Dein Name gefällt mir. Er erinnert mich irgendwie an köstliche englische Muffins.« Keine schlechte Assoziation, erinnerte sich der so Geehrte doch selbst gerne an Muffins, Süßkartoffelkuchen und Konfekt aller Art – was erstens dazu führte, dass er – wie Charlie Parker – immer wieder unter Gewichtsproblemen litt, und was ihn zweitens zu vielen schmerzhaften Begegnungen mit Zahnärzten zwang, die durch ihre Eingriffe vor allem versuchten, ihm das Vibrieren des Tons im Mund weniger peinvoll zu machen.

Der andere Berufsstand, mit dem Coltrane wiederholt schmerzhafte Berührung pflegte, war der des Friseurs. Mehrmals wurde er wider Willen fast kahl geschoren, einmal schnitt ihm einer dieser Barbiere sogar ein Stück Fleisch aus dem Ohr. Danach griff der Gezeichnete nur noch selbst zum Schermesser.

Schließlich ist es geradezu rührend zu erfahren, wie Coltrane, der eine verhältnismäßig hohe Sprechstimme besaß, auf Tourneen immer wieder Beispiele seines Gesangs gab. Er sang nicht gut, so wird überliefert, aber mit vollem Ernst und erfreute die Bandmitglieder im Bus wiederholt durch den angestrengt intonationssicher angelegten Gesangsvortrag von »O Sole Mio«.

Die Spuren des privaten Coltrane sind im Werk verstreut und selten deklariert. Verschiedentlich huldigt er musikalisch seinen Mit-Musikern und Anregern. Auch hinterlässt er auf »Giant Steps« eine herrliche Komposition für »Cousin Mary«. Die vertrauteste aller Coltrane-Balladen aber widmet er seiner ersten Frau Naima, und wenn es sich hier um ein Liebeslied handeln sollte, dann gehört es zu den nachdenklichsten, unverspieltesten seines Genres. Wer jedoch eine selbstoffenbarende, expressive Huldigung an die Geliebte erwartet, der muss sich von der Klarheit und dem Ernst des Stückes eines Besseren belehren lassen. Coltrane hat diese Ballade immer wieder gespielt, er hat sie, delikaterweise auch mit seiner zweiten Ehefrau, Alice Coltrane, vorgetragen und mit einem explosiven, jede harmonische Struktur niederringenden Solo versehen. Auch Coltranes Lamento, seine Balladen, seine gesanglichen Reflexionen und Wanderungen sind von solcher Innerlichkeit ohne Sentimentalität.

Die Mehrzahl der Stücke aber, die er nach 1960, also in den letzten sieben Jahren seines Lebens aufnimmt, sind von hohem Tempo, schneidender Expressivität und einer klanglichen Vielfalt, die das Musikalische selbst zu überschreiten scheint. Da ist ein Schreien und Stöhnen, Klirren und Grunzen, da wird eine Mühe bei der Hervorbringung der Töne hörbar wie zuvor vielleicht nur bei Gustav Mahler. Melodien werden, kaum angespielt, schon wieder dekonstruiert und neu zusammengefügt. Impressionistisches und roh Expressives, schreiende Fanfaren und schwirrende Klangfetzen lösen einander ab, und allmählich wird für alle fassbar, welch entlegenen Raum des akustisch Vorstellbaren John Coltrane eigentlich bewohnte.

Bereits im Jahre 1958 verwendet der Musikkritiker Ira

Gittler einen Ausdruck für Coltranes Musik, der seither oft wiederholt worden ist: »Sheets of Sound«, also etwa »Klangflächen« nannte er die dichten Texturen dieser Musik. »Es war beinahe unmenschlich«, schloss er damals an. »Mit seinem Aufwand an Energie hätte man ein Raumschiff antreiben können.« Tatsächlich hat man den Eindruck, dass Coltrane in jener Zeit neue Türen aufstößt, seine musikalische Freiheit ausdehnt, ja, diese musikalische Freiheit selbst geradezu zum Thema werden lässt, indem er vorwärtsdrängt und selbst eben angeeignete musikalische Theorien beiseitespielt.

Die Soli werden länger und kühner, die Improvisationen besitzen eine geradezu animalische Spielfreude, nichts muss mehr klingen wie Musik. Neue Griff- und Atemtechniken beschäftigen ihn in beinahe jeder Diskussion mit anderen Musikern, er tauscht sich über Blättchen und Mundstücke aus, kombiniert Tonarten, übt immer neue Skalen, studiert die Polytonalität bei Bartok und begleitet ihn, vor dem Radio auf und ab gehend. Steht er auf der Bühne, fingert er stumm an seinem Horn herum, ist er endlich an der Reihe, bringt er Töne hervor, die das Publikum erschrecken und das Instrument förmlich zum Bersten bringen wollen. Manchmal wirkt es, als käme diese Musik aus anderen Lebensbereichen, manchmal scheint sie in Kategorien wie Druck und Hitze, wie Licht und Motorik zu denken.

Bezeichnend ist da eine Episode, die wir der Musikkritikerin und klassischen Pianistin Zita Carno verdanken. Begeistert von Coltranes Musik, macht sie sich daran, das große Solo des berühmten Titels »Blue Train« nach dem Gehör vollständig zu transkribieren. Anschließend schickt sie Coltrane ihre Ergebnisse zu und wird von ihm in seine Wohnung eingeladen. »Was haben Sie nur für ein Gehör«, sagt Coltrane. Sie legt die Platte auf und zeigt ihm in der Transkription jede einzelne Note. Als der Titel zu Ende ist, legt sie das Blatt aus der Hand und bittet Coltrane: »Spielen Sie es doch noch einmal für mich!« Coltrane blickt auf das Papier, dann in ihr Gesicht und erwidert: »Das kann ich nicht. Es ist zu schwer.«

Der Beginn der sechziger Jahre aber ist auch bestimmt von äußeren Einflüssen. Eric Dolphy, der genialische Flötist, Saxophonist, Composer und Arrangeur, stieß nach einer ersten Zusammenarbeit im Jahre 1954 wieder zu Coltrane und wird ihn weiter anregen und beflügeln. Coltrane hat ihn einmal als seinen einzigen wahren Freund neben Sonny Rollins bezeichnet. Der Musikwissenschaftler Vladimir Simosko, der über jeden der beiden Freunde ein Buch geschrieben hat, sagt: »Ich liebte sie beide, aber aus verschiedenen Gründen: Trane war in existenzieller Pein und schrie aus den Tiefen seiner Seele, während Erics Musik überwältigende Freude ausdrückte.«

Zeitgleich zu dieser Cooperation wird sich Coltrane, angeleitet von Yussef Lateef, verstärkt mit östlicher Philosophie auseinandersetzen und sein Koran-Studium vertiefen. Er wird sich mit indischer Philosophie, mit Ragas, mit Ravi Shankar beschäftigen, dem er mehrere Briefe geschrieben hat und später äußerst respektvoll begegnet ist, er wird mit Gruppenimprovisationen experimentieren, das »John Coltrane Quartett« formieren und verschiedentlich umbauen. Nicht zuletzt wird er sich mit afrikanischen Kompositionstechniken auseinandersetzen und mit seinem meisterlichen Album »Africa/Brass« seinen Beitrag zur Black Consciousness Bewegung leisten, die in jenen Jahren gerade zu erstarken beginnt.

Noch kurz vor Coltranes Tod feierte diese Bewegung

einen bescheidenen Erfolg durch die Eröffnung des »Olatunji Zentrums afrikanischer Kultur« in Harlem. Die Idee dieses Ortes war unter anderem auf Coltrane selbst zurückgegangen, er arbeitete an der Realisierung des Projektes mit und hat dort, unter dem Titel »Roots of Africa«, wenige Monate vor seinem Tod ein paar seiner letzten Konzerte gegeben.

Es stimmte Coltrane immer wieder traurig, wenn Kritiker seine Musik als »abgehoben« oder als musikalische Science-Fiction behandelten, ohne ihre Menschlichkeit und Spiritualität im Geringsten zu würdigen oder auch nur empfänglich für sie zu sein. Er hat seinen Hörern deshalb immer wieder Brücken gebaut, indem er Standards, bekannte Volksweisen oder populäre Chansons wie »Greensleeves« in sein Repertoire aufnahm.

»Ich bin darauf gekommen«, hatte Coltrane 1960 gesagt, angesprochen auf sein Verhältnis zur Tradition, »du musst auf diese alten Dinge zurückblicken und sie in einem neuen Licht sehen. Ich bin mit meinen Studien noch nicht fertig; ich habe noch nicht alles in mein Spiel integriert.« Und er fügte hinzu: »Ich möchte mich weiterentwickeln, aber nicht mehr so weit, dass ich nicht mehr sehen kann, was die anderen machen.«

Der Zeitpunkt sollte kommen, an dem zahlreiche Musikkritiker nicht mehr recht verstanden, was John Coltrane trieb. Man nannte seinen Ansatz »anarchistisch«, sprach von »Anti-Jazz«, von einer »mutwilligen Zerstörung« der Musik, von seinen Konzerten als von »öffentlichen Proben«, und ein Kritiker meinte gar, sein Saxophon klinge »wie ein verstimmtes Cello, auf dem jemand albern herumkratzt« – und das angesichts einer Musik, die Coltrane als »Kraft zum Guten« und als Widerspiegelung des gesamten Universums verstand, in dem wir alle uns bewegen und Klänge und Töne empfangen und ausstoßen. Zum Glück blieben Coltrane immerhin die Käufer und nachfolgend auch die Plattenproduzenten gewogen.

So unterschreibt er erstaunlicherweise 1961 bei »Impulse« den bestdotierten Plattenvertrag, den es nach Miles Davis im Jazz bis dahin gegeben hatte – und das ohne das kommerzielle Geschick und auch ohne das schwarze Sendungsbewusstsein des einstigen Weggefährten, der sich immer in der weißen Musikindustrie zu seinen Bedingungen zu behaupten suchte. Seine Reise über die Grenzen der Musik hinaus aber setzte Coltrane unbeeindruckt von dieser vergleichsweise üppigen finanziellen Ausstattung fort. Er nahm ein paar balladenhafte Titel auf, wandte sich traditionellem Material zu und entwickelte gleichzeitig die musikalische Kapazität, die zu jenem Album führen sollte, das viele als Ausgang und Vollendung des Free Jazz erkannten, die Platte »A Love Supreme«, ein formal gelöstes, spirituelles, ja religiöses Werk, eine Suite in vier Teilen, welches das Coltrane Quartett als Team auf der höchsten Stufe seiner Individualität zeigt, in einer Ekstase des Spielens, in der die Musiker sich wie Liebende geradezu erst finden, indem sie sich aufgeben.

Seiner Mutter hat Coltrane gestanden, er habe eine Vision von Gott gehabt, bevor er dieses Werk komponierte, und sie fürchtete sich in der Überzeugung, wenn jemand Gott sehe, dann werde er wohl bald sterben.

Die ebenso glühend verehrte wie leidenschaftlich verachtete Platte – den einen Aufbruch und Vollendung, den anderen die Besiegelung eines untergehenden Talents, wie einer Form des Jazz –, sie hat weit mehr Verehrer gefunden, als man zu ihrer Entstehungszeit anerkennen wollte, und verkaufte nach ihrer Veröffentlichung über 100 000 Exemplare – eine für Jazzplatten fast beispiellose Größenordnung, die man nicht durch die Mobilisierung aller Jungmusiker und Musikstudenten zusammenbringt.

1963 trennten sich John und Naima. Alice, die McCoy Tyner am Klavier ablöste, heiratet Coltrane 1966. Von seinem Leberleiden wissen beide lange nichts. Alice Coltrane wird das Schweigen dieses Mannes, seine schöpferische Energie und die verschlungenen Wege ins Einfachste verstehen, die er zuletzt betritt, und die von der Trauer des Sterbens schon lange so gezeichnet sind wie von der Heiterkeit der Erlösung.

»Einige seiner spätesten Werke«, hat Coltranes Frau gesagt, »sind nicht musikalische Kompositionen. Ich meine, sie beruhen nicht ausschließlich auf Musik.« Also sollte man sie vielleicht eher als Gebete, Meditationen oder Psalmen bezeichnen, so wie es die Titel andeuten. Sie sind heilende oder tröstende oder erhebende Musik, so verstörend sie auch manchmal klingen mögen, sie sind Botschaften in einem verrätselten, ganz dem geistigen Leben verpflichteten Sinn.

Es gab bestimmt zuletzt nicht mehr sehr viele Menschen, die Coltrane in seinem Suchen verstanden, und selbst sein langjähriger energischer Weggefährte, der Drummer Elvin Jones, verabschiedete sich aus dem Quartett mit dem Satz: »Das ist nur was für Poeten.«

Dennoch gab es Menschen, die den Mut Coltranes in seinen Improvisationen erkannten, diese andauernde Konfrontation mit den Grenzen der Imagination, der musikalischen Kombinationsfähigkeit, der Gabe weiterzugehen, und es gab Menschen, die seit »A Love Supreme« gespürt haben wollen, wie Coltrane seinem Tod entgegenging, den er mit sich trug, dem er in seiner Musik begegnete und den er in sein Spiel eintreten ließ. Hiervon allerdings ließe sich vermutlich nur noch in Metaphern sprechen.

Jedem Ton hatte Coltrane seinen Atem gegeben, mit jedem Atemzug, den er in einen Klang verwandelte, hatte er sein Leben der Musik eingehaucht. Seinen letzten Atemzug tat er am 17. Juli 1967 um vier Uhr früh, und man möchte sich vorstellen, dass dieser Atemzug geklungen hat wie eines jener transzendenten, geläuterten, ganz verinnerlichten Stücke, die sich auf den letzten Platten zwischen den langen verschlungenen Reisen ins Unerhörte finden, scheinbar einfache Kompositionen, in denen die Musik manchmal nur noch große Atemzüge tut, ganz, als sterbe sie auch.

EDITORISCHE NOTIZ

Die hier versammelten Essays aus zwanzig Jahren erschienen ursprünglich vor allem in der »Zeit«, der »Süddeutschen«, dem »Tagesanzeiger« und ihren Magazinen, sie erschienen in »Der Woche«, der »Vogue«, in Zeitschriften, Anthologien, als Vor-, Nach- oder Geleitworte, als Hörfunk-Features, im Brockhaus, in Obdachlosenzeitungen, und einige erschienen noch gar nicht. Sie wurden alle gleichermaßen durchgesehen und korrigiert, nicht revidiert.

INHALT

Roger Willemsen
Unverkäufliche Muster
Gesammelte Glossen

Band 16733

In Roger Willemsens ebenso komischen wie nachdenklichen
Texten aus den Jahren 1988 bis 2005 ziehen mehr als anderthalb Jahrzehnte noch einmal vorüber – mit ihren großen und
kleinen Ereignissen, Stars, Skandalen und Absurditäten.
Besondere Aufmerksamkeit gilt dabei der Welt der Medien
und hier vor allem dem »Fernsehen im Tierversuch«.
Willemsens Sprachwitz, das Umfassende seiner Bildung und
die virtuos vorgeführte Akrobatik des Denkens machen
diesen Sammelband zu einem reichen Schatz und reinen
Lesevergnügen.

Fischer Taschenbuch Verlag

Roger Willemsen
Gute Tage
Begegnungen mit Menschen und Orten
Band 16520

In Arafats Badezimmer – In einem nordindischen Kloster mit
dem Dalai Lama – In der Badewanne von John le Carré – Mit
John Malkovich auf der Burg des Marquis de Sade – In den
Gemächern Margaret Thatchers – Auf der Verbannungsinsel
von Mikis Theodorakis – Im Dschungel unterwegs mit einem
Orang-Utan – In der Harald Schmidt Show – Mit einem japa-
nischen Konzernchef in der Geisha Bar – In Vivienne West-
woods Werkstatt – Auf der Suche nach Jean Seberg in Paris –
Sinead O'Connor mit Elbblick – Mit Tina Turner an der
Côte d'Azur – In einem Boot mit Michel Piccoli – Mit Papa
Wemba im Krieg von Kinshasa – Bei Jane Birkin daheim –
In der Bar von Henry Millers letzter Frau – Mittagessen mit
einem »Kannibalen« – Am Sterbebett von Timothy Leary –
Im Gespräch mit zwei Kosmonauten im Weltraum – Vor
einem »Monster« in der Berliner »Charité«

Fischer Taschenbuch Verlag

fi 16520 / 1

Roger Willemsen
Hier spricht Guantánamo
Interviews mit Ex-Häftlingen
Band 17458

Roger Willemsen hat mit fünf ehemaligen Guantánamo-
Häftlingen ausführliche Gespräche geführt. Sie alle sind
keine Terroristen, sondern Opfer amerikanischer Politik.
Sie sprechen über die Zustände in Guantánamo und anderen
Lagern, über ihre Gefangennahme und Verhörpraktiken,
über ihr Leben nach der Entlassung und die Aussichtslosig-
keit, gehört zu werden – erschütternde Originaltöne aus
einer geheimgehaltenen Welt.

»Ich fordere jeden Journalisten dringend auf,
sich da unten selbst ein Bild davon zu machen,
wie die Gefangenen behandelt werden.«
George W. Bush

»Ich wäre glücklich gewesen,
wenn sie uns hingerichtet hätten.«
Abdulsalam Daeef, ehemaliger Häftlingssprecher

Fischer Taschenbuch Verlag